LITTLE WOMEN

OR,

MEG, JO, BETH AND AMY

BY LOUISA M. ALCOTT

ILLUSTRATED BY MAY ALCOTT

BOSTON
ROBERTS BROTHERS
1868

They all drew to the fire, mother in the big chair, with Beth at her feet; Meg and Amy perched on either arm of the chair, and Jo leaning on the back.

작은 아씨들

L i t t l e   W o m e n

루이자 메이 올콧 지음 | 프랭크 T. 메릴 그림 | 박지선 옮김

더스토리

Contents

PREFACE

서문

"그러니 가라, 내 작은 책이여,
너를 대접하고 환영하는 모든 이들에게,
가슴 깊이 숨겨둔 것을 보여주어라.
그럼으로써 그들이 영원히 축복받기를,
그들이 너와 나보다 훨씬 훌륭한 순례자가 되기를 기원하라.
그들에게 자비에 대해 말하라.
자비는 일찍이 순례길에 오른 여인이라고.
그래, 어린 아가씨들이 그 여인을 본받아
다가올 세상을 귀하게 여기고 현명해지도록 하여라.
그들이 성인들이 밟고 간 길을 따라
경쾌한 발걸음으로 하나님을 따를지니."

— 존 버니언의 《천로역정》 중 일부를 각색

1. 순례자 놀이

"선물도 없는데 크리스마스는 무슨 크리스마스." 조가 양탄자에 누워서 투덜댔다.

"가난하게 사는 건 끔찍하게 싫어!" 메그가 자신의 낡은 드레스를 내려다보며 한숨지었다.

"온갖 예쁜 걸 가진 여자애들도 있고 아무것도 갖지 못한 여자애들도 있다니, 불공평한 것 같아." 어린 에이미가 상처받은 듯 코를 훌쩍이며 한마디 거들었다.

"그래도 우리에겐 부모님이 계시고 서로가 있잖아." 구석에 있던 베스가 만족스러운 듯이 말했다.

베스의 기운 나는 말에 벽난로 불빛에 비친 네 사람의 앳된 얼굴이 환해졌다가 조의 서글픈 말에 다시 어두워졌다.

"아버지는 지금 안 계시잖아. 오랫동안 안 계시겠지." 조가

'어쩌면 영원히'라고 말하지는 않았지만 멀리 전쟁터*에 있는 아버지를 떠올리며 모두 마음속으로 그 말을 되뇌었다.

잠시 다들 말이 없었다. 그러다가 메그가 분위기를 바꾸어 말했다.

"어머니께서 이번 크리스마스에 선물을 하지 말자고 하신 이유를 다들 알잖니. 모두 힘든 겨울을 보내게 될 테니까. 그리고 어머니는 우리가 즐기느라 돈을 쓰면 안 된다고 생각하셔. 남자들이 군대에서 이렇게 고생하는데 말이야. 우리가 할 수 있는 일은 많지 않지만 소소한 희생은 할 수 있잖아. 기쁘게 받아

---

* 미국 남북전쟁(1861~1865)을 말한다.

들여야 해. 물론 나도 그게 힘들긴 해." 메그는 갖고 싶은 온갖 예쁜 물건들이 떠오르는지 아쉬운 표정으로 고개를 저었다.

"그런데 우리가 코딱지만큼 아껴봤자 도움이 안 될 것 같아. 각자 1달러씩 모아서 주는 게 군대에 무슨 보탬이 된다고. 어머니나 언니, 동생들에게 선물을 바라면 안 된다고는 생각하지만 날 위한 선물로 《운디네와 신트람(Undine and Sintram)》을 꼭 사고 싶어. 오래전부터 갖고 싶었거든." 책벌레 조가 말했다.

"난 새 악보를 살래." 베스가 나지막이 한숨 쉬며 말했다. 벽난로 청소 솔과 주전자 손잡이를 잡는 행주 말고는 아무도 듣지 못할 정도로 작은 소리였다.

"난 파버(Faber)에서 나온 괜찮은 그림용 연필을 한 상자 살 거야. 꼭 필요해." 에이미가 단호하게 말했다.

"어머니가 용돈 쓰는 것에 대해 뭐라고 하시진 않았잖아. 우리가 모든 걸 포기하기를 바라지는 않으실 거야. 각자 사고 싶은 걸 사서 소소하게 크리스마스 기분을 내자. 다들 열심히 살았는데 그 정도는 누려도 되겠지." 조는 이렇게 외치더니 남자 같은 자세로 신발 뒤축을 살폈다.

"맞아. 정말 열심히 했어. 집에서 놀고 싶은 마음이 굴뚝같은데도 거의 하루 종일 그 끔찍한 애들을 가르쳤다고." 메그가 다시 불만에 차서 말했다.

"그건 내가 한 고생에 비하면 새 발의 피야." 조가 말했다. "신경질적이고 까탈스러운 할머니를 몇 시간이나 묵묵히 수발드는 일이 어떨 것 같아? 게다가 그 할머니가 계속 닦달하고 도무지 만족할 줄 모르는 데다가, 창밖으로 뛰어내리거나 따귀를 때리고 싶어질 정도로 괴롭힌다면?"

"불평하기는 좀 그렇지만 난 설거지와 정리정돈이 세상에서 가장 힘든 일이라고 생각해. 짜증스럽기도 하고 손이 너무 뻐근해져서 한동안 연습도 못 해." 베스는 거친 손을 보며 이번에는 모두 들릴 정도로 한숨을 쉬었다.

"다들 나만큼 고생하진 않을걸." 에이미가 큰 소리로 말했다. "언니들은 버릇없는 여자애들이 있는 학교에 안 가잖아. 그 애들은 수업 내용을 잘 모른다고 괴롭히고 내 드레스를 비웃어. 돈이 없다는 이유로 아버지의 명예를 파괴하고 내 코가 안 예쁘다고 창피를 준단 말이야."

"파괴가 아니라 훼손이겠지. 아버지가 무슨 피클 병도 아니고." 조가 웃음을 터뜨리며 알려주었다.

"나도 아니까 그렇게 '비아냥대지' 마. 교양 있는 단어를 쓰고 어휘력을 늘리는 건 좋은 일이야." 에이미가 고상하게 말대꾸했다.

"얘들아, 서로 쪼아대지 마. 우리가 어렸을 때 아버지가 돈을 잃지 않았으면 얼마나 좋았을까? 그런 생각 안 들어, 조? 아아, 걱정거리가 없으면 얼마나 행복하고 좋을까?" 형편이 나았던 시절을 기억하는 메그가 말했다.

"전에 언니가 그랬잖아. 돈이 많은데도 늘 싸우고 걱정하는 킹 씨네 애들보다 우리가 훨씬 행복하다고."

"그랬지, 베스. 정말 그렇긴 해. 일을 해야 하지만 우리끼리 재미있게 지내잖아. 조의 말처럼 끝내주게 즐겁지."

"조 언니는 그런 상스러운 말을 잘 쓰더라." 에이미가 양탄자에 누운 길쭉한 조를 나무라듯 바라보며 한마디 했다. 조는 벌떡 일어나 앞치마 주머니에 양손을 찔러 넣었다.

"하지 마. 남자애 같잖아."

"그래서 하는 건데."

"난 무례하고 숙녀답지 못한 여자애들이 정말 싫어."

"난 잘난 체하고 내숭 떠는 애들 질색이야."

"한 둥지에 사는 새들은 사이좋게 지내요." 중재자 베스가 노래하듯 읊조렸다. 베스의 우스꽝스러운 표정에 조와 에이미는 날카로운 목소리를 죽이고 웃음을 터뜨렸고 '쪼아대기'는 그대로 끝났다.

"그래, 둘 다 잘못했어." 메그는 이렇게 말하며 큰언니다운 태도로 설교를 시작했다. "조세핀, 남자애들 같은 장난 그만두고 얌전하게 행동할 정도의 나이는 됐잖아. 어릴 때는 상관없지만 이제 키도 컸고 머리도 올렸으니 스스로 숙녀라는 걸 잊지 마."

"난 숙녀 아니야! 머리를 올려서 숙녀가 되는 거라면 스무 살까지 갈래머리를 할 테야!" 조는 망사 머리핀을 빼더니 머리를 흔들어 길고 숱 많은 적갈색 머리카락을 늘어뜨렸다. "나이 먹고 마치 양으로 불리면서 긴 드레스를 입고 과꽃처럼 새침해 보여야 한다니 생각만 해도 끔찍해. 어린 여자로 사는 것만 해도 지독하게 싫다고. 난 남자애들이 하는 놀이와 일이 좋고, 남자애처럼 행동하고 싶은데. 지금은 남자로 살지 못하는 게 그 어느 때보다 실망스러워. 아버지와 같이 나가서 싸우고 싶어 죽겠는데 집에서 굼뜬 할머니처럼 뜨개질이나 하고 앉아 있어야 하다니." 조가 푸른색 군용 양말을 흔들어대자 뜨개질바늘이 부딪쳐 캐스터네츠 같은 소리가 났고 털실이 방 건너편으로 굴러갔다.

"가여운 조 언니. 정말 안됐어! 하지만 어쩔 수 없잖아. 남자 같은 이름으로 불리고 우리 자매에게 남자형제 노릇을 하는 걸로 만족하는 수밖에." 베스가 무릎을 베고 누운 조의 거친 머리카락을 쓰다듬으며 말했다. 설거지와 청소를 아무리 많이 해도 이 손길만큼은 거칠어질 수 없었다.

"그리고 에이미." 메그는 설교를 계속했다. "넌 너무 유별나고 새침해. 지금은 그 태도가 그저 재미있어 보일지 모르지만 조심하지 않으면 잘난 체나 하는 바보 같은 여자로 나이 들고 말 거야. 고상한 척하지만 않으면 친절한 태도나 교양 있게 말하려고 하는 건 좋아. 하지만 네가 쓰는 말도 안 되는 단어들은 조의 비속어만큼이나 안 좋게 들려."

"조 언니는 말괄량이, 에이미는 잘난 체하는 바보라면 난 뭐야? 응?" 베스가 설교를 들을 준비가 되었다는 듯이 물었다.

"넌 귀염둥이지. 다른 건 없어." 메그가 다정하게 대답했다. '귀염둥이' 베스는 온 가족의 사랑을 받는지라 아무도 메그의 말을 부인하지 않았다.

어린 독자들이 자매들의 외모를 궁금해할 테니 간략히 설명해보겠다. 눈이 소리 없이 내리고 집 안의 벽난로가 탁탁 소리를 내며 경쾌하게 타오르는 12월의 어느 해 질 녘에 네 자매는 뜨개질을 하고 있었다. 낡았지만 안락한 응접실에는 빛바랜 양탄자가 깔려 있고 매우 소박한 가구가 놓여 있다. 벽에는 멋진 그림이 한두 점 걸려 있고 벽감에는 책이 잔뜩 꽂혀 있으며 창가에는 국화와 크리스마스로즈가 피어 평온한 가정 특유의 유쾌한 분위기가 가득했다.

넷 중 맏이인 열여섯 살 마거릿은 아주 예뻤다. 통통하고 피부가 하얬으며 눈이 크고 매끄러운 갈색 머리카락이 풍성했다. 입매가 곱고 손이 하얬는데 이 하얀 손을 스스로 매우 자랑스럽게 여겼다. 열다섯 살인 조는 키가 크고 말랐으며 피부가 가무잡잡했다. 긴 팔다리를 어찌할 줄 모르는 듯이 허우적대며 다녀서 망아지가 떠올랐다. 입매에는 단호함이 드러났고 코는 우스꽝스럽게 생겼다. 날카로운 잿빛 눈동자는 모든 것을 꿰뚫어볼 것만 같았는데, 이글거리며 타오르기도 하고 재미있어 하는 기색을 띠기도 하고 생각에 잠기기도 했다. 유일하게 아름답다고 할 만한 굵고 긴 머리카락은 흘러내려 성가시지 않도록 망사 머리핀에 쑤셔 넣었다. 어깨가 동그스름하고 손발이 컸으며 헐렁한 옷을 아무렇게나 걸쳤다. 빠르게 여자로 성숙해지는 모습이 못마땅한 기색이었다. 모두 베스라고 부르는 엘리자베스는 혈색이 좋고 머리카락이 반들거리고 눈동자가 빛나는 열세 살 소녀였다. 수줍음을 많이 타서 소심하게 말하고 웬만해서는 동요하지 않는 평온한 표정이었다. 아버지는 베스를 '평온한 귀염둥이'라고 불렀는데 정말 잘 어울리는 별명이었다. 베스는 자기만의 행복한 세계에 살면서 자신이 믿고 사랑하는 몇 안 되는 사람들을 만나는 정도의 모험만 감수하기 때문이었다. 에이미는 막내지만 스스로 가장 중요한 사람이라고 생각했다. 파란 눈동자, 어깨에 늘어뜨린 곱슬한 금발, 창백한 피부와 호리호리한 몸매 덕분에 러시아 민화에 나오는 눈의 요정 같았고 언제나 몸가짐이 조신한 어린 숙녀처럼 처신했다. 네 자매의 성격은 차차 알아가도록 하자.

시계가 6시를 알리자 베스는 벽난로를 청소하고 실내화 한 켤레를 난로 앞에 가져와 데웠다. 자매들은 낡은 실내화를 보자 어머니가 곧 온다는 생각에 기분이 좋아졌고 어머니를 맞이할 생각에 얼굴이 환해졌다. 메그는 설교를 중단하고 등불을 밝혔고 에이미는 시키지도 않았는데 안락의자에서 일어났으며 조는 얼마나 피곤한지도 잊은 채 일어나 실내화를 불에 더 가까이 두었다.

"너무 낡았네. 새 실내화가 필요해."

"내 돈으로 사드리려고." 베스가 말했다.

"아니, 내가 살 거야!" 에이미가 외쳤다.

"내가 맏이니까." 메그가 말문을 열었지만 조가 끼어들어 단호하게 말했다. "아버지가 안 계신 지금은 내가 집안에서 남자 역할을 하니까 실내화는 내가 사야 해. 아버지가 떠나시면서 나한테 어머니를 잘 보살펴달라고 말씀하셨거든."

"이렇게 하자." 베스가 말했다. "각자 어머니께 크리스마스 선물을 드리는 거야. 우리를 위한 선물 말고."

"역시 귀염둥이답네! 그럼 뭘 살까?" 조가 감탄하며 물었다.

한동안 모두 진지하게 생각했다. 잠시 후 메그가 자기 예쁜 손을 바라보다가 뭔가가 떠오른 듯이 의견을 냈다. "난 좋은 장갑을 사드릴래."

"군용 장화가 가장 필요하실 것 같아." 조가 큰 소리로 말했다.

"난 가장자리를 감침질한 손수건을 드릴 거야." 베스가 말했다.

"난 작은 병에 든 향수를 사야지. 어머니는 향수를 좋아하시잖아. 별로 비싸지도 않으니까 내가 사고 싶은 걸 살 돈이 좀 남을 거야." 에이미가 말했다.

"그럼 선물을 어떻게 드릴까?" 메그가 물었다.

"전부 다 탁자 위에 놔두고 어머니를 모셔 와서 풀어보시라고 하자. 우리 생일마다 하는 거 있잖아." 조가 대답했다.

"난 생일에 왕관을 쓰고 큰 의자에 앉아 있을 때 너무 긴장돼. 한 명씩 다가와서 입 맞추며 선물을 주는 건 좋지만 모두가 내가 선물 풀어보는 걸 지켜보는 건 불편해." 저녁에 먹을 빵을 구우며 얼굴도 함께 달아오른 베스가 말했다.

"우리 물건을 사는 척해서 어머니를 깜짝 놀라게 해드리자. 언니, 내일 오후에 선물 사러 가야겠어. 크리스마스 날 밤에 공연할 연극 때문에 할 일이 많잖아." 조가 고개를 쳐들고 뒷짐을 진 채 왔다 갔다 하며 말했다.

"이번 크리스마스가 지나면 난 연극 그만할래. 그런 걸 하기에는 너무 커버렸어." 멋진 무대의상을 입고 하는 연극을 어린

애들 못지않게 좋아하는 메그가 말했다.

"바닥에 끌리는 하얀 드레스를 입고 머리를 풀고 금색 종이로 만든 장신구를 하는 한 그만두지 못할 거야. 게다가 언니는 우리 중에 연기를 제일 잘하잖아. 언니가 그만두면 모든 게 끝이라고." 조가 말했다. "오늘 밤에 연습해야 해. 에이미, 이리 와서 기절하는 장면 좀 연습해보자. 보니까 부지깽이처럼 뻣뻣하던데."

"어쩔 수 없어. 난 누가 기절하는 건 본 적도 없고 언니 말대로 힘을 빼고 풀썩 쓰러져서 멍드는 것도 싫단 말이야. 살살 쓰러져도 되면 그렇게 하겠지만 그게 아니라면 의자 위로 우아하게 쓰러질 거야. 휴고가 권총을 들이대도 못 해." 에이미가 대꾸했다. 연기에는 소질이 없었지만 체격이 작아서 남자 주인공을 보고 비명 지르는 역할에 잘 어울렸다.

"이렇게 해봐. 두 손을 꼭 맞잡고 비틀거리면서 방을 걸어가. 그러면서 미친 듯이 소리치는 거야. '로데리고! 구해줘요! 어서요!'" 조는 오싹할 정도로 극적인 비명을 지르며 걸어갔다.

에이미가 따라해보았지만 뻣뻣하게 손을 앞으로 내밀고 기계처럼 부자연스럽게 움직일 뿐이었다. 에이미가 외친 "악!" 소리는 두려움과 고통이 느껴지는 비명이 아니라 핀에 찔렸을 때 내지르는 소리 같았다. 조는 절망에 빠져 신음했고 메그는 한껏 웃음을 터뜨렸다. 한편 베스는 이 우스운 광경을 흥미롭게 지켜보느라 빵을 태웠다.

"연습해봤자 소용없군! 실제 공연에서는 최선을 다해. 관객들이 야유하더라도 내 탓 하지 말고. 이번엔 언니 차례야."

그 후 연습은 순조롭게 진행되었다. 돈 페드로는 세상에 도전장을 던지는 두 쪽짜리 연설문을 한 번도 틀리지 않고 해냈다. 마녀 하가르는 한 솥 가득 두꺼비를 끓이며 섬뜩한 기분이 드는 무시무시한 주문을 외웠다. 로데리고는 용감하게 사슬을 끊었고 휴고는 비소를 삼키고 "학학!" 거칠게 숨을 몰아쉬며 회한과 고통 속에 죽었다.

"지금까지 한 연습 중에 제일 잘했어." 죽은 악당 역할을 맡은 메그가 일어나 팔꿈치를 문지르며 말했다.

"조 언니, 어쩜 이렇게 글도 잘 쓰고 연기도 잘하는지. 셰익스피어가 따로 없어!" 자매들이 모든 면에서 뛰어난 재능을 타고 났다고 믿는 베스도 감탄했다.

"아직 그 정도는 아니야." 조가 겸손하게 대답했다. "〈오페라 비극 마녀의 저주(The Witch's Curse, an Operatic Tragedy)〉가 제법 괜찮기는 하지만 난 〈맥베스〉에 도전해보고 싶어. 우리 집에 마루나 천장에 난 문이 있어서 뱅쿠오*가 드나들 수만 있다면 말이야. 예전부터 살해하는 장면을 연기해보고 싶었어. '내 앞에 보이는 것이 단검인가?'" 조는 전에 본 유명한 비극 배우처럼 눈을 굴리며 허공에 주먹을 쥐고 대사를 읊었다.

"아니, 단검이 아니라 난로에 빵 굽는 포크야. 그 끝에 찍힌 건 빵이 아니라 어머니 실내화고. 베스가 연극에 몰입했나봐!" 메그가 외쳤고 늘 그렇듯 웃음이 터지며 연습이 끝났다.

"우리 딸들이 즐거워하니 기쁘구나." 문에서 쾌활한 목소리가 들리자 배우와 관객들은 돌아서서 다부진 체격의 자애로운 여인을 맞이했다. '무엇을 도와줄까'라고 묻는 듯한 표정을 지은 어머니는 기분이 매우 좋아 보였다. 딱히 미인이라고 할 수는 없었지만 자식들에게 어머니는 언제나 아름다운 존재인 법이라 자매들 역시 회색 망토를 입고 유행 지난 보닛을 쓴 어머니가 세상에서 가장 눈부신 여자라고 생각했다.

"얘들아, 오늘 하루 어땠니? 내일 보낼 물건을 준비하느라 할 일이 너무 많아서 점심 먹으러 오지도 못했구나. 베스, 찾아온 사람은 없었니? 메그, 감기는 좀 어때? 조, 무척 피곤해 보이는구나. 막둥이, 와서 뽀뽀해주렴."

마치 부인은 어머니들이 늘 하는 질문을 하며 젖은 옷과 신

---

* 맥베스에게 살해당한 뒤에 유령이 되어 그를 괴롭히는 인물

발을 벗고 따뜻하게 데워진 실내화를 신었다. 그런 다음 안락의자에 앉아 에이미를 무릎에 앉히고 바쁜 하루 중 가장 행복한 시간을 만끽할 준비를 했다. 자매들은 이리저리 움직이며 각자 주위를 쾌적하게 정돈했다. 메그는 식탁에 간단한 저녁을 차렸다. 조는 장작을 가져오고 의자를 놓았는데 손대는 것마다 떨어지고 뒤집혀 덜거덕 소리가 났다. 베스는 조용하지만 분주하게 거실과 주방 사이를 종종걸음 쳤다. 한편 에이미는 두 손을 모으고 앉아 모두에게 지시를 내렸다.

식탁에 모두 둘러앉자 마치 부인이 유독 행복한 표정으로 말했다. "저녁 먹고 나서 너희에게 줄 게 있단다."

모두의 얼굴에 햇살이 한 줄기 지나간 것처럼 환한 미소가 스쳤다. 베스는 뜨거운 빵을 들고 있다는 것도 잊고 박수를 쳤고 조는 냅킨을 위로 던지며 환호했다. "편지다! 편지! 아버지 만세!"

"그래, 장문의 반가운 편지가 왔단다. 아버지는 잘 지내고 우리가 걱정했던 것보다 추운 겨울을 잘 견딜 수 있을 것 같대. 크리스마스를 앞두고 사랑이 담긴 온갖 축복의 말을 전했고 특별히 너희들에게 당부하는 말도 남겼어." 마치 부인은 보물이 들어 있기라도 한 듯이 주머니를 가볍게 두드리며 말했다.

"빨리 먹자! 에이미, 새끼손가락 이상하게 구부리지 마. 음식 앞에 두고 우아 떨지도 말고." 조는 이렇게 외쳤지만 편지를 빨리 읽고 싶은 마음에 차를 마시다가 사레가 들렸고 빵을 떨어뜨렸는데 하필 버터 바른 면이 양탄자 위로 떨어지고 말았다.

베스는 그만 먹고 살금살금 빠져나가 늘 앉는 그늘진 구석에 앉아 다른 가족들이 식사를 마칠 때까지 기쁜 선물을 기다리며 생각에 잠겨 있었다.

"나이가 많아서 징병 대상도 아니었고 전투에서 싸울 정도로 체력이 좋지도 않은 아버지가 군종 목사로 전쟁터에 나가시다니 정말 대단한 것 같아." 메그가 애정을 담아 말했다.

"나도 군악대에서 북을 치거나, 종…… 뭐라고 하더라? 어쨌든 간호사로 참전해서 곁에서 아버지를 도울 수 있으면 얼마나 좋을까." 조가 괴로운 듯 탄식했다.

"막사에서 자고 맛없는 음식만 먹고 주석 잔으로 물을 마시는 건 분명 끔찍할 거야." 에이미가 한숨 쉬며 말했다.

"어머니, 아버지는 언제 오실까요?" 베스가 약간 떨리는 목소리로 물었다.

"아프지 않고서야 여러 달이 지나야 할 것 같구나. 아버지는 계속 군에 있으면서 맡은 일에 충실히 최선을 다할 거야. 그러니 소임을 다하기 전에 조금이라도 빨리 돌아오라고 아버지를 재촉하지 말자꾸나. 이제 이리 와서 편지 읽자."

모두 벽난롯가에 모였다. 어머니는 큰 의자에 앉았고 베스는 어머니 발치에, 메그와 에이미는 의자 양쪽 팔걸이에 앉았다.

조는 편지에 감동 받아서 감정이 흔들리더라도 아무도 알아차릴 수 없도록 뒤쪽에 기대어 섰다.

이토록 힘든 시절에 쓴 편지는, 특히 아버지들이 집으로 보낸 편지는 대부분 마음을 흔들었다. 이번 편지에는 어떤 고난을 견디고 어떤 위험에 맞닥뜨렸으며 향수를 어떻게 이겨내고 있는지에 대한 내용은 거의 없었다. 응원과 희망이 담겨 있었고 병영 생활, 행군, 군대 소식에 대한 생생한 묘사가 가득했다. 끝부분에서야 아버지의 사랑과 집에 있는 딸들을 그리워하는 마음이 절절히 느껴졌다.

"아이들에게 내 사랑과 입맞춤을 전해줘. 날마다 생각하고 밤마다 기도한다고, 언제나 애들의 사랑이 가장 큰 위안이 된

다고 얘기해줘. 다시 만나려면 1년이라는 긴 시간을 기다려야 하지만 그 동안 모두 열심히 노력해서 힘든 나날을 허투루 보내지 않아야 해. 애들은 내가 했던 말을 기억하고 있을 거야. 그러니 당신에게 사랑스러운 자녀가 될 테고 각자 충실

하게 임무를 다하면서 내면의 적과 용맹하게 싸워 훌륭하게 자신을 이겨낼 거야. 그래서 집으로 돌아갔을 때 나의 작은 아씨들이 더 사랑스럽고 자랑스러우리라 믿어."

이 대목에서 모두 훌쩍거렸다. 조는 코끝에서 커다란 눈물방울이 떨어졌지만 부끄러운 줄도 몰랐고 에이미는 곱슬머리가 헝클어져도 개의치 않고 어머니 어깨에 얼굴을 묻고 흐느끼며 말했다. "정말이지 난 이기적인 돼지처럼 살았어! 하지만 아버지가 돌아오셨을 때 실망하지 않도록 더 나은 사람이 되려고 열심히 노력할 거야."

"우리 모두 그럴 거야!" 메그가 흐느끼며 말했다. "난 외모에만 신경 쓰고 일하기 싫어했는데 앞으로는 절대 안 그럴 거야."

"난 아버지가 '작은 아씨'라고 기꺼이 부르실 수 있는 사람이 되도록 노력할 거야. 제멋대로 거칠게 행동하지도 않을래. 어딘가로 떠나고 싶어 하지 않고 이곳에서 할 일을 할 거야." 조는 이렇게 말하기는 했지만 집에 머물며 성질을 죽이는 일이 남부군 한둘을 상대하는 일보다 더 어렵겠다고 생각했다.

베스는 말없이 푸른색 군용 양말로 눈물을 닦더니 시간 낭비하지 않고 가장 가까이에 있는 일부터 하겠다는 듯이 열심히 뜨개질을 하기 시작했다. 그러면서 1년이 지나 행복한 때가 왔을 때 아버지가 바라는 사람이 되겠다고 평온한 마음에 각오를 다졌다.

마치 부인은 조의 말을 끝으로 흐른 침묵을 깨고 기운 찬 목소리로 말했다. "어릴 때 하던 천로역정 (Pilgrim's Progress, 순례자의 여정) 놀이 기억하니? 내 잡동사니 가방을 짐 보따리처럼 등에 지어주고 모자, 지팡이, 두루마리 종이를 준 다음 집 안 곳곳을 돌아다니라고 하면 그렇게 좋아할 수가 없었는데. '멸망의 도시*'라고 부르던 지하실에서 출발해 '천상의 도시'를 만들겠다면서 온갖 좋아하는 물건을 모아둔 지붕까지 올라갔잖아."

"정말 재미있었어요. 특히 사자들을 지나 아폴리온**과 싸우고 도깨비가 사는 계곡을 지나갈 때요!" 조가 외쳤다.

---

* 《천로역정》에서 순례자 크리스천이 천상의 도시로 가기 위해 '죄'라는 짐을 지고 떠나는 곳
** 《천로역정》에 등장하는 악마

"저는 짐 보따리를 내려서 아래층으로 굴려 보내는 부분이 좋았어요." 메그가 말했다.

"저는 꽃과 나무를 놓아두고 예쁜 물건을 모아둔 평평한 지붕으로 다 같이 나가 서서 햇볕을 쪼이며 기쁨에 겨워 노래 부르던 게 좋았어요." 베스는 즐거운 그 순간이 생생하게 떠오른 듯 미소 지으며 말했다.

"저는 지하실이랑 어두운 입구가 무서웠다는 것과 지붕에서 먹은 케이크와 우유가 언제나 맛있었다는 것 말고는 기억이 잘 안 나요. 그런 놀이를 못 할 정도로 나이가 들어버리지만 않았어도 다시 해보고 싶었을 거예요." 에이미가 말했다. 열두 살밖에 안 되었으면서 다 컸다는 듯이 애들이나 하는 짓은 하지 않겠다고 선언했다.

"얘야, 이 놀이를 하는데 나이는 상관없단다. 방식만 다를 뿐 언제나 하고 있어. 우리 짐은 여기에 있고 앞에는 길이 펼쳐져 있지. 그리고 선함과 행복을 간절히 바라는 마음은 무지와 실수를 수없이 극복하고 진정한 천상의 도시에서 누릴 수 있는 평화로 이끄는 안내자란다. 자, 나의 작은 순례자들아, 순례를 다시 시작한다고 생각해보렴. 놀이가 아니라 실제 삶에서 말이야. 아버지가 집에 돌아오기 전까지 얼마나 멀리 갈 수 있는지 보자."

"어머니, 정말이에요? 우리 짐은 어디에 있어요?" 어머니의 말을 곧이곧대로 받아들인 꼬마 숙녀 에이미가 물었다.

"베스만 빼고 다들 어떤 짐을 지고 있는지 방금 말했잖니. 베스에게는 아직 짐이 없는 것 같구나." 어머니가 말했다.

"저도 있어요. 제 짐은 설거지와 청소, 좋은 피아노를 가진 여자애들을 부러워하는 마음, 사람들에 대한 두려움이에요."

다들 웃음이 날 만큼 우스운 짐이었지만 베스가 심하게 상처받으리라는 것을 알기에 아무도 웃지 않았다.

"우리 한번 해보자." 메그가 생각에 잠겨 말했다. "바로 이게 착하게 살려고 노력하는 거잖아. 《천로역정》 이야기가 도움이 될지도 몰라. 착하게 산다는 건 아무리 마음먹어도 어려운 일이야. 게다가 가끔 잊어버리고 최선을 다하지 않기도 할 테니까 그 이야기를 떠올리며 각오를 다지는 거야."

"오늘 밤 우리는 '절망의 늪*'에 빠졌는데 이야기 속의 '도움'이라는 사람이 그랬듯이 어머니께서 우리를 늪에서 끌어내주셨어요. 우리에게도 크리스천처럼 안내서가 있어야 할 텐데요. 그건 어쩌죠?" 조가 물었다. 의무를 행하는 매우 지루한 일상에 약간이나마 낭만이 더해질 수 있다는 근사한 생각에 즐거워졌다.

"크리스마스 아침에 베개 밑을 살펴보렴. 안내서가 있을 거야." 마치 부인이 대답했다.

---

*《천로역정》 속 순례자 크리스천의 결심이 흔들린 곳

해나가 식탁을 치우는 동안 자매들은 새로운 계획에 대해 이야기했다. 그런 다음 각자 작은 반짇고리를 꺼내 바늘을 재빨리 놀리며 마치 작은할머니에게 선물할 얇은 이불을 만들었다. 재미없는 바느질이었지만 오늘 밤에는 아무도 불평하지 않았다. 자매들은 조가 생각해낸 방식대로 긴 솔기를 넷으로 나누어 각각 유럽, 아시아, 아프리카, 아메리카라고 불렀고 각자 맡은 나라에 대해 이야기하며 훌륭하게 바느질을 해냈다.

9시가 되자 자매들은 일손을 멈추고 잠자리에 들기 전에 늘 그러듯이 노래를 불렀다. 낡은 피아노에서 제대로 된 소리를 낼 수 있는 사람은 베스뿐이었다. 베스는 누렇게 바랜 건반을 부드럽게 누르며 다 같이 부르는 단음으로 된 노래에 기분 좋은 반주를 했다. 목소리가 플루트 같은 메그는 어머니와 함께 작은 합창단을 이끌었다. 에이미는 귀뚜라미처럼 찌르르 소리를 냈고 조는 곡조를 제멋대로 불러 음이 틀리고 떨리는 소리를 내 구슬프기 짝이 없는 노래를 망치기 일쑤였다. 자매들은 '반닥 반닥 닥은 별'이라고 혀 짧은 소리를 내던 시절부터 늘 이렇게 노래했다.

타고난 가수인 어머니 덕분에 노래 부르기는 집안 풍습이 되었다. 아침에 가장 먼저 들리는 소리는 집안을 돌아다니며 종달새처럼 노래하는 어머니의 목소리였고 밤에 마지막으로 들리는 소리도 바로 그 쾌활한 노랫소리였다. 자매들은 아무리 나이 들어도 그 익숙한 목소리로 불러주는 자장가를 듣고 싶었다.

2. 메리 크리스마스

잿빛으로 밝아 오는 크리스마스 아침에 가장 먼저 잠에서 깬 사람은 조였다. 양말이 걸리지 않은 벽난로를 보고 오래전 선물이 가득 차서 작은 양말이 바닥에 떨어져 있던 때처럼 잠시 매우 실망했다. 잠시 후 어머니의 약속이 떠오른 조는 베개 밑을 더듬어 진홍색 표지의 작은 책을 꺼냈다. 조는 최고의 인생을 그린 아름다운 고전인 이 책을 이미 잘 알고 있었고 이 책이 긴 여정을 떠나는 모든 순례자를 위한 진정한 안내서라고 생각했다. 조는 메그를 깨워 "메리 크리스마스!" 하고 인사한 다음 베개 밑에 뭐가 있는지 보라고 했다. 표지가 초록색인 책이 나왔다. 펼쳐보니 조의 책과 똑같은 그림이 있었고 어머니가 몇 마디를 써놓았는데 그 때문에 선물이 매우 소중하게 느껴졌다. 곧이어 일어난 베스와 에이미도 베개 밑을 뒤져 각자 작은 책

을 꺼냈다. 한 권은 비둘기색, 다른 한 권은 파란색 표지였다.
모두 앉아서 책을 읽으며 이야기를 나누노라니 어느새 해가 떠
동녘이 서서히 장밋빛으로 물들었다.

　약간 허영심이 있지만 천성이 다정하고 신앙심 깊은 마거릿은
알게 모르게 동생들, 특히 조에게 영향을 미쳤다. 동생들은 메그
를 진심으로 사랑했고 그녀가 온화하게 충고하면 잘 따랐다.

　"얘들아." 메그는 옆에 있는 헝클어진 머리의 조와 건너편에
나이트캡을 쓰고 있는 베스와 에이미를 보며 진지하게 말했다.
"어머니는 우리가 이 책을 읽고 좋아하고 마음에 새기기를 바
라셔. 그러니 당장 시작해야 해. 전에는 꾸준히 책을 읽었는데
아버지가 떠나시고 전쟁 때문에 심란해지는 바람에 제대로 못

하는 게 많아. 각자 하고 싶은 대로 해도 좋지만 나는 여기 탁자 위에 책을 두고 매일 아침에 일어나자마자 조금씩 읽을 거야. 분명 유익하고 하루를 보내는 데 도움이 될 거야."

그러고 나서 메그는 새 책을 펼쳐서 읽기 시작했다. 조는 메그에게 어깨동무를 하고 뺨을 맞대더니 평소에 가만히 있지 못하는 그녀에게서 보기 힘든 평온한 표정으로 함께 책을 읽었다.

"메그 언니는 정말 대단해! 에이미, 우리도 하자. 어려운 단어는 내가 가르쳐줄게. 우리가 모르는 건 언니들이 설명해줄 거야." 예쁜 책과 모범을 보이는 언니들에게 무척 감동받은 베스가 속삭였다.

"내 책이 파란색이라서 마음에 들어." 에이미가 말했다. 잠시 후 모두 조용히 책장을 넘기자 방 안이 고요해졌다. 겨울 햇살이 비집고 들어와 반짝이는 머리와 진지한 얼굴을 어루만지며 크리스마스 인사를 건넸다.

"어머니는 어디 계세요?" 30분 뒤, 선물에 대한 감사 인사를 하려고 조와 함께 아래층으로 뛰어내려간 메그가 물었다.

"글쎄요. 불쌍한 사람들이 도움을 청하러 오자 뭐가 필요한지 살펴보시겠다고 곧장 나가셨어요. 먹고 마실 것은 물론이고 옷과 땔감까지 다 내주는 분은 처음 봤지 뭐예요." 해나가 대답했다. 메그가 태어났을 때부터 가족과 함께 지낸 해나는 하인이라기보다 친구 같은 존재였다.

"아마 곧 돌아오실 거예요. 그러니까 케이크를 굽고 준비를 다 해주세요." 메그는 이렇게 말하며 바구니에 담아 적당한 때에 꺼낼 수 있도록 소파 아래에 숨겨둔 선물을 살펴보았다. "이런, 에이미가 산 향수가 어디 갔지?" 작은 유리병이 안 보이자 메그가 물었다.

"조금 전에 에이미가 꺼내 갔어. 리본을 묶거나 장식을 하려는 거겠지." 새 군용 실내화를 길들이려고 신고 방 안을 춤추듯 돌아다니던 조가 대답했다.

"내가 준비한 손수건 정말 근사하지 않아? 해나 할머니가 빨아서 다림질해주셨어. 수는 내가 직접 놓았고." 베스가 힘들게 수놓은 약간 삐뚤빼뚤한 글자를 뿌듯하게 바라보며 말했다.

"세상에! 어머니 이름 'M. 마치(March)'가 아니라 그냥 '어머니(Mother)'라고 수놓았네. 너무 이상하잖아!" 조가 손수건을 한 장 집어 들며 큰 소리로 말했다.

"그럼 안 되는 거야? 메그 언니의 이니셜도 'M. M'이라서 헷갈리지 않게 '어머니'라고 수놓는 게 낫다고 생각했는데. 어머니 말고 다른 사람이 이 손수건을 쓰는 건 싫단 말이야." 베스가 걱정스러운 표정으로 말했다.

"괜찮아. 아주 좋은 생각이야. 그렇게 하면 아무도 헷갈리지 않을 테니 실용적이기도 하고. 어머니께서 분명 매우 기뻐하실 거야." 메그는 조를 향해 인상 쓰더니 베스에게 미소 지으며 말했다.

"어머니 오신다. 바구니 숨겨! 얼른!" 문이 닫히고 현관에서 발소리가 들리자 조가 외쳤다.

허둥지둥 나타난 에이미는 언니들이 모두 기다리는 것을 보고 당황했다.

"어디 갔었어? 숨기고 있는 건 또 뭐고?" 게으른 에이미가 모자를 쓰고 망토를 입고 이렇게 일찍 나갔다 왔다는 데에 놀란 메그가 물었다.

"조 언니, 비웃지 마! 때가 될 때까지 아무도 모르게 할 생각이었는데. 작은 향수 병을 큰 병으로 바꾼 것뿐이야. 가진 돈을 몽땅 썼어. 더 이상 이기적으로 살지 않으려고 열심히 노력 중이거든."

에이미는 이렇게 말하며 저렴한 향수와 바꿔 온 근사한 유리병을 내보였다. 이기적으로 살지 않으려는 노력이 정말 진실하고 겸손해 보였기에 메그는 곧장 에이미를 안아주었고 조는 '최고'라고 칭찬했다. 베스는 창가로 달려가 우아한 향수병을 장식할 가장 예쁜 장미를 꺾었다.

"오늘 아침에 책에서 착하게 사는 것에 관한 글을 읽고 내 선물이 부끄러워졌어. 그래서 침실에서 나오자마자 모퉁이 가게로 뛰어가서 바꿨어. 이제 내 선물이 제일 근사해 보이네. 정말 기분 좋아."

문 닫히는 소리가 또 한 번 들리자 자매들은 바구니를 소파 밑에 넣고 아침 식사가 준비된 식탁으로 갔다.

　"메리 크리스마스! 어머니, 즐거운 크리스마스 되세요! 책 선물 고맙습니다. 아까 조금 읽었는데 이제 매일 읽으려고요." 자매들이 일제히 외쳤다.

　"우리 딸들도 메리 크리스마스! 당장 읽기 시작했다니 기쁘구나. 앞으로도 잘 읽기를 바란다. 그런데 자리에 앉기 전에 할 말이 있단다. 우리 집 근처에 사는 가난한 여자가 아기를 낳았어. 불을 지피지 못해서 여섯 아이가 얼어 죽지 않으려고 한 침대에서 웅크리고 있고 먹을 것도 없어. 그 집 장남이 찾아와서 배고프고 추워서 너무 힘들다고 하더구나. 얘들아, 아침 식사를 그 사람들에게 크리스마스 선물로 주지 않겠니?"

　자매들은 거의 1시간이나 기다린지라 유난히 배가 고팠기 때문에 아무도 대답하지 않았다. 잠시 후에야 조가 황급히 대답했다.

　"아침 먹기 전에 오셔서 다행이에요!"

　"가여운 어린아이들에게 음식 갖다주는 일을 도우면 안 될까요?" 베스가 간절하게 물었다.

　"저는 크림과 머핀을 가져갈게요." 가장 좋아하는 음식을 포기한 에이미가 의기양양하게 한마디 보탰다.

　메그는 이미 메밀 팬케이크를 싸서 큰 접시에 담고 있었다.

"그럴 줄 알았어." 마치 부인이 만족스러운 듯 미소 지으며 말했다. "다들 가서 나를 도와주렴. 돌아와서 아침으로 빵과 우유를 먹고 저녁을 잘 먹자."

모두 빠르게 준비해서 줄지어 집을 나섰다. 다행히 이른 시간인 데다가 뒷골목으로 나가서 사람들의 눈에 띄지 않았기에 이들의 기묘한 모습을 비웃는 사람도 없었다.

실로 가난하고 헐벗은 비참한 방이었다. 창문은 깨졌고 불도 피워놓지 않았으며 이불은 너덜너덜했다. 어머니는 아프고 아기는 울부짖었고 창백하고 굶주린 아이들이 낡은 이불 한 장을 덮고 모여 앉아 체온을 유지하려고 애썼다. 자매들이 들어서자 아이들은 커다란 눈으로 뚫어지게 바라보며 새파랗게 질린 입술로 미소 지었다.

"이럴 수가! 착한 천사들이 우리를 찾아오다니 얼마나 다행인지요!" 가난한 여자가 기뻐하며 독일어를 섞어 외쳤다.

"후드를 쓰고 엄지장갑을 낀 우스꽝스러운 모습의 천사들이죠." 조의 말에 모두 웃음을 터뜨렸다.

잠시 후 정말 마음씨 고운 천사들이 집안에서 일하고 있는 것 같은 광경이 펼쳐졌다. 땔감을 가져온 해나는 불을 지피고 낡은 모자와 두르고 있던 숄로 유리가 깨진 곳을 막았다. 마치 부인은 애들 어머니에게 차와 귀리죽을 주며 앞으로 도와주겠다고 위로했고 친자식 대하듯 조심스럽게 아기에게 옷을 입혔다. 한편 자매들은 식탁을 차리고 아이들을 난롯가에 앉힌 다음 굶주린 새들 같은 아이들에게 음식을 먹였다. 아이들의 괴상하고 어설픈 영어를 알아들으려 애쓰며 웃고 떠들었다.

"맛있어요! 천사 같은 분들!" 가여운 아이들은 음식을 먹으며 독일어로 이렇게 말했고 아늑하게 타오르는 난롯불에 얼어붙어 자주색이 된 손을 녹이기도 했다. 자매들은 천사 같다는 말을 난생처음 듣고 기분이 좋았다. 태어난 뒤로 계속 '산초*' 취급을 당한 조가 특히 좋아했다. 자매들은 가져간 음식을 하나도 못 먹었지만 정말 행복한 아침 식사였다. 불우한 이웃을 안

---

*《돈키호테》에 등장하는 코믹한 성격의 시종

락하게 해주고 집으로 돌아가는 자매들보다 더 행복한 사람은 도시 전체에서 아무도 없었을 것이다. 비록 크리스마스 아침에 식사를 양보하고 빵과 우유로 만족해야 해서 배는 고팠지만.

"이웃을 나보다 더 사랑한다는 게 이런 거였어. 기분 좋은데." 메그가 동생들과 함께 선물을 꺼내놓으며 말했다. 어머니는 위층에서 불쌍한 홈멜 씨 가족에게 줄 옷을 챙기고 있었다.

자매들의 소소한 선물 꾸러미는 화려하지는 않았지만 사랑이 가득 담겨 있었다. 식탁 중앙에 빨간 장미, 하얀 국화, 늘어진 덩굴식물을 꽂은 긴 꽃병을 놓아 우아한 분위기를 더했다.

"오신다! 베스, 연주 시작해. 에이미, 문 열어. 어머니를 위해서 만세삼창을 하자!" 조가 껑충거리며 외쳤다. 메그는 어머니를 주인공 자리로 안내하려고 문으로 갔다.

베스는 경쾌한 행진곡을 연주했고 에이미는 문을 열었다. 그러자 메그가 기품 있는 태도로 어머니를 안내했다. 마치 부인은 놀라고 감동했다. 선물을 뜯어보고 그 안의 쪽지를 읽어보는 동안 두 눈은 활짝 웃고 있었다. 그녀는 곧바로 실내화를 갈아 신었고 에이미가 준 향수를 뿌린 손수건을 주머니에 넣었다. 향수병에 장식된 장미를 가슴에 꽂고 멋진 장갑을 끼고는 "꼭 맞네"라고 했다.

웃음과 입맞춤이 가득한 가운데 선물에 얽힌 이야기를 나누었다. 소박하지만 사랑이 넘치는 가족의 크리스마스 축제는 오랜 시간이 지난 뒤에도 기억에 남을 정도로 즐겁고 기분 좋았다. 축제가 끝난 뒤에는 모두 일을 시작했다.

좋은 일을 하고 크리스마스 행사를 하느라 아침 시간을 너무 많이 잡아먹은 바람에 남은 하루는 저녁 행사 준비에 쏟아 부었다. 극장에 자주 가기에는 너무 어리기도 했고 집에서 하는 연극에 큰돈을 쓸 형편도 아니었기에 자매들은 머리를 짜내 공연을 준비했다. 필요는 발명의 어머니라는 말대로 그들은 필요한 것은 무엇이든 만들어냈다. 그렇게 만든 소품 중에는 두꺼운 종이로 만든 기타, 촌스러운 배 모양 버터 그릇에 은색 종이를 붙여 만든 골동품 램프, 낡은 면 드레스에 피클 공장에서 얻어온 반짝이는 주석 조각을 붙인 멋진 의상, 같은 공장에서 얻어온 주석통 뚜껑을 잘라내고 남은 부분을 넓게 편 다음 마름모꼴 여러 개로 잘라 만든 그럴듯한 갑옷 등 영리함이 돋보이는 것들이 있었다. 가구는 이리저리 방향을 바꾸어 무대 장치로 사용했고 큰 방은 여러 왁자지껄한 장면의 배경이 되었다.

남자는 출연할 수 없었기 때문에 마음만은 남자인 조가 남자 역할을 맡았다. 조는 적갈색 가죽 장화가 아주 마음에 들었다. 친구가 배우와 알고 지내는 여자에게서 빌린 것이었다. 이 장화와 낡은 펜싱 검과 어느 화가의 그림에 등장했다는 세로 절개 장식이 들어간 더블릿*은 조가 무척 아끼는 소품이었고 모든 장면에 등장했다. 극단의 규모가 작아서 주연 배우 둘이 몇 가지 배역을 맡을 수밖에 없었는데 서너 배역을 소화하고 다양한 의상을 재빨리 갈아입는 것은 물론이고 무대 관리까지 하며 열심히 노력한 이들은 칭찬받아 마땅했다. 연극은 기억력 훈련에 아주 좋았고 해로울 것 없는 놀이였다. 연극 덕분에 혼자 빈둥대거나 도움도 안 되는 모임에서 시간을 보내지 않고 연습을 하며 긴 시간을 알차게 쓸 수도 있었다.

크리스마스 밤이 되자 여자애들 십여 명이 파란색과 노란색 친츠 천 커튼 앞에 놓인 침대로 만든 특별석에 모여 앉았다. 모두 기대감이 최고조에 달해 들떠 있었다. 커튼 뒤에서 부스럭대고 소곤대는 소리가 한참 들렸고 등불 피우는 연기가 조금 나기도 하고 흥분하면 제어 불능 상태로 웃음이 터지는 에이미가 킥킥대는 소리가 이따금 들렸다. 이윽고 종이 울리고 커튼이 열리며 오페라 비극이 시작되었다.

연극 전단지에 따르면 화분에 심은 관목, 바닥에 깐 녹색 천, 멀리 보이는 동굴은 '음침한 숲'을 표현한 것이었다. 동굴 지붕은 빨래 걸이로, 벽은 서랍장으로 만들었다. 동굴 안에서 타오르는 작은 화로에는 검은 솥이 걸려 있었고 그 위로 늙은 마녀가 몸을 숙이고 있었다. 어두운 무대에서 이글거리는 화로는 뛰어난 무대 효과였다. 마녀가 뚜껑을 열었을 때 솥에서 진짜

---

* 14~17세기의 짧고 몸에 딱 맞는 남성용 상의

김이 피어오르도록 한 부분이 특히 돋보였다. 잠시 후 첫장면의 흥분이 가라앉자 검은 턱수염을 기른 악당 휴고가 으스대며 걸어 나왔다. 옆구리에 철컹대는 칼을 차고 챙이 늘어진 모자를 썼으며 이상야릇한 망토를 두르고 장화를 신고 있었다. 불안한 듯 왔다 갔다 하던 그는 이마를 탁 치더니 걸걸한 목소리로 로데리고에 대한 증오, 자라에 대한 사랑, 로데리고를 죽이고 자라를 차지하겠다는 굳은 결심을 노래했다. 휴고의 갈라지는 목소리는 감정이 격해지면 이따금 소리를 지르기도 하는 등 무척 인상적이었기에 관객들은 그가 잠시 숨을 고를 때 박수를 아끼지 않았다. 그는 사람들의 환호가 익숙하다는 듯이 고개

숙여 인사하고는 동굴로 살금살금 다가가 하가르에게 나오라고 명령했다. "여봐라! 네 이놈! 네 놈에게 볼일이 있구나!"

젯빛 말갈기를 늘어뜨리고 빨간색과 검은색이 섞인 옷을 입은 메그가 신비한 무늬가 그려진 망토를 걸치고 지팡이를 짚고 나왔다. 휴고는 자라가 자신을

사랑하게 만들 약과 로데리고를 없애버릴 약이 필요하다고 했다. 하가르는 극적인 느낌이 물씬 풍기는 고운 선율로 노래했다. 두 가지 약 모두 만들겠노라 약속하고 사랑에 빠지게 하는 마법을 부리는 정령을 불러내는 내용이었다.

"집에서 나와 이리 와요, 이리로.
하늘의 정령에게 이렇게 비나니!
장미에서 태어나 이슬을 먹고 사는 정령이시여,
주술과 마법의 약을 줄 수 있나요?
어서 빨리 가져다주소서.
내게 필요한 향기로운 미약을.
달콤하고 효과 빠르고 강력한 미약을 만드소서.
정령이여, 내 노래에 응답하소서!"

감미로운 노래가 울려 퍼지자 잠시 후 동굴 뒤에서 구름처럼 새하얀 옷을 입고 반짝이는 날개를 달고 금발 머리에 장미 화관을 쓴 작은 정령이 나타났다. 정령은 지팡이를 흔들며 노래했다.

"여기 내가 왔노라.
멀리 은빛 달에 있는

천상의 집에서.
마법의 약을 줄 테니
좋은 곳에 사용하여라!
그렇지 않으면 효과가 곧 사라질지니!"

노래를 마친 정령은 작은 금색 병을 마녀의 발치에 떨어뜨리고 사라졌다. 하가르는 다른 정령을 부르는 노래를 했다. 펑 소리가 나더니 이번에는 사랑스러운 정령이 아니라 못생기고 시커먼 악령이 나타났다. 악령은 쉰 목소리로 대답하고는 휴고에게 검은색 병을 던져주더니 조롱하듯 웃으며 사라졌다. 휴고는 감사의 노래를 부르고 장화에 두 가지 약을 숨겨 떠났다. 하가르는 예전에 휴고가 자기 친구들을 몇 명 죽였기 때문에 그를 저주하고 그의 계획을 엉망으로 만들어 복수할 것이라고 관객에게 알렸다. 잠시 후 막이 닫히자 관객들은 쉬면서 사탕을 먹고 연극에서 좋았던 점을 이야기했다.

망치질 소리가 한참 나고 나서야 막이 다시 열렸다. 정말 훌륭한 무대장치가 나타났기 때문에 늦게 시작했다고 불평하는 관객은 아무도 없었다. 실로 엄청나게 멋진 무대였다! 천장까지 탑이 솟아 있었다. 탑 중간에 난 창에는 등불이 켜져 있었고 하얀 커튼 너머로 파란색과 은색이 섞인 아름다운 드레스를 입고 로데리고를 기다리는 자라의 모습이 보였다. 곧 멋있게 차려 입은 로데리고가 등장했다. 깃털 장식 모자를 쓰고 붉은 망토를 두른 그는 적갈색 머리카락을 어깨까지 늘어뜨리고 기타를 들었고 물론 장화도 신었다. 그러고는 탑 아래에 무릎 꿇고 마음을 녹이는 목소리로 세레나데를 불렀다. 자라가 노래로 응답했고 두 사람은 노래로 대화를 주고받은 뒤에 도망치자고 뜻을 모았다. 잠시 후 대단한 장면이 펼쳐졌다. 로데리고가 발받침이 다섯 개 있는 밧줄 사다리를 꺼내더니 한쪽을 위로 던지며 자라에게 타고 내려오라고 했다. 겁먹은 자라가 격자 창문에서 내려와 로데리고의 어깨를 짚고 우아하게 뛰어내리려던 찰나 이럴 수가! 이렇게 안타까운 일이! 자라는 옷자락에 신경을 쓰지 못했다. 그래서 창문에 옷자락이 걸려 탑이 휘청대며 앞으로 쏠리더니 우당탕 소리를 내며 무너졌고 불운한 연인은 폐허에 파묻혔다!

여기저기에서 비명이 터져 나왔다. 적갈색 장화가 잔해 속에서 몸부림쳤고 금발 머리가 쑥 나오더니 "내가 이럴 거라고 했잖아!"라고 외쳤다. 그때 잔인한 왕 돈 페드로가 놀라우리만치 침착하게 뛰어들어와 자기 딸을 서둘러 옆으로 끌어내며 속삭였다.

"웃지 마! 아무렇지 않은 척 연기해!" 그리고 일어나서 분노와 경멸을 담아 자기 왕국에서 떠나라고 로데리고에게 명령했다. 로데리고는 무너진 탑에 깔려 당황했지만 노왕의 말을 무시하고 꿈쩍도 하지 않았다. 결코 물러서지 않는 로데리고의 훌륭한 모습은 자라의 마음에 불을 지폈다. 그녀도 왕에게 저항하자 왕은 두 사람 모두 성의 가장 깊숙한 곳에 있는 지하 감옥에 가두라고 명령했다. 땅딸막한 신하가 사슬을 가져와 두 사람을 끌고 갔는데 너무 겁에 질려 해야 할 말도 잊어버린 것처럼 보였다.

3막의 배경은 성안의 큰 방이었다. 하가르는 연인을 풀어주고 휴고를 없애려고 이곳에 나타났다. 하가르는 휴고가 오는 소리가 들리자 숨었다. 휴고는 포도주 두 잔에 두 가지 약을 각각 넣더니 체격이 작고 겁먹은 표정의 하인에게 명령했다. "이 포도주를 감옥의 죄인들에게 갖다주고 내가 곧 간다고 전해라." 하인은 은밀한 이야기를 하려는 듯 휴고를 한쪽으로 데려갔고 그사이 하가르는 약을 타지 않은 포도주가 담긴 잔으로 바꾸었다. 하인 페르디난도가 포도주를 가져가자 하가르는 휴고가 마시도록 독약이 든 잔을 갖다놓았다. 오랫동안 떠든지라

목이 말랐던 휴고는 포도주를 마셨고 제정신이 아닌 듯 발버둥 치더니 한동안 가슴을 움켜쥐고 발을 구른 뒤에 쓰러져 죽어 갔다. 그동안 하가르는 선율이 아름다운 노래를 힘차게 부르며 자신이 무슨 짓을 했는지 그에게 알렸다.

휴고의 긴 머리카락이 갑자기 왕창 쏟아져 내리는 바람에 악당의 죽음이 가져오는 극적 효과가 줄어들었다고 생각한 사람도 있을지 모르지만 정말 전율이 일어나는 장면이었다. 휴고는 커튼 앞으로 불려 나왔고, 연극에 나온 모든 노래 중에 가장 훌륭한 노래를 부르며 3막을 이끈 하가르도 나와서 예를 갖췄다.

4막은 자라가 자신을 버렸다는 말을 듣고 절망에 빠진 로데리고가 단검으로 목숨을 끊으려는 장면으로 시작했다. 그가 단검으로 심장을 찌르려는 바로 그때 창문 아래에서 아름다운 노래가 들려와, 자라의 마음은 변치 않았으나 그녀가 위험해 처했으며 로데리고가 하고자 하면 그녀를 구할 수 있다고 알렸다. 그리고 열쇠 하나가 날아 들어왔다. 로데리고는 그 열쇠로 문을 열고 한바탕 환희에 휩싸여 묶여 있던 사슬을 끊고 연인을 찾아내 구하려고 황급히 나갔다.

5막은 자라와 돈 페드로가 격렬하게 언쟁하는 장면으로 시작했다. 돈 페드로는 딸을 수녀원에 보내고 싶어 하지만 자라는 따르지 않았다. 그녀가 심금을 울리는 호소를 한 뒤에 실신하려는 순간 로데리고가 뛰어들어와 자라와의 결혼을 허락해 달라고 했다. 돈 페드로는 그가 가난하다는 이유로 거절했고 이에 두 사람은 격렬하게 소리 지르고 흥분된 몸짓을 하지만 합의하지 못했다. 로데리고가 탈진한 자라를 데리고 나가려던 찰나 겁먹은 표정의 하인이 수수께끼처럼 사라진 하가르에게서 온 편지와 가방을 가져왔다. 편지에는 하가르가 자신의 막대한 재산을 젊은 연인에게 물려줄 것이며 이들을 불행하게 할 경우 돈 페드로가 끔찍한 최후를 맞이하도록 하겠다고 쓰여 있었다. 가방을 열자 주석으로 만든 동전이 무대 위로 잔뜩 쏟아져 무대가 아름답게 반짝거렸다. 완고하던 왕이 돈을 보고 마음이 완전히 누그러져 군말 없이 결혼을 승낙하자 모두 기쁨에 가득 차 함께 노래 불렀다. 연인이 무릎을 꿇고 돈 페드로의 축복을 받는 낭만적이고 우아한 장면을 끝으로 막을 내렸다.

요란한 박수가 쏟아지는 가운데 뜻밖에 박수가 중단되는 일이 생겼다. '특별석'으로 만든 접이식 침대가 갑자기 접히는 바람에 관객들의 열광이 뚝 끊긴 것이다. 로데리고와 돈 페드로가 재빨리 그들을 구하러 갔고 모두 다치지 않고 나왔으나 대부분 말도 하지 못할 정도로 심하게 웃음이 터졌다. 흥분이 좀처럼 가라앉지 않고 있는데 해나가 나타나 말했다. "마님께서다들 애썼다고 이제 내려와서 저녁을 먹으라고 하시네요."

이는 배우들도 예상하지 못한 놀라운 소식이었다. 내려가서 차려진 식탁을 본 그들은 놀라고 기뻐서 서로 쳐다보며 어쩔 줄 몰라 했다. 어머니가 조금 특별한 식사를 준비하시는 줄로만 알았지 이렇게 근사한 식사는 풍족하던 시절 이후로 처음이었다. 아이스크림이 분홍색과 흰색 이렇게 두 그릇이나 있었고 케이크, 과일, 눈길을 사로잡는 봉봉도 있었다. 식탁 가운데에는 온실에서 기른 꽃으로 만든 풍성한 꽃다발이 네 개 놓여 있었다.

자매들은 숨이 멎을 것만 같았다. 식탁을 살펴보고 나서 어머니를 보았는데 어머니는 이 순간을 무척 즐기는 표정이었다.

"요정이 다녀갔나?" 에이미가 물었다.

"산타클로스야." 베스가 말했다.

"어머니가 준비하셨어." 메그는 허연 턱수염과 눈썹 분장을 붙인 채 그 어느 때보다 다정하게 미소 지었다.

"마치 작은할머니가 갑자기 기분이 좋아져서 보내신 거야." 조가 퍼뜩 떠올랐다는 듯이 외쳤다.

"다들 틀렸어. 로런스 씨께서 보내신 거란다." 마치 부인이 대답했다.

"로런스라는 남자애의 할아버지 맞죠? 도대체 어떻게 이런 생각을 하셨대요? 저희는 그분을 알지도 못하는데요!" 메그가 감동하여 큰 소리로 말했다.

"해나가 그 집 하인에게 너희가 아침에 벌인 파티를 얘기했나봐. 로런스 씨가 독특한 분이시긴 해도 그 이야기를 전해 듣고 마음이 흐뭇하셨던 모양이야. 오래전에 너희 외할아버지와 알고 지내신 사이기도 하고. 아까 오후에 정중한 쪽지를 보내셨더구나. 너희들에 대한 호의를 표현하도록 허락해달라면서 오늘 일을 칭찬하는 의미로 소소한 먹거리를 몇 가지 보내고 싶다고 하셨어. 거절할 수가 없었단다. 그러니 아침을 빵과 우유로 때운 대신 밤에는 작은 성찬을 즐기렴."

"그 남자애가 할아버지에게 말한 게 틀림없어요! 괜찮은 애인데 우리랑 친해지면 좋겠어요. 그 애도 우리와 알고 지내고 싶어 하는 것 같던데 부끄러운가봐요. 언니가 너무 새침해서 지나가다가 그 애를 마주쳐도 말도 못 걸게 하거든요." 조가 말했다. 모두 이야기를 나누고 접시를 주고받으며 음식을 먹었다. 아이스크림이 눈앞에서 사라지기 시작했고 "오!, 아!" 하고 만족해하는 감탄사가 여기저기에서 쏟아져 나왔다.

"옆에 있는 큰 집에 사는 사람들 말하는 거지?" 관객으로 온 여자애들 중 한 명이 물었다. "우리 엄마가 로런스 씨를 아시는데 무척 거만하고 이웃과 어울리는 걸 싫어한댔어. 가정 교사와 말을 타거나 산책할 때 말고는 손자를 밖에 내보내지도 않고 공부를 엄청 열심히 시킨대. 우리 집에서 파티할 때 초대했는데 안 오더라고. 우리 엄마 말에 따르면 괜찮은 애래. 여자애들한테 말을 못 붙여서 그렇지."

"우리 집 고양이가 가출한 적이 있는데 그 애가 데리고 왔어. 담장 너머로 크리켓 얘기도 하고 수다를 좀 떨었는데 말이 잘 통했어. 그런데 언니가 오는 걸 보더니 가더라고. 언젠가는 그 애랑 꼭 친해질 거야. 그 애한테는 정말이지 재미있는 일이 필요해." 조가 결심했다는 듯이 말했다.

"난 애가 예의 발라서 마음에 들더라. 꼬마 신사 같았어. 그러니 적당한 기회에 너희가 그 애와 친해지는 데에 반대하지 않으마. 이 꽃다발도 그 애가 직접 가져왔어. 너희가 위층에서 뭘 하는지 확실하게 알았더라면 초대했을 텐데. 떠들썩한 소리를 듣고서 정말 아쉬워하는 것 같았거든. 즐겁게 놀아보지 못한 게 틀림없어."

"초대하시지 않아서 다행이에요, 어머니!" 조가 신고 있던 장화를 보며 웃음을 터뜨렸다. "하지만 연극은 또 할 테니까 그때 오라고 하죠. 연극을 도와줄지도 모르고요. 재미있을 것 같은데요?"

"이렇게 근사한 꽃다발은 처음 봤어. 정말 예뻐." 메그가 큰 관심을 보이며 꽃다발을 살펴보았다.

"그 꽃다발도 정말 아름답지만 내게는 베스가 준 장미가 더 향기롭단다." 마치 부인이 허리춤에 달아 놓은 반쯤 시든 작은 꽃다발 향기를 맡으며 말했다.

베스는 어머니에게 다정하게 몸을 기대며 속삭였다. "아버지께도 꽃다발을 드릴 수 있으면 얼마나 좋을까요. 아버지가 우리처럼 즐거운 크리스마스를 보내지 못하셔서 마음이 안 좋아요."

3. 옆집 소년 로런스

"조! 조! 어디 있어?" 다락방 계단 밑에서 메그가 외쳤다.

"여기!" 위에서 잔뜩 잠긴 목소리가 대답했다. 메그가 뛰어올라가 보니 조는 해가 잘 드는 창가에 놓인 다리가 세 개 뿐인 낡은 소파에 이불을 뒤집어쓰고 앉아 있었다. 사과를 먹으며 《레드클리프의 상속인(Heir of Redclyffe)》을 읽고 있던 조는 눈물을 흘리고 있었다. 다락방에 숨어들기를 좋아하는 조는 빨간 사과 대여섯 개와 재미있는 책을 한 권 가지고 혼자 올라와서 조용한 시간을 만끽하고 근처에 사는 쥐와 시간을 보냈다. 조는 그 쥐를 귀여워했지만 쥐는 그녀에게 조금도 신경 쓰지 않았다. 메그가 나타나자 스크래블이라는 이름의 쥐는 쥐구멍으로 황급히 사라졌다. 조는 뺨에 흐른 눈물을 닦고 언니가 말하기를 기다렸다.

"재미있는 일이 있어! 이것 좀 봐! 가디너 부인이 내일 밤 파티에 우리를 정식으로 초대했어!" 메그는 소중한 초대장을 흔들며 외치더니 천진난만하게 기쁨에 들떠 편지를 읽었다.

"'새해 전야에 열리는 조촐한 무도회에 마거릿 양과 조세핀 양이 와준다면 무척 기쁠 겁니다.'라고 쓰여 있어. 어머니는 가라고 하실 거야. 그나저나 뭘 입지?"

"포플린* 드레스를 입을 텐데 뭘 그런 걸 물어. 그것밖에 없잖아." 조가 입 안 가득 사과를 물고 대답했다.

"실크 드레스가 있으면 얼마나 좋을까!" 메그는 한숨을 쉬었

---

* 튼튼하게 짠 면직물의 일종

다. "어머니는 열여덟 살이 되면 장만해줄 수도 있다고 하셨지만 2년은 기다리기에 너무 긴 시간인걸."

"지금 가진 포플린 드레스도 실크처럼 보일 거야. 우리한테 충분히 잘 어울리기도 하고. 언니 드레스는 새것 같잖아. 깜빡하고 있었는데 내 드레스는 불에 탄 자국도 있고 찢어지기도 했어. 어쩌지? 자국이 너무 흉하게 보이는데. 지워지지도 않더라고."

"가급적 등이 보이지 않게 앉아 있어. 앞쪽은 괜찮잖아. 난 머리 리본을 새로 사고 어머니의 작은 진주 핀을 빌려야지. 예쁜 새 구두도 있고 장갑은 흡족할 만큼 근사하지는 않지만 예쁠 거야."

"내 장갑은 레모네이드가 묻어서 못 써. 장갑을 새로 살 수도 없고. 난 장갑 안 끼고 갈래." 드레스 걱정 같은 것은 해본 적이 없는 조가 말했다.

"장갑은 꼭 껴야 해. 안 그러면 같이 안 갈 거야." 메그가 단호하게 말했다. "장갑은 다른 무엇보다 중요해. 장갑을 안 끼면 춤도 못 추잖아. 네가 장갑을 안 끼면 난 너무 부끄러울 거야."

"그럼 난 가만히 있을게. 단체로 춤을 추든 말든 알게 뭐람. 유유히 빙빙 도는 건 재미없어. 난 이리저리 뛰어다니고 까불면서 장난치는 게 좋아."

"어머니께 장갑을 새로 사달라고 하지는 마. 너무 비싸기도 하고 네가 워낙 조심성이 없잖아. 지난번에 장갑을 못 쓰게 만들었을 때 어머니께서 올 겨울에는 더 사줄 수 없다고 하셨어. 얼룩을 지울 수는 없을까?" 메그가 근심스러운 표정으로 물었다.

"손에 꼭 쥐고 있으면 얼마나 얼룩졌는지 아무도 모를 거야. 내가 할 수 있는 건 이 정도야. 아니다! 어떻게 하면 좋을지 생각났어. 우리 둘이 언니 장갑을 한 짝씩 끼고 내 장갑을 한 짝씩 손에 들고 있는 거야. 어때?"

"네가 나보다 손이 크잖아. 내 장갑이 형편없이 늘어날 텐데." 장갑을 아끼는 메그가 말했다.

"그럼 난 그냥 갈래. 사람들이 뭐라고 하든 상관없어." 조가 책을 집어 들며 외쳤다.

"내 장갑 주면 되잖아! 대신 깨끗하게 쓰고 행동거지 조심해. 뒷짐 지지 말고 사람들을 빤히 쳐다보지도 말고 '어머나 세상에!' 대신 '크리스토퍼 콜럼버스!'라고 말하지도 마. 알겠어?"

"내 걱정은 하지 마. 참한 아가씨처럼 얌전빼고 있을 테니까. 되도록 난처한 일 안 생기도록 할게. 이제 가서 답장이나 써. 난 이 재미있는 책을 마저 읽어야 하니까."

메그는 내려가서 '감사히 초대에 응하겠다.'는 편지를 쓰고 나서 드레스를 살펴보고 하나뿐인 진짜 레이스 주름장식을 달며 즐겁게 노래했다. 그동안 조는 책을 다 읽고 사과 네 개도 다 먹고 스크래블과 재미있게 놀았다.

새해 전날, 거실에는 아무도 없었다. 베스와 에이미가 시중을 드는 가운데 메그와 조가 '파티 준비'라는 중대한 일에 빠져 있었기 때문이다. 별것 없는 몸단장이었지만 위층과 아래층을 수시로 오가며 웃음과 이야기가 끊이지 않았고 머리카락이 타는 코를 찌르는 냄새가 집 안에 퍼지기도 했다. 메그가 머리카락을 곱슬하게 말아서 옆으로 내리고 싶어 해서 조가 머리카락에 종이를 대고 뜨거운 머리 인두로 말고 있었다.

　"원래 이렇게 연기가 나?" 침대에 앉아 있던 베스가 물었다.

　"젖은 머리카락이 마르느라 그래." 조가 대답했다.

　"냄새가 고약한데! 깃털 타는 냄새 같아." 에이미가 자신의 예쁜 곱슬머리를 뽐내듯이 어루만지며 말했다.

"자, 이제 종이를 빼면 구름처럼 둥실하게 말린 머리가 나온다고." 조는 이렇게 말하며 인두를 내려놓았다.

하지만 종이를 뺐는데도 구름처럼 말린 머리는 나타나지 않았다. 머리카락이 타서 종이와 함께 떨어져 나왔기 때문이다. 겁에 질린 미용사가 희생양 앞의 화장대에 검게 그은 머리카락을 늘어놓았다.

"아, 아, 아! 무슨 짓을 한 거야? 망했다! 이렇게는 못 가! 내 머리, 내 머리!" 메그가 꼬불꼬불하게 타버려 들쭉날쭉한 앞머리를 절망적으로 바라보며 흐느꼈다.

"내가 그렇지 뭐! 나한테 해달라고 부탁하질 말았어야지. 난 원래 뭐든 망쳐놓잖아. 정말 미안한데 인두가 너무 뜨거워서 이 난리가 났어." 가여운 조는 괴로운 듯 중얼거리며 후회의 눈물을 머금고 검게 탄 팬케이크 같은 머리카락을 보았다.

"망하지는 않았어. 그냥 꼬불거리는 것뿐이야. 이마가 약간 가려지도록 리본을 묶어봐. 최신 유행하는 스타일로 보일 거야. 그렇게 하고 다니는 여자애들 많이 봤어." 에이미가 위로했다.

"예뻐 보이려다가 망했네. 머리를 말지 말고 그냥 둘걸." 메그가 심통이 나서 외쳤다.

"그러게 말이야. 매끄럽고 예쁜 머리였는데. 하지만 곧 다시 자랄 거야." 베스가 다가와 털이 깎인 양에게 입 맞추며 위로를 전했다.

이런저런 사소한 사건이 벌어진 뒤에야 마침내 메그가 준비를 마쳤고 온 가족이 힘을 모아 애쓴 끝에 조도 머리를 올리고 드레스를 입었다. 두 사람은 소박한 드레스를 입었지만 정말 예뻤다. 메그는 은빛이 도는 황갈색 드레스를 입고 파란 벨벳 망을 씌워 머리를 올린 다음 레이스 주름장식을 달고 진주 핀을 꽂았다. 조는 신사복처럼 빳빳한 리넨 깃이 달린 적갈색 드레스를 입었고 장식은 하얀 국화 두어 송이가 전부였다. 두 사람 모두 한 손에는 연한 색 장갑을 끼고 다른 한 손에는 더러운 장갑을 들었는데 다들 '편안하면서도 품위 있는' 느낌이라고 했다. 메그는 굽 높은 구두가 남의 신발처럼 너무 꽉 껴서 발이 아팠고 조는 머리핀 열아홉 개가 머리카락이 아닌 머리에 꽂히기라도 한 듯 그다지 편해 보이지 않았다. 하지만 어쩌랴, 우아해지려면 필사적으로 노력해야 하는 것을.

"얘들아, 즐거운 시간 보내고 오렴." 우아하게 걸어가는 딸들을 보며 마치 부인이 말했다. "저녁 많이 먹지 말고 해나를 보낼 테니 11시에는 거기에서 출발해." 쿵 소리를 내며 닫힌 대문 너머 창가에서 어머니의 목소리가 들렸다.

"잠깐만 얘들아! 둘 다 손수건 좋은 것으로 챙겼니?"

"네, 그럼요. 멋진 것으로 넣었어요. 언니는 향수까지 뿌린 걸요." 조가 웃으며 외친 다음 자매는 가던 길을 갔다. "어머니는 지진이 나서 대피할 때에도 손수건 챙겼냐고 물으실 거야."

"어머니의 고상한 취향이지. 진정한 숙녀라면 항상 깔끔한 신발, 장갑, 손수건을 갖춰야 마땅하기도 하고." 자기만의 소소하고 '고상한 취향'이 많은 메그가 말했다.

"조, 드레스 탄 자국이 안 보이게 하는 거 잊지 마. 내 허리 장식띠 괜찮아? 머리가 너무 흉하지는 않고?" 가디너 부인의 옷방에서 한참이나 단장한 메그가 거울 앞에서 돌아서며 물었다.

"분명 잊어버릴 거야. 내가 난처하게 행동하면 언니가 윙크로 알려줘. 알겠지?" 조는 이렇게 대꾸하더니 옷깃을 획 잡아당기고 머리를 대충 빗질했다.

"안 돼. 윙크는 숙녀답지 못해. 네가 뭔가를 잘못하면 눈썹을 치켜 올리고 잘하면 고개를 끄덕일게. 이제 어깨 똑바로 펴고 보폭을 좁혀. 다른 사람을 소개 받을 때 악수하지 말고. 그건 예의가 아니야."

"언니는 그런 예의범절을 어떻게 다 알아? 난 도통 모르겠던데. 그런데 지금 나오는 음악 신난다."

두 사람은 약간 쭈뼛거리며 아래층으로 내려갔다. 파티에 참석한 적이 별로 없어서 지금처럼 격 없는 소규모 모임도 대단한 행사처럼 느껴졌다. 기품 있는 가디너 부인이 두 사람을 따뜻하게 맞이하며 자신의 여섯 딸 중 맏딸에게 응대를 맡겼다. 메그는 샐리와 아는 사이라서 곧 편하게 어울렸지만 여자애들

이나 그들의 수다에 관심 없는 조는 꽃밭에 난입한 망아지처럼 못 올 곳에 온 기분으로 벽에 등을 조심스레 기대고 서 있었다. 방 한쪽에서는 쾌활함이 넘치는 청년들 대여섯 명이 스케이트 이야기를 하고 있었다. 스케이트를 좋아하는 조는 그쪽으로 가서 이야기에 끼고 싶은 마음이 간절했다. 그래서 메그에게 마음을 표현했지만 메그가 놀랄 정도로 눈썹을 바짝 치켜올리는 바람에 감히 꼼짝할 수가 없었다. 조에게 다가와 말 거는 사람도 없고 주위에 무리 지어 모여 있던 사람들도 차츰 떠나자 그녀는 홀로 남았다. 드레스 탄 자국이 보일까봐 혼자 돌아다니며 즐길 수도 없었기 때문에 쓸쓸하게 사람들을 바라보았다. 그러다가 춤이 시작되었고 메그는 단번에 춤을 신청받았는데

꽉 끼는 구두를 신고도 어찌나 사뿐사뿐 움직이는지 발이 아픈 걸 참고 미소 짓고 있다는 것을 아무도 눈치 채지 못할 정도였다. 조는 덩치 큰 빨강머리 청년이 다가오는 것을 보고 춤추자고 할까봐 걱정돼서 커튼이 드리워진 구석 자리로 슬며시 숨었다. 그곳이라면 몰래 밖을 보며 마음 편히 즐길 수 있을 것 같았다. 하지만 안타깝게도 그곳에는 부끄럼 많은 다른 사람이 이미 몸을 숨기고 있었다. 그렇게 조는 커튼 뒤로 숨어 들어가 '옆집 소년 로런스'와 마주하게 되었다.

"이럴 수가. 여기 누가 있을 줄은 몰랐네요!" 조는 더듬더듬 말하며 들어올 때처럼 재빨리 다시 나가려고 했다.

로런스는 약간 놀란 것 같았지만 웃음을 터뜨리며 예의 바르게 말했다.

"나는 신경 쓰지 말고 괜찮으면 여기 있어요."

"내가 방해한 건 아닌가요?"

"전혀요. 아는 사람도 별로 없고 처음이라 낯설어서 여기 있는 것뿐이에요."

"나도 그래요. 괜찮으면 같이 있죠."

로런스는 다시 자리에 앉아 신고 있던 장화를 내려다보았다. 조가 예의를 지키면서도 편하게 말하려고 애쓰며 말문을 열었다.

"전에 본 적 있는 것 같아요. 우리 집 근처에 살지 않아요?"

"옆집에요." 로런스는 고개를 들고 거리낌 없이 웃었다. 집 나간 고양이를 데려다주면서 크리켓 이야기를 나눈 적이 있는데, 조가 처음 만난 것처럼 내숭을 떨어서 웃겼기 때문이다.

그 덕분에 조도 마음이 편해져서 웃음을 터뜨렸고 원래의 쾌활한 말투로 말했다.

"멋진 크리스마스 선물 덕분에 즐거웠어."

"할아버지가 보내신 거야."

"하지만 네가 할아버지께 말씀드린 거 아니야? 맞지?"

"마치 양, 댁네 고양이는 잘 지내는지요?" 로런스가 장난기 어린 까만 눈동자를 반짝이며 짐짓 점잖게 물었다.

"아주 잘 지낸답니다. 고맙군요, 로런스 군. 그런데 난 마치 양이 아니라 그냥 조예요." 조가 숙녀처럼 대답했다.

"저도 로런스 군이 아니라 그냥 로리랍니다."

"로리 로런스. 이름 진짜 이상하다."

"원래 내 이름은 시어도어인데 친구들이 도라라고 불러서 싫었어. 그래서 로리라고 불러달라고 했지."

"나도 내 이름 싫어. 너무 감상적이잖아! 모두 나를 조세핀이 아니라 조라고 부르면 좋겠어. 그런데 친구들이 도라라고 부르는 걸 어떻게 말렸어?"

"때렸어."

"마치 작은할머니를 때릴 수는 없으니 난 참는 수밖에 없겠네." 조는 체념한 듯 한숨을 쉬었다.

"조, 춤추는 거 좋아해?" 로리는 잘 어울린다는 듯이 이름을 부르며 물었다.

"널찍한 곳에서 모두 마음껏 움직일 수 있으면 좋아해. 하지만 이런 곳에서 춤을 췄다가는 뭔가를 엎지르거나 다른 사람의 발을 밟거나 끔찍한 짓을 저지를 게 틀림없어. 그래서 난 폐 끼치지 않게 가만히 있고 예쁜 역할은 메그 언니가 하는 거야. 넌 춤 안 춰?"

"가끔은 춰. 난 외국에서 오래 지내서 여기에서는 뭘 어떻게 해야 할지 아직 잘 몰라."

"외국이라고!" 조가 외쳤다. "얘기 좀 해봐! 난 사람들이 여행한 얘기 듣는 거 정말 좋아해."

로리는 어디에서부터 시작해야 할지 모르겠다는 눈치였다. 하지만 조가 질문을 퍼부은 덕분에 곧 이야기가 시작되었다. 로리는 브베(Vevey)에서 학교 다닐 때 이야기를 했다. 그곳 남자애들은 모자를 쓰지 않고 호수에는 배가 여러 척 떠 있으며 선생님들과 스위스 여기저기를 도보 여행하며 휴일을 즐겁게 보냈다는 내용이었다.

"나도 스위스에 가보고 싶다!" 조가 외쳤다. "파리에도 가봤어?"

"작년 겨울에."

"프랑스어도 할 줄 알아?"

"브베에서 학교 다닐 때에는 프랑스어만 써야 했어."

"한번 해봐. 난 뜻은 아는데 읽지를 못하겠어."

"켈 농 아 세 쥔 드무아젤 앙 레 팡투플레 졸리?(Quel nom a cette jeune demoiselle en les pantoufles jolies?)" 로리가 온화한 목소리로 말했다.

"잘한다! 어디 보자. '예쁜 구두를 신은 저 젊은 숙녀는 누구인가요?'라고 한 거 맞지?"

"위, 마드무아젤.(Oui, mademoiselle. 네, 아가씨.)"

"우리 언니 마거릿이야. 너도 알잖아! 우리 언니 예쁘지?"

"응. 독일 여자애들이 생각나. 생기 넘치면서도 귀부인처럼 차분하게 춤을 추잖아."

조는 소년 특유의 감탄이 느껴지는 칭찬에 기분이 무척 좋았고 메그에게 그대로 전해주려고 잘 기억해두었다. 조와 로리는 함께 커튼 밖을 보며 사람들에 대해 이러쿵저러쿵 이야기하고 수다를 떨었다. 그러고 있자니 오래 알고 지낸 것 같은 느낌이 들었다. 조의 남자 같은 태도 덕분에 로리의 수줍음은 곧 사라졌다. 조 역시 눈썹을 치켜올리는 사람도 없었기 때문에 드레스 탄 자국은 까맣게 잊어버리고 원래의 명랑한 모습으로 돌아갔다. 그녀는 '옆집 소년 로런스'가 전보다 훨씬 좋아졌고 자매들에게 자세히 설명해주려고 그를 몇 번이나 유심히 살펴보았다. 남자 형제가 없고 사촌 중에도 남자가 거의 없어서 자매들에게 남자애들은 미지의 존재나 마찬가지였다.

검은 곱슬머리에 가무잡잡한 피부, 까맣고 큰 눈동자, 길쭉한 코, 가지런하게 난 이, 작은 손발, 조와 비슷한 키. 남자애치고는 예의 바르고 쾌활한 성격. 로리는 몇 살일까?

조는 몇 살이냐는 질문이 혀끝에 맴돌았지만 꾹 참고 평소와 달리 에둘러 알아보기로 했다.

"곧 대학에 가나봐? 지나가면서 보니까 책에 고개를 처박고 있던데. 아니, 그러니까 내 말은 공부 열심히 한다고." 조는 '처박고 있다'는 무례한 말을 입 밖에 내고 얼굴을 붉혔다.

로리는 씩 웃을 뿐 대수롭지 않다는 듯이 어깨를 으쓱하며 대답했다.

"아직 2, 3년 남았어. 어쨌든 열일곱 살이 되기 전에는 안 갈 거야."

"너 열다섯 살밖에 안 된 거야?" 조는 열일곱 살은 되었을 것이라고 생각한 키 큰 남자애를 쳐다보며 물었다.

"다음 달이면 열여섯 살이야."

"난 대학에 정말 가고 싶은데 넌 별로인가봐."

"난 싫어! 공부만 하거나 그렇지 않으면 빈둥대기나 할 텐데. 이 나라에서 남들처럼 살기는 싫어."

"어떻게 살고 싶은데?"

"이탈리아로 가서 내 방식대로 즐기면서 살 거야."

조는 그게 어떤 방식인지 묻고 싶은 마음이 굴뚝같았지만 검은 눈썹을 찡그린 로리의 표정이 험해 보여서 발로 음악에 박자를 맞추며 다른 이야기를 꺼냈다. "멋진 폴카야. 가서 춤추지?"

"네가 같이 가면." 로리는 프랑스식으로 허리를 약간 굽히는 낯선 인사를 하며 대답했다.

"난 안 돼. 메그 언니한테 춤 안 추겠다고 했거든. 왜냐하면……." 조는 말을 멈추었다. 말을 계속해야 할지 웃음으로 때워야 할지 마음을 정하지 못한 듯했다.

"왜냐하면?" 로리가 궁금한 듯 물었다.

"아무한테도 말 안 할 거지?"

"절대!"

"음, 난로 앞에 서 있는 별난 버릇 때문에 드레스를 태워먹은 적이 몇 번 있는데 이것도 그랬어. 말끔하게 고친다고 고쳤는데도 자국이 보여서 언니가 아무도 못 보게 가만히 있으라고 했어. 웃고 싶으면 웃어도 돼. 웃긴 거 나도 알아."

하지만 로리는 웃지 않고 잠시 아래를 내려다보기만 했다. 그 표정에 조가 당혹스러워하고 있을 때 그가 매우 조심스럽게 말을 꺼냈다.

"괜찮아. 어떻게 하면 되는지 알려줄게. 저기 긴 복도에서 당당하게 추면 돼. 아무도 못 볼 거야. 가자."

조는 그에게 고마워하며 기쁜 마음으로 나갔다. 로리가 낀 멋진 진주색 장갑을 보자 자기도 양쪽 다 말끔한 장갑을 꼈으면 좋았겠다는 생각이 들었다. 복도는 비어 있었고 두 사람은 당당하게 폴카를 췄다. 춤을 잘 추는 로리가 회전하고 뛰어오르는 동작이 많은 독일식 스텝을 가르쳐준 덕분에 조는 무척 즐거웠다. 음악이 멈추자 두 사람은 계단에 앉아 숨을 골랐다. 로리가 하이델베르크에서 열린 학생 축제 이야기를 한창 하고 있을 때 메그가 조를 찾아왔다. 메그가 손짓하자 조는 마지못해 언니를 따라 옆방으로 갔다. 방에 들어선 메그는 창백한 얼굴로 발을 붙잡고 소파에 주저앉았다.

"발목을 삐끗했어. 이 성가신 굽 높은 구두가 돌아가는 바람

에 발목이 비틀렸어. 너무 아파서 서 있기도 힘들어. 집에는 어떻게 가야 할지 모르겠어." 메그는 아파서 몸을 앞뒤로 흔들며 말했다.

"그 바보 같은 구두 때문에 다칠 줄 알았어. 안타깝지만 마차를 부르거나 여기에서 밤을 보내는 것 말고는 방법이 없을 것 같은데." 조는 이렇게 말하면서 다친 발목을 살살 문질렀다.

"마차는 비싸서 안 돼. 구하지도 못할 테고. 사람들이 대부분 자기 마차를 타고 온 데다가 마차 빌리는 곳이 너무 멀어서 사람을 보낼 수도 없어."

"내가 갈게."

"절대 안 돼. 10시가 넘어서 너무 캄캄해. 빈 방이 없어서 여기에서 자고 갈 수도 없는데. 샐리가 여자애들 몇 명에게 자고 가라고 했거든. 우선 해나 할머니가 올 때까지 쉬었다가 최대한 움직여볼게."

"로리에게 부탁하면 들어줄 거야." 조는 로리가 떠올라 다행스럽다는 표정으로 말했다.

"어머! 그러지 마! 다른 사람한테는 부탁하지도 말하지도 마. 내 덧신 좀 이리 주고 이 구두는 우리 짐 놔둔 데 갖다 놔줘. 더 이상 춤은 못 추겠어. 저녁 식사가 끝나자마자 해나 할머니가 오는지 잘 보고 있다가 오면 곧장 알려줘."

"이제야 저녁 먹으러들 가는걸. 난 언니랑 있을래. 그러고 싶어."

"그러지 말고 어서 가서 커피 좀 갖다 줘. 너무 피곤해. 꼼짝도 못 하겠어!"

메그는 덧신이 보이지 않게 발을 넣은 채 소파에 기대앉았고 조는 허둥지둥 식당으로 향했다. 식당을 찾느라 도자기가 보관된 벽장문을 열기도 했고 노신사 가디너 씨가 조용히 쉬고 있는 방문을 열기도 했다. 황급히 식탁에 뛰어들어 커피 잔을 잡았지만 금세 커피를 쏟아 드레스 앞이 뒤만큼이나 엉망이 됐다.

"이런! 멍청이 같으니라고!" 조는 이렇게 외치며 메그의 장갑으로 드레스를 닦아 장갑마저 버렸다.

"도와줄까?" 친근한 목소리가 들렸다. 로리가 한 손에는 커피가 가득 담긴 잔을, 다른 한 손에는 아이스크림이 담긴 그릇을 들고 있었다.

"언니가 너무 피곤해서 뭘 좀 갖다주려고 하던 참이었는데 누군가와 부딪치는 바람에 이렇게 멋진 꼴이 됐어." 조가 얼룩진 치마와 커피색 장갑을 번갈아 보며 침울하게 대답했다.

"저런! 난 이걸 줄 사람을 찾고 있었는데. 네 언니에게 줘도 될까?"

"아, 고마워. 언니가 어디에 있는지 안내해줄게. 차마 내가 들고 가지는 못 하겠어. 그랬다가는 또 사고를 칠 테니까."

조가 앞장섰다. 로리는 여자들을 시중드는 데 익숙한 듯이 작은 탁자를 끌고 왔고 조에게 줄 커피와 아이스크림도 가져왔다. 어찌나 친절했는지 까다로운 메그마저도 '좋은 아이'라고 할 정도였다. 세 사람은 사탕과 과자를 먹으며 즐거운 시간을 보냈다. 이리저리 다니다가 합류하게 된 젊은이 두어 명과 함께 조용히 '버즈' 숫자 게임을 하고 있던 중에 해나가 나타났다. 메그는 발목이 아픈 것을 깜빡하고 벌떡 일어났다가 고통스럽게 탄식하며 조를 붙잡았다.

"쉿! 아무 말도 하지 마." 메그는 조에게 이렇게 속삭이고는 큰 소리로 말했다. "별일 아니에요. 발을 약간 접질렸을 뿐이에요." 그리고 짐을 챙기러 절뚝거리며 계단을 올라갔다.

해나가 야단을 치자 메그는 눈물을 흘렸고 조는 어쩔 줄 몰라 하다가 직접 해결책을 찾아보기로 했다. 슬며시 밖으로 나간 조는 하인을 찾아 달려가 마차를 빌려줄 수 있는지 물었다. 하지만 그 사람은 파티 때문에 임시로 일하러 온지라 동네 사정을 전혀 알지 못했다. 조가 도움을 구하러 돌아다니고 있을 때 사정을 듣고 온 로리가 방금 자신을 태우러 온 할아버지의 마차를 함께 타자고 했다.

"아직 시간이 이른데. 넌 더 있다가 가도 되지 않아?" 조는 한 시름 놓은 표정이었지만 제안을 받아들여야 할지 망설였다.

"난 늘 일찍 가. 진짜야. 내가 데려다줄게. 집에 가는 길인 데다가 비도 오잖아."

마차 문제는 이렇게 해결되었다. 조는 메그가 당한 작은 사고를 자세히 설명하며 고마운 마음으로 제안을 받아들였고 메그와 해나를 데리러 서둘러 돌아갔다. 해나는 고양이만큼이나 비를 싫어했기에 순순히 마차에 탔다. 호화로운 마차를 타고 달리자 모두 들떴고 고상해진 기분도 들었다. 로리가 마부석에 앉은 덕에 메그는 발을 올리고 갈 수 있었고 자매들은 마음껏 파티 이야기를 나누었다.

"멋진 파티였어. 언니는?" 조가 올림머리를 헝클어 편하게 내리며 물었다.

"나도. 다치기 전까지는. 샐리의 친구 애니 모패트가 날 마음에 들어 하는 것 같아. 샐리와 함께 집에 놀러 와서 일주일 동안 지내다 가라고 초대했어. 샐리는 오페라 공연이 있는 봄에 갈 거래. 어머니께서 허락해주시면 정말 멋질 텐데." 이 생각에 기운을 얻은 메그가 대답했다.

"아까 보니 빨간 머리 남자랑 춤추더라. 나한테 춤 신청할까 봐 도망갔거든. 그 남자 괜찮았어?"

"응, 정말 괜찮았어! 그리고 빨간색이 아니라 적갈색이야. 아주 예의 발랐고 레도바를 췄는데 즐거웠어!"

"그 남자 말이야. 새로운 스텝을 밟을 때 발끈한 메뚜기 같더라. 로리랑 난 웃음을 참을 수가 없었어. 우리 웃음소리 들렸어?"

"아니, 하지만 그건 정말 무례한 짓이야. 그런데 너희들 거기 숨어서 계속 뭘 하고 있었던 거야?"

조는 그날의 모험을 이야기했고 이야기가 끝날 무렵 집에 도착했다. 자매들은 수차례 감사를 표한 뒤에 작별인사를 하고 아무도 깨지 않기를 바라며 집으로 살금살금 들어갔다. 하지만 문이 삐걱 열리는 순간 나이트캡을 쓴 두 동생이 불쑥 나타나 잠이 가득하지만 간절한 목소리로 외쳤다.

"파티 얘기 해줘! 파티 얘기!"

조는 메그에게 '정말 예의 없는 짓'이라는 얘기를 들어가며 동생들에게 줄 사탕을 가져왔고 동생들은 그날 저녁의 가장 재미있었던 일을 듣고 나서야 잠잠해졌다.

"정말이지 멋진 숙녀가 된 기분이야. 마차를 타고 파티에서 집으로 돌아와 실내복을 입고 앉아 하인의 시중을 받다니 말이야." 조가 진통제로 쓰이는 아르니카를 발에 바르고 붕대를 감고 머리를 빗겨주는 동안 메그가 말했다.

"멋진 숙녀들도 우리보다 즐겁지는 않았을 거야. 우리가 비록 머리카락을 태워먹고 낡은 드레스를 입고 장갑을 한 짝씩 나눠 끼고 꽉 끼는 구두를 신고 바보같이 그걸 신었다가 발목을 삐기는 했지만." 조의 말이 옳은 것 같았다.

4. 짐

"이런, 짐을 지고 계속 나아간다는 건 너무 힘든 일이야." 파티 다음 날 아침에 메그가 한숨을 쉬며 말했다. 휴일이 끝났고 일주일을 즐겁게 보낸 메그는 원래도 좋아하지 않았던 일이 유독 손에 잡히지 않았다.

"매일 크리스마스나 새해면 얼마나 좋을까? 재미있을 것 같지 않아?" 조가 울적한 표정으로 하품을 하며 말했다.

"물론 그러면 지금의 절반만큼도 즐겁지 않겠지. 하지만 근사한 저녁 식사를 하고 꽃다발을 받고 파티에 갔다가 마차를 타고 집에 돌아와서 책 읽고 쉬면서 일을 안 하고 지내면 정말 좋을 것 같아. 다른 사람이 된 기분이겠지. 난 그렇게 사는 여자애들이 늘 부러워. 화려한 삶이 정말 좋아." 메그는 이렇게 말하며 낡아빠진 드레스 두 벌 중 어느 쪽이 그나마 나은지 고심했다.

"음, 우리가 그렇게 살 수는 없으니까 불평하지 말고 각자의 짐을 짊어지고 어머니처럼 힘차게 걸어가자. 마치 작은할머니는 내게 '바다의 노인*'임이 틀림없지만 불평 없이 업고 다니는 법을 배우면 결국 어깨에서 내려오거나 신경 쓰이지 않을 정도로 가벼워지겠지."

이런 생각에 상상력을 자극 받은 조는 기분이 좋아졌다. 하지만 메그의 표정은 밝아지지 않았다. 버릇없는 아이들 넷이라는 짐이 그 어느 때보다 무거워 보였기 때문이다. 그녀는 평소처럼 목에 파란 리본을 두르고 머리를 잘 어울리게 단장할 마

---

* 《아라비안나이트》에서 선원 신드바드의 어깨에 매달려 내려가지 않고 그를 괴롭힌 노인

음이 들지 않았다.

"예쁘게 보여 봤자 무슨 소용이야? 짜증이나 내는 꼬맹이들 말고는 날 보는 사람도 없고 내가 예쁘거나 말거나 관심 갖는 사람도 없는데 말이야." 메그가 서랍을 쾅 닫으며 투덜댔다. "난 평생 억척스럽게 일하고 가끔 소소한 재미나 보다가 못생기고 심술 맞게 늙어가겠지. 가난해서 다른 여자애들처럼 인생을 즐기지 못하니 말이야. 정말 분해!"

메그는 상처받은 얼굴로 아래층으로 내려갔고 아침 식사 내내 기분이 좋지 않았다. 다들 기분이 별로였고 당장이라도 푸념을 쏟아낼 기세였다. 베스는 머리가 아파서 소파에 누워 고양이 한 마리와 아기고양이 세 마리를 쓰다듬으며 마음을 달래려 애썼다. 에이미는 숙제를 다 못한 데다가 지우개까지 보이지 않자 안달했다. 조는 휘파람을 불고 요란스러운 소리를 내며 일하러 갈 채비를 했다. 마치 부인은 급히 보내야 할 편지를 마무리하느라 바빴다. 해나는 어젯밤에 늦게 자서 저기압이었다.

"이렇게 짜증이 심한 가족은 없을 거야!" 잉크스탠드를 엎고 장화 끈을 양쪽 다 끊어먹고 모자를 깔아뭉갠 조가 폭발하며 외쳤다.

"그중에서 제일 심하게 짜증내는 사람은 언니잖아!" 전부 다 틀린 계산 문제의 답을 지우던 에이미가 석판에 눈물을 흘리며 대꾸했다.

"베스, 그 지긋지긋한 고양이들 지하실로 내려 보내지 않으면 물에 빠뜨려 죽일 거야." 메그가 등을 타고 올라 손이 닿지 않는 곳에 까끌거리는 씨앗처럼 달라붙은 아기고양이를 떼어내려 애쓰며 화난 목소리로 외쳤다.

조는 웃음을 터뜨렸고 메그는 잔소리를 했으며 베스는 애원했고 에이미는 9 곱하기 12가 뭔지 모른다는 이유로 울었다.

"얘들아! 잠깐 조용히 하렴. 이 편지를 아침에 보내야 하는데 너희들이 성가시게 해서 집중을 못하겠구나." 마치 부인이 세 번째로 틀린 문장에 줄을 그으며 큰 소리로 말했다.

잠시 조용해졌지만 해나가 급히 들어와 뜨거운 턴오버* 두 개를 탁자 위에 놓고 나갔다. 이 턴오버는 가족이 전통처럼 여기는 음식으로 자매들은 '머프**'라고 불렀다. 다른 별칭이 떠오르지도 않았고 추운 아침에 따끈한 파이를 들면 손이 따뜻해지기 때문이었다. 해나는 아무리 바쁘거나 기분이 안 좋아도 파이만은 꼬박꼬박 만들었다. 자매들이 매섭게 찬 날씨에 먼 길을 걸어야 했기 때문이다. 게다가 가여운 아이들은 파이 말고는 제대로 점심을 먹지 못했고 주로 오후 3시가 넘어야 집에 돌아왔다.

"베스, 고양이 끌어안고 두통 잘 다스려. 어머니, 다녀오겠습

---

* 과일잼을 넣어 반원형으로 구운 파이
** 양손을 넣어 따뜻하게 하는 원통형 모피 토시

니다. 오늘 아침에는 저희가 악동처럼 굴었지만 집에 돌아올 때에는 평소처럼 천사가 되어 있을 거예요. 언니, 이제 가자." 조는 이렇게 말하고는 순례자의 임무를 다하지 않고 있다는 생각에 무거운 발걸음을 옮겼다.

메그와 조는 모퉁이를 돌기 전에 언제나 뒤돌아보았다. 어머니가 항상 창가에서 그들을 향해 고개를 끄덕이고 미소 지으며 손을 흔들었기 때문이다. 이유는 알 수 없었지만 그 모습을 보지 않으면 하루를 잘 보낼 수 없을 것만 같았고 집을 나설 때 기분이 어땠든지 간에 어머니의 다정한 얼굴을 마지막으로 흘 끗 보면 햇살이 비친 듯한 효과가 나타났다.

"어머니가 손 키스를 보내는 대신 주먹을 흔드시더라도 우린 할 말이 없어. 평소와 달리 감사할 줄도 모르는 왈가닥 같았으니까." 칼바람을 맞으며 진창길을 걷던 조가 후회를 담아 반성하며 말했다.

"그런 험한 표현 좀 쓰지 마." 메그가 말했다. 베일로 머리를 감싼 그녀는 세상에 넌더리 난 수녀 같았다.

"난 확실하고 강한 표현이 좋아. 의미가 분명하잖아." 조가 금방이라도 머리에서 날아가버릴 듯한 모자를 잡으며 대꾸했다.

"너 자신은 뭐든 좋을 대로 불러. 하지만 난 악동도 왈가닥도 아니고 그렇게 불리기도 싫어."

"언니 오늘 기분이 정말 안 좋은가보다. 짜증이 심하네. 언제나 화려하게 살지 못한다고 그런 거잖아. 불쌍하기도 해라! 내가 돈 많이 벌 때까지 기다려. 마차, 아이스크림, 구두, 꽃다발에 파묻히고 빨간 머리 남자애들이랑 마음껏 춤추게 해줄 테니까."

"조, 말도 안 되는 소리하지 마!" 하지만 메그는 이 허무맹랑한 말에 웃음을 터뜨렸고 어느새 기분이 좋아졌다.

"언니한테 내가 있어서 다행인 줄 알아. 나까지 언니처럼 구깃구깃한 기분으로 우울해하면 아주 볼 만할 거야. 얼마나 고마운 노릇이야. 내가 늘 재미있는 걸 찾아내서 기운을 북돋워주잖아. 그러니까 그만 투덜대고 집에 갈 때에는 즐겁게 가자. 그래야 착한 언니지."

조는 헤어질 때 힘내라고 언니의 어깨를 다독였다. 두 사람은 제 몫의 작고 따뜻한 턴오버를 소중히 들고 각자 일터로 향했다. 추운 날씨에 고된 일을 해야 하고 놀기 좋아하는 젊음의 욕망이 채워지지 않았음에도 기운을 내려고 애썼다.

마치 씨가 사정이 나쁜 친구를 돕다가 재산을 잃자 메그와 조는 용돈 벌이 정도는 할 수 있게 해달라고 간청했다. 활동력, 근면함, 자립심을 기르는 일은 어린 나이에 시작해도 좋다고 생각한 마치 부부는 이를 허락했고, 두 자매는 온갖 어려움을 겪어도 열정을 갖고 착한 마음으로 임하면 결국에는 반드시 성공하리라고 믿으며 일을 시작했다. 마거릿은 아이들을 돌보는 가정 교사 자리를 찾았고 급여는 적었지만 마음만은 부자였다. 스스로 말했듯이 화려한 생활을 좋아하는 그녀에게는 가난이 가장 큰 골칫거리였다. 게다가 집이 아름답게 꾸며져 있고 삶이 편안하고 즐거우며 부족한 게 없던 시절을 기억하기 때문에 동생들보다 가난을 견디기 힘들어했다. 남을 시샘하거나 현재 처지에 불만을 갖지 않으려고 애썼지만 어린 여자애가 예쁜 물건, 명랑한 친구들, 품위, 행복한 삶을 갈망하는 일은 당연했다. 킹 씨 집에서 일하면서 그토록 원하는 온갖 것들을 매일 보았고 가르치는 아이들의 누나들이 외출하고 나면 우아하고 예쁜 무도회 드레스나 꽃다발을 자주 흘끗대기도 했다. 또한 극장, 음악회, 썰매 파티를 비롯해 온갖 떠들썩하고 재미있는 일에 대한 소문을 생생하게 들었고, 사소하지만 그녀가 무척 소중하게 여기는 것들에 돈을 펑펑 쓰는 모습도 지켜보았다. 가여운 메그는 좀처럼 불평하지 않았지만 가끔 불공평하다는 생각이 들면 모든 사람들을 고깝게 여기기도 했다. 축복만으로도 삶이 행복해진다는 사실과 자신이 그 축복을 정말 풍족하게 받았다는 사실을 아직 깨닫지 못했기 때문이다.

조는 어쩌다가 마치 작은할머니의 마음에 들었다. 다리가 불편한 마치 작은할머니는 빠릿빠릿하게 시중들어줄 사람을 찾고 있었다. 자식이 없는 이 노부인은 자매들의 집안이 어려워지자 자매들 중 한 명을 입양하고 싶다고 했고 거절당하자 몹시 불쾌해했다. 마치 부부의 친구들은 그들이 돈 많은 노부인의 유언장에 이름을 올릴 기회를 영영 잃었다고 말했지만 돈에 관심 없는 부부는 이렇게 말할 뿐이었다.

"아무리 돈을 많이 준대도 우리 딸들을 내줄 순 없어. 돈이 많든 적든 우리 가족은 똘똘 뭉쳐 함께 행복할 거야."

마치 작은할머니는 한동안 이들 가족과 말도 섞지 않고 지냈으나 친구 집에서 우연히 조를 만났고 조의 익살맞은 표정과 솔직한 태도가 마음에 들었는지 조를 말동무로 곁에 두고 싶어 했다. 이런 일은 조에게 전혀 맞지 않았지만 달리 더 나은 일자리가 없어서 하게 되었다. 그런데 일을 시작하자 모두 놀랄 정도로 성마른 노부인과 잘 지냈다. 이따금 소동이 일어나기도 했는데 그럴 때면 조는 화를 내며 집에 와서 더 이상 못 참겠다고 선언했다. 하지만 마치 작은할머니는 언제나 화를 빨리 풀고 조가 거절하지 못하도록 급한 일이 생겼다며 다시 불러댔다. 조는 마음속으로는 화 잘 내는 노부인을 조금은 좋아했다.

조가 그 집에 자꾸 가는 진짜 이유는 좋은 책이 잔뜩 꽂힌 커다란 서재 때문인 것 같다. 마치 작은할아버지가 세상을 떠난 뒤로 책에는 먼지와 거미줄이 수북했다. 조는 다정하던 작은할아버지를 기억했다. 작은할아버지는 조가 큰 사전으로 철도와 다리를 만들며 놀도록 허락했고 라틴어 책에 실린 괴상한 그림에 대해 이야기해주었으며 길에서 만날 때면 언제나 진저브레

드맨 카드를 사주었다. 어둑하고 먼지 자욱한 서재에는 키 큰 책꽂이에서 아래를 내려다보는 흉상, 안락한 의자, 지구본이 있었고 무엇보다 조가 마음껏 꺼내볼 수 있는 책이 가득했기에 그녀에게 서재는 축복의 땅이었다. 마치 작은할머니가 낮잠을 자거나 손님을 접대하느라 바쁠 때면 조는 서둘러 이 조용한 방으로 가서 큰 의자에 웅크리고 앉아 책벌레들이 그러듯이 시, 소설, 역사, 여행, 그림에 관한 책을 닥치는 대로 읽었다. 하지만 모든 행복이 그렇듯 이런 시간은 오래가지 않았다. 이야기에서 가장 중요한 내용이나 시의 가장 아름다운 구절이나 여행자가 가장 위험한 모험을 하는 대목에 이르면 어김없이 "조시-핀! 조시-핀!" 하고 부르는 날카로운 목소리가 들렸다. 그러면 조는 천국에서 나가 몇 시간이고 실을 감고 푸들을 목욕시키고 벨셤(Belsham)의《에세이(Essays)》를 읽어야 했다.

조에게는 굉장한 일을 하고 싶은 야망이 있었다. 그 일이 무엇인지는 아직 모르지만 시간이 흘러 알게 되기를 기다리고 있었다. 그러는 동안 마음껏 읽고 달리고 말을 탈 수 없을 때 가장 고통스럽다는 사실을 깨달았다. 성미가 급하고 말투가 날카롭고 가만히 있지 못하는 성격이라 늘 곤란한 일을 자초하는 조의 인생은 우습기도 하고 딱하기도 한 우여곡절의 연속이었다. 이런 조에게 마치 작은할머니 집에서 받고 있는 훈련은 꼭 필요한 것이었다. 게다가 "조시-핀!" 소리를 시도 때도 없이 들어야했지만 자립심 있게 무언가를 한다는 생각을 하면 행복했다.

베스는 학교에도 가지 못할 정도로 수줍음이 심했다. 시도는 해보았으나 베스가 너무 힘들어 하는 바람에 포기하고 집에서 아버지와 공부했다. 아버지가 멀리 떠나고 어머니도 부름을 받아 군인 원조 협회에 재능과 에너지를 쏟아부을 때에도 베스는 충실하게 혼자 공부했고 할 수 있는 한 최선을 다했다. 주부 기질을 타고난 아이라 해나를 도와 집을 청소하고 일하는 가족들이 편히 쉬도록 했다. 그러면서도 보상을 바라기보다 사랑받는 것에 만족했다. 베스는 기나긴 나날을 조용히 보냈지만 자기만의 작은 세계에 가상의 친구들이 많았기 때문에 외롭지 않았고 부지런함을 타고났기 때문에 게으름을 피우지도 않았다. 아직 어린아이인 데다가 인형을 정말 좋아했기에 아침마다 인형 여섯 개를 일으켜 옷을 입혔는데 온전하거나 보기 좋은 인형은 하나도 없었다. 베스가 가지고 오기 전까지는 모두 버려진 인형들이었다. 인형놀이를 하기에는 너무 커버린 언니들과 낡고 못생긴 것을 갖기 싫어하는 에이미가 주기도 했다. 베스는 바로 그런 이유 때문에 애정을 쏟으며 인형을 소중히 여겼고 병든 인형을 위한 병원을 세우기도 했다. 베스는 헝겊 인형의 급소를 핀으로 찌르지도 않았고 무자비한 말을 하거나 때리지도 않았다. 가장 못생긴 인형조차 무시하거나 마음 아프게 하지 않았다. 넘치는 애정으로 모든 인형을 먹이고 입히고 소중히 돌보고 안아주었다. 그중 하나는 조의 것이었는데 베스는 힘든 생을 보내고 만신창이가 되어 잡동사니 가방에 버려진 인형을 음울한 구빈원에서 구해 쉼터로 데려갔다. 그리고 머리 윗면이 떨어져 나간 인형에 작고 깔끔한 모자를 달아주었고 양쪽 팔다리가 없어서 담요로 감싸 가려주었으며 상태가 지독하게 안 좋은 병든 인형을 침대 가장 좋은 자리에 두었다. 이 인형을 얼마나 정성껏 돌보았는지 알면 웃음도 나겠지만 마음 깊이 감동받을 것이다. 베스는 인형에게 작은 꽃다발을 가져다주고 책을 읽어주었으며 외투 속에 넣어 바깥바람을 쏘여주었다. 자장가를 불러주기도 했고 자기 전에는 때묻은 얼굴에 입 맞추며 다정하게 속삭였다. "내 가여운 아가야, 잘 자렴."

베스에게도 다른 자매들처럼 고민이 있었다. 천사가 아닌 사람인 데다가 어린 여자애인지라 조의 표현을 빌리자면 '숨죽여 흐느끼는' 일이 잦았다. 음악 수업을 받을 수 없고 좋은 피아노를 가질 수 없기 때문이었다. 베스는 음악을 정말 사랑했고 배우려고 열심히 노력했으며 짤깍대는 낡은 피아노로 어찌나 끈기 있게 연습했는지 누구라도 도움을 주어야 할 것만 같았다. (마치 작은할머니라고 꼬집어 말하지는 않겠다.) 하지만 아무도 도와주지 않았고 베스가 혼자 있을 때 음이 맞지 않는 누런 건반에 떨어진 눈물을 훔쳐내는 걸 본 사람도 없었다. 베스는 아기 종달새처럼 자기 일에 대해 읊조렸고 어머니와 자매들을 위해 피아노 연주하는 일에 싫증내지 않았으며 매일 희망에 차 자신에게 이렇게 말했다. "내가 실력을 키우기만 하면 언젠가는 나만의 음악을 연주하게 될 거야."

세상에는 베스처럼 수줍음 타고 조용한 사람들이 많다. 이들은 구석에 앉아 있다가 자신이 필요해질 때 나서고 다른 사람들을 위해 기운차게 살아간다. 벽난로 위의 귀뚜라미가 울음을 멈추고 햇살처럼 빛나던 사랑스러운 존재가 사라져 침묵과 그림자만 남은 다음에야 이들의 희생을 알아준다.

에이미에게 인생 최대의 시련이 무엇인지 물어본다면 망설이지 않고 '내 코'라고 대답할 것이다. 에이미가 아기였을 때 조가 실수로 석탄 통에 에이미를 떨어뜨리는 사고가 있었는데 에이미는 그 일 때문에 코가 영원히 망가졌다고 우겼다. 에이미의 코는 가여운 페트리아의 코처럼 크지도 빨갛지도 않았고 약간 납작할 뿐이었는데 온갖 것으로 코끝을 당겨도 귀족적인 느낌의 오똑한 코가 되지 않았다. 에이미 말고는 아무도 코에 신경 쓰지 않았고 코는 계속 자랐지만 에이미는 고대 그리스인 같은 코를 간절히 원했고 종이 한가득 잘생긴 코를 그려 자신을 위로했다.

언니들이 '꼬마 라파엘로'라고 부르는 에이미는 그림에 뚜렷한 소질이 있었고 꽃이나 요정을 그리거나 독특한 이야기 삽화를 그릴 때 가장 행복했다. 선생님들은 에이미가 계산 문제는 안 풀고 석판에 온통 동물을 그려놓는다고 고충을 호소했다. 지도책 빈 곳에는 지도를 따라 그렸고 정말 우스꽝스럽게 그린 캐리커처가 공교로운 때에 온갖 책 사이에서 나오기도 했다. 에이미는 수업을 최대한 따라가려고 애썼고 행동거지가 모범적이라서 혼나는 일은 겨우 면했다. 성격이 좋고 특별히 노력하지 않아도 남을 기분 좋게 하는 즐거운 재주가 있어서 친구들에게 인기가 많았다. 약간 점잔 빼고 우아한 척하는 태도와 다른 여러 재주 덕분에 친구들의 감탄을 자아내기도 했다. 그림 그리기 말고도 열두 곡을 연주할 수 있었고 코바늘뜨기도 할 줄 알았으며 단어의 3분의 2가 넘게 발음을 틀리지 않고 프랑스어를 읽을 수 있었다. 에이미가 "아버지가 부자였을 때 우리 가족은 이런저런 일을 했어"라고 애처롭게 말하면 친구들은 마음 아파했고 에이미가 단어를 길게 늘여 말하는 것을 '완벽하게 우아하다'고 생각했다.

에이미는 버릇이 없을 만했다. 모든 사람에게 예쁨을 받았기에 에이미의 자그맣던 허영심과 이기심은 무럭무럭 자랐다. 하지만 허영심을 짓밟는 것이 하나 있었으니 바로 사촌의 옷을 물려받아 입어야 한다는 것이었다. 플로런스의 어머니는 안목이 눈곱만큼도 없어서 에이미는 파란색이 아닌 빨간색 보닛을 쓰고 어울리지 않는 드레스를 입고 맞지도 않는 조잡한 앞치마를 두르며 무척 괴로워했다. 모두 잘 만든 좋은 옷이었고 새것과 다름없었지만 예술적 감각이 있는 에이미는 보기 괴로웠다. 흐리멍덩한 보라색에 노란색 물방울무늬가 있고 장식도 없는 드레스를 입고 학교에 가야 하는 올겨울에는 유난히 힘들었다.

"유일하게 위안이 되는 건." 에이미는 눈물이 그렁그렁한 채 메그에게 말했다. "내가 버릇없이 굴어도 어머니가 드레스 밑단을 접어 넣지 않으신다는 거야. 마리아 파크네 어머니는 그러시거든. 세상에. 정말 끔찍해. 가끔 그 애가 심하게 말을 안 들으면 드레스가 무릎 위까지 올라가기도 한대. 그래서 학교에도 못 와. 이런 '수우우모*'를 생각하면 납작한 코와 노란색 불

---

* '수모'를 길게 늘여서 말했다.

꽃 무늬가 있는 보라색 드레스도 견딜 수 있을 것 같아."

메그는 에이미가 비밀을 털어놓는 친구이자 조언자였고 희한하게도 반대끼리 끌리는지 조는 베스에게 그런 역할이었다. 수줍음 많은 베스는 조에게만 속마음을 털어놓았고 엄청나게 덜렁대는 조에게 알게 모르게 다른 가족보다 더 큰 영향력을 행사했다. 메그와 조는 서로 힘이 되는 관계였고 각자 동생들을 한 명씩 맡아 나름의 방식으로 돌보았다. 두 사람은 이를 '엄마 놀이'라고 부르며 버린 인형 대신 동생들에게 작은 아씨로서의 모성 본능을 발휘했다.

"얘기할 거 있는 사람? 오늘 너무 우울해서 재미있는 얘기를 꼭 듣고 싶어." 그날 저녁에 함께 앉아 바느질을 할 때 메그가 말했다.

"오늘 작은할머니랑 요상한 일이 있었는데 정말 재미있으니까 얘기해줄게." 이야기하기를 좋아하는 조가 말문을 열었다. "난 벨섬의 글을 끝도 없이 읽고 있었어. 늘 그러듯이 단조롭게 읽었지. 작은할머니가 빨리 잠들어야 하니까. 그러고 나면 난 재미있는 책을 꺼내서 작은할머니가 깰 때까지 미친 듯이 읽어. 그런데 오늘은 내가 졸린 거야. 그래서 작은할머니가 졸기 전에 내가 입을 쩍 벌리고 하품을 했지 뭐야, 그랬더니 책을 통째로 집어삼킬 것처럼 입을 크게 벌리고 뭐하는 거냐고 물으시더라고."

"그래서 '이 책을 집어삼켜서라도 그만 읽고 싶어서요.'라고 말했지. 건방지게 들리지 않으려고 애쓰면서 말이야."

  "그랬더니 작은할머니가 내가 지은 죄에 대해 잔소리를 한참 하시더니 앉아서 그 죄를 반성하라고 하시는 거야. 그동안 작은 할머니는 잠시 '사색'에 잠기겠다고. 작은할머니는 사색에 잠겼다 하면 빨리 정신 차리는 법이 없어. 그래서 작은할머니가 쓴 모자가 활짝 피어 묵직한 달리아처럼 까딱거리기 시작하자 난 재빨리 주머니에서 《웨이크필드의 목사(Vicar of Wakefield)》를 꺼내 읽었어. 한쪽 눈으로는 책을 읽고 다른 한쪽 눈으로는 작은할머니를 살피면서. 그런데 다 같이 물에 빠지는 대목에서 내가 깜빡하고 큰 소리로 웃었지 뭐야. 잠에서 깬 작은할머니는 낮잠을 자서 너그러워졌는지 책을 좀 읽어보라고 하셨어. 내가 훌륭하고 교훈이 담긴 벨셤의 책보다 더 좋아하는 시시껄렁한 책이 어떤지 봐야겠다면서. 난 정말 최선을 다해서 읽었고 작은할머니는 좋아하셨어. 그러더니 이렇게 말씀하시는 거야.

'무슨 소린지 도통 이해가 안 되는구나. 처음부터 읽어보렴.'

그래서 난 시키는 대로 했고 프림로즈 가족 이야기가 최대한 흥미진진하게 들리도록 읽었어. 그러다가 심술 맞게 스릴 넘치는 대목에서 끊고 얌전하게 물었지. '지루하실까 걱정되는데요. 그만 읽을까요?'

작은할머니는 손에서 내려놓은 뜨개질감을 집어 들더니 안경 너머로 나를 째려보면서 특유의 성마른 말투로 말했어.

'그 장은 다 읽거라. 무례하게 굴지 말고.'"

"작은할머니가 책이 재미있다고 인정하셨어?" 메그가 물었다.

"어휴, 아니! 하지만 고리타분한 벨셤의 책은 그만 읽자고 하셨어. 그런데 오늘 오후에 장갑을 놓고 와서 되돌아가 보니《웨이크필드의 목사》에 푹 빠져 계시더라고. 내가 고생은 끝났다는 생각에 복도에서 지그 춤을 추면서 웃었는데 그 소리도 못 들으실 정도였어. 작은할머니도 마음만 먹으면 즐겁게 사실 수 있을 텐데. 아무리 돈이 많아도 난 작은할머니가 별로 부럽지 않아. 부유한 사람들도 가난한 사람들만큼이나 걱정거리가 많은 것 같거든." 조가 덧붙였다.

"네 얘기를 들으니까 떠오르는 게 있는데." 메그가 말했다.

"나도 할 말이 있어. 조의 이야기처럼 재미있지는 않지만 집에 오는 내내 생각한 거야. 오늘 킹 씨네 갔더니 다들 허둥대고 있는 거야. 아이 하나가 말하기를 큰형이 엄청난 사고를 쳐서 아버지가 멀리 쫓아 보냈대. 킹 부인이 우는 소리와 킹 씨가 고함치는 소리가 들렸고 그레이스와 엘런은 빨개진 눈을 들키지 않으려고 내 옆을 지나갈 때 고개를 돌리더라고. 물론 난 아무것도 묻지 않았고. 하지만 너무 딱하더라. 한편으로는 제멋대로 굴면서 못된 사고를 치고 가족에게 망신을 주는 남자 형제가 없어서 다행스럽기도 했어."

"못된 남자애가 사고치는 것보다 학교에서 창피를 당하는 게 더 괴로울 것 같은데." 에이미가 더 많은 인생 경험을 해보기라도 한 듯 고개를 저으며 말했다. "오늘 수지 퍼킨스가 예쁜 홍옥수 반지를 끼고 학교에 왔어. 그 반지가 너무 갖고 싶어서 수지가 되고 싶다는 생각이 들 정도였지. 그런데 수지가 데이비스 선생님을 무시무시한 코에 혹이 달린 모습으로 그리고 입에 말풍선을 달아서 '꼬마 숙녀들아, 지켜보고 있다!'라고 쓴 거야. 우리가 그림을 보고 웃었더니 갑자기 선생님이 우리 쪽을 보면서 수지에게 그림 그린 석판을 가져오라고 하셨어. 수지는 무서워서 몸이 굳었지만 어쨌든 들고 나갔어. 어휴, 그런데 선생님이 어떻게 했게? 수지 귀를 잡아당겼어, 귀를! 상상해봐, 얼마나 끔찍해! 그러더니 수지를 교단으로 데려가서 30분 동안

세워 놓았어. 다들 볼 수 있게 석판을 들리고서."

"다른 애들은 그림 보고 안 웃었어?" 조가 곤란한 상황이 재미있다는 듯이 물었다.

"웃기는! 한 명도 안 웃었어. 다들 쥐 죽은 듯이 앉아 있었고 수지는 눈물을 쏟았어. 진짜 펑펑 울었어. 그러고 나니까 수지가 부럽지 않더라고. 홍옥수 반지가 수백만 개 있어도 그런 일을 당하고 나면 행복하지 않을 것 같았거든. 난 그렇게 쓰디쓴 치욕을 당하면 절대 극복하지 못할 거야." 에이미는 자기 행동거지가 바르고, 어려운 단어를 연속으로 쓴 데에 뿌듯해하며 하던 일을 계속했다.

"난 오늘 아침에 흐뭇한 광경을 봤어. 식사시간에 얘기한다는 걸 깜빡했네." 베스가 뒤죽박죽 섞인 조의 바구니를 정리하며 말했다. "해나 할머니 심부름으로 굴을 사러 갔는데 생선 가게에 로런스 씨가 있는 거야. 로런스 씨가 가게 주인 커터 씨와 바쁘게 뭘 하고 있어서 날 보진 못했어. 내가 계속 통 뒤에 숨어 있기도 했고. 그러다가 어떤 불쌍해 보이는 여자가 양동이와 대걸레를 들고 가게로 들어오더니 오늘 일이 없어서 아이들 저녁거리를 마련하지 못했다면서 청소를 할 테니 생선을 조금만 달라고 커터 씨에게 부탁하더라고. 바삐 일하던 커터 씨가 약간 심술 맞게 안 된다고 대답했어. 그래서 여자가 굶주리고 안타까운 표정으로 나가려는데 로런스 씨가 구부러진 지팡이 끝으로 커다란 생선을 한 마리 낚아 올리더니 여자에게 내미는 거야. 여자는 너무 기쁘고 놀라서 생선을 곧바로 품에 안고는 몇 번이나 감사하다고 인사했어. 로런스 씨가 가져가서 요리해 먹으라고 하자 여자는 정말 좋아하면서 서둘러 나갔어. 정말 훌륭하지 않아? 아, 그 여자가 크고 미끄러운 생선을 끌어안고 천국에 로런스 씨를 위한 안식처가 있기를 기도한다고 했을 때에는 정말 웃겨 보이기는 했어."

베스의 이야기에 웃고 난 자매들은 이번에는 어머니에게 이야기해달라고 했다. 어머니는 잠시 생각하더니 진지하게 말을 꺼냈다.

"오늘 작업실에서 파란색 플란넬 재킷을 재단하는데 아버지

가 너무 걱정되는 거야. 아버지에게 무슨 일이라도 생기면 우리 모두 정말 외롭고 감당하지 못할 거라는 생각도 들고. 현명하지 못한 생각이지만 계속 걱정이 됐어. 그러다가 할아버지 한 분이 몇 가지가 적힌 주문서를 가지고 들어왔지. 내 옆에 앉았는데, 가난하고 지치고 근심스러운 모습이라서 말을 걸었어.

'아드님이 입대했나요?' 할아버지가 가져온 쪽지를 나한테 주지 않기에 이렇게 물어봤어.

'네, 부인. 아들 넷이 입대했는데 둘은 죽었고 하나는 포로가 되었어요. 나머지 하나를 보러 갈 참인데 병이 위중해서 워싱턴 병원에 입원해 있어요.' 할아버지는 차분하게 대답했어.

'선생님, 나라를 위해 엄청난 일을 하셨군요.' 이렇게 말하는

데 동정심이 아니라 존경심이 들더라.

'해야 할 일을 했을 뿐인걸요, 부인. 내가 쓸모가 있었다면 입대했을 텐데 그러질 못해서 애들을 보냈어요. 대가 없이 말입니다.'

정말 진심 어린 표정으로 너무 쾌활하게 말하더구나. 자신의 모든 것을 내어줬는데도 무척 기뻐하는 것 같았어. 그래서 내 자신이 부끄러워졌단다. 고작 한 사람이 입대했는데도 너무 버겁다고 생각했으니까. 할아버지는 넷이나 보내고도 원통해하지 않았는데. 내게는 집에서 위안을 주는 딸들이 있지만 그분은 하나 남은 아들이 멀리서 마지막이 될지 모를 인사를 하려고 기다리고 있잖아. 내가 얼마나 축복받았는지 떠올리자 부자가 된 것 같고 행복했어. 그래서 할아버지의 주문서에 적힌 걸 잘 챙겨드리고 돈도 좀 드리면서 가르침을 주어 고맙다고 진심으로 인사했어."

"어머니, 또 얘기해주세요. 방금 전 이야기처럼 교훈을 얻을 수 있는 것으로요. 저는 설교하려 드는 이야기 말고 이런 실제 이야기를 나중에 곱씹어보는 게 좋거든요." 잠시 침묵하던 조가 말했다.

마치 부인은 미소 지으며 곧바로 이야기를 시작했다. 그녀는 이 꼬마 청중들에게 오랜 세월 동안 이야기를 들려주었기에 어떻게 하면 이들이 좋아하는지 잘 알았다.

"옛날 옛적에 네 자매가 살았단다. 먹고 마시고 입을 것이 풍족했고 매우 안락하고 즐겁게 지냈어. 자매들을 몹시 사랑하는 다정한 친구들과 부모님도 있었고. 하지만 자매들은 만족하지 않았어." (이야기를 듣던 자매들은 이 대목에서 뭔지 알겠다는 표정을 몰래 서로 주고받더니 부지런히 바느질하기 시작했다.) "자매들은 착하게 살겠다면서 여러 훌륭한 결심을 했지만 그걸 잘 지키지 못했고 계속 '이것만 있으면, 저것만 할 수 있으면.'이라고 말했지. 이미 얼마나 많이 가졌는지, 얼마나 많은 즐거운 일들을 할 수 있는지 까맣게 잊고 말이야. 그래서 어떤 노파를 찾아가서 행복해지려면 어떤 주문을 외워야 하는지 물었어. 그러자 노파가 이렇게 말했단다. '불만이 느껴지면 너희들이 받은 축복을 떠올리고 감사하도록 하렴.' (이 대목에서 조는 무슨 말이라도 할 것처럼 고개를 홱 들었다가 이야기가 아직 끝나지 않은 것 같아서 마음을 바꾸었다.)

현명한 자매들은 그 충고에 따르기로 했고 곧 자신들이 얼마나 부유한지 깨닫고 놀랐어. 첫째는 돈 많은 부자라도 수치심과 슬픔을 피할 수 없다는 걸 알게 되었지. 둘째는 안락함을 누리지 못하고 조바심 내는 나약한 노부인보다 젊고 건강하고 쾌활한 자신이 훨씬 행복하다고 생각했어. 셋째는 식사 준비를 돕는 일이 아무리 싫어도 구걸해야 하는 상황보다 훨씬 덜 힘들다는 걸 깨달았어. 그리고 넷째는 홍옥수 반지가 제아무리

귀할지라도 훌륭한 행실만큼 소중하지 않다는 걸 알게 되었지. 그래서 자매들은 불평하지 않고 이미 받은 축복을 누리며 축복받을 만한 사람이 되도록 노력하기로 했어. 축복이 늘기는커녕 완전히 사라져버리지 않도록 말이야. 난 자매들이 노파의 충고를 실천한 걸 절대 실망스러워하거나 후회하지 않으리라고 믿는단다."

"어머니, 저희 이야기를 교묘히 틀어서 말씀하시다니 너무하세요. 게다가 이야기가 아니라 설교를 하셨잖아요." 메그가 큰 소리로 말했다.

"난 이런 식의 설교가 좋아. 아버지도 이런 식으로 이야기해 주셨잖아." 베스가 조의 바늘꽂이에 바늘을 가지런히 꽂으며 사려 깊게 말했다.

"난 다른 사람들처럼 불평하지 않고 이제부터 그 어느 때보다 조심스럽게 행동할 거야. 수지가 겪은 안 좋은 일에서 교훈을 얻었거든." 에이미가 분별 있게 말했다.

"우리에게 필요한 교훈이었어. 잊지 말자. 혹시 잊어버리면 《톰 아저씨의 오두막》에서 클로이 아주머니가 그랬듯이 이렇게 말해줘. '얘들아, 너희가 받은 은총을 떠올려보렴. 너희가 받은 은총을.'" 이 짧은 설교에서도 재미를 조금이라도 찾아내지 않으면 못 배기는 조가 말했다. 물론 다른 자매들과 마찬가지로 교훈을 마음에 새겼다.

5. 이웃이 된다는 것

"조, 도대체 뭘 하려고?" 어느 눈 내리는 오후, 낡고 헐렁한 옷을 입고 모자를 쓰고 고무장화를 신은 조가 양손에 빗자루와 삽을 각각 들고 쿵쿵대며 복도를 걸어가는 걸 보고 메그가 물었다.

"운동하러 나가려고." 조가 장난기 가득한 눈을 반짝이며 대답했다.

"오늘 아침에 두 번이나 한참 산책한 걸로 충분할 거 같은데. 날이 흐리고 추워. 나처럼 난롯가에서 따뜻하고 뽀송뽀송하게 있는 게 좋을 텐데." 메그가 몸을 떨며 말했다.

"조언은 사양할게. 고양이도 아니고 온종일 가만히 있을 수는 없어. 난롯가에서 졸기도 싫고. 난 모험이 좋아. 모험을 찾아 나설 거야."

메그는 다시 난롯불에 발을 녹이며 《아이반호》를 읽었고 조는 힘차게 눈을 치우며 길을 내기 시작했다. 눈이 많이 내리지 않아서 빗자루로 정원을 쓸며 한 바퀴 돌자 빠른 시간에 길이 났다. 해가 나면 그 길을 걸으며 병약한 인형들에게 바람을 쏘여줄 베스를 위해서였다. 정원은 마치 가족의 집과 로런스 씨의 집을 구분하는 역할을 했다. 교외에 자리 잡은 두 집은 아직 시골 느낌을 간직하고 있었다. 어디에나 수풀과 잔디밭과 드넓은 정원이 있고 거리는 조용했다. 두 집 사이에는 낮은 생울타리가 있었고 울타리 한쪽에는 낡은 갈색 집이 있었다. 여름에는 덩굴식물이 벽을 뒤덮고 집 둘레에 꽃이 만발하지만 겨울이라 다소 헐벗고 초라해 보였다. 반대쪽에는 위풍당당한 석조 저택이 있었는데 대형 마차 차고, 잘 가꾼 정원, 온실은 물론이고 화려한 커튼 틈으로 얼핏 보이는 멋진 물건까지 안락함과 호화로움을 숨김없이 드러냈지만 쓸쓸하고 생기 없어 보였다. 잔디밭에서 즐겁게 뛰노는 아이들도 없었고 창가에서 미소 지으며 자애롭게 바라보는 사람도 없었으며 노신사와 손자 말고는 드나드는 사람도 거의 없었다.

상상력이 풍부한 조에게 이 근사한 집은 화려함과 즐거움이 가득하지만 아무도 즐기지 못하는 마법에 걸린 장소였다. 조는 오래전부터 이 집안에 숨어 있는 찬란함을 직접 보고 싶었고 '옆집 소년 로런스'와도 친해지고 싶었다. 로런스도 방법을 몰라서 그렇지 친하게 지내고 싶어 하는 것 같았다. 파티에 다녀온 뒤로 그 마음이 어느 때보다 커진 조는 친해질 수 있는 다양한 방법을 생각해두었지만 최근 들어 로런스가 도통 보이지 않자 그가 멀리 떠났다는 생각이 들었다. 그러던 어느 날 조는 위층 창가에서 가무잡잡한 얼굴을 얼핏 보았다. 아쉬움 가득한 표정으로 베스와 에이미가 눈을 뭉쳐 굴리고 있는 자매들 집 정원을 내려다보고 있었다.

"저 아이도 친구들과 재미있게 어울리고 싶을 텐데." 조는 혼 잣말을 했다. "그 애 할아버지는 손주에게 뭐가 좋은지도 모르고 집에 외롭게 가둬두는군. 기운 넘치는 또래 친구들과 즐겁게 놀아야 하는데. 가서 로런스 씨께 얘기해볼까."

무모한 행동을 좋아하고 언제나 별난 행동으로 메그를 아연 실색케 하는 조는 이런 생각을 떠올리며 즐거워했고 그 집에 한번 가봐야겠다는 생각을 잊지 않고 있었다. 그리고 눈 내린 그날 오후에 뭐라도 해보기로 마음먹었다. 조는 로런스 씨가 마차를 타고 집에서 나가는 것을 보자 생울타리까지 힘차게 눈을 치워 길을 낸 다음 서서 옆집을 살펴보았다. 적막이 흘렀다. 아래층 창문에는 커튼이 드리워져 있었고 하인들은 보이지 않았으며 위층 창가에서 야윈 손으로 턱을 괸 검은 곱슬머리 소년을 제외하고는 아무도 보이지 않았다.

'저기 있다. 불쌍한 녀석! 이렇게 음침한 날에 아파 보이는 얼굴로 혼자 있다니! 딱해라! 눈덩이를 던져서 밖을 내다보게 한 다음 위로라도 건네야겠다.'

조가 보드라운 눈을 한 손 가득 뭉쳐 던지자 창가에 있던 로리는 곧장 바깥을 내다보았다. 그러자 큰 눈이 반짝이더니 무기력해 보이던 얼굴에 미소가 떠올랐다. 조는 고개를 끄덕이고 웃음을 터뜨리더니 빗자루를 휘두르며 외쳤다.

"잘 지냈어? 어디 아파?"

로리는 창문을 열고 갈까마귀처럼 쉰 목소리로 대답했다.

"이제 좀 괜찮아, 고마워. 심한 감기에 걸려서 일주일 동안 집에 갇혀 있었어."

"안됐네. 혼자 뭐하고 놀아?"

"아무것도 안 해. 여긴 무덤처럼 지루해."

"책은 안 읽어?"

"별로. 못 읽게 하거든."

"누가 책을 읽어주는 것도 안 돼?"

"할아버지가 가끔 읽어주셔. 하지만 내가 좋아하는 책에는 관심이 없으시지. 브룩 선생님께 맨날 읽어달라고 하기도 좀 그렇고."

"그럼 누구라도 집으로 불러서 놀아."

"만나고 싶은 사람이 없어. 남자애들은 소란 피워서 머리 아파."

"책도 읽어주고 재미있게 놀아줄 상냥한 여자애들은 없어? 여자애들은 차분하고 간호사 놀이를 좋아하잖아."

"아는 애가 없어."

"나 알잖아." 조는 이렇게 말하고 한바탕 크게 웃었다.

"그러네! 그럼 집에 놀러올래?" 로리가 외쳤다.

"난 차분하지도 상냥

하지도 않지만 어머니가 허락하시면 갈게. 가서 여쭤봐야겠다. 이제 얌전히 창문 닫고 내가 갈 때까지 기다려."

조는 이렇게 말하고는 빗자루를 둘러메고 어머니에게 뭐라고 말할지 궁리하면서 집으로 성큼성큼 걸어갔다. 로리는 친구가 온다는 생각에 들떠서 안절부절못하며 서둘러 준비했다. 마치 부인이 말했듯이 '꼬마 신사'인 그는 곱슬머리를 빗고 옷깃을 새로 달고 하인이 여섯이나 있는데도 깔끔함과 거리가 먼 방을 치우며 손님을 맞이할 예를 갖췄다. 곧 초인종이 요란하게 울리더니 '로리 씨'를 찾는 또렷한 목소리가 들렸고 놀란 표정의 하인이 뛰어올라와 젊은 아가씨가 찾아왔다고 알렸다.

"알겠어요. 올라오라고 해요. 조 양이에요." 로리는 이렇게 말하고는 조를 맞이하려고 작은 응접실 문으로 갔다. 조는 혈색 좋고 온화한 표정이었고 편안해 보였으며 한 손에는 뚜껑 덮인 접시를, 다른 한 손에는 베스의 아기고양이 세 마리를 들고 있었다.

"나 왔어. 뭐 좀 바리바리 싸들고 왔지." 조가 쾌활하게 말했다. "어머니께서 안부 전하라고 하셨어. 내가 네게 도움이 되면 좋겠다고도 하셨고. 메그 언니가 블라망주*를 챙겨 줬어. 언니의 블라망주는 정말 맛있지. 베스는 고양이가 위안을 줄 거라

---

* 우유, 젤라틴, 향료 등을 넣어 차갑게 굳힌 디저트

고 생각한 모양이야. 네가 기겁해서 소리 지를 것 같지만 거절할 수 없었어. 베스가 뭐라도 하고 싶어서 안달이었거든."

베스의 엉뚱한 선물은 그녀의 바람대로 효과를 발휘했다. 로리는 고양이를 보며 웃느라 수줍음도 잊고 단번에 조와 어울렸다.

"너무 예뻐서 못 먹겠어." 조가 접시 뚜껑을 열고 블라망주를 보여주자 로리가 기뻐서 미소 지으며 말했다. 블라망주는 에이미가 기르는 제라늄의 주홍색 꽃과 초록 잎으로 만든 화환으로 장식되어 있었다.

"별거 아냐. 다들 마음 쓰고 있다는 걸 보여주고 싶어 해서. 가져갔다가 이따 차 마실 때 내어달라고 해. 보이는 그대로의 단순한 맛이라 너도 먹을 수 있을 거야. 게다가 부드러워서 목이 아파도 잘 삼킬 수 있을 거야. 그나저나 이 방 정말 아늑하다."

"정리를 잘하면 그럴지도 모르지. 하지만 하인들이 게을러서. 게다가 난 어떻게 해야 하인들이 청소에 신경 쓰게 할 수 있을지 모르겠어. 그래서 걱정이야."

"내가 2분 안에 정리해주지. 벽난로를 솔로 털고 벽난로 선반 위의 물건을 똑바로 놓고 책은 여기에 놓고 병은 저기에 놓으면 돼. 그리고 소파는 햇볕을 등지게 놓고 쿠션도 털어서 부풀리는 거야. 자, 이제 됐다."

로리의 걱정거리가 정말 해결되었다. 조는 웃고 떠들며 재빨리 물건을 정리하고 응접실 분위기를 바꾸어 놓았다. 로리는 존경스러운 눈빛으로 말없이 그녀를 바라보았다. 그러다가 조가 소파에 앉으라고 손짓하자 만족스러운 듯 숨을 길게 내쉬고 고마워하며 말했다.

"넌 정말 친절하구나! 그래, 내가 원한 게 바로 이거야. 이제 저기 안락의자에 앉아봐. 내가 손님을 대접해야지."

"됐어. 내가 널 즐겁게 해주려고 왔잖아. 책 읽어줄까?" 애정 어린 눈길로 옆에 놓인 책들을 바라본 조는 마음이 설레었다.

"고마워. 그런데 저 책들은 다 읽었어. 너만 괜찮으면 이야기를 나누고 싶은데." 로리가 대답했다.

"괜찮고말고. 말리지만 않으면 난 하루 종일 떠들 수도 있어. 베스가 그러는데 난 멈춰야 할 때를 모른대."

"볼이 발그레하고 집에 주로 있는 아이가 베스인가? 가끔 작은 바구니를 들고 나오는?" 로리가 관심을 보이며 물었다.

"응, 맞아. 걔가 베스야. 내 동생인데 정말 착해."

"예쁜 사람은 메그고 곱슬머리는 에이미 맞아?"

"어떻게 알았어?"

로리는 얼굴을 붉히면서도 솔직하게 대답했다. "있잖아, 너희 자매들이 서로 부르는 소리가 자주 들려. 여기 혼자 있다 보면 너희 집 쪽을 건너다보지 않고는 못 배기거든. 너희 자매들은 늘 즐거워 보인단 말이지. 무례하게 굴어서 미안하지만 가끔 너희 집에서 꽃이 핀 창가에 커튼 치는 걸 깜빡할 때가 있어.

저녁에 등불이 켜지면 벽난로가 켜진 가운데 자매들이 어머니와 함께 식탁에 둘러앉은 모습이 그림 같아. 어머니 얼굴이 똑바로 보이는데 꽃을 배경으로 한 얼굴이 너무 고와서 계속 볼 수밖에 없어. 너도 알다시피 난 어머니가 안 계시잖아." 로리는 이렇게 말하고는 어쩔 줄 몰라 떨리는 입술을 감추려고 벽난로를 뒤적거렸다.

외롭고 애정에 굶주린 그의 눈빛에 조의 따뜻한 마음이 아팠다. 조는 무엇이든 있는 그대로 받아들이라고 교육받았기에 매사를 의미 있게 생각했고, 열다섯 살이지만 어린아이처럼 순진하고 솔직했다. 아프고 외로운 로리를 보자 가족들의 사랑과 행복 속에 사는 자신이 정말 부자라는 생각이 들었고 그 사랑과 행복을 기꺼이 나눠주고 싶었다. 그래서 까무잡잡한 얼굴로 다정한 표정을 지으며 평소의 날카로운 목소리가 아닌 온화한 목소리로 말했다.

"앞으로는 커튼 치지 않을 테니까 마음껏 봐도 돼. 그런데 몰래 쳐다보지 말고 우리 집에 와서 함께 하면 어떨까 싶은데. 우리 어머니는 정말 멋진 분이라 너한테 잘해주실 거야. 베스는 네가 부탁하면 노래를 불러줄 테고. 에이미는 춤을 출 거야. 언니와 나는 연극에서 쓴 웃기는 무대장치를 보여줘서 재미있게 해줄게. 모두 즐거울 거야. 너희 할아버지도 허락하시지 않을까?"

"아마도. 너희 어머니가 할아버지께 부탁하시면. 할아버지는 겉보기와 달리 무척 다정하셔. 내가 하고 싶은 걸 대부분 하게 해주시지. 다만 내가 낯선 사람들을 성가시게 할까봐 걱정하시는 거야." 이렇게 말하는 로리의 표정이 점점 밝아졌다.

"우린 낯선 사람들이 아니라 이웃이잖아. 성가시게 한다고 생각하지 마. 우린 너와 친하게 지내고 싶어. 난 예전부터 애써 왔다고. 우리 가족이 이 동네에 그리 오래 살지는 않았지만 너희 집만 빼고 다른 이웃들과는 다 알고 지내."

"할아버지는 책에 빠져 사시느라 밖에서 일어나는 일에 관심이 별로 없으셔. 내 가정 교사인 브룩 선생님은 여기에 사시지 않아서 같이 다닐 사람이 없고. 그래서 집에 틀어박혀서 나대로 시간 보내면서 지내."

"안됐다. 네가 직접 뛰어드는 수밖에 없겠네. 널 부르는 곳이라면 어디든 찾아가. 그럼 친구도 많아질 테고 즐거운 곳에도 많이 가게 될 거야. 수줍음 타는 거 개의치 마. 계속하다보면 사라질 테니까."

로리는 다시 얼굴을 붉혔다. 수줍음 탄다는 말이 기분 나빠서는 아니었다. 조가 좋은 뜻으로 한 말이라는 것을 충분히 알았기 때문에 직설적인 말도 문자 그대로 친절하게 받아들일 수 있었다.

"학교는 마음에 들어?" 잠시 후 로리가 난롯불을 바라보며 화제를 바꾸어 물었다. 조는 흡족한 표정으로 주위를 둘러보고 있었다.

"난 학교에 안 다녀. 직장인이지. 정확히 말하자면 직장여성. 작은할머니를 시중드는 일을 해. 좋은 분이지만 신경질적이셔." 조가 대답했다.

로리는 더 질문하려고 입을 열었다가 사생활을 꼬치꼬치 캐

묻는 것은 예의가 아니라는 생각이 떠올라 안절부절못 하는 표정으로 입을 다물었다. 조는 그의 예의바른 면이 마음에 들어서 마치 작은할머니에 관한 웃기는 이야기를 해도 괜찮을 것 같았다. 그래서 성마른 작은할머니, 작은할머니의 살찐 푸들, 스페인어를 하는 앵

무새, 조가 책을 마음껏 보는 서재에 관한 이야기를 생생하게 해주었다. 로리는 무척 즐거워했다. 오래전에 마치 작은할머니에게 청혼하러 왔던 깐깐한 노신사 이야기도 해주었다. 앵무새 폴이 가발을 잡아당기는 바람에 노신사가 경악했다는 대목에서 로리는 몸을 젖히고 눈물이 흐를 정도로 웃었다. 그 바람에

하인이 무슨 일이 있나 하고 고개를 들이밀기도 했다.

"아! 정말 재미있다. 계속 얘기해줘." 소파 쿠션에 얼굴을 묻고 웃던 로리가 고개를 들고 말했다. 기분이 좋아서 얼굴이 상기되고 빛났다.

로리를 재미있게 해주는 데 성공하여 우쭐해진 조는 자매들끼리 했던 연극, 함께 꾸민 계획, 아버지에 대한 소망과 걱정, 자매들의 작은 세상에서 벌어지는 재미있는 사건을 계속 이야기했다. 그러다가 책 이야기로 흘러갔다. 조는 로리가 자신만큼 책을 좋아하고 자신보다 책을 훨씬 많이 읽었다는 사실에 기뻐했다.

"책을 그렇게 좋아한다니 내려가서 서재 구경하자. 할아버지는 외출하셨으니까 무서워하지 않아도 돼." 로리는 이렇게 말하며 일어섰다.

"난 무서운 거 없어." 조가 고개를 획 들며 말했다.

"그래 보여!" 로리가 존경심 가득한 눈빛으로 바라보며 외쳤다. 그러면서도 기분이 안 좋은 할아버지를 만나면 조금은 무서워할 것이라고 생각했다.

집안은 전체적으로 여름처럼 풍성한 분위기였다. 로리는 이 방 저 방으로 안내하며 조가 원하는 것은 무엇이든 자세히 살펴보게 했다. 마침내 서재에 이르자 조는 정말 기쁠 때 늘 그러듯이 손뼉을 치며 껑충거렸다. 서재에는 책이 빼곡히 꽂혀 있었고 그림과 조각상, 동전과 진기한 물건이 들어차 시선을 빼앗는 작은 장식장, 누울 수 있는 안락의자, 독특한 탁자, 청동으로 만든 물건들이 있었다. 그중 최고는 고풍스러운 타일을 빙 둘러 붙인 커다란 벽난로였다.

"정말 굉장해!" 조는 벨벳 의자에 몸을 깊숙이 묻으며 탄식했고 정말 만족스럽다는 듯이 주위를 둘러보다가 다시 감탄했다. "시어도어 로렌스, 넌 세상에서 가장 행복한 녀석이 틀림없어."

"사람은 책만으로 살 수 없어." 로리가 맞은편 탁자에 걸터앉으며 고개를 저었다.

그가 뭐라고 말하려던 찰나 초인종 소리가 들리자 조가 놀라서 벌떡 일어나며 외쳤다. "큰일이다! 할아버지 오셨나봐!"

"그게 어때서? 무서운 거 없다며." 로리가 짓궂은 표정으로 말했다.

"조금은 무서울 것 같기도 해. 이유는 모르겠지만. 어머니 허락을 받고 여기에 왔고 나 때문에 네가 더 아픈 것도 아닌데." 조는 이렇게 말하며 마음을 가라앉혔지만 계속 문 쪽을 바라보고 있었다.

"아픈 건 훨씬 나아졌어. 정말 고마워. 네가 이야기하느라 너무 힘든 건 아닌지 걱정될 뿐이야. 너무 재미있어서 그만하라고 할 수가 없었어." 로리가 고마워하며 말했다.

"도련님, 의사 선생님이 오셨어요." 하인이 와서 말하며 손짓했다.

"잠깐 다녀와도 괜찮아? 진료받고 와야겠어." 로리가 말했다.

"난 신경 쓰지 마. 지금 너무 좋으니까." 조가 대답했다.

로리가 의사를 만나러 가자 조는 나름대로 즐거운 시간을 보냈다. 노신사를 그린 멋진 초상화 앞에 서 있을 때 문 열리는 소리가 다시 들리자 조는 돌아보지도 않고 단호하게 말했다. "내가 너희 할아버지를 무서워할 필요가 없다는 걸 이제 확실히 알겠어. 눈빛이 이렇게 다정하신걸. 입매가 엄해 보이지만 의지가 아주 강하신 분 같아. 우리 외할아버지만큼 잘생기시진 않았지만 마음에 들어."

"고맙군, 아가씨." 조의 뒤에서 무뚝뚝한 목소리가 들렸다. 당혹스럽게도 로런스 씨가 서 있었다.

가여운 조는 얼굴이 더 이상 빨개질 수 없을 정도로 달아올랐고 방금 한 말을 떠올리자 심장이 요동치기 시작했다. 이대로 달아나고 싶은 강한 충동에 잠시 사로잡혔지만 그건 겁쟁이 같은 짓이었고 언니와 동생들의 비웃음을 살 것 같았다. 그래서 도망치지 않고 가급적 이 곤란한 상황에서 벗어나기로 했다. 로런스 씨를 다시 보니 하얗게 센 숱 많은 눈썹 아래에서 빛나는 눈은 그림 속 눈빛보다 더 다정했고 장난기가 있었다. 이 모습에 조의 두려운 마음이 한결 누그러졌다. 끔찍한 침묵이 잠시 흐른 뒤에 노신사는 더 무뚝뚝한 목소리로 불쑥 말했다.

"그래, 내가 무섭지 않다고?"

"많이 무섭지는 않아요."

"그리고 내가 아가씨 외할아버지만큼 잘생기지는 않았다고?"

"네."

"내가 의지가 강해 보이나?"

"제 생각을 말씀드렸을 뿐이에요."

"어쨌거나 내가 마음에 든단 말이지?"

"네."

이 대답에 기분이 좋아진 노신사는 짧게 웃음을 터뜨리더니 조에게 악수를 청했다. 그리고 손가락으로 조의 턱을 받쳐 얼굴을 들어 올린 다음 유심히 살펴보고 고개를 끄덕이며 말했다. "외할아버지와 얼굴은 닮지 않았지만 기질은 영락없이 닮았군. 아가씨 외할아버지는 훌륭한 사람이었어. 아주 용감하고 정직했지. 그의 친구라서 자랑스러웠어."

"고맙습니다." 조는 마음이 한결 편안해졌다. 자신에 대한 설명이 꽤 정확했기 때문이다.

"내 손자와는 뭘 한 거지?" 다음 질문은 날카로웠다.

"이웃끼리 친해지려고 한 것뿐이에요." 조는 놀러오게 된 자초지종을 설명했다.

"내 손자의 기운을 북돋워줄 필요가 있다고 생각했단 말이지?"

"네. 외로워 보였거든요. 또래 친구들과 어울리면 좋을 것 같았어요. 저희 집에는 여자들뿐이지만 할 수만 있다면 기꺼이 돕고 싶어요. 보내주신 근사한 크리스마스 선물도 잊지 않고요." 조가 열과 성을 다해 말했다.

"쯧쯧. 그건 손자가 꾸민 일이야. 그 불쌍한 여자는 어떻게 지내지?"

"잘 지내요." 조는 흄멜 씨 이야기를 자세히 늘어놓았다. 어머니는 형편이 괜찮은 친구들에 비해 어렵게 사는데도 어려운 이웃에게 계속 관심을 쏟았다.

"제 아비처럼 선행을 베푸는군. 언제 괜찮은 날을 잡아서 아가씨 어머니를 만나러 가야겠어. 어머니에게 그리 전해. 차 마실 시간이라는 종이 울리는구나. 손주 녀석 때문에 차 마시는 시간이 좀 이르지. 같이 가서 이웃끼리 친해지는 걸 계속해보자꾸나."

"제가 같이 가도 괜찮으시다면요."

"괜찮지 않으면 청하지도 않았겠지." 로런스 씨는 옛날 예법에 맞게 한쪽 팔을 내밀었다.

'언니가 이 얘길 들으면 뭐라고 할까?' 조는 로런스 씨와 함께 걸어갔다. 집에 가서 오늘 일을 이야기해줄 생각을 하자 눈동자에 즐거움이 넘실댔다.

"저 녀석 대체 어떻게 된 거야?" 로리가 계단을 뛰어내려오는 것을 보고 노신사가 놀라서 말했다. 로리는 조가 남들이 무서워하는 할아버지와 팔짱을 낀 모습에 깜짝 놀랐다.

"할아버지 오신 줄 몰랐어요." 조는 이렇게 말한 로리를 의기양양하게 흘끔 보았다.

"계단을 그리 요란하게 내려오는 걸 보니 그런 것 같구나. 가서 차 마시자. 신사답게 행동하고." 로런스 씨는 로리의 머리카락을 애정 어린 손길로 살짝 잡아당긴 다음 걸어갔다. 로리가 뒤따라오며 자꾸 우스꽝스러운 몸짓을 하는 바람에 조는 웃음이 터질 뻔했다.

노신사는 차를 넉 잔이나 마시는 동안 별말이 없었지만 오랜 친구처럼 금세 수다를 떠는 로리와 조를 지켜보았고 손자가 달라졌다는 것을 눈치 챘다. 로리의 얼굴은 혈색이 좋고 빛났으며 활기가 넘쳤다. 행동은 쾌활했고 웃음에는 진심 어린 즐거움이 묻어났다.

'조의 말이 맞아. 녀석은 외로운 거야. 옆집 자매들이 녀석에게 뭘 해줄 수 있는지 알겠군.' 로런스 씨는 계속 두 사람을 지켜보며 이야기를 들었다. 그는 조가 마음에 들었다. 독특하면서도 솔직한 태도가 그와 잘 맞았다. 게다가 조는 로리의 마음속에 들어갔다 나오기라도 한 듯이 로리를 잘 이해하는 것 같았다.

조가 생각하기에 로런스 씨와 로리가 '점잖 빼고 남을 불편하게 하는' 부류에 속했다면 잘 어울리지 못했을 것이다. 조는 그런 사람들과 있을 때 언제나 긴장되고 어색했다. 하지만 두 사람이 지나치게 예의를 차리지 않고 편안하다는 것을 알게 되자 조는 편하게 행동할 수 있었고 그 덕분에 좋은 인상을 남겼다. 조는 차를 다 마시고 이만 가보겠다면서 자리에서 일어났지만 로리가 더 보여줄 것이 있다면서 온실로 데려갔다. 조를 위해 온실에 불이 켜져 있었다. 온실은 요정이 살 것만 같았다. 조는 보행로를 이리저리 거닐며 양쪽 벽에 만발한 꽃, 은은한 조명, 축축하고 달콤한 공기, 머리 위로 자란 멋진 덩굴과 나무를 한껏 즐겼다. 그동안 새로 사귄 친구는 예쁜 꽃을 양손 가득 잘라 끈으로 묶은 다음 조가 보고 싶어 했던 행복한 표정을 지으며 말했다. "이 꽃 어머님께 전해드려. 보내주신 약이 정말 마음에 든다고 말씀드려주고."

두 사람이 널찍한 응접실로 돌아가자 로런스 씨가 벽난로 앞에 서 있었다. 하지만 조의 관심은 뚜껑 열린 그랜드 피아노에

120

온통 쏠렸다.

"피아노도 칠 줄 알아?" 조가 대단하다는 표정으로 로리를 보며 물었다.

"가끔 쳐." 로리가 겸손하게 대답했다.

"지금 쳐봐. 듣고 싶어. 베스에게 이야기해주게."

"너 먼저 쳐봐."

"난 못 쳐. 그쪽으로는 둔해서 배우지는 못했지만 음악은 정말 좋아해."

로리는 피아노를 연주했고 조는 헬리오트로프와 월계화 꽃다발에 호사스럽게 코를 묻고 감상했다. 연주를 잘하면서도 잘난 체하지 않는 '옆집 소년 로런스'에 대한 조의 호감은 더욱 커졌다. 조는 베스도 연주를 들으면 좋겠다고 생각했지만 말하지는 않았다. 조의 칭찬에 로리가 부끄러워하자 그의 할아버지가 와서 구해주었다. "그만하면 칭찬은 충분해. 사탕을 너무 많이 주면 안 좋은 법이야. 로리의 연주가 나쁘지는 않았지만 난 녀석이 중요한 일도 이만큼 잘했으면 해. 이제 간다고? 오늘 정말 고마웠고 다시 놀러오면 좋겠구나. 어머니께 안부 전해주고. 잘 가렴, 조 의사 선생님."

로런스 씨는 조와 다정하게 악수했지만 뭔가 탐탁지 않은 표정이었다. 복도로 나온 조는 로리에게 자신이 말실수를 했는지 물었으나 로리는 고개를 저었다.

"아니, 나 때문이야. 할아버지는 내가 피아노 치는 거 싫어하시거든."

"왜?"

"나중에 얘기해줄게. 내가 나갈 수가 없어서 존 선생님이 집에 데려다줄 거야."

"안 그래도 돼. 난 숙녀도 아니고 한 발자국 거리인걸. 건강 챙겨, 알았지?"

"그래, 또 올 거지?"

"네가 건강해진 다음에 우리 집에 놀러 온다고 약속하면."

"그럴게."

"잘 있어, 로리."

"잘 가, 조. 안녕."

오후에 조가 겪은 모험을 듣고 난 가족들은 모두 옆집에 가고 싶어 했다. 생울타리 너머 저택에 매력을 느끼는 이유는 저마다 달랐다. 마치 부인은 아버지를 기억하고 있는 로런스 씨와 아버지 이야기를 나누고 싶었다. 메그는 온실을 거닐고 싶었고 베스는 그랜드 피아노 이야기에 한숨을 쉬었다. 에이미는 멋진 그림과 조각상을 보고 싶었다.

"어머니, 그런데 로런스 씨는 왜 로리가 피아노 치는 걸 싫어하실까요?" 호기심 많은 조가 물었다.

"확실치는 않지만 로런스 씨 아들, 그러니까 로리의 아버지가 이탈리아 음악가와 결혼했는데 그 일로 자존심 강한 로런스 씨의 마음이 상해서가 아닐까 싶네. 그 이탈리아 여인은 착하고 아름다운 데다가 재주도 뛰어났지만 로런스 씨는 탐탁지 않아 했고 두 사람이 결혼한 뒤로는 아들을 한 번도 만나지 않았어. 아들 내외는 로리가 아주 어렸을 때 세상을 떠났고 그 후에 로런스 씨가 손주를 데려온 거야. 이탈리아에서 태어난 로리는 몸이 약해서 로런스 씨는 손주마저 잃을까봐 두려워하는 것 같아. 그래서 그렇게 애지중지하는 거고. 로리는 제 어머니를 닮아서 날 때부터 음악을 좋아한 모양이야. 로런스 씨는 로리가 음악가가 되고 싶어 할까봐 걱정하시는 게 아닐까? 어찌됐든 피아노를 잘 치는 로리를 보고 못마땅하게 여겼던 로리의 어머니가 떠올라서 네 말대로 '표정이 언짢았던' 게지."

"세상에, 정말 낭만적이에요!" 메그가 감탄했다.

"정말 바보 같은데." 조가 말했다. "로리가 음악가가 되고 싶어 하면 되게 놔둬야지. 그렇게 가기 싫다는 대학에 보내서 인생을 괴롭게 만들지 말고."

"그래서 로리 눈동자가 멋진 검은색이고 매너도 좋은가봐. 이탈리아 사람들은 다들 멋있잖아." 메그가 약간 감상에 젖어 말했다.

"언니가 걔 눈동자랑 매너를 어떻게 알아? 얘기도 별로 안 해 봤잖아." 감상적이지 않은 조가 외쳤다.

"파티에서 봤잖아. 그리고 네 얘기 들어보니 예의 바르다는 걸 알겠는데. 어머니께서 보내신 약이 정말 마음에 든다는 인사도 근사하고."

"블라망주를 말한 거야."

"바보 같기는. 당연히 널 두고 한 말이지."

"그래?" 조는 전혀 생각지 못했다는 듯이 눈을 휘둥그레 떴다.

"너 같은 여자애는 처음 봐! 칭찬을 해도 칭찬인지 모르니." 메그는 이런 일이라면 속속들이 아는 숙녀 같은 분위기로 말했다.

"그거야말로 말도 안 되는 소리인 것 같은데. 바보 같은 얘기는 그만했으면 좋겠어. 즐거운 기분 망치니까. 로리는 좋은 애고 난 그 애가 마음에 들어. 칭찬 같은 하찮은 소리 좀 들었다고 감상에 빠지지는 않아. 로리에게는 어머니가 안 계시니까 우리 모두 잘해줘야 해. 우리 집에 놀러올 수도 있고. 그래도 되죠, 어머니?"

"그럼. 네 친구는 언제나 환영이란다. 그리고 메그, 아이들은 가급적 오래 아이로 남아 있어야 좋다는 걸 명심하렴."

"난 아직 열두 살이지만 어린이 소리 듣는 건 싫어." 에이미가 말했다. "베스 언니는 어때?"

"난 우리가 하던 '천로역정 놀이'를 생각하고 있었어." 자매들의 대화에 귀 기울이지 않고 있던 베스가 대답했다. "우리는 착하게 살기로 결심한 덕분에 '절망의 늪'에서 빠져 나와 '좁은 문'을 지났고 열심히 노력해서 가파른 언덕을 올라갔잖아. 그렇다면 호화로운 물건이 가득한 옆집 저택이 우리의 '아름다운 궁전'일지도 모른다는 생각이 들어."

"그럼 먼저 사자들을 지나가야겠군." 조가 기대된다는 듯이 말했다.

6. 베스가 찾아낸 아름다운 궁전

실제로 저택은 아름다운 궁전이었다. 물론 다 같이 그 안으로 들어가기까지는 시간이 좀 걸렸고 베스는 사자 무리를 지나가기가 매우 힘들다는 것을 깨달았다. 그중 가장 큰 사자는 로런스 씨였다. 하지만 로런스 씨가 자매들의 집으로 와서 한 사람 한 사람에게 재미있거나 다정한 말을 해주고 어머니와 옛이야기를 나누고 나서는 소심한 베스 말고는 아무도 그를 무서워하지 않았다. 또 다른 사자는 자매들은 가난하고 로리는 부자라는 사실이었다. 이 때문에 자매들은 답례할 수 없는 호의를 받지 않으려 했다. 하지만 얼마 후 로리가 오히려 호의를 베푸는 쪽은 자매들이라고 생각한다는 것을 알게 되었다. 로리는 다정하게 환영해준 마치 부인, 자매들과 유쾌하게 어울린 시간, 소박한 집에서 느낀 안락함에 아무리 감사해도 부족하다고 생각했다. 그래서 자매들은 자존심을 버렸고 어느 쪽이 더 많이 베푸는지 생각하지 않고 서로 우정을 나누었다.

　그 무렵 새로 싹튼 우정이 봄날의 풀처럼 무럭무럭 자라 온갖 즐거운 일들이 생겼다. 모두 로리를 좋아했고 로리도 가정교사에게 "마치 씨 댁 자매들은 정말 훌륭해요."라고 따로 얘기할 정도였다. 젊은이답게 쾌활하고 열정적인 자매들은 외로운 소년을 그들 무리에 끼어주었으며 로리는 천진난만한 자매들과 순수하게 어울리는 일이 무척 좋았다. 어머니도 여자형제도 없는 그는 자매들과 어울리면서 빠르게 달라졌다. 바쁘고 활기차게 사는 자매들을 보자 로리는 게으른 자신이 부끄러워졌다. 하지만 로리가 책에 싫증내고 사람들에게 관심을 많이 보이자 브룩 선생님은 로리가 무단으로 수업에 빠지고 마치 씨 집으로 달려간다고 로런스 씨에게 불만을 털어놓을 수밖에 없었다.

　"괜찮네. 녀석에게 휴가를 준 셈 치지. 공부는 나중에 보충하면 되니까." 로런스 씨가 말했다. "옆집에 사는 훌륭한 아가씨가 로리는 너무 공부만 열심히 한다고, 또래 친구들과 어울려 즐겁게 놀고 운동하는 시간이 필요하다더군. 그 아가씨 말이 옳아. 그동안 내가 제 할머니처럼 녀석을 너무 애지중지했어. 로리가 행복하기만 하다면 좋아하는 걸 하게 두자고. 작은 수녀원 같은 옆집에서 나쁜 짓을 할 수는 없을 테니. 게다가 마치 부인이 녀석을 우리보다 더 잘 살펴주고 있잖나."

자매들과 로리는 정말 즐거운 시간을 보냈다! 연극을 하고 그림을 그렸으며 썰매와 스케이트를 타며 뛰놀았다. 저녁에는 낡은 응접실에서 유쾌한 시간을 보내기도 했고 가끔은 로리네 저택에서 조촐한 파티를 열어 즐겼다. 메그는 가고 싶을 때 언제든 온실에 가서 꽃을 감상할 수 있었다. 조는 새로 생긴 서재를 열심히 탐험했고 독특한 비평으로 로런스 씨를 포복절도하게 했다. 에이미는 저택에 걸린 그림을 따라 그리고 그곳의 아름다움을 마음껏 즐겼다. 로리는 저택의 주인 노릇을 즐겁게 했다.

하지만 베스는 그랜드 피아노를 그토록 간절히 원하면서도 메그가 '천국의 저택'이라고 부르는 옆집에 갈 용기가 나지 않았다. 딱 한 번 조와 함께 간 적이 있는데 베스의 소심한 성격을 모르는 로런스 씨가 숱 많은 눈썹 아래에서 눈을 번득이며 '애!'라고 외치자 베스는 너무 놀란 나머지 도망치고 말았다. 나중에 어머니에게 "바닥이 울릴 정도로 발이 떨렸어요."라고 하면서 제아무리 그랜드 피아노가 있어도 다시는 옆집에 가지 않겠다고 선언했다. 아무리 설득하고 꼬드겨도 베스는 두려움을 극복할 수 없었다. 그러다가 누구에게 들었는지는 모르지만 로런스 씨의 귀에 이 사실이 전해지자 그는 사태 수습에 나섰다. 마치 씨 집에 잠시 들른 그는 대화를 음악 쪽으로 교묘하게 유도했다. 직접 만나본 훌륭한 가수와 멋진 오르간 연주를 비롯해 귀가 솔깃한 일화를 이야기하자 베스는 늘 머무는 집 한구석에 있을 수 없게 되었고 이야기에 사로잡힌 듯이 점점 다가왔다. 그러다가 로런스 씨가 앉은 의자 뒤에 멈춰 서서 큰 눈을 더 크게 뜨고 뺨이 상기된 채 이 신기한 이야기에 귀 기울였다. 로런스 씨는 베스에게 조금도 신경 쓰지 않으면서 로리가 받는 수업과 선생님에 관한 이야기를 이어갔다. 잠시 후 그는 이제 막 떠올랐다는 듯이 마치 부인에게 말했다.

"요즘 로리가 음악을 소홀히 해서 다행입니다. 그동안에는 지나칠 정도로 좋아했거든요. 하지만 아무도 사용하지 않는 피아노가 고장 날까 걱정이군요. 따님들 중에 누가 가끔 와서 연주해주면 안 될까요? 음이 잘 맞는지만 봐주면 되는데요."

베스는 이 뿌리칠 수 없는 유혹에 박수를 치게 될까봐 두 손을 꼭 맞잡고 한 걸음 앞으로 나갔다. 그 멋진 피아노를 연주하는 상상을 하자 숨이 멎을 것 같았다. 로런스 씨는 마치 부인이 대답하기도 전에 묘하게 살짝 고개를 끄덕이고 미소 지으며 말을 이었다.

"누구와 마주치거나 말할 일은 없고 언제든 와서 연주만 하면 됩니다. 저는 반대쪽 끝에 있는 서재에 틀어박혀 있거든요. 로리는 주로 나가 있고 하인들은 9시가 넘으면 응접실 근처에도 가지 않아요." 이렇게 말한 그는 가려는 듯이 자리에서 일어났다. 그러자 마지막 조건이 더할 나위 없이 마음에 든 베스는

말을 꺼내기로 마음먹었다. "따님들에게 제 말을 전해주십시오. 혹시 다들 관심이 없다고 해도 마음 쓰지 마시고요." 이때 작은 손이 그의 손을 잡았다. 베스는 정말 고마워하는 표정으로 그를 올려다보며 소심하지만 진심을 담아 말했다.

"저, 로런스 할아버지! 다들 관심이 정말, 정말 많아요!"

"네가 음악을 좋아한다는 아이로구나?" 로런스 씨가 다정하게 베스를 내려다보며 물었다. 이번에는 '애!'처럼 베스를 놀라게 하는 말은 하지 않았다.

"저는 베스예요. 음악을 정말 좋아해요. 제가 연주하는 걸 아무도 듣지 않는 게 확실하면 해볼게요. 그리고 제가 방해가 되지 않는다면요." 베스는 무례하게 들릴까봐 마지막 말을 덧붙였고 이렇게 말하는 자신의 대담함에 놀라 몸을 떨었다.

"아무도 듣지 않을 거야. 하루 중 절반은 집이 비어 있거든. 그러니 와서 마음껏 연주하렴. 그러면 정말 고맙겠구나."

"정말 친절하신 분이군요."

베스는 로런스 씨의 친절한 표정에 장미꽃처럼 얼굴을 붉혔지만 더 이상 그가 무섭지 않았다. 그리고 로런스 씨에게 받은 귀중한 선물에 고마움을 표현할 길이 없어서 감사하는 마음을 담아 그의 큰 손을 꼭 잡았다. 노신사는 베스의 머리를 다정하게 쓰다듬더니 허리를 굽혀 입 맞추고 남들에게 들리지 않도록 속삭였다.

"내게도 너와 눈이 닮은 손녀가 있었단다. 하나님의 축복이 있기를. 안녕히 계세요, 부인." 로런스 씨는 이 말을 끝으로 서둘러 나갔다.

베스는 이 엄청난 기쁨을 어머니와 나눈 다음 자매들이 집에 없었기 때문에 병든 인형들에게 기쁜 소식을 전하려고 황급히 위층으로 뛰어올라갔다. 그날 저녁 베스는 행복하게 노래했고, 밤에 자다가 에이미의 얼굴을 피아노처럼 두들겨서 에이미가 깨는 바람에 모두 웃음을 터뜨리기도 했다. 다음 날 로런스 씨와 로리 모두 외출하는 것을 본 베스는 두어 번 발길을 돌리고 나서야 무사히 옆문에 이르렀고 생쥐처럼 조용히 우상이 자리 잡은 응접실로 향했다. 피아노에는 마치 우연인 것처럼 연주하기 쉬우면서도 아름다운 곡의 악보가 놓여 있었다. 베스는 누가 오는지 소리를 듣고 살피느라 여러 번 멈춘 끝에야 멋진 피아노에 손가락을 갖다 댔다. 그러자 두려움과 자기 자신을 비롯한 모든 것을 곧바로 잊고 음악이 전하는 말로 표현할 수 없는 기쁨에 빠졌다. 피아노 소리는 사랑하는 친구의 목소리 같았다.

베스는 해나가 저녁 식사를 하라고 데리러 올 때까지 계속 연주했다. 식탁에 앉았으나 밥을 먹고 싶은 생각이 들지 않았고 엄청난 행복에 젖어 다른 가족들을 향해 미소 지을 뿐이었다.

그날 이후로 갈색 후드를 쓴 소녀는 거의 매일 생울타리 너머를 드나들었고 드넓은 응접실은 아름다운 선율의 정령이 눈에 띄지 않게 오가며 많은 시간을 보내는 곳이 되었다. 베스는 로런스 씨가 좋아하는 옛날 곡을 들으려고 서재 문을 자주 열어놓는다는 것을 몰랐다. 하인들이 응접실에 들어가지 못하도록 복도에서 보초를 서는 로리도 보지 못했다. 받침대에 놓인 연습용 악보집과 새로운 악보가 자신을 위한 것인 줄은 꿈에도 몰랐다. 로런스 씨가 집에 와서 음악 이야기를 할 때에도 베스는 자신에게 도움이 많이 되는 이야기를 해주는 그가 정말 친절하다고만 생각했다. 그랬기에 베스는 마음껏 즐길 수 있었고 그토록 바라던 소망이 모두 이루어지는, 아무나 누릴 수 없는 행운이 찾아왔다고 생각했다. 아마 그녀가 이렇게 현재의 축복에 정말 감사했기 때문에 훗날 더 큰 축복을 받았으리라. 이유야 어쨌든 베스는 둘 다 받을 자격이 있었다.

"어머니, 로런스 할아버지께 실내화를 한 켤레 만들어 드리려고요. 제게 큰 친절을 베풀어주셔서 감사 인사를 하고 싶은데 다른 방법은 떠오르지 않아서요. 그래도 되겠죠?" 로런스 씨의 엄청난 초대가 있고 나서 몇 주가 지난 뒤에 베스가 물었다.

"그럼. 정말 기뻐하실 거야. 훌륭한 감사 선물이구나. 언니들이 도와줄 거야. 재료비는 내가 주마." 마치 부인이 대답했다. 베스가 직접 무언가를 부탁하는 일은 거의 없었기 때문에 부인은 유난히 기뻤다.

베스는 메그와 조와 수차례 진지하게 의논한 끝에 무늬를 고르고 재료를 사서 실내화를 만들기 시작했다. 진보라색 바탕에 차분하면서도 화사한 팬지 무늬가 그려진 천은 로런스 씨에게 어울리면서도 예뻤다. 베스는 어려운 부분을 바느질할 때에는 가끔 고개를 들고 쉬어 가며 밤낮으로 열심히 만들었다. 손이 빠르고 바느질을 잘했기 때문에 오래 걸리지 않았다. 다음으로 베스는 짧고 꾸밈없는 내용의 쪽지를 썼고 어느 날 아침에 로리의 도움을 받아 로런스 씨가 일어나기 전에 서재 탁자에 선물을 몰래 갖다놓았다.

베스는 흥분이 가라앉자 무슨 일이 벌어질지 기다려졌다. 하루가 지나고 다음 날이 되었지만 아무런 소식이 없자 괴팍한 친구의 기분을 상하게 한 게 아닐까 걱정되기 시작했다. 이튿날 오후에는 심부름을 하고 늘 그러듯이 병들고 가여운 인형 조애나에게 바깥바람을 쏘여주려고 외출했다. 돌아가는 길에 집 앞 거리에 들어서자 응접실 창문에서 머리 셋, 아니 넷이 들락날락하는 모습이 보였다. 베스를 본 그들은 손을 흔들며 기쁨에 들떠 외쳤다.

"로런스 할아버지에게서 편지가 왔어. 어서 와서 읽어봐!"

"언니! 그분이 언니에게 뭘……." 에이미가 지나칠 정도로 기운차게 손짓하며 말을 꺼냈지만 조가 창문을 닫아 입막음을 하는 바람에 더 이상 들리지 않았다.

베스는 잔뜩 긴장한 채 걸음을 재촉했다. 현관문에 도착하자 자매들이 베스를 의기양양하게 응접실로 데려가더니 모두한 곳을 가리키며 일제히 외쳤다. "저기 봐! 저기!" 가리키는 곳을 본 베스는 얼굴이 창백해질 정도로 기쁘고 놀랐다. 그곳에는 작은 업라이트 피아노가 있었고 광나는 뚜껑 위에는 겉봉에 '엘리자베스 마치 양에게'라고 쓰인 편지가 현판처럼 놓여 있었다.

"나한테 온 거야?" 베스는 조를 붙잡고 가쁘게 숨을 내쉬었다. 감당하기에 벅차서 쓰러질 것만 같았다.

"그래, 다 너한테 온 거야, 소중한 내 동생! 로런스 할아버지 정말 멋지지 않니? 세상에서 가장 다정한 할아버지라고 생각하지 않아? 편지 안에 열쇠가 있어. 뜯어보진 않았는데 뭐라고 쓰셨을지 궁금해 죽겠어." 조는 베스를 끌어안고 편지를 내밀며 이렇게 말했다.

"언니가 읽어줘. 난 어지러워서 못 읽겠어. 아, 정말 근사해!" 베스는 선물을 보고 어쩔 줄 몰라서 조의 앞치마에 얼굴을 묻었다.

편지를 뜯어본 조는 첫줄을 보고 웃음을 터뜨렸다.

  친애하는 아가씨, 마치 양에게.

"정말 근사하다! 누가 내게도 이렇게 편지를 써주면 얼마나 좋을까!" 고풍스러운 인사말이 우아하다고 생각한 에이미가 말했다.

평생 수많은 실내화를 신어왔지만 마치 양이 보내준 것처럼 꼭 맞는 건 처음이었어요.

조는 편지를 계속 읽었다.

야생 팬지는 내가 좋아하는 꽃이랍니다. 실내화를 볼 때마다 이걸 선물해준 다정한 마치 양이 떠오를 거예요. 이 노신사가 보답하고 싶은 마음에 세상을 떠난 손녀의 물건을 보내니 받아 주리라 믿어요. 진심으로 고맙고 행운을 빌어요.

감사를 담아, 영원한 벗이자 충실한 종
제임스 로런스 드림.

"베스, 이건 자랑스러워할 만하고 영광스러운 일이 틀림없어! 로리가 그러는데 로런스 할아버지는 세상을 떠난 손녀를 무척 예뻐해서 손녀의 물건을 모두 소중하게 간직하고 계셨대. 생각해봐. 그런 할아버지가 네게 손녀의 피아노를 주셨어! 네가 손녀처럼 눈이 크고 파란 데다가 음악을 좋아해서 그런 거야." 조는 이렇게 말하며 그 어느 때보다 흥분해서 떨고 있는 베스를 진정시키려 했다.

"정교한 등불 받침이랑 근사한 초록 실크 덮개 좀 봐. 덮개는 가운데에 주름을 잡아 황금 장미 장식을 달았어. 악보 받침이랑 의자도 예뻐. 모든 게 완벽해." 메그가 피아노 뚜껑을 열어 아름다운 모습을 보여주며 말했다.

"'충실한 종 제임스 로런스'라니. 그 부분이 가장 인상적이었어. 친구들한테 말해줘야지. 정말 멋있다고 생각할 거야." 편지에 깊은 감명을 받은 에이미가 말했다.

"한번 쳐봐요. 요 귀여운 피아노 소리를 들어보자고요." 가족의 기쁨과 슬픔을 언제나 함께 하는 해나가 말했다.

베스가 피아노를 연주하자 모두 지금껏 들어본 중 가장 아름다운 소리라고 했다. 새로 조율하고 말끔하게 정비한 게 틀림없었다. 완벽한 피아노였다. 하지만 피아노가 정말 매력적인 이유는 베스가 아름다운 흑백 건반을 두드리며 반짝이는 페달을 밟는 동안 피아노 위로 몸을 숙이고 음악을 감상하는 가족들의 더없이 행복한 표정 때문이었다.

"가서 감사 인사 꼭 드려." 조는 베스가 정말 그러리라고는 생각지 못했기에 농담조로 말했다.

"응, 그럴 거야. 지금 당장 가려고. 괜히 시간 끌다가 무섭다는 생각이 들기 전에." 베스는 모여 있던 가족들을 깜짝 놀라게 하더니 침착하게 정원을 지나고 생울타리를 넘어 로런스 씨 집 문으로 향했다.

"세상에나, 살아생전에 이렇게 별난 광경을 보다니요! 피아노 때문에 베스 아가씨 머리가 어떻게 됐나봐요. 제정신이라면 절대 안 갔을 텐데요." 해나가 베스를 물끄러미 바라보며 외쳤다. 자매들은 이 기적 같은 일에 말문이 막혔다.

로런스 씨 집으로 간 베스가 어떻게 했는지 보았다면 가족들은 더욱 놀랐을 것이다. 믿기지 않겠지만 베스는 생각하느라 뜸들이지 않고 서재 문을 두드렸다. 무뚝뚝한 목소리가 "들어와요!"라고 대답하자 문을 열고 곧장 로런스 씨에게 갔다. 그리고 깜짝 놀란 로런스 씨에게 손을 내밀며 약간 떨리는 목소리로 말했다. "감사 인사 드리러 왔어요. 그러니까……." 베스는 로런스 씨의 다정한 표정에 할 말을 잊어서 말을 잇지 못했다. 그 순간에는 로런스 씨가 사랑하는 손녀를 잃었다는 사실밖에 생각나지 않아서 베스는 그의 목을 끌어안고 입을 맞췄다.

노신사는 지붕이 갑자기 날아간대도 그보다 더 놀라지 않았을 것이다. 그래도 기분은 무척 좋았다. 그는 베스의 감사 인사가 매우 마음에 들었고, 신뢰가 담긴 입맞춤에 감동 받고 기뻐서 퉁명스러움은 온 데 간 데 없이 사라졌다. 그는 베스를 무릎에 앉히고 주름진 뺨을 장밋빛 뺨에 갖다 댔다. 그 순간부터 베스는 더 이상 그를 무서워하지 않았고 그대로 무릎에 앉아 태어날 때부터 알고 지낸 것처럼 편안하게 이야기했다. 사랑은 두려움을 몰아내고 감사하는 마음은 자존심을 이긴다. 로런스 씨는 베스를 집 대문 앞까지 데려다주었고 다정하게 악수한 다음 모자를 매만지며 자기 집으로 돌아갔다. 위풍당당하고 꼿꼿하게 걸어가는 노신사의 모습은 군인처럼 멋있었다.

자매들은 이 광경을 지켜보았다. 조는 지그 춤을 추며 흡족한 마음을 드러냈고 에이미는 놀라서 창문에서 떨어질 뻔했으며 메그는 손을 올리며 외쳤다. "세상에 종말이 오려나봐!"

7. 굴욕의 골짜기에 떨어진 에이미

"로리 오빠는 정말 키클로프스* 같지 않아?" 어느 날 에이미가 채찍을 힘껏 휘두르며 말을 타고 지나가는 로리를 보며 말했다.

"로리의 눈은 두 개인 데다 예쁘기까지 한데 왜 그런 말을 해?" 친구를 깔보는 말에 화가 난 조가 외쳤다.

"눈 때문이 아니라 말을 잘 타서 칭찬하는 건데 왜 그렇게 발끈하는지 모르겠네."

"세상에! 켄타우로스**라고 해야 할 걸 바보같이 키클로프스라고 했구나." 조가 웃음을 터뜨리며 소리쳤다.

"그렇게 무례하게 말할 것까진 없잖아. 데이비스 선생님이

---

* 그리스 신화에 나오는 외눈박이 거인
** 그리스 신화에 나오는 상반신은 사람이고 하반신은 말인 종족

말씀하신 것처럼 '실업*'했을 뿐인데." 에이미는 어려운 말을 써가며 조에게 쏘아붙였다. "로리 오빠가 저 말에 쏟아붓는 돈 중 일부라도 나한테 있으면 좋겠어." 에이미는 혼잣말하듯이 말했지만 언니들에게 들리기를 바랐다.

"왜?" 메그가 다정하게 물었다. 조는 에이미가 '실업'이라고 말실수한 것 때문에 웃느라 정신이 없었다.

"돈이 꼭 필요하거든. 빚이 많은데 헌 옷 판 돈을 내가 가지려면 한 달을 기다려야 하잖아."

"에이미, 빚이라니. 무슨 소리야?" 메그의 표정이 심각해졌다.

"있잖아, 라임피클을 아무리 적게 잡아도 열두 개는 빚졌는데 돈이 생겨야 갚을 수 있어. 어머니께서 가게에 외상 달지 말라고 하셨으니까."

"자세히 얘기해봐. 요즘 라임이 유행이야? 예전에는 고무 조각을 모아서 공 만드는 게 유행이었는데." 메그는 침착을 유지

---

* '실언'을 잘못 말했다.

하려 애썼고 에이미는 심각하고 다급한 표정이었다.

"응, 그래서 애들이 계속 라임피클을 사기 때문에 구두쇠 소리 안 들으려면 나도 사야 해. 요즘엔 라임이 대세야. 다들 책상에 넣어놓고 수업 시간에 빨아 먹고 쉬는 시간에는 라임피클을 연필, 구슬 박힌 반지, 종이 인형 같은 물건과 교환하기도 해. 좋아하는 사람에게는 라임을 주고 싫어하는 사람 앞에서는 권하지도 않고 라임을 빨아 먹어. 돌아가면서 라임을 사는데 난 그동안 얻어먹기만 하고 한 번도 사지를 않았으니 꼭 사야 해. 그게 다 빚이잖아."

"그 빚을 다 갚고 신용을 회복하려면 얼마가 필요한데?" 메그가 지갑을 꺼내며 물었다.

"25센트면 넉넉해. 남는 돈으로 언니도 사줄게. 라임 안 좋아해?"

"별로. 네가 내 몫까지 먹어. 자, 돈 여기 있어. 큰돈은 아니지만 최대한 아껴 써."

"와, 고마워! 용돈을 받는다는 건 틀림없이 근사한 일이야. 이번 주에는 라임을 못 먹었으니 사서 실컷 먹어야지. 친구들이 주는 걸 받기가 좀 그랬거든. 갚을 수가 없었으니까. 사실 정말 먹고 싶었는데."

다음 날 에이미는 학교에 약간 지각했다. 갈색 종이로 싼 축축한 꾸러미를 책상 가장 깊숙한 곳에 넣어두기 전에 자랑하고 싶은 유혹을 참지 못했는데 그 마음만은 충분히 이해할 수 있었다. 에이미 마치가 맛있는 라임피클을 (오는 길에 하나 먹고) 스물네 개 가져왔으며 그것을 나눠줄 것이라는 소문이 순식간에 친구들 사이에 퍼졌고 친구들은 대단한 관심을 보였다. 케이티 브라운은 그 자리에서 에이미를 다음번 파티에 초대했다. 메리 킹슬리는 쉬는 시간 동안 자기 손목시계를 빌려주겠다고 고집했다. 그리고 그동안 라임을 나눠주지 않은 에이미를 못되게 비웃은 냉소적인 성격의 제니 스노우도 가시 돋친 말을 하지 않고 어려운 덧셈 문제의 답을 알려주겠다고 했다. 하지만 에이미는 "코가 낮아도 다른 사람의 라임 냄새는 잘도 맡고 도도하게 굴면서도 자존심도 없이 라임을 달라고 하는 사람이 있네."라고 한 스노우의 독설을 잊지 못했기에 '갑자기 그렇게 예의 차릴 필요 없어. 넌 안 줄 거니까.'라고 기를 죽이는 쪽지를 보내 스노우의 기대를 즉시 짓밟았다.

그날 아침에 유명한 사람이 손님으로 학교에 와서 에이미가 그린 아름다운 지도를 칭찬했다. 그 칭찬으로 스노우 양이 마음속으로 적이라고 생각하는 마치 양은 우쭐해져서 학구적인 사람인 양 잘난 체를 했다. 하지만 저런! 자만심은 몰락으로 이어졌고 복수심에 불탄 스노우는 끔찍한 일을 저질러 보복에 성공했다. 손님이 늘 하는 진부한 칭찬을 하고 나가기가 무섭게 제니 스노우가 중요한 질문이 있는 척하며 데이비스 선생님에게 에이미 마치가 책상에 라임피클을 숨겨 놓았다고 일렀다.

데이비스 선생님은 라임피클을 금지하며 이 규칙을 맨 처음 어기는 사람은 모두 보는 앞에서 체벌하겠다고 엄숙하게 선언한 바 있었다. 인내심 강한 데이비스 선생님은 오랫동안 격렬한 전쟁을 치른 끝에 교실에서 껌을 몰아내는 데 성공했고 학생들에게 압수한 소설과 신문을 태워버렸으며 개인적으로 편지도 주고받지 못하게 했다. 이뿐만 아니라 얼굴을 일그러뜨려 이상한 표정을 짓거나 별명을 부르거나 남을 희화화한 그림을 그리는 것도 금지하는 등 남자 혼자 반항심 넘치는 여자아이들 50명을 통제하기 위해 할 수 있는 모든 것을 했다. 남자아이들도 인내심을 시험했지만 여자아이들은 훨씬 더했다. 특히 과격하고 '블림버 박사*'처럼 가르치는 데 소질이 없으며 신경이 과민한 남자에게는 더욱 그랬다. 데이비스 선생님은 그리스어, 라틴어, 대수학을 비롯한 여러 학문에 지식이 많아서 훌륭한 선생님이라고 불렸지만 예의, 도덕성, 감정, 본보기를 보여주는 것은 대수롭지 않게 여겼다. 제니는 그날이 에이미의 일을 고자질하기에 가장 좋다는 것을 알았다. 아침에 데이비스 선생님은 너무 진한 커피를 마신 게 틀림없어 보였고 동풍이 불어 신경통이 도졌다. 게다가 학생들은 마땅히 들어야 할 말도 듣지

---

* 찰스 디킨스의 소설 《돔비와 아들(Dombey and Son)》에 등장하는 인물로, 스파르타식 교육을 표방하는 학교를 운영한다.

않았다. 그래서 선생님은 어느 여학생의 말에 따르면 '마녀처럼 신경질을 부리고 곰처럼 화를 냈다.' 고상하지는 않지만 정확한 표현이었다. 이런 상황에서 '라임'이라는 말은 화약에 불을 붙인 것과 다름없었다. 선생님은 누런 얼굴이 시뻘게지더니 어찌나 책상을 힘껏 내리쳤는지 평소와 달리 제니가 재빠르게 제자리로 뛰어들어갔다.

"얘들아, 주목!"

엄한 목소리에 웅성거림이 멈추었고 파란색, 검은색, 회색, 갈색 눈동자 50쌍이 선생님의 무서운 얼굴을 얌전하게 쳐다보았다.

"마치 양, 앞으로 나오도록."

에이미는 그 말에 따라 자리에서 일어났다. 겉으로는 아무렇지 않아 보였지만 라임 때문에 양심에 가책을 느껴 두려움이 마음을 짓눌렀다.

"책상에 숨긴 라임 가지고." 앞으로 나가려던 에이미는 뜻밖의 명령에 몸이 굳었다.

"전부 다 가져가진 마." 옆자리의 학생이 아주 침착하게 속삭였다.

에이미는 라임 여섯 개를 남겨두고 나머지를 황급히 꺼내 데이비스 선생님 앞으로 가져갔다. 인간적인 마음이 있는 사람이라면 누구나 맛있는 냄새를 맡고 화가 누그러질 것이라고 생각했다. 하지만 안타깝게도 데이비스 선생님은 유행하는 라임피클 냄새를 유독 싫어했고 역겨운 냄새를 맡자 더 화가 났다.

"이게 전부야?"

"그건 아니에요." 에이미가 더듬더듬 대답했다.

"나머지도 가져와. 당장."

에이미는 절망적인 눈빛으로 친구들을 흘끔대며 명령에 따랐다.

"더 없는 거 확실해?"

"선생님, 저는 거짓말은 안 해요."

"그런 것 같군. 이제 이 구역질나는 것들을 두 개씩 집어서 창밖으로 던져."

아이들이 일제히 탄식하자 작은 돌풍이 휘몰아칠 것만 같았다. 마지막 희망이 사라졌다. 그토록 먹고 싶은 라임피클을 빼앗겨 수치심과 분노로 얼굴이 새빨개진 에이미는 열두 번을 왔다 갔다 하며 라임을 창밖으로 던졌다. 에이미의 머뭇거리는 손에서 통통하고 즙 많은 라임피클 두 개가 사라지자 거리에서는 함성이 들렸고 아이들은 괴로워했다. 기뻐서 함성을 질러대는 철천지원수 같은 아일랜드 꼬맹이들이 아이들이 마음껏 먹으려 했던 라임피클을 즐기게 되었기 때문이다. 이건 정말이지 너무 가혹했다. 아이들은 모두 분노나 애원을 담은 눈빛으로 냉혹한 데이비스 선생님을 뚫어지게 쳐다보았고 라임피클을 너무나 좋아하는 어느 아이는 울음을 터뜨리기까지 했다.

에이미가 마지막 라임까지 던지고 돌아오자 데이비스 선생님은 거들먹거리며 "흠" 하고 헛기침을 하더니 매우 엄숙한 태도로 말했다.

"얘들아, 내가 일주일 전에 한 말 기억하겠지. 이런 일이 생겨서 유감이지만 난 내가 세운 규칙을 어기는 걸 절대 용납할 수 없어. 그리고 나는 내가 한 말은 반드시 지켜. 마치 양, 손 내밀어."

에이미는 가슴이 철렁해서 양손을 뒤로 숨기고 애원하는 표정으로 선생님을 보았다. 말이 제대로 안 나와서 이렇게 하는 편이 더 호소력 있을 것 같았다. 에이미는 '데이비스 할아버지'라는 별명으로 불리던 선생님이 아끼는 제자였기에 어느 여학생이 화를 못 참고 '쳇' 소리를 내지만 않았어도 선생님은 손 내밀라는 말을 거두었을지도 모른다. 하지만 아주 작게 들린 '쳇' 소리가 화를 잘 내는 선생님을 자극하여 에이미의 운명을 결정했다.

"마치 양, 손 내밀라니까!" 에이미가 말없이 호소한 끝에 들은 대답은 이뿐이었다. 자존심 강한 에이미는 울거나 애원하지 않았다. 이를 악물고 고개를 도전적으로 꼿꼿하게 든 채 작은 손바닥을 몇 대 얼얼하게 맞는 동안 옴짝달싹하지 않았다. 많이 맞지도, 세게 맞지도 않았지만 그건 중요하지 않았다. 에이

미는 태어나서 처음으로 매를 맞았기 때문에 쓰러지도록 맞기라도 한 듯 깊은 수치심을 느꼈다.

"이제 쉬는 시간이 될 때까지 교단에 서 있도록." 데이비스 선생님은 일단 시작한 벌을 끝까지 주기로 마음먹은 것 같았다.

끔찍한 시간이었다. 물론 자리로 돌아가서 안타까워하는 친구들의 얼굴이나 쌤통이라며 고소해하는 사이가 좋지 않은 몇몇 아이들의 얼굴을 보는 일도 벌 서기 못지않게 괴로웠을 것이다. 하지만 수치스러운 일을 당하자마자 이렇게 벌을 서며 반 아이들 전체를 마주보는 일은 견딜 수 없었다. 잠시 에이미는 그대로 쓰러져 심장이 터지도록 울고 싶었다. 이 벌이 부당하다는 억울함과 제니 스노우에 대한 분노로 이 상황을 버텨

냈다. 굴욕적인 자리에 선 에이미는 바다처럼 펼쳐진 아이들의 얼굴 위쪽에 설치된 난로 통풍구만 뚫어지게 쳐다보며 하얗게 질린 채 꼼짝도 하지 않았다. 아이들은 눈앞에 서 있는 에이미의 애처로운 모습에 공부하기가 무척 힘들었다.

그 후 15분 동안 자존심 세고 예민한 소녀는 절대 잊지 못할 수치심과 고통에 시달렸다. 다른 사람들에게는 우습게 넘길 수 있는 사소한 일일지 모르지만 에이미에게는 힘겨운 경험이었다. 12년 동안 살면서 사랑만 받았지 이런 식의 체벌은 받아본 적이 없었다. 하지만 쓰라린 손바닥과 아픈 마음은 머릿속에 떠오른 생각 때문에 잊히고 말았다.

'집에 가서 이야기하면 다들 크게 실망하겠지!'

15분이 1시간 같았지만 마침내 끝이 왔다. '쉬는 시간!'이라는 말이 이보다 반갑게 들린 적은 없었다.

"마치 양, 그만 가봐." 데이비스 선생님이 불편한 표정으로 말했다.

선생님은 에이미의 원망 가득한 표정을 쉽게 잊지 못했다. 에이미는 아무와도 말하지 않고 곧장 교실 옆방으로 가서 소지품을 움켜쥐고 학교를 '영원히' 떠나겠노라 굳게 다짐하며 그곳을 떠났다. 에이미는 슬픈 상태로 집에 돌아갔고 시간이 지나 언니들이 돌아오자마자 분노에 찬 회의가 열렸다. 마치 부인은 심란한 표정으로 별말을 하지 않고 상처받은 막내딸을 다정하게 위로했다. 메그는 에이미의 손바닥에 글리세린을 발라주며 눈물을 흘렸다. 베스는 이런 슬픔에는 사랑하는 아기고양이들도 위로가 되지 않는다는 것을 알았다. 그리고 조는 데이비스 선생님을 당장 체포해야 한다고 외치며 화를 냈다. 해나는 '악당 선생님'에게 주먹을 휘두르더니 절구에 든 저녁 식사용 감자가 선생님이기라도 한 듯이 절굿공이를 힘껏 내리쳤다.

몇몇 친구들을 제외하고는 에이미가 집에 가버린 것을 알아차리지 못했다. 하지만 눈치 빠른 여학생들은 그날 오후에 데이비스 선생님이 유독 온화하게 굴면서 평소보다 더 초조해한다는 것을 알았다. 그날 수업이 끝나기 직전에 단호한 표정으로 학교에 나타난 조는 데이비스 선생님의 책상으로 가서 어머니의 편지를 전달한 다음 에이미의 물건을 마저 챙겨 나왔다. 그러면서 학교에서 묻은 먼지까지 털어버리겠다는 듯이 현관문 앞 깔개에 장화에 묻은 진흙을 꼼꼼하게 털었다.

"그래. 학교를 잠시 쉬는 건 좋지만 베스와 함께 매일 조금씩이라도 공부하면 좋겠구나." 그날 저녁에 마치 부인이 말했다. "난 체벌에 반대해. 여자아이에게는 더욱. 데이비스 선생님이 가르치는 방식도 마음에 안 들고 네가 어울리는 아이들도 도움이 되지 않는 것 같구나. 아버지 의견을 들어보고 전학을 결정할 생각이야."

"좋아요! 학생들이 전부 다 떠나서 고리타분한 학교 따위 망해버리면 좋겠어요. 맛있는 라임피클을 생각하면 화가 나서 미칠 것 같아요." 에이미가 순교자라도 된 듯이 한숨 쉬며 말했다.

"라임피클을 못 먹은 게 안타깝지는 않구나. 규칙을 어겼으니 마땅히 벌을 받아야지." 동정 받을 줄 알았던 에이미는 어머니의 엄한 대답에 약간 실망했다.

"반 전체 학생들 앞에서 창피를 당했는데도 괜찮다는 말씀이세요?" 에이미가 울부짖었다.

"물론 나라면 그런 식으로 잘못을 바로잡지는 않았겠지." 어머니가 대답했다. "하지만 그보다 더 약한 벌을 받았다면 네게 별 효과가 없었을 거야. 에이미, 넌 점점 우쭐대고 거만해지고 있어. 이제 그런 태도를 고칠 때가 되었어. 네게는 훌륭한 재능과 장점이 많지만 그걸 뽐낼 필요는 없단다. 자만심 때문에 정말 훌륭하고 비범한 재능이 망가질 수 있거든. 진정한 재능이나 선함은 오래지 않아 눈에 띄는 법이야. 혹시 남들이 알아주지 않는다고 해도 네게 그런 재능과 선함이 있고 그걸 잘 활용하고 있다는 걸 아는 것으로 충분해. 모든 재능 중에 가장 힘이 막강한 건 겸손함이란다."

"옳은 말씀이세요." 한쪽 구석에서 조와 체스를 두던 로리가 말했다. "예전에 알고 지내던 여자애가 있었는데 음악에 뛰어난 재능이 있었어요. 그런데 그 애는 그걸 몰랐죠. 혼자서 작곡한 곡이 정말 아름답다는 걸 전혀 생각하지 못하더라고요. 누가 얘기해줘도 안 믿었을 거예요."

"나도 그런 멋진 애를 알면 좋겠다. 그럼 날 도와줬을지도 모르는데. 난 너무 바보 같아." 로리 옆에 서서 이야기를 열심히 듣던 베스가 말했다.

"이미 알고 있잖아. 그 애가 누구보다 잘 도와주고 있는걸."

로리가 장난기 어린 검은 눈동자로 명랑하게 말하자 베스의 얼굴이 갑자기 빨개졌다. 뜻밖에 칭찬을 받았다는 사실을 깨달은 베스는 어쩔 줄 몰라 하며 소파 쿠션에 얼굴을 묻었다.

조는 베스를 칭찬해준 대가로 로리에게 체스 게임을 일부러 저주었다. 베스는 칭찬을 받은 일이 부끄러워서 피아노를 연주하지 않으려 했다. 그래서 로리가 최선을 다해 피아노를 연주하고 쾌활하게 노래했다. 로리는 평소에도 마치 가족과 있을 때 침울한 적이 거의 없었지만 그날따라 활기가 넘쳤다. 로리가 집으로 돌아가자 저녁 내내 근심에 잠겨 있던 에이미는 새로운 생각이 떠오른 듯이 불쑥 말했다.

"로리 오빠는 뛰어난 사람인가요?"

"그럼. 교육도 잘 받았고 재능이 많잖니. 응석을 다 받아줘서 제멋대로 자라지만 않는다면 훌륭한 어른이 될 거야." 어머니가 대답했다.

"로리 오빠는 거만하지도 않죠?" 에이미가 물었다.

"전혀. 그래서 그렇게 매력적이고 우리 모두 좋아하는 것이란다."

"알겠어요. 재능 있고 품위 있게 행동하면서도 우쭐대거나 주제넘게 나서지 않는 건 좋은 것이군요." 에이미가 생각에 잠겨 말했다.

"재능이나 품위는 그 사람의 태도와 말에서 드러난단다. 겸손하기만 하다면 말이야. 그러니 그런 걸 일부러 보여줄 필요는 없어." 마치 부인이 말했다.

"네가 가진 보닛, 드레스, 리본을 자랑하겠다고 그걸 한꺼번에 하고 나가는 게 이상한 것과 마찬가지야." 조가 한마디 보탰다. 그리하여 설교는 웃음으로 마무리되었다.

8. 악마 아폴리온을 만난 조

 "언니들, 어디 가는 거야?" 어느 토요일 오후, 방으로 들어온 에이미가 뭔가를 숨기는 듯한 분위기를 풍기며 외출 준비를 하는 언니들을 보고 호기심이 발동하여 물었다.

 "아무 일도 아니야. 애들은 몰라도 돼." 조가 날카롭게 대답했다.

 어릴 때에는 이런 말을 들으면 굴욕감을 느끼는 법이다. "애들은 저리 가" 같은 말을 들으면 더 약이 오른다. 에이미는 모욕적인 말에 발끈해서 1시간 동안 조르는 한이 있더라도 비밀을 알아내고야 말겠다고 결심했다. 그래서 에이미의 부탁이라면 거절했다가도 결국 들어주고 마는 메그에게 다가가 구슬리는 말투로 말했다. "말해줘! 나도 데려가야지. 베스 언니는 인형 챙기느라 바쁘고 난 할 일도 없고 정말 외롭단 말이야."

 "넌 초대받지 않았기 때문에 안 돼." 메그가 입을 열자 조가

다급하게 끼어들었다. "언니, 조용히 해. 그러다 전부 다 망치겠어. 에이미, 넌 갈 수 없어. 그러니까 아기처럼 칭얼대지 마."

"로리 오빠랑 어디 가려는 거 다 알아. 어젯밤에 소파에서 둘이 쑥덕거리면서 킬킬대다가 내가 가니까 멈췄잖아. 로리 오빠랑 같이 가는 거 맞지?"

"그래, 맞아. 그러니까 이제 그만 귀찮게 하고 가만히 있어."

에이미는 입을 다물었지만 눈으로는 두 사람을 계속 살폈고 메그가 주머니에 부채를 집어넣는 것을 보았다.

"이제 알겠네! 〈일곱 개의 성(The Seven Castles)〉 보러 극장에 가는 거지!" 에이미는 이렇게 외치며 단호하게 말을 이었다. "나도 갈 거야. 어머니께서 그거 봐도 된다고 하셨어. 지난번에

헌옷 판 돈도 있어. 나한테 제대로 말도 안 해주고 못됐어."

"내 얘기 좀 들어봐, 착하지." 메그가 달랬다. "어머니께서 네가 이번 주에는 연극 보러 가지 않는 게 좋겠다고 하셨어. 요정이 등장하는 연극이라 조명이 강할 텐데 네 눈이 그걸 견딜 수 있을 정도까지 낫지 않았기 때문이야. 다음 주에 베스랑 해나 할머니랑 같이 가서 재미있게 보고 와."

"언니랑 로리 오빠랑 같이 가는 게 훨씬 좋단 말이야. 제발 가게 해줘. 감기 때문에 집에 너무 오래 갇혀 있었더니 재미있는 걸 하고 싶어 죽겠어. 메그 언니, 제발! 진짜 얌전하게 있을게." 에이미는 최대한 불쌍한 표정을 지으며 애원했다.

"데려가야 할 것 같은데. 꽁꽁 싸매서 데려가면 어머니께서도 별말씀 안 하시겠지." 메그가 말했다.

"그럼 난 안 갈래. 내가 안 가면 로리가 싫어하겠지. 게다가 로리가 우리 둘만 초대했는데 에이미를 달고 가는 건 정말 무례한 짓이야. 에이미도 초대받지 않은 자리에 끼어 앉는 게 싫을 테고." 조가 신경질적으로 말했다. 잠시도 가만히 못 있는 동생을 챙기느라 재미있게 놀지 못하는 게 싫었기 때문이다.

조의 말투와 태도에 화가 난 에이미는 장화를 신으며 약 올리듯이 말했다. "꼭 갈 거야. 메그 언니가 가도 된댔어. 그리고 내 표 값은 내가 낼 거니까 로리 오빠가 상관할 일도 없어."

"넌 우리랑 같이 앉을 수는 없어. 우리는 자리를 예약했거든.

네가 혼자 앉게 되면 로리가 자기 자리를 내어줄 테고 우리는 즐거운 시간을 망치겠지. 아니면 로리가 네게 우리 옆자리를 사줄 수도 있는데 그건 민폐야. 게다가 초대받지도 않았는데. 그러니까 한 발자국도 움직이지 말고 그냥 집에 있어." 서두르느라 손가락을 찔린 조는 그 어느 때보다 신경질적으로 나무랐다.

한쪽 장화를 신은 채 바닥에 앉아 있던 에이미는 울기 시작했고 메그가 잘 타이르려던 찰나 아래층에서 로리가 부르는 소리가 들렸다. 그러자 조와 메그는 울고 있는 동생을 내버려두고 서둘러 내려갔다. 가끔 에이미는 평소에 다 큰 숙녀 행세를 했다는 것을 잊고 버릇없는 어린애처럼 행동했다. 에이미는 떠나려는 세 사람을 보고 난간에서 소리치며 협박했다. "조 마치, 오늘 일을 후회하게 될 거야! 두고 봐!"

"별꼴이야!" 조는 이렇게 대꾸하고 문을 쾅 닫았다.

세 사람은 즐거운 시간을 보냈다. 〈다이아몬드 호숫가의 일곱 성(The Seven Castles of the Diamond Lake)〉은 정말 훌륭하고 멋진 연극이었다. 하지만 조는 우스꽝스러운 빨간 도깨비, 반짝거리는 요정, 매력적인 왕자와 공주가 등장하는 장면을 보며 즐거워하는 와중에도 마음 한구석이 약간 씁쓸했다. 여왕 요정의 곱슬한 금발을 보고 에이미가 생각났기 때문이다. 또, 막간에는 에이미가 어떻게 후회하게 만들지 궁금해서 신경이 쓰였다. 조와 에이미는 둘 다 성격이 급했고 화를 냈다 하면 쉽게 폭발했기 때문에 지금까지 격하게 다툰 적이 많았다. 주로 에이미가 조를 약 올리고 조가 에이미를 짜증나게 하는 식이었는데 나중에는 둘 다 이렇게 폭발한 것을 부끄러워했다. 조는 언니지만 자매들 중 자제력이 가장 없어서 불같은 성격을 다스리기 힘들어했기 때문에 계속 난처한 상황에 빠졌다. 하지만 화를 금세 풀었으며 자기 잘못을 겸허히 인정하고 진심으로 뉘우치며 더 잘하려고 노력했다. 조는 화내고 나면 천사 같아졌기 때문에 자매들은 차라리 조를 화나게 하는 편이 낫겠다고 말하기도 했다. 가여운 조는 착한 사람이 되려고 필사적으로 노력했지만 마음속의 적이 언제나 불같이 타오르는 바람에 좌절했고 그 적을 이기려고 몇 년 동안 끈기 있게 노력했다.

메그와 조가 집으로 돌아왔을 때 에이미는 응접실에서 책을 읽고 있었다. 에이미는 상처받은 듯 책에서 눈을 떼지도 않았고 질문도 일절 하지 않았다. 옆에 있던 베스가 이것저것 묻는 바람에 연극이 정말 좋았다는 이야기를 들었기에 망정이지, 그렇지 않았더라면 호기심이 분노를 이겨 연극에 대해 물어봤을 것이다. 조는 가장 좋은 모자를 벗어 놓으러 위층으로 올라가자마자 책상 쪽을 살펴보았다. 지난번에 싸웠을 때 에이미가 조의 책상 맨 위 서랍을 바닥에 뒤엎어서 분풀이를 했기 때문이다. 하지만 옷장, 가방, 상자 여기저기를 황급히 살펴보았는데 모두 제자리에 있었다. 그래서 조는 에이미가 자기 잘못을 용서하고 잊어버렸다고 결론 내렸다.

하지만 조의 판단은 틀렸다. 다음 날 조는 한 바탕 폭풍우를 몰고 올 일을 알게 되었다. 오후 늦게 메그, 베스, 에이미가 함께 앉아 있는데 조가 흥분한 표정으로 뛰어들어와 가쁜 숨을 몰아쉬며 따져 물었다. "내가 쓴 소설 누가 가져갔어?"

메그와 베스는 놀란 표정으로 즉시 아니라고 대답했지만 에이미는 모닥불을 뒤적거리며 아무 말도 하지 않았다. 에이미의 얼굴이 벌게지는 것을 본 조는 곧장 에이미에게 다가가 따졌다.

"에이미, 네가 가져갔지!"

"아닌데."

"그럼 어디에 있는지는 알겠지!"

"아니, 몰라."

"거짓말!" 조는 에이미의 어깨를 잡고 외쳤다. 표정이 어찌나 험악한지 에이미보다 더 용감한 아이도 겁먹을 정도였다.

"거짓말 아니야. 나한테 없고 어디 있는지도 몰라. 알 게 뭐람."

"알고 있잖아. 당장 말하는 게 좋을 거야. 실토하게 만들기 전에." 조는 에이미를 약간 흔들었다.

"실컷 화내봤자 그 바보 같은 소설은 절대 못 찾을걸." 에이미도 흥분해서 소리쳤다.

"왜?"

"내가 태워버렸으니까."

"뭐라고? 내가 얼마나 아끼는 소설인데! 아버지가 돌아오시기 전에 완성하려고 정말 열심히 썼는데! 진짜 태웠어?" 창백해진 얼굴로 이렇게 물은 조는 이글거리는 눈빛으로 에이미의 어깨를 거세게 움켜잡았다.

"그래, 내가 태웠어! 어제 그렇게 신경질 낸 대가를 치르게 해주겠다고 했잖아! 그래서…….."

에이미는 말을 잇지 못했다. 엄청난 분노에 휩싸인 조가 에이미를 세차게 흔드는 통에 이가 딱딱 부딪쳤기 때문이다. 조는 슬픔과 분노가 폭발해 울부짖었다.

"이 못돼 먹은 계집애야! 다시 쓰지도 못한단 말이야! 죽을 때까지 용서 못 해!"

메그가 달려가 에이미를 구하고 베스가 조를 달랬다. 하지만 이성을 잃은 조는 에이미의 뺨을 한 대 때리고 뛰어나가 다락방의 낡은 소파에 올라가 일방적으로 싸움을 끝내버렸다.

아래층의 폭풍은 잠잠해졌다. 집에 돌아와 이야기를 들은 마치 부인이 즉시 에이미가 언니에게 무슨 잘못을 했는지 타일렀기 때문이다. 조는 자기 소설을 마음 깊이 자랑스러워했고 가족들은 그녀가 매우 촉망받는 문학계의 새싹이라고 생각했다. 단편 소설 여섯 편뿐이었지만 조가 온 마음을 다해 끈기 있게 쓴 글이었고 출간할 정도로 훌륭한 작품이 탄생하기를 기대했

다. 조는 얼마 전에 그 글들을 아주 꼼꼼하게 베껴 쓴 다음 낡은 원고를 없앴기 때문에 에이미는 몇 년 동안 공들인 작품을 완전히 없애버린 셈이었다. 남들에게는 별것 아닌 듯 보일지라도 조에게는 끔찍한 재앙이었고 무엇으로도 보상받을 수 없었다. 베스는 아기고양이가 죽었을 때처럼 슬퍼했고 메그는 그토록 아끼는 에이미였지만 감싸주지 않았다. 마치 부인도 마음이 무겁고 슬퍼 보였다. 에이미는 자신이 저지른 잘못을 누구보다 후회했고 용서를 구할 때까지 아무도 자신을 사랑하지 않을 것 같았다.

　차 마시는 시간을 알리는 종이 울리자 조가 나타났다. 표정이 너무 험악하고 쌀쌀맞아서 에이미는 용기를 끌어 모아 조심스럽게 말했다.

"언니, 용서해줘. 정말, 정말 미안해."

"절대 용서 못 해." 조가 단호하게 대답했다. 그 순간부터 조는 에이미를 완전히 무시했다. 마치 부인을 비롯해 어느 누구도 그 엄청난 사건에 대해 말하지 않았다. 다들 조가 이런 상태일 때에는 말해봤자 소용없다는 것을 경험으로 알고 있었기 때문이다. 사소한 계기가 생기거나 조가 너그러움을 발휘해 스스로 화를 누그러뜨리고 상처를 치유할 때까지 기다리는 편이 가장 현명했다. 우울한 저녁이었다. 어머니가 브레머(Bremer), 스콧(Scott), 에지워스(Edgeworth)의 책을 읽어주는 동안 모두 평소처럼 바느질을 했지만 뭔가 빠진 것 같았다. 평소의 사랑이 넘치고 평화로운 집안 분위기가 아니었다. 이런 분위기는 노래하는 시간이 되었을 때 가장 피부에 와 닿았다. 베스는 노래하지 않고 피아노만 연주했고 조는 돌처럼 멍하니 서 있기만 했으며 에이미는 감정을 주체하지 못했기 때문에 메그와 어머니만 노래했다. 두 사람이 종달새처럼 쾌활하게 노래하려고 애썼지만 맑고 고운 목소리는 평소와 달리 불협화음을 냈다.

마치 부인은 자기 전에 조에게 입을 맞추며 온화하게 속삭였다.

"사랑하는 딸아, 해가 지도록 분을 품지 말라고 했단다.* 서로

* 에베소서 4장 26절

용서하고 도우며 내일을 다시 시작하렴."

조는 어머니의 품에 얼굴을 묻고 울며 슬픔과 분노를 모두 털어내고 싶었다. 하지만 눈물은 나약함을 드러내는 약점이었고, 상처가 너무 심해서 아직은 용서할 수도 없었다. 그래서 눈을 꼭 감고 고개를 저으며 에이미가 듣고 있다는 것을 알고 퉁명스럽게 대답했다. "너무 끔찍한 일이라 에이미는 용서받을 자격이 없어요."

이렇게 말한 조는 쿵쿵대며 침실로 갔다. 그날 밤에는 즐겁고 은밀한 수다도 없었다.

에이미는 화해하려고 다가갔다가 거절당하자 화가 많이 났고, 괜히 굽히고 들어갔다고 생각했다. 더 상처받은 에이미는 자신이 도덕적으로 더 우월하다는 듯이 우쭐대기 시작해 조를 더욱 자극했다. 조는 여전히 먹구름이 가득했고 하루 종일 되는 일이 하나도 없었다. 아침에는 지독하게 추웠고 소중한 턴오버를 배수로에 떨어뜨렸으며 마치 작은할머니는 안달복달하며 조를 괴롭혔다. 집에 돌아가 보니 메그는 수심에 잠겨 있었고 베스마저도 슬프고 시름에 잠겨 보였다. 에이미는 남들이 훌륭하게 모범을 보이는데도 착하게 살자고 말만 할 뿐 노력하지 않는 사람들에 대한 이야기를 계속했다.

"전부 다 싫어. 로리에게 스케이트나 타자고 해야지. 로리는 언제나 친절하고 쾌활하니까 기분이 나아질 거야." 조는 이렇게 중얼거리며 밖으로 나갔다.

에이미는 스케이트 날이 부딪치는 소리를 듣고 밖을 보며 짜증스럽게 외쳤다.

"저 봐! 다음번엔 날 데려가겠다고 약속했으면서. 이번이 올겨울 마지막 얼음일 텐데. 하지만 걸핏하면 삐지는 사람에게 데려가달라고 해봤자 소용없겠지."

"그렇게 말하지 마. 네가 너무 못되게 굴었잖아. 소중한 글을 잃었으니 용서하기 힘들겠지. 하지만 조가 이제는 용서해줄 것 같아. 타이밍을 잘 골라서 사과하면 될 거야." 메그가 말했다. "두 사람을 따라가. 조가 로리와 놀면서 마음이 풀릴 때까지 아무 말도 하지 말고 있다가 조용한 틈을 타서 조에게 입 맞추는 거야. 다정한 행동을 하든지. 그러면 분명 조가 화를 풀고 다시 너와 친하게 지낼 거야."

"해볼게." 메그의 조언이 마음에 든 에이미는 서둘러 준비해서 언덕을 넘어 모습이 보이지 않으려 하는 조와 로리를 쫓아갔다.

강은 멀지 않았지만 두 사람은 에이미가 도착하기 전에 스케이트 탈 준비를 마쳤다. 조는 에이미가 다가오는 걸 보더니 등을 지고 섰다. 로리는 강 가장자리에서 조심조심 스케이트를 타며 혹한 이후에 닥친 봄기운에 얼음이 녹지는 않았는지 소리를 듣느라 에이미를 보지 못했다.

"난 저기 첫 번째 모퉁이로 가서 얼음이 괜찮은지 확인할게. 그러고 나서 경주를 시작하자." 이 말은 에이미에게도 들렸다. 털외투를 입고 모자를 써서 러시아 청년처럼 보이는 로리는 잽싸게 나아갔다.

조는 쫓아온 에이미가 숨을 헐떡이는 소리와 스케이트를 신느라 발을 구르고 손을 호호 부는 소리를 들었지만 돌아보지 않고 지그재그로 천천히 강을 따라 내려갔다. 에이미가 애먹는 모습에 쓸쓸하고 불편하기도 했지만 약간 고소하기도 했다. 이렇듯 조는 나쁜 생각과 감정을 즉시 내버리지 않으면 더욱 강력한 분노를 느꼈다. 강 모퉁이에 다다른 로리가 돌아서서 외쳤다.

"계속 가장자리로 와. 가운데는 위험해."

조는 이 말을 들었지만 에이미는 스케이트를 신은 발에 온통 신경이 쏠려 듣지 못했다. 조는 어깨 너머로 에이미를 흘끗 보았다. 그때 마음속에 숨어 있던 작은 악마가 조의 귓가에 속삭였다.

"들었든 못 들었든 알아서 하게 내버려 둬."

로리는 이미 모퉁이를 돌아 가버리고 없었다. 조도 곧 모퉁이를 돌 참이었다. 에이미는 한참 뒤에서 얼음이 얇은 강 한가운데를 향해 나아가고 있었다. 조는 이상한 기분이 들어서 멈칫했다가 가던 길을 가려 했지만 뭔가 꺼림칙해서 뒤돌아보았다. 바로 그때 녹아서 약해진 얼음이 갑자기 깨지며 에이미가 두 손을 쳐들고 물에 빠졌다. 물이 요란하게 튀고 비명이 들리자 조는 무서워서 심장이 멎을 것 같았다. 로리를 부르려 했지만 목소리가 나오지 않았고 서둘러 앞으로 나가려 했지만 발에 힘이 하나도 없었다. 조는 그렇게 잠시 꼼짝도 못하고 공포에 사로잡힌 얼굴로 시커먼 물 위로 떠오른 작은 파란색 모자를 보고 있었다. 그때 무언가가 재빠르게 옆을 지나가더니 로리가 외치는 소리가 들렸다.

"울타리 가로대 뜯어와! 빨리!"

조는 어떻게 움직였는지 알 수 없었지만 귀신에 홀린 듯이 무작정 로리가 시키는 대로 했다. 로리는 아주 침착하게 얼음 위에 엎드려 하키 채를 뻗어서 에이미를 붙잡고 있었고 그사이 조는 울타리에서 가로대를 뜯어서 끌고 왔다. 두 사람은 힘을 합쳐 에이미를 끌어냈다. 에이미는 다치지는 않았으나 겁에 질려 있었다.

"최대한 빨리 집으로 데려가야 해. 우리 옷을 덮어줘. 그동안 이 빌어먹을 스케이트 좀 벗을게." 로리는 이렇게 외치며 자기 외투로 에이미를 감싸더니 스케이트 끈을 잡아당겼다. 스케이트 끈 풀기가 이렇게 복잡하게 느껴지기는 처음이었다.

그들은 물을 뚝뚝 떨어뜨리며 몸을 떨고 우는 에이미를 집으로 데려갔고 잠시 소란이 있은 뒤에 에이미는 따뜻한 난로 앞

에서 담요에 싸인 채 잠들었다. 그 난리가 벌어지는 동안 조는 창백하고 어쩔 줄 모르는 얼굴로 말없이 재빨리 움직일 뿐이었다. 조는 소지품을 반쯤 잃어버렸고 드레스도 찢어졌으며 얼음과 가로대, 울타리 금속에 손이 찢기고 멍도 들었다. 에이미가 편안하게 잠들고 집이 조용해지자 침대 옆에 앉아 있던 마치 부인이 조를 곁으로 불러 다친 손에 붕대를 감아주었다.

"에이미는 정말 괜찮은 거죠?" 조는 자책하며 에이미의 금발 머리를 바라보았다. 하마터면 위험천만한 얼음 아래로 휩쓸려 영영 보지 못할 뻔한 에이미의 모습이었다.

"그럼, 괜찮고말고. 다친 것도 아니고 감기에 걸린 것 같지도 않아. 네가 현명하게 옷으로 잘 감싸서 집에 빨리 데려왔잖니."

어머니가 밝은 목소리로 대답했다.

"로리가 다 한걸요. 저는 물에 빠진 에이미를 보고만 있었어요. 어머니, 혹시라도 에이미가 죽으면 제 잘못이에요." 조는 침대 옆에 무릎 꿇고 참회의 눈물을 흘리며 무슨 일이 있었는지 말했다. 자신의 무자비한 마음을 질책하는 눈물이자 무거운 벌을 면하게 되어 감사하는 눈물이기도 했다.

"이게 다 지독하게 못된 제 성격 때문이에요! 고치려고 노력했고 고친 줄 알았는데 전보다 더 안 좋아졌어요. 어머니! 어쩌면 좋죠? 전 어떻게 해야 하나요?" 가여운 조는 절망에 빠져 울부짖었다.

"늘 살피며 조심하고 기도하렴. 쉬지 않고 노력해야 한단다. 네 단점을 고치는 게 불가능하다고 생각하면 안 돼." 마치 부인이 조의 헝클어진 머리를 끌어당겨 축축한 볼에 다정하게 입맞추자 조는 더 격하게 울었다.

"어머니는 모르세요. 제가 얼마나 형편없는지 상상도 못 하실 거예요! 심하게 화가 나면 무슨 짓이라도 저지를 수 있을 것 같아요. 너무 잔인해져서 누구라도 다치게 할 수 있고 그걸 즐길 거예요. 언젠가 정말 끔찍한 일을 저지를까봐, 그래서 인생이 망가지고 다들 절 미워하게 될까봐 무서워요. 어머니! 도와주세요! 제발요!"

"우리 딸, 내가 도와줄게. 도와주고 말고. 그러니 그렇게 가슴

아프게 울지 마. 하지만 오늘 일을 잊지 말고 영혼을 바쳐 굳게 결심해야 해. 다시는 이런 일을 하지 않겠다고 말이야. 조, 우리 모두 저마다 시험에 든단다. 너보다 더 큰 시험에 드는 사람들도 있어. 그 시험을 이겨내느라 평생을 바치는 경우도 많아. 넌 네 성격이 세상에서 가장 안 좋다고 생각하지만 나도 예전에는 너와 비슷했단다."

"어머니가요? 하지만 어머니는 화를 안 내시잖아요!" 조는 너무 놀라서 잠시 양심의 가책을 잊었다.

"난 그 성격을 고치려고 40년 동안 노력해서 이제 겨우 화를 다스릴 수 있게 되었어. 조, 난 평생 거의 매일 화가 났지만 그걸 드러내지 않는 법을 배웠지. 그리고 이제는 화라는 감정을 느끼지 않는 법을 배우고 싶단다. 그러려면 또 40년이 걸릴지 모르지."

조가 정말 사랑하는 어머니의 얼굴에서 느껴지는 인내심과 겸손함은 세상에서 가장 지혜로운 설교나 예리한 꾸지람보다 더 훌륭한 가르침을 주었다. 조는 어머니가 공감하고 믿음을 보여준 덕분에 이내 편안해졌다. 어머니에게도 조와 같은 단점이 있었고 어머니도 그걸 바로잡으려고 노력했다는 사실을 알게 되자 자신의 단점을 견디기가 한결 수월해졌고 그것을 바로잡고자 하는 결심도 더욱 굳어졌다. 물론 열다섯 살 소녀에게는 늘 조심하고 기도하며 사는 40년 세월이 너무 길게 느껴졌지만.

"어머니, 가끔 입술을 앙다물고 방에서 나가실 때 화가 나서 그러시는 건가요? 마치 작은할머니가 잔소리하시거나 사람들이 속상하게 할 때 말이에요." 조가 물었다. 그 어느 때보다 어머니가 가깝고 다정하게 느껴졌다.

"맞아. 입에서 경솔한 말이 튀어나오지 못하도록 다스리는 법을 배웠지. 그런 말들이 내 의지와 상관없이 나올 것 같으면 잠시 그 자리를 떠나서 나약하고 사악해진 나 자신에게 정신 차리라고 해." 마치 부인은 미소 띤 얼굴로 한숨 쉬며 대답했고 조의 헝클어진 머리카락을 부드럽게 매만져 묶어주었다.

"화가 날 때 말하지 않는 법을 어떻게 배우셨어요? 그것 때문에 너무 괴로워요. 저도 모르는 사이에 매서운 말들이 입에서 나가거든요. 점점 심한 말을 하게 되고요. 그러다가 남의 감정을 상하게 만들고 끔찍한 말을 하는 게 즐겁게 느껴지기까지 해요. 어머니, 어떻게 하셨는지 알려주세요."

"내 어머니께서 날 도와주셨는데……."

"어머니께서 저희에게 그러시듯이요." 조가 끼어들어 말하며 고마운 마음을 담아 입을 맞췄다.

"하지만 내 나이가 너보다 조금 더 많았을 때 어머니가 돌아가셨고 몇 년 동안 혼자 힘들어했어. 그때 난 자존심이 너무 세서 누구에게도 약점을 털어놓지 않았거든. 조, 나도 힘든 시간을 보냈고 내 부족함 때문에 쓰디쓴 눈물을 수없이 많이 흘렸단다. 아무리 노력해도 뜻대로 되지 않았어. 그러다가 네 아버지를 만났고 너무 행복해서 착하게 살기가 수월해졌어. 하지만 곧 너희 넷을 낳고 가난해지자 예전 문제가 다시 나타났지. 난 인내심을 타고나질 않아서 내 자식들이 없이 지내는 걸 보는 게 정말 힘들었단다."

"불쌍한 어머니! 그땐 누가 도와주셨나요?"

"네 아버지. 네 아버지는 늘 인내했어. 의심하거나 불평하지도 않았고 언제나 희망을 품고 열심히 노력하면서 기쁘게 기다렸지. 그런 네 아버지를 보고 있자니 그렇게 살지 못하는 내가 부끄러워지더구나. 네 아버지는 날 도와주고 위로해줬고 내가 너희들에게 바라는 모든 미덕을 스스로 실천하여 모범을 보여야 한다는 것을 알려주었어. 내가 아니라 너희들을 위해서라고 생각하니 노력이 한결 수월했지. 내가 모진 말을 해서 깜짝 놀란 너희들의 얼굴을 볼 때면 그 어떤 말을 들었을 때보다 더 심하게 나를 질책했어. 그렇게 모범이 되려고 노력했고 너희들의 사랑, 존경, 믿음이라는 달콤한 보상을 받았지."

"아, 어머니! 어머니의 반만이라도 훌륭하게 살 수 있으면 좋겠어요." 감동받은 조가 외쳤다.

"넌 나보다 훨씬 좋은 사람이 될 거야. 그러려면 아버지가 '마음속의 적'이라고 한 것을 늘 경계해야 돼. 안 그러면 그 적 때문에 삶이 망가지거나 슬프게 살게 된단다. 오늘 일로 경고를 받았으니 그걸 명심하고 마음과 영혼을 다해 화 잘 내는 성격을 다스리려고 노력하렴. 오늘보다 더 슬퍼하고 후회할 일이 생기기 전에."

"어머니, 노력할게요. 꼭 그럴 거예요. 하지만 어머니께서 도와주셔야 해요. 수시로 일깨워주시고 제가 화내지 않도록 다잡아주세요. 가끔 아버지께서 입술에 손가락을 대고 어머니를 무척 다정하면서도 진지한 표정으로 바라보시는 걸 본 적이 있어요. 그럴 때면 어머니께서는 언제나 입술을 앙다물고 자리를 뜨셨고요. 아버지께서 그런 식으로 일깨워주셨던 거죠?" 조가 나지막이 물었다.

"그래. 네 아버지에게 도와달라고 했어. 네 아버지는 한 번도 잊지 않고 다정한 표정으로 작은 손짓을 하며 내가 모진 말을 하지 않도록 여러 번 구해주었지."

조는 이렇게 말하는 어머니의 눈에 눈물이 고이고 입술이 떨리는 것을 보았다. 쓸데없는 말을 했을까 걱정된 조가 근심스럽게 속삭였다. "어머니를 지켜본 이야기를 괜히 꺼냈나봐요. 버릇없이 굴 생각은 아니었어요. 제가 어머니를 어떻게 생각하는지 모두 말씀드리는 게 안심되고 좋아서 그런 것뿐이에요."

"조, 내겐 무슨 말이든 해도 돼. 딸들이 날 믿는다고 느낄 때와 내가 딸들을 얼마나 사랑하는지 보여줄 때 가장 행복하고 뿌듯하단다."

"제가 어머니 마음을 아프게 한 줄 알았어요."

"아니란다. 아버지 이야기가 나오니 정말 보고 싶기도 하고 내가 아버지에게 많은 빚을 졌다는 생각이 들어서 그래. 네 아버지를 위해서라도 딸들이 안전하고 훌륭하게 자라도록 충실하게 지켜보고 노력해야겠다는 생각도 들고."

"하지만 아버지께 입대하라고 말씀하신 분은 어머니셨잖아요. 아버지가 떠나실 때 울지도 않으셨고요. 지금도 어머니는 불평하지도 않으시고 도움도 전혀 필요 없어 보이시는데요." 조가 의아하다는 듯이 물었다.

"난 사랑하는 조국에 최선을 다했고 아버지가 떠날 때까지 눈물을 참았던 거야. 네 아버지도 나도 의무를 다하고 있을 뿐인데 무슨 불평을 할까? 게다가 결국에는 그로 인해 더 행복해질 게 분명한데? 내게 도움이 필요 없어 보이는 건 아버지보다도 좋은 친구들이 곁에서 위로해주고 격려해주기 때문이야. 조, 네 인생의 고뇌와 시험은 이제 시작이고 앞으로 수없이 많을 수도 있단다. 하지만 땅에 있는 아버지는 물론이고 하늘에 계신 아버지의 힘과 온유함을 느끼게 되면 전부 다 견디고 이겨낼 수 있어. 하나님을 사랑하고 믿을수록 더 가까이 느끼게 될 거야. 그리고 인간의 힘과 지혜에 덜 의지하게 되겠지. 그분의 사랑과 보살핌은 지치지도, 변하지도 않고 늘 네 곁에서 평생 평화, 행복, 힘의 원천이 될 거야. 이 말을 마음 깊이 믿고 하나님께 나아가서 내게 그랬듯이 네 모든 근심, 희망, 죄악, 슬픔을 솔직하게 털어놓으렴."

조는 어머니를 끌어안는 것으로 대답을 대신할 수밖에 없었다. 그 후 이어진 침묵 속에서 지금껏 한 모든 기도 중 가장 진심 어린 기도가 마음에서 우러나왔다. 슬프면서도 행복한 그 시간 동안 조는 후회와 절망의 쓴맛뿐만 아니라 극기와 자제의 단맛도 알게 되었다. 그리고 어머니 손에 이끌려 그 어떤 아버지보다 굳건하고 그 어떤 어머니보다 온화한 사랑으로 모든 아이를 맞이하는 친구인 하나님에게 더 가까이 다가갔다.

에이미가 잠결에 뒤척이며 한숨을 쉬었다. 당장 단점을 바로잡고 싶어진 조는 처음 보는 표정으로 고개를 들고 에이미를 보았다.

"난 해가 졌는데도 분을 품고 에이미를 용서하지 않으려 했어. 오늘 로리가 아니었다면 너무 늦어서 에이미를 구하지 못할 뻔했어! 난 어쩜 이렇게 못됐을까?" 조는 이렇게 중얼거리며 에이미 위로 몸을 숙여 베개에 흩어진 축축한 머리카락을 다정하게 쓰다듬었다.

에이미는 이 말을 듣기라도 한 듯이 눈을 뜨더니 조에게 감동을 안기는 미소를 지으며 두 팔을 뻗었다. 둘 다 아무 말 없이 담요를 사이에 두고 꼭 끌어안았다. 다정한 입맞춤 한 번으로 모든 것이 용서되고 잊혔다.

9. 허영의 시장에 간 메그

"킹 씨네 아이들이 마침 홍역에 걸리다니 정말 운이 좋지 뭐야." 4월의 어느 날, 방에서 동생들에게 둘러싸인 메그가 '장기 여행'용 가방에 짐을 챙기며 말했다.

"애니 모패트가 약속을 잊지 않아서 정말 다행이야. 2주 내내 재미있게 놀다니 정말 굉장할 거야." 조가 대답했다. 긴 팔로 치마를 접는 모습이 풍차처럼 보였다.

"날씨도 좋아서 나까지 기분 좋은데." 베스가 목과 머리에 두르는 리본을 상자에 정리하며 말했다. 중요한 행사를 위해 메그에게 빌려준 가장 좋은 상자였다.

"나도 같이 가서 놀고 싶어. 이 근사한 것들도 다 입어보고 싶고." 입에 잔뜩 문 핀을 메그의 바늘꽂이에 보기 좋게 꽂아주던 에이미가 말했다.

"다 같이 가면 좋겠지만 그럴 수 없으니 돌아와서 무슨 재미있는 일이 있었는지 얘기해줄게. 이렇게 다정하게 물건도 빌려주고 준비도 도와줬는데 그 정도는 별거 아니지." 메그는 간단하게 챙긴 여행 짐을 살펴보았다. 동생들이 보기에는 거의 완벽한 준비였다.

"어머니께서 보물 상자에서 뭘 꺼내주셨어?" 마치 부인이 삼나무 상자를 열 때 자리에 없었던 에이미가 물었다. 상자 안에는 적당한 때에 딸들에게 물려주려고 보관해둔 잘살던 시절의 유물이 있었다.

"실크 스타킹 한 켤레, 예쁜 조각 장식이 있는 부채, 멋진 파란색 장식띠를 주셨어. 보라색 실크 드레스를 빌려주시길 바랐는데 수선할 시간도 없고 해서 낡은 모슬린 드레스로 만족해야 해."

"그 옷이 내 새 모슬린 드레스보다 더 근사해 보일 거야. 파란 장식띠도 예쁘게 돋보일 테고. 내 산호 팔찌를 박살내지 않았더라면 언니에게 빌려줄 수 있었을 텐데." 조는 자기 물건을 주거나 빌려주기를 좋아했지만 대부분 망가져서 쓸모가 없었다.

"보물 상자에 아름답고 고풍스러운 진주 세트가 있었는데 어머니께서 어린 아가씨에게는 생화 장식이 가장 예쁘다고 하셨어. 로리가 내가 원하는 꽃을 전부 보내주겠다고 약속했지." 메그가 말했다. "자, 어디 보자. 새로 산 회색 외출용 드레스는 여

기 있고……. 베스, 내 모자에 달린 깃털 좀 말아줘. 일요일과
조촐한 파티에 입을 포플린 드레스도 있고……. 봄인데 너무
두꺼운가? 보라색 실크 드레스가 정말 근사할 텐데. 이런!"

"괜찮아. 큰 파티에 갈 때에는 모슬린 드레스를 입으면 되잖
아. 언니는 흰 옷을 입으면 언제나 천사 같으니까." 에이미가 화
려한 옷과 장신구를 떠올리며 즐거운 듯이 말했다.

"그 드레스는 목 부분이 파이지도 않았고 치맛자락이 끌리지
도 않지만 어쩔 수 없지. 파란색 실내복은 단을 접어서 새로 손
질했더니 정말 말끔해져서 새것 같아. 헐렁한 실크 재킷은 유
행이 지났고 보닛은 샐리의 것과 너무 차이나. 더 이상 말하기
좀 그렇지만 애석하게도 양산마저 실망스러워. 어머니께 손잡

이가 흰색인 검은색 양산이라고 말씀드렸는데 깜빡하시고 노란 손잡이가 흉하게 달린 초록 양산을 사 오셨어. 튼튼하고 깔끔해서 불평하면 안 되지만 금색 꼭지가 달린 애니의 실크 양산 옆에 있으면 창피할 거야." 메그는 아주 못마땅한 표정으로 작은 양산을 살펴보며 한숨 쉬었다.

"그럼 바꿔." 조가 조언했다.

"바보 같은 짓은 안 할래. 사다주느라 애쓰신 어머니의 기분을 상하게 하고 싶지도 않고. 그냥 혼자 부질없는 생각 좀 해본 거야. 그런 생각에 굴하지 않을 거야. 그래도 실크 스타킹과 예쁜 장갑 두 켤레가 위로가 되네. 조, 장갑 빌려줘서 고마워. 새 장갑이 두 켤레나 있으니 부자가 된 것 같고 우아해진 기분이야. 낡은 장갑은 빨아서 평소에 껴야겠어." 메그는 기분이 나아져서 장갑 상자를 흘끔 쳐다보았다.

"애니 모패트의 나이트캡에는 파란색과 분홍색 나비 리본이 달려 있던데. 나도 달아줄래?" 메그가 방금 해나에게서 눈처럼 하얀 모슬린 천을 받아온 베스에게 물었다.

"그건 별로인데. 테두리 장식도 무늬도 없는 잠옷에 세련된 나이트캡은 어울리지 않아. 없이 사는 사람들은 괜한 치장을 하지 말아야 해." 조가 단호하게 말했다.

"언젠가는 옷에 진짜 레이스를 달고 나이트캡에 리본을 다는 행복을 누릴 수 있을까?" 메그가 짜증스럽게 말했다.

"요 전에는 애니 모패트 집에 갈 수만 있으면 무척 행복할 거라고 했잖아." 베스가 특유의 나지막한 말투로 말했다.

"그랬지! 그래, 난 행복해. 불평하지 않을 거야. 정말이지 많이 가질수록 원하는 것도 많은가봐. 어머니께 수선해달라고 부탁할 무도회 드레스만 빼고 짐은 다 챙겼어." 메그는 기운을 내며 반쯤 찬 여행 가방과 여러 번 다림질하고 수선한 흰색 모슬린 드레스를 보았다. 그녀가 진지하게 '무도회 드레스'라고 부른 그것이었다.

다음 날은 화창했다. 메그는 잔뜩 꾸미고 2주 동안 새롭고 즐거운 생활을 하러 떠났다. 마치 부인은 여행을 마지못해 허락했다. 마거릿이 다녀와서 더 불만스러워할까봐 걱정스러웠기 때문이다. 하지만 메그가 애원한 데다가 샐리가 메그를 잘 보살피겠다고 약속했고 겨우내 힘들게 일했으니 소소한 즐거움을 누리면 기분이 좋아질 것 같아서 결국 허락했다. 그래서 메그는 난생처음 상류층의 삶을 맛보러 떠나게 되었다.

모패트 가족은 정말 부유하고 화려했다. 소박하게 사는 메그는 멋있고 화려한 저택과 가족들의 우아함에 처음에는 약간 기가 죽었다. 하지만 호들갑스럽기는 해도 친절한 모패트 가족 덕분에 곧 편안해졌다. 이유는 알 수 없었지만 그들이 딱히 교양 있거나 지적이지 않고 겉모습이 아무리 화려해도 평범한 본모습을 숨길 수 없다는 생각이 들었기 때문인지도 몰랐다. 호화롭게 지내고 근사한 마차를 타고 매일 가장 좋은 드레스를 입고 아무 일도 하지 않고 즐기기만 하는 생활은 확실히 기분 좋았고 메그에게 꼭 맞았다. 곧 그녀는 주변 사람들의 태도와 대화를 따라 하기 시작했다. 약간 점잔 빼고 우아한 태도로 프랑스어 구절을 섞어 말했고 머리카락을 말고 드레스를 딱 붙게 입고 유행에 대해 이야기하려고 최대한 애썼다. 메그는 애니 모패트의 예쁜 물건을 볼수록 그녀가 점점 부러워졌고 부자가 되고 싶은 마음에 한숨지었다. 이제 집을 떠올리자 휑하고 우울하다는 생각이 들었고 일이 전보다 힘들게 느껴졌으며 새 장갑과 실크 스타킹이 있는데도 자신이 몹시 궁핍하고 딱하게 느껴졌다.

하지만 푸념할 시간은 많지 않았다. 세 아가씨들은 '즐거운 시간'을 보내느라 바빴기 때문이다. 그들은 하루 종일 쇼핑하고 산책하고 마차를 타고 어딘가에 방문했다. 저녁에는 연극이나 오페라를 보러 가거나 집에서 즐겁게 놀았다. 친구가 많은 애니는 어떻게 하면 친구들을 즐겁게 해줄 수 있는지 잘 알았다. 애니의 언니들은 아주 멋진 숙녀들이었는데 그중 한 사람은 약혼했다. 메그는 약혼이 매우 흥미롭고 낭만적이라고 생각했다. 모패트 씨는 뚱뚱하고 유쾌한 노신사로 메그 아버지와 아는 사이였다. 모패트 부인도 뚱뚱하고 쾌활했는데 딸 애니가 그랬듯이 메그에게 무척 호감을 느꼈다. 모두 메그를 예뻐했다. 그들은 메그를 '데이지'라고 불렀고 메그도 이 이름을 들으면 고개를 돌려 쳐다보았다.

'조촐한 파티'가 열린 저녁, 메그는 포플린 드레스가 전혀 성에 차지 않았다. 다른 여자애들은 하늘하늘한 드레스를 입고 아주 예쁘게 꾸몄기 때문이었다. 그래서 모슬린 드레스를 입었지만 산뜻한 새 드레스를 입은 샐리 옆에 서자 드레스가 평소보다 더 낡고 늘어지고 허름해 보였다. 메그는 모슬린 드레스를 흘끔대며 서로 쳐다보는 여자애들을 보자 얼굴이 달아올랐다. 그녀는 성격이 온화했지만 자존심은 무척 강했다. 모슬린 드레스에 대해 말하는 사람은 아무도 없었지만 샐리는 메그의 머리를 매만져주겠다고 했고 애니는 장식띠를 고쳐 묶어 주었으며 약혼한 벨은 메그의 하얀 팔을 칭찬했다. 하지만 친절한 그들의 행동이 메그의 눈에는 가난한 자신을 동정하는 행동으로 보였다. 그래서 다들 웃고 떠들고 몸단장을 하고 얇은 날개를 펄럭이는 나비처럼 여기저기 다니는 동안 메그는 우울한 마음으로 혼자 서 있었다. 힘들고 비참한 기분은 점점 심해졌다. 그때 하인이 꽃 상자를 가지고 왔다. 하인이 뭐라고 말하기도 전에 애니가 상자를 열었고 안에 담긴 아름다운 장미와 히스와 양치식물을 보고 모두 감탄했다.

"벨 언니한테 온 것이겠지. 조지 형부는 언제나 꽃을 보내니까. 그나저나 정말 황홀하게 아름다운 꽃이야." 애니가 힘껏 코를 쿵쿵대며 외쳤다.

"마치 양에게 온 꽃이네." 조지라고 불린 남자가 말했다. "여기 쪽지가 있어." 그는 하인이 들고 있던 쪽지를 메그에게 건넸다.

"이것 참 재미있는 일이네! 누가 보낸 거야? 애인이 있는 줄은 몰랐어." 여자애들은 이렇게 외치며 호기심과 놀라움에 휩싸여 메그 주위로 우왕좌왕 모여들었다.

"쪽지는 어머니께서 보내셨어. 꽃은 로리가 보냈고." 메그는 짤막하게 대답했지만 로리가 잊지 않고 챙겨줘서 무척 고마웠다.

"아, 그렇단 말이지!" 애니가 묘한 표정으로 말했다. 메그는 쪽지를 질투, 허영, 그릇된 자존심을 막아주는 부적으로 삼으려고 주머니에 넣었다. 쪽지에 적힌 애정 어린 몇 마디에 위로받았고 아름다운 꽃을 보고 기운을 얻었다.

다시 기분이 좋아진 메그는 자신을 위한 양치식물과 장미 몇 송이를 빼놓고 나머지 꽃들로 친구들이 가슴팍, 머리, 치마에 꽂을 수 있는 작은 꽃 장식을 재빨리 만들었다. 만든 장식을 곱게 내밀자 맏딸 클라라는 메그에게 "지금껏 만나본 아이들 중 가장 마음씨 곱다"고 했다. 메그가 베푼 작은 친절 덕분에 다들 매력적으로 보였다. 어찌 된 노릇인지 메그는 친절한 행동으로 의기소침한 기분에서 벗어날 수 있었다. 다들 꽃 장식을 자랑하려고 모패트 부인에게 가자 메그는 거울을 보며 찰랑대는 머리카락에 양치식물을 꽂고 드레스에 장미를 달았다. 눈을 반짝이며 행복한 표정을 짓고 있는 자신의 모습이 더 이상 초라하게 느껴지지 않았다.

그날 저녁에 메그는 실컷 춤을 추며 마음껏 즐겼다. 모두 무척 친절했고 칭찬도 세 번이나 들었다. 애니의 요청으로 노래를 불렀는데 누군가가 메그의 목소리가 정말 좋다고 칭찬했다. 링컨 소령은 '눈이 아름다운 낯선 아가씨'가 누구인지 물었다. 그리고 모패트 씨는 메그가 "머뭇거리지 않고 경쾌하게 사뿐사뿐 움직인다."고 우아하게 칭찬하며 함께 춤추겠다고 고집을 부렸다. 메그는 정말 즐거운 시간을 보냈지만 우연히 들려온 대화 때문에 기분이 몹시 안 좋아졌다. 온실에 앉아서 얼음을 가지러 간 파트너를 기다리고 있는데 꽃이 뒤덮인 담 너머에서 목소리가 들려왔다.

"그 남자애는 몇 살이래?"

"열여섯인가 열일곱일 거야." 다른 목소리가 대답했다.

"그 집 딸 중 한 명에게는 어마어마한 일이겠군. 안 그래? 샐리가 그러는데 그 집 딸들이랑 아주 친하대. 노인도 그 애들을 아주 좋아하고."

"틀림없이 마치 부인이 다 계획적으로 움직인 거야. 이른 감이 있지만 계획을 차근차근 실행에 옮기겠지. 그 여자애는 아직 그걸 모르는 게 분명해 보이지만." 모패트 부인의 목소리였다.

"아까 그 쪽지를 엄마가 보냈다고 거짓말한 걸 보면 본인도 잘 아는 모양이야. 꽃을 보고 얼굴을 붉히는 모습이 제법 예쁘던데 안됐어! 잘 꾸미면 훨씬 예쁠 텐데. 목요일에 드레스를 빌려주겠다고 하면 그 애가 화낼 것 같아?" 다른 목소리가 물었다.

"자존심이 센 아이지만 볼품없는 모슬린 드레스밖에 없어서 싫다고 하진 않을 것 같은데. 오늘 밤에 그 드레스가 찢어지기라도 하면 그 핑계로 말쑥한 드레스를 빌려줄 수 있을 텐데."

"두고 보자고. 그 애를 위해 로런스 씨 댁 청년을 초대해야겠어. 그러고 나서 지켜보면 재미있을 거야."

파트너가 돌아왔을 때 메그는 얼굴이 시뻘게져서 어쩔 줄 모르고 있었다. 그때만큼은 자존심 센 성격이 도움이 되었다. 자존심을 지키느라 방금 대화를 듣고 느낀 굴욕감, 분노, 역겨움을 숨길 수 있었기 때문이다. 순수하고 의심할 줄 모르는 메그였지만 지인들이 나눈 뒷말이 무슨 뜻인지 이해할 수밖에 없었다. 그 말을 잊으려고 애써보았지만 그럴 수 없었고 "마치 부인이 다 계획적으로 움직인 거야.", "쪽지를 엄마가 보냈다고 거짓말하던데.", "볼품없는 모슬린 드레스" 같은 말들이 자꾸 떠올랐다. 결국 금방이라도 울음이 터질 것 같았고 집으로 달려가 이 일을 털어놓고 조언을 구하고 싶었다. 하지만 그럴 수 없었기 때문에 최선을 다해 즐거운 척했다. 약간 신난 척까지 하며 연기를 잘해낸 덕분에 메그가 어떤 노력을 하고 있는지 아무도 몰랐다. 메그는 파티가 끝나고 침대에 조용히 눕자 마음이 놓였다. 누워서 아까 일을 계속 떠올리며 씩씩대다 보니 머리가 아팠고 눈물이 흘러내려 뜨겁게 달아오른 볼을 식혀주었다. 악의가 없었을지 몰라도 메그는 그 바보 같은 말 때문에 새로운 세계에 눈을 떴고 어린아이처럼 행복하게 살아온 지금까지의 평화로운 세계가 깨졌다. 엿들은 어리석은 말 몇 마디 때문에 로리와의 순수한 우정도 망가졌다. 남을 제멋대로 판단하는 모패트 부인이 속된 계획을 운운하는 바람에 어머니에 대한 믿음마저도 약간 흔들렸다. 초라한 드레스가 하늘 아래에 가장 큰 재앙이라고 생각하며 쓸데없는 동정심을 보인 여자애들 때문에 가난한 집 딸에게 어울리는 소박한 옷에 만족하자는 분별 있는 결심도 약해졌다.

가여운 메그는 밤새 뒤척였고 아침에 일어나자 졸리고 우울했다. 친구들에게 화가 나기도 했고 솔직하게 말하고 상황을 바로잡지 못한 자신이 부끄럽기도 했다. 그날 아침에는 모두 꾸물거렸다. 여자애들은 정오가 되어서야 겨우 뜨개질할 정도의 기운을 차렸다. 그런데 메그를 대하는 친구들의 태도가 뭔가 달라졌다. 메그를 더 정중하게 대하는 것 같았다. 그녀가 하는 말에 다정하게 관심을 보이기도 하고 호기심 가득한 눈으로 그녀를 바라보기도 했다. 메그는 놀라우면서도 우쭐해졌다. 하지만 편지를 쓰던 벨이 고개를 들고 감상적으로 한 말을 듣자 친구들이 달라진 이유를 알게 되었다.

"데이지, 네 친구 로런스 씨에게 목요일 파티 초대장을 보냈어. 우리 모두 그와 알고 지내고 싶기도 하고 너도 좋아할 것 같아서."

 메그는 얼굴이 빨개졌지만 이들을 놀려주고 싶은 짓궂은 생각이 떠올라 차분하게 대답했다.

 "정말 친절하시네요. 하지만 안 오실 거예요."

 "왜?" 벨이 물었다.

 "나이가 너무 많으시거든요."

 "얘 좀 봐. 그게 무슨 소리야? 몇 살인데? 얼른 말해봐!" 클라라가 외쳤다.

 "일흔 살쯤 되셨을걸요." 메그는 이렇게 대답하고는 재미있어 하는 눈빛을 숨기려고 고개를 숙이고 뜨개질 코 숫자를 세었다.

"장난친 거구나! 당연히 젊은 로런스 씨를 초대했지." 벨이 웃음을 터뜨리며 말했다.

"로런스 씨는 한 분뿐인걸요. 로리는 아직 애라고요." 자매들은 로리와 메그가 연인이라고 믿었는데, 메그가 그를 '애'라고 표현하자 묘한 표정을 주고받았다. 메그는 그 모습에 웃음을 터뜨렸다.

"네 또래잖아." 애니가 말했다.

"내 동생 조와 또래라고 할 수 있지. 난 8월이면 열일곱 살이 되니까." 메그가 고개를 치켜들며 말했다.

"그래도 네게 꽃을 보내다니 정말 근사하던데?" 애니가 모르는 척하며 물었다.

"자주 보내줘. 우리 자매들 모두에게. 그 집에는 꽃이 정말 많고 우리는 꽃을 좋아하거든. 우리 어머니와 로런스 씨가 친구 사이라 자연스럽게 우리도 같이 놀게 된 거야." 메그는 그들이 더 이상 말하지 않기를 바랐다.

"데이지가 아직 세상 물정을 모르는구나." 클라라가 벨에게 고개를 끄덕이며 말했다.

"너무 순진해." 벨이 어깨를 으쓱하며 대꾸했다.

"우리 애들 물건 사러 나가는데 너희 둘은 뭐 사다줄 거 없니?"실크와 레이스를 두른 모패트 부인이 코끼리처럼 느릿느릿 들어와 물었다.

"없어요. 물어봐주셔서 고맙습니다." 샐리가 대답했다. "목요일 파티 때 새로 산 분홍색 실크 드레스 입을 거라 다른 건 필요 없어요."

"저도 없……."메그는 말을 하다가 말았다. 정말 갖고 싶은 몇 가지가 떠올랐지만 살 수 없었기 때문이다.

"목요일 파티 때 뭐 입을 거야?" 샐리가 물었다.

"입을 만하게 수선할 수만 있으면 늘 입던 흰색 모슬린 드레스 또 입어야지. 어젯밤에 많이 찢어졌거든." 메그는 아무렇지 않은 척 말하려 했지만 마음이 매우 불편했다.

"집에다가 다른 드레스를 보내 달라고 하지 그래?" 눈치 없는 샐리가 말했다.

"다른 드레스는 없어." 메그가 힘겹게 말했으나 샐리는 알아차리지 못하고 놀란 목소리로 외쳤다.

"그것뿐이라고? 어떻게 그런……." 샐리는 말을 끝까지 하지 못했다. 벨이 그녀를 향해 고개를 저으며 끼어들어서 상냥하게 말했기 때문이다.

"그럴 수도 있지. 밖에서 사람들과 자주 어울리지도 않는데 드레스가 많아봤자 무슨 소용이야? 데이지, 집에 드레스가 열두 벌 있대도 보내달라고 할 필요 없어. 나한테 작아져서 못 입고 치워둔 예쁜 파란색 실크 드레스가 있는데 네가 입어주면 기쁠 거야. 그래 줄래?"

"정말 친절한 말씀이지만 제 낡은 드레스도 괜찮아요. 저처럼 어린 여자애는 그 정도로 충분한걸요." 메그가 말했다.

"널 예쁘게 꾸며주고 싶어서 그러는 거니까 허락해줘. 난 꾸며주는 걸 정말 좋아하기도 하고 넌 조금만 신경 쓰면 정말 예쁠 거야. 다 꾸밀 때까지 아무도 못 보게 했다가 무도회에 간 신데렐라와 요정 대모처럼 둘이 같이 짠하고 나타나는 거지." 벨이 설득했다.

메그는 친절한 제안을 거절할 수 없었다. 조금만 신경 쓰면 정말 미인이 될지 궁금하기도 한 터라 모패트 가족을 향해 품었던 불편한 감정은 몽땅 잊어버리고 제안을 받아들였다.

목요일 저녁, 벨은 하인 호텐스와 함께 방문을 닫아걸고 있었다. 두 사람은 메그를 사이에 두고 멋진 숙녀로 변신시켰다. 인두로 머리를 말고 목과 팔에 향긋한 분을 발랐고 산홋빛이 도는 연고를 발라 입술을 더 붉게 만들었다. 메그가 거부하지 않았다면 호텐스는 입술연지도 조금 발랐을 것이다. 두 사람은 메그에게 하늘색 드레스를 입혔는데 드레스가 너무 조여서 숨도 쉬기 힘들었고 목 부분이 너무 깊게 파여서 얌전한 메그는 거울을 보고 얼굴을 붉혔다. 호텐스는 섬세한 은 세공 팔찌, 목걸이, 브로치를 줄줄이 달아주었고 분홍색 실크 끈을 보이지 않게 묶어 귀고리까지 달아주었다. 가슴팍에 단 월계화 꽃봉오리로 만든 작은 꽃 장식과 주름 장식은 드러난 예쁘고 하얀 어깨와 잘 어울렸다. 파란 실크 소재의 굽 높은 구두까지 신은 메그는 마음속 마지막 소원까지 이루게 되어 흡족했다. 레이스 달린 손수건, 깃털 장식 부채, 은 손잡이를 씌운 꽃다발을 끝으로 치장이 끝났다. 벨은 인형에게 새 옷을 입힌 여자애처럼 만족스러운 눈길로 메그를 살펴보았다.

"정말 아름답지 않아요?" 호텐스가 양손을 맞잡고 황홀해하며 외쳤다.

"이제 사람들 앞에 가서 보여주자." 벨은 이렇게 말하고는 사람들이 기다리고 있는 방으로 앞장섰다.

메그는 긴 드레스 자락을 끌고 바스락 소리를 내며 뒤따라갔다. 귀걸이가 쩽그랑거리고 인두로 만 머리가 출렁거렸으며 가슴이 두근댔다. 거울에 비친 자기 모습이 아름답다는 것을 확인하자 이제야 진짜 '재미'가 시작된 기분이었다. 친구들은 기분 좋은 말을 앞다투어 쏟아냈다. 잠시 동안 메그는 이솝우화에 나오는 갈까마귀처럼 빌린 깃털을 한껏 뽐내며 서 있었고 그동안 나머지 사람들은 까치 떼처럼 재잘거렸다.

"애니, 내가 옷 갈아입는 동안 데이지에게 치맛자락 간수하는 법이랑 굽 높은 프랑스 구두 신고 걷는 법 좀 알려줘. 안 그랬다가는 발이 걸려 넘어질 테니까. 클라라 언니는 흰색 옷깃

장식 가운데에 언니의 은 나비 장식을 달아주고 머리 왼쪽에 내린 컬을 매만져줘. 다들 내가 꾸민 매력적인 작품 망가뜨리지 말고." 벨은 이렇게 말하고는 작품이 성공적으로 완성되어 만족스러워하는 표정으로 서둘러 사라졌다.

"내려가기 겁나. 기분이 너무 이상하고 몸이 굳은 것 같아. 옷도 입다 만 것 같고." 종이 울리고 모패트 부인이 숙녀들에게 모두 모이라고 하자 메그가 샐리에게 말했다.

"완전히 다른 사람 같지만 정말 근사해. 네 옆에 있으면 내가 촌스러워 보이겠어. 벨 언니 감각이 대단한데. 너 정말 프랑스 사람 같아. 꽃은 흘러내리더라도 그냥 놔둬. 꽃에 너무 신경 안 써도 돼. 넘어지지 말고." 샐리는 메그가 자신보다 예쁘다는 데에 신경 쓰지 않으려 애쓰며 말했다.

메그는 샐리가 말한 주의사항에 유념하며 무사히 아래층으로 내려가 모패트 가족과 일찍 온 손님 몇 명이 모여 있는 응접실로 당당하게 들어갔다. 메그는 멋진 옷을 입으면 특정 부류의 사람들이 매력을 느끼고 그들에게 존중받기도 한다는 것을 깨달았다. 전에는 메그에게 눈길도 주지 않던 젊은 숙녀들이 갑자기 친근하게 다가왔고, 지난번 파티에서 메그를 흘끔대기만 하던 젊은 신사들은 이제 메그를 노골적으로 보며 다가와 자신을 소개하며 호감을 사려고 바보 같은 온갖 이야기를 늘어놓았다. 그리고 소파에 앉아 있던 노부인 몇 명은 파티에 참석한 사람들에 대해 이러쿵저러쿵 이야기하다가 메그가 누구인지 흥미롭다는 듯이 물었다. 메그는 모패트 부인이 그중 한 사람에게 대답하는 소리를 들었다.

"데이지 마치예요. 아버지는 육군 대령이고요. 명망 있는 가문이었는데 형편이 안 좋아졌어요. 로런스 가문과 가깝게 지낸다지요. 사랑스러운 아가씨예요. 우리 네드가 푹 빠졌죠."

"아, 그렇군요!" 노부인은 안경을 치켜 올리며 메그를 다시 한 번 보았다. 메그는 못들은 척했지만 모패트 부인의 허풍에 놀랐다.

메그는 '찜찜한 기분'이 가시지 않았지만 멋진 숙녀 역을 맡아 연기한다고 상상했다. 드레스가 너무 꽉 끼어서 옆구리가 아프고 치맛자락이 계속 발에 걸리고 귀고리를 떨어뜨려 잃어버리거나 망가뜨릴까봐 계속 걱정됐지만 맡은 역할을 제법 잘해냈다. 부채를 팔랑거렸고 재치 있는 말을 하려고 애쓰는 젊은 신사들의 시답잖은 농담에 웃기도 했다. 그러던 메그가 웃음을 뚝 멈추고 당혹스러운 표정을 지었다. 정면에 로리가 보였기 때문이다. 로리는 놀라움과 못마땅함이 고스란히 드러난 표정으로 메그를 보고 있었다. 그는 미소 지으며 인사했지만 눈동자에 드러난 노골적인 감정 때문에 메그는 얼굴이 달아올랐다. 메그는 낡은 드레스를 입을걸 그랬다고 생각했다. 벨이 애니를 팔꿈치로 쿡 찌르고 두 사람이 메그와 로리를 번갈아

쳐다보는 바람에 더 당황했지만 로리가 평소와 달리 아이처럼 부끄러워해서 다행스러웠다.

'바보 같은 사람들 말 때문에 이상한 생각을 하다니! 신경 쓰지 말자. 그런 말에 흔들리지 않을 거야.' 메그는 이렇게 생각하며 방을 가로질러 다가가 친구와 악수했다.

"와줘서 기뻐. 안 올까봐 걱정했는데." 메그는 최대한 어른스럽게 말했다.

"조가 가보는 게 좋겠다고 해서. 누나가 어떤지 보고 와서 말해달라고 부탁해서 왔어." 로리는 메그를 보지도 않고 대답했지만 메그의 어머니 같은 말투에 희미하게 미소 지었다.

"뭐라고 할 건데?" 메그가 물었다. 로리가 자신을 어떻게 생

각하는지 무척 궁금하면서도 처음으로 그가 불편했다

"모르는 사람 같았다고 할 거야. 너무 어른스럽고 다른 사람 같아서 무서웠다고." 로리는 이렇게 말하며 장갑에 달린 단추를 만지작거렸다.

"말도 안 되는 소리! 친구들이 재미 삼아 꾸며준 거야. 난 마음에 드는데. 조가 날 봤다면 놀라서 눈이 휘둥그레졌겠지?" 메그는 로리가 지금의 모습이 더 낫다고 생각하는지 아닌지 알고 싶어서 이렇게 물었다.

"응, 그랬을 것 같아." 로리가 진지하게 대답했다.

"넌 지금 내 모습이 별로야?" 메그가 물었다.

"응, 난 별로야." 솔직한 대답이었다.

"왜?" 메그가 걱정스럽게 물었다.

로리는 메그의 곱슬한 머리, 드러난 어깨, 화려하게 장식한 드레스를 흘끗 보았다. 평소와 달리 정중함이라고는 찾아볼 수 없는 그의 표정에 메그는 대답을 들었을 때보다 더 무안해졌다.

"난 장식이나 깃털 같은 거 안 좋아해서."

자기보다 어린 남자애에게 심한 말을 들은 메그는 심통 맞게 대꾸하고 그 자리를 떠났다. "너처럼 무례한 애는 처음이야."

짜증이 잔뜩 난 메그는 꽉 조이는 드레스 때문에 불편할 정도로 벌겋게 달아오른 얼굴을 식히러 조용한 창가로 갔다. 그곳에 서 있는데 링컨 소령이 지나갔고 잠시 후 그가 자기 어머니에게 하는 말이 들렸다.

"사람들이 저 어린 아가씨를 웃음거리로 만들고 있어요. 어머니께서 만나보셨으면 했는데 저들이 완전히 망가뜨렸다고요. 오늘 밤 그녀는 인형에 불과해요."

"아, 이런!" 메그는 한숨을 쉬었다. "분별 있게 내 옷을 입었어야 하는데. 그럼 다른 사람들의 기분을 상하게 하지 않았을 테고, 나도 이렇게 불편하고 부끄럽지 않았을 텐데."

메그는 서늘한 유리에 머리를 기대고 커튼으로 몸을 반쯤 가린 채 서 있었다. 좋아하는 왈츠가 시작되었는데도 춤추고 싶지 않았다. 그러다가 누가 어깨를 두드려서 돌아보니 로리가 반성하는 표정으로 아주 정중하게 인사하더니 손을 내밀며 이렇게 말했다.

"무례하게 군 거 용서해줘. 나랑 같이 춤추자."

"넌 춤추는 거 안 좋아하잖아." 메그는 화난 척하려고 애썼지만 완전히 실패했다.

"전혀. 춤추고 싶어 죽겠는데. 가자, 잘해볼게. 누나가 입은 드레스는 마음에 안 들지만 누나는 멋진 사람이라고 생각해." 로리는 칭찬을 말로 표현하기에 부족하다는 듯이 손을 흔들었다.

메그는 미소 지었다. 마음이 누그러진 그녀는 춤추는 사람들 틈에 끼려고 기다리며 서서 이렇게 속삭였다.

"넘어지지 않게 내 치맛자락 조심해. 어마어마하게 성가신 드레스야. 이런 걸 입다니 바보 같았어.”

“발목 언저리에 핀으로 고정해. 그럼 움직이기 수월할 거야.” 로리는 이렇게 말하며 파란 구두를 내려다보았다. 구두는 마음에 드는 모양이었다.

두 사람은 가볍고 우아하게 춤을 추었다. 집에서 춤을 춰본 적이 있기 때문에 호흡이 잘 맞았다. 쾌활한 젊은 남녀의 모습은 보기에 좋았다. 그들은 즐겁게 빙글빙글 돌며 춤을 추었고 사소하게 다투고 나서 전보다 더 친해진 기분이었다.

“로리, 부탁 하나 들어줄래?” 메그가 물었다. 로리는 숨가빠하는 그녀에게 부채질을 해주며 서 있었다. 메그는 춤을 춘 지 얼마 지나지 않아 숨이 찬 이유를 굳이 말하지 않았다.

“그럴게!” 로리는 망설이지 않고 대답했다.

“집에 가서 오늘 밤 내 드레스 얘기하지 말아줘. 동생들은 이게 장난이었다는 걸 이해하지 못할 테고 어머니는 걱정하실 거야.”

‘그런데 왜 그랬어?’ 로리의 눈빛이 이렇게 묻고 있어서 메그는 다급하게 말을 이었다.

“내가 직접 말할게. 전부 다. 내가 얼마나 어리석었는지 어머니께 고백할 거야. 직접 말하려고 그러니까 넌 말하지 마. 알겠지?”

“말하지 않겠다고 약속할게. 하지만 물어보면 뭐라고 해?”

"그냥 좋아 보였다고, 잘 지내는 것 같더라고 해."

"좋아 보인다는 말은 진심으로 하겠지만 잘 지낸다는 말은 글쎄. 별로 잘 지내는 것 같지 않은데?" 로리가 어서 대답하라는 듯한 표정으로 바라보자 메그가 속삭였다.

"맞아, 지금은 잘 못 지내. 그렇다고 못 견디게 싫지는 않아. 그저 재미있게 놀고 싶었을 뿐인데 이런 종류의 일이 재미없다는 걸 깨달았어. 점점 지겨워져."

"네드 모패트가 이쪽으로 오네. 무슨 일이지?" 로리가 검은 눈썹을 찡그리며 말했다. 이 집의 젊은 아들이 파티를 즐겁게 하는 존재가 아니라고 여기는 듯했다.

"나한테 세 번이나 춤을 신청했어. 아마 또 춤추자고 오는 걸 거야. 지긋지긋해!" 메그가 기운 없는 목소리로 말하자 로리는 매우 즐거워했다.

로리는 저녁 식사 시간까지 메그에게 말을 걸지 않았다. 하지만 로리가 '두 얼간이'라고 여기는 네드와 그의 친구 피셔가 메그와 샴페인을 마시는 것을 보자, 마치 가 자매들을 지켜줄 사람이 필요해지면 언제든지 나서서 싸워야겠다는 남자형제 같은 기분이 들었다.

"샴페인 많이 마시면 내일 머리가 깨질 듯이 아플 거야. 나라면 안 마실 거야. 어머님도 싫어하실 테고." 로리가 메그의 의자 쪽으로 몸을 기울이며 속삭였다. 네드는 메그의 잔을 채워주려고 몸을 돌리고 있었고 피서는 그녀의 부채를 주우려고 몸을 숙이고 있었다.

"오늘 밤에 난 메그가 아니라 '인형'이야. 온갖 정신 나간 짓을 하는 인형. 내일이면 '장식과 깃털'을 벗어버리고 다시 착해빠진 사람이 될 거라고." 메그는 이렇게 대답하며 가식적으로 웃었다.

"그럼 내일이 빨리 오면 좋겠네." 로리는 이렇게 중얼거리고는 달라진 메그를 못마땅해하며 자리를 떴다.

메그는 여느 여자애들처럼 춤추고 남자들과 시시덕거리고 수다를 떨고 낄낄댔다. 저녁을 먹고 나서는 독일 춤을 추다가 실수해서 파트너가 긴 치맛자락에 걸려 넘어질 뻔했고 로리가 화날 정도로 요란하게 뛰놀았다. 이 광경을 지켜보던 로리는 한바탕 잔소리를 하려고 마음먹었지만 메그가 계속 피해 다니는 바람에 말할 기회가 없었다. 두 사람은 작별인사를 할 때가되어서야 만났다.

"잊지 마!" 이미 심한 두통에 시달리고 있던 메그가 애써 미소 지으며 말했다.

"죽을 때까지 말 안 할게." 로리는 과장된 말로 대답하고 집으로 돌아갔다.

이 짧막한 대화는 애니의 호기심을 자극했지만 메그는 수다도 떨지 못할 정도로 피곤해서 잠자리에 들었다. 가면무도회에 다녀온 기분이었고 기대만큼 즐겁지 않았다. 다음 날 메그는 하루 종일 앓았고 토요일에는 2주 동안 놀아 지친 몸을 이끌고 집으로 돌아갔다. 호화로운 생활을 충분히 오랫동안 즐긴 것 같았다.

"조용히 지내는 게 좋은 것 같아요. 항상 사람들과 어울리느라 예의를 차리지 않아도 된다는 것도 좋고요. 화려하지 않아도 우리 집이 좋아요." 일요일 저녁, 어머니와 조와 함께 있던 메그가 평온한 표정으로 주위를 둘러보며 말했다.

"그렇게 말하니 다행이구나. 멋진 곳에서 지내고 와서 집이 우중충하고 초라해 보인다고 할까봐 걱정했어." 그날 불안한 표정으로 메그를 여러 번 지켜보았던 어머니가 대답했다. 어머니는 자식의 얼굴이 조금만 달라져도 재빨리 알아차리는 법이다.

메그는 겪었던 일을 명랑하게 이야기하며 정말 황홀한 시간이었다고 몇 번이나 말했다. 하지만 뭔가가 계속 마음을 무겁게 짓눌렀고 베스와 에이미가 자러 가자 말도 거의 하지 않고 벽난로를 바라보며 걱정스러운 표정으로 생각에 잠겨 앉아 있었다. 시계가 9시를 알리고 조가 자러 가자고 하자 메그는 벌떡 일어나더니 베스의 등받이 없는 낮은 의자에 앉아 어머니의 무릎에 팔을 올리고 용감하게 말을 꺼냈다.

"어머니, 고백하고 싶은 게 있어요."

"그런 것 같구나. 무슨 일이니?"

"자리 비켜줄까?" 조가 사려 깊게 물었다.

"아니, 괜찮아. 너에게는 비밀이 없으니까. 어린 동생들 앞에서 말을 꺼내기에는 부끄러웠지만 너에게는 내가 모패트 씨 댁에서 했던 끔찍한 짓을 전부 다 알려주고 싶어."

"자, 얘기해보렴." 마치 부인이 말했다. 미소 짓고 있었지만 조금 걱정스러운 표정이었다.

"모패트 씨 댁 딸들이 저를 꾸며줬다고 말씀드렸잖아요. 그런데 화장을 하고 몸에 딱 붙는 드레스를 입고 머리를 말아 최신 유행하는 모습으로 만들었다는 말씀은 안 드렸어요. 로리는 그런 제 모습이 어울리지 않는다고 생각했어요. 말은 안 했지만 분명 그렇게 생각했어요. 게다가 어떤 남자는 저를 '인형'이라고 불렀어요. 바보 같다는 거 알지만 사람들이 저를 치켜세우면서 예쁘다는 둥 말도 안 되는 소리를 늘어놓았어요. 스스로 절 웃음거리로 만들었다고요."

"그게 다야?" 조가 물었다. 마치 부인은 예쁜 딸의 풀 죽은 얼굴을 말없이 바라볼 뿐 딸의 사소한 어리석음을 나무라고 싶은 마음은 없었다.

"아니, 또 있어. 샴페인을 마시고 요란하게 놀았고 남자들과 시시덕거렸어. 전부 다 너무 끔찍한 짓이야." 메그가 자책하며 말했다.

"할 말이 더 있을 것 같은데." 마치 부인이 매끄러운 뺨을 어루만지며 말하자 메그는 갑자기 얼굴을 붉히며 천천히 말했다.

"네, 정말 바보 같지만 말씀드려야겠어요. 사람들이 우리 가족과 로리에 대해 이러쿵저러쿵 떠드는 게 끔찍하게 싫었어요."

메그는 모패트 씨 집에서 들었던 이런저런 소문을 이야기했다. 이야기를 듣는 동안 조는 어머니가 입술을 앙다무는 것을 보았다. 부인은 순수한 메그가 그런 말을 들었다는 데에 화난 것 같았다.

"그런 쓰레기 같은 소리는 처음 들어보네." 조가 분개해서 외쳤다. "왜 그 자리에서 끼어들어서 사실을 알려주지 않았어?"

"그럴 수 없었어. 너무 당혹스러웠거든. 처음에는 무심결에 들었는데 듣다 보니 너무 화가 나고 수치스러워서 그 자리를 벗어나야겠다는 생각뿐이었어."

"기다려봐. 내가 애니 모패트를 만나서 이런 터무니없는 일을 어떻게 해결해야 되는지 보여줄게. '계획적'으로 움직였다는 둥 로리가 부자라서 친절하게 대해줬다는 둥 머지않아 우리 중한 사람과 결혼할 수도 있다는 둥 어떻게 그런 헛소리를! 가난한 우리를 두고 그런 멍청이 같은 소리를 지껄였다는 걸 알면로리도 화가 나서 소리칠걸?" 조는 다시 생각해보니 너무 웃기는 말이라는 듯이 웃음을 터뜨렸다.

"로리에게 말하면 가만 안 둬! 어머니, 절대 말하면 안 되는게 맞죠?" 메그가 괴로워하며 물었다.

"안 되지. 그런 바보 같은 헛소문은 다시 입에 올리지 말고 되도록 빨리 잊으렴." 마치 부인이 진지하게 말했다. "내가 잘 알지도 못하는 사람들에게 널 보내다니 현명하지 못했어. 그 사람들은 친절하지만 속물인 데다 예의를 모르는구나. 게다가 젊은이들을 두고 그런 천박한 생각을 일삼다니. 메그, 이번 여행으로 네가 상처받은 걸 생각하니 뭐라 말할 수 없을 만큼 미안하구나."

"미안해하지 마세요. 상처받지 않을 거예요. 나쁜 일은 다 잊고 좋았던 일만 기억할 거예요. 즐겁게 보낸 시간도 많았으니까요. 다녀오게 허락해주셔서 정말 감사해요. 감정적으로 대응하지도 불평하지도 않을래요. 제가 바보 같았다는 거 알아요. 스스로 잘 처신하게 될 때까지 어머니 곁에 있어야겠어요. 하지만 다들 칭찬하고 감탄하니까 기분은 좋았어요. 그건 좋았다고 말씀드릴 수밖에 없네요." 메그는 약간 부끄러워하며 고백했다.

"그건 아주 당연한 거야. 칭찬과 감탄에 사로잡혀서 어리석고 숙녀답지 못한 행동을 하지만 않는다면 나쁜 것도 아니고, 가치 있는 칭찬이 어떤 것인지 알고 중하게 여기는 법을 배워야 한단다. 좋은 사람들에게 칭찬받았을 때 겸손하면서도 아름답게 기뻐할 줄도 알아야 하고."

마거릿은 잠시 생각에 잠겼고 조는 흥미로우면서도 당혹스러운 표정으로 뒷짐을 지고 서 있었다. 메그가 얼굴을 붉히며 남자들에게 칭찬받은 일이나 남녀관계 같은 이야기를 한 적은 처음이었다. 조는 지난 2주 동안 메그가 놀라우리만치 성장해 자신은 따라갈 수 없는 세계로 가버린 기분이었다.

"어머니, 혹시 모패트 부인 말처럼 '계획'이 있으신가요?" 메그가 부끄러워하며 물었다.

"그래, 여느 어머니가 그렇듯이 계획이야 많지. 하지만 모패트 부인이 말한 계획과는 달라. 네 머리와 마음이 연애에 관한 진지한 이야기를 받아들일 수 있는 때가 된 것 같으니 몇 가지 얘기하마. 메그, 넌 아직 어리지만 내 말을 이해하지 못할 정도는 아니란다. 네 또래 여자애들이 이런 이야기를 어머니와 나누는 게 가장 좋기도 하고. 조, 조만간 네 차례가 될 테니 내 '계획'을 같이 듣고 마음에 들면 그 계획을 실행에 옮기도록 도와주렴."

조는 엄숙한 문제에 가담하기라도 하는 표정으로 다가가서 의자 팔걸이 한 쪽에 걸터앉았다. 마치 부인은 두 딸의 손을 하나씩 잡고 생각에 잠긴 표정으로 그들의 얼굴을 바라보며 진지하면서도 쾌활하게 말했다.

"난 내 딸들이 아름답고 재주가 많고 착하기를 바란단다. 사람들에게 칭찬받고 사랑받고 존중받으며 행복한 유년기를 보내고 건강하고 현명하게 결혼하기를, 쓸모 있고 기쁘게 살기를 바라. 하나님께서 적합하다고 생각하시어 보내주신다지만 사는 동안 근심과 슬픔이 되도록 적기를 바라기도 하고. 좋은 남자에게 사랑받고 선택받는 일은 여자의 인생에서 무척 멋지고 행복한 일이야. 난 내 딸들이 이 아름다운 일을 경험하기를 진심으로 바라. 메그, 이런 생각을 하는 건 자연스러운 일이야. 그때를 바라고 기다려야 마땅하고 준비하는 것이 현명하지. 그래야 행복한 때가 왔을 때 의무를 다할 준비가 되었고 그 기쁨을 누릴 만하다고 생각할 수 있어. 사랑하는 딸들아, 난 너희들이 잘 살기를 간절히 바라지만 부자라는 이유만으로 돈 많은 남자와 결혼해서 사랑이 없는 집이라고 할 수도 없는 호화로운 곳

에 사는 그런 세상으로 내몰고 싶지는 않단다. 돈은 필요하고 귀중하며 잘 쓰면 고귀한 것이지만 난 너희들이 돈을 최우선으로 생각하거나 돈만을 위해 노력하는 건 원치 않아. 가난한 남자의 아내로 살더라도 행복하게 사랑받고 만족하며 사는 게 왕좌에 앉아 자존감 없이 평화롭지 못하게 사는 왕비보다 나아."

"벨 언니가 그러는데 가난한 집 여자애들은 적극적으로 나서지 않으면 기회를 못 잡는대요." 메그가 한숨 쉬며 말했다.

"그럼 독신으로 살지 뭐." 조가 힘주어 말했다.

"그래, 조. 결혼해서 불행하게 살거나 남편감을 찾는답시고 이리저리 쏘다니며 숙녀답지 못하게 행동하느니 혼자 행복하게 사는 게 나아." 마치 부인이 단호하게 말했다. "메그, 걱정하지 말거라. 진실한 연인이라면 가난에 좀처럼 무릎 꿇지 않는단다. 내가 아는 훌륭하고 존경받는 부인들 중에도 어린 시절에 가난했던 사람들이 있어. 하지만 사랑받을 자격이 충분한 사람들이라 주위에서 독신으로 살도록 내버려두지 않더구나. 시간에 맡기렴. 지금 사는 이 집을 행복한 곳으로 만들면 나중에 네 가정을 잘 꾸려갈 수 있을 거야. 가정을 꾸리지 못하면 이곳에서 만족하며 살면 되고. 얘들아, 한 가지만 기억하렴. 난 언제나 너희들의 속 이야기를 들을 준비가 되어 있고 아버지는 너희들의 친구가 되어줄 거야. 그리고 우리 둘 다 딸들이 결혼을 하든 안 하든 우리 인생의 자긍심이자 위안이 될 거라고 믿고 그러기를 바란단다."

"어머니, 그럴 거예요, 꼭요!" 메그와 조는 진심을 다해 이렇게 외쳤고 마치 부인은 잘 자라고 인사했다.

10. 픽윅 클럽과 우편함

　봄이 오자 새로운 놀이가 유행했고 낮이 길어진 덕분에 긴 오후 동안 온갖 일과 놀이를 할 수 있었다. 정원을 말끔하게 정리해야 했기에 자매들은 저마다 구역을 정해서 마음대로 꾸몄다. 해나는 "어디가 누구 정원인지 중국에서 봐도 알겠어요."라고 말했다. 정말 그럴 수도 있겠다 싶을 정도로 자매들의 취향은 성격만큼이나 달랐다. 메그는 장미, 헬리오트로프, 도금양, 작은 오렌지나무를 심었다. 조는 늘 실험을 하느라 화단이 한 계절을 넘기지 못했다. 올해에는 해바라기를 심었는데 힘차게 키가 쑥쑥 크는 해바라기 씨를 '주름볏 꼬꼬댁'이라고 부르는 닭과 병아리들에게 먹일 생각이었다. 베스는 스위트피, 목서초, 미나리아재비, 패랭이꽃, 팬지, 개사철쑥처럼 고풍스럽고 향기 좋은 식물을 심었고 새가 좋아하는 별꽃과 고양이가 좋아하는 개박하도 심었다. 에이미는 작은 정자를 만들었다. 집게벌레가 기어 다녔지만 보기에 아주 예뻤다. 인동덩굴과 나팔꽃이 정자를 타고 올라가 나팔과 종 모양의 알록달록한 꽃을 피워 우아한 화관을 씌운 듯했다. 키 큰 흰색 백합과 섬세한 양치식물을 비롯해 아름답고 그림 같은 여러 식물들도 그곳에서 꽃을 피웠다.

자매들은 날씨가 좋으면 정원을 가꾸고 산책을 하고 강에서 배를 타고 꽃을 꺾으러 다녔다. 비가 내리면 집에서 예전에 하던 놀이나 새로운 놀이를 했는데 하나같이 창의적이었다. 그중 하나가 '픽윅 클럽'이었는데 비밀 조직이 유행이라 하나 만들면 좋겠다고 생각했다. 자매들 모두 찰스 디킨스를 좋아했기 때문에 그의 작품《픽윅 페이퍼스(Pickwick Papers)》에서 이름을 따 '픽윅 클럽(Pickwick Club, P. C.)'이라고 이름 붙였다. 몇 번 빼먹기는 했지만 클럽은 1년 동안 이어졌고 자매들은 매주 토요일 저녁에 큰 다락방에 모여 다음과 같이 의식을 거행했다. 탁자 앞에 의자 세 개를 일렬로 놓고 탁자 위에는 등불 한 개, 각기 다른 색으로 'P. C.'라고 크게 쓴 흰색 띠 네 개, '픽윅 작품집'이라고 부르는 클럽 주간 소식지를 놓았다. 소식지에는 모두 글을 기고했고 글쓰기를 좋아하는 조가 편집장을 맡았다. 토요일 저녁 7시가 되면 자매들은 클럽 회합실로 올라가 머리에 띠를 두르고 매우 엄숙하게 자리에 앉았다. 맏이인 메그는《픽윅 페이퍼스》등장인물 중 새뮤얼 픽윅 역할을 맡았고 문학성

이 뛰어난 조는 오거스터스 스노드그라스, 얼굴이 동그랗고 뺨
이 장밋빛인 베스는 트레이시 터프먼, 언제나 할 수 없는 일에
도전하는 에이미는 너새니얼 윙클 역할을 맡았다. 회장인 픽윅
은 기발한 이야기, 시, 동네 소식, 재미있는 광고, 주의사항은 물
론이고 잘못과 단점을 좋은 말로 넌지시 일러주는 글까지 실린
소식지를 읽었다. 한번은 알 없는 안경을 낀 픽윅이 탁자를 톡
톡 두드리고 헛기침을 하며 스노드그라스를 노려본 적도 있었
다. 그러자 의자에 비스듬하게 앉아 있던 스노드그라스가 자세
를 바로 했고 그 후에야 픽윅은 소식지를 읽기 시작했다.

〈픽윅 작품집〉
18xx년 5월 20일
시인의 코너
기념일에 바치는 송시

오늘 밤 픽윅 홀에 우리 다시 모여
머리에 띠를 두르고 엄숙하게 의식을 치르며
쉰 두 번째 모임 기념일을 축하하네.

우리 모두 건강하게 이곳에 모였네,
이 작은 모임에 아무도 빠지지 않고
친숙한 얼굴을 다시 서로 바라보며
서로 다정하게 손을 잡네.

우리는 한결같은 픽윅을
공손하게 맞이하네,
코에 안경을 걸친 그는
우리의 글이 가득한 소식지를 읽지.

그는 감기로 고생하고 있지만
우리는 그의 목소리를 듣고 기뻐하네,

목소리가 쉬어 끽끽 소리가 나지만
입에서는 지혜로운 말이 쏟아지네.

키가 큰 스노드그라스가 우뚝 솟아오른 채
느릿느릿 우아하게 걸어오네,
가무잡잡한 얼굴에 쾌활한 표정을 지으며
우리를 향해 환하게 웃네.

그는 시를 향한 열정으로 눈동자를 이글거리며
운명을 거슬러 힘겹게 나아가네,
이마에서 묻어나는 야망과 코에 묻은 잉크 얼룩을 보라!

다음으로 평화를 사랑하는 터프먼이 왔네,
장밋빛 뺨이 통통하고 사랑스럽다네,
말장난을 듣고 숨넘어가게 웃다가
의자에서 넘어가고 마네.

새침한 꼬마 윙클도 여기 있다네,
머리카락 한 올 흐트러지지 않고
예의범절의 모범을 보이지만
세수하는 건 싫어한다네.

1년이 지났지만 우리는 여전히 모여
농담하고 웃고 글을 읽고
영광에 다다를 문학의 길을 걸어가네.

우리 소식지가 영원하기를,
우리 클럽이 영원하기를,
유익하고 즐거운 픽윅 클럽에
앞으로도 축복이 쏟아져 내리기를.

- A. 스노드그라스

〈가면결혼식〉
- 베네치아 이야기

곤돌라가 줄지어 대리석 계단을 휩쓸고 지나가며 아름다운
손님들을 내려놓자 아델론 백작의 대저택 홀이 눈부시게 치
장한 사람들로 가득 찼다. 기사와 귀부인, 요정과 어린 시종,
수도자와 꽃 파는 소녀 모두 한데 어울려 즐겁게 춤을 추었
다. 감미로운 목소리와 풍성한 선율이 가득하고 웃음소리와
음악이 울려 퍼지며 가면무도회가 계속되었다.
"폐하, 오늘 밤에 비올라 아가씨를 보셨는지요?" 멋쟁이 음
유시인이 자기 팔을 잡고 홀을 거닐던 여왕에게 물었다.

"봤네. 슬퍼 보였지만 그리 아름다울 수 없었지. 드레스도 잘 골라 입었고. 일주일 뒤에는 끔찍하게 싫어하는 안토니오 백작과 결혼하겠군."

"백작님이 정말 부럽습니다. 저기 오네요. 검은 가면만 빼면 신랑답게 차려입었군요. 저 가면을 벗으면 백작이 자신에게 마음을 주지 않는 아름다운 아가씨를 어떻게 생각하는지 알아낼 수 있겠지요. 어차피 아가씨의 엄한 아버지가 손을 잡고 넘겨주겠지만요." 음유시인이 대꾸했다.

"비올라가 자신을 줄곧 쫓아다니던 젊은 영국 예술가를 사랑하게 되었는데 늙은 백작이 퇴짜를 놓았다고들 수군대더군." 여왕이 음유시인과 함께 춤추는 무리에 섞이며 말했다. 왁자지껄한 축하연이 한창일 때 사제가 나타나 보라색 벨벳이 늘어진 벽감으로 비올라와 안토니오 백작을 따로 부르더니 그들에게 무릎을 꿇으라고 했다. 즐거워하던 사람들은 이내 조용해졌다. 분수에서 나오는 물 소리와 달빛을 받으며 잠든 오렌지나무 숲에서 나는 바스락대는 소리 말고는 아무 소리도 들리지 않았다. 그때 아델론 백작이 고요함을 깨고 말했다.

"여러분, 제 딸의 결혼식에 증인으로 모시고자 이 자리에 여러분을 계획적으로 불러 모은 저를 용서하십시오. 신부님, 식을 시작해주십시오."

사람들의 시선이 신랑과 신부에게 일제히 쏠렸다. 신랑과 신부 둘 다 가면을 벗지 않았기 때문에 다들 놀라서 수군댔다. 모두 호기심이 일고 놀랐지만 예를 갖추느라 미사가 끝날 때까지 입을 다물고 있었다. 미사가 끝나자 궁금해서 안달이 난 하객들은 백작에게 몰려들어 설명을 요구했다.

"할 수만 있다면 기꺼이 설명해드리고 싶습니다만 저는 수줍음 많은 딸 비올라가 문득 떠올린 방법을 허락한 것 말고는 아는 바가 없습니다. 자, 애들아, 이제 장난은 그만하거라. 가면을 벗고 내 축복을 받으렴."

하지만 신랑과 신부 둘 다 무릎 꿇지 않았다. 젊은 신랑이 입을 열자 그 목소리에 모든 사람들이 깜짝 놀랐다. 그가 가면을 벗자 비올라의 애인인 영국 예술가 페르디난드 데버루의 귀티 나는 얼굴이 드러났다. 영국 백작의 별 문양이 번쩍이는 그의 품에는 기쁨으로 환하게 빛나는 아름다운 비올라가 안겨 있었다.

"백작님, 제게 안토니오 백작에 버금가는 높은 명성과 막대한 부가 있어야 따님께 청혼할 수 있다고 경멸하며 말씀하셨지요. 지금 저는 안토니오 백작보다 높은 위치에 올랐습니다. 제아무리 야망이 가득한 아델론 백작님일지라도 이 데버루 드 베르 백작을 거절할 수는 없을 겁니다. 이제 저의 아내가 된 이 아름다운 여인의 고운 손에 유서 깊은 가문의

215

이름과 무한한 부를 쥐여줄 테니까요."

아델론 백작은 돌로 변한 듯이 꼼짝도 못하고 서 있었다. 페르디난드는 어리둥절한 하객들을 향해 돌아서서 의기양양하게 미소 지으며 말했다. "용맹한 친구 여러분도 저처럼 구혼에 성공하기를 바랍니다. 그리고 제가 가면결혼식으로 맞이한 신부만큼 아름다운 신부를 맞이하시길 바랍니다."

― S. 픽윅

왜 픽윅 클럽은 바벨탑과 닮았을까? 제멋대로 구는 회원들이 가득하니까.

〈호박 이야기〉

옛날에 어떤 농부가 자기 집 정원에 작은 씨앗을 심었다. 얼마 후 씨앗에서 싹이 터 덩굴이 자랐고 호박이 많이 열렸다. 호박이 잘 익은 10월의 어느 날 농부는 호박을 하나 따서 시장으로 가져갔다. 식료품점 주인은 그 호박을 사서 가게에 진열했다. 같은 날 아침에 갈색 모자를 쓰고 파란색 드레스를 입은 얼굴이 둥글고 들창코인 소녀가 식료품점에 가서 어머니를 위한 호박을 샀다. 소녀는 호박을 낑낑대며 집으로 가져가 자른 다음 큰 냄비에 넣고 삶았다. 그중 일부를

으깨서 소금과 버터를 넣어 저녁에 먹을 요리를 만들었고
나머지에는 우유, 달걀 두 개, 설탕 네 숟가락, 육두구, 크래
커 약간을 넣은 다음 우묵한 그릇에 넣어 노릇노릇하게 구
웠다. 다음 날 마치 가족이 그 요리를 먹었다.

- T. 터프먼

〈픽윅 회장님께〉

죄인, 그러니까 윙클이라는 이름의 사내가 지은 죄에 대해
말씀드리고자 편지를 씁니다 그자는 아무 때나 웃음을 터트
리고 때로는 이 훌륭한 소식지에 실을 글을 쓰지 않아 클럽
에서 말썽을 일으켰습니다 하지만 그의 나쁜 행실을 용서하
시고 그가 보내는 프랑스 우화 한 편을 받아주시기 바랍니
다 그는 공부할 것이 너무 많아 머리를 쥐어짜내기가 힘들
기에 글을 쓸 수가 없었습니다 다음에는 시간을 내서 글을
쓰고 '코미 라 포(commy la fo)'한 그러니까 괜찮은 작품을
준비하도록 노력하겠습니다 학교 갈 시간이 되어서 이만 급
히 줄입니다.

- 존경을 담아 N. 윙클

(위의 글은 과거의 잘못된 행실을 씩씩하고 당당하게 인정하는 글
입니다. 우리 어린 친구가 구두점만 잘 찍었더라면 좋았을 텐데요.)

〈슬픈 사고〉

지난 금요일에 우리는 지하실에서 들려온 고통스러운 비명과 그곳에서 벌어진 충격적인 사건에 깜짝 놀랐다. 다 같이 황급히 지하실에 내려가 보니 우리의 사랑하는 회장님이 불을 지필 장작을 가지러 갔다가 발을 헛디뎌 넘어지는 바람에 바닥에 엎드린 채 쓰러져 있었다. 우리의 눈앞에 비참하게 망가진 모습이 펼쳐졌다. 픽윅 회장님은 쓰러지면서 물통에 머리와 어깨를 처박았다. 그 바람에 푹신한 비누 거품이 담긴 통이 엎어져 몸에 쏟아졌고 옷은 심하게 찢어졌다. 이 위험한 상황에서 픽윅 회장님을 구하고 나서 살펴보니 몇 군데 멍이 들었을 뿐 많이 다치지는 않았다. 다행스러운 마음으로 덧붙이자면 멍든 곳은 잘 낫고 있다.

- 편집장

〈부고〉

마음 아프지만 우리의 소중한 친구 스노우볼 팻 포 씨가 어느 날 갑자기 불가사의하게 사라진 사건을 기록하는 것이 도리다. 이 사랑스럽고 귀여운 고양이는 마음이 따뜻하고 멋진 친구들과 무리지어 지냈다. 스노우볼의 아름다움은 모

두의 눈길을 사로잡았고 우아함과 고결함은 모두의 사랑을
받았기에 스노우볼이 사라졌다는 소식을 들은 모든 사람들
이 마음 깊이 안타까워하고 있다.

마지막으로 보았을 때 스노우볼은 대문 앞에 앉아 정육점
수레를 보고 있었다. 녀석의 매력에 마음을 빼앗긴 나쁜 사
람이 비열하게 데리고 간 게 아닐까 걱정스럽다. 몇 주가 지
났지만 스노우볼의 흔적은 찾을 수 없었다. 우리는 모든 희
망을 버리고 녀석의 바구니에 검정 리본을 묶었고 먹이 그
릇을 치웠다. 그리고 우리를 영원히 떠나버린 스노우볼을
떠올리며 눈물을 흘렸다.

이를 안타깝게 여긴 친구가 아래와 같이 주옥같은 글을 보
내왔다.

〈스노우볼 팻 포에게 부치는 애도시〉

우리는 어여쁜 고양이의 실종을 슬퍼하고
불행한 운명에 한숨짓는다,
벽난롯가에 앉은 모습도
낡은 초록 대문 옆에서 놀던 모습도
다시는 못 보겠지.

녀석의 새끼가 잠든 자그마한 무덤은
밤나무 아래에 있건만
녀석의 무덤에서는 울지도 못하는구나,
어디에 있는지 알 길이 없으니.

빈 침대와 가지고 놀지 않는 공도
녀석을 더 이상 볼 수 없겠지,
응접실 문을 조용히 두드리던 소리도,
사랑스럽게 가르랑거리던 소리도
더 이상 들리지 않는다.

이제는 얼굴이 더러운 고양이가 쥐를 쫓지만
그 고양이는 스노우볼처럼 사냥을 잘 하지도 않고
사뿐사뿐 우아하게 놀지도 못한다.

그 고양이는 스노우볼이 놀던 현관에
살며시 발을 들여놓지만
스노우볼이 용감하게 쫓아버리던 개들에게
고작 으르렁대기만 하는구나.

그 고양이는 쓸모 있고 순하고 최선을 다하지만

어여쁘지 않구나,
그러니 새로운 고양이에게
스노우볼의 자리를 내어줄 수도 없고
녀석을 흠모했듯이 흠모할 수도 없다

- A. S.

〈광고〉

다음 주 토요일 저녁 정기 모임이 끝난 뒤에 픽윅 클럽 회합
실에서 뛰어난 재능과 굳은 의지의 소유자인 유명 강사 오
랜시 블러기지가 '여성과 여성의 지위'를 주제로 명 강연을
펼칠 예정입니다.

젊은 숙녀들에게 요리를 가르쳐주는 주간 모임이 주방에서
열릴 예정입니다. 해나 브라운이 진행하는 이 모임에는 누
구나 참여할 수 있습니다.

다음 주 수요일에 쓰레받기 협회가 픽윅 클럽 회합실에 모
여 행진할 예정입니다. 모든 회원들은 유니폼을 입고 빗자
루를 가지고 9시 정각에 모여주십시오.

다음 주에 베스 바운서 부인이 여러 가지 새로운 인형 모자를 선보일 예정입니다. 파리에서 최신 유행하는 제품이 도착했으니 주문하기 바랍니다.

몇 주 후에 헛간 극장에서 새로운 연극을 선보일 예정입니다. 미국 무대에서 공연된 모든 연극을 능가하는 이 엄청난 작품의 제목은 〈그리스 노예〉 또는 〈복수의 화신 콘스탄틴〉이 될 예정입니다.

〈주의사항〉

픽윅은 손 씻을 때 비누를 너무 오래 문지르지 않는다면 아침 식사 시간에 늦지 않을 것이다. 스노드그라스는 길거리에서 휘파람을 불지 않기를 바란다. 터프먼은 에이미의 냅킨을 잊지 말기를. 윙클은 드레스 주름이 아홉 개가 아니라는 이유로 안달복달하지 말 것.

〈주간 평가〉
메그 - 좋음
조 - 나쁨
베스 - 매우 좋음

에이미 – 보통

회장이 소식지(독자들에게 보증하건데 진실한 여자애들이 쓴 진실한 글이 담겨 있다.) 낭독을 마치자 박수가 한 차례 쏟아졌고 잠시 후 스노드그라스가 일어나 한 가지 제안을 했다.

"회장님과 신사 여러분." 스노드그라스는 국회의원 같은 태도와 말투로 말문을 열었다. "신입 회원 영입을 제안하는 바입니다. 회원이 되는 영예를 누릴 자격이 충분하고 회원이 되면 무척 고마워할 사람입니다. 이뿐만 아니라 클럽의 정신과 소식지의 가치를 매우 드높여줄 것이며 대단히 유쾌하고 멋집니다. 시어도어 로런스 씨를 픽윅 클럽의 명예 회원으로 추천합니다. 자, 어서 좋다고 해."

조가 갑자기 말투를 바꾸자 자매들은 웃음을 터뜨렸다. 하지만 다들 걱정스러운 표정으로 아무 말도 하지 않자 스노드그라스는 자리에 앉았다.

"투표로 정하겠습니다." 회장이 말했다. "이 제안에 찬성하는 사람은 '찬성'이라고 외쳐주세요."

스노드그라스가 큰 소리로 외쳤고 뒤이어 모두 놀랍게도 수줍음 많은 베스가 찬성했다.

"반대하는 분들은 '반대'라고 해주세요."

메그와 에이미는 반대였다. 윙클이 우아하게 자리에서 일어나 말했다. "우린 남자 회원은 원치 않습니다. 농담이나 하고 부산스럽게 움직이기나 하겠지요. 이 클럽은 여성 전용이므로 그에 맞게 우리끼리 활동하기를 바랍니다."

"로런스 씨가 우리 소식지를 보고 비웃거나 나중에 놀릴까봐 걱정스럽군요." 픽웍은 확신이 없을 때 늘 그러듯 곱슬한 앞머리를 잡아당기며 말했다.

그러자 스노드그라스가 벌떡 일어나 열변을 토했다. "회장님! 신사답게 약속하겠습니다. 로리는 그런 행동을 하지 않을 것입니다. 그는 글쓰기를 좋아하니 우리 소식지에 품격을 더해줄 겁니다. 게다가 우리가 지나친 감상에 빠지지 않게 해줄 것입니다. 모르시겠습니까? 우리가 그에게 해줄 것은 거의 없지만 그는 우리에게 많은 것을 해줄 것입니다. 이런 그가 온다면 적어도 그를 클럽 회원으로 받아주고 환영해줄 수는 있다고 생각합니다."

교묘하게 장점을 부각하는 이 말에 터프먼은 뭔가 결심한 표정으로 자리에서 일어났다.

"좋아요. 걱정되기는 하지만 해봅시다. 로리 오빠도 오라고 하고 원한다면 그의 할아버지도 오면 어떨까 합니다."

베스의 이 기백 넘치는 말에 회원들은 열광했다. 조는 의자에서 일어나 찬성의 의미로 베스에게 악수를 청했다. "자, 그럼 다시 투표합시다. 다들 로리가 우리의 친구라는 걸 잊지 말고

'찬성'이라고 외쳐주세요." 흥분한 스노드그라스가 외쳤다.

"찬성! 찬성! 찬성!" 세 사람이 동시에 외쳤다.

"좋았어! 모두 고맙군요! 자, 윙클이 입에 달고 사는 말이 있죠. '좋은 기회가 오면 단번에 잡아야 한다.'고요. 그래서 곧바로 신입 회원을 소개합니다." 조는 이렇게 말해 회원들을 놀라게 하더니 벽장 문을 열었다. 얼굴이 달아오른 로리가 잡동사니 가방 위에 앉아서 눈을 반짝이며 웃음을 꾹 참고 있었다.

"이런 사기꾼! 배신자! 어쩜 이럴 수가 있어?" 세 자매가 조에게 따졌다. 스노드그라스는 의기양양하게 친구를 데려와 순식간에 의자에 앉히고 머리띠를 둘러주었다.

"너희 두 악동의 뻔뻔함이 놀라울 지경이야." 픽윅은 무섭게 인상 쓰려고 애썼지만 다정하게 웃고 말았다. 신입 회원은 상황을 파악하고 일어나 회장에게 정중하게 인사하더니 매력 넘치는 말투로 말했다. "회장님과 숙녀분들, 아, 죄송합니다, 신사분들. 저는 클럽의 충실한 종 샘 웰러라고 합니다."

"아주 좋았어!" 조는 기대고 있던 낡은 워밍팬* 손잡이를 두드리며 외쳤다.

로리는 손을 흔들며 말을 이었다. "저의 충직한 친구이자 고귀한 후원자께서 과찬을 하며 저를 소개했으나 오늘 밤 계략의 밑그림을 그린 사람은 그가 아닙니다. 제가 계획했고 친구는 제가 하도 성가시게 굴어서 마지못해 가담한 것뿐입니다."

"이런, 혼자 뒤집어쓸 것 없어. 난 찬장에 들어가 있으라고 했잖아." 로리의 우스갯소리를 무척 재미있어하던 스노드그라스가 끼어들었다.

"이 말은 신경 쓰지 마세요. 회장님, 다 제가 벌인 몹쓸 짓입니다." 신입 회원은 이렇게 말하며 픽윅을 향해 《픽윅 페이퍼스》의 샘 웰러처럼 고개를 끄덕였다. "하지만 맹세컨대 이런 짓을 다시는 하지 않을 것이며 앞으로 이 영원불멸의 클럽에 득이 되도록 헌신하겠습니다."

"옳소, 옳소!" 조가 워밍팬 뚜껑을 심벌즈처럼 두드리며 외쳤다.

---

* 침대를 데울 때 사용하는 다리미 같은 기구

"계속해, 계속!" 윙클과 터프먼이 외쳤고 회장은 자애롭게 고개를 숙여 인사했다.

"한 말씀 더 올리자면 저를 영광스러운 회원으로 받아주신 작은 감사 표시이자 인접국끼리 우호적인 관계를 증진하자는 의미로 정원의 야트막한 생울타리 한쪽 구석에 우편함을 설치했습니다. 근사하고 공간이 넓은 우편함으로 문에 자물쇠도 달려 있고 누구나 편하게 이용할 수 있습니다. 원래 흰털발제비 집이었는데 문을 막고 지붕이 열리도록 만들어 이것저것 집어 넣을 수 있게 했습니다. 편지, 원고, 책, 꾸러미 모두 집어넣을 수 있어서 우리의 귀중한 시간을 절약할 수 있을 겁니다. 그리고 양국이 열쇠를 하나씩 가지고 있으면 무척 좋을 것이라고 생각합니다. 클럽용 열쇠도 하나 드리지요. 호의에 감사하며 이만 자리에 앉겠습니다."

웰러가 탁자 위에 작은 열쇠를 꺼내놓고 자리에 앉자 우레 같은 박수가 쏟아졌다. 워밍팬은 철컹철컹 소리를 내며 거세게 흔들렸다. 질서를 찾기까지는 시간이 다소 걸렸다. 그 후 오랜 시간 동안 토론이 이어졌고 모두 놀라울 정도로 열심이었다. 그 결과 모임은 유난히 활기가 넘쳤고 늦은 시간까지 끝나지 않았다. 모임은 신입 회원을 응원하는 환호성을 세 번 외치는 것으로 끝났다.

샘 웰러의 가입을 후회하는 회원은 아무도 없었다. 그는 어느 모임에서도 찾아볼 수 없는 헌신적이고 품행이 바르고 유쾌한 회원이었다. 확실히 그는 모임에 '활력'을, 소식지에 '품격'을 더했다. 그의 연설은 듣는 이의 감정을 뒤흔들었고 글은 애국심 가득하고 고전적이면서도 재미있고 극적이고 감상에 치우치지 않아 매우 훌륭했다. 조는 베이컨, 밀턴, 셰익스피어의 작품에 뒤지지 않는다고 하며 그의 글에서 좋은 영향을 받아 자신의 작품을 고쳐 쓸 수 있겠다고 생각했다.

우편함은 작지만 중요한 역할을 했고 아주 바빠 돌아갔다. 비극 작품과 남성용 목도리, 시와 피클, 정원에 뿌릴 씨앗과 장문의 편지, 악보와 진저브레드, 지우개, 초대장, 설교와 강아지 등 진짜 우체국처럼 갖가지 희한한 물건들이 우편함을 통해 오갔다. 로런스 씨도 우편함에 재미가 들려 요상한 꾸러미, 수수께끼 같은 쪽지, 우스운 전보를 보내며 즐거워했다. 해나의 매력에 빠진 옆집 정원사가 조의 도움을 받아 연애편지를 보내기도 했다. 이 비밀이 밝혀지자 모두 웃었지만 앞으로 그 작은 우편함을 통해 얼마나 많은 연애편지가 오갈지는 아무도 상상하지 못했다.

11. 실험

"내일이면 6월이네. 내일 킹 씨네 가족이 바닷가로 떠나면 난 자유야! 휴가 3개월을 어떻게 하면 잘 보낼 수 있을까!" 훈훈한 어느 날 집에 돌아온 메그가 평소와 달리 기진맥진해 소파에 누워 있는 조를 보고 말했다. 베스는 조의 먼지 묻은 장화를 벗겨 주었고, 에이미는 모두 원기를 회복할 수 있도록 레모네이드를 만들었다.

"마치 작은할머니는 오늘 떠나셨어. 정말 기쁜 일이야!" 조가 말했다. "나한테 같이 가자고 하실까봐 정말 걱정했어. 만약 그랬다면 어쩔 수 없이 가야 했겠지. 하지만 플럼필드는 교회 묘지만큼이나 조용한 곳이라 안 가는 편이 나아. 다들 작은할머니가 떠날 채비를 하느라 난리였어. 난 작은할머니가 말 걸 때마다 불안에 떨었다고. 내가 서둘러 준비하느라 빠릿빠릿하게

움직이면서 평소답지 않게 쓸모 있고 다정하게 굴었거든. 그래서 작은할머니가 날 데려가려고 할까봐 겁났어. 작은할머니가 마차에 탔는데도 몸이 떨리더라니까. 마지막으로 진짜 놀랐던 건 마차가 떠나려는데 작은할머니가 고개를 내밀더니 '조시-핀, 혹시……?' 이러시는 거야. 뒷말은 못 들었어. 돌아서서 도망쳤거든. 전력질주해서 모퉁이를 돌고 나서야 안심했지."

"불쌍한 조 언니! 곰에게 쫓기기라도 한 것 같은 표정으로 들어오더라니." 베스는 이렇게 말하며 조의 발을 다정하게 부둥켜안았다.

"마치 작은할머니는 진짜 샘파이어 같아. 안 그래?" 에이미가 레모네이드를 신중하게 맛보며 말했다.

"뱀파이어겠지. 샘파이어는 바닷가에서 자라는 풀이잖아. 어쨌든 상관없어. 너무 더워서 말이 좀 틀렸다고 지적하기도 힘들어." 조가 중얼거렸다.

"쉬는 동안 뭐 하려고?" 에이미가 요령껏 화제를 바꾸어 물었다.

"늦잠 자고 아무것도 안 할 거야." 메그가 흔들의자에 파묻혀 대답했다. "겨우내 일찍 일어나서 남들을 위해 일했으니 이제 쉬면서 한껏 즐길 거야."

"흠." 조가 말했다. "그렇게 늘어져 지내는 건 나와 맞지 않아. 난 책을 산더미처럼 쌓아놓고 오래된 사과나무에 올라가서 읽으면서 휴가를 최대한 잘 보내야지. 아니면 종……."

"설마 종달새처럼 떠들고 놀겠다는 말을 하려는 건 아니겠지!" 에이미가 '샘파이어'를 지적당한 복수로 면박을 주었다.

"그럼 '나이팅게일'처럼 로리와 놀겠다고 하면 되지. 로리는 휘파람새 같으니까 아주 적절하고 잘 어울리는 표현이네."

"베스 언니, 우리도 한동안 공부하지 말고 계속 놀고 쉬자. 두 언니들처럼 말이야." 에이미가 말했다.

"글쎄, 어머니께서 괜찮다고 하시면. 새로운 노래를 배우고 싶고 여름을 맞아 인형들도 고쳐야 해. 너무 심하게 망가져서 옷을 꼭 입혀줘야 하거든."

"어머니, 쉬어도 될까요?" 메그는 자매들이 '어머니의 자리'라고 부르는 곳에 앉아서 바느질하던 어머니를 돌아보며 물었다.

"일주일 동안 실험해보고 어떤지 살펴보렴. 토요일 밤쯤 되면 놀기만 하고 일은 하나도 안 하는 게 일만 하고 못 노는 것만큼이나 안 좋다는 걸 알게 될 것 같은데."

"아, 그럴 리가요! 분명 즐거울 거예요." 메그가 흐뭇한 표정으로 대답했다.

"다 같이 건배해요. 저의 친구이자 동반자 세리 갬프*의 말을 빌릴게요. 재미는 영원히, 고생은 그만!" 레모네이드 잔이 모두에게 돌아가자 조가 잔을 치켜들며 외쳤다.

다들 즐겁게 레모네이드를 마셨고 남은 하루 동안 빈둥거리는 것으로 실험을 시작했다. 다음 날 아침, 메그는 10시가 되어서야 침대에서 나왔다. 혼자 아침을 먹으니 맛이 없었다. 방은 쓸쓸해 보였고 조가 꽃병에 꽃을 꽂지 않았고 베스가 먼지를 털지 않았으며 에이미의 책이 사방에 늘어져 있어서 너저분했다. 말끔하고 쾌적한 곳은 평소와 다름없어 보이는 '어머니의 자리'뿐이었다. 메그는 그곳에 앉아 '쉬면서 책을 읽으려' 했지만 하품만 났고 급여로 어떤 예쁜 여름용 드레스를 살까 상상했다. 조는 오전 내내 강에서 로리와 놀았고 오후에는 사과나무에 올라가서 《넓고 넓은 세상(The Wide, Wide World)》을 읽으며 눈물을 흘렸다. 베스는 큰 벽장에 사는 인형들을 몽땅 꺼내려고 뒤적거리기 시작했지만 절반도 끝나기 전에 지쳐서 뒤

---

* 찰스 디킨스의 소설 《마틴 처즐위트(Martin Chuzzlewit)》 등장인물

죽박죽 늘어놓은 채 설거지를 안 해도 된다는 사실에 기뻐하며 피아노를 치러 갔다. 에이미는 정원의 정자를 정리한 다음 가장 좋은 흰색 드레스를 입고 곱슬머리를 매만지고 인동덩굴 아래에 앉아서 그림을 그렸다. 지나가는 사람 누구라도 이 어린 예술가가 누구인지 묻기를 내심 바랐다. 하지만 아무도 모습을 보이지 않았고 호기심 많은 장님거미만 관심을 갖고 작품을 살펴보았다. 그러자 에이미는 산책하러 나갔고 소나기를 만나 물을 뚝뚝 흘리며 집으로 돌아왔다.

　차 마시는 시간이 되자 자매들은 각자 하루를 어떻게 보냈는지 이야기했고 모두 즐거웠지만 하루가 유독 길다고 했다. 메

그는 오후에 쇼핑하러 가서 '예쁜 파란색 모슬린'을 사왔으나 천을 몇 폭 잘라내고 나서야 때가 잘 지워지지 않는 재질이라는 것을 알았고 그 사소한 불행 때문에 기분이 안 좋았다. 조는 배를 타고 노느라 코가 햇볕에 타서 피부가 벗겨졌고 책을 너무 오랫동안 읽어서 머리가 심하게 아팠다. 베스는 벽장이

엉망진창이 되었고 한꺼번에 노래 서너 곡을 배우는 게 어려워서 근심에 빠졌다. 에이미는 케이티 브라운의 파티가 내일인데 좋아하는 드레스가 엉망이 되어 낙담했다. 이제 그녀는 베스의 인형 플로라 맥플림지처럼 입을 옷이 없었다. 하지만 이런 일들은 모두 사소했기에 자매들은 실험이 잘되어가고 있다고 어머니를 안심시켰다. 어머니는 말없이 미소 지었고 해나와 함께 딸들이 소홀히 한 살림을 하며 집을 쾌적하게 하고 집안일이 원활하게 돌아가도록 했다. 놀랍게도 이렇게 '쉬고 노는' 동안 믿기지 않을 만큼 이상하고 불편한 일들이 생겼다. 하루는 점점 길어졌고 날씨까지 유난히 변덕스러워 기분도 오르내렸다. 다들 마음이 불안했는데 사탄은 게으른 자들에게 장난을 일삼는 법이다. 늘어져 있다가 지친 메그는 바느질거리를 꺼내 들었는데도 시간은 더디 갔고 모패트 씨 집에서 본 스타일로 옷을 수선하려다가 가위질을 잘못해서 망쳐버렸다. 조는 눈이 아프도록 책을 읽어서 넌더리가 났고 어찌나 안절부절못하는지 성격 좋은 로리와도 싸울 정도였다. 그러고 나서 의기소침해진 조는 차라리 마치 작은할머니를 따라가는 편이 나았겠다는 생각까지 했다. 베스는 제법 잘 지냈는데 '놀기만 하고 일은 하지 않는 실험'을 하는 중이라는 것을 자꾸 잊어버리고 이따금 늘 하던 일을 했기 때문이다. 하지만 분위기 탓인지 평온한 마음이 몇 차례 산란해졌다. 한번은 가엾고 사랑스러운 조애나

를 쥐고 흔들며 '못생겼다'는 말까지 했다. 에이미는 놀 만한 게
별로 없어서 넷 중 가장 못 지냈다. 언니들이 놀아주지 않자 성
취욕이 강하고 주목받기를 좋아하는 자신의 자아가 무거운 짐
처럼 느껴졌다. 에이미는 인형을 좋아하지 않았고 동화는 유치
하다고 생각했다. 그렇다고 종일 그림만 그릴 수는 없는 노릇
이었다. 다과회나 소풍은 제대로 준비한 것이 아니라면 시시했
다. "근사한 여자애들이 북적대는 멋진 집에 살거나 여행을 가
면 여름을 즐겁게 보낼 수 있을 텐데. 하지만 이기적인 언니 셋
과 다 큰 남자애와 함께 집에만 있으면 보아스*의 인내심마저
시험에 들 거야." 며칠 동안 노는 데 전념한 멜러프롭** 양이 따
분해하며 투덜댔다.

실험이 지겹다고 인정한 사람은 아무도 없었지만 금요일 밤
이 되자 모두 일주일이 거의 끝났다며 다행스러워했다. 딸들이
교훈을 더욱 가슴 깊이 새기기를 바란 마치 부인은 유머 감각
을 발휘해 적절한 방식으로 실험을 끝내기로 마음먹었다. 그래
서 해나에게 휴가를 주어 놀기만 하면 어떤 일이 생기는지 딸
들이 온전히 느끼도록 해주기로 했다.

토요일 아침에 일어나 보니 주방에 불도 지피지 않았고 식당

---

* 성경 룻기에 등장하는 룻의 두 번째 남편
** 리처드 브린슬리 셰리던의 희극《연적》의 등장인물로 단어를 잘못 사용하
는 것으로 유명하다.

에 아침도 차려지지 않았으며 어머니도 보이지 않았다.

"어쩌지! 무슨 일이야?" 조가 당황해서 두리번거리며 외쳤다.

메그는 위층으로 뛰어올라갔다가 곧 다시 내려왔다. 안심한 동시에 다소 어리둥절하고 부끄러워하는 표정이었다.

"어머니께서 편찮으신 건 아니야. 그냥 너무 피곤하시대. 하루 종일 침실에서 조용히 쉬고 싶으니 우리끼리 잘해보라고 하셨어. 어머니께서 이러신 적이 없었는데 정말 이상해. 어쨌든 이번 한 주 동안 너무 힘들었다고 하시니 불평하지 말고 우리끼리 집안을 잘 돌봐야 해."

"그거야 쉽지 뭐. 난 좋은데. 뭔가를 하고 싶어서 좀이 쑤셨거든. 아, 내 말은 새로운 놀이를 하고 싶다는 뜻이야." 조가 재빨리 뒷말을 덧붙였다.

사실 할 일이 생겼다는 데에 모두 안도했다. 자매들은 의욕적으로 일을 시작했지만 얼마 후 "집안일은 장난이 아니에요"라는 해나의 말이 사실임을 깨달았다. 식품저장실에는 먹을 것이 많았고 베스와 에이미가 상을 차리는 동안 메그와 조가 아침 식사를 준비했다. 그러면서 왜 하인들이 집안일이 힘들다고 하는지 모르겠다고 생각했다.

"어머니께서 알아서 하신다고 걱정 말라고 하셨지만 아침 식사를 좀 가져다 드려야겠어." 메그는 찻주전자 뒤에서 점잖게 집안일을 지휘했다.

그래서 쟁반에 먼저 차린 음식을 들고 주방장 조가 직접 올라갔다. 하지만 차는 너무 썼고 오믈렛은 탔으며 비스킷은 베이킹파우더가 뭉쳐 얼룩덜룩했다. 그래도 마치 부인은 고마워하며 받았고 조가 가고 나서야 마음껏 웃었다.

"딱한 녀석들. 힘들지는 않은지 걱정이네. 하지만 교훈을 얻을 테니 나쁠 건 없지." 부인은 이렇게 혼잣말하며 형편없는 아침 식사를 치우고 미리 준비해둔 먹을 만한 음식을 꺼냈다. 딸들이 상처받지 않도록 어머니로서 사소한 속임수를 쓴 것인데 자매들로서는 고마운 일이었다.

아래층에서는 불평이 쏟아졌다. 주방장은 요리에 실패해서 무척 원통해했다. "걱정 마. 점심은 제대로 해줄게. 시중도 들어줄 거야. 그러니 언니는 주방에서 손에 물 묻히지 말고 마나님처럼 동생들 감독이나 하고 시켜." 조는 메그만큼 요리에 대해 알지도 못하면서 이렇게 큰소리쳤다.

메그는 조의 친절한 제안을 반가운 마음으로 수락했다. 그리하여 응접실로 가서 소파 밑에 어질러진 것들을 재빨리 정리하고 먼지가 들어오지 않도록 덧문을 닫았다. 자신의 능력을 굳게 믿은 조는 싸우고 나서 화해하고 싶기도 해서 점심 식사에 로리를 초대하는 쪽지를 우편함에 잽싸게 넣었다.

"손님을 초대하기 전에 재료부터 확인해." 로리를 초대한 따뜻하지만 성급한 행동에 메그가 충고했다.

"콘비프*가 있고 감자는 아주 많아. 해나 할머니가 '전채요리'라고 말하는 것으로는 아스파라거스와 바닷가재를 낼 생각이야. 양상추도 있으니까 샐러드도 만들어야지. 만드는 법은 모르지만 책에 나와 있겠지. 디저트로는 블라망주와 딸기를 내고 우아한 걸 원하면 커피도 마시지 뭐."

"조, 너무 이것저것 어수선하게 만들지 마. 네가 먹을 만하게 만드는 건 진저브레드랑 당밀사탕뿐이잖아. 어쨌든 난 점심 식사 초대에 손 뗄 거야. 네 멋대로 로리를 초대했으니 알아서 대접해."

"언니한테 다른 거 해달라고 안 할 테니까 로리에게 잘 대해주고 블라망주 만들 때만 좀 도와줘. 내가 제대로 못하면 조언해줄 수 있지?" 기분이 약간 상한 조가 물었다.

"그래. 하지만 나도 빵이랑 몇 가지 간단한 요리밖에 할 줄 모르잖아. 만들기 전에 어머니께 괜찮은지 여쭤보는 게 좋을 거야." 메그가 현명하게 대답했다.

"당연히 그럴 거야. 내가 바보인 줄 알아?" 조는 자기 능력을 의심받자 씩씩대며 가버렸다.

"마음대로 하렴. 쉬는데 방해하지 말고. 난 점심은 나가서 먹을 거라 집안일에 신경 쓸 수가 없구나." 조가 조언을 구하자 마

---

* 소고기를 익혀 소금에 절인 것

치 부인은 이렇게 대답했다. "나도 집안일은 늘 힘들단다. 그래서 오늘은 쉴 생각이야. 책도 읽고 편지도 쓰고 친구 집에 가서 놀다 오려고 해."

바쁜 어머니가 아침 일찍부터 흔들의자에 편안하게 앉아 책을 읽는 이례적인 광경에 조는 천재지변이라도 일어난 기분이었다. 일식과 월식, 지진, 화산 폭발도 이보다 더 불가사의하지는 않을 것 같았다.

"어찌된 일인지 모든 게 엉망이군." 계단을 내려가며 조가 중얼거렸다. "베스가 우는 걸 보니 집안이 뭔가 잘못 돌아가고 있는 게 틀림없어. 에이미가 괴롭힌 거면 혼내줘야지."

조가 언짢은 기분으로 급히 응접실로 가보니 베스가 새장 안에 죽어 있는 카나리아 핍을 보며 울고 있었다. 굶어 죽은 핍은 먹이를 간절히 원하는 듯이 작은 발을 애처롭게 뻗고 있었다.

"다 내 잘못이야. 밥 주는 걸 깜빡했어. 씨앗도 물도 없더라고. 아, 핍! 핍! 내가 어떻게 이런 잔인한 짓을 했을까?" 베스는 불쌍한 새를 손에 올리고 살려보려 애쓰며 울부짖었다.

조는 반쯤 뜬 핍의 눈을 보며 심장이 뛰는지 확인했지만 싸늘하게 식어 뻣뻣해진 것을 알고 고개를 저으며 관으로 쓸 도미노 상자를 내밀었다.

"화덕에 넣으면 따뜻해져서 살아날지도 몰라." 에이미가 희망차게 말했다.

"핍은 굶어 죽었어. 오븐에 넣어서 구우면 안 돼. 수의를 만들고 잘 묻어줘야겠어. 아아, 핍! 앞으로 다시는 새는 기르지 않을 거야. 나처럼 못된 사람은 새를 기르면 안 돼." 베스는 핍을 감싸 쥐고 바닥에 주저앉아 중얼거렸다.

"오늘 오후에 장례를 치르자. 모두 참석하는 거야. 자, 울지 마, 베스. 정말 안타깝게도 이번 주에는 되는 일이 하나도 없어. 핍의 죽음은 실험에서 벌어진 최악의 사건이야. 수의 만들어 입혀서 내가 준 상자에 눕혀. 점심 먹고 나서 조촐하지만 제대로 장례를 치르자." 조는 할 일이 너무 많다는 생각이 들기 시작했다.

조는 다른 자매들이 베스를 위로하도록 놔두고 주방으로 향했다. 주방은 맥 빠질 정도로 엉망진창이었다. 커다란 앞치마를 두른 조는 일을 시작했다. 설거지하기 좋게 그릇을 쌓고 나자 화덕에 불이 꺼졌다는 것을 발견했다.

"요리가 잘도 되겠군!" 조는 투덜대며 화덕 문을 소리 나게 홱 열고 재를 열심히 뒤적거렸다.

불을 다시 붙이고 나서는 물이 끓을 동안 시장에 다녀와야겠다고 생각했다. 나가서 걸으니 기운이 났다. 시장에서 아주 작은 바닷가재 한 마리, 아주 오래된 아스파라거스, 시큼한 딸기 두 상자를 사고 싸게 잘 샀다며 뿌듯하게 집으로 터덜터덜 걸어갔다. 주방을 말끔히 정리하고 나자 점심 식사 시간이 되었고 화덕은 시뻘겋게 달아올라 있었다. 메그는 해나가 두고 간 발효 중인 빵 반죽에 너무 일찍 손을 댔다. 그래서 빨리 2차 발효를 시키려고 반죽을 화덕 위에 올려두고는 까맣게 잊어버리고 응접실에서 샐리 가디너와 즐겁게 이야기하고 있었다. 그때 문이 벌컥 열리더니 시뻘건 얼굴에 머리가 헝클어진 조가 밀가루를 뒤집어쓰고 기진맥진한 채 나타나 쏘아붙였다.

"반죽이 오븐 팬에서 넘쳐흘렀는데 이 정도면 충분히 발효된 거 아니야?"

샐리는 웃음을 터트렸지만 메그는 고개를 끄덕이며 눈썹을 한껏 치켜 올렸다. 그러자 귀신같은 모습의 조는 주방으로 사라져 시큼해진 빵 반죽을 지체 없이 화덕에 넣었다. 마치 부인은 어떻게 되어가고 있는지 여기저기 살펴본 다음 외출했다. 핍을 도미노 상자에 넣어놓고 수의를 만들고 있던 베스를 위로 하는 일도 잊지 않았다. 회색 보닛을 쓴 부인이 모퉁이를 돌아 사라지자 자매들은 이상하게 무기력해지고 절망에 빠졌다. 잠시 후 크로커 씨가 점심을 같이 먹자며 집으로 찾아왔다. 마르고 안색이 누렇게 뜬 독신녀 크로커 씨는 코가 뾰족했고 호기심 가득한 눈으로 사방을 살폈으며 본 것을 모두 떠벌이고 다녔다. 자매들은 크로커 씨를 싫어했지만 마치 부인은 나이 많고 가난한 데다가 친구도 별로 없는 그녀를 친절하게 대하라고 가르쳤다. 그래서 메그는 크로커 씨를 안락의자에 앉히고 손님으로 대접했다. 그러는 동안 크로커 씨는 온갖 질문을 해대고 모든 것을 흠잡았으며 아는 사람들 이야기를 늘어놓았다.

그날 아침에 조가 얼마나 불안했는지, 무엇을 경험했으며 어떤 노력을 했는지는 말로 설명할 수 없을 정도였다. 조가 차려낸 점심 식사는 웃음거리가 되었다. 굳이 조언을 더 구하지 않고 혼자 최선을 다했지만 요리에는 의욕과 정성 이외에 다른 무언가도 필요하다는 사실만 깨달았다. 조는 1시간이나 삶아 머리가 떨어져 나가고 줄기가 도저히 먹을 수 없게 된 아스파라거스를 보고 괴로워했다. 빵은 시커멓게 탔다. 샐러드드레싱이 뜻대로 만들어지지 않아서 열 일 제쳐두고 매달렸지만 먹을 만하게 만들 수 없다는 것만 깨달았다. 진홍색 바닷가재는 어떻게 요리해야 할지 몰라서 망치로 두드린 다음 껍데기에서 나올 때까지 살을 밀어냈다. 그리고 얼마 안 되는 살을 양상추 무더기 속에 감췄다. 아스파라거스에 곁들일 감자를 서둘러 준비해야 했지만 결국 하지 못했다. 블라망주는 덩어리졌고 보기보다 맛이 들지 않은 딸기는 상태가 좋지 않은 것을 아래에 놓고 괜찮은 것을 위로 올려 교묘하게 눈속임을 했다.

'음, 배고프면 소고기, 빵, 버터를 먹겠지. 오전 내내 애썼는데 제대로 한 게 없다니 너무 창피해.' 조는 평소보다 30분 늦게 식사 종을 울리며 이렇게 생각했다. 온갖 고급 음식에 익숙한 로리와 호기심 어린 눈으로 실패작을 전부 봐두었다가 온 동네 사람들에게 재잘거릴 크로커 씨를 위해 차린 식사를 보고 있자니 얼굴이 화끈거리고 지치고 의기소침해졌다.

다들 음식을 차례차례 맛만 보고 더 이상 먹지 않자 가여운 조는 식탁 밑으로 숨고 싶었다. 에이미는 킥킥댔고 메그는 괴로워했으며 크로커 씨는 입술을 오므렸고 로리는 최선을 다해 웃고 떠들며 떠들썩하고 유쾌한 분위기를 만들려고 애썼다. 조가 딱 하나 내세울 만한 것은 설탕을 넉넉히 뿌리고 진한 크림을 곁들인 과일이었다. 다들 예쁜 유리 접시에 담긴 과일을 덜어 크림의 바다에 뜬 작고 붉은 섬을 자애롭게 바라보자, 뜨겁게 달아오른 뺨이 약간 식은 조가 길게 한숨을 내쉬었다. 크로커 씨가 먼저 맛보더니 얼굴을 잔뜩 찡그리며 황급히 물을 마셨다. 먹을 만한 딸기를 골라내고 나니 양이 확 줄어들어서 모자랄까 봐 먹지 않겠다고 한 조는 로리를 흘끔 보았다. 로리는 입술을 약간 일그러뜨리기는 했지만 씩씩하게 딸기를 먹더니 접시만 뚫어지게 쳐다보았다. 맛있는 음식을 좋아하는 에이미는 한 숟가락 가득 떠 먹고 나서 숨이 막히는 듯이 헉 소리를 내며 냅킨으로 얼굴을 가리고 다급하게 식탁을 떠났다.

"어, 왜 그래?" 조가 떨리는 목소리로 외쳤다.

"설탕이 아니라 소금을 뿌렸어. 크림도 시큼해." 메그가 안타깝다는 몸짓을 하며 말했다.

조는 신음을 내뱉으며 의자에 주저앉았다. 기억을 되짚어 보니 막판에 주방 탁자에 놓인 상자 두 개 중 한 개를 급하게 집어 딸기에 뿌렸고 깜빡하고 우유를 냉장고에 넣지 않았다. 조는 얼굴이 새빨개져서 금방이라도 울음을 터트릴 것 같았다. 그때 로리와 눈이 마주쳤는데 그가 아무리 초인적인 노력을 기울여도 재미있어 죽겠다는 눈빛은 숨기지 못했다. 그러자 조는 이 상황이 얼마나 웃긴지 문득 깨닫고는 눈물이 흐르도록 웃었다. 모두 웃음이 터졌고 깍깍대며 불평해서 자매들이 '크로커'라고 부르는 크로커 씨마저 웃었다. 엉망진창 점심 식사는 버터 바른 빵, 올리브, 웃음으로 즐겁게 끝났다.

"지금은 정신이 없어서 못 치울 것 같으니까 먼저 장례를 치르면서 마음을 가다듬자." 모두 자리에서 일어나자 조가 말했다. 크로커 씨는 다른 친구 집에 점심을 먹으러 가서 이 새로운 이야기를 하고 싶은지 얼른 갈 준비를 마쳤다.

자매들과 로리는 베스를 위해서 마음을 차분하게 가라앉혔다. 로리가 마당 수풀 속 양치식물 아래에 무덤을 파자 마음씨 착한 주인 베스가 하염없이 눈물을 흘리며 자그마한 핍을 넣고 이끼를 덮었다. 그리고 제비꽃과 별꽃을 엮어 만든 화환을 묘비명을 적은 돌에 걸어주었다. 조가 점심 식사를 준비하느라 고군분투하는 와중에 쓴 묘비명이었다.

6월 7일에 세상을 떠난
핍 마치, 이곳에 잠들다
사랑받았고 몹시 슬퍼했으며
쉬이 잊히지 않으리라.

장례식이 끝나자 베스는 핍의 죽음으로 인한 슬픔과 바닷가재를 먹고 불편해진 속을 달래러 방으로 갔다. 하지만 침대가 정돈되어 있지 않아서 쉴 곳이 없었다. 베개를 두드려 먼지를 털고 물건을 정리하고 나니 슬픔이 많이 가셨다. 메그는 조를 도와 성대한 점심 식사 뒷정리를 했다. 그러자 오후의 절반이 지났고 너무 피곤해서 저녁은 차와 토스트로 때우기로 했다. 로리는 너그럽게도 시큼한 크림 때문에 기분이 상한 에이미를 달래주려고 마차에 태우고 나갔다. 오후가 절반쯤 지났을 때 마치 부인이 집에 돌아왔고 에이미를 제외한 세 딸들이 열심히 일하는 것을 보았다. 벽장을 훑어본 부인은 실험이 어느 정도 성공했다고 생각했다.

하루 동안 살림을 꾸린 자매들이 제대로 쉬기도 전에 손님이 몇 명 찾아왔고 이들은 손님을 맞이하느라 부산스럽게 움직였다. 차를 내고 잔심부름을 해야 했고 막판까지 수선을 미뤄 둔 옷 한두 벌도 바느질해야 했다. 땅거미가 져 이슬이 내리고 고요해지자 자매들은 6월의 장미가 아름답게 꽃봉오리를 맺은 현관 입구로 하나둘 모여들었다. 다들 피곤하고 힘든 듯 신음하고 한숨을 쉬며 주저앉았다.

"정말 끔찍한 하루였어!" 늘 그렇듯이 조가 가장 먼저 말을 꺼냈다.

"평소보다 짧게 느껴진 하루였지만 너무 힘들었어." 메그가 말했다.

"우리 집 같지 않았어." 에이미도 한마디 거들었다.

"어머니도 안 계시고 핍도 없으니 그럴 수밖에." 베스가 눈물이 그렁그렁한 눈으로 머리 위의 빈 새장을 바라보며 한숨지었다.

"얘들아, 엄마 왔어. 베스, 원한다면 내일 다른 새를 데려오마."

마치 부인은 이렇게 말하며 다가와 딸들 사이에 앉았다. 자매들보다 딱히 더 즐거운 휴일을 보낸 표정이 아니었다.

"얘들아, 실험이 만족스럽니? 한 주 더 할래?" 베스가 품에 안기고 나머지도 꽃이 태양을 향해 고개를 돌리듯 환한 표정으로 바라보자 부인이 이렇게 물었다.

"전 싫어요." 조가 단호하게 외쳤다.

"저도 싫어요." 나머지 셋도 일제히 따라 외쳤다.

"그럼 할 일을 하고 어느 정도는 남을 위해서 사는 게 더 낫다고 생각한다는 거지?"

"빈둥거리고 노는 건 도움이 안 돼요." 조가 고개를 저으며 말했다. "이젠 지겨워요. 당장 무슨 일이라도 할 생각이에요."

"간단한 요리를 배우면 좋을 것 같구나. 요리를 안 하고 살 수는 없으니 배우면 쓸모가 있을 거야." 마치 부인은 조의 점심 파티를 떠올리며 속으로 웃었다. 크로커 씨를 만나서 자초지종을 들어 알고 있었다.

"어머니! 저희가 어떻게 하는지 보려고 일부러 집을 비우고 전부 다 손 떼셨던 거죠?" 하루 종일 이상하다고 생각한 메그가 물었다.

"그래, 각자 제 몫을 충실히 해내야 모두 편안하게 지낼 수 있다는 걸 알려주고 싶었단다. 해나와 내가 너희들 몫까지 하는 동안 너희들은 아주 잘 지내더구나. 물론 행복하고 즐겁기만 하지는 않았을 거야. 그래서 다들 자기 생각만 하면 어떤 일이 벌어지는지 보여주면 너희들이 교훈을 얻을 수 있겠다 싶었어. 서로 돕고 매일 할 일을 하고 힘든 일을 견디며 집을 가꾸어 모두에게 편안하고 아름다운 집을 만드는 일이 더 즐겁다고 생각하지 않니? 쉬는 시간도 더 달콤하게 느껴지고 말이야."

"네, 어머니, 맞아요!" 자매들이 다 같이 외쳤다.

"그럼 너희들이 작은 짐을 다시 짊어지는 게 좋겠구나. 가끔은 그 일이 힘겹게 느껴지지만 우리에게 도움이 되고 그 짐을 짊어지는 방법을 배우면 가볍게 느껴지기도 하지. 일은 유익한 것이란다. 그리고 누구에게나 할 일은 많아. 일을 함으로써 따분함을 느끼지 않고 나쁜 짓도 삼갈 수 있지. 몸과 마음의 건강에도 좋아. 일을 하면 돈이나 일시적인 유행을 추구할 때보다 스스로 유능하고 독립적이라는 생각이 더 많이 들기도 하고."

"이제 꿀벌처럼 부지런히 일할 거예요. 즐겁게요. 두고 보세요!" 조가 말했다. "휴가 동안 간단한 요리를 배워서 다음 번 점심 파티는 성공할 거예요."

"저는 아버지께 보낼 셔츠를 만들어볼게요. 어머니께서 만드시는 걸 구경만 하지 않을 거예요. 바느질을 좋아하지는 않지만 할 수 있어요. 꼭 할 거예요. 그 편이 제 옷으로 난리를 피우는 것보다 나을 거예요. 제 옷은 손대지 않아도 충분히 근사한 걸요." 메그가 말했다.

"저는 매일 공부할 거예요. 음악과 인형에 시간을 너무 많이 쓰지 않으려고요. 저는 바보 같아서 놀지 말고 공부해야 해요." 베스가 다짐했다. 에이미는 언니들의 모범을 따라 씩씩하게 선언했다. "저는 단춧구멍 만드는 법을 배우고 말을 조심할 거예요."

"정말 훌륭하구나! 실험에서 만족스러운 결과를 얻었으니 그만하도록 하자꾸나. 다만 극단적으로 치달아 노예처럼 일만 파고들면 안 돼. 규칙적으로 일하고 쉬려무나. 그래서 매일 유익하면서도 즐거운 하루를 보내. 시간을 잘 활용해서 그 가치를 충분히 이해한다는 걸 보여주렴. 그러면 젊은 날을 기쁘게 보낼 수 있을 테고 나이가 들어서도 후회가 적을 거야. 가난하더라도 아름답고 성공적인 인생을 꾸려갈 수 있는 거지."

"어머니, 명심할게요!" 자매들은 이 말을 실천했다.

12. 로런스 캠프

베스는 집배원 역할을 맡았다. 주로 집에 있었기 때문에 주기적으로 우편함을 확인할 수 있었고 무엇보다 매일 우편함 문을 열고 우편물을 전해주는 일을 정말 좋아했다. 7월의 어느 날 베스는 양손 가득 우편물을 가지고 와서 1페니 우편* 배달부처럼 집 안을 돌아다니며 편지와 소포를 전달했다.

"어머니, 여기 꽃다발이요! 로리 오빠가 잊지 않고 보냈네요." 베스는 어머니 자리 옆에 놓인 꽃병에 싱싱한 꽃다발을 꽂았다. 꽃병에는 다정한 로리가 보내는 꽃이 늘 꽂혀 있었다.

"메그 마치 양, 편지 한 통과 장갑 한 짝이 왔네요." 베스는 이렇게 말하며 어머니 옆에 앉아 소매를 꿰매는 메그에게 물건을

---

* 보통 우편물을 1페니에 보낼 수 있었던 19세기 미국과 영국의 우편 제도

주었다.

"왜 한 짝밖에 없지? 양쪽 다 옆집에 놓고 왔는데." 메그가 회색 면장갑을 보며 말했다.

"오다가 정원에 한 짝 떨어뜨린 거 아니야?"

"절대 아니야. 우편함에 한 짝밖에 없었단 말이야."

"한 짝뿐인 장갑은 싫은데! 신경 쓰지 말아야지. 나머지 한 짝도 찾을 수 있겠지 뭐. 편지는 내가 궁금해했던 독일 노래 번역본이야. 로리의 글씨체가 아닌 걸 보니 브룩 선생님이 보낸 모양이야."

마치 부인은 메그를 힐끔 보았다. 깅엄으로 만든 평상복을 입고 이마에 곱슬머리가 흘러내린 메그는 무척 예뻤다. 말끔하게 감긴 하얀 실타래가 가득한 작은 작업대에서 바느질하는 모습에서는 성숙한 여인의 분위기마저 풍겼다. 메그는 어머니가 무슨 생각을 하는지도 모른 채 손을 재빨리 놀려 바느질하며 노래를 흥얼댔고, 허리띠에 꽂은 팬지처럼 순진무구하고 풋풋한 소녀의 공상에 빠져 있었다. 이 모습을 본 마치 부인은 흡족한 미소를 지었다.

"조 의사 선생님에게는 편지 두 통, 책 한 권, 우스꽝스러운 낡은 모자가 왔어요. 모자가 어찌나 큰지 우편함 밖으로 삐져나와 있었어요." 조가 글을 쓰고 있는 서재로 들어간 베스가 웃음을 터뜨리며 말했다.

"로리 이 녀석 장난이 심하잖아! 내가 매일 날이 더워서 얼굴이 타니까 큰 모자가 유행하면 좋겠다고 했거든. 그랬더니 '유행이 무슨 상관이야? 그냥 너 편한 대로 큰 모자를 써!'라고 하는 거야. 그래서 '큰 모자가 있어야 쓰지' 그랬더니 이걸 보냈네. 날 시험하는 거야. 장난삼아 이걸 쓰고 나가야겠어. 내가 유행 따위 신경 안 쓴다는 걸 보여줄 거야." 조는 챙이 넓은 고풍스러운 모자를 플라톤 흉상에 씌우고 편지를 읽었다.

한 통은 어머니가 보낸 편지였는데 편지를 읽자 뺨이 달아오르고 눈물이 차올랐다.

사랑하는 딸에게.

욱하는 성질을 다스리려고 노력하는 널 지켜보면서 내가 얼마나 장하다고 생각했는지 알려주고 싶어서 몇 자 적는다. 네가 어떤 노력을 했고 어떤 실패와 성공을 거두었으며 무슨 생각을 하는지 말하지는 않았으나, 안내서 표지가 닳은 걸 보니 네가 매일 도움을 구하는 친구인 그 책만큼은 네 노고를 알아주리라고 생각하는 것 같더구나. 그런데 나도 다 알고 있단다. 그리고 네 결심이 진지하다는 걸 진심으로 믿어. 이제 그 결심이 결실을 맺기 시작했으니 끈기 있고 용맹하게 계속 노력하렴. 너를 사랑하는 엄마가 누구보다 네 마음을 세심하게 잘 이해한다는 걸 늘 기억해줘.

엄마가.

"편지를 읽으니 힘이 나요! 돈다발을 받거나 칭찬하는 말을 수없이 들어도 이보다 좋지는 않을 거예요! 아, 어머니, 정말 열심히 노력하고 있어요! 앞으로도 지치지 않고 노력할게요. 저를 도와주시는 어머니가 계시잖아요."

조는 책상에 엎드려 행복에 겨운 눈물을 흘렸고 그 바람에 읽고 있던 로맨스 소설이 조금 젖었다. 자신의 노력이 효과를 발휘하고 있다는 것을 아무도 모르고 알아주지 않는 줄 알았다. 그래서 이런 인정이 두 배로 소중하게 느껴졌고 두 배로 힘이 났다. 가장 소중한 사람에게서 받은 뜻밖의 칭찬이라 더욱 그랬다. 아폴리온을 맞닥뜨리고 이기는 데 그 어느 때보다 자신감이 생긴 조는 정신이 해이해질 때 어머니의 편지를 방패이자 깨우침을 주는 조언으로 삼으려고 드레스 안쪽에 핀으로 꽂았다. 좋은 소식이든 나쁜 소식이든 받아들일 준비가 된 조는 나머지 편지 한 통을 뜯었다. 로리가 큰 글씨로 급하게 쓴 편지였다.

조에게.

여어!

내일 영국에서 친구들이 나를 만나러 온대서 재미있게 놀려고 해. 날씨가 좋으면 롱메도우에 가서 텐트를 칠 거야. 다 같이 배를 타고 나가서 점심도 먹고 크로케*도 하고. 집시처럼 불도 피우고 시끌벅적하게 놀면서 온갖 재미난 건 다 할 생각이야. 내 친구들은 좋은 애들이고 이런 걸 하고 노는 걸 좋아해. 브룩 선생님이 남자애들 인솔자로 같이 가실 거고 케이트 본이 여자애들을 인솔할 거야. 너희 집 자매들도 다 같이 갔으면 좋겠는데. 베스도 꼭 데려와. 그 애를 힘들게 할 사람은 없을 거야. 음식은 신경 쓰지 마. 내가 먹을 거랑 전부 다 준비할 테니 몸만 와. 꼭!

미친 듯이 바쁜 너의 친구 로리가.

---

* 직사각형 잔디밭에서 망치 같은 도구로 공을 쳐서 작은 철기둥 문 6개를 통과한 후 경기장 중앙의 말뚝을 맞히면 승리하는 구기 종목

"신난다!" 조는 이 소식을 메그에게 전하려고 다급하게 뛰어 갔다. "어머니, 저희 가도 되죠? 저는 노를 저을 수 있으니 로리 에게 도움이 될 테고 언니는 점심 식사 준비를 도와줄 수 있어 요. 동생들도 어떻게든 도움이 될 테고요."

"본 씨 댁 아이들이 너무 점잖고 나이가 많지 않으면 좋겠는 데. 조, 그 애들에 대해 뭐 아는 거 있어?" 메그가 물었다.

"사남매라는 것만 알아. 케이트는 언니보다 나이가 많고 쌍 둥이 프레드와 프랭크는 내 또래고 막내 그레이스는 아홉 살 인가 열 살이야. 로리가 외국에서 지낼 때 그 애들을 알게 되었 는데 쌍둥이랑 친하게 지냈나 봐. 케이트 이야기만 나오면 입을 꾹 다무는 걸로 봐서 케이트는 별로 안 좋아하는 것 같고."

"내 프랑스식 사라사 드레스가 깨끗해서 다행이야. 그 옷이 딱인 데다가 잘 어울릴 거야!" 메그가 만족스러운 듯이 말했다. "조, 넌 입을 옷 있어?"

"다홍색과 회색이 섞인 뱃놀이 옷을 입을 거야. 그 정도면 충 분해. 노를 젓고 여기저기 돌아다닐 테니까 풀 먹인 옷은 싫거 든. 베스, 너도 갈 거지?"

"남자애들이 나한테 말 걸지 못하게 해주면."

"얼씬도 못하게 해주지!"

"내가 가면 로리 오빠가 좋아하겠지. 브룩 선생님도 정말 친 절하신 분이라 무섭지 않고. 하지만 놀이나 노래에 끼고 싶지는 않아. 말도 안 하고 싶고. 일이 있으면 열심히 돕고 아무도 귀찮게 하지 않을래. 언니가 날 잘 챙겨주면 갈게."

"그래야 착한 내 동생이지. 수줍음을 이겨내려고 무척 노력하는구나. 정말 기특해. 단점을 극복하는 일이 어렵다는 건 내가 잘 알지. 그럴 때 격려하는 말을 들으면 기운이 나더라. 어머니, 고맙습니다." 조는 고마운 마음을 담아 어머니의 야윈 뺨에 입을 맞추었다. 마치 부인에게는 장밋빛 뺨이 통통하던 젊은 시절로 돌아가는 것보다 조의 입맞춤이 더 소중했다.

"난 초콜릿 한 상자랑 따라 그리고 싶어 했던 그림을 받았어." 에이미가 우편물을 보여주며 말했다.

"나는 로런스 할아버지께 쪽지를 받았어. 오늘 저녁에 등불을 켜기 전에 와서 피아노를 연주해달라는 내용인데 가보려고." 베스가 말했다. 베스와 노신사와의 우정은 무르익고 있었다.

"이제 서두르자. 오늘 일을 두 배로 해놔야 내일 홀가분하게 놀지." 조가 펜 대신 빗자루를 잡으며 말했다.

다음 날 아침, 맑은 날씨를 알리려 자매들의 방을 기웃거리던 태양은 재미있는 장면을 보았다. 자매들은 즐거운 휴일을 앞두고 저마다 꼭 필요하다고 생각한 준비를 마친 채 자고 있었다. 메그는 앞머리 마는 종이를 평소보다 더 많이 끼웠고 조는 거친 피부에 콜드크림을 잔뜩 발랐고 베스는 하루 동안 함께 하지 못하는 것이 미안해서 조애나를 데리고 잤으며 에이미는 낮은 코를 올리려고 코끝을 집게로 집었다. 화가들이 화판에 종이를 고정할 때 쓰는 집게인데 지금처럼 코끝을 집는 용도로도 적당히 효과적으로 보였다. 이 우스운 광경을 보고 즐거워진 태양이 더욱 눈부시게 빛을 내는 바람에 조가 잠에서 깼고 에이미의 코 집게를 보고 웃음을 터뜨리자 자매들 모두 일어났다.

햇살과 웃음은 즐거운 파티를 예고하는 좋은 징조였다. 곧 양쪽 집이 활기차고 부산스럽게 움직이기 시작했다. 가장 먼저 준비를 끝낸 베스가 옆집에서 무슨 일이 일어나는지 창가에서 전해주며 몸단장하는 자매들에게 활기를 불어넣었다.

"어떤 남자가 텐트를 가지고 가네! 바커 아주머니가 엄청나게 큰 바구니에 점심을 챙기고 있어. 로런스 할아버지는 하늘과 풍향계를 올려다보고 계셔. 같이 가시면 좋을 텐데! 로리 오빠는 꼭 선원 같네. 멋있다! 이런, 세상에나! 사람이 꽉 찬 마차가 왔어. 키 큰 아가씨, 어린 여자애, 무서운 남자애들 둘이야. 한 명은 다리를 절뚝거려. 불쌍하게도 목발을 짚었어. 로리 오빠가 그런 얘기는 안 했는데. 서둘러! 이러다 늦겠어. 아니! 저 사람은 네드 모패트가 틀림없는데. 메그 언니, 저기 봐! 지난번에 나랑 같이 뭐 사러 나갔을 때 언니한테 인사한 사람 아니야?"

"맞네. 그 사람이 오다니 이상한데! 산으로 떠난 줄 알았는데. 샐리도 왔네. 때마침 돌아와서 반가운데. 조, 나 괜찮아?" 메그가 안절부절못하며 물었다.

"언니야 늘 예쁘지. 드레스 잘 잡고 모자 똑바로 해. 그렇게 삐딱하게 쓰면 예뻐 보일지 모르지만 바람이 조금만 불어도 날아갈 수 있어. 자, 이제 가자!"

"어머, 조! 그 끔찍한 모자 쓰고 가려는 건 아니지? 너무 이상해! 남자애처럼 그러지 좀 마." 로리가 장난으로 보낸 챙 넓고 촌스러운 밀짚모자를 쓰고 빨간 리본으로 고정하는 조를 보고 메그가 잔소리했다.

"그래도 쓸 거야! 멋있기만 하구만. 그늘도 깊고 가볍고 크잖

아. 사람들에게 재미도 주고. 난 편하기만 하면 남자애 같아 보이든 말든 상관 안 해." 조는 이렇게 말하고 성큼성큼 걸어갔고 나머지도 뒤따라갔다. 여름옷을 차려입고 말쑥한 모자 창 아래로 행복한 얼굴을 드러낸 자매들은 눈부시게 빛났다.

로리가 달려와서 자매들을 맞이한 다음 자기 친구들에게 다정하게 소개했다. 잔디밭은 응접실이 되었고 잠시 활기 넘치는 장면이 펼쳐졌다. 메그는 스무 살이지만 미국 여자애들이 본받아 마땅한 소박한 차림새로 온 케이트를 보자 반가운 마음이 들었다. 케이트는 특별히 자신을 보러왔다는 네드의 말에 우쭐해졌다. 조는 케이트와 이야기를 나눠보고 왜 로리가 그녀 이야기만 나오면 '입을 꾹 다무는지' 이해했다. 자유분방하고 편안한 다른 여자애들과 달리 케이트는 가까이 오지도 말고 건드리지도 말라는 듯한 분위기를 풍겼다. 처음 만난 쌍둥이 남자애들을 지켜본 베스는 절뚝거리는 쪽은 무섭지 않고 순하고 연약하다고 결론 내렸고 그 애에게 친절하게 대하기로 했다. 에이미는 그레이스가 예의 바르고 명랑한 꼬맹이라고 생각했다. 그래서인지 잠시 말없이 서로 쳐다만 보던 두 사람은 이내 좋은 친구가 되었다.

텐트, 점심 식사, 크로케 장비를 미리 실어 보냈기 때문에 아이들은 곧 배를 타고 떠날 수 있었다. 배 두 척이 동시에 출발했고 로런스 씨가 강가에서 모자를 흔들며 배웅했다. 로리와 조

가 배 한 척의 노를 저었고 나머지 한 척은 브룩 선생님과 네드
가 저었다. 쌍둥이 중 산만한 쪽인 프레드 본은 1인용 배를 타
고 물방개처럼 정신없이 노를 저어 나머지 배 두 척을 뒤집으
려고 안간힘을 썼다. 조의 우스꽝스러운 모자는 이래저래 쓸모
가 많아 감사 인사를 할 가치가 충분했다. 모자 때문에 다들 웃
음이 터져서 초반의 어색한 분위기가 풀렸고 노를 젓자 넓은
창이 앞뒤로 흔들리며 상쾌한 바람을 일으켰다. 조는 소나기가
내리면 모두의 비를 막아줄 훌륭한 우산 역할을 할 것이라고
큰소리쳤다. 케이트는 조의 언행에 상당히 놀랐다. 조가 노를
놓치고 '크리스토퍼 콜럼버스!'라는 알 수 없는 말을 외쳤을 때
와 로리가 제자리로 가려다가 조의 발에 걸려 넘어지자 "이봐

261

친구, 안 다쳤어?"라고 말했을 때 특히 놀랐다. 하지만 안경 너머로 이 별난 여자애를 관찰하고 나서는 '이상하지만 똑똑한' 아이라는 생각이 들어 멀리에서 바라보며 미소 지었다.

다른 배에 타고 있던 메그는 노 젓는 두 사람과 마주하고 기분 좋게 앉아 있었다. 브룩 선생님과 네드는 메그의 미모에 감탄하며 뛰어난 기술과 손재간으로 깃털처럼 가볍게 노를 저었다. 브룩 선생님은 진중하고 말 없는 젊은이로, 갈색 눈이 멋있고 목소리가 좋았다. 메그는 그의 차분한 태도가 마음에 들었고 유용한 지식을 많이 알아 걸어 다니는 백과사전이라고 생각했다. 브룩 선생님은 메그에게 말을 많이 걸지는 않았지만 자주 쳐다보았기 때문에 메그는 그가 자신을 아주 싫어하지는 않는다고 확신했다. 대학생인 네드는 신입생이라면 당연히 그래야 한다는 듯이 잔뜩 거들먹거렸다. 그다지 현명하지는 않았으나 성격이 온화하고 쾌활해서 같이 소풍 가기에 좋은 사람이었다. 샐리 가디너는 하얀색 피케 드레스에 더러운 것이 묻지 않도록 온통 집중하면서 프레드와 이야기를 나누었다. 프레드는 여기저기에 불쑥불쑥 나타나 장난을 쳐서 베스를 계속 무섭게 했다.

롱메도우는 멀지 않았다. 그런데도 도착했을 때에는 텐트가 이미 설치되어 있었고 크로케용 철기둥 문도 세워져 있었다. 상쾌한 푸른 들판 가운데에 가지가 넓게 자란 오크 나무 세 그루가 있었고 크로케를 할 만한 평평한 잔디밭도 있었다.

"로런스 캠프에 오신 걸 환영합니다!" 모두 배에서 내리자 소풍을 준비한 로리가 즐겁게 외쳤다. "브룩 선생님이 총사령관이고 나는 병참감이에요. 다른 남자 분들은 참모장교이고 여자 분들은 중대 병사예요. 편히 쉴 수 있도록 특별히 텐트를 쳤어요. 저기 첫 번째 오크 나무를 응접실, 두 번째 오크 나무를 식당, 세 번째 오크 나무를 캠프 주방이라고 생각해주세요. 더워지기 전에 크로케를 하고 나서 점심을 먹을 거예요."

프랭크, 베스, 에이미, 그레이스는 나머지 여덟 명이 하는 경기를 앉아서 구경했다. 브룩 선생님은 메그, 케이트, 프레드를 같은 팀으로 뽑았고 로리는 샐리, 조, 네드를 뽑았다. 영국인들은 크로케를 잘했지만 미국인들은 더 잘했다. 미국인들은 1776년 독립 선언 정신이 불타오르기라도 한 듯이 경기장 곳곳에서 치열하게 겨루었다. 조와 프레드는 몇 차례 언쟁을 벌였고 한번은 고성이 오갈 뻔했다. 조는 마지막 문을 통과했지만 공이 빗맞아 엉뚱한 방향으로 가서 심기가 매우 불편했다. 조의 뒤를 바짝 쫓은 프레드는 공을 치는 차례가 조보다 먼저였다. 프레드가 친 공은 문에 부딪쳐 조금 튕겨 나갔다. 공 근처에는 아무도 없었다. 자세히 보겠다고 달려간 프레드가 발로 공을 슬쩍 밀자 공이 조금 굴러가 문을 통과했다.

"됐다! 조 양, 내가 당신을 이기고 일등을 차지할 겁니다." 젊은 신사 프레드는 이렇게 외치며 다시 공을 치려고 나무망치를 휘둘렀다.

"공을 밀었잖아요. 내가 다 봤어요. 이제 내 차례예요." 조가 쏘아붙였다.

"맹세컨대 절대 밀지 않았어요! 저절로 약간 굴러갔을지는 모르지만 그건 괜찮잖아요. 그러니까 물러서요. 마지막으로 말뚝을 맞혀야 하니까요."

"미국인들은 속임수를 안 쓰는데 당신네 영국인들은 마음대로 속이나 보죠." 화가 난 조가 외쳤다.

"속임수를 잘 쓰는 건 양키들이라는 사실을 다들 알 텐데요. 자, 공 갑니다." 프레드는 이렇게 받아치더니 조의 공을 멀리 쳐냈다.

조는 험한 말을 쏟아내려고 입을 열었다가 겨우 참았고, 머리끝까지 벌게진 채 잠깐 서 있다가 철기둥 문을 나무망치로 힘껏 내리쳤다. 그사이에 프레드는 말뚝을 맞히고 기뻐하며 경기가 끝났다고 선언했다. 공을 찾으러 간 조는 한참 동안 수풀을 뒤졌다. 냉정하고 차분한 표정으로 공을 찾아온 조는 참을성 있게 차례를 기다렸다. 원래 있었던 자리로 가기 위해 공을 몇 번이나 더 쳐야 했다. 조의 공이 원래 자리로 갔을 때에는 이미 상대팀이 이긴 것과 다름없었다. 마지막 차례인 케이트의 공이 말뚝 가까이에 있었기 때문이다.

"와, 이제 다 됐어! 케이트 누나, 이대로 끝내버리는 거야! 조양이 내게 저지른 잘못을 누나가 갚아줘!" 흥분한 프레드가 외치자 다들 마지막 장면을 보려고 모여들었다.

"양키들이 쓰는 속임수는 적에게 관용을 베푸는 거죠." 이렇게 말하는 조의 표정을 본 프레드는 얼굴이 빨개졌다. "철저하게 때려 부술 때에는 특히 그렇답니다." 조는 이렇게 덧붙이며 케이트의 공을 건드리지 않은 채 깔끔하게 공을 쳐서 이겼다.

로리는 기뻐서 모자를 위로 던졌다가 손님들을 이기고 너무 좋아하면 안 된다는 생각에 환호하다 말고 친구의 귓가에 속삭였다.

"조, 잘했어! 프레드가 속임수 쓰는 거 나도 봤어. 손님이라 뭐라고 하지는 못했지만 분명 다시는 그런 짓 못할 거야."

메그는 흘러내린 머리를 핀으로 고정해주는 척하며 조를 옆으로 끌어당기더니 만족스러운 듯이 말했다.

"정말 화났을 텐데 잘 참았어. 너무 대견하다."

"언니, 칭찬하지는 마. 지금이라도 따귀를 후려갈기고 싶으니까. 쐐기풀 덤불에서 공 찾으면서 화를 가라앉혀서 입을 다물 수 있었지 안 그랬으면 폭발했을 거야. 지금도 부글부글 끓어. 저 자식이 내 눈에 안 뜨이면 좋겠어." 조는 큰 모자 아래에서 프레드를 노려보며 입술을 깨물었다.

"점심시간입니다." 브룩 선생님이 손목시계를 보며 말했다. "병참감은 불을 피우고 물을 떠다주세요. 마치 양과 샐리 양은 나를 도와 탁자를 펴고요. 커피 잘 끓이시는 분?"

"조가 잘 끓여요." 메그가 뿌듯해하며 동생을 추천했다. 조는 지난번에 요리를 배웠기 때문에 명예를 회복할 수 있으리라고 생각하고 커피 주전자를 들었다. 그동안 아이들은 마른 나뭇가지를 모았고 남자애들은 불을 피우고 샘에서 물을 길어왔다. 케이트는 샘 근처에서 그림을 그렸고 프랭크는 골풀을 꼬아 접시로 쓸 작은 받침을 만드는 베스에게 말을 걸었다.

총사령관과 부관들은 빠르게 식탁보를 깔고 먹을 것과 음료를 보기 좋게 차린 다음 초록 잎으로 예쁘게 장식까지 했다. 커피가 다 준비됐다는 조의 말에 다들 푸짐한 식탁에 자리 잡았다. 젊어서 소화력이 좋은 데다가 운동까지 해서 식욕이 왕성했다. 정말 즐거운 점심 식사였다. 모든 것이 싱그럽고 재미있었으며 웃음이 어찌나 자주 터졌는지 근처에서 풀을 뜯던 늙은 말이 깜짝 놀랐다. 탁자가 놓인 바닥이 울퉁불퉁해서 컵과 접시가 여러 번 기우뚱하며 재미있고 작은 사고도 일어났다. 우유에 도토리가 떨어지기도 하고 작고 새까만 개미들이 초대받지도 않았으면서 식사에 동참하기도 했으며 털이 보송보송한 애벌레들이 무슨 일이 일어나는지 구경하려고 나무에서 뛰어내리기도 했다. 울타리 너머에서 금발 아이들 셋이 호기심에 살펴보기도 했고 강 건너편에서 개가 이들을 향해 못마땅한 듯이 힘껏 짖어대기도 했다.

"소금도 있어. 소금 좋아하는 것 같던데." 조에게 딸기가 담긴 그릇을 건네며 로리가 말했다. "고마워. 그런데 소금보다는 거미가 나을 것 같아." 조가 조심성 없이 크림 그릇에 뛰어들어 죽기 직전인 작은 거미 두 마리를 건져내며 대답했다. "이렇게 완벽하게 근사한 파티를 준비해놓고 왜 그 끔찍한 점심 파티 얘기를 하는 거야?" 조의 말에 두 사람 다 웃음을 터뜨렸고 그릇이 모자라 한 접시에 담은 딸기를 나누어 먹었다.

"그날 너무 재미있어서 아직 잊히질 않네. 그리고 오늘 점심은 내가 차린 게 아니잖아. 난 아무것도 안 했어. 너랑 메그 누

나랑 브룩 선생님이 다 했지. 너한테 정말 고마워. 배 터지게 먹고 나서 뭘 할까?" 로리는 점심을 먹고 카드놀이를 주로 했다는 사실을 떠올리며 물었다.

"시원해질 때까지 게임하자. '작가 맞추기 카드 게임'을 가져왔는데 케이트 양이 새롭고 재미있는 게임을 알 것 같아. 가서 물어봐. 손님인데 네가 신경 써서 같이 있어야지."

"너도 손님인데 뭘. 케이트 누나가 브룩 선생님과 잘 맞을 줄 알았는데 선생님은 계속 메그 누나에게 말을 걸더라. 케이트 누나는 우스꽝스러운 안경 너머로 두 사람을 쳐다보기만 하고. 어쨌든 가볼 테니까 예의범절에 대해 설교하려고 애쓰지 마. 넌 그런 설교 못 해."

실제로 케이트 양은 새로운 게임을 몇 가지 알고 있었다. 여자애들은 그만 먹으려 하고 남자애들은 더 먹을 수 없이 배가 차자 '이야기 잇기 게임'을 하려고 다 같이 응접실에 모였다.

"우선 한 사람이 이야기를 시작해요. 말도 안 되는 이야기를 지어내도 좋고 원하는 만큼 길게 할 수 있어요. 그러다가 흥미진진한 부분에서 이야기를 중단하는 거예요. 그러면 다음 사람이 그 이야기의 뒤를 잇는 식으로 계속 진행되는 거죠. 잘만 하면 정말 재미있어요. 비극과 희극이 완벽하게 뒤섞여 웃음이 터지는 이야기가 탄생하거든요. 브룩 씨부터 시작하죠." 케이트가 명령조로 말하자 그를 여느 신사처럼 존중하며 대했던 메그는 깜짝 놀랐다.

잔디밭에서 두 아가씨의 발치에 누워 있던 브룩 선생님은 멋진 갈색 눈동자로 햇살에 빛나는 강을 뚫어지게 쳐다보며 순순히 이야기를 시작했다.

"옛날 옛적에 어떤 기사가 칼과 방패를 들고 운을 시험하러 세상에 나갔어요. 28년이라는 긴 세월 동안 떠돌며 고생하다가 선량한 늙은 왕의 궁전에 다다랐죠. 왕은 혈통이 좋지만 사나운 수망아지를 길들여 훈련시키는 사람에게 상을 내리겠다고 했어요. 왕이 무척 아끼는 말이었죠. 기사는 이 일에 도전했고 느리지만 확실하게 해나갔어요. 수망아지는 용맹했고 별나고 드셌지만 곧 새로운 주인을 사랑하게 되었어요. 기사는 왕이 아끼는 이 말을 훈련시키느라 매일 말을 타고 도시를 구석구석 다녔어요. 기사는 말을 타고 다니면서 꿈에 자주 나타나는 아름다운 얼굴을 사방에서 찾아보았지만 찾을 수 없었어요. 그러던 어느 날 말을 타고 조용한 거리를 지나가다가 폐허가 된 성의 창가에서 그 아름다운 얼굴을 보았지요. 기사는 기뻐서 이 낡은 성에 누가 사는지 물었고, 마법에 걸린 공주 몇 명이 성에 갇혀서 풀려나는 데 필요한 돈을 마련하려고 온종일 실을 잣고 있다는 것을 알아냈어요. 기사는 그들을 풀어주고 싶은 마음이 간절했지만 가난했기 때문에 매일 지나다니며 아름다운 얼굴을 보기만 했어요. 햇살이 환하게 내리쬐는 곳에서 그 사람을 만나보고 싶다고 생각하면서요. 그러다 마침내 기사는 성안으로 들어가 어떻게 도우면 될지 물어보기로 결심했어요. 들어가서 문을 두드리자 커다란 문이 획 열렸고 그의 눈앞에는⋯⋯."

"기가 막히게 아름다운 여인이 있었어요. 여인은 환희에 차 '드디어! 드디어 왔군요!'라고 외쳤어요." 프랑스 소설을 읽고 그 문체에 푹 빠진 케이트가 이야기를 이어갔다. "'이 여자다!' 기사, 그러니까 귀스타브 백작은 이렇게 외치며 너무 기쁜 나머지 여인 앞에 무릎 꿇었어요. '이런, 일어나세요!' 여인이 대리석처럼 새하얀 손을 내밀며 말했어요. '어떻게 하면 당신을 구할 수 있는지 알려줄 때까지 절대 일어나지 않을 겁니다!' 기사가 계속 무릎을 꿇고 말했어요. '아, 저를 잡아온 폭군이 죽을 때까지 이곳에 갇혀 있어야 하는 잔인한 운명이랍니다.' '그 악당은 어디에 있습니까?' '연보랏빛 응접실에 있답니다. 용감한 분이여, 가서 저를 절망에서 구해주세요!' '분부대로 하겠습니다. 이기지 못할 바에야 차라리 죽음을 택할 겁니다!' 기사는 전율이 이는 말을 남기고 서둘러 연보랏빛 응접실을 찾아갔어요. 그가 문을 휙 열고 들어가려는 찰나……."

"그를 향해 커다란 그리스어 사전이 힘차게 날아왔어요. 검정색 가운을 입은 노인이 던진 것이었죠." 네드가 이어 받았다. "이름이 뭐였지? 아무튼 머시기 기사는 금세 침착을 되찾고 폭군을 창밖으로 던져버렸어요. 그리고 의기양양하게 여인에게 돌아가려다가 이마를 부딪치고 말았어요. 응접실 문이 잠겨버린 거예요. 기사는 커튼을 찢어 밧줄 사다리처럼 만든 다음 타고 내려갔어요. 하지만 절반쯤 내려갔을 때 사다리가 끊어지는 바람에 20여 미터 아래에 있는 해자 위에 떨어져 머리를 부딪치고 말았어요. 기사는 오리처럼 헤엄을 잘 쳤기에 성을 빙 돌

아 땅딸막한 두 사람이 지키고 있는 작은 문에 이르렀어요. 두 사람의 머리를 서로 부딪쳐 호두 깨듯이 으깨놓은 기사는 괴력을 아주 조금 발휘해 문을 부수고 들어가 돌계단을 올라갔어요. 계단에는 먼지가 두텁게 쌓여 있고 주먹만 한 두꺼비가 있었으며 마치 양이 보았다면 발작을 일으킬 정도로 무서운 거미가 가득했어요. 이 계단 끝에서 숨이 멎고 피가 얼어붙을 듯한 장면을 본 기사는 털썩 주저앉고 말았지요."

"그건 바로 키가 크고 온통 새하얀 유령이었어요. 베일로 얼굴을 가리고 손에는 등불을 들고 있었지요." 메그가 이었다. "유령은 기사에게 따라오라고 손짓하더니 소리 없이 앞장서서 미끄러지듯 복도를 걸어 내려갔어요. 무덤처럼 컴컴하고 춥고 쥐죽은 듯이 조용한 복도 양쪽에는 갑옷을 입은 그림자 같은 형체가 서 있었어요. 등불에서 푸르스름한 빛이 나오는 가운데 유령이 기사를 향해 휙 돌아서자 하얀 베일 너머로 무시무시한 눈이 번득였어요. 그들은 커튼을 드리운 문 앞에 이르렀고 안에서는 아름다운 음악이 흘러나왔어요. 기사가 안에 들어가려고 튀어나갔지만 유령이 잡아당기며 위협적으로 손을 흔들었어요. 유령이 손에 들고 흔들어 보인 것은……."

"코담배 상자였어요." 조가 음산하게 말하자 나머지 사람들은 포복절도했다. "'고맙군.' 기사는 정중하게 말하며 담배 가루를 한 꼬집 집어서 코에 대고 일곱 번 들이마셨어요. 그런데 너무 힘껏 들이마시는 바람에 머리가 떨어져나가고 말았지요. 유령은 하하 웃더

니 열쇠 구멍으로 살기 위해 실을 잣는 공주를 훔쳐보았어요. 그리고 희생된 기사를 커다란 주석 상자에 넣었어요. 상자 안

에는 머리 없는 기사 열한 명이 정어리처럼 뒤엉켜 있었어요.
그들은 일제히 일어나……."

"기뻐하며 껑충껑충 뛰기 시작했어요." 조가 한숨 고르는 사
이에 프레드가 끼어들었다. " 그들이 춤을 추자 형편없이 낡은
성이 돛을 모두 올리고 질주하는 군함으로 바뀌었어요. '뱃머리
의 삼각돛을 올리고 맨 위의 돛을 접고 키를 끝까지 돌리라! 그
리고 포병을 배치하라!' 앞 돛대에 잉크처럼 새카만 깃발을 단
포르투갈 해적선이 나타나자 함장이 외쳤어요. '나의 선원들이
여, 나아가서 승리하라!' 그리고 어마어마 전투가 시작되었어
요. 물론 늘 그렇듯이 영국이 승리했답니다. 그들이 해적 선장
을 포로로 붙잡고 해적선으로 건너가보니 갑판에 시체가 쌓여

있고 배수구에 피가 흘
렀어요. 영국 함장은 이
렇게 명령했어요. '단검
을 들고 끝까지 싸우라!',
'갑판장, 이물의 삼각돛
을 밧줄 삼아 악당이 죄
를 빨리 자백하지 않거든
묶어버리시오!' 포르투
갈 해적 선장은 벽돌처럼
입을 꾹 다물었고 바다

로 뛰어드는 널빤지로 걸어갔어요. 그동안 기쁨에 사로잡힌 선원들은 미친 듯이 환호했지요. 하지만 교활한 개 같은 해적은 바다로 뛰어들어 군함 바닥에 구멍을 뚫어 배를 침몰시켰어요. 군함은 돛을 모두 펼친 채 바다 저 아래로 점점 가라앉았고 그곳에는……."

"아, 이런! 뭐라고 해야 하지?" 샐리가 외쳤다. 프레드가 자신이 좋아하는 책에서 읽은 해상 용어와 정보를 대충 뒤섞어 장황하게 이야기를 늘어놓다가 끝냈기 때문이다. "음, 그들은 바다 밑으로 가라앉았고 그곳에서 멋진 인어가 그들을 맞이했어요. 하지만 머리 없는 기사들이 담긴 상자를 발견하고 무척 슬퍼했고, 이들에 관한 수수께끼가 풀리기를 바라면서 기사들을 친절하게 바닷물에 절여놓았어요. 인어는 여자 특유의 호기심이 강했거든요. 잠시 후 사람 하나가 바다에 뛰어들어 내려오자 인어가 말했어요. '진주가 든 이 상자를 바다 위로 올려다주면 당신에게 줄게요.' 인어는 가여운 기사들을 살리고 싶었지만 상자가 너무 무거워서 혼자 들어 올릴 수가 없었어요. 그 사람은 상자를 바다 위로 끌어 올렸지만 열어보고 진주가 없어서 매우 실망했어요. 그래서 상자를 황량하고 드넓은 들판에 버렸어요. 그런데 그 상자를 발견한 사람이 있었으니……."

"들판에서 살찐 거위 백 마리를 키우던 거위치기 소녀가 상자를 발견했어요." 샐리가 이야기를 마치자 에이미가 이어 받았다. "소녀는 기사들이 불쌍해서 노부인에게 어떻게 하면 그들을 도울 수 있는지 물어봤어요. '네 거위들이 알려줄 게야. 거위들은 모든 걸 알고 있지.' 노부인은 이렇게 말했어요. 그래서 소녀는 머리 없는 기사들의 새로운 머리로 무엇을 붙여줘야 할지 물었어요. 그러자 거위 백 마리가 일제히 외쳤어요."

"'양배추!'" 로리가 즉시 이어갔다. "소녀는 '바로 그거야!'라고 외치고 마당으로 달려가 잘 자란 양배추 열두 통을 뽑았어요. 양배추를 붙이자 기사들은 곧장 살아나 소녀에게 고맙다고 한 다음 기뻐하며 떠났어요. 그들은 무엇이 달라졌는지 몰랐답니다. 세상에는 양배추와 별반 다르지 않은 머리를 달고 다니는 사람들이 많아서 아무도 그들을 이상하게 생각하지 않았어요. 우리의 주인공 기사는 아름다운 여인을 찾으러 돌아갔지만 공주들은 실을 자아 모두 풀려났고 결혼까지 했다는 걸 알게 되었죠. 한 명만 빼고 말이에요. 기사는 가슴이 벅차올라 시종일관 곁을 지켜 준 수망아지를 타고 남아 있는 공주를 보러 급히 성으로 달려갔어요. 울타리 너머로 살펴보니 그가 연정을 품은 아름다운 공주가 정원에서 꽃을 따고 있었지요. '제게 장미 한 송이 주시겠습니까?' 기사가 묻자 공주는 '와서 가져가세요. 저는 다가갈 수 없답니다. 예법에도 맞지 않고요.'라고 꿀처럼 달콤한 목소리로 대답했어요. 기사는 울타리를 넘어가려 했지만 울타리는 점점 높아졌어요. 그래서 뚫고 들어가려 하자 이번에는 울타리가 점점 두꺼워졌죠. 기사는 절망에 빠졌어요.
하지만 인내심을 갖고 가지를 하나씩 부러뜨려 작은 구멍을 만
든 다음 안을 들여다보
며 애원했어요. '들여보
내주세요! 들어가게 해
줘요!' 하지만 어여쁜 공
주는 그 말을 듣지 못한
듯이 조용히 장미를 땄
고 기사는 구멍으로 들
어가려고 몸부림쳤어요.
그가 들어갔는지 못 들
어갔는지는 프랭크가 이
야기해줄 거예요."

　"난 못 해. 안 할래. 해
본 적도 없다고." 감정을
풍부하게 동원해서 바
보 같은 기사와 공주를
구해야 하는 궁지에 몰
리자 프랭크가 당황하며
말했다. 베스는 조의 등
뒤로 숨었고 그레이스는

자고 있었다.

"그럼 불쌍한 기사는 울타리에 계속 끼어 있는 거네?" 계속 강을 바라보던 브룩 선생님이 단춧구멍에 끼운 들장미를 만지 작거리며 물었다.

"잠시 후에 공주가 문을 열고 기사에게 꽃다발을 줬겠죠." 로리는 미소를 띤 채 이렇게 말하며 브룩 선생님에게 도토리를 던졌다.

"정말 터무니없는 이야기예요! 연습을 하면 제법 괜찮은 이 야기를 지어낼 수 있을지도 모르죠. 다들 '진실'이 뭔지는 알아 요?" 이야기 때문에 모두 한바탕 웃은 뒤에 샐리가 물었다.

"알면 좋지." 메그가 진지하게 말했다.

"아니, '진실 게임' 말이야."

"그게 뭐예요?" 프레드가 물었다.

"각자 손을 하나씩 내밀어 포개고 숫자 하나를 정한 다음 그 숫자만큼 차례로 손을 빼는 거예요. 정해둔 숫자의 차례에 걸 린 사람이 나머지 사람들이 묻는 말에 진실하게 대답하는 게임 이죠. 정말 재미있어요."

"해봐요." 새로운 실험을 좋아하는 조가 말했다.

케이트, 브룩 선생님, 메그, 네드는 이 게임에서 빠졌고 프레 드, 샐리, 조, 로리가 손을 포갰다가 뺐다. 처음 걸린 사람은 로 리였다.

"존경하는 사람은?" 조가 물었다.

"할아버지와 나폴레옹."

"이 중에 가장 예쁘다고 생각하는 사람은?" 샐리가 물었다.

"마거릿 누나."

"그럼 가장 좋아하는 사람은?" 프레드가 물었다.

"당연히 조."

로리의 솔직한 대답에 다들 웃음을 터뜨리자 조는 어깨를 으쓱하며 무슨 그런 쓸데없는 걸 묻느냐는 투로 말했다. "그런 바보 같은 질문을!"

"다시 해봐요. 이 게임 나쁘지 않은데요." 프레드가 말했다.

"당신 같은 사람에게나 좋겠지요." 조가 낮은 목소리로 쏘아붙였다.

다음은 조의 차례였다.

"자신의 가장 큰 단점은?" 프레드가 물었다. 자신과 같은 단점이 조에게 있는지 알아보고 싶었다.

"쉽게 화내는 성격."

"가장 갖고 싶은 것은?" 로리가 물었다.

"장화 끈 한 쌍." 질문의 의도를 짐작한 조는 그의 기대를 꺾는 대답을 내놓았다.

"그건 진실이 아니잖아. 정말 가장 갖고 싶은 걸 말해야지."

"내가 가장 갖고 싶은 건 천재적인 능력인데 로리 네가 그걸 줄 수는 없잖아?" 조는 로리의 실망한 얼굴을 보고 장난꾸러기처럼 미소 지었다.

"남자를 볼 때 가장 높이 평가하는 덕목은?" 샐리가 물었다.

"용기와 정직함."

"이제 내 차례군." 마지막으로 손을 뺀 프레드가 말했다.

"저 녀석 혼내주자." 로리가 조에게 속삭이자 조는 고개를 끄덕이고 단박에 물었다.

"크로케 경기할 때 속임수를 쓰지 않았나요?"

"음, 네, 약간이요."

"좋아! 아까 이야기 지어내는 게임할 때 〈바다사자(The Sea Lion)〉 이야기를 베낀 거였지?" 로리가 물었다.

"조금은."

"영국이 모든 면에서 완벽하다고 생각하나요?" 샐리가 물었다.

"그렇게 생각하지 않는다면 나 자신을 부끄러워해야겠죠."

진짜 존 불*이 따로 없네. 손을 모았다가 뺄 것도 없이 이제 샐리 양 차례군요. 기분 상하는 질문일 수도 있지만 먼저 물어볼게요. 스스로 바람둥이라고 생각하나요?" 로리가 물었다. 조

---

* John Bull, 영국이나 영국의 특성을 의인화한 인물. 정치 풍자나 문학 작품에 등장하며 원래 영국을 조롱하는 의미로 창조되었으나 영국 작가들이 영국 영웅의 원형으로 만들었다. 미국을 상징하는 '엉클 샘'과 유사한 개념

는 화해하자는 의미로 프레드를 향해 고개를 끄덕였다.

"너무 무례하군요! 당연히 아니죠." 샐리가 외쳤다. 너무 발끈하는 바람에 정말 바람둥이가 아닐까 싶을 정도였다.

"가장 싫어하는 것은?" 프레드가 물었다.

"거미와 라이스푸딩."

"가장 좋아하는 것은?" 조가 물었다.

"춤과 프랑스 장갑."

"음, 진실 게임은 너무 단순한 것 같은데요. 기분 전환도 할 겸 '작가 맞추기 카드 게임'을 하면서 머리를 좀 굴려보죠." 조가 제안했다.

네드, 프랭크, 어린 여자애들은 이 게임을 하겠다고 했다. 게임하는 동안 나이 많은 셋은 떨어져 앉아 이야기를 나누었다. 케이트는 다시 그림을 그렸고 마거릿은 케이트를 지켜보았다. 브룩 선생님은 책을 들고 잔디에 누웠지만 읽지는 않았다.

"정말 아름다운 그림이에요! 나도 그림을 잘 그리면 얼마나 좋을까요." 메그가 감탄과 아쉬움이 섞인 목소리로 말했다.

"배우지 그래요? 그림에 감각과 재능이 있는 것 같은데요." 케이트가 품위 있게 말했다.

"시간이 없어요."

"어머님께서 다른 소양을 쌓기를 바라시는 모양이군요. 우리 어머니도 그러세요. 하지만 저는 몰래 그림 수업을 몇 번 받고 재능이 있다는 걸 보여드렸어요. 그랬더니 어머니도 계속 하라고 흔쾌히 허락하셨고요. 그러니 메그 양도 가정 교사에게 그림을 몰래 배워보면 어때요?"

"난 가정 교사가 없어요."

"깜빡했네요. 미국 아가씨들은 우리와 달리 학교에 많이들 간다면서요. 아버지 말씀에 따르면 아주 좋은 학교가 많다던데요. 메그 양은 사립학교에 다니겠죠?"

"학교에도 안 다녀요. 가정 교사로 일하고 있어요."

"아, 그래요!" 케이트는 이렇게 말했지만 "세상에나, 그렇게 끔찍한 일이!"라고 말하는 듯한 말투였다. 그녀의 표정에서 무언가를 느낀 메그는 얼굴이 빨개졌고 괜히 솔직하게 대답했다고 생각했다.

브룩 선생님이 고개를 들어 두 사람을 보며 재빨리 말했다. "미국 아가씨들은 조상들을 본받아 독립심을 중요하게 생각합니다. 자립심 강한 여성들이 존경받고 존중받지요."

"아, 네. 당연히 그렇겠죠! 자립심을 기르는 건 훌륭하고 올바른 일이죠. 우리 영국에도 강한 자립심으로 존경받는 훌륭한 여성들이 많답니다. 주로 귀족에게 고용되어 일하는 여성들인데 젠트리 계급*의 딸들이라 예의 바르고 재주도 많아요." 케이

---

* 중산층 자영농과 귀족 사이의 계급으로, 중소 지주와 전문 직업인이 주를 이룬다.

트의 깔보는 듯한 말투에 메그는 자존심이 상했다. 가정 교사 일을 더 불쾌하게 만들었을 뿐만 아니라 비하하기까지 하는 말투였다.

"마치 양, 독일 노래는 마음에 드셨나요?" 브룩 선생님이 어색한 침묵을 깨고 물었다.

"그럼요! 정말 아름다웠어요. 저를 위해 번역해주신 분께 무척 고마워하고 있답니다." 메그의 풀 죽은 얼굴이 밝아졌다.

"독일어 못 읽어요?" 케이트가 놀란 표정으로 물었다.

"잘 읽지는 못해요. 독일어를 가르쳐주시던 아버지가 멀리 떠나셨거든요. 발음을 교정해주는 사람이 없으니 혼자서는 속도가 안 나더라고요."

"지금 조금만 읽어봐요. 여기 실러(Schiller)의 《마리아 슈트아르트》예요. 가르치기 좋아하는 가정 교사도 있고요." 브룩 선생님은 한번 해보라는 듯이 미소 지으며 가지고 있던 책을 메그의 무릎에 올려놓았다.

"너무 어려워서 읽기가 겁나는데요." 메그는 브룩 선생님에게 고마웠지만 재주 많은 아가씨가 옆에 있어서 부끄러웠다.

"격려 차원에서 내가 조금 읽어볼게요." 케이트가 아름다운 구절을 읽었다. 발음은 완벽했지만 감정이 전혀 느껴지지 않았다.

브룩 선생님은 아무런 평가도 하지 않았다. 케이트에게 책을 돌려받은 메그가 천진난만하게 말했다.

"난 이 책이 시집인 줄 알았어요."

"시도 일부 있어요. 이 구절을 읽어봐요."

브룩 선생님은 가여운 마리아가 한탄하는 부분을 펼치며 묘하게 미소 지었다.

메그는 새로운 가정 교사가 긴 풀잎으로 가리키는 부분을 천천히 수줍게 읽었다. 자신도 모르는 사이에 음악 같은 목소리로 듣기 좋은 억양을 넣어 어려운 단어들을 시로 만들었다. 풀잎을 따라 읽어 내려가던 메그는 슬픈 장면이 나오자 듣는 사람이 있다는 것도 잊어버리고 혼자 있을 때 낭독하듯이 불행에 처한 여왕의 말에 비극적인 감정을 담았다. 브룩 선생님의 갈색 눈동자와 마주쳤다면 당장 멈추었겠지만 메그는 고개를 들지 않았기 때문에 수업을 망치지 않았다.

"정말 잘했어요!" 메그가 읽다가 멈추자 브룩 선생님은 그녀가 여러 번 실수했음에도 불구하고 이렇게 말했다. 정말 가르치기를 좋아하는 사람 같았다.

케이트는 안경을 추켜올리며 눈앞의 두 사람을 유심히 보더니 스케치북을 탁 덮고 거들먹거리며 말했다.

"억양이 좋군요. 머지않아 능숙하게 읽겠어요. 독일어는 가정 교사가 알아두면 유용하니까 계속 배우는 게 좋을 거예요. 난 정신없이 뛰어다니는 그레이스를 살피러 가야겠어요." 케이트는 천천히 걸어가다가 어깨를 으쓱하며 중얼거렸다. "가정 교

사 발음이나 봐주러 여기 온 게 아닌데. 물론 저 여자애는 어리
고 예쁘지만. 양키들은 정말 이상해! 로리가 그런 사람들과 어
울리며 물드는 건 아닐까 걱정이네!"

"영국인들이 미국인들과 달리 여자 가정 교사를 좀 무시한다
는 걸 깜빡했네요." 걸어가는 케이트를 보며 메그가 화난 표정
으로 말했다.

"유감이지만 영국에서는 남자 가정 교사도 힘들다고 알고 있
어요. 우리 같은 가정 교사들에게 미국만큼 좋은 곳도 없어요,
마거릿 양." 브룩 선생님이 무척 만족스러워 보여서 메그는 힘

들다고 한탄한 게 부끄러워졌다.

"그럼 미국에 사는 게 다행이네요. 제 일을 좋아하지는 않지만 어쨌든 보람은 있으니 불평하지 않을래요. 선생님처럼 가르치는 일을 좋아하면 얼마나 좋을까요?"

"로리 같은 학생을 가르치면 좋아하게 될 거예요. 내년에는 로리와 헤어져야 하다니 정말 아쉽군요." 브룩 선생님이 잔디밭에 구멍을 내며 말했다.

"대학에 가나 보죠?" 메그의 입술은 이렇게 물었지만 눈은 "그럼 선생님은 어떻게 되나요?"라고 묻고 있었다.

"네. 때가 됐어요. 준비도 다 됐고요. 로리가 대학에 가면 저는 곧바로 입대하려고요."

"좋은 생각이에요!" 메그가 감탄했다. "요즘 같은 상황에서 젊은 남자라면 모두 입대하고 싶어 하겠죠. 집에 남은 어머니와 누이들은 힘들어 하겠지만요." 메그가 슬프게 말했다.

"제게는 어머니도 누이도 없고 친구도 별로 없으니 제가 죽든 말든 관심 가질 사람이 없어요." 브룩 선생님은 쓸쓸하게 말하며 시든 장미를 잔디밭 구멍에 넣고 무덤처럼 흙을 덮었다.

"로리와 할아버지가 많이 걱정할 거예요. 우리 자매들도 선생님께 나쁜 일이 생기면 무척 걱정할 테고요." 메그가 진심을 담아 말했다.

"고마워요. 기분 좋은 말이네요." 다시 쾌활해진 브룩 선생님이 말을 잇기 전에 네드가 늙은 말을 타고 느릿느릿 나타나 젊은 숙녀들 앞에서 승마 기술을 뽐냈다. 그날의 고요한 시간은 이렇게 끝나고 말았다.

"말 타는 거 좋아해?" 그레이스가 에이미에게 물었다. 두 사람은 다른 사람들과 함께 네드를 따라 말을 타고 와서 쉬고 있었다.

"정말 좋아해. 메그 언니는 우리 집이 부자였을 때 말을 탔다는데 지금 우리 집에 말이라고는 엘런 트리밖에 없어." 에이미가 웃으며 말했다.

"엘런 트리 얘기 좀 해줘. 당나귀야?" 그레이스가 호기심 어린 표정으로 물었다.

"그게, 조 언니가 말을 정말 좋아하거든. 나도 그렇고. 하지만 우리 집에 말은 없고 낡은 안장 하나밖에 없었어. 그런데 마당에 있는 사과나무에 낮은 가지가 근사하게 자랐더라고. 그래서 내가 거기에 안장을 얹고 위로 뻗은 부분에 고삐를 묶었지. 그 뒤로는 말을 타고 싶으면 언제든지 엘런 트리를 타고 들썩거려."

"정말 재미있겠다!" 그레이스가 웃으며 말했다. "우리 집에는 조랑말이 한 마리 있는데 프레드 오빠랑 케이트 언니랑 거의 매일 공원에서 말을 타. 친구들도 같이 가서 정말 재미있어. 로우에는 신사 숙녀가 정말 많아."

"와, 정말 멋있다! 나도 언젠가 외국에 가보고 싶어. 하지만

로우보다는 로마에 갈래." 에이미는 로우가 어떤 곳인지 전혀 몰랐고 알고 싶지도 않았다.

두 아이들 바로 뒤에 앉아서 대화를 듣고 있던 프랭크가 좀이 쑤신다는 듯이 목발을 치워버렸다. 활기 넘치는 남자애들이 온갖 우스꽝스러운 몸동작을 하며 놀고 있었다. 흩어져 있던 작가 맞추기 게임 카드를 모으던 베스가 고개를 들고 수줍지만 상냥하게 물었다.

"피곤하지는 않아요? 내가 도와줄 건 없고요?"

"나랑 얘기 좀 해줘요. 혼자 앉아 있으니 따분해요." 프랭크가 말했다. 집에서도 대부분 외롭게 지내는 게 분명했다.

수줍음 많은 베스에게는 라틴어로 연설해달라는 것보다 더 힘든 부탁이었다. 하지만 달아날 곳도 없고 숨겨줄 조 언니도 옆에 없었다. 게다가 불쌍한 남자애가 애원하는 표정으로 쳐다보고 있어서 용기를 내 도전해보기로 결심했다.

"무슨 얘기하고 싶은데요?" 베스가 물었다. 모은 카드를 만지작대다가 끈으로 묶으려 했지만 절반이 흐트러졌다.

"음, 크리켓, 배, 사냥 이야기 좋아해요." 프랭크가 말했다. 그는 불편한 몸으로 즐길 수 있는 것들을 아직 배우지 못했다.

'어쩌지! 무슨 말을 한담? 난 그런 건 전혀 모르는데.' 베스는 당황한 나머지 프랭크의 다리가 불편하다는 것도 잊고 그가 이야기해주기를 바라며 말을 꺼냈다. "난 사냥하는 걸 한 번도 못 봤는데 그쪽은 아주 잘 아는 것 같아요."

"딱 한 번 해봤지만 이제 다시는 할 수 없어요. 빗장이 다섯 개나 걸린 높은 문을 뛰어넘다가 다쳤거든요. 그래서 말도 사냥개도 다 끝났어요." 프랭크가 한숨을 쉬며 말하자 베스는 무심결에 실수를 저지른 자신이 미웠다.

"못생긴 미국 물소에 비하면 영국 사슴은 정말 예쁘던데요." 베스는 대초원 이야기로 화제를 돌렸다. 조가 좋아하는 남자애들 책을 읽어서 다행이었다.

물소 이야기로 분위기가 더없이 부드러워졌다. 베스는 다른 사람을 즐겁게 해주고 싶은 생각으로 대화에 몰두했다. 그러느라 이 흔치 않은 광경을 본 언니들이 놀라고 기뻐하는 것도 몰랐다. 베스가 무섭다면서 보호해달라고 부탁한 남자애들 중 한 명과 이야기를 나누다니.

"착하기도 해라! 베스는 프랭크가 가여워서 잘해주는 거야." 조가 크로케 경기장에서 베스를 보며 미소 지었다.

"내가 늘 베스는 꼬마 성자라고 했잖아." 메그가 의심의 여지가 없다는 듯이 말했다.

"프랭크 오빠가 저렇게 웃는 건 오랜만이야." 에이미와 인형 이야기를 하며 도토리를 찻잔 삼아 찻잔 세트를 만들던 그레이스가 말했다.

"베스 언니는 마음만 먹으면 사람을 유혹할 수 있다고." 베스가 다른 사람과 이야기 나누는 것을 보고 기분 좋아진 에이미가 말했다. 원래 '매혹하다'라고 말했어야 하지만 어차피 그레이스는 두 단어 모두 정확한 뜻을 모를 테고 '유혹하다'도 그럭저럭 말이 되고 괜찮은 느낌이었다.

남은 오후는 즉흥 서커스, 여우와 거위 놀이, 화기애애한 크로케 경기를 하며 보냈다. 저무는 해가 텐트를 비추자 바구니에 남은 음식과 물건을 챙기고 철기둥 문을 뽑고 배에 탔다. 그리고 모두 목청껏 노래하며 강을 따라 내려갔다. 감상에 빠진 네드는 세레나데의 구슬픈 후렴을 떨리는 목소리로 불렀다.

"홀로, 홀로, 아! 슬프도다, 홀로

젊은 우리가, 서로 사랑하는 우리가

왜 이렇게 차갑게 떨어져야 하는가?"

그가 구슬픈 노래와 어울리지 않는 심드렁한 표정으로 쳐다 보는 바람에 메그는 웃음이 터졌고 노래를 망쳐버렸다.

"어떻게 나한테 이렇게 잔인할 수 있어요?" 모두 흥겹게 합창 하는 틈을 타 네드가 메그에게 속삭였다. "거북하게 격식이나 차리는 영국 여자와 하루 종일 붙어 다니더니 이제 날 무시하 는군요."

"그럴 생각은 아니었어요. 표정이 너무 웃겨서 정말 어쩔 수 없었다고요." 메그는 네드가 앞부분에 한 말은 슬쩍 건너뛰고 대답했다. 모패트 씨 집에서 열린 파티에서 들은 이야기가 있 어서 그를 피해 다녔던 것은 어느 정도 사실이었으니까.

기분이 상한 네드는 샐리에게 위로를 받으려고 그녀에게 심 통난 목소리로 말했다. "저 아가씨는 연애에 대해서는 아무것 도 모르는군요. 안 그래요?"

"그건 그렇지만 사슴처럼 사랑스럽잖아요." 샐리는 친구의 단점을 인정하면서도 친구를 감쌌다.

"어쨌든 연약한 사슴은 아니군요." 네드가 나름대로 재치를 발휘하여 말했고 젊은 신사들이 대개 그렇듯이 상대를 웃게 하는 데 성공했다.

소풍에 참가한 사람들은 처음 모였던 잔디밭에서 다정하게 잘 자라고 인사하며 헤어졌다. 캐나다로 떠나는 본 가족에게는 작별 인사를 했다. 케이트는 정원을 지나 집으로 돌아가는 네 자매를 보며 잘난 체하는 기색 없이 말했다. "태도가 노골적이기는 하지만 미국 여자애들도 알고 보니 아주 괜찮네요."

"저도 그렇게 생각해요." 브룩 선생님이 말했다.

13. 하늘의 성

9월의 어느 더운 오후, 로리는 흔들리는 해먹에 느긋하게 누워 있었다. 옆집 자매들이 뭘 하는지 궁금했지만 너무 나른해서 알아보러 갈 수가 없었다. 기분도 별로 안 좋았다. 쓸 데 없이 시간을 보냈고 불만이 쌓여서 하루를 다시 시작하고 싶은 심정이었다. 날씨가 더워서 게으름이 나기도 했다. 공부를 제대로 하지 않아서 브룩 선생님의 인내심이 한계에 이르렀고 오후 절반이 지나도록 피아노를 쳐서 할아버지의 심기를 불편하게 했으며 반려견 중 한 마리가 미친 것 같다는 장난을 쳐서 하인들을 반쯤 정신이 나갈 정도로 놀라게 하기도 했고 마구간 일꾼이 말을 잘 돌보지 않는다고 제멋대로 생각해 그와 입씨름을 하기도 했다. 그러고 나서 해먹에 털썩 누워 세상의 바보 같은 일들에 화를 내며 씩씩대고 나니, 화창한 날의 평화로운 분위

기 때문에 자신도 모르는 사이에 차분해졌다. 짙은 그늘을 드
리운 푸른 마로니에 나무를 올려다보며 온갖 상상을 하다가 배
를 타고 바다에 나가 세계 일주하는 모습을 떠올리고 있었는
데, 어디에선가 목소리가 들려오는 바람에 순식간에 해안에 상
륙하고 말았다. 해먹의 그물 틈으로 슬쩍 살펴보니 마치 씨네
자매들이 탐험이라도 떠나는 듯이 밖으로 나오고 있었다.

　'대체 뭘 하려는 거지?' 로리는 자세히 살펴보려고 졸린 눈
을 부릅떴다. 자매들이 평소와 달라 보였기 때문이다. 모두 크
고 챙이 넓은 모자를 썼고 어깨에 작은 갈색 리넨 가방을 둘러
맸고 긴 지팡이를 들었다. 그리고 메그는 방석, 조는 책, 베스는
바구니, 에이미는 화집을 들고 있었다. 모두 말없이 정원을 지

나 작은 뒷문으로 나가더니 집과 강 사이의 언덕을 오르기 시작했다.

'나한테 말도 안 하고 소풍을 가다니 너무하네. 열쇠가 없으니 배를 탈 수는 없을 텐데. 깜빡했나 보다. 열쇠를 갖다주면서 무슨 일인지 알아봐야지.'

로리는 모자가 여섯 개나 있는데도 하나를 찾아서 쓰는 데 시간이 걸렸다. 그다음으로 배 열쇠를 한참 찾다가 주머니에서 발견했다. 그 후 울타리를 넘어 자매들을 쫓아 뛰었지만 그들은 보이지 않았다. 배가 있는 창고까지 지름길로 간 다음 기다렸는데도 자매들이 오지 않자 주위를 살펴보려고 언덕 위로 올라갔다. 소나무 숲에 가려 보이지 않는 곳 한가운데에서 솔잎 바스락대는 소리와 나른한 귀뚜라미 울음소리보다 명쾌한 소리가 들렸다.

'정말 멋진 풍경이야!' 로리는 정신이 맑아지고 평온해진 표정으로 수풀 틈을 살폈다.

그 장면은 작고 아름다운 그림 같았다. 그늘에 앉은 자매들 위로 햇살이 어른거렸고 향긋한 바람이 머리카락을 날려 더위에 달아 오른 뺨을 식혀주었다. 숲속의 작은 동물들은 이들이 오랜 친구라도 되는 양 낯설어 하는 기색 없이 저마다 할 일을 했다. 메그는 방석에 앉아 하얀 손으로 우아하게 바느질했는데 분홍색 드레스를 입고 푸른 숲에 둘러싸인 모습이 한 송이 장미처럼 싱그럽고 아름다웠다. 베스는 예쁜 것을 만들려고 근처에 무성하게 자란 독미나리 틈에서 솔방울을 골라내고 있었다. 에이미는 양치식물을 그렸고 조는 소리 내어 책을 읽으면서 뜨개질을 했다. 이들을 바라보는 로리의 얼굴이 어두워졌다. 초대받지 않았으니 이만 가야 한다는 생각이 들었기 때문이다. 하지만 집은 너무 쓸쓸했고 이 고요한 숲속 파티가 차분하지 못한 그에게 매력적으로 다가왔기 때문에 계속 머물며 지켜보았다. 어찌나 꼼짝도 않고 서 있었는지 먹이를 모으느라 분주한 다람쥐 한 마리가 사람이 있는 줄도 모르고 소나무에서 내려왔다가 갑자기 그와 눈이 마주치자 날카롭게 울며 뛰어갔다. 그 소리에 베스가 위를 올려다보았고 자작나무 뒤에 숨은 아쉬움 가득한 얼굴을 발견하고는 안심했다는 듯이 미소 지으며 손짓했다.

"내가 껴도 될까? 혹시 방해가 되었나?" 로리가 천천히 걸어가며 물었다.

메그는 눈썹을 추켜 올렸지만 조가 단호한 표정으로 언니를 쏘아보며 재빨리 말했다. "당연히 껴도 되지. 너한테 미리 물어볼까 했는데 여자애들이 하는 이런 놀이는 안 좋아할 거라고 생각했어."

"너희 자매들이 하는 놀이는 다 좋아. 하지만 메그 누나가 싫다고 하면 돌아갈게."

"네가 뭐라도 하겠다면 반대하
　　　　　　　진 않을게. 여기에서 아무것도 하
지 않고 빈둥대는 건 규칙 위반이니까." 메그가 진지하면서도
너그럽게 말했다.

　"정말 고마워. 잠깐 끼워주면 뭐든 할게. 집은 사하라 사막처
럼 지루하거든. 뭘 할까? 바느질? 책 읽기? 솔방울 모으기? 그
림 그리기? 아니면 전부 다? 뭐든 준비됐으니 말만 해." 로리는
누가 봐도 기분 좋을 고분고분한 표정으로 앉았다.

　"내가 뒤꿈치 부분 뜨는 동안 이 이야기를 마저 읽어줘." 조가
책을 건네며 말했다.

　"그래." 로리는 순순히 대답하고 책을 읽기 시작했다. '바쁜
꿀벌 모임'에 참여하게 해준 호의에 정말 고마워하고 있다는
것을 보여주려고 최선을 다했다.

이야기는 길지 않았다. 끝까지 읽은 로리는 그 보상으로 몇 가지 질문을 조심스레 했다.

"음, 엄청나게 유익하고 매력적인 이 모임이 어떻게 만들어 졌는지 물어봐도 될까?"

"너희들이 얘기해줄래?" 메그가 동생들에게 말했다.

"웃을 텐데." 에이미가 미리 경고하듯 말했다.

"그럼 어때?" 조가 말했다.

"좋아할지도 모르잖아." 베스가 말했다.

"당연히 좋아할 거야! 안 웃는다고 맹세해. 조, 걱정 말고 말 해줘,"

"걱정은 무슨! 음, 우리가 했던 놀이 중에 '천로역정 놀이'라 고 있는데 여름과 겨울에 열심히 했지."

"그래, 알아." 로리는 다 안다는 듯이 고개를 끄덕였다.

"누구한테 들었어?" 조가 따졌다.

"유령한테."

"그게 아니라 내가 얘기했어. 다들 어디 나가고 없던 날 저녁 에 로리 오빠가 우울해 보이기에 즐겁게 해주려고 그랬어. 그 얘기 듣고 정말 좋아했으니까 뭐라고 하지 마, 조 언니." 베스가 순순히 말했다.

"영원한 비밀은 없으니까. 괜찮아. 덕분에 지금 번거로운 일 이 줄었네."

"계속 얘기해줘." 조가 약간 못마땅한 표정으로 뜨개질에 집중하자 로리가 말했다.

"베스가 우리의 새로운 계획은 얘기 안 했나봐? 음, 우리는 휴가 동안 허송세월하지 않고 각자 맡은 일을 성심성의껏 열심히 했어. 덕분에 휴가가 거의 끝나가는 지금 해야 할 일을 모두 마쳤지. 모두 빈둥대지 않아서 정말 기뻐하고 있어."

"그래, 당연히 그렇겠지." 로리는 게으름 피운 일이 후회스러웠다.

"어머니께서는 우리가 되도록 밖에서 시간을 보내기를 바라셔. 그래서 일거리를 들고 이곳에 나와 즐거운 시간을 보내는 거야. 재미 삼아 이 가방에 각자 일거리를 담고 낡은 모자를 쓰고 지팡이를 짚고 언덕을 오르며 예전처럼 순례자 놀이를 하는 거야. 우린 이 언덕을 '기쁨의 산'이라고 불러. 여기에 올라오면 멀리까지 보이고 우리가 언젠가 살고 싶은 곳도 보여."

로리는 몸을 세우고 조가 가리키는 곳을 자세히 바라보았다. 숲 틈으로 넓고 푸른 강이 보였다. 강 건너에는 초원이 펼쳐져 있었고 그 너머 멀리 대도시의 외곽 지역이 보였다. 그 뒤로는 하늘과 맞닿을 듯 솟아오른 푸른 언덕이 있었다. 해가 기울자 하늘에 멋진 가을 노을이 타올랐다. 금색과 보라색 구름이 언덕 꼭대기에 걸려 있고 붉은 석양을 뚫고 솟아오른 하얀 은빛 산봉우리는 '천상의 도시'에 있는 하늘의 첨탑 같았다.

"정말 아름다워!" 모든 아름다움을 빨리 알아보고 느끼는 로리가 나지막이 말했다.

"거의 항상 아름답지. 우린 이 풍경을 정말 좋아해. 볼 때마다 다르고 항상 멋있거든." 에이미는 이 풍경을 그림으로 표현할 수 있으면 좋겠다고 생각하며 말했다.

"조 언니가 말한 언젠가 우리가 살고 싶은 곳은 진짜 시골을 말하는 거야. 돼지와 닭을 키우고 건초를 만드는 곳 말이야. 정말 근사할 거야. 하지만 난 저기 하늘 위의 아름다운 곳도 진짜 존재하기를, 우리가 언젠가 그곳에 갈 수 있기를 바라." 베스가 생각에 잠겨 말했다.

"우리가 정말 착하게 살면 훗날 그보다 더 아름다운 곳에 갈 수도 있어." 메그가 다정하게 말했다.

"너무 오래 기다려야 하잖아. 가기도 힘든 것 같고. 저 제비들처럼 지금 당장 날아서 그 눈부신 대문으로 들어가고 싶은데."

"베스, 넌 언젠가 가게 될 테니 걱정하지 마." 조가 말했다. "그곳에 가기 위해 고군분투하며 애쓰고, 올라가서도 기다려야 할 사람은 바로 나야. 그래도 영원히 못 들어갈지도 몰라."

"위로가 될지 모르지만 내가 친구해줄게. 네가 말한 '천상의 도시'를 눈으로 보기라도 하려면 난 머나먼 여정을 떠나야 할 거야. 내가 늦으면 내 얘기 좀 잘해줘. 알겠지, 베스?"

베스는 로리의 표정에서 무언가를 느끼고 마음이 불편했지만 시시각각 변하는 구름을 차분히 바라보며 쾌활하게 대답했다. "간절히 바라면서 평생 정말 열심히 노력한다면 그곳에 들어갈 수 있을 거야. 난 그곳 대문에는 자물쇠가 채워져 있지도 않고 대문을 지키는 보초병도 없을 거라고 생각해. 그 대문을 상상할 때면 언제나 그림에서 본 모습이 떠올라. 빛나는 이들이 손을 뻗어 강에서 올라온 불쌍한 크리스천을 환영하는 거야."

"우리가 상상하는 하늘의 성들이 모두 진짜로 생겨서 그 안에서 살 수 있다면 재미있지 않을까?" 잠시 침묵이 흐른 뒤에 조가 말했다.

"난 상상을 너무 많이 해서 하나를 고르기가 힘들겠는데." 로리가 잔디밭에 누워 아까 자신을 배신한 다람쥐에게 도토리를 던져주며 말했다.

"그중 제일 좋아하는 걸 선택해야지. 어떤 게 제일 좋아?" 메그가 물었다.

"내가 얘기해주면 누나도 해줄 거야?"

"그래, 다들 얘기하면."

"우리도 할게. 그러니까 말해봐, 로리!"

"세상을 실컷 둘러보고 독일에 정착한 다음에 하고 싶은 음악을 원 없이 하는 거야. 난 유명한 음악가가 되고 온 세상 사람들이 내 음악을 들으러 몰려오는 거지. 돈이나 일 같은 건 신경 쓰지 않고 즐기면서 좋아하는 걸 하고 사는 거야. 그게 내가 가장 좋아하는 성에서의 삶이야. 메그 누나는?"

마거릿은 정작 말하려니 좀 힘들어 하는 듯했다. 그래서 고사리로 부채질을 해서 있지도 않은 각다귀를 쫓는 시늉을 하며 느릿느릿 말을 꺼냈다. "난 온갖 호화로운 것들, 그러니까 맛있는 음식, 예쁜 옷, 멋진 가구, 유쾌한 사람들, 산더미 같은 돈이 가득한 아름다운 성이 좋아. 그 성의 주인이 되어 내가 좋아하는 대로 꾸미는 거야. 수많은 하인을 거느려서 난 손 하나 까딱 안 해도 되고. 얼마나 즐거울까! 그렇다고 빈둥대겠다는 건 아니야. 좋은 일을 해서 모든 사람에게 정말 사랑받는 사람이 되는 거야."

"누나가 좋아하는 하늘의 성에 남편은 없어?" 로리가 짓궂게 물었다.

"'유쾌한 사람들'이 있다고 했잖아." 메그는 이렇게 말하며 신발 끈을 꼼꼼하게 묶었기에 아무도 표정을 보지 못했다.

"멋있고 현명하고 착한 남편과 천사 같은 아이들이 있다고 이야기하지 않은 이유가 뭐야? 언니의 성은 이들이 없으면 완벽하지 않을 텐데." 조가 불쑥 물었다. 조는 아직 연애와 관련된 상상을 해본 적이 없었고, 책에 나오는 이야기를 제외한 모든 연애에 냉소적이었다.

"네가 상상하는 성에는 말, 잉크스탠드, 소설책밖에 없잖아."

메그가 부아를 내며 대답했다.

"당연한 거 아니겠어? 내 성에는 아라비아 말이 가득한 마구간과 책이 쌓여 있는 방들이 있지. 그리고 난 마법 잉크스탠드에서 잉크를 찍어서 글을 쓰는 거야. 그래서 내 작품이 로리의 음악처럼 유명해지는 거지. 난 그 성으로 가기 전에 뭔가 멋진 일을 하고 싶어. 내가 죽고 나서도 잊히지 않는 영웅적이고 훌륭한 일 말이야. 그게 뭔지 아직 찾는 중이지만 언젠가는 모두 놀라게 해줄 생각이야. 책을 써서 돈을 많이 벌고 유명해지고 싶어. 그게 나한테 잘 맞거든. 가장 이루고 싶은 꿈이기도 하고."

"내 꿈은 아버지 어머니와 집에서 안전하게 살면서 가족을 돌보는 데 보탬이 되는 거야." 베스가 만족스러운 듯이 말했다.

"다른 건 바라지 않아?" 로리가 물었다.

"피아노가 생겼으니 더할 나위 없이 충분해. 내가 바라는 건 우리 모두 건강하게 함께 지내는 것뿐이야."

"난 소원이 많지만 가장 이루고 싶은 건 화가가 되어 로마에 가서 멋진 그림을 그리고 세계 최고가 되는 거야." 에이미다운 소망이었다.

"다들 야망은 대단하다. 안 그래? 베스를 제외하고 모두 부자가 되고 유명해지고 싶어 하고 모든 면에서 멋진 사람이 되고 싶어 하네. 우리 중 누구라도 그 꿈을 이룰 수 있을지 정말 궁금

해." 로리가 생각에 잠긴 송아지처럼 풀을 우물거리며 말했다.

"난 하늘의 성 열쇠를 가지고 있지만 그 문을 열 수 있을지는 모르겠어." 조가 수수께끼 같은 말을 했다.

"나도 내 성의 열쇠는 가지고 있지만 그걸 쓸 수가 없어. 그놈에 대학 때문에!" 로리가 조바심 섞인 한숨을 쉬며 중얼거렸다.

"내 열쇠는 이거야!" 에이미가 연필을 흔들어 보였다.

"난 열쇠가 없는데." 메그가 쓸쓸하게 말했다.

"아니, 있어." 로리가 곧바로 대답했다.

"어디에?"

"얼굴에."

"말도 안 되는 소리. 얼굴은 아무 소용없어."

"두고 봐. 얼굴 덕분에 가치 있는 뭔가를 얻게 될 테니까."로리는 자신만 아는 즐겁고 소소한 비밀을 떠올리며 웃었다.

메그는 빨개진 얼굴을 고사리로 가릴 뿐 아무것도 묻지 않고 기사 이야기를 하던 브룩의 표정처럼 기대에 찬 표정으로 강 건너를 바라보았다.

"지금부터 10년 뒤에 만나서 우리 중에 몇 명이나 소원을 이루었는지, 그 소원에 얼마나 다가갔는지 확인해보자."계획 세우기를 좋아하는 조가 말했다.

"세상에! 그때 난 스물일곱 살이야!"메그는 얼마 전에 열일곱 살이 되었지만 이미 어른이라고 생각했다.

"테디*, 너랑 나는 스물여섯 살이겠네. 베스는 스물넷, 에이미는 스물두 살이고. 다들 제법 나이가 들었군!"조가 말했다.

"그때쯤에는 자랑스러워할 만한 일을 이뤘으면 좋겠다. 하지만 난 너무 게을러서 계속 꾸물대기나 할까 걱정이야, 조."

"어머니 말씀에 따르면 너에겐 동기가 필요해. 동기를 찾으면 분명 멋지게 해낼 거라고 하셨어."

"그래? 기회만 생기면 반드시 멋지게 해내고 말 거야!"갑자기 기운이 난 로리가 몸을 꼿꼿하게 세우며 외쳤다. "난 할아버지를 기쁘게 해드리는 걸로 만족해야 하고 그러려고 노력은 하

* 로리의 본명 '시어도어'의 애칭

는데, 그게 성격에 안 맞아서 어려워. 할아버지는 내가 당신처럼 인도 무역상이 되기를 바라시지만 난 그 일을 하느니 차라리 총에 맞고 싶은 심정이야. 차, 실크, 향신료는 물론이고 할아버지의 낡은 배에 실려 오는 온갖 잡다한 물건들이 싫어. 내가 물려받게 된다면 배가 바다에 가라앉든 말든 신경 안 쓸 거야. 대학에 가면 할아버지가 만족하실 테고 4년이라는 시간이 지나면 내가 다른 일을 하도록 허락하실지도 몰라. 하지만 계속 뜻을 굽히지 않으시면 시키는 대로 할 수밖에. 아버지처럼 도망쳐서 원하는 대로 살지 않는다면 말이야. 할아버지 곁에 머물 사람이 누구라도 있다면 내일 당장 아버지처럼 하고 싶어.”

로리는 말하면서 흥분했고 조금이라도 부추기면 위험한 계획을 곧바로 실행에 옮길 것 같았다. 그는 게으른 면이 있기는 해도 매우 빠르게 성장하고 있었고 젊은이답게 복종을 싫어했다. 물론 직접 세상과 부딪쳐보고 싶다는 젊은이로서의 열망도 컸다.

“물려받은 배를 타고 가서 네 나름대로 해보고 싶은 걸 다할 때까지 집에 돌아오지 않는 건 어때?”조가 말했다. 로리의 대담하고 용감무쌍한 생각에 상상력을 자극받았고 그녀가 ‘테디의 불행’이라고 부르는 일에 동정심이 발동했다.

“조, 그건 옳지 않아. 그런 식으로 말하면 안 돼. 로리가 네 나쁜 충고를 따라서도 안 되고. 로리, 할아버지께서 바라시는 대로 해야 해." 메그가 어머니 같은 말투로 말했다. "대학에 가서 최선을 다해. 할아버지는 네가 당신을 기쁘게 해드리려고 노력하는 걸 아시면 분명 널 엄격하거나 부당하게 대하지 않으실 거야. 네 말처럼 할아버지 곁을 지키며 살펴줄 사람이 없잖아. 허락도 없이 할아버지를 떠나면 넌 자신을 용서하지 못할 거야. 우울해하거나 조바심 내지 말고 본분을 다하면 보상받겠지. 훌륭한 브룩 선생님처럼 존경과 사랑을 받는 거야."

"누나가 선생님에 대해서 뭘 아는데?" 좋은 충고는 고맙지만 설교는 질색인 로리는 평소답지 않게 속마음을 내보여 머쓱해진 차에 대화 주제가 다른 데로 넘어가게 되어 반가웠다.

"너희 할아버지께서 우리 어머니께 브룩 선생님에 대해 말씀하시는 걸 들은 정도야. 선생님이 돌아가신 어머니를 잘 보살펴드렸고, 어머니를 두고 떠날 수 없어서 외국의 괜찮은 가정교사 자리를 사양했다고 들었어. 어머니를 돌봐주셨던 노부인을 남몰래 챙기고, 마음이 넓고 끈기 있고 선하다는 이야기도 들었지."

"맞아, 멋있는 분이지!" 상기된 얼굴로 열심히 이야기하던 메그가 잠시 멈추자 로리가 진심으로 말했다. "할아버지께서 선생님에 대해 몰래 알아보신 다음에 남들에게 좋은 점만 말씀하신 거야. 그들이 선생님을 좋아하도록 말이야. 선생님은 마치 부인께서 그렇게 친절하게 대해주시는 이유를 모르실 거야. 나랑 같이 집으로 초대해서 다정하고 친근하게 대해주시는 이유를 말이야. 선생님은 마치 부인이 완벽하신 분이라고 며칠 동안이나 칭찬했고 자매들 이야기에도 열을 올렸지. 내가 꿈을 이루게 되면 선생님께 잘해드릴 거야."

"지금부터 잘하지 그래. 선생님 좀 그만 괴롭혀." 메그가 엄하게 말했다.

"내가 선생님을 괴롭히는지 어떻게 알아?"

"선생님이 너희 집에서 나오실 때 표정을 보면 알 수 있어. 네가 말을 잘 들은 날에는 만족스러운 표정으로 씩씩하게 걸어 나오지만 너한테 괴롭힘 당한 날에는 싸늘한 표정으로 느릿느릿 걸어 나와. 다시 들어가서 더 잘 가르치고 싶다는 듯이."

"놀라운데! 선생님 표정을 보고 내가 말을 잘 들었는지 안 들었는지 계속 살펴보고 있었단 말이지! 선생님이 누나네 집 창문을 지날 때 미소 지으며 허리 숙여 인사하는 것만 알았지, 누나가 그런 소식을 받아보고 있는지는 몰랐네."

"그런 게 아니니까 화내지 마. 아, 선생님께는 이 얘기 절대 하면 안 돼! 난 그저 네가 공부를 잘했는지 궁금해서 살펴본 것뿐이야. 그러니까 이 자리에서 한 얘기는 비밀이야." 메그가 조심성 없는 말 때문에 무슨 일이 생길까봐 놀라서 외쳤다.

"말 안 해." 로리가 특유의 '건방진' 표정으로 대답했다. 그가 가끔 짓는 이 표정을 '건방지다'라고 표현한 사람은 조였다. "브

룩 선생님 얼굴을 온도계처럼 확인하고 있으니 선생님이 쾌청한 날씨를 알리도록 내가 신경 써야겠네."

"기분 나쁘게 생각하지 마. 너한테 설교를 늘어놓거나 잔소리하려던 건 아니었어. 그렇다고 생각 없이 한 말도 아니고. 조가 부추긴 대로 하면 머지않아 네가 후회할 거라고 생각했을 뿐이야. 넌 우리를 다정하게 대하고 우린 널 가족처럼 생각하잖아. 그래서 그런 얘길 한 거야. 미안해. 좋은 뜻으로 한 말이었어!" 메그는 이렇게 말하며 애정 어린 손길을 머뭇머뭇 내밀었다.

잠시나마 기분 나쁘게 생각했던 게 부끄러워진 로리는 다정하게 내민 작은 손을 꼭 잡고 솔직하게 말했다. "사과해야 할 사람은 나야. 내가 짜증나게 굴었잖아. 하루 종일 기분이 그랬어. 누나가 정말 친누나 같은 마음으로 내 단점을 이야기해주는 거 좋게 생각해. 그러니까 가끔 내가 심술부려도 신경 쓰지 마. 늘 고마워하고 있다고."

로리는 화나지 않았다는 것을 보여주려고 최대한 쾌활하게
행동했다. 메그를 위해 무명실을 감아주었고 조를 기분 좋게
하려고 시를 낭송했으며 베스를 위해 나무를 흔들어 솔방울을
떨어뜨렸고 에이미가 양치식물 그리는 것을 도와주어 자신이
'바쁜 꿀벌 모임'에 적합한 사람임을 증명했다. (강에서 기어올라
온 귀여운 거북 한 마리를 보고) 거북의 습성에 대해 열띤 토론을
하던 중 종소리가 희미하게 들렸다. 해나가 끓일 차를 꺼내놓
았고 자매들이 저녁 식사를 하러 집으로 돌아갈 시간임을 알리
는 소리였다.

"모임에 또 와도 돼?" 로리가 물었다.

"응. 대신 신입생답게 착하게 행동하고 책을 좋아해야 해." 메
그가 미소 지으며 대답했다.

"노력할게."

"그럼 또 와도 돼. 스코틀랜드식 뜨개질 가르쳐줄게. 요즘엔
양말이 필요하거든." 대문 앞에서 헤어질 때 조가 뜨개질하던
푸른 양말을 현수막처럼 흔들며 말했다.

그날 저녁, 황혼이 내려앉을 무렵, 베스는 로런스 씨 집에서
피아노를 연주했다. 로리는 단순한 곡조를 들으면 우울한 기분
이 언제나 진정되었기에 커튼 뒤에 서서 피아노 소리에 귀 기
울이며 할아버지를 바라보았다. 희끗한 머리를 손으로 받치고

앉은 할아버지는 그토록 사랑한 죽은 손녀를 애틋하게 떠올리는 듯했다. 그날 오후에 나눈 대화를 되새긴 로리는 기쁜 마음으로 희생하자고 결심하며 혼잣말을 중얼거렸다. "내가 바라는 하늘의 성은 잊어버리고 할아버지께 내가 필요한 동안에는 곁에 있어야겠어. 할아버지께는 내가 전부니까."

14. 비밀

조는 다락방에서 쉴 틈 없이 글을 썼다. 10월이 되자 낮에도 점점 쌀쌀해졌고 오후가 짧아졌다. 키 큰 창으로 햇살이 따뜻하게 들어오는 두어 시간 동안 조는 낡은 소파에 앉아 부지런히 글을 썼다. 앞에 놓인 여행 가방 위에는 종이가 잔뜩 흩어져 있었다. 그동안 애완 쥐 스크래블은 수염을 뽐내는 젊고 멋있는 맏아들 쥐와 함께 머리 위 들보를 한가롭게 오갔다. 조는 집중해서 글을 썼고 마침내 마지막 장까지 채우자 요란하게 서명을 하고는 펜을 던지며 외쳤다.

"그래, 난 최선을 다했어! 이게 마음에 안 든다면 실력을 더 쌓을 때까지 기다리는 수밖에."

조는 소파에 누워 원고를 찬찬히 읽으며 여기저기에 줄을 긋고 작은 풍선처럼 생긴 느낌표도 여러 군데 찍었다. 그런 다음

말끔한 빨간 리본으로 원고를 묶더니 진지하면서도 아쉬움 가
득한 표정으로 원고를 물끄러미 바라보며 잠시 앉아 있었다.
그동안 얼마나 열심히 썼는지 고스란히 드러나는 표정이었다.
이곳에서 조는 벽에 고정된 낡은 주석 조리대를 책상으로 삼아
글을 썼다. 스크래블이 건드리지 못하도록 조리대 안에 원고와
책 몇 권을 넣어 두었다. 스크래블은 조를 닮았는지 문학을 좋
아해서, 책을 갉아 다니는 길에 잔뜩 흩뿌려 순회 도서관 만들
기를 좋아했다. 조는 주석 조리대에서 원고 하나를 더 꺼내서
주머니에 넣은 다음 펜을 물어뜯고 잉크를 맛보는 친구를 뒤로
한 채 살금살금 계단을 내려갔다.

　최대한 조용히 모자를 쓰고 재킷을 입은 조는 뒷문 쪽 창문

으로 나가 현관의 낮은 지붕을 밟고 서더니 풀이 자란 둑으로 홀쩍 뛰어내린 다음 빙 둘러 큰길로 나갔다. 큰길에 이르자 마음을 가라앉히고 손을 흔들어 지나가는 합승 마차를 잡아 타고 무척 즐거우면서도 알 수 없는 표정으로 시내로 향했다.

조의 행동을 본 사람이라면 누구라도 확실히 이상하다고 생각했을 것이다. 조는 마차에서 내려 들뜬 발걸음으로 성큼성큼 걸어 붐비는 거리의 어느 번지수를 찾아갔다. 약간 헤매기는 했지만 목적지에 도착한 그녀는 안으로 들어가 지저분한 계단을 올려다보며 잠시 우두커니 서 있었다. 그러더니 갑자기 거리로 뛰쳐나가 올 때만큼 빠른 걸음걸이로 되돌아갔다. 맞은편 건물 창가를 서성이던 까만 눈동자의 젊은이가 이런 행동을 몇 번이나 반복하는 조를 흥미롭다는 듯이 지켜보고 있었다. 세 번째로 건물에 들어간 조는 몸을 한 번 부르르 떨고 모자를 눈까지 내려 쓰더니 계단을 올라갔다. 이를 몽땅 뽑으러 가는 사람 같았다.

건물 입구에 걸린 여러 간판 중에는 치과 간판도 있었다. 까만 눈동자의 젊은이는 천천히 열렸다가 닫히며 건강한 치아를 드러내 시선을 끄는 턱 조형물을 잠시 바라보다가 외투를 입고 모자를 쓰고 내려가 맞은편 건물로 들어갔다. 그리고는 몸서리 치고 미소 지으며 중얼거렸다.

"혼자 온 모양이네. 힘든 시간을 보낼 테니 집에 바래다줄 사람이 필요할 거야."

10분 뒤에 조가 빨개진 얼굴로 계단을 뛰어내려왔다. 방금 힘든 일을 겪은 사람들이 흔히 짓는 표정이었다. 하지만 젊은 이를 발견한 조는 전혀 반갑지 않은 표정으로 고개만 까딱하고 지나갔다. 젊은이는 그녀를 쫓아가며 안타까운 듯이 물었다

"힘들었어?"

"별로."

"빨리 끝났군."

"다행히도!"

"왜 혼자 왔어?"

"아무한테도 알리고 싶지 않았어."

"넌 진짜 독특한 애야. 몇 개나 뽑았어?"

조는 무슨 말인지 모르겠다는 표정으로 친구를 쳐다보더니 대단히 재미있는 일이라도 있는 것처럼 웃기 시작했다.

"두 개를 뽑아쳤으면 하는데 일주일 기다려야 된대."

"왜 그렇게 웃어? 무슨 장난이라도 치는 모양인데." 로리가 어리둥절한 표정으로 말했다.

"너야말로. 그나저나 길 건너 당구장에는 왜 가셨는지요?"

"미안하지만 당구장이 아니라 체육관입니다. 펜싱 수업을 받았답니다."

"잘됐다!"

"뭐가?"

"나 펜싱 가르쳐줘. 다음에 〈햄릿〉 공연할 때 네가 레어티스 역할을 맡아서 우리 둘이 검투 장면을 멋지게 연기하는 거야."

로리가 아이처럼 큰 소리로 웃음을 터뜨리자 지나가던 몇 사람이 자신도 모르게 슬며시 미소 지었다.

"연극을 하든 안 하든 가르쳐줄게. 정말 재미있어. 하지만 네가 잘됐다면서 기뻐한 게 펜싱 때문만은 아닌 것 같은데. 맞아?"

"응, 네가 당구장에 가지 않아서 다행스럽기도 했어. 네가 그런 곳에 가지 않기를 바라거든. 당구장에 가는 건 아니지?"

"자주는 안 가."

"아예 안 가면 좋은데."

"조, 당구장은 나쁜 곳이 아니야. 우리 집에도 당구대가 있지만 잘 치는 사람들이 없으면 재미없거든. 난 당구를 좋아해서 가끔 네드 모패트나 다른 친구들과 당구를 치러 가."

"이런, 안타까운 노릇이군. 당구에 점점 빠져서 시간과 돈을 낭비하고 그 끔찍한 남자애들처럼 되면 어떡해. 난 네가 품위를 지키고 친구들에게 자랑스러운 사람이기를 바라." 조가 고개를 저으며 말했다.

"나쁠 게 하나도 없는 놀이를 좀 한다고 해서 품위를 잃는다고?" 로리가 신경질적인 표정으로 물었다.

"어디에서 어떻게 노느냐에 따라 다르지. 난 네드와 그 패거리들이 싫어. 그래서 네가 그들과 안 어울리면 좋겠어. 네드가 우리 집에 오고 싶다고 해도 어머니께서 초대를 허락하시지 않을 거야. 그러니 네가 네드 같은 사람이 되면 우리가 지금처럼 어울리도록 허락하지 않으시겠지."

"그러실까?" 로리가 불안한 표정으로 물었다.

"응, 어머니는 유행이나 쫓는 젊은이들을 못 견디셔. 우리가 그런 사람들과 어울리게 놔두느니 상자 안에 가둬버리실 거야."

"음, 아직은 어머님께서 상자를 꺼내시지 않아도 돼. 난 유행을 쫓지도 않고 그럴 생각도 없으니까. 하지만 가끔 해로울 것 없는 놀이를 즐기는 건 괜찮잖아. 안 그래?"

"그래, 그런 정도라면 아무도 걱정하지 않겠지. 노는 건 좋지만 무절제하게 하지는 마. 알겠지? 안 그러면 우리의 즐거운 시간도 끝일 테니까."

"티 없이 깨끗한 성인군자가 되어야겠군."

"성인군자는 싫어. 그냥 소박하고 정직하고 품위 있는 사람이 되면 우린 절대 널 외면하지 않을 거야. 네가 킹 씨네 아들처럼 행동하면 난 정말 난감할 거야. 그 집 아들은 돈은 많지만 쓸 줄을 모르잖아. 술 마시고 도박하다가 가출해서 아버지 이름이나 팔고. 정말 끔찍해."

"내가 그런 짓을 할 수도 있다고 생각하는 거야? 아주 고마워 죽겠네."

"아니, 그런 게 아니라, 이런, 그게 아니야! 하지만 사람들 얘기를 들어보니 돈이 많으면 그런 유혹에 잘 넘어간대. 그래서 가끔은 네가 가난하면 좋겠다는 생각도 들어. 그런 걱정 안 하게."

"조, 내가 걱정돼?"

"조금. 가끔 네가 우울하거나 불만스러워 보일 때. 넌 고집이 세서 나쁜 길로 빠지기 시작하면 걷잡을 수 없을까봐 겁나."

로리는 잠시 말없이 걸었다. 입으로는 웃고 있지만 눈빛이 화난 로리를 본 조는 괜히 싫은 소리를 했다고 후회했다.

"집에 가는 내내 설교할 거야?" 잠시 후 로리가 물었다.

"당연히 아니지. 왜?"

"계속 그럴 거면 마차 타고 가려고. 그만할 거면 같이 걸어가면서 아주 재미있는 이야기를 해주려고 했지."

"잔소리 그만할게. 재미있는 얘기 듣고 싶어."

"그럼 좋아. 자, 이제부터 비밀 얘기를 할 건데 내가 비밀을 말하면 너도 네 비밀을 말해야 해."

"난 비밀이 없는데." 조는 이렇게 말했다가 조금 전에 한 일이 떠올라 말을 뚝 끊었다.

"있잖아. 넌 아무것도 못 숨겨. 그러니까 털어놔봐. 안 그러면 나도 말 안 할 거야." 로리가 말했다.

"네 비밀 대단한 거야?"

"당연하지! 네가 아는 사람들 이야기라 정말 재미있을 거야! 꼭 들어야 해. 오래전부터 이 얘기를 하고 싶어서 죽을 지경이 었거든. 자, 그러니까 너부터 말해."

"집에 절대 얘기 안 할 거지?"

"한마디도."

"둘이 있을 때 놀리지도 않을 거고?"

"응, 안 놀릴게."

"놀릴 것 같은데. 넌 원하는 건 뭐든 얻어내잖아. 어떻게 그럴 수 있는지 몰라. 사람 구슬리는 재주는 타고났단 말이지."

"고맙네. 얼른 말해!"

"음, 신문사에 단편 소설 두 편을 투고했어. 담당자가 다음 주에 답을 주겠대." 조가 로리의 귀에 속삭였다.

"만세! 명작가 마치 양!" 로리가 모자를 던져 올렸다가 잡으며 외쳤다. 시내를 벗어난지라 오리 두 마리, 고양이 네 마리, 암탉 다섯 마리, 아일랜드 아이 여섯 명이 그 모습을 보고 매우 즐거워했다.

"쉿! 아직 어떻게 될지 몰라. 시도해봐야 마음이 편할 것 같았어. 실망시키고 싶지 않아서 아무에게도 말 안 한 거야."

"잘될 거야! 매일 신문에 실리는 반쯤은 쓰레기 같은 글들에

비하면 네 글은 셰익스피어의 작품이야. 네 소설이 신문에 실리면 정말 신나겠다. 우리 작가님이 얼마나 자랑스러울까?"

조의 눈이 반짝거렸다. 누군가가 자신을 믿어준다는 건 언제나 기쁜 일이었고, 신문사의 허풍 섞인 칭찬 여러 번보다 친구의 칭찬 한 번이 언제나 더 듣기 좋았다.

"네 비밀은 뭐야? 테디, 정정당당하게 굴지 않으면 다시는 널 못 믿을 거야." 조는 격려의 말에 한껏 타오른 희망의 불길을 애써 끄면서 말했다.

"이걸 말하면 내가 곤란해질 수도 있어. 하지만 말하겠다고 약속했으니 할게. 내가 알게 된 이 엄청난 소식을 너한테 말하지 않으면 마음이 편치 않을 것 같기도 하고. 메그 누나가 잃어버린 장갑 한 짝이 어디에 있는지 알아."

"겨우 그거야?" 조가 실망한 표정으로 묻자 로리는 눈을 반짝이며 고개를 끄덕였다. 불가사의한 수수께끼라도 풀어낸 듯한 표정이었다.

"그 장갑이 어디에 있는지 듣고 나면 너도 이게 엄청난 비밀이라고 생각할 거야."

"그럼 말해봐."

로리는 고개를 숙여 조의 귀에 몇 마디 속삭였고, 그 말을 들은 조의 표정이 만화처럼 확 바뀌었다. 조는 걸음을 멈추고 서서 놀라고 불쾌한 표정으로 로리를 잠시 쳐다보더니 다시 걸음을 옮기며 앙칼지게 물었다. "어떻게 알았어?"

"봤어."

"어디에 있었는데?"

"주머니."

"그동안 계속?"

"응, 낭만적이지 않아?"

"아니, 끔찍해."

"마음에 안 들어?"

"당연하지. 말도 안 되잖
아. 그래서는 안 되는 일이기
도 하고. 이런! 언니가 알면
뭐라고 할까?"

"아무한테도 말하면 안 된
다는 거 잊지 마."

"그런 약속은 안 했는데."

"약속 안 해도 당연한 거
지. 널 믿어."

"음, 어쨌든 당장은 말 안
할게. 하지만 기분이 안 좋아
졌어. 차라리 말하지 말지."

"네가 좋아할 줄 알았어."

"누군가가 언니를 데려갈지도 모르는데 좋아할 리 없잖아. 사양하겠어."

"누가 널 데려갈 때가 되면 이런 상황이 좋아질 걸."

"어디 누가 그런 시도를 할지 두고 보겠어." 조가 매섭게 외쳤다.

"나도!" 로리는 그 장면 을 상상하며 킥킥댔다.

"비밀은 나랑 안 맞나봐. 그 얘기를 들은 뒤로 머릿 속이 엉망으로 뒤엉켰어."

조가 다소 불쾌한 듯이 말했다.

"언덕 뛰어내려가기 시합하자. 그럼 괜찮아질 거야." 로리가 제안했다.

주위에 아무도 보이지 않았다. 조는 눈앞에 펼쳐진 잘 닦인 내리막길의 유혹을 도저히 뿌리칠 수 없어서 맹렬하게 돌진했 다. 그 바람에 모자가 벗겨지고 머리 장식이 떨어져 나가고 머 리핀이 사방에 흩어졌다. 먼저 결승점에 도착한 로리는 발그레 한 뺨으로 눈을 반짝이고 머리카락을 휘날리며 숨차도록 달려오는 아탈란테*를 보며 자신의 치료법이 성공했다는 생각에 뿌듯했다. 이제 조의 얼굴에서 불만이라고는 찾아볼 수 없었다.

"내가 말이면 좋겠어. 그럼 이렇게 아름다운 곳에서 한참 달려도 숨차지 않을 텐데. 즐거웠어. 하지만 덕분에 내 꼴이 어떻게 되었는지 좀 봐. 아기 천사처럼 착한 로리, 가서 내가 떨어뜨린 것들 좀 주워주라." 조가 주홍빛 잎으로 둑을 뒤덮은 단풍나무 아래에 주저앉으며 말했다.

로리가 조의 물건을 찾아 유유히 떠나자 조는 머리를 다시 땋기 시작했고 단정해질 때까지 아무도 지나가지 않기를 바랐다. 하지만 누군가가 지나갔는데 하필 메그였다. 어디 초대를 받고 다녀오는 길인지 행사 때 입는 우아한 옷을 입은 그녀는 유난히 숙녀다워 보였다.

"여기에서 도대체 뭐하는 거야?" 메그가 부스스한 동생을 보고 놀라며 물었다.

"낙엽 줍는 중이야." 방금 쓸어 모은 붉은 낙엽 한 움큼을 고르며 조가 순순히 대답했다.

"머리핀도 줍고." 로리가 조의 무릎에 머리핀 여섯 개를 던지며 말했다. "누나, 이 길에 머리핀이 자라더라고. 머리 장식이랑 갈색 밀짚모자도."

---

* 달리기 실력이 뛰어난 그리스 신화 속 인물로, 자신과 달리기 시합을 해서 이기는 사람과 결혼하겠다고 선언했다.

"조, 또 달리기했구나. 어쩜 그럴 수 있어? 언제까지 그렇게 뛰어놀 거야?" 메그는 조를 나무라면서도 바람에 제멋대로 날린 소맷단과 머리카락을 매만져주었다.

"늙어서 몸이 뻣뻣해지고 목발을 짚어야 할 때까지. 언니, 아직 때가 안 됐는데 철들라고 하지 마. 언니가 갑자기 달라진 것만으로도 힘들어. 난 최대한 오래 어린애로 있고 싶어."

조는 이렇게 말하며 떨리는 입술을 감추려 고개를 숙이고 옷매무새를 가다듬었다. 최근에 조는 마거릿이 빠르게 어른이 되어 간다고 느꼈다. 로리에게서 비밀을 듣자 언젠가 맞닥뜨리게 될 언니와의 이별이 이제 정말 가까워진 것 같아서 두려웠다. 로리는 심란한 조의 표정을 보고 메그의 주의를 다른 데로 돌리려고 재빨리 물었다. "이렇게 근사하게 차려입고 어디 다녀오는 길이야?"

"가디너 씨 댁에. 샐리가 벨 모패트 언니의 결혼식 이야기를 자세히 해줬어. 정말 굉장했대. 결혼식을 올리고 겨울 동안 파리에서 지낸다더라. 생각해 봐. 얼마나 즐거울까!"

"부러워?" 로리가 물었다.

"그런 것 같아."

"다행이다!" 조가 모자를 홱 쓰며 말했다.

"뭐가?" 메그가 어리둥절한 표정으로 물었다.

"부자들 생활에 그렇게 관심이 많으니 가난한 남자와 결혼할

리 없을 거 아니야." 조는 이렇게 말하며 말조심하라고 표정으로 경고하는 로리에게 인상을 썼다.

"난 아무와도 결혼 안 해." 메그가 우아하게 걸음을 옮기며 말했다. 조와 로리는 메그를 쫓아가며 웃고 속닥거리고 물수제비를 떴다. 메그는 "어린애들 같기는."이라고 혼잣말을 했지만, 잘 차려입지만 않았어도 같이 놀고 싶다고 생각했다.

그 후 1, 2주 동안 자매들은 수상한 조의 행동에 무척 어리둥절했다. 조는 집배원이 초인종만 울리면 문으로 달려갔고 브룩 선생님을 마주칠 때마다 무례하게 굴었으며 심란한 표정으로 메그를 바라보며 앉아 있는가 하면, 가끔 벌떡 일어나 몸서리를 치고 메그에게 입 맞추는 알 수 없는 행동을 했다. 조가 로리와 만나기만 하면 신호를 주고받으며 〈스프레드 이글스(Spread Eagles)〉 신문 이야기를 하자 자매들은 둘 다 제정신이 아니라고 생각했다. 조가 창문을 타넘고 나서 두 번째로 맞이하는 토요일이었다. 창가에 앉아 바느질하던 메그는 로리가 조를 쫓아온 정원을 헤매다가 에이미의 정자에서 조의 팔을 잡는 광경을 보고 아연실색했다. 그곳에서 무엇을 하는지는 보이지 않았지만 깍깍대는 웃음소리, 중얼거리는 소리, 신문을 홱홱 넘기는 소리가 들렸다.

"쟤를 어쩌면 좋아? 숙녀다운 행동은 영영 못 할 거야." 정원에서 뛰어다니던 두 사람을 못마땅한 얼굴로 보던 메그가 한숨을 쉬며 말했다.

"난 조 언니가 숙녀가 되지 않으면 좋겠어. 지금의 언니는 너무 재미있고 귀엽잖아." 베스가 말했다. 조가 자신이 아닌 다른 사람과 비밀스럽게 속닥거린다는 사실에 조금 상처받았지만 티 내지 않고 있었다.

"너무 힘든 일이야. 우리는 절대 조 언니를 숙녀로 만들 수 없어." 곱슬머리를 잘 어울리게 묶어 올리고 자기 옷에 달 프릴 장식을 만들던 에이미가 말했다. 에이미는 프릴을 달고 곱슬머리를 묶어 올리면 언제나 우아하고 숙녀가 된 기분이었다.

잠시 후 조가 뛰어들어와 소파에 눕더니 신문을 읽는 척했다.

"재미있는 기사라도 있어?" 메그가 어른스럽게 물었다.

"단편 소설이 실렸는데 별거 아니야." 조는 이렇게 대답하며 신문에 난 이름이 보이지 않게 슬며시 가렸다.

"읽어줘. 그럼 우리도 즐겁고 언니도 장난치지 않고 얌전히 있을 수 있잖아." 에이미가 언니 같은 말투로 말했다.

"제목이 뭐야?" 조가 신문으로 얼굴을 계속 가리고 있는 이유를 궁금해하며 베스가 물었다.

"경쟁하는 화가들."

"재미있을 것 같은데. 읽어줘." 메그가 말했다.

조는 "에헴!" 하고 크게 헛기침을 하더니 심호흡을 하고 빠른 속도로 읽기 시작했다. 낭만적이면서도 마지막에 등장인물 대부분이 죽어 애처로운 이야기는 매우 흥미로웠다.

"멋진 그림 이야기가 나와서 마음에 들어." 조가 다 읽고 나자 에이미가 긍정적인 평가를 내렸다.

"난 연인들이 나오는 부분이 더 좋아. 그런데 비올라와 안젤로는 우리가 좋아하는 이름이잖아. 신기하지 않아?" 메그는 이렇게 말하며 비극으로 끝난 연인들 이야기에 눈물을 훔쳤다.

"작가가 누구야?" 조의 표정을 슬쩍 살펴본 베스가 물었다.

조는 벌떡 일어나 앉더니 신문을 내려놓고 상기된 얼굴을 드러냈다. 그리고 근엄함과 흥분이 뒤섞인 웃기는 목소리로 크게 대답했다. "네 언니지!"

"너라고?" 메그가 바느질거리를 떨어뜨리며 외쳤다.

"정말 훌륭한 작품이야." 에이미가 비평가처럼 말했다.

"그럴 줄 알았어! 그럴 줄 알았다고! 세상에나, 조 언니, 정말 자랑스러워!" 베스는 이렇게 말하고는 조에게 달려가 안기며 제 언니의 멋진 성공에 기뻐서 어쩔 줄 몰랐다.

자매들은 모두 무척 기뻐했다. 메그는 신문에 인쇄된 '조세핀 마치'라는 이름을 보고 나서야 실감했고 에이미는 소설의 미술과 관련된 부분을 높이 평가하며 다음 편을 위한 조언을 해주었다. 안타깝게도 남녀 주인공이 모두 죽어서 다음 편은 나올 수 없었지만. 베스는 신이 나서 폴짝폴짝 뛰며 기쁨의 노래를 불렀고 해나는 조가 해낸 일에 무척 놀라며 "세상에, 이런 일이!"라고 감탄했다. 이 소식을 들은 마치 부인은 조를 매우 자랑스러워했다. 조는 이러다가 공작새처럼 거만해질 것 같으니 그만하라고 하며 눈물이 그렁그렁 맺힌 채 웃었다. 〈스프레드 이글스〉는 마치 가족의 손에서 손으로 의기양양하게 날개를 펴고 날아다녔다.

"얘기 좀 해봐." "신문은 언제 왔어?" "원고료는 얼마야?" "아버지는 뭐라고 하실까?" "로리가 웃지 않을까?" 가족들은 조를 둘러싸고 한꺼번에 질문을 쏟아냈다. 이처럼 순박하고 사랑이 넘치는 사람들은 집안에서 일어나는 소소한 기쁨을 모두 축제로 만들었다.

"다들 조용히 해봐. 전부 다 얘기할게." 조는 작가 프랜시스 버니(Frances Burney)가 《에블리나(Evelina)》를 발표했을 때에도 이보다 더 성대하게 축하받지는 않았으리라고 생각했다. 글을 투고한 과정을 말한 뒤에 조는 이렇게 덧붙였다. "답을 들으러 신문사에 갔을 때 담당자가 두 편 모두 마음에 든다고 했어. 하지만 신인에게는 원고료를 주지 않고 신문에 실어주기만 한대. 그게 좋은 공부가 된다고 하더라고. 신인이 더 좋은 글을 쓰게 되면 원고료를 주는 사람이 생길 거래. 그래서 내 소설 두 편을 실어달라고 했고 오늘 이 신문을 받은 거야. 로리가 신문을 가져오는 날 보고 글을 보겠다고 억지를 부리기에 보여줬어. 잘 썼다고 하면서 내가 글을 계속 쓰면 다음에는 자기가 원고료를 내겠다고 했지 뭐야. 정말 행복해. 때가 되면 돈을 벌어서 나는 물론이고 우리 가족들을 챙길 수 있을 거야."

조는 길게 숨을 내쉬고 신문으로 얼굴을 가렸다. 눈물이 몇 방울 흘러 소설을 적셨다. 독립적인 사람이 되고 사랑하는 이들에게 칭찬받는 일은 조가 진심으로 바라던 소망이었다. 이런 그녀에게 이번 일은 행복한 결말을 향해 나아가는 첫발걸음 같았다.

15. 전보

"일 년 중에 11월이 제일 싫어." 어느 흐린 오후에 창가에 서서 서리 내린 정원을 내다보던 마거릿이 말했다.

"그래서 내가 11월에 태어났나보다." 조는 코에 잉크가 묻은 줄도 모르고 진지하게 생각에 잠긴 채 말했다.

"정말 즐거운 일이 일어나면 11월을 기쁜 달로 생각할 텐데." 11월은 물론이고 매사를 희망적으로 바라보는 베스가 말했다.

"아마도. 하지만 우리 가족에게 즐거운 일이라고는 없잖아." 기분이 좋지 않은 메그가 말했다. "하루하루 똑같이 열심히 일만 하고 재미있는 일이 없어. 다람쥐 쳇바퀴 같은 생활이야."

"이런, 우리 왜 이렇게 우울한 거야!" 조가 외쳤다. "하긴 언니는 다른 여자애들이 화려하게 사는 걸 보면서 계속 고된 일을 해야 하니 우울한 게 당연해. 내 소설 속 주인공처럼 내가 언니

문제를 해결해줄 수 있으면 좋으련만! 언니는 예쁘고 착한 건 이미 충분하니까 갑자기 돈 많은 친척이 언니에게 막대한 유산을 남기는 걸로 해야겠다. 그런 다음에 상속녀로 기세등등하게 살면서 언니를 무시한 모든 사람을 비웃고 해외에도 나가고 집에 돌아와 정말 화려하고 우아한 귀부인으로 사는 거야."

"요즘에는 그런 식으로 유산을 물려받는 일이 없어. 돈을 벌려면 남자들은 열심히 일해야 하고 여자들은 돈 많은 남자와 결혼해야 하지. 너무 불공평한 세상이야." 메그가 씁쓸하게 말했다.

"조 언니랑 내가 가족들을 위해 돈을 많이 벌 거야. 10년만 기다려봐." 구석에 앉아서 '찰흙 파이'를 만들던 에이미가 말했다. 해나는 에이미가 찰흙으로 만든 새, 과일, 사람 얼굴 같은 것들을 '찰흙 파이'라고 불렀다.

"못 기다리겠는데. 착한 마음은 고맙지만 잉크나 흙으로 돈을 많이 벌 수 있을지 모르겠네."

메그는 한숨을 쉬더니 서리 내린 정원을 다시 바라보았다.

조는 실의에 빠진 듯이 앓는 소리를 내며 양 팔꿈치를 탁자에 올렸다. 에이미만이 힘차게 찰흙을 토닥거렸다. 다른 창가에 앉아 있던 베스가 미소 지으며 말했다. "곧 두 가지 즐거운 일이 일어나겠네. 어머니께서 길을 걸어 내려오시고 로리 오빠가 좋은 소식이라도 전하려는 듯이 정원을 가로질러오고 있어."

두 사람이 집으로 들어왔다. 마치 부인은 평소처럼 "아버지에게 편지 왔니?"라고 물었고 로리는 특유의 꼬드기는 말투로 말했다. "마차 타고 나갔다 올 사람 없어? 수학 공부를 너무 열심히 했더니 머리가 복잡해서 얼른 한 바퀴 돌고 기분 전환 좀 하려고. 날이 흐리지만 공기는 나쁘지 않아. 브룩 선생님을 댁까지 모셔드릴 거라 마차 안에서만 놀아도 재미있을 거야. 조, 같이 가자. 너랑 베스는 갈 거지?"

"당연히 가야지."

"고맙지만 난 바빠서." 메그는 이렇게 말하고는 바느질 바구니를 휙 채어 가버렸다. 젊은 남자와 마차에 타서 좋을 게 없다는 어머니 말씀이 옳다고 생각했기 때문이다.

"제가 도울 일은 없나요?" 로리가 마치 부인이 앉은 의자 쪽으로 몸을 기울이며 늘 그렇듯 다정한 표정과 말투로 물었다.

"물어봐주니 고맙구나. 우체국에 들르는 것만 부탁하마. 편지가 오는 날인데 집배원이 아직 안 왔어. 애들 아버지는 해가 뜨고 지는 것만큼이나 규칙적인 사람인데, 편지가 안 온 걸 보니 배달이 늦어지는 모양이구나."

초인종이 날카롭게 울리자 마
치 부인은 말을 멈추었고 잠시
후 해나가 편지를 한 통 가지고
왔다.

"마님, 그 무섭다는 전보가 왔
어요." 해나는 이렇게 말하며 전
보가 폭발해 피해를 입을까 두려
운 듯이 건넸다.

'전보'라는 말을 들은 마치 부
인은 급하게 우편물을 받아 들고
두 줄짜리 내용을 읽더니 그 작은 쪽지가 심장에 총을 쏘기라
도 한 것처럼 백짓장 같은 얼굴로 의자에 주저앉았다. 로리는
물을 가지러 계단을 뛰어내려갔고 메그와 해나는 부인을 부축
했다. 조는 겁에 질린 목소리로 전보를 읽었다.

마치 부인께. 남편이 위독합니다. 즉시 와주십시오.

워싱턴 블랭크 병원

S. 헤일

모두 숨죽이고 듣느라 응접실에 적막이 흘렀다. 바깥도 이상하리만치 어두워졌고 갑자기 온 세상이 달라진 것 같았다. 자매들은 어머니 주위로 모여들었다. 삶을 행복하게 지탱해주던 모든 것을 곧 빼앗길 것 같은 기분이었다. 마치 부인은 정신을 차리고 전보를 다시 읽은 다음 팔을 뻗어 딸들을 안으며 결코 잊히지 않을 목소리로 말했다. "당장 가봐야겠다. 너무 늦은 건 아닐지 모르겠구나. 아, 애들아! 견딜 수 있게 도와주렴!"

몇 분 동안 응접실에는 흐느끼는 소리가 가득했다. 울먹이며 위로하는 말, 다정하게 도움을 약속하는 말, 희망을 갖자는 속삭임이 중간중간 뒤섞였지만 결국 울음이 되었다. 가여운 해나가 제일 먼저 울음을 그치더니 자신도 모르는 사이에 터득한 지혜를 발휘해 다른 가족들에게 모범을 보였다. 그 지혜란 고통을 치유하는 만병통치약은 일이라는 것이었다.

"하나님께서 주인님을 지켜주실 거예요! 울면서 시간을 허비할 게 아니라 당장 마님 짐을 챙겨야겠어요." 해나는 다정하게 말하며 앞치마로 눈물을 닦고 억센 손으로 마치 부인의 손을 따뜻하게 잡은 다음 짐을 꾸리러 갔다. 해나 안에 세 사람이 들어 있는 듯했다.

"해나 말이 맞아. 울고 있을 시간이 없어. 얘들아, 침착하자. 생각할 시간이 필요하구나."

불쌍한 자매들은 침착해지려고 애썼다. 어머니는 창백한 얼굴로 꼿꼿하게 앉아 슬픔을 밀어내고 자매들을 위해 생각하고 계획을 세웠다.

"로리는 어디에 있지?" 잠시 후 생각을 정리하고 가장 먼저 해야 할 일을 정한 어머니가 물었다.

"여기 있어요. 뭐든 시켜주세요!" 로리가 황급히 달려와 외쳤다. 친한 이웃이지만 갑작스레 슬픔을 맞닥뜨린 가족들 틈에 끼어들 수 없어서 옆방에 물러나 있었다.

"내가 당장 갈 거라고 전보를 보내줘. 다음 열차가 내일 아침 일찍 떠나는데 그걸 탈 거야."

"다른 일은요? 말도 준비되어 있으니 어디든 가서 뭐든 할 수 있어요." 로리는 지구 끝까지라도 날아갈 기세로 말했다.

"마치 작은할머님께도 기별해줘. 조, 펜과 종이 좀 다오."

조는 새로 글을 쓰기 시작한 종이의 빈 면을 찢은 다음 탁자를 어머니 앞으로 끌어다주었다. 길고 슬픈 길을 떠나려면 돈을 빌려야 한다는 것을 잘 알았고 아버지를 위해 적은 돈이나마 보태고 싶었다.

"이제 가보렴. 서두르다 다치지 말고. 그렇게까지 할 필요는 없단다."

마치 부인이 주의를 주었지만 소용없었다. 5분 뒤에 로리는 발이 빠른 자기 말을 타고 창가를 지나 목숨이 달린 듯이 맹렬히 질주했다.

"조, 협회에 뛰어가서 킹 부인에게 내가 못 간다고 전해줘. 필요한 물건을 적어줄 테니 오는 길에 사오고. 간호에 필요한 것들을 준비해서 가야겠어. 병원에 물품이 항상 넉넉하게 비축되어 있지는 않으니까. 베스, 가서 로런스 씨께 부탁해서 묵은 포도주 두 병만 받아오렴. 아버지 일이라 자존심이고 뭐고 부탁할 수밖에 없구나. 아버지를 위해 모든 걸 최고로 준비해야겠어. 에이미, 해나에게 검은색 여행 가방 꺼내 놓으라고 해줘. 메그, 내가 반쯤 정신이 나갔으니 와서 짐 챙기는 걸 도와주렴."

편지를 쓰고 이것저것 생각하고 지시하는 일을 한꺼번에 했으니 넋이 나가는 게 당연했다. 메그는 딸들에게 일을 맡기고 잠깐이라도 방에 조용히 앉아 쉬라고 어머니에게 부탁했다. 돌풍을 맞은 나뭇잎처럼 모두 사방으로 흩어졌다. 평온하고 행복하던 가정은 전보의 사악한 주문에 걸린 듯 갑자기 산산이 부서졌다.

로런스 씨가 베스와 함께 황급히 집으로 왔다. 친절한 노신사는 환자에게 필요하다고 생각한 물품을 몽땅 챙겨왔고 마치 부인이 집을 비운 동안 딸들을 잘 돌봐주겠다고 다정하게 약속했다. 이에 부인은 큰 위안을 얻었다. 로런스 씨는 실내복부터 직접 병원에 데려다주는 일까지 모든 것을 해주겠다고 했다. 하지만 마치 부인은 병원에 함께 가겠다는 제안은 받아들일 수 없었다. 나이 많은 로런스 씨가 먼 길을 떠나게 할 수는 없었기

때문이다. 그럼에도 장거리 여행으로 불안해하던 마치 부인은 그의 제안을 듣고 눈에 띄게 안도했다. 로런스 씨는 안도한 부인의 표정을 보고 나서 눈썹을 찡그린 채 손을 비비더니 곧 돌아오겠다는 말을 남기고 느닷없이 가버렸다. 모두 로런스 씨가 왜 갔는지 생각할 겨를이 없었다. 메그는 한 손에는 덧신 한 켤레를, 다른 한 손에는 차 한 잔을 들고 분주히 움직이다가 현관에서 뜬금없이 브룩 선생님과 마주쳤다.

"마치 양, 소식 들었습니다. 정말 안타까운 일입니다." 그가 말했다. 그의 다정하고 차분한 목소리는 마음이 불안한 메그에게 무척 상냥하게 들렸다. "부인을 병원에 모셔다드리러 왔습니다. 로런스 씨께서 시키신 일을 하러 워싱턴에서 가는 김에 모셔다드리면 정말 좋겠습니다."

메그가 너무 고마워서 손을 내미는 바람에 덧신이 떨어지고 찻잔도 떨어질 뻔했다. 그 표정을 본 브룩 선생님은 잠시 위로의 말을 전하는 사소한 일에 비해 훨씬 고생해야 하지만 모두 보상받은 기분이었다.

"다들 정말 친절하시군요! 어머니께서도 분명 좋다고 하실 거예요. 곁에서 누가 어머니를 챙겨준다니 안심이에요. 정말 고마워요!"

메그는 뭘 하려다가 현관에 나왔는지도 잊고 진심으로 고마움을 전했다. 그러다가 자신을 내려다보는 갈색 눈동자를 보고서야 식어가는 차가 생각났고, 어머니께 알리겠다며 브룩 선생님을 응접실로 안내했다.

로리가 마치 작은할머니의 쪽지를 가지고 돌아왔을 때에는 모든 준비가 끝나 있었다. 작은할머니는 마치 부인이 부탁한 액수를 동봉했다. 쪽지에는 마치 가문의 남자가 입대하다니 말도 안 된다고, 결국 안 좋은 일이 생길 줄 알았다고, 다음에는 자기 조언을 들으면 좋겠다고 늘 하던 잔소리가 적혀 있었다. 마치 부인은 쪽지를 벽난로에 넣어 태우고 돈을 지갑에 넣은 다음 입을 굳게 다물고 준비를 마저 했다. 이 자리에 조가 있었다면 부인의 심정을 잘 이해했을 것이다.

짧은 오후가 금세 지났다. 자잘한 일을 모두 처리하고 메그와 어머니는 꼭 필요한 바느질을 하느라 바빴다. 베스와 에이미는 차를 준비했고 해나는 스스로 '휘리릭 척척'이라고 표현한 것처럼 순식간에 다림질을 마쳤다. 하지만 그때까지 조는 돌아오지 않았다. 조가 무슨 생각을 하고 있는지 아무도 몰랐기 때문에 다들 걱정하기 시작했고 로리가 찾으러 나가보았지만 찾지 못했다. 잠시 후 조가 정말 묘한 표정으로 돌아왔다. 가족들은 즐거움, 두려움, 만족감, 아쉬움이 섞인 조의 표정에 당황했고, 그녀가 어머니 앞에 지폐 뭉치를 내놓으며 약간 목메는 소리로 말했을 때에도 역시나 당황했다. "아버지가 회복하셔서 집으로 돌아오시는 데 보탬이 되고 싶어요!"

  "조, 이 돈이 어디에서 났니? 25달러나 되잖아! 경솔한 행동을 한 건 아니겠지?"

  "아니에요, 정직하게 번 돈이에요. 구걸하지도 빌리지도 훔치지도 않았어요. 제가 번 돈이라고요. 가진 걸 팔아서 벌었으니 절 혼내시지는 않겠죠."

  조가 이렇게 말하며 보닛을 벗자 모두 놀라서 탄식했다. 풍성하던 머리가 짧아졌기 때문이었다.

  "언니 머리가! 그 예쁜 머리카락이!" "아, 조, 어떻게 이럴 수가? 유일하게 예쁜 게 머리카락이었는데." "세상에나, 얘야, 이럴 필요는 없었단다." "우리 언니 같아 보이지 않지만 그래도 정말 사랑해!"

모두 한마디씩 외치는 가운데 베스가 다가와 짧아진 조의 머리를 다정하게 끌어안았다. 조는 아무렇지 않은 척했지만 아무도 속일 수 없었다. 그래도 짧은 갈색 머리를 헝클며 마음에 드는 척하려 애쓰며 말했다. "머리 좀 자른다고 나라가 망하는 것도 아닌데 그만 울어, 베스. 내 자만심을 다스리는 데에도 도움이 될 거야. 예쁜 머리카락 때문에 너무 의기양양했거든. 거추장스러운 머리카락을 자르고 나니 기분 좋게 가볍고 시원해서 머리도 잘 돌아갈 것 같아. 이발사가 말하기를 조금 있으면 짧은 머리가 자라서 끝이 곱슬곱슬해지면서 남자애 같은 느낌이 나고 관리하기도 쉬워질 거래. 난 마음에 들어. 그러니 어머니는 이 돈 받으시고요. 다 같이 저녁이나 먹죠."

"조, 솔직하게 말해보렴. 난 마음이 편치 않지만 널 혼낼 수도 없구나. 아버지를 향한 사랑 때문에 네가 말한 그 자만심을 기꺼이 희생했다는 걸 아니까. 하지만 조, 그렇게까지 할 필요는 없었단다. 조만간 네가 후회할까 걱정이구나." 마치 부인이 말했다.

"후회 안 해요!" 조가 씩씩하게 외쳤다. 바보 같은 짓을 했다고 혼나지 않아서 다행스러웠다.

"왜 그랬어?" 예쁜 머리카락을 자르느니 머리를 자르는 게 낫다고 생각하는 에이미가 물었다.

"음, 아버지를 위해 뭔가를 꼭 하고 싶었어." 조가 대답했다. 모두 식탁에 둘러앉았다. 젊고 건강한지라 이 와중에도 음식이 넘어갔다. "나도 어머니만큼이나 돈 빌리는 걸 싫어해. 마치 작은할머니가 잔소리하실 것도 뻔하고. 늘 그러시잖아. 푼돈을 빌려달라고 해도 그러실 걸. 메그 언니는 분기마다 받는 급여를 집세로 전부 내놓는데 나는 돈 벌어서 옷이나 사 입고 못됐다는 생각이 들었어. 그래서 돈을 마련하고 싶었어. 코라도 떼어 팔 수 있었으면 팔았을 거야."

"조, 못됐다고 생각하지 마. 제대로 된 겨울옷도 없고 힘들게 번 돈으로 검소한 옷을 샀잖니." 이렇게 말하는 마치 부인의 표정에 조는 마음이 따뜻해졌다.

"처음에는 머리카락 팔 생각을 못 했어요. 하지만 뭘 할 수 있을까 계속 생각하면서 걸어갔죠. 장사가 잘 되는 가게에 뛰어 들어가서 도둑질이라도 하고 싶은 심정이었어요. 그런데 이발소 창문에 가격표가 붙어 있는 머리카락 묶음이 보이는 거예요. 제 머리카락보다 길지만 숱이 적은 검은 머리카락이 40달러였어요. 문득 저도 머리카락을 팔아서 돈을 벌 수 있겠다는 생각이 들었죠. 그래서 고민할 겨를도 없이 안으로 들어가서 제 머리카락을 사겠느냐고, 얼마를 줄 수 있느냐고 물었어요."

"어쩜 그렇게 용감한 일을 할 수 있는지 몰라." 베스가 감탄하며 말했다.

"이발사는 체격이 작은 남자였는데 머릿기름을 바르는 게 낙인지 머리카락이 번들거렸어요. 여자애가 가게에 뛰어들어와 머리카락을 사겠느냐고 물어보는 일이 익숙하지 않은 듯이 처음에는 멀뚱멀뚱 보고만 있더라고요. 그러더니 제 머리카락에 관심 없다고, 유행하는 색이 아니라서 돈을 많이 줄 수 없다고 했어요. 머리카락 자르는 비용이 더 들겠다는 둥 구시렁댔죠. 시간이 점점 늦어지자 당장 머리카락을 팔지 않으면 아예 못 팔 것 같아서 겁이 났어요. 제가 뭔가를 시작하면 끝장을 보는 거 아시잖아요. 그래서 이발사에게 머리카락을 사달라고 애원했어요. 왜 이렇게 서둘러 팔아야 하는지도 말했고요. 바보 같

은 짓이었지만 이발사가 마음을 바꿨어요. 제가 흥분해서 횡설
수설하는 걸 이발사의 아내가 듣더니 친절하게도 이렇게 말해
줬거든요.

'토머스, 사줘요. 젊은 아가씨를 도와주는 게 좋겠어요. 나도
팔 만한 머리카락이 있었다면 우리 지미를 위해 언제든지 팔았
을 거예요.'"

"지미가 누군데?" 이야기 도중에 궁금한 게 생기면 바로 설명
을 듣고 싶어 하는 에이미가 물었다.

"아주머니 아들인데 군대에 있대. 이렇게 공통점이 있으면
낯선 사람도 친근하게 느껴지잖아? 아주머니는 이발사가 머리
를 자르는 동안 줄곧 나와 이야기를 나눴어. 덕분에 다른 데로
생각을 돌릴 수 있었지."

"처음 머리카락이 잘릴 때 무섭지 않았어?" 메그가 몸을 떨며
물었다.

"이발사가 도구를 준비하는 동안 마지막으로 내 머리카락을
보았고 그걸로 끝이었어. 난 그렇게 별것도 아닌 일로 훌쩍거
리지 않아. 하지만 내 예쁜 머리카락이 탁자 위에 놓여 있는 걸
보니 기분이 이상한 건 사실이었어. 짧고 거친 머리카락이 만
져지는 것도 그렇고. 팔다리를 하나 잘라낸 것 같기도 했어. 아
주머니는 잘린 머리카락을 쳐다보는 날 보더니 그 긴 머리카락
을 조금 집어주셨어. 어머니, 그 머리카락은 어머니께 드릴게

요. 과거의 영광을 기억해달라는 뜻이에요. 머리를 이렇게 짧게 자르니 너무 편해서 다시 기를 수 있을지 모르겠어요."

마치 부인은 곱슬한 적갈색 머리카락 묶음을 접어서 책상에 있는 짧은 흰머리 묶음과 함께 두었다. 부인은 "정말 고맙구나." 라는 말뿐이었지만 표정에서 무언가를 느낀 자매들은 대화 주제를 바꾸었다. 그들은 브룩 선생님이 정말 친절하다고, 내일 날씨가 좋을 것 같다고, 아버지가 회복하러 집으로 돌아오시면 정말 좋을 것이라고 최대한 쾌활하게 이야기했다.

10시가 되었는데도 아무도 자려고 하지 않자 마치 부인은 마지막으로 끝낸 일거리를 한쪽으로 치우고 "얘들아, 이리 오렴." 이라고 말했다. 베스는 피아노로 가서 아버지가 좋아하는 찬송가를 연주했다. 모두 씩씩하게 노래하기 시작했지만 차례로 울음을 터뜨리는 바람에 베스 혼자 열심히 노래했다. 베스를 다정하게 위로해주는 것은 언제나 음악이었기 때문이다.

"얘기 그만하고 가서 자자. 내일 일찍 일어나야 하니까 최대한 자둬야 해. 우리 딸들, 잘 자렴." 찬송가가 끝나고 아무도 더부르려고 하지 않자 마치 부인이 말했다.

자매들은 어머니에게 말없이 입 맞추고 옆방에 사랑하는 아버지가 누워 있기라도 한 것처럼 조용히 침실로 갔다. 베스와 에이미는 괴로운 와중에도 이내 잠에 빠졌다. 하지만 메그는 짧은 생애를 사는 동안 처음 해보는 심각한 고민에 빠져 뜬눈으로 누워 있었다. 그런데 꼼짝도 하지 않아서 잠들 줄로만 알았던 조가 숨죽여 흐느끼는 소리가 들렸다. 메그는 축축한 조의 뺨을 어루만지며 탄식했다.

"조, 왜 그래? 아버지 때문에 우는 거야?"

"아니, 지금은 아니야."

"그럼 왜 울어?"

"내…… 내 머리카락 때문에!" 가여운 조는 울음을 터뜨렸다. 베개에 얼굴을 묻고 감정을 숨겨보려 했지만 허사였다.

그 말이 전혀 웃기지 않았던 메그는 괴로워하는 오늘의 주인공 조에게 매우 다정하게 입 맞추며 달랬다.

"후회하지는 않아." 조가 목이 메어 꺽꺽대며 말했다. "할 수만 있다면 내일 또 머리카락을 자를 거야. 이렇게 바보처럼 우는 건 내 안에 있는 자만심과 이기심 때문이야. 아무한테도 말하지 마. 이젠 다 끝났으니까. 언니가 잠든 줄 알고 아름다운 내 머리카락을 떠올리며 혼자서 잠시 슬퍼한 것뿐이야. 그나저나 왜 안 자고 있어?"

"너무 걱정돼서 잠이 안 와." 메그가 말했다.

"즐거운 일을 떠올리면 금방 잠들 거야."

"해봤는데 잠이 더 달아나더라고."

"무슨 생각을 했는데?"

"여러 잘생긴 얼굴들. 그중에서도 눈." 메그가 어둠 속에서 슬며시 미소 지으며 대답했다.

"언니는 어떤 눈동자 색이 제일 좋아?"

"갈색…… 이건 가끔 좋고 파란색이 예쁘지."

조가 웃음을 터뜨리자 메그는 재빨리 조용히 시키고는 조의 머리를 예쁘게 말아주겠다고 흔쾌히 약속했다. 그리고 자기만의 하늘의 성에서 사는 상상을 하다가 잠들었다.

시계가 자정을 알리고 방 안에 적막이 흐르는 가운데 누군가가 이 침대에서 저 침대로 조용히 걸음을 옮기며 이불을 잘 펴주기도 하고 베개를 똑바로 해주기도 하고 멈춰 서서 잠든 자매들의 얼굴을 한참 들여다보았다. 그리고 한 사람씩 입 맞추며 말없이 축복하고 어머니만이 할 수 있는 열렬한 기도를 드렸다. 여인이 커튼을 살짝 걷고 음울한 밤 풍경을 바라보자 구름 뒤에 숨었던 달이 갑자기 모습을 드러내며 밝고 인자한 얼굴로 그녀를 비추었다. 그 모습은 마치 달이 고요한 가운데 이렇게 속삭이는 것 같았다. "기운 내요, 소중한 그대! 구름 뒤에는 언제나 빛이 숨어 있어요."

16. 편지

　춥고 우중충한 새벽에 자매들은 등불을 밝히고 그 어느 때보다 열심히 책을 읽었다. 이렇게 진짜 근심이 닥쳐 그림자를 드리우자 그동안 얼마나 풍족한 햇살 속에서 살아왔는지 여실히 드러났다. 그들의 작은 책은 큰 도움과 위로가 되었다. 자매들은 옷을 갈아입으면서 쾌활하고 희망차게 작별 인사를 하자고, 근심 가득한 여정에 오르는 어머니가 그들의 눈물과 넋두리 때문에 슬퍼하지 않도록 하자고 뜻을 모았다. 아래층으로 내려가니 모든 것이 너무도 낯설었다. 밖은 어둡고 조용한데 집 안은 환하고 부산스러웠다. 이른 시간에 먹는 아침 식사도 이상했고 나이트캡을 쓰고 주방을 바삐 오가는 해나의 익숙한 얼굴도 평소와 달라 보였다. 현관에는 큰 여행 가방이 준비되어 있었고 소파에는 어머니의 망토와 보닛이 놓여 있었다. 어머니는 앉아

348

서 아침을 먹으려 했지만 잠도 못 자고 걱정도 많이 해서 창백하고 지쳐 보였다. 그래서 자매들은 결심을 지키기가 힘들었다. 메그는 자신도 모르는 사이에 눈물이 차올랐다. 조는 주방 블라인드로 몇 번이나 얼굴을 가려야 했다. 베스와 에이미도 난생처음 슬픔을 겪는 것처럼 심각하고 걱정스러운 표정이었다.

다들 별말이 없었다. 출발 시간이 가까워져 마차를 기다리고 앉아 있는 동안 자매들은 어머니를 챙기느라 분주했다. 메그는 숄을 접고 조는 보닛 끈의 주름을 펴고 베스는 덧신을 씌우고 에이미는 여행 가방을 꽉 닫고 있었다. 그때 마치 부인이 딸들에게 말했다.

"얘들아, 너희를 해나의 보살핌과 로런스 씨의 보호에 맡기고 떠나야겠구나. 해나는 믿을 만한 사람이고 우리의 선한 이

웃인 로런스 씨가 너희를 자식처럼 지켜주실 거야. 너희들 걱정은 안 되지만 이 고난을 잘 받아들일 수 있을지 신경이 쓰이는구나. 내가 가고 나서 너무 슬퍼하거나 초조해하지 마. 게으름 부리거나 잊으려고 애쓰는 걸로 위안 삼지도 말고. 일이야말로 하나님의 은총이 깃든 위로니까 평소처럼 하던 일을 계속하렴. 희망을 품고 바삐 움직이는 거야. 그리고 무슨 일이 일어나든 아버지는 절대 너희 곁을 떠나지 않는다는 걸 기억해."

"네, 어머니."

"메그, 신중하게 행동하고 동생들 잘 보살피렴. 뭐든 해나와 의논하고 난처한 일이 생기면 로런스 씨를 찾아가. 조, 인내심을 갖고 낙담하지 마. 성급하게 일을 벌이지도 말고. 나한테 편지 자주 쓰고 모두 돕고 기운을 북돋워주며 씩씩하게 지내렴. 베스, 음악으로 마음을 달래고 맡은 집안일 성실하게 하렴. 에이미, 언니들 말 잘 듣고 열심히 도와줘. 다치지 말고 잘 지내야한다."

"네, 어머니, 그럴게요!"

덜컹대는 마차 소리가 가까워지자 모두 가슴이 철렁해져 귀를 기울였다. 힘든 시간이었지만 자매들은 잘 견뎠다. 아무도 울거나 자리를 뜨지 않았고 울먹이며 말하지도 않았다. 하지만 아버지에게 애정 어린 안부를 전해달라고 하면서도 너무 늦어 그 말을 전하지 못하는 게 아닐까 하는 생각에 마음이 매우 무거웠다. 자매들은 말없이 어머니에게 입 맞추고 어머니를 다정하게 꼭 안았고, 어머니가 마차를 타고 떠날 때에는 쾌활하게 손을 흔들려고 애썼다.

로리가 할아버지와 함께 마치 부인을 배웅하러 나왔다. 자매들은 굳세고 분별 있고 친절한 브룩 선생님의 모습에 '담대한 이*'라는 별명을 즉석에서 지어주었다.

"얘들아, 잘 있으렴! 하나님께서 우리 모두를 축복하고 지켜주시기를!" 마치 부인은 사랑스러운 딸들의 얼굴에 차례로 입 맞추며 이렇게 속삭인 다음 서둘러 마차에 탔다.

마차가 떠나자 해가 떴다. 마치 부인이 뒤를 돌아보니 좋은 징조를 알리듯이 문 앞에 모여 있는 자매들 위로 햇살이 비추었다. 자매들은 돌아보는 어머니에게 미소 지으며 손을 흔들었다. 모퉁이를 돌기 전에 마치 부인이 마지막으로 본 모습은 환하게 웃는 네 자매와 그 뒤에 경호원처럼 서 있는 로런스 씨, 충직한 해나, 헌신적인 로리였다.

"어쩜 다들 이렇게 친절하신지요!" 부인은 이렇게 말하며 돌아 앉아 앞을 보았다. 정중하게 공감하는 브룩 선생님의 표정을 보자 친절한 이가 여기에도 있음을 새삼 깨달았다.

"당연히 도와야지요." 브룩 선생님이 웃으며 말했다. 전염성

---

* 《천로역정》의 등장인물

강한 그 웃음에 마치 부인도 어느새 미소 지었다. 긴 여정은 이렇게 햇살, 미소, 응원의 말 같은 좋은 징조로 시작되었다.

"지진이 지나간 기분이야." 조가 말했다. 로리와 할아버지는 아침 식사를 하러 집으로 돌아가고 자매들끼리 남아 쉬면서 기운을 차리고 있었다.

"집의 절반이 사라진 것만 같아." 메그가 쓸쓸하게 말했다.

베스는 뭐라고 말하려고 입을 열었다가 어머니의 탁자에 놓인 말끔하게 수선된 양말 더미를 가리켰다. 어머니는 출발을 앞두고 서둘러 준비하는 와중에도 자매들을 생각해 양말을 수선해둔 것이다. 사소한 일이었지만 자매들은 마음이 찡했다. 결국 씩씩하게 결심했음에도 불구하고 다들 감정을 주체하지 못하고 쓰라린 눈물을 흘렸다.

지혜로운 해나는 자매들이 감정을 후련하게 털어내도록 놔두었다. 그리고 눈물 바람이 잦아들 기미가 보이자 커피 주전자를 들고 와서 구조의 손길을 내밀었다.

"자, 아가씨들, 초조해하지 말라고 하신 마님 말씀 기억하죠? 와서 다 같이 커피를 마시고 열심히 일하자고요. 가족에게 명예로운 사람이 되어야죠."

커피는 큰 위로가 되었다. 그날 아침에 해나가 커피를 끓여 낸 것은 탁월한 선택이었다. 어서 와서 마시라는 해나의 고갯짓과 커피 주전자에서 풍기는 향기로운 유혹을 거부할 수 있는 사람은 아무도 없었다. 자매들은 식탁에 모여 앉아 손수건 대신 냅킨을 들었고 10분 뒤에는 모두 진정되었다.

"'희망을 품고 바삐 움직이자.'가 우리 좌우명이니까 누가 이걸 가장 잘 지키는지 보자. 난 평소처럼 마치 작은할머니 댁에 갈 거야. 제발 작은할머니가 잔소리하시지 않기를!" 커피를 홀짝이던 조가 기운을 차리고 말했다.

"나도 킹 씨 댁에 가야지. 오늘은 집에 있으면서 집안 정리를 하고 싶지만." 메그가 눈이 너무 빨개지지 않았기를 바라며 말했다.

"집안 정리는 걱정하지 마. 베스 언니랑 내가 완벽하게 해놓을게." 에이미가 거드름 피우듯이 말했다.

"해나 할머니가 에이미와 내가 할 일을 알려줄 거야. 언니들이 집에 돌아올 때쯤이면 우리가 일을 말끔하게 다 해놓았을 거야." 베스가 재빨리 수세미와 설거지통을 꺼내며 말했다.

"불안이라는 건 아주 흥미로운 것 같아." 에이미가 설탕을 먹으며 생각에 잠겨 말했다.

나머지 셋은 웃음을 터뜨렸고 그러자 기분이 좀 나아졌다. 물론 메그는 설탕 그릇에서 위안을 찾는 어린 아가씨를 보며 고개를 절레절레 흔들었지만.

턴오버를 본 조는 다시 심각해졌다. 메그와 조는 출근하면서 어머니가 늘 지켜보던 창가를 슬프게 돌아보았다. 지금 어머니는 보이지 않았지만 베스가 집안의 이 작은 의식을 기억해내고는 그 자리에 서서 발그레한 귤 같은 얼굴로 그들을 향해 고개를 끄덕이고 있었다.

"역시 우리 베스야!" 조가 고마워하는 표정으로 모자를 흔들며 말했다. "언니, 잘 가. 오늘은 킹 씨네 애들이 힘들게 하지 않으면 좋겠다. 아버지 걱정하지 말고." 헤어지면서 조가 말했다.

"마치 작은할머니가 잔소리 안 하시길 바랄게. 그리고 네 머리 모양 잘 어울려. 남자애 같고 멋있어." 메그는 키 큰 조의 어깨 위에 놓인 곱슬한 짧은 머리가 너무 작아 보여서 우스웠지만 웃지 않으려고 애쓰며 말했다.

"그 말이 위로가 되네." 조는 로리처럼 모자를 약간 들어 올리며 인사하고 갈 길을 갔다. 겨울에 털을 깎인 양이 된 기분이었다.

자매들은 아버지 소식을 듣고 매우 안심했다. 아직 많이 아프지만 세상에서 가장 다정한 최고의 간병인이 곁에 있다는 것만으로도 병세는 이미 호전되고 있었다. 브룩 선생님이 매일 소식을 전해주었는데 메그는 장녀라는 이유로 자신이 전보를 읽어야 한다고 고집했다. 그 주가 지나자 점점 기운 나는 내용의 전보가 왔다. 처음에는 다들 편지를 열심히 썼기에 워싱턴에서 오는 편지에 유독 신경을 쓰는 자매들 중 누군가가 우편함에 조심스레 밀어넣는 편지봉투가 두툼했다. 이 편지 꾸러미에는 각자의 성격이 잘 드러나 있으니 슬쩍 훔쳐 읽어보도록 하자.

사랑하는 어머니께.

지난번에 보내주신 편지를 받고 말로 설명할 수 없을 정도로 기분이 좋았어요. 너무 좋은 소식에 저희는 웃기도 하고 울기도 했답니다. 브룩 선생님은 어찌나 친절하신지요. 그리고 로런스 할아버지가 맡긴 일 덕분에 선생님이 오랫동안 어머니 곁에 있을 수 있어서 정말 다행이에요. 어머니는 물론이고 아버지께도 도움이 될 테니까요. 저희는 모두 얌전히 잘 지내요. 조는 제 바느질도 도와주고 힘든 일을 도맡

아 하겠다고 고집을 부려요. 조가 '지나치게 착하게 구는 기
간'이 길지 않다는 걸 몰랐다면 무리할까봐 걱정했을 거예
요. 베스는 시계처럼 규칙적으로 맡은 일을 해내고 어머니
말씀을 잊지 않고 있어요. 피아노 칠 때를 빼면 아버지 때문
에 슬퍼서 그런지 심각해 보여요. 에이미는 제 말을 잘 듣
고 있어요. 제가 잘 돌보고 있답니다. 혼자 머리를 손질하기
도 해요. 제가 단춧구멍 만드는 법을 알려주고 양말을 수선
해주기도 했어요. 에이미는 정말 열심히 노력하고 있어요.
돌아오시면 에이미의 발전한 모습에 기뻐하실 거예요. 로런
스 할아버지는 조의 말에 따르면 암탉처럼 저희를 살펴주세
요. 로리도 정말 친절하고 다정해요. 어머니께서 멀리 가셔
서 가끔 고아 같은 기분이 들어 우울할 때면 로리와 조가 즐
겁게 해줘요. 해나 할머니는 그야말로 성자 같고요. 저희를
꾸짖은 적도 없고 항상 저를 '마거릿 아가씨'라고 부르며 존
대하고 존중해주세요. 저희는 모두 건강하고 바쁘게 지내고
있어요. 하지만 어머니께서 돌아오시기를 밤낮으로 고대하
고 있답니다. 아버지께 안부 전해주세요. 저를 믿으시고요.

어머니의 영원한 딸 메그

향 나는 종이에 예쁘게 쓴 이 편지와 대조적으로 다음 편지

는 크고 얇은 외제 종이에 아무렇게나 쓰여 있었고 여기저기 잉크 방울이 떨어져 있었으며 글씨체가 화려하고 끝이 꼬부라졌다.

소중한 어머니께.

만세 삼창을 외치며 사랑하는 아버지를 응원해요. 믿음직한 브룩 선생님께서 곧장 전보를 보내주신 덕분에 아버지께서 회복 중이라는 걸 빨리 알 수 있었어요. 편지를 받고 다락방으로 뛰어올라가 은혜를 베풀어주신 하나님께 감사드리려 했지만 울면서 '정말 다행이야! 정말 기뻐!'라는 말밖에 할 수 없었어요. 그것도 제대로 된 기도가 되지 않을까요? 마음속으로 정말 감사했으니까요. 저희는 즐겁게 지내고 있어요. 이제는 저도 이 시간을 즐길 수 있게 되었어요. 다들 정말 착해서 멧비둘기 둥지에 사는 기분이거든요. 식탁 상석에 앉아 어머니처럼 행동하는 메그 언니를 보면 웃으실 거예요. 언니는 나날이 예뻐져서 가끔은 제가 사랑에 빠진답니다. 동생들은 천사가 따로 없어요. 그리고 저는 그냥 조예요. 다른 건 되지 않을래요. 아, 로리와 싸울 뻔한 이야기 해드릴게요. 제가 별것 아닌 사소한 일에 무신경하게 굴어서 로리가 화가 났어요. 제가 옳았지만 말을 잘못하는 바람에 로리는 제가 사과할 때까지 안 오겠다면서 집으로 가버렸죠. 저도 화가 나서 사과하지 않겠다고 했어요. 하루 종일 기분이 정말 안 좋았고 어머니가 무척 그리웠어요. 로리와 저는 둘 다 자존심이 너무 세서 사과하기 힘들어 하잖아요. 하지만 저는 제가 옳았으니 로리가 사과해야 한다고 생각했어요. 그런데 저녁이 되자 에이미가 강물에 빠졌을 때 어머니께서 해주신 말씀이 떠올랐어요. 그래서 어머니께서 주신 책을 읽고 기분이 나아졌고 화가 하루를 넘기게 하지 않겠다고 결심했어요. 그래서 로리에게 달려가 미안하다고 했어요. 로리도 사과하러 오는 길이었는지 문 앞에서 만났지 뭐예요. 둘 다 웃음을 터뜨리며 서로 사과했어요. 다시 기분 좋고 편안해졌죠.

어제는 해나 할머니를 도와 빨래를 하면서 시를 한 편 썼어요. 아버지는 제 바보 같은 글을 좋아하시니 보고 웃으시라고 함께 보내요. 아버지께 사랑 가득한 포옹을 전해주세요. 어머니께도 입맞춤을 수십 번 보내요.

엉망진창 조

비누 거품의 노래

빨래 통의 여왕인 나

솟아오르는 하얀 거품을 보며
즐거이 노래하네,
옷을 힘차게 빨고 헹구고 짜서
빳빳하게 펼쳐 널어야지,
화창한 하늘 아래에서 자유롭고 상쾌한 바람을 맞으며
빨래는 이리저리 흔들리네.

내 마음과 영혼도 이렇게 씻어낼 수 있다면
일주일 동안 묻은 때를 지워낼 수 있다면
물과 공기가 마법을 부려
우리도 빨래처럼 깨끗하게 씻어준다면 얼마나 좋을까,
그러면 이 세상에는 실로 영광에 넘치는
빨래하는 날이 생길 텐데!

쓸모 있는 삶을 살아가면
마음에서 평안함이라는 꽃이 활짝 필 텐데
바삐 살면 슬픔, 배려, 우울을 생각할 겨를이 없지,
부지런히 빗자루질을 하면 불안한 생각을 쓸어버릴 수 있을
지도 몰라.

매일 해야 할 일이 주어지니 기쁘지 아니한가,

일을 하면 건강해지고 힘이 세지고 희망이 생기니
기쁜 마음으로 말할 수 있게 되었네,
"머리로는 생각하고 마음으로는 느끼고
손으로는 늘 열심히 일할지니!"

어머니께.
제가 보내드릴 것이라고는 사랑과 팬지뿐이네요. 아버지께
보여드리려고 집에 잘 보관해두었다가 뿌리째 눌러 말린 팬
지예요. 저는 아침마다 책을 읽고 착하게 하루를 보내려고
노력하고 자기 전에는 아버지가 좋아하시는 노래를 불러요.
그런데 이제 '천국'은 못 부르겠어요. 그 노래를 부르면 눈
물이 나거든요. 다들 정말 다정하고 저희는 어머니가 안 계
시는 대로 나름 행복하게 지내고 있어요. 남은 공간에는 에
이미가 편지를 쓰고 싶다고 해서 이만 줄여야겠어요. 저는
매일 꼬박꼬박 그릇을 덮어놓고 시계태엽을 감고 방을 환기
하고 있어요.
아버지 뺨에 입맞춤을 전해주세요. 제가 언제든 입 맞출 수
있는 뺨이라고 하셨어요. 집으로 빨리 돌아오시고요.

다정한 딸 베스

사랑하는 어머니께.

저희는 모두 잘 지내요 저는 늘 공부하고 언니들 말에 저항하지도 않아요 메그 언니는 이 경우에 '저항'이 아니라 '반항'이라고 써야 맞는다는데 둘 중에 뭐가 맞는지 어머니께서 봐주세요. 메그 언니는 저를 잘 달래주고 매일 저녁 차 마실 때 젤리를 먹게 해줘요 조 언니가 그러는데 계속 단 걸 먹어서 기분이 좋아지니까 저한테 좋은 거래요. 로리 오빠는 제가 열세 살이 거의 다 되어 곧

청소년인데도 그만한 대접을 안 해줘요 저를 꼬맹이라고 부르고 제가 해티 킹처럼 '봉주르'나 '메르시'라고 말하면 프랑스어를 아주 빠르게 말해서 기분 나쁘게 해요. 제 파란 드레스 소매가 다 닳아서 메그 언니가 새 걸로 달아줬지만 앞

에서 보면 모양이 이상하고 드레스보다 더 진한 파란색이에요. 기분이 별로였지만 불평하지 않았어요 저는 성가신 일들을 잘 참고 있지만 해나 할머니가 앞치마에 풀을 더 빳빳하게 먹여 주고 매일 메밀 팬케이크를 주면 좋겠어요. 그럴 수 있겠죠? 이번에는 물음표를 제대로 쓰지 않았나요? 메그 언니가 그러는데 제 구두점과 철자가 부끄러울 정도로 엉망이래요 그래서 굴욕적이지만 할 말이 너무 많아서 마침표를 찍을 수가 없어요. 안녕, 아빠한테 사랑을 무더기로 보내요.

사랑스러운 딸 에이미 커티스 마치

마님께.
저희는 잘 지낸다고 말씀드리려고 몇 줄 적습니다. 아가씨들은 똑똑하고 현명하게 바삐 지내고 있답니다. 메그 아가씨는 훌륭한 주부가 될 거예요. 살림하는 걸 좋아하고 뭐든 놀라울 정도로 빨리 배워요. 조 아가씨는 먼저 생각해보지 않고 일을 끌고 나가는 데는 일등이에요. 아가씨가 무슨 일을 벌였는지 상상도 못하실 거예요. 월요일에는 빨래 통에 옷을 빨았는데 물을 짜지도 않고 풀을 먹였고 분홍색 옥양목 드레스를 퍼렇게 물들여놨어요. 그걸 보고 웃다가 죽을 뻔했답니다. 베스 아가씨는 넷 중 최고예요. 보는 것만으로도 도움이 되고 항상 미리 대비해서 의지가 돼요. 뭐든 배우려고 애쓰고 그 나이에 하기 힘든데도 장까지 보러가요. 제 도움을 받아 가계부까지 쓸 수 있으니 정말 대단하죠. 저희

는 지금까지 매우 아끼면서 지내고 있어요. 마님 말씀대로 커피는 일주일에 한 번만 내고 소박하고 건강한 음식을 먹고 있어요. 에이미 아가씨도 좋은 옷을 입겠다거나 단 걸 먹겠다고 투덜대지 않고 잘 참고 있어요. 로리 도련님은 늘 그렇듯이 장난을 많이 쳐서 종종 집을 뒤집어 놓아요. 덕분에 아가씨들이 기운을 내니 마음대로 하게 놔둔답니다. 로런스 씨가 많이 챙겨주셨어요. 지나치다 싶기도 하지만 좋은 뜻으로 보내신 것이고 제가 왈가왈부할 처지가 아니라서요. 빵 반죽이 부풀어서 그만 써야겠네요. 주인님께 안부 전해주시고 폐렴이 얼른 나으시기를 바랄게요.

존경심을 담아 해나 멀릿

제2병동 수간호사님께.

래퍼해녹(Rappahannock) 강은 평온하고 부대에는 이상이 없으며 병참부대는 잘 돌아가고 있습니다. 테디 대령 휘하에 집을 지키는 의용병들은 언제나 맡은 바 임무를 다하고 있으며 로런스 총사령관께서 부대를 매일 시찰하십니다. 멀릿 병참장교는 병영의 질서를 유지하고 라이언 소령은 밤에 보초 서는 임무를 수행하고 있습니다. 워싱턴에서 들려온 반가운 소식에 예포를 스물네 발 쏘았고 본부에서 정식으로 사열식도 진행했습니다. 총사령관께서 진심 어린 안부를 전해달라고 하셨습니다.

테디 대령

친애하는 부인께.

따님들은 잘 있습니다. 베스와 로리에게 매일 소식 듣고 있습니다. 해나는 모범적인 하인답게 예쁜 메그를 용처럼 지키고 있습니다. 날씨가 계속 좋아서 다행이군요. 브룩 선생이 도움이 되기를 바라며 비용이 예산을 초과할 경우 제게 의지해주십시오. 부군께 부족함이 없기를 바랍니다. 회복 중이라니 기쁠 따름입니다.

진실한 친구이자 하인 제임스 로런스

17. 꼬마 믿음*

일주일 동안 마치 가족의 낡은 집에는 선함이 넘쳐흘러 이웃에 나눠줄 수 있을 정도였다. 정말 놀라웠다. 모두 천국에서나 볼 수 있을 법한 마음가짐으로 행동했고 자제력을 발휘하는 일이 유행처럼 번졌다. 하지만 맨 처음 아버지 소식을 듣고 걱정하던 마음이 사라지고 안도하게 되자, 그동안 칭찬받아 마땅할 정도로 노력하던 자매들은 차츰 긴장을 풀고 예전 모습으로 돌아가기 시작했다. 좌우명을 잊지는 않았지만 희망을 품고 바삐 움직이자는 다짐은 점점 느슨해졌다. 게다가 엄청난 노력을 하고 난 뒤라 그 정도로 애썼으면 쉴 자격이 있다는 생각에 마음껏 쉬었다.

_____

* 《천로역정》에서 크리스천과 동행한 순례자

조는 짧은 머리를 제대로 감싸지 않고 지내다가 심한 감기에 걸렸다. 감기에 걸려 코를 훌쩍거리며 책 읽는 소리를 싫어하는 마치 작은할머니는 조에게 회복할 때까지 집에 있으라고 명령했다. 쉬게 되어 신난 조는 다락방부터 지하실까지 기운 넘치게 샅샅이 뒤져서 민간요법으로 사용하는 감기약을 찾아낸 다음 약병과 책을 가지고 소파에 주저앉았다. 에이미는 집안일과 그림 그리기를 병행하기가 힘들다는 것을 깨달았고 찰흙놀이를 다시 시작했다. 메그는 매일 일하러 갔고 집에서는 바느질을 했다. 아니, 바느질은 생각뿐이었는지도 모른다. 어머니에게 장문의 편지를 쓰거나 워싱턴에서 온 전보를 몇 번이고 읽으며 대부분의 시간을 보냈으니까. 베스는 조금 게으름을 부리거나 슬퍼하기는 했지만 계속 잘해나갔다.

베스는 맡은 사소한 일들을 매일 충실하게 했고 다른 자매들이 잊어버린 일까지 도맡았다. 집은 시계추가 빠진 시계 같았다. 베스는 어머니가 그립거나 아버지가 걱정되어 우울할 때면 옷장에 들어가 낡은 가운에 얼굴을 묻고 슬퍼하며 소리 없이 기도했고, 그러고 나면 다시 차분해졌다. 베스가 어떻게 기운을 차렸는지는 아무도 몰랐다. 다들 베스가 얼마나 다정하고 도움이 되는지 잘 알았기에 사소한 문제가 생기면 그 곁으로 가서 위로받았다.

다들 의식하지 못했지만 힘든 일을 겪으면서 성격을 시험받았다. 처음의 걱정이 사라지자 자매들은 잘해냈다고, 칭찬받아 마땅하다고 생각했다. 물론 그럴 만했다. 하지만 잘하던 일을 중단하는 실수를 저질렀고, 더 큰 걱정과 후회를 겪고 나서야 교훈을 얻었다.

"메그 언니, 훔멜 씨 댁에 별일 없는지 가서 살펴봐줘. 어머니께서 잊지 말고 챙기라고 하셨잖아." 마치 부인이 떠나고 열흘이 지난 뒤에 베스가 말했다.

"오늘 오후에는 너무 피곤해서 못 가겠어." 흔들의자에 편히 앉아 바느질하던 메그가 대답했다.

"조 언니는?" 베스가 물었다.

"감기 걸린 몸으로 가기에는 날씨가 너무 안 좋은데."

"거의 다 나은 것 같은데."

"로리랑 같이 외출할 정도로는 나왔지만 훔멜 씨네 갈 정도는 아니야." 조는 웃으며 말했지만 앞뒤가 안 맞는다는 생각에 조금 멋쩍은 표정이었다.

"네가 가지 그래?" 메그가 물었다.

"매일 가고 있어. 아기가 아픈데 난 뭘 어떻게 해야 할지 몰라서 그래. 훔멜 부인이 일하러 가셔서 로첸이 아기를 돌보고 있는데 점점 상태가 안 좋아지고 있어. 언니나 해나 할머니가 가야 할 것 같아."

베스의 간곡한 말에 메그는 내일 가보겠다고 약속했다.

"베스, 해나 할머니에게 맛있는 죽을 끓여달라고 해서 가져가. 너도 바람 좀 쐬면 좋을 거야." 조가 변명조로 말했다. "내가 가도 되지만 쓰던 글을 마무리하고 싶어."

"머리가 아프고 피곤해서 언니들 중에 누가 가는 게 좋겠다고 생각한 거야." 베스가 말했다.

"에이미가 곧 돌아올 테니 대신 에이미를 보내자." 메그가 제안했다.

"그럼 난 좀 쉬면서 에이미를 기다릴게."

베스는 이렇게 말하고 소파에 누웠고 메그와 조는 하던 일을 계속 하느라 훔멜 씨 가족을 잊었다. 1시간이 지났지만 에이미는 오지 않았다. 메그는 새 드레스를 입어보러 방으로 갔고 조는 글 쓰는 데 계속 몰두하고 있었으며 해나는 주방 화덕 앞에서 깊이 잠들었다. 그래서 베스는 조용히 후드를 쓰고 가여운 아이들에게 줄 자질구레한 것들을 바구니에 넣어 무거운 머리를 이끌고 추운 바깥으로 나갔다. 참을성 많은 베스였지만 서러운 눈빛이었다. 늦은 시간에 돌아온 베스가 조용히 위층으로 올라가 어머니 방으로 들어가는 것을 본 사람은 아무도 없었다. 30분 뒤에 조는 어머니의 벽장에서 찾을 게 있어서 그 방에 들어갔다. 그리고 약이 들어 있는 큰 상자 위에 심상치 않은 상태로 주저앉아 있는 베스를 발견했다. 약병을 손에 든 베스의 두 눈은 새빨갛게 충혈되어 있었다.

"크리스토퍼 콜럼버스! 무슨 일이야?" 조가 외쳤다. 베스는 가까이 오지 말라는 듯이 손을 내저으며 나지막이 물었다.

"언니는 성홍열 앓은 적 있지?"

"몇 년 전에 메그 언니한테 옮아서 앓았지. 왜 그래?"

"그럼 말해줄게. 아, 언니, 아기가 죽었어!"

"아기라니?"

"훔멜 부인의 아기 말이야. 부인이 집에 돌아오기 전에 내 품에서 떠났어." 베스가 흐느끼며 말했다.

"딱한 내 동생, 얼마나 무서웠을까! 내가 갔어야 하는데." 조는 후회하는 얼굴로 어머니의 큰 의자에 앉아 동생 베스를 끌어안았다.

"무섭지는 않았는데 너무 슬펐어! 아기의 상태가 더 안 좋아졌다는 걸 금방 알겠더라고. 로첸은 훔멜 부인이 의사를 부르러 갔다고 했어. 그래서 좀 쉬라고 내가 아기를 안고 있었거든. 잠든 줄 알았던 아기가 갑자기 작은 소리로 울더니 몸을 떨고 나서 꼼짝도 하지 않는 거야. 내가 발을 따뜻하게 해주고 로첸이 우유를 좀 먹였는데도 아기는 움직이지 않았어. 그래서 죽었다는 걸 알았어."

"울지 마! 그래서 어떻게 했어?"

"훔멜 부인이 의사 선생님을 데리고 올 때까지 그냥 아기를 살며시 안고 앉아 있었어. 의사 선생님은 아기가 죽었다고 했고, 목이 아프다고 하는 하인리히와 민나를 살펴보더니 '성홍열입니다. 진작 저를 불렀어야죠.'라고 언짢은 듯이 말했어. 홈멜부인은 돈이 없어서 아기를 집에서 치료해보려다가 늦어버렸다고 하면서 나머지 아이들을 치료해달라고, 치료비는 자선 단체의 도움을 받아서 내겠다고 했어. 의사 선생님은 그제야 미소 짓더니 친절해졌어. 너무 슬퍼서 나도 같이 울고 있었는데 갑자기 의사 선생님이 나를 돌아보더니 당장 집으로 가서 벨라도나 풀로 만든 약을 먹으라는 거야. 안 그러면 나도 성홍열에 걸린다면서."

"아니야! 넌 걸리지 않을 거야!" 조는 두려워하며 베스를 꼭 끌어안았다. "아, 베스, 네가 아프면 나 자신을 용서하지 못할 거야! 뭘 어떻게 해야 하지?"

"걱정하지 마. 증상이 심각하지는 않은 것 같아. 어머니 책을 찾아봤더니 지금 나처럼 두통, 목 통증, 이상한 느낌으로 시작된대. 그래서 벨라도나 약을 먹었더니 좀 나아졌어." 베스는 열이 나서 뜨거운 이마에 차가운 손을 갖다 대며 괜찮은 척하려 애썼다.

"어머니만 집에 계셨어도!" 조가 책을 움켜쥐며 외쳤다. 워싱턴이 너무 멀게 느껴졌다. 조는 책을 읽고 나서 베스의 이마를 짚어보고 목구멍을 들여다보더니 심각하게 말했다. "넌 일주일 넘게 그 집 아기를 돌봤고 나머지 아이들도 성홍열에 걸렸을

수도 있어. 그래서 네가 옮았을까봐 걱정돼. 해나 할머니를 불러야겠다. 병에 대해서는 아주 잘 아시잖아."

"에이미보고 가까이 오지 말라고 해. 걔는 성홍열을 앓은 적이 없잖아. 에이미한테 옮기는 건 싫어. 언니랑 메그 언니가 성홍열에 또 걸리지는 않는 거지?" 베스가 걱정스럽게 물었다.

"안 걸릴 거야. 걸린대도 상관없어. 걸려도 싸. 널 혼자 보내고 쓰레기 같은 글이나 쓰면서 이기적인 돼지처럼 굴었으니까!" 조는 이렇게 중얼거리며 해나에게 의논하러 갔다.

착한 해나는 곧바로 잠에서 화들짝 깨더니 앞장서 걸어가면서 걱정할 것 없다고, 누구나 성홍열을 앓는다고, 잘 치료하면 죽지 않는다고 조를 안심시켰다. 그 말을 굳게 믿은 조는 안심하고서 메그를 부르러 올라갔다.

"이제 뭘 해야 할지 알려줄게요." 해나는 이렇게 말하고는 베스를 살펴보며 이것저것 물었다. "뱅스 선생님이 와서 아가씨를 진찰하면 성홍열이 맞는지 알 수 있겠죠. 그다음에 에이미 아가씨를 잠시 동안 마치 작은할머님 댁으로 보낼 거예요. 병이 옮지 않도록이요. 그리고 메그 아가씨와 조 아가씨 둘 중 한 명은 하루 이틀쯤 계속 집에 머물면서 베스 아가씨 곁을 지켜요."

"당연히 내가 있어야지. 내가 맏이니까." 메그가 걱정하고 자책하며 말했다.

"내가 있을게. 베스가 아픈 건 내 탓이니까. 어머니께 홈멜 씨 댁을 돌보겠다고 해놓고 하지 않았잖아." 조가 단호하게 말했다.

"베스 아가씨는 누가 있는 게 좋아요? 한 사람만 있으면 돼요." 해나가 말했다.

"조 언니가 있어줘." 베스는 조에게 머리를 기댔다. 베스의 만족스러운 표정으로 문제가 해결되었다.

"그럼 난 가서 에이미에게 말할게." 메그는 약간 상처받았지만 한편으로는 다행스러웠다. 조와 달리 간호를 그다지 좋아하지 않았기 때문이다.

에이미는 노골적으로 싫다고 하면서 마치 작은할머니 집으로 가느니 성홍열에 걸리는 게 낫다고 열변을 토했다. 메그가 논리적으로 설명하고 부탁하고 명령까지 해보았지만 소용없었다. 에이미는 가지 않겠다고 고집을 부렸다. 메그는 절망에 빠져 해나에게 어떻게 해야 할지 물으러 갔다. 메그가 돌아오기 전에 응접실에 들어선 로리는 소파 쿠션에 얼굴을 묻고 우는 에이미를 보았다. 에이미는 위로받고 싶은 마음에 무슨 일이 있었는지 이야기했지만 로리는 주머니에 손을 넣고 이마를 찡그린 채 깊은 생각에 잠겨 서성대기만 했다. 작은 소리로 휘파람도 불었다. 잠시 후 로리는 에이미 곁에 앉아 구슬리는 말투로 말했다. "자, 현명하게 언니들 말 들어야지. 그만 울고 내가 즐거운 계획을 생각해냈으니 들어봐. 네가 마치 작은할머님 댁에 있는 동안 내가 매일 널 데리고 나와서 마차도 타고 산책도 하면서 재미있게 노는 거야. 여기에서 잔뜩 찡그리고 있느니 그 편이 낫지 않아?"

"방해가 된다는 듯이 날 다른 집으로 보내는 게 싫단 말이야." 에이미가 상처받은 목소리로 말했다.

"저런! 그건 네가 아플까봐 그러는 거야. 너도 아픈 건 싫지?"

"그건 싫지만 어차피 아플 거야. 베스 언니와 계속 같이 있었으니까."

"그래서 당장 떠나야 하는 거야. 병을 피할 수 있을지도 모르잖아. 공기가 다른 곳에서 잘 쉬면 아프지 않을 거야. 병에 걸리더라도 훨씬 가볍게 앓을 테고. 그러니 최대한 빨리 떠나는 게 좋을 거야. 성홍열은 시시한 병이 아니야."

"하지만 마치 작은할머니 집은 지루해. 작은할머니가 너무 괴팍하기도 하고." 에이미가 겁먹은 표정으로 말했다.

"내가 매일 가서 베스 소식도 전해주고 여기저기 데리고 돌아다닐 테니까 지루하지 않을 거야. 마치 작은할머님은 날 좋아하시니까 내가 최대한 싹싹하게 굴면 우리가 뭘 하든 잔소리하시지 않을 거야."

"픽이 끄는 마차에 태워서 외출할 거야?"

"신사의 명예를 걸고 약속할게."

"매일 올 거고?"

"그럴 테니 두고 봐."

"베스 언니가 다 나으면 곧바로 날 집에 데리고 올 거지?"

"낫자마자 데려올게."

"정말 극장에도 갈 거야?"

"할 수만 있다면 열두 번도 갈 거야."

"음…… 그럼…… 갈게." 에이미가 느릿느릿 대답했다.

"좋았어! 메그 누나에게 네가 항복했다고 알려야겠다." 로리가 잘 생각했다며 토닥거리자 에이미는 '항복'이라는 말보다 토닥거리는 게 더 성가셨다.

메그와 조는 방금 일어난 기적을 눈으로 확인하려고 뛰어내려갔다. 에이미는 아주 대단한 희생을 한다고 생각하며 의사가 베스의 병을 확실히 진단 내리면 가겠다고 약속했다.

"베스는 어때?" 로리가 물었다. 베스를 특별히 아꼈기에 보기보다 더 걱정하고 있었다.

"어머니 침대에 누워 있는데 좀 나아졌어. 아기가 죽어서 괴로워해. 내가 보기엔 그냥 감기에 걸린 것 같기도 하고. 해나 할머니도 그렇게 생각하신대. 하지만 베스가 너무 걱정하고 있어서 속이 타네." 메그가 대답했다.

"정말 힘든 세상이야!" 조가 조바심 난다는 듯이 머리를 헝클며 말했다. "문제를 하나 해결하기가 무섭게 다른 문제가 생기잖아. 어머니께서 안 계시니 의지할 데가 없는 것 같아. 망망대해에 떠 있는 기분이야."

"음, 그렇다고 머리를 호저*처럼 만들지는 마. 안 어울리니까. 머리 좀 가만히 내버려두고 내가 어머님께 전보를 보내거나 다른 할 일이 없는지 알려줘." 로리는 친구가 예쁜 머리카락을 잘라버렸다는 사실을 계속 받아들이지 못하고 있었다.

"그게 고민이야." 메그가 말했다. "베스가 심각하게 아프면 말씀드려야겠지만 해나 할머니는 연락하지 말라고 하시더라고. 어차피 어머니는 아버지 곁을 떠나지 못하실 텐데 괜히 두 분 걱정만 하신다고. 베스가 오래 아프지는 않을 것 같고, 해나 할머니가 어떻게 돌봐야 하는지 잘 알고 어머니께서 해나 할머니 말씀을 잘 들으라고 하셨으니 그래야겠지. 하지만 그게 정말 옳은 건지 모르겠어."

"흠. 나도 모르겠네. 의사 선생님이 다녀가시고 나면 우리 할아버지께 여쭤봐."

"그러려고. 조, 가서 뱅스 선생님을 당장 모셔와." 메그가 명령했다. "의사 선생님이 다녀가실 때까지는 아무것도 결정할 수 없어."

"조, 넌 그냥 있어. 지금 상황에서 심부름은 내가 하는 게 맞는 것 같아." 로리가 모자를 집어 들며 말했다.

"너 바쁘잖아." 메그가 말했다.

---

* 몸에 길고 뻣뻣한 가시털이 덮인 고슴도치와 비슷하게 생긴 동물

"아니야, 오늘 공부할 거 다했어."

"방학에도 공부해?" 조가 물었다.

"우리 이웃 자매님들을 본받아야지." 로리는 그렇게 말하고는 급히 응접실에서 나갔다.

"로리의 앞날이 무척 기대되는데." 씩 웃으며 울타리를 넘어가는 로리를 보며 조가 말했다.

"어린 나이임을 감안하면 아주 잘하고 있지." 메그는 관심 없는 분야의 이야기라서 약간 무뚝뚝하게 대답했다.

뱅스 선생님은 베스를 진찰했다. 성홍열이 맞지만 가볍게 지나갈 것 같다고 했다. 하지만 홈멜 가족 이야기를 듣자 표정이 심각해졌고 에이미에게 전염될 수 있으니 당장 떠나라고 명했다. 에이미는 조와 로리의 호위를 받으며 위풍당당하게 집을 나섰다.

마치 작은할머니는 평소처럼 심드렁하게 그들을 맞이했다.

"이번엔 무슨 일이야?" 작은할머니가 안경 너머로 쏘아보며 묻자 의자 뒤에 앉아 있던 앵무새가 외쳤다.

"썩 나가지 못할까. 이 집에 남자는 못 들어와."

로리는 창가로 물러났고 조는 사연을 풀어놓았다.

"가난한 사람들을 들쑤시고 다니더니 이런 일이 생길 줄 알았다. 에이미는 여기에 머물도록 하고 지금은 아파 보이지 않으니 쓸모 있게 굴도록 해. 울지 말고. 훌쩍대는 소리를 들으면 마음이 시끄러워지니까."

에이미가 울음을 터뜨리려 하자 로리가 앵무새 꼬리를 몰래 잡아당겼다. 그 바람에 앵무새 폴리가 놀라서 깍깍 소리를 내며 외쳤다.

"아이쿠, 깜짝이야!" 에이미는 그 소리가 너무 웃겨서 울음 대신 웃음을 터뜨렸다.

"어머니에게서 연락은 받았니?" 마치 작은할머니가 무뚝뚝하게 물었다.

"아버지께서 많이 좋아지셨대요." 조가 애써 차분하게 대답했다.

"아, 그래? 하지만 오래가지는 않을 게다. 마치 집안사람들은 체력이 달려서." 정말 기운 나는 말이었다.

"하하! 죽는다는 말은 하지 말고 코담배나 피우시지. 얼른 가, 어서!" 로리가 뒤에서 꼬집자 폴리는 이렇게 외치며 앉은 자리에서 푸드덕거리더니 노부인의 모자를 발톱으로 움켜쥐었다.

"입 다물어, 이 버르장머리 없는 늙은 새야! 조, 너는 어서 가보거라. 저렇게 머리에서 빈 깡통 소리가 나는 남자애와 늦게까지 쏘다니는 건 좋지 않으니까."

"입 다물어, 이 버르장머리 없는 늙은 새야!" 폴리는 이렇게 외치며 의자에서 펄쩍 뛰어내리더니 그 말에 몸을 들썩이며 웃고 있는 '머리에서 빈 깡통 소리가 나는 남자애'를 부리로 쪼려고 달려갔다.

'견딜 수 있을지는 모르지만 노력해봐야지.' 마치 작은할머니와 단둘이 남겨진 에이미가 다짐했다.

"썩 꺼져! 못생긴 것!" 폴리가 외쳤다. 그 무례한 말에 에이미는 콧방귀를 뀔 수밖에 없었다.

18. 우울한 나날들

성홍열에 걸린 베스는 해나와 의사가 예상한 것보다 훨씬 심하게 아팠다. 메그와 조는 성홍열에 대해 아무것도 몰랐고 로런스 씨는 베스를 보러올 수 없었기 때문에 해나가 모든 일을 알아서 처리해야 했다. 바쁜 뱅스 선생님도 최선을 다했지만 뛰어난 간호사 해나에게 일이 많이 돌아왔다. 메그는 킹 씨네 아이들에게 병을 옮기지 않도록 집에 머물며 집안일을 했는데, 베스가 아프다는 내색을 하지 않고 어머니에게 편지를 쓰자니 불안하고 죄책감도 조금 느껴졌다. 어머니를 속이는 것이 옳지 않다고 생각했지만 어머니는 해나의 말을 잘 들으라고 했고 해나는 "마님께 알리면 별것 아닌 일로 걱정하신다."면서 알리지 말라고 했다. 조는 밤낮으로 베스를 돌보는 데 몰두했다. 베스는 참을성이 많아서 불평하지 않고 참을 수 있는 데까지 고통

을 참는 편이라 간병이 힘들지는 않았다. 하지만 열이 오르면 쉬고 갈라진 목소리로 헛소리를 하거나 아끼는 피아노를 연주하듯이 침대보를 두드리며 잔뜩 부어서 아무런 곡조도 나오지 않는 목으로 노래하려 하기도 했다. 베스가 익숙한 얼굴도 못 알아보고 이름을 잘못 부르기도 하고 어머니를 애타게 찾기까지 하자 조는 점점 겁이 났고 메그는 사실대로 알리자고 해나에게 애원했다. 해나조차 "아직 위험하지는 않지만 생각해 보겠다." 고 할 정도였다. 아버지의 병세가 나빠져서 한동안 집에 돌아올 수 없다는 내용이 담긴 워싱턴에서 온 편지 때문에 자매들의 고민은 깊어졌다.

우울한 나날이 이어졌다. 집은 슬프고 외로웠으며 한때 행복한 가정이던 이곳에는 죽음의 그림자가 맴돌았다. 그러는 동안 열심히 애쓰며 기다리는 자매들의 마음은 한없이 무거웠다. 마거릿은 앉아서 일하는 동안 눈물을 흘리는 일이 잦았다. 사랑, 보호, 평화, 건강 같은 삶의 진정한 축복이 돈으로 살 수 있는 모든 호화로운 것들보다 더 소중하다는 것을, 그런 것들을 누리던 자신이 얼마나 부유했는지를 깨달았다. 조는 어둑한 방에서 아픈 동생을 늘 지켜보고 그 애처로운 목소리를 들으면서 베스가 얼마나 아름답고 다정한 성품을 타고났는지, 베스가 모든 이의 마음 깊숙한 곳을 얼마나 다정하게 채워주었는지 깨달았다. 남을 위해 희생하고 누구에게나 있을지 모를 소박한 선함을 실천함으로써 집을 행복하게 만들어준 베스의 이타적인 마음이 얼마나 가치 있는지도 알게 되었다. 그 선함은 다른 모든 재능보다 더 사랑받고 귀하게 대접받아야 마땅했다. 유배 중인 에이미는 집으로 돌아가 베스를 돌보고 싶은 마음이 간절했다. 지금은 무슨 일을 해도 힘들거나 귀찮지 않을 것 같았다. 그동안 자신이 내팽개친 수많은 일을 기꺼이 해준 베스를 떠올리자 후회와 슬픔이 밀려왔다. 로리는 안절부절못하면서 유령처럼 자매들의 집을 떠돌았고 로런스 씨는 해 질 녘에 즐거움을 선사하던 어린 이웃이 떠오르는 것을 견디지 못해 그랜드 피아노를 잠가버렸다. 모두 베스를 그리워했다. 우유 배달부, 빵집 주인, 식료품 가게 주인, 정육점 주인도 베스의 안부를 물었다. 가여운 홈멜 부인은 집으로 찾아와 자신의 생각이 짧았다고 용서를 구했고 민나에게 입힐 수의를 얻어갔다. 이웃들은 다양한 방식으로 위로를 전하며 회복을 빌어주었다. 베스를 잘 아는 사람들조차 수줍음 많은 어린 베스에게 친구가 이렇게나 많다는 사실에 놀랐다.

베스는 아파서 누워 있으면서도 낡은 인형 조애나를 곁에 두었고 헛소리를 하는 와중에도 조애나의 딱한 처지를 잊지 않았다. 베스는 고양이들을 정말 보고 싶었지만 병을 옮길까봐 데려오지 못했다. 잠시 평온할 때에는 조를 무척 걱정했다. 에이미에게 애정이 담긴 편지를 보냈고 곧 어머니께 직접 편지를 쓸 테니 아무 말도 하지 말아 달라고 자매들에게 부탁했다. 무심하다고 아버지가 서운해하지 않도록 종종 연필과 종이를 달라고 해 몇 자라도 적으려 했다. 하지만 이렇게 의식이 또렷한 시간은 길지 않았고 그 후 몇 시간이고 누워서 이리저리 뒤척이며 알아들을 수 없는 말을 중얼거리거나 원기 회복에 도움도 되지 않는 깊은 잠에 빠졌다. 뱅스 선생님이 하루에 두 번 왕진을 왔고 해나는 밤에 베스의 곁을 지켰으며 메그는 언제든 어머니께 보낼 수 있도록 책상에 전보를 준비해두었고 조는 베스의 곁을 떠나지 않았다.

12월 첫날은 자매들에게 정말 겨울 같은 날이었다. 살을 에는 바람이 불며 눈이 내려 한 해가 죽음을 맞이할 준비를 마친 것만 같았다. 아침에 왕진을 온 뱅스 선생님은 한참 동안 베스를 검진하더니 뜨거운 손을 잠시 잡고 있다가 살며시 내려놓으며 해나에게 나지막이 말했다.

"마치 부인이 부군을 두고 올 수 있다면 오시는 편이 좋겠습니다."

해나는 입술이 너무 심하게 떨려서 아무 말도 하지 못하고 고개만 끄덕였다. 그 말을 들은 메그는 팔다리에서 힘이 빠져나간 듯이 의자에 주저앉았다. 하얗게 질린 얼굴로 잠시 서 있던 조는 응접실로 뛰어가 전보를 움켜쥐고 옷을 대충 걸친 다음 눈보라를 뚫고 달려갔다. 잠시 후 조가 돌아와서 조용히 망토를 벗고 있는데 로리가 편지를 들고 왔다. 마치 씨가 다시 회복 중이라는 내용이었다. 조는 편지를 읽으며 다행이라고 생각했지만 마음을 짓누른 무거운 짐이 가벼워지지 않았고 얼굴에는 고통이 가득했다. 이를 본 로리가 재빨리 물었다.

"왜 그래? 베스가 안 좋아?"

"어머니께 돌아오시라고 전보를 보냈어." 조가 비통한 표정으로 고무장화를 잡아당겨 벗으며 말했다.

"잘했어! 너 혼자서 결정한 거야?" 로리는 이렇게 묻고 조를 현관 의자에 앉히더니 말을 듣지 않는 장화를 벗겨주었다. 조는 양손을 심하게 떨고 있었다.

"아니, 의사 선생님이 그러라고 하셨어."

"이런, 조. 그 정도로 안 좋은 거야?" 로리가 깜짝 놀란 얼굴로 외쳤다.

"응. 우리도 못 알아
봐. 벽에 자란 넝쿨 잎을
보고 초록색 비둘기 떼
라고 하더니 이젠 그 말
조차 못해. 내 동생 베스
가 아닌 다른 사람 같아.
우리가 이 상황을 견딜
수 있도록 도움을 줄 사
람도 없어. 어머니와 아
버지 두 분 다 안 계시
고 하나님도 너무 멀리
계시는 것만 같아서 찾
을 수가 없어."

가여운 조는 뺨을 타
고 주룩주룩 흘러내리
는 눈물을 닦으려 어둠 속에서 더듬거리듯 무력하게 손을 움직
였다. 로리는 그 손을 잡고서 목구멍으로 뜨거운 덩어리가 올
라오는 것을 최대한 삼키며 속삭였다.

"내가 있잖아. 조, 내게 의지해!"

조는 아무 말도 할 수 없었지만 로리의 손을 계속 잡고 있었

다. 친구의 따뜻한 손은 아픈 마음에 위로가 되었으며 고난에
서 지탱해줄 유일한 존재인 하나님께 더 가까이 이끄는 것만
같았다. 로리는 다정한 위로의 말을 건네려 했지만 마땅한 말
이 떠오르지 않았다. 그래서 말없이 서서 조의 어머니가 그랬
듯이 숙이고 있는 조의 머리를 가만히 쓰다듬었다. 그가 할 수
있는 최선이었다. 이는 어떤 위로의 말보다 조의 마음을 잘 달
래주었다. 조는 로리가 아무 말도 하지 않았음에도 자신의 아
픔에 공감한다고 느꼈고, 그렇게 말없이 있는 동안 애정이 슬
픔을 다스려 다정한 위로를 받았다. 곧 눈물을 그치고 후련해
진 조는 고마운 표정으로 로리를 쳐다보았다.

"테디, 고마워. 이제 좀 나아졌어. 아까만큼 절망적이지도 않
아. 다시 절망에 빠지더라도 견뎌내도록 노력해볼게."

"잘 해결되기를 바라자. 그럼 도움이 많이 될 거야. 곧 어머님
께서 오실 테니 다 잘될 거야."

"아버지께서 나아지셨다니 정말 기뻐. 그럼 아버지를 두고
오시는 어머니 마음이 많이 무겁지는 않을 테니까. 어쩜 이럴
수가! 온갖 고난이 한꺼번에 닥친 것 같아. 난 그중에서도 가장
견디기 힘든 고난을 짊어지고 있어." 조는 젖은 손수건을 말리
려고 무릎 위에 펴면서 한숨지었다.

"메그 누나와 공평하게 나눌 수는 없는 거야?" 로리가 화난
표정으로 물었다.

"아, 물론 언니도 노력하지만 베스를 나만큼 사랑할 수는 없어. 나만큼 베스를 그리워할 수도 없고. 베스는 내 양심이야. 난 절대 그 애를 포기할 수 없어! 절대!"

조는 축축한 손수건에 얼굴을 묻고 다시 절망적으로 울었다. 지금까지는 눈물 한 방울 흘리지 않고 씩씩하게 지냈는데. 로리도 손으로 눈물을 훔쳤다. 목구멍으로 울컥 치솟는 감정을 가라앉힐 때까지 아무 말도 할 수 없었고 떨리는 입술을 진정시키려 입을 꾹 다물고 있었다. 남자답지 못한 모습일지 모르지만 어쩔 수 없었다. 오히려 인간적인 모습이라 반가웠다. 곧 조의 흐느낌이 가라앉자 로리가 희망차게 말했다. "베스는 죽지 않을 거야. 정말 착한 아이고 우리 모두 그 애를 무척 사랑하니까 하나님께서 아직 데려가시지 않으리라 믿어."

"착하고 사랑스러운 사람들은 늘 일찍 죽지." 조는 괴로운 듯 신음하며 말했지만 눈물을 그쳤다. 마음속으로 의심하고 두려워하고 있었지만 친구의 말에 기운이 났다.

"불쌍한 조! 지쳤구나. 절망에 빠지는 건 너답지 않아. 잠깐만 있어봐. 내가 당장 힘나게 해줄게."

로리는 한 번에 두 계단씩 올라갔고 조는 베스의 작은 갈색 후드에 지친 머리를 기댔다. 아무도 베스가 탁자 위에 벗어둔 후드를 치울 생각을 하지 못했다. 후드가 마법이라도 부렸는지 다정한 후드 주인의 온화한 마음이 조에게 전해진 것 같았다.

로리가 포도주를 한 잔 들고 계단을 내려오자 조는 미소 지으며 잔을 받아 들고 씩씩하게 말했다. "내 동생 베스의 건강을 위하여! 테디, 넌 훌륭한 의사이자 정말 편한 친구야. 이걸 어떻게 갚지?" 조가 물었다. 다정한 말이 괴로운 마음을 달래주었다면 포도주를 마시니 원기가 회복되었다.

"조만간 청구서 보낼게. 오늘 저녁에는 포도주보다 더 마음을 따뜻하게 해주는 걸 줄게." 로리는 흡족한 기분을 숨기려고 애쓰며 환한 표정으로 조를 보았다.

"뭔데?" 조는 방금 전까지 슬퍼했던 것도 잊고 궁금해하며 물었다.

"내가 어제 너희 어머니께 전보를 보냈어. 브룩 선생님께서 어머님이 곧바로 출발하셨다는 답장을 주셨고. 그래서 오늘 밤에 어머님께서 집으로 오실 거야. 그럼 모든 게 괜찮아지겠지. 기쁘지 않아?"

로리는 흥분해서 상기된 얼굴로 아주 빠르게 말했다. 자매들이 실망할 답장이 오거나 베스에게 해가 될까봐 이 일을 비밀로 간직하고 있었다. 조는 얼굴이 하얗게 질리더니 의자에서 벌떡 일어났다. 그리고 로리가 말을 멈춘 순간 목을 와락 끌어안아 그를 깜짝 놀라게 하고 기쁨에 차 외쳤다. "아, 로리! 아, 어머니! 정말 기뻐!" 조는 다시 우는 대신 극도로 흥분된 웃음을 터뜨렸고 갑작스러운 소식에 어쩔 줄 모르는 듯 몸을 떨며 로리에게 매달렸다. 로리는 매우 놀랐지만 침착하게 행동했다. 조의 등을 다독이며 달래주었고 조가 흥분을 가라앉히자 수줍은 듯이 한두 번 입을 맞췄다. 그 바람에 조는 이내 정신을 차렸다. 난간을 잡고 있던 조는 로리를 살짝 밀어내며 숨죽여 말했다. "아, 그러지 마! 그런 뜻은 아니었어. 내가 불쾌한 행동을 했네. 해나 할머니가 반대했는데도 네가 다정하게도 전보를 보냈다니까 너무 좋아서 나도 모르게 널 와락 안아버렸어. 그나저나 자세히 좀 얘기해봐. 그리고 다시는 나한테 포도주 주지 마. 포도주 때문에 그런 이상한 행동을 했어."

"난 괜찮은데." 로리는 웃음을 터뜨리며 넥타이를 고쳐 맸다. "알다시피 나도 어쩔 줄 몰라서 안절부절못했잖아. 할아버지도 그러셨고. 할아버지와 나는 해나 할머니가 도가 지나치게 권한을 행사한다고, 너희 어머니가 상황을 아셔야 한다고 생각했어. 혹시라도 베스가, 그러니까 무슨 일이라도 생기면 어머님께서 우리를 용서하지 않으실 거야. 그래서 할아버지께 뭐라도 해야 할 때가 되었다고 말씀드렸고 어제 우체국에 달려간 거야. 의사 선생님 표정도 심각해 보였고. 해나 할머니에게 전보를 보내자고 말했다면 잔소리 폭탄을 맞았겠지. 난 잔소리를 못 견디잖아. 그래서 그냥 전보를 보내기로 마음먹고 실행에 옮겼고 어머님께서 오시게 된 거야. 마지막 기차가 새벽 2시에 도착하니까 내가 가서 모셔올게. 그러니 기뻐하는 건 이쯤 해두고 어머님이 오실 때까지 차분하게 베스를 돌보고 있어."

"로리, 넌 천사야! 이 고마움을 어떻게 표현하지?"

"포옹이나 또 해줘. 기분 좋던데."로리가 2주 만에 처음으로 짓궂은 표정을 지으며 말했다. "아니, 그거라면 됐어. 할아버지가 오시면 대신 포옹할게. 놀리지 말고 집에 가서 쉬어. 새벽에 일어나야 하잖아. 테디, 정말 고마워, 정말!"

조는 이렇게 말하고 구석으로 물러나더니 황급히 주방으로 들어갔다. 그리고 그릇장에 걸터앉아서 모여 있던 고양이들을 향해 "행복해, 정말 행복해!"라고 말했다. 로리는 잘했다고 뿌듯해하며 집으로 돌아갔다.

"로리 도련님처럼 참견하기 좋아하는 남자는 처음 봤어요. 그래도 용서해야지요. 마님이 어서 오시면 좋겠네요."조가 기쁜 소식을 전하자 해나가 안도하며 말했다.

메그는 무척 기뻐하며 어머니의 편지를 곱씹어 읽었다. 조는 베스가 누워 있는 방을 정리했고 해나는 뜻밖에 돌아오게 된 어머니를 위해 파이 두 개를 뚝딱 더 만들었다. 집안에 활기가 돌았고 햇살보다 더 환한 무언가가 집안을 밝히는 것만 같았다. 모든 것들이 희망 가득한 변화를 감지하는 것 같았다. 베스의 새는 다시 노래하기 시작했고 에이미가 창가에 심어둔 덤불에서 반쯤 핀 장미가 발견되었다. 벽난로도 평소와 달리 활기차게 타오르는 것 같았다. 메그와 조는 파리한 얼굴에 미소를 띠며 포옹했고 "어머니께서 오고 계셔! 어머니가 오신다고!"라고 속삭이며 용기를 북돋웠다. 베스를 제외한 모든 사람이 기뻐했다. 베스는 깊은 혼수상태에 빠져 의심과 분노는 물론이고 희망과 기쁨도 느낄 수 없었다. 그 모습은 정말 애처로웠다. 장밋빛 뺨은 안색이 변해 홀쭉해졌고 바삐 움직이던 손은 연약하고 기력이 쇠했다. 미소 짓던 입술은 굳게 다물었고 잘 손질된 예쁜 머리는 베개 위에 마구 흩어져 엉켜 있었다. 베스는 그렇게 하루 종일 누워 있었고 가끔 정신이 들 때면 바싹 말라서 입 모양도 제대로 안 나오는 입술로 "물!"이라고 중얼거렸다. 조와 메그는 온종일 베스 곁에 머물며 지켜보고 기다리고 희망을 품고 하나님과 어머니에게 기댔다. 종일 눈이 내리고 매서운 바람이 불었고 시간은 더디게 흘러갔다. 마침내 밤이 되었다. 베스의 침대 양옆을 계속 지키던 자매들은 시계가 울릴 때마다 어머니가 오실 시간이 점점 가까워지고 있다고 눈을 빛내며 서로 바라보았다. 왕진하러 온 의사는 자정 무렵이면 베스의 병세가 나빠질지 좋아질지 알 수 있을 것 같다며 그때 다시 오겠다고 했다.

지칠 대로 지친 해나는 침대 발치에 놓인 소파에 눕자마자 곯아 떨어졌다. 로런스 씨는 응접실에서 서성대며 집에 도착할 마치 부인의 근심 가득한 얼굴을 마주하느니 반란군 포대와 맞닥뜨리는 게 낫다고 생각했다. 로리는 양탄자에 누워 쉬는 척했지만 벽난로의 불길을 바라보며 생각에 잠겨 있었다. 그 덕분에 까만 눈동자가 무척 온화하고 맑아 보였다.

메그와 조가 영원히 잊지 못할 밤이었다. 두 사람은 이런 상황에서 흔히 느끼는 끔찍한 무력감에 시달리며 시계만 쳐다보았고 잠도 오지 않았다.

"하나님께서 베스를 살려주시면 다시는 불평하지 않을 거야." 메그가 진심으로 속삭였다.

"하나님께서 베스를 살려주시면 평생 하나님을 사랑하고 섬기려고 노력할 거야." 조도 마찬가지로 열정적으로 말했다.

"차라리 심장이 없으면 좋겠어. 너무 아파." 잠시 가만히 있던 메그가 한숨을 내쉬며 말했다.

"사는 게 이렇게 힘들다니 앞으로 어떻게 헤쳐나가야 할지 모르겠어." 조가 실의에 빠져 말했다.

시계가 자정을 알렸고 두 사람은 베스를 돌보느라 여념이 없었다. 베스의 야윈 얼굴에 변화가 스쳐 지나간 것 같기도 했다. 집은 쥐 죽은 듯이 조용했고 바람 부는 소리만이 깊은 침묵을 깼다. 지친 해나는 계속 자고 있었고 자매들만이 베스가 누운 병상에 드리운 듯한 창백한 그림자를 지켜보았다. 1시간이 지났고 로리가 기차역으로 조용히 출발한 것 말고는 아무 일도 일어나지 않았다. 다시 1시간이 지났는데도 아무도 오지 않았다. 눈보라 때문에 기차가 연착되었는지, 오는 길에 사고라도 났는지, 최악의 경우 워싱턴에서 엄청나게 슬픈 일이 일어난 게 아닌지 자매들은 초조한 두려움에 휩싸였다.

새벽 2시가 지났다. 창가에 서서 눈의 장막에 뒤덮인 세상은 무척 음울하다고 생각하던 조는 침대 옆에서 부스럭대는 소리가 들리자 재빨리 돌아보았다. 메그가 어머니의 안락의자 앞에 무릎 꿇고 앉아 얼굴을 묻고 있었다. 무시무시한 공포가 조를 싸늘하게 스치고 지나갔다. '베스가 죽었구나. 언니가 나한테 차마 말을 못 하는 거야.'

조는 즉시 침대 옆 자기 자리로 돌아갔다. 초조한 눈으로 바라보니 베스가 많이 달라 보였다. 열기가 가셨고 고통스럽던 얼굴이 편안해 보였으며 깊이 잠든 예쁘고 자그마한 얼굴은 창백하지만 평화로워 보였다. 그 모습을 본 조는 울거나 탄식하고 싶지 않았다. 가장 사랑하는 동생에게 허리를 숙여 축축하게 젖은 이마에 마음을 담아 입 맞추고는 나지막이 속삭였다. "잘 가, 내 동생 베스. 안녕!"

자고 있던 해나가 누가 흔들어 깨우기라도 한 것처럼 깜짝 놀라 일어나더니 황급히 침대로 다가와 베스를 살펴보았다. 베스의 손을 잡고 입술에서 나오는 숨결에 귀 기울였다. 그러고 나서 앞치마를 벗고 흔들의자에 주저앉아 몸을 앞뒤로 흔들며 낮은 목소리로 외쳤다. "열이 내렸어요. 편히 자고 있어요. 식은 땀이 나지만 숨은 편안하게 쉬고 있고요. 감사합니다! 정말 다행이에요!"

자매들은 의사가 와서 확인할 때까지 이 행복한 소식을 믿지 못했다. 뱅스 박사는 잘생긴 편은 아니었지만 아버지 같은 표정으로 자매들을 바라보며 미소 지을 때는 천사 같았다. "그래, 얘들아. 너희 동생이 잘 회복할 것 같구나. 계속 조용히 하고 푹 자게 놔두렴. 깨어나거든 이걸 줘야……."

메그와 조 둘 다 무엇을 주라는지 듣지 못했다. 어둑한 복도로 나가 계단에 주저앉아 서로 꼭 끌어안았기 때문이다. 말로 표현할 수 없을 정도로 기뻤다. 베스에게 돌아가자 충실한 해나가 두 사람에게 입 맞추며 꼭 끌어안았다. 베스는 원래 습관대로 한쪽 뺨 밑에 손을 받치고 자고 있었다. 무서우리만치 창백하던 얼굴에 약간 혈색이 돌았고 이제 막 잠든 것처럼 편안하게 숨 쉬었다.

"어머니께서 빨리 오셔야 하는데!" 겨울밤이 지나고 차츰 날이 밝아오자 조가 말했다.

"이것 봐." 메그가 반쯤 핀 하얀 장미 한 송이를 내밀었다. "베스가…… 우리 곁을 떠나버리면…… 내일 이 꽃을 손에 쥐어주지 못하겠다고 생각했어. 이제 밤사이에 피어난 이 꽃을 여기 있는 내 꽃병에 꽂아둘 거야. 그럼 우리 베스가 잠에서 깨었을 때 이 장미와 어머니의 얼굴을 가장 먼저 보게 되겠지."

메그와 조는 무거워진 눈으로 창밖의 이른 아침 풍경을 바라보았다. 태양은 그 어느 때보다 아름답게 떠올랐고 세상도 전에 없이 아름다워 보였다. 길고 슬픈 간호는 이제 끝났다.

"요정들이 사는 세상 같아." 커튼 뒤에 서서 눈부신 풍경을 보던 메그가 미소 지으며 말했다.

"들어봐!" 조가 벌떡 일어나며 외쳤다.

아래층에서 초인종 소리가 들리더니 해나의 외침이 들렸다. 잠시 후 기쁨에 찬 로리의 목소리가 들렸다. "아가씨들! 어머님께서 오셨어! 드디어 오셨다고!"

19. 에이미의 유언장

집에서 이 난리가 벌어지는 동안 에이미도 마치 작은할머니 집에서 힘든 시간을 보내고 있었다. 유배 생활이 얼마나 힘든지 절실히 느꼈고 집에서 얼마나 사랑받고 귀여움을 받았는지 난생처음 깨달았다. 마치 작은할머니는 그 누구도 귀여워하며 응석을 받아주지 않았다. 그런 것을 좋게 생각하지도 않았다. 하지만 에이미가 예의 발라서 마음에 들어 했고, 대놓고 표현하는 게 부적절하다고 생각할 뿐 조카의 자식이라 마음이 약해졌기 때문에 에이미에게 잘해주려고 했다. 마치 작은할머니는 에이미를 즐겁게 해주려고 정말 최선을 다했다. 하지만 저런, 실수를 저지르고 말았다! 나이 든 사람들 중에는 주름이 생기고 머리가 희끗해도 마음만은 젊어서, 아이들의 근심과 기쁨에 공감하여 그들을 편안하게 해주고 즐거운 놀이를 통해 현명

한 교훈을 깨닫게 하며 아주 다정하게 우정을 주고받는 이들도 있다. 하지만 마치 작은할머니에게는 이런 재능이 없었다. 그녀는 에이미를 너무 걱정한 나머지 규칙과 명령, 자기만의 고리타분한 방식, 길고 지루한 이야기로 에이미를 괴롭게 했다. 에이미가 조보다 고분고분하고 사근사근하다는 것을 알게 된 작은할머니는 집에서 자유롭게 마음대로 살면서 생긴 나쁜 습관을 최대한 없애주는 것이 자기 의무라고 생각했다. 그래서 에이미를 엄하게 대하며 60년 전에 자신이 교육받은 내용을 가르쳤다. 그러는 동안 에이미는 뼛속까지 절망했고 지독한 거미의 거미줄에 걸린 파리가 된 기분이었다.

에이미는 매일 아침 컵을 씻고 고풍스러운 숟가락, 은으로 만든 불룩한 찻주전자, 유리그릇을 광나게 닦아야 했다. 그런 다음 방에 먼지를 털어야 했는데 이 일이 정말 힘들었다! 마치 작은할머니는 작은 얼룩 하나 그냥 지나치는 법이 없었고, 가구 다리는 전부 갈고리 모양에 조각이 많아서 아무리 먼지를 털어도 작은할머니의 성에 차

지 않았다. 그다음에는 폴리
에게 밥을 주고, 작은

반려견의 털을 빗겨준 다음
계단을 수없이 오르내리며 물건을 가
져오거나 하인들에게 작은할머니의 명을 전달해야 했다. 작은할머니는 다리를 절뚝거렸기 때문에 커다란 안락의자에 앉아 좀처럼 일어나지 않았다. 이렇게 힘든 일을 마치고 나면 공부를 해야 했는데 에이미의 모든 미덕을 매일 같이 시험하는 일

이었다. 그러고 나면 1시간 동안 운동하고 놀 시간이 주어졌다. 그러니 어찌 즐겁지 않을까? 로리는 매일 찾아와서 마치 작은 할머니를 구슬려 에이미의 외출 허락을 받아냈다. 둘은 걷기도 하고 마차도 타며 즐거운 시간을 보냈다. 점심 식사 후에는 작은할머니에게 책을 읽어주고 작은할머니가 조는 동안 꼼짝 말고 앉아 있어야 했다. 작은할머니는 대개 첫장을 읽을 때 졸기 시작해 1시간 정도 잤다. 그다음으로 조각보나 행주 만들기가 이어졌다. 에이미는 겉보기에는 순순히 바느질을 했지만 마음속에는 반항심이 가득했다. 해 질 때까지 그렇게 하고 나서야 저녁 식사 전까지 하고 싶은 일을 할 수 있었다. 저녁은 그중에서도 최악이었는데 마치 작은할머니는 말할 수 없이 지루한 자신의 젊은 시절 이야기를 끝도 없이 계속 늘어놓았다. 에이미는 언제나 침대로 달려가 자신의 가혹한 운명에 슬피 울고 싶은 심정이었지만, 눈물을 한두 방울 흘리기도 전에 잠들기 일쑤였다.

로리와 나이 많은 하인 에스더가 없었다면 에이미는 그 끔찍한 시간을 견딜 수 없었을 것이다. 앵무새 폴리 하나만으로도 충분히 심란했다. 폴리는 에이미가 자신을 좋아하지 않는다는 것을 일찌감치 느끼고 최대한 짓궂게 구는 것으로 복수했다. 에이미가 다가가면 머리카락을 잡아당겼고 새장을 청소하면 빵과 우유가 든 통을 엎지르며 괴롭혔다. 마치 작은할머니가 졸고 있을 때 반려견 맙을 쪼아 짖게 만들기도 했다. 사람들 앞에서 에이미를 험담하는 등 늙은 새가 할 수 있는 온갖 꽤씸한 짓을 했다. 맙도 견딜 수 없기는 마찬가지였다. 뚱뚱하고 괴팍한 이 짐승은 에이미가 화장실을 치워줄 때면 으르렁대고 짖었으며 하루에 열두 번이나 등을 대고 누워 네 다리를 위로 뻗은 채 바보 같은 몸짓을 하며 먹을 것을 요구했다. 요리사도 성미가 고약했고 나이 많은 마부는 귀가 잘 들리지 않았다. 에스더만이 에이미에게 관심을 가졌다.

  프랑스 출신인 에스더는 이 집에서 오래 살았는데, 작은할머니를 '마담'이라고 불렀고 그녀 없이 살 수 없게 된 작은할머니를 약간 윽박지르기까지 했다. 에스더의 원래 이름은 에스텔이었지만 개종하지 않는다는 조건을 걸고 이름을 바꾸라는 작은할머니의 말에 따랐다. 에스더는 에이미를 '마드무아젤'이라고

부르며 예뻐했다. 에스더가 작은할머니의 레이스를 손질하고
있을 때면 에이미는 옆에 앉아 에스더가 프랑스에서 겪은 기
묘한 일들을 들으며 즐거워했다. 에스더는 에이미가 저택을 마
음대로 돌아다니게 해주었고 커다란 옷장과 오래된 상자에 보
관된 진귀하고 예쁜 물건을 구경시켜주었다. 마치 작은할머니
는 까치처럼 온갖 물건을 보관하고 있었다. 그중 에이미가 가
장 마음에 들어 한 것은 독특한 서랍, 작은 칸막이, 비밀 보관함
이 들어찬 인도풍 보관장이었다. 그 안에는 온갖 장식품이 들
어 있었다. 비싸 보이는 것도 있고 신기해 보이기만 한 것도 있

었으나 모두 골동품이었다. 에이미는 이 물건들을 구경하고 정리하는 것을 무척 좋아했는데 그중에서도 보석함을 유독 좋아했다. 보석함 안의 벨벳 쿠션에는 작은할머니가 40년 전 아름답던 시절부터 착용한 장신구가 놓여 있었다. 외출할 때 착용하는 석류석 세트, 결혼식 날 작은할머니의 아버지가 주신 진주 세트, 연인에게 받은 다이아몬드, 유품으로 받은 흑요석 반지와 핀, 죽은 친구들의 초상화와 수양버들 같은 머리카락 뭉치가 담긴 특이한 펜던트, 외동딸이 아기 때 착용했던 팔찌도 있었다. 마치 작은할아버지가 쓰던 큰 손목시계도 있었고 어린 아이의 손때가 묻은 듯한 빨간색 도장도 있었다. 마치 작은할머니의 결혼반지가 들어 있는 상자도 있었다. 작은할머니는 지금은 살이 쪄서 맞지 않는 반지를 가장 소중한 보물인 양 세심하게 보관해두었다.

"마담께서 유언장을 작성하신다면 마드무아젤은 뭘 물려받고 싶어요?" 에스더가 물었다. 그녀는 언제나 에이미 곁에서 함께 보석을 구경하고 귀중품함을 잠갔다.

"다이아몬드가 가장 마음에 들지만 목걸이가 없네요. 저는 목걸이가 잘 어울려서 좋아하거든요. 그래도 하나 고르라면 이걸로 할래요." 에이미는 금과 흑단 구슬로 만든 줄에 같은 소재의 묵직한 십자가를 매단 목걸이를 감탄스러운 표정으로 바라보며 말했다.

"저도 그게 좋아요. 그런데 저라면 목걸이가 아니라 묵주로 사용하겠어요. 독실한 가톨릭 신자라면 그래야죠." 에스더는 이렇게 말하며 탐내는 눈빛으로 멋진 보석을 바라보았다.

"그러니까 아주머니 방 거울에 달린 향기 좋은 나무 구슬 목걸이랑 같은 용도로 쓰신다는 거죠?" 에이미가 물었다.

"네, 맞아요. 기도할 때 쓰는 거예요. 이렇게 멋진 묵주를 목에 걸고 우쭐대기보다는 기도할 때 쓰면 성인들도 기뻐할 거예요."

"기도에서 위안을 많이 얻어서 늘 평온하고 만족스러운 표정이신가봐요. 저도 그럴 수 있으면 좋겠어요."

"마드무아젤이 가톨릭 신자라면 기도에서 참된 위로를 구할수 있을 거예요. 신자가 아니라도 매일 시간을 내서 묵상하고 기도하면 좋을 거예요. 마담을 모시기 전에 모셨던 분이 그랬거든요. 그분은 작은 기도실을 만들어서 힘든 일이 닥쳤을 때그 안에서 위로받으셨답니다."

"저도 그렇게 해도 될까요?" 에이미가 물었다. 외로운 에이미는 뭐라도 좋으니 도움이 필요하다고 느꼈고, 옆에서 일깨워주는 베스가 없으니 어머니에게 선물받은 책을 읽는 것도 자꾸 잊어버렸다.

"아주 훌륭하고 멋진 일이에요. 원한다면 아가씨를 위해 작은 옷 방을 꾸며줄게요. 마담께는 아무 말도 하지 말고요. 마담이 주무시러 가면 잠깐 혼자 앉아서 좋은 생각을 하고 언니를 지켜달라고 기도하는 거예요."

신앙심 깊은 에스더는 진심으로 조언했다. 다정한 그녀는 자매들의 걱정과 불안을 깊이 이해했다. 에이미는 에스더의 조언이 마음에 들어서 자기 방 옆에 있는 작은 옷 방을 꾸며달라고 하며 이 일이 도움이 되기를 바랐다.

"마치 작은할머니가 돌아가시면 이 예쁜 것들은 다 어디로 가는 건지 알고 싶어요." 에이미는 반짝이는 묵주를 천천히 제자리에 내려놓고 보석 상자를 차례로 닫으며 말했다.

"아가씨와 언니들에게 돌아간답니다. 마담께서 직접 말씀하셨어요. 유언장에 쓰여 있는 것도 봤으니 그리될 거예요." 에스더가 미소 지으며 속삭였다.

"정말 근사해요! 하지만 지금 주시면 좋겠어요. 지연되는 건 싫어요." 에이미가 다이아몬드를 마지막으로 한 번 더 보며 말했다.

"이런 걸 착용하기에는 아가씨들이 아직 너무 어려요. 마담께서 가장 먼저 약혼하는 아가씨에게 진주 세트를 주겠다고 하셨답니다. 아마 저 작은 터키석 반지는 집으로 돌아갈 때 마드무아젤에게 주실 거예요. 마드무아젤의 처신이 훌륭하고 예의 바르다고 하셨거든요."

"정말 그러실까요? 아, 저 예쁜 반지를 가질 수만 있다면 저는 정말로 순한 양이 될 거예요. 키티 브라이언트의 반지보다 훨씬 예뻐요. 그렇게 되면 마치 작은할머니가 좋아질 거예요."
에이미는 기쁜 표정으로 파란 반지를 껴보며 반드시 갖겠다고 다짐했다.

그날부터 에이미는 순종의 모범이 되었고 마치 작은할머니는 자신의 훈육이 성공했다고 자화자찬했다. 에스더는 옷 방에 작은 탁자를 놓고 그 앞에 발받침을 두었다. 탁자 위에는 잠가 놓은 방에서 가져온 그림도 걸었다. 에스더는 그 그림이 대단히 가치 있는 작품은 아니지만 잘 어울린다고 생각해서 빌려왔다. 마담은 그림이 없어졌는지도 모를 테고 안다고 해도 신경 쓰지 않을 것임을 잘 알았기 때문이다. 하지만 그 그림은 세계적으로 유명한 화가의 작품을 아주 훌륭하게 복제한 모작이었다. 아름다움을 사랑하는 에이미는 그림 속 성모 마리아의 얼굴을 아무리 들여다봐도 질리지 않았고, 그림을 보는 동안에는 마음에 온화한 생각이 가득했다. 탁자 위에는 작은 성경책과 찬송가책을 두었고 로리가 가져온 싱싱한 꽃이 가득 꽂힌 꽃병을 항상 올려놓았다. 그리고 매일 이곳에 홀로 앉아 좋은 생각을 하고 베스를 지켜달라고 하나님께 기도했다. 에스더에게 은색 십자가가 달린 검정 구슬 묵주를 받았지만 에이미는 묵주를 사용하는 것이 개신교 기도에는 적합하지 않다고 생각하여 걸어두기만 하고 사용하지는 않았다.

어린 에이미는 이 모든 일에 매우 진지하게 임했다. 집이라는 안전한 둥지를 벗어나 혼자 있자니 자신을 굳건하게 잡아줄 다정한 손길이 필요했다. 그래서 강하고 다정한 친구인 하나님을 본능적으로 찾았고, 하나님은 어린 자녀를 자애로운 사랑으로 단단히 보호했다. 에이미는 자신을 이해하고 이끌어주는 어머니의 도움이 절실했지만, 어디를 보아야 할지 가르침을 받고 나자 그 길을 찾아서 굳건하게 걸으려고 최선을 다했다. 하지만 에이미는 어린 순례자였기에 지금 당장의 짐이 너무 버겁게 느껴졌다. 그녀는 지켜보고 칭찬하는 사람이 없는데도 불행한 처지를 잊고 쾌활하게 지내며 옳은 일을 하는 것에 만족하려고 애썼다. 정말 착하게 살기로 결심하고 나서 가장 먼저 마치 작은할머니처럼 유언장을 쓰기로 했다. 그렇게 하면 나중에 병들어 죽게 되더라도 가지고 있는 물건을 아낌없이 공평하게 나눠줄 수 있을 것 같았기 때문이다. 에이미에게는 작은할머니의 보석만큼이나 소중한 보물 같은 물건들을 포기해야 한다는 생각만으로도 고통스러웠다.

에이미는 쉬는 시간에 이 중요한 문서를 최대한 성의껏 작성했다. 법률 용어 같은 것들은 에스더의 도움을 받았다. 온화한 에스더가 증인이 되어 서명하자 에이미는 안심했고 두 번째 증인으로 세우고 싶은 로리에게 보여주려고 유언장을 잘 놔두었다. 그리고 비가 내리는지라 위층 큰 방으로 폴리를 데리고 가서 놀았다. 그 방에는 옛날 옷이 꽉 들어찬 옷장이 있었는데 이 옷을 가지고 놀아도 된다고 에스더에게 허락 받았다. 에이미는 빛바랜 양단 옷을 입고 긴 거울 앞에서 왔다 갔다 하며 우아하게 예의를 차리고 듣기 좋게 바스락대는 치맛자락으로 바닥을 휩쓸고 다니는 놀이를 좋아했다. 그날에도 이 놀이에 푹 빠져서 로리가 울린 초인종 소리도 듣지 못했고 로리가 방을 빼꼼 들여다보는 것도 몰랐다. 에이미는 부채질을 하고 머리를 이리저리 흔들면서 근엄하게 거닐고 있었다. 머리에는 파란 공단 드레스와 노란 누비 패티코트와 어울리지 않는 커다란 분홍색 터번을 둘렀다. 높은 구두를 신어서 어쩔 수 없이 조심스럽게 걸어야 했는데, 나중에 로리가 조에게 한 말에 따르면, 화려한 색의 옷을 입고 종종걸음 치는 에이미의 모습과 그 바로 뒤에서 목을 치켜들고 삐딱하게 걸으며 에이미를 열심히 흉내 내다가 이따금 멈춰서 울음소리를 내거나 "우리 멋지지 않아? 못생긴 것아, 썩 꺼져! 입 다물어! 뽀뽀해줘. 하하!"라고 외치는 폴리의 모습이 정말 웃겼다고 한다.

로리가 위풍당당한 에이미의 기분을 상하게 하지 않으려고 웃음이 터지려는 것을 가까스로 참으며 문을 똑똑 두드리자 들어오라는 우아한 대답이 들렸다.

"이거 치울 동안 앉아서 쉬고 있어. 그 후에 정말 진지하게 의논하고 싶은 문제가 있어." 화려한 모습의 에이미는 폴리를 구석으로 몰았다. "정말 성가신 새야." 에이미가 머리에 이고 있던 분홍색 산을 내려놓는 동안 로리는 의자에 편한 자세로 앉아 있었다. "어제 작은할머니가 잠드셨을 때 쥐 죽은 듯이 가만히 있으려고 애쓰고 있는데 폴리가 새장 안에서 소리를 지르면서 푸닥거리기 시작하는 거야. 그래서 꺼내주려고 갔더니 새장 안에 큰 거미가 있었어. 거미를 꺼냈더니 책장 밑으로 재빨리 기어가더라고. 폴리가 곧장 거미를 쫓아가서 머리를 숙이고 책장 아래를 보면서 눈을 치켜뜨고 웃기게 말했어. '나와서 산책하자.' 난 웃음을 참을 수가 없었어. 내가 웃음을 터뜨리자 폴리는 욕을 했고 잠에서 깬 작은할머니가 우리 둘 다 혼냈어."

"그래서 거미는 친구의 초대를 수락했어?" 로리가 하품을 하며 물었다.

"응. 밖으로 나오더니 폴리한테 돌진하더라고. 폴리는 죽을 듯이 겁에 질려 작은할머니 의자로 뛰어 오르며 '잡아! 잡아! 잡아!'라고 외쳤어. 그래서 난 거미를 쫓아다녔어."

"거짓말! 아이구!" 폴리가 로리의 발가락을 쪼며 외쳤다.

"내가 주인이었으면 네 목을 비틀고 있을 거다, 이 골칫덩어리 새야." 로리가 새를 향해 주먹을 흔들어 보이며 말했다. 폴리는 머리를 갸웃하더니 근엄하게 깍깍 울었다. "알렐루야! 네 단추에 축복을!"

"이제 준비됐어." 에이미는 옷장을 닫고 주머니에서 종이를 한 장 꺼냈다. "이거 읽고 법에 맞게 잘 썼는지 봐줘. 이걸 써야 한다는 생각이 들었어. 살다보면 무슨 일이 생길지 모르니까. 내 무덤 앞에서 감정 싸움하는 것도 싫고."

로리는 웃음을 참느라 수심에 잠긴 에이미에게서 몸을 약간 돌리고 입술을 꽉 깨물었다. 그리고 잘못 쓴 철자를 감안해 칭찬할 만큼 진지한 태도로 아래 문서를 읽었다.

나의 마지막 유언

나 에이미 커티스 마치는 정신이 온전할 때 속세의 내 모든 재산을 분배하고자 하며 상세한 내용은 다음과 같다.

아버지에게는 내 그림, 스케치, 지도, 액자를 포함한 완성도 높은 작품들을 남긴다. 100달러도 함께 남기니 하고 싶은 일에 쓰시기를 바란다.

어머니에게는 주머니 달린 파란색 앞치마를 제외한 옷을 전부 남긴다. 사랑을 듬뿍 담아 내 초상화와 메달도 남긴다.

사랑하는 마거릿 언니에게는 (내가 작은할머니에게 받게 된다면) 터키석 반지와 비둘기가 그려진 초록색 상자를 남긴다. 목에 두를 수 있도록 내 진짜 레이스와 '어린 동생'을 기억해달라는 의미로 그린 언니의 초상화를 남긴다.

조 언니에게는 봉랍으로 수선한 브로치와 언니가 뚜껑을 잃어버린 내 청동 잉크스탠드를 남기고, 언니의 소설을 불태워서 미안하니까 내가 가장 아끼는 석고 토끼도 남긴다.

(나보다 오래 산다면) 베스 언니에게는 인형들과 작은 화장대, 부채, 리넨 옷깃을 남기고 언니가 회복하고 살이 빠져서 신을 수 있다면 새 실내화도 남긴다. 그리고 이 자리를 빌려 낡은 인형 조애나를 놀린 일을 후회한다고도 전하고 싶다.

내 친구이자 이웃 시어도어 로런스 오빠에게는 습지를 그린
작품집과 비록 그가 목이 없는 것 같다고 말하기는 했지만
찰흙 말을 남긴다. 또한 내가 힘들 때 엄청난 친절을 베풀어
준 보답으로 그가 좋아하는 내 작품 '노트르담'도 남긴다.
존경하는 후원자 로런스 할아버지에게는 뚜껑에 거울이 달
린 보라색 상자를 남긴다. 펜을 넣어 두기에 좋은 그 상자를
볼 때마다 우리 가족, 특히 베스 언니에게 베풀어준 호의에

감사하는, 세상을 떠난 소녀를 기억해주시기를 바란다.

내가 좋아하는 친구 키티 브라이언트에게는 파란색 실크 앞치마와 금구슬이 달린 반지를 입맞춤과 함께 남긴다.

해나 할머니에게는 갖고 싶어 하시던 판지 상자와 내가 만든 조각보를 전부 남긴다. 그걸 볼 때마다 나를 떠올리기를 바란다.

이렇게 소중한 물건을 모두 처분했으니 다들 만족하고 죽은 자를 원망하지 않기를 바란다. 나는 모든 이를 용서하며 천국의 나팔 소리가 울릴 때 모두 다시 만나리라 믿는다.

아멘.

이 유언장은 서기 1862년 11월 20일에 내가 직접 작성하고 봉인했다.

에이미 커티스 마치

증인: 에스텔 발노흐, 시어도어 로런스

시어도어 로런스는 연필로 쓰여 있었는데 에이미는 로리가 직접 잉크로 이름을 쓰고 잘 봉인해야 한다고 설명했다.

"도대체 무슨 생각을 하는 거야? 베스가 자기 물건을 나눠준 이야기라도 들은 거야?" 로리가 진지하게 물었다. 그사이 에이미는 빨간 끈 조금, 봉랍, 작은 초, 잉크스탠드를 내놓았다.

에이미는 유언장을 작성한 이유를 설명한 다음 걱정스레 물었다. "베스 언니 얘기는 뭐야?"

"말하지 말걸. 이왕 말이 나왔으니 솔직하게 얘기할게. 베스가 심하게 아팠던 날이 있었는데 그날 조에게 이런 말을 했대. 자기 피아노는 메그 누나에게, 고양이는 너에게, 가엾고 낡은 인형은 자기만큼 사랑해줄 수 있는 조에게 남기겠다고. 그러면서 줄 게 너무 없어서 미안하니 자기 머리카락을 우리 모두에게 나눠주겠다고 했대. 우리 할아버지께는 사랑을 전해달라고했고. 베스는 유언장을 쓸 생각은 못했어."

로리가 이렇게 말하며 유언장에 서명하고 봉인하는데 종이에 큰 눈물방울이 떨어져 고개를 들었다. 에이미가 근심 가득한 얼굴로 말했다. "가끔 사람들이 유언에 추신을 쓰기도 해?"

"응, 그걸 유언보충서라고 해."

"그럼 내 유언장에 하나 추가할게. 내 곱슬머리를 모두 잘라서 친구들에게 나눠주고 싶다고. 그걸 빼먹었어. 머리를 자르면 모습이 흉해지겠지만 그렇게 하고 싶어."

로리는 마지막으로 가장 큰 희생을 하겠다는 에이미의 말에 미소 지으며 그 내용을 적었다. 그런 다음 1시간 동안 같이 놀며 에이미가 겪은 온갖 힘든 일에 큰 관심을 보였다. 하지만 돌아갈 때가 되자 에이미가 로리를 잡아끌며 떨리는 입술로 속삭였다. "베스 언니가 정말 위험한 거야?"

"안타깝게도 그래. 하지만 최선을 기대해야지. 그러니까 울지 마." 로리가 오빠처럼 안아주자 에이미는 많이 위로받았다.

로리가 떠나자 에이미는 작은 기도실로 가서 저무는 햇살 속에 앉아 베스를 위해 기도했다. 눈물이 줄줄 흐르고 마음이 아팠다. 다정한 베스를 잃으면 터키석 반지 백만 개를 가져도 위로가 되지 않을 것 같았다.

20. 은밀한 이야기

어머니와 딸들의 만남은 그 어떤 말로도 설명할 수 없을 것 같다. 매우 아름다운 시간이었지만 설명하기가 무척 힘드니 독자들의 상상에 맡기겠다. 집안에 진정한 행복이 가득했으며 메그의 애정 어린 소망이 이루어졌다고만 말하겠다. 기나긴 치유의 잠에서 깨어난 베스가 가장 먼저 본 것은 어여쁜 장미와 어머니의 얼굴이었다. 몸이 너무 약해져서 궁금해할 기운도 없었던 베스는 그저 미소 지으며 자신을 끌어안은 사랑이 넘치는 품에 파고들었다. 간절히 원하던 일이 마침내 이루어진 기분이었다. 잠시 후 베스는 다시 잠들었고 자매들은 어머니의 시중을 들었다. 어머니는 자면서도 자신의 손을 꼭 붙잡은 야윈 손을 도저히 떼어낼 수 없었기 때문이다. 해나는 먼 길을 달려온 어머니를 위해 멋진 아침 식사를 차려냈다. 이것 말고는 달리

흥분을 표현할 길이 없었다. 메그와 조는 착실한 황새처럼 어머니 입에 음식을 넣어주면서 아버지의 상태를 설명하는 어머니의 속삭임에 귀 기울였다. 어머니는 브룩 선생님이 남아서 아버지를 간호하기로 약속했고 눈보라를 만나는 바람에 집으로 오는 기차가 연착되었으며 피로와 걱정과 추위에 지쳐 기차에서 내렸을 때 로리의 희망 찬 얼굴을 보고 위로를 받았다고 했다.

정말 이상하면서도 기분 좋은 날이었다! 바깥은 온 세상이 첫눈을 반기는 듯 찬란하고 쾌활했다. 하지만 간호에 지쳐 모두 잠든 집 안은 조용하고 평온했다. 집은 안식일의 고요함에 휩싸였고 문간을 지키던 해나도 꾸벅꾸벅 졸았다. 메그와 조는 짐을 내려놓고 더없이 행복한 기분으로 지친 눈을 감고 누워 쉬었다. 폭풍우에 시달린 배가 평온한 항구에 무사히 닻을 내린 기분이었다. 마치 부인은 베스의 곁을 떠나지 않았다. 안락의자에 앉아 쉬다가도 자주 일어나 보물을 되찾은 구두쇠마냥 베스를 어루만지고 자세히 살피며 상태를 확인했다.

한편 로리는 에이미의 마음을 달래주러 급히 떠났다. 로리가 잘 말한 덕분에 마치 작은할머니는 "내가 뭐라 그랬어?" 같은 말을 한 번도 하지 않고 콧방귀만 뀌었다. 에이미는 굳센 모습으로 이야기를 들었는데 기도실에서 좋은 생각을 많이 한 것이 결실을 맺기 시작한 것 같았다. 눈물을 흘리기는 했지만 재빨리 거두었고 빨리 어머니를 만나고 싶은 마음을 꾹 참았다. 이뿐만 아니라 에이미가 '훌륭한 꼬마 숙녀'답게 행동했다는 로리의 의견에 작은할머니가 진심으로 동의했음에도 터키석 반지를 떠올리지 않았다. 폴리마저도 감동한 듯 에이미에게 '착한 아이'라고 하며 단추를 축복했고 상냥한 말투로 같이 산책 가자고 하기도 했다. 에이미는 밖으로 나가 화창한 겨울날을 만끽하고 싶은 마음이 간절했지만, 졸음을 애서 참던 로리가 결국 꾸벅꾸벅 조는 것을 보고 그를 소파에서 쉬게 한 다음 어머니에게 편지를 썼다. 한참 뒤에 돌아와 보니 로리는 팔베개를

하고 길게 누워 깊이 잠들어 있었고 마치 작은할머니는 커튼을
치더니 평소와 달리 인자한 표정으로 가만히 앉아 있었다.

잠시 후 에이미와 작은할머니는 로리가 밤까지 깨지 않을 것
같다는 생각이 들었다. 에이미가 어머니를 보고 기뻐서 내지른
소리에 깨지 않았다면 분명 그랬을 것이다. 그날 동네 곳곳에
행복한 여자애들이 많았을 테지만 그중 에이미가 가장 행복했
을 것이다. 에이미는 어머니의 무릎에 앉아 힘들었던 일을 이
야기했고 장하다는 미소와 사랑이 담긴 손길로 위로와 보상을
받았다. 에이미가 어머니와 단둘이 기도실로 가서 그곳의 용도
를 설명하자 어머니는 싫어하지 않았다.

"오히려 무척 마음에 드는구나." 어머니는 먼지 내려앉은 묵
주부터 손때 묻은 작은 책과 상록수 화환을 함께 걸어둔 아름
다운 그림까지 유심히 살펴보며 말했다. "화가 나거나 슬플 때
조용히 시간을 보낼 곳을 마련한 건 아주 훌륭한 생각이야. 앞
으로 살면서 힘든 일이 많겠지만 올바르게 도움을 구한다면 모
두 견뎌낼 수 있단다. 우리 딸이 이걸 배운 것 같은데?"

"네, 어머니. 집에 돌아가면 큰 벽장 한 구석에 책들을 놓고
이 그림을 따라 그린 제 그림을 붙여놓을 거예요. 그림 속 여인
이 너무 아름다워서 따라 그리기가 쉽지 않았지만 아기는 제법
잘 그렸어요. 이 그림이 정말 마음에 들어요. 예수님도 한때 아
기였다고 생각하니 그렇게 멀리 있는 존재 같지 않아서 도움이

돼요."

어머니의 무릎에 앉아 있던 에이미가 그림 속에서 미소 짓는 아기 예수를 가리키자 마치 부인은 그 손에서 뭔가를 발견하고 미소 지었다. 부인은 아무 말도 하지 않았지만 에이미는 그 표정이 무슨 뜻인지 알아차리고 잠시 후 진지한 표정으로 말을 이었다.

"이 말씀을 드리려고 했는데 깜빡했어요. 오늘 작은할머니께서 이 반지를 주셨어요. 저를 불러서 입 맞추시고 손가락에 끼워주셨어요. 그러면서 제가 자랑스럽다고, 저를 늘 가까이 두고 싶다고 하셨어요. 터키석 반지가 너무 커서 손가락에서 빠지지 않도록 이상하게 생긴 덧반지도 하나 주셨어요. 반지 끼고 싶은데 괜찮을까요?"

"정말 예쁘구나. 하지만 에이미, 그런 장신구를 하기에 넌 아직 어린 것 같아." 마치 부인은 하늘색 보석이 박힌 반지와 맞잡은 작은 금손 장식이 달린 이상한 덧반지를 집게손가락에 낀 작고 통통한 손을 바라보며 말했다.

"허영심에 차서 자만하지 않도록 노력할게요." 에이미가 말했다. "반지가 예뻐서 좋아하는 것만은 아니에요. 이야기책 속 아이가 뭔가를 떠올리기 위해 팔찌를 하고 다니는 것과 같은 의미로 반지를 끼고 싶어요."

"마치 작은할머니를 떠올리고 싶은 거니?" 어머니가 웃으며 물었다.

"아니요, 이기적으로 살지 말자고 되새기려고요." 에이미가 무척 진지하고 진심이어서 어머니는 웃음을 멈추고 귀여운 계획을 존중하는 마음으로 귀를 기울였다.

"요즘 '저의 여러 가지 나쁜 행실'에 대해 많이 생각해봤는데요, 그중 이기적인 행동이 가장 큰 문제더라고요. 그래서 최대한 그걸 고치려고 열심히 노력하는 중이에요. 베스 언니는 이기적이지 않아서 다들 언니를 좋아하고 언니를 잃을지도 모른다는 생각에 마음 아파하잖아요. 제가 아팠다면 사람들이 그 절반만큼도 마음 아파하지 않았을 거예요. 저는 그럴 자격이 없으니까요. 하지만 저는 많은 친구들이 저를 사랑하고 그리워하기를 바라요. 그래서 베스 언니처럼 살아보려고 최선을 다하고 있어요. 저는 다짐을 쉽게 잊어버리니까 그걸 일깨워줄 만한 것을 늘 지니고 있으면 도움이 될 것 같은데요. 그렇게 해도 될까요?"

"그래, 하지만 난 큰 벽장 한 구석에 마련하겠다는 기도실이 더 미덥구나. 어쨌든 반지를 끼고 최선을 다해보렴. 잘해낼 거야. 착하게 살고 싶다고 진심으로 바라는 것만으로도 싸움에서 반쯤 이긴 셈이니까. 이제 난 베스에게 가봐야겠구나. 우리 막내, 기운 내렴. 곧 데리러 올게."

그날 저녁, 메그가 아버지에게 어머니가 무사히 도착했다고 편지를 쓰는 동안 조는 베스가 누워 있는 위층 방으로 살며시 올라갔다. 평소와 같은 자리에 있는 어머니를 보며 망설이는 표정으로 근심이 있는 듯 손가락으로 머리카락을 꼬며 잠시 서 있었다.

"무슨 일이니?" 마치 부인은 비밀을 어서 털어놓으라는 듯한 표정으로 손을 내밀었다.

"어머니, 드릴 말씀이 있어요."

"메그 일이니?"

"어떻게 아셨어요! 네, 언니 일이에요. 별일 아니지만 마음에 걸려서요."

"베스가 잠들었으니 조용히 얘기해보렴. 모패트 씨 댁 아들이 다녀간 건 아니지?" 마치 부인이 조금 날카롭게 물었다.

"아니에요. 그랬다면 제가 쫓아버렸을 거예요." 조는 이렇게 말하며 어머니 발 언저리 바닥에 앉았다. "지난여름에 언니가 로런스 씨 댁에 장갑을 한 켤레 놓고 왔는데 한 짝만 돌아왔거든요. 장갑은 까맣게 잊고 있었는데 나머지 한 짝을 브룩 선생님이 가지고 있다고 테디가 얘기해줬어요. 조끼 주머니에 그 장갑을 넣고 다닌다는 거예요. 한번은 선생님이 장갑을 떨어뜨려서 테디가 놀리기도 했대요. 브룩 선생님은 언니를 좋아해서 그걸 가지고 있었지만 언니가 너무 어리고 선생님은 너무 가난해서 고백하지 못했대요. 너무 불쾌한 일 아닌가요?"

"메그도 그 사람을 좋아하는 것 같아?" 마치 부인이 걱정스러운 표정으로 물었다.

"어휴! 제가 사랑 같은 것에 대해 뭘 알겠어요!" 조는 호기심과 경멸이 섞인 묘한 표정으로 외쳤다. "소설을 보면 사랑에 빠진 여자애들은 화들짝 놀라며 얼굴을 붉히거나 쓰러지거나 점점 야위거나 바보처럼 행동하더라고요. 그런데 언니는 그렇지는 않았어요. 분별 있는 사람처럼 잘 먹고 마시고 잘 자요. 제가 브룩 선생님 이야기를 할 때에도 제 얼굴을 똑바로 쳐다보고요. 테디가 연인과 관련된 농담을 할 때에만 얼굴을 좀 붉히는 정도였어요. 제가 그만하라고 했지만 로리는 들은 체도 안 하더라고요."

"그러니까 네가 보기에 메그는 존에게 관심이 없다는 거지?"

"누구요?" 조는 어머니를 바라보며 놀라서 물었다.

"브룩 선생 말이야. 이제 난 '존'이라고 불러. 나도 아버지도 병원에서 그렇게 불렀단다. 존도 좋아하더구나."

"세상에! 어머니가 선생님을 편드실 줄 알았어요. 선생님이 아버지께 잘했으니 어머니는 그분을 쫓아 보내지 않고 언니만 좋다면 그 사람과 결혼시키실 테지요. 정말 비열한 사람이에요! 자기를 좋아하게 만들려고 아버지에게 다정하게 굴고 어머니에게 굽실댔잖아요." 조는 분노에 차서 머리카락을 다시 잡아당겨 비틀었다.

"조, 그렇게 화낼 일은 아니야. 어떻게 된 일인지 얘기해주마. 존은 로런스 씨 부탁으로 나와 함께 갔고 가여운 네 아버지를 헌신적으로 돌봤어. 그러니 어찌 우리가 그 사람을 좋아하지 않을 수 있겠니. 존은 메그에 대한 마음을 전혀 숨기지 않았고 생각도 아주 바르더구나. 우리에게 메그를 사랑한다고 말했단다. 하지만 편히 지낼 집을 마련하고 나서 청혼하겠다고 했어. 존은 메그를 사랑하고, 그 애를 위해 일하고, 할 수만 있다면 그 애의 마음을 얻을 수 있게 허락해달라고 했을 뿐이야. 정말 훌륭한 젊은이야. 그러니 네 아버지와 난 그의 말에 귀 기울일 수밖에 없었단다. 물론 메그가 이렇게 어린 나이에 약혼하는 건 허락하지 않을 거야."

"당연히 그러셔야죠. 그건 너무 바보 같은 일이에요! 언니에게 흑심을 품고 있을 줄 알았어요. 그게 느껴졌다니까요. 그런데 제가 생각한 것보다 훨씬 심하네요. 할 수만 있다면 제가 메그 언니와 결혼해서 가족이라는 울타리 안에서 언니를 안전하게 지키고 싶은 심정이에요."

조의 어이없는 말에 마치 부인은 미소 지었지만 곧 진지하게 말했다. "조, 내가 한 이야기를 메그에게는 하지 않으면 좋겠구나. 존이 돌아와서 둘이 같이 있는 모습을 보면 메그가 존을 어떻게 생각하는지 더 잘 판단할 수 있을 것 같으니까."

"언니는 자기 입으로 멋있다고 말한 그 두 눈을 쳐다보느라 정신이 팔려 있을 텐데요, 뭘. 언니는 마음이 여려서 누구라도 촉촉한 눈길로 쳐다보면 햇볕에 내놓은 버터처럼 녹아버릴 거예요. 언니는 어머니 편지보다 선생님이 보낸 짤막한 전보를 더 자주 읽었어요. 제가 그걸 보고 뭐라고 했더니 절 꼬집더라고요. 선생님의 갈색 눈을 좋아하고 존이라는 이름이 촌스럽다고 생각하지도 않아요. 언니는 결국 사랑에 빠지겠죠. 그럼 다같이 오붓하게 보내던 평화롭고 재미있는 시절은 끝이에요. 어떻게 될지 훤히 보여요! 두 사람이 연인이 되어 집 안 곳곳을 돌아다니면 저희는 재빨리 자리를 피하겠죠. 언니는 선생님에게 푹 빠져서 더 이상 절 다정하게 대하지 않을 거예요. 선생님은 어느 정도 돈을 모으면 언니를 데려갈 테고 우리 집안에는 구멍이 생기겠죠. 전 마음이 찢어지고 모든 것이 지독하게 괴로울 거예요. 아, 이런! 왜 저희는 모두 아들이 아닌 거죠? 아들이었다면 이런 일로 신경 쓰지 않을 텐데요!"

조는 절망적인 표정으로 무릎에 턱을 묻고 앉아 괘씸한 존을 향해 주먹을 휘둘렀다. 마치 부인이 한숨을 쉬자 조는 안심했다는 듯이 어머니를 바라보았다.

"어머니도 그건 싫으시죠? 다행이에요. 브룩 선생님은 자기 일이나 하게 놔두고 언니에게는 아무 말도 하지 마세요. 지금까지 늘 그랬듯이 우리끼리 즐겁게 사는 거예요."

"조, 그런 뜻의 한숨이 아니었단다. 때가 되면 너희 모두 가정

425

을 꾸리는 게 자연스럽고 옳은 일이야. 물론 나도 너희를 최대한 오래 곁에 두고 싶어. 메그는 이제 겨우 열일곱 살인데 이런 일이 너무 빨리 일어나서 안타깝구나. 그래도 존이 집을 마련하려면 몇 년이 걸리겠지. 아버지와 나는 메그가 스무 살이 되기 전까지는 결혼이든 뭐든 어디에도 구속되지 않도록 하기로 했단다. 메그와 존이 서로 사랑한다면 기다릴 수 있겠지. 기다리면서 사랑을 시험할 수도 있을 테고. 메그는 세심하니까 존을 함부로 대할까 걱정되지는 않아. 예쁘고 마음씨 고운 내 딸! 메그가 행복한 쪽으로 상황이 흘러가기를 바라야지."

"차라리 언니를 부자와 결혼시키는 게 어떨까요?" 마지막에 어머니가 약간 머뭇거리면서 말하자 조가 물었다.

"돈은 좋고 유용하지. 난 내 딸들이 너무 심할 정도로 궁핍하게 사는 건 원치 않아. 그렇다고 돈이 너무 많아서 시험에 드는 것도 싫고. 존이 제대로 된 일을 시작하고 확실하게 자리 잡아서 메그가 빚지지 않고 편안하게 지낼 정도의 수입을 올리면 그만이야. 내 딸들 짝으로 엄청난 자산가, 상류층 출신, 명성이 자자한 사람을 바라지는 않아. 성품 좋은 사람을 사랑하게 되었는데 그에게 지위와 돈이 있다면 물론 감사하게 받아들이고 너희가 넉넉하게 사는 걸 기뻐하겠지. 하지만 살아보니까 소박하고 작은 집에서도 진실한 행복을 만끽할 수 있더라. 매일 일용할 양식만 있으면 약간 부족하게 지낼 때 기쁨이 더 달콤하게 느껴지는 법이거든. 난 메그가 소박하게 시작해도 좋아. 내 눈이 틀리지 않았다면 메그는 돈보다 더 훌륭한 성품을 지닌 착한 남자의 마음을 얻어 풍요롭게 살게 될 거야."

"어머니, 무슨 말씀이신지 알겠어요. 저도 그렇게 생각해요. 하지만 언니에게 실망했어요. 언니와 테디를 결혼시켜서 언니가 평생 호화롭게 살도록 해줄 계획이었거든요. 정말 근사하지 않을까요?" 조가 밝은 표정으로 어머니를 보며 물었다.

"로리는 메그보다 어리잖니." 마치 부인이 말문을 열었지만 조가 끼어들었다.

"아, 그건 괜찮아요. 로리는 나이에 비해 성숙하고 키도 크잖아요. 마음만 먹으면 어른스럽게 행동할 줄도 알고요. 게다가 돈도 많고 너그럽고 착하고 우리 모두를 좋아하죠. 제 계획을 망쳐버려서 유감이에요."

"로리는 메그의 짝으로는 어린 것 같은데. 지금 모습만 봐서는 변덕이 심해서 의지할 수도 없고. 조, 그런 계획은 세우지 말고 시간과 마음이 짝을 정해주게 놔두렴. 그런 문제에 간섭해서 좋을 게 없어. 그런 생각은 머리에서 지워버리는 게 좋아. 네가 말한 '부질없는 사랑' 때문에 우정이 깨지는 일이 없도록 말이다."

"네, 그럴게요. 하지만 상황이 이리저리 얽혀서 혼란스러워지는 걸 보고만 있기 싫어요. 여기서 잡아당기고 저기를 자르면 곧게 펴질 텐데 말이에요. 더 이상 자라지 못하도록 머리를 다리미로 꽉 누른 채 살 수 있다면 얼마나 좋을까요. 하지만 꽃봉오리는 장미로 피어나고 아기고양이는 자라서 어른고양이가 되겠죠. 정말 애석한 노릇이에요!"

"다리미 얘기는 뭐고 고양이 얘기는 또 뭐야?" 메그가 다 쓴 편지를 들고 방으로 살며시 들어오며 물었다.

"그냥 늘 하는 바보 같은 말이지 뭐. 난 잘래. 가자, 언니." 조가 움직이는 퍼즐처럼 몸을 일으키며 말했다.

"아주 잘 썼구나. 내가 존에게 안부 전한다는 내용을 추가해 주렴." 마치 부인이 편지를 읽고 돌려주며 말했다.

"선생님을 '존'이라고 부르세요?" 메그는 천진난만한 눈으로 어머니를 보며 미소 지었다.

"그래. 아버지와 내게 아들처럼 잘해서 우리가 정말 좋아해." 마치 부인은 이렇게 대답하며 메그를 예리하게 살펴보았다.

"그렇다니 기쁘네요. 선생님은 정말 외로운 사람이거든요. 어머니, 안녕히 주무세요. 어머니께서 집에 계시니 뭐라고 표현할 수 없이 마음이 편안해요." 메그가 나지막이 말했다.

마치 부인은 메그에게 다정하게 입 맞추었다. 메그가 나가자 부인은 만족감과 아쉬움이 섞인 표정으로 중얼거렸다. "메그가 아직은 존을 사랑하지 않지만 곧 그렇게 되겠구나."

21. 로리의 장난과 조의 중재

 다음 날 조는 깊은 생각에 잠겼다. 비밀이 마음을 짓눌러서 수상하고 심각한 표정을 감출 수 없었다. 메그는 이런 조를 보고도 굳이 이유를 묻지 않았다. 조를 다룰 때에는 반대로 행동하는 것이 가장 좋다는 것을 잘 알았기 때문이다. 이렇게 관심 없는 척하면 조는 묻지 않아도 모두 털어놓을 것이 분명했다. 그래서 메그는 침묵이 이어지자 약간 놀랐다. 결정적으로 조가 어른인 척하며 분위기를 잡는 바람에 기분이 상했다. 이에 메그는 품위 있게 침묵을 지키며 어머니를 시중드는 일에 집중했다. 그 덕분에 조에게는 자유가 주어졌다. 마치 부인은 오랫동안 집에 갇혀 있었던 조에게 쉬고 운동도 하며 즐거운 시간을 보내라며 베스의 간호를 도맡았다. 에이미는 집에 없고 피난처가 되어줄 사람은 로리뿐이었다. 조는 로리와 어울리는 것이

즐거웠지만 지금은 약간 두려웠다. 못 말릴 정도로 심하게 조르는 로리가 조를 구슬려 어떻게든 비밀을 털어놓게 할까봐 걱정스러웠기 때문이다.

조의 예상은 옳았다. 장난꾸러기 로리는 조가 뭔가를 숨기고 있다는 의심을 품기가 무섭게 알아내려 들며 조를 못살게 굴었다. 그는 조를 구슬리고 뇌물을 주기도 하고 놀리기도 했다가 협박하고 야단하기까지 했다. 조가 무심결에 진실을 털어놓도록 무관심한 척도 했다가 말하지 않아도 상관없다고 하기도 했다. 이렇게 끈기 있게 조른 대가로 마침내 그 비밀이 메그와 브룩 선생님에 관한 내용이라는 것을 알아냈고, 어쩔 수 없이 그 정도로 만족했다. 하지만 자기 가정 교사의 비밀을 알려주지 않은 데에 화가 난 로리는 무시당한 일을 복수할 계획을 꾸미기로 했다.

메그는 이 일을 완전히 잊고 집으로 돌아오실 아버지를 맞이할 준비에 몰두했다. 그런데 어느 날 갑자기 달라진 모습을 보이더니 하루 이틀 사이에 완전히 다른 사람이 되었다. 말을 걸면 화들짝 놀랐고 쳐다보면 얼굴이 빨개졌으며 말수가 부쩍 줄었고 바느질할 때에는 겁먹고 근심 어린 표정이었다. 어머니가 무슨 일인지 물었지만 아무 일도 없다고 대답했고 조가 묻자 내버려두라고 부탁할 뿐 다른 말은 하지 않았다.

"언니한테 사랑에 빠진 것 같은 기운이 감돌아요. 아주 빠르게 빠져들고 있는 것 같아요. 사랑에 빠진 사람들이 보이는 증상이 대부분 나타나던 걸요. 괜히 예민하고 신경질적이고 잘 먹지도 않고 잠도 잘 못 자고 힘없이 구석에 앉아 있어요. '낭랑한 소리로 노래하는 시냇물*'이라는 노래를 부르는 것도 들었어요. 한번은 어머니처럼 '존'이라고 읊조리더니 얼굴이 양귀비처럼 빨개지더라니까요. 이제 어쩌죠?" 조는 과격한 방법이든 뭐든 대책을 마련할 준비가 되어 있었다.

"기다리는 수밖에. 그냥 놔두렴. 인내심을 갖고 메그에게 다

---

* '시냇물'이라는 뜻의 'brook'은 브룩(Brooke)의 이름과 발음이 같다.

정하게 대해줘. 아버지가 오시면 모든 게 해결될 거야." 어머니가 대답했다.

"언니, 여기 편지. 밀봉되어 있네. 이상하지! 테디가 나한테 보낸 편지는 한 번도 밀봉한 적이 없는데." 다음 날 작은 우편함에 담긴 우편물을 나눠주며 조가 말했다.

각자 일에 몰두하고 있던 마치 부인과 조는 메그가 소리 지르는 바람에 고개를 들었다. 메그는 경악한 표정으로 편지를 읽고 있었다.

"메그, 무슨 일이니?" 어머니가 달려가며 외쳤다. 조는 언니를 그렇게 만든 편지를 빼앗아오려고 했다.

"뭔가 잘못됐어. 그 사람이 보낸 편지가 아니야. 조, 어떻게 이럴 수가 있어?" 메그는 양손으로 얼굴을 가리고 실연이라도 당한 듯이 울었다.

"난 아무 짓도 안 했어! 무슨 소리야?" 어리둥절해진 조가 외쳤다.

메그의 상냥한 눈동자가 분노로 이글거렸다. 그녀는 주머니에서 구겨진 편지를 꺼내 조에게 던지며 쏘아붙였다.

"이 편지 네가 썼잖아. 그 못된 녀석도 도왔을 테고. 우리 두 사람에게 어쩜 이렇게 무례하고 상스럽고 잔인할 수 있어?"

조는 어머니와 함께 편지를 읽느라 메그의 말을 제대로 듣지 못했다. 편지에는 독특한 글씨체로 이렇게 쓰여 있었다.

사랑하는 마거릿에게.

열정을 더 이상 억누를 수가 없어서 집으로 돌아가기 전에 내 운명이 어떻게 될지 알아야겠습니다. 아직 당신 부모님께 말씀드리지 않았지만 우리가 서로 좋아하는 걸 아시면 두 분도 허락하시리라 생각합니다. 로런스 씨가 좋은 일자리를 찾도록 도와주실 겁니다. 사랑하는 당신도 날 행복하게 해줄 테지요. 가족에게는 아직 아무 말도 하지 마시기를 부탁합니다. 로리를 통해 희망적인 말 한마디만 전해주십시오.

당신의 헌신적인 존

"아, 이런 못된 놈을 봤나! 어머니와의 비밀을 털어놓지 않았다고 앙갚음한 거야. 내가 녀석을 따끔하게 혼내주고, 와서 사과하라고 할게." 조는 즉시 정의를 구현하겠다고 열을 내며 외쳤다. 하지만 어머니는 좀처럼 볼 수 없는 표정으로 조를 말리며 말했다.

"조, 가만 있거라. 먼저 네 이야기부터 확실히 해둬야겠다. 너도 그동안 장난을 많이 쳤으니. 혹시라도 이 일에 관여한 건 아닌지 걱정이구나."

"어머니, 맹세코 아니에요! 이런 편지를 본 적도 없고 이번 일에 관해서는 아무것도 몰라요. 정말이에요!" 조의 진심 어린 대답에 어머니와 메그는 그 말을 믿었다. "제가 관여했다면 이것보다는 더 잘 썼겠죠. 아주 그럴듯한 편지가 되었을 거라고요. 아시겠지만 브룩 선생님이었다면 편지를 이런 식으로 쓰지 않았을 거예요." 조는 이렇게 말하고는 경멸하듯 편지를 내팽개쳤다.

"글씨체는 선생님 것이 맞아." 메그가 다른 편지와 비교하며 떨리는 목소리로 말했다.

"이런, 메그. 설마 답장을 하진 않았겠지?" 마치 부인이 재빨리 외쳤다.

"했어요!" 메그는 수치스러워서 어쩔 줄 몰라 하며 다시 얼굴을 가렸다.

"큰일이네! 내가 그 못된 녀석을 데려올 테니 자초지종을 듣고 따끔하게 혼내자. 녀석을 잡아와야 마음이 편하겠어." 조는 다시 문으로 향했다.

"쉿! 생각보다 문제가 심각하니 내가 직접 처리하마. 마거릿, 어찌 된 일인지 자세히 얘기해보렴." 마치 부인이 메그 옆에 앉으며 말했다. 그러면서 조가 나가지 못하도록 계속 붙잡고 있었다.

"로리가 편지를 전해줬는데 아무것도 모르는 듯한 표정이었어요." 메그가 고개를 숙인 채 이야기하기 시작했다. "처음에는 걱정이 돼서 어머니께 말씀드리려고 했어요. 그러다가 어머니께서 브룩 선생님을 마음에 들어 하신다는 게 떠올라서 며칠쯤은 혼자 비밀로 간직해도 괜찮지 않을까 생각했어요. 아무도 모를 거라고 생각한 제가 바보였죠. 뭐라고 답장할까 생각하는 동안 소설 속 주인공이 된 기분이었어요. 어머니, 용서해주세요. 제 어리석음의 대가를 치르는 거예요. 다시는 선생님 얼굴을 못 볼 것 같아요."

"뭐라고 답장했는데?" 마치 부인이 물었다.

"그런 일을 하기에 저는 아직 너무 어리다고 했어요. 어머니께 비밀을 만드는 것도 싫으니 직접 아버지께 말씀드리라고도 했고요. 다정하게 대해줘서 정말 고맙고 친구로 지내고 싶지만 당분간 그 이상은 곤란하다고 했어요."

마치 부인은 흡족한 듯 미소 지었고 조는 웃음을 터뜨리고 박수를 치며 외쳤다.

"신중함의 대명사 캐럴라인 퍼시* 뺨치는데! 언니, 계속 얘기해봐. 그래서 선생님이 뭐라고 답장했어?"

"전혀 다른 투의 답장이 왔어. 나한테 연애편지를 보낸 적이 없다면서 유감이지만 장난꾸러기 동생 조가 우리 이름을 가지고 마음대로 편지를 쓴 것 같다고 했어. 정말 친절하고 정중한 답장이었지만 그 편지가 나한테는 얼마나 끔찍했을지 생각해봐!"

메그는 절망적인 표정으로 어머니에게 기댔고 조는 로리를 욕하며 방 안을 서성대다가 갑자기 걸음을 멈추더니 편지 두 통을 자세히 살펴보고 단호하게 말했다. "브룩 선생님은 이 편지들을 못 보셨을 거야. 둘 다 테디가 썼을 테니까. 녀석은 나한테 우쭐대려고 언니가 쓴 답장도 가지고 있겠지. 내가 비밀을 이야기하지 않았다는 이유로 말이야."

"조, 비밀이 있으면 안 돼. 나처럼 곤란해지지 않게 어머니께 말씀드려." 메그가 주의를 주었다.

"저런! 내가 말한 비밀이란 어머니께서 말씀해주신 거야."

"조, 그쯤 해두렴. 메그는 내가 달랠 테니 넌 가서 로리를 데

---

* 마리아 에지워스(Maria Edgeworth)의 소설 《후원(Patronage)》에 등장하는 인물

려와. 당장 이 일을 처음부터 자세히 알아보고 다시는 이런 장난을 못 치도록 해야겠구나."

조가 뛰어 나가자 마치 부인은 메그에게 브룩 선생님의 진심을 조심스럽게 전했다. "메그, 네 마음은 어때? 존이 집을 마련할 때까지 기다릴 수 있을 정도로 사랑하니? 아니면 당분간은 자유롭게 지내고 싶어?"

"너무 무섭고 걱정돼서 한동안은 누가 됐든 교제하고 싶지 않아요. 영원히 그럴지도 모르고요." 메그가 화난 목소리로 대답했다. "존이 이 말도 안 되는 일에 대해 전혀 모른다면 굳이 말하지 말아주세요. 그리고 조와 로리도 아무 말 못하게 해주세요. 다시는 이렇게 속고 괴로워하고 놀림거리가 되지 않을 거예요. 너무 수치스러워요!"

짓궂은 장난 때문에 평소에는 온화하던 메그가 화내고 자존심 상해하는 모습을 본 마치 부인은 이번 일을 절대 말하지 않을 것이며 앞으로 각별히 신중을 기하겠다고 약속하며 달랬다. 복도에서 로리가 걸어오는 소리가 들리자마자 메그는 서재로 숨었고 마치 부인 혼자 범인을 마주했다. 조는 로리가 오지 않을까봐 어머니께서 부른 이유를 말하지 않았다. 하지만 마치 부인의 얼굴을 본 순간 로리는 그 이유를 알았고, 괜히 모자를 만지작거리며 죄인 같은 분위기를 풍기는 바람에 그가 범인이라는 것을 단박에 알 수 있었다. 조는 응접실 밖으로 나갔지만 죄인이 달아날 때를 대비해 보초병처럼 복도를 왔다 갔다 했다. 응접실에서 크고 작은 목소리가 30분 동안 이어졌지만 무슨 이야기가 오고 갔는지는 들리지 않았다.

어머니의 부름을 받고 메그와 조가 응접실에 갔을 때 로리는 뉘우치는 표정으로 어머니 옆에 서 있었다. 그 모습을 본 조는 곧바로 로리를 용서했지만 이 사실을 드러내지 않는 편이 현명할 것 같았다. 메그는 로리의 겸손한 사과를 받았고 브룩 선생님에게 이 일을 이야기하지 않겠다는 약속에 마음이 놓였다.

"죽을 때까지 말 안 할게. 제아무리 날뛰는 야생마라고 해도 나한테서 이 이야기를 끌어내지 못할 거야. 그러니까 용서해줘, 누나. 내가 얼마나 미안한지 보여줄 수만 있다면 뭐든 할게." 로리는 자신이 너무 부끄럽다는 표정으로 말했다.

"노력해 볼게. 하지만 정말 비신사적인 행동이었어. 로리, 네가 그렇게 음흉하고 심술궂은 짓을 할 수 있을 줄은 몰랐어." 메그는 혼란스러워진 마음을 감추려고 심하게 나무라는 표정을 지었다.

"너무 끔찍한 짓이었어. 나랑 한 달 동안 말 안 한대도 이해해. 하지만 그러지는 않을 거지?" 로리는 얌전히 뉘우치는 눈빛으로 두 손을 맞잡고 용서를 구하는 몸짓을 했다. 설득당하지 않고는 못 배기는 말투로 말해서 괘씸한 짓을 했음에도 도저히 인상을 찡그릴 수 없었다. 그래서 메그는 로리를 용서했고 그가 상처받은 메그 앞에 벌레처럼 납작 엎드려 모든 방법을 동원해 속죄하겠다고 하자 근엄한 표정을 유지하려고 애쓰던 마치 부인의 심각한 표정도 풀렸다.

하지만 조는 로리에 대한 화를 풀지 않으려고 냉정하게 거리를 유지한 채 아주 못마땅한 표정만 짓고 있었다. 로리는 조를 한두 번 흘끔 보았고 화가 누그러지는 기미가 보이지 않자 상처받았다. 그래서 조를 외면하고 있다가 마치 부인과 메그와 이야기가 끝나자 아무 말 없이 고개 숙여 인사하고 가버렸다.

로리가 가자마자 조는 너그럽게 행동할 걸 그랬다고 후회했다. 메그와 어머니가 위층으로 올라가자 심심해진 조는 테디와 놀고 싶었다. 한동안 참아보았지만 놀고 싶은 마음이 너무 큰 나머지 빌린 책을 가지고 저택으로 향했다.

"로런스 할아버지 계신가요?" 조가 아래층으로 내려와 자신을 맞이한 하인에게 물었다.

"네, 아가씨. 하지만 지금은 만나실 수 없을 것 같군요."

"왜요? 편찮으신가요?"

"아닙니다! 로리 도련님과 다투셨어요. 도련님이 뭐 때문인지 짜증을 부려서 주인님이 화가 나셨어요. 그래서 저도 곁에 가기가 좀 그래요."

"로리는 어디에 있어요?"

"방에 틀어박혀 계세요. 문을 두드려봤는데 대답도 안 하시고요. 점심 식사 준비가 다 되었는데 드실 분이 없으니 어떻게 해야 할지 모르겠어요."

"제가 가서 살펴볼게요. 저는 두 사람 다 겁나지 않으니까요."

조는 위층으로 올라가 로리의 서재 문을 세차게 두드렸다.

"그만해요. 문 열고 나가서 그만하게 만들기 전에!" 로리가 험악하게 외쳤다.

조는 곧바로 다시 문을 두드렸다. 그리고 문이 벌컥 열리자 놀란 로리가 정신을 차리기도 전에 안으로 재빨리 들어갔다. 잔뜩 화가 난 로리의 모습을 본 조는 그를 다루는 법을 잘 알았기에 후회하는 표정을 지으며 연극을 하듯이 우아하게 무릎 꿇고 얌전하게 말했다. "아까 심통 부려서 미안해. 화해하러 왔어. 화해할 때까지 안 갈 거야."

"알았으니까 일어나. 바보처럼 그러지 말고." 로리는 조의 애원에 심드렁하게 대답했다.

"고마워. 그럼 일어날게. 그런데 무슨 일인지 물어봐도 돼? 마음이 불편해 보이는데."

"날 붙잡고 흔드는 건 정말 못 참겠어!" 화난 로리가 낮은 소리로 투덜댔다.

"누가 그랬는데?"

"할아버지. 다른 사람이 그랬으면 내가……." 상처받은 로리는 말을 끝맺는 대신 오른팔을 힘껏 휘둘렀다.

"별일도 아니네. 나도 자주 그러지만 넌 신경 안 쓰잖아." 조가 달래는 투로 말했다.

"쳇! 넌 여자애고 장난으로 그러는 거잖아. 하지만 누가 됐든 남자가 그러는 건 용납 못 해!"

"이렇게 천둥을 몰고 다니는 먹구름처럼 난리를 치는데 누가 그럴 수 있을지 모르겠다. 그런데 무슨 일 때문이었어?"

"너희 어머니께서 왜 나를 부르셨는지 말하지 않았다고. 난 말하지 않기로 약속해서 말을 안 한 건데. 약속을 어길 수는 없잖아."

"적당히 둘러대서 할아버지가 원하는 대답을 할 수는 없었어?"

"그건 안 돼. 할아버지는 진실을 알고 싶어 하시거든. 다른 건 안 되고 오직 진실만을. 할 수만 있었다면 메그 누나 얘기를 꺼내지 않고 적당히 둘러댔겠지만, 그럴 수가 없어서 잠자코 꾸지람을 듣고 있었어. 그런데 할아버지가 날 붙잡고 흔드시는 거야. 그래서 화가 나서 뛰쳐나왔어. 나도 모르게 무슨 짓을 할까봐 겁났거든."

"바람직하지 않은 행동이긴 했지만 할아버지께서 분명 후회하고 계실 거야. 그러니까 내려가서 화해해. 내가 도와줄게."

"죽어도 못 해! 장난 좀 쳤다고 온갖 사람들에게 잔소리 듣고 맞기까지 하는 건 싫어. 메그 누나에게는 정말 미안해서 남자답게 사과했어. 하지만 잘못한 일도 없는데 사과하고 싶지는 않아."

"할아버지는 사정을 모르시잖아."

"그래도 날 믿고 애 취급은 하지 말았어야지. 조, 이래봤자 소용없어. 내 일은 내가 알아서 할 수 있고, 내가 다른 사람 치마폭에 싸여 있을 필요가 없다는 걸 할아버지도 아셔야 해."

"너도 참 고집불통이구나!" 조는 한숨을 쉬었다. "그럼 이 일을 어떻게 해결할 생각이야?"

"음, 할아버지가 사과하셔야지. 무슨 일인지 말씀드릴 수 없다고 하면 그냥 날 믿으셔야 해."

"어이구! 할아버지께서 그러시진 않을 텐데."

"그렇게 하실 때까지 아래층에 안 내려갈 거야."

"테디, 잊어버리는 게 현명해. 내가 할아버지께 최대한 설명해 볼게. 계속 여기에만 있을 수는 없잖아. 그렇게 감정적으로 행동해서 좋을 게 뭐가 있어?"

"여기 오래 안 있을 거야. 몰래 빠져나가서 어디로 여행이나 가든지. 할아버지가 내 빈자리를 느끼시면 빨리 정신이 드시겠지."

"어쩌면. 하지만 할아버지께 걱정 끼치면 안 돼."

"잔소리하지 마. 워싱턴으로 가서 브룩 선생님을 만날 거야. 거기 가면 재미있을걸. 힘든 일을 겪었으니 즐겁게 놀아야지."

"재미있기는 하겠다! 나도 같이 가고 싶네!" 조는 수도 워싱턴에서 보게 될 생생한 군대의 모습을 떠올리느라 조언하고 있었다는 것도 잊었다.

"그럼 같이 가자! 안 될 거 없잖아? 넌 가서 아버지를 놀라게 해드리는 거야. 난 브룩 선생님을 놀라게 하고. 엄청나게 재미있는 계획인데. 우리는 괜찮다고 편지 한 장 남기고 당장 떠나자. 돈은 나한테 많아. 너도 아버지를 만나러 가는 거니까 좋잖아. 특별히 나쁠 일이 없어." 잠시나마 조는 당장 떠날 기세였다. 이런 무모한 계획은 그녀에게 잘 맞았다. 집에 갇혀 간호만

하느라 지치기도 했고 변화가 간절했다. 아버지를 만날 수 있다는 생각은 물론이고, 소설에서 읽은 군대 주둔지와 병원의 매력과 자유와 재미에 유혹을 느꼈다. 조의 눈이 반짝거렸지만 창밖으로 맞은편의 낡은 자기 집이 보이자 그 눈빛은 이내 아쉬움으로 바뀌었다. 조는 슬픈 결심을 하고 고개를 저었다.

"내가 남자였으면 너랑 같이 가서 재미있게 놀았겠지만 불행히도 난 여자라서 집에 있어야 해. 테디, 날 부추기지 마. 말도 안 되는 계획이야."

"그래서 재미있는 거잖아!" 고집 센 로리는 어떻게든 구속에서 벗어나야겠다는 생각에 사로잡혔다.

"그만!" 조는 이렇게 외치며 귀를 막았다. "얌전히 사는 게 내 운명이야. 그렇게 마음먹는 편이 낫다고. 넌 너한테 훈계하러 왔지 생각만으로도 펄쩍 뛰게 만들 신나는 이야기를 들으러 온 게 아니야."

"메그 누나라면 이런 제안을 못마땅해하겠지만 넌 용기가 있을 줄 알았는데." 로리가 은근슬쩍 떠보았다.

"이 나쁜 녀석아, 그 얘기는 그만하고 앉아서 네 죄가 무엇인지나 생각해. 나까지 죄 짓게 만들지 말고. 내가 할아버지를 설득해서 널 붙잡고 흔든 걸 사과하게 만들면 도망치는 계획 포기할 거야?" 조가 진지하게 물었다.

"응, 하지만 설득 못 할 거야." 로리가 대답했다. 화해하고 싶기는 했지만 짓밟힌 자존심을 회복하는 일이 먼저였다.

"손자를 다룰 줄 아니까 할아버지도 가능할 거야." 조는 중얼거리더니 양손으로 턱을 괴고 엎드려 철도 노선도를 보는 로리를 남겨두고 걸어 나갔다.

"들어와!" 조가 문을 두드리자 로런스 씨는 평소보다 더 퉁명스러운 목소리로 대답했다.

"할아버지, 저예요. 책 돌려드리러 왔어요." 조는 방에 들어서며 붙임성 있게 말했다.

"다른 책 빌려줄까?" 로런스 씨는 어둡고 화난 표정이었지만 감정을 드러내지 않으려 애쓰며 물었다.

"네, 새뮤얼 존슨(Samuel Johnson) 이야기가 마음에 들어서 2권도 읽어보려고요." 조는 이렇게 대답하며 로런스 씨가 생동감 넘치는 작품이라면서 추천한 제임스 보스웰(James Boswell)의《새뮤얼 존슨의 일생(Life of Samuel Johnson)》2권을 읽겠다는 말에 그의 화가 누그러지기를 바랐다.

로런스 씨는 텁수룩한 눈썹을 약간 펴더니 존슨과 관련된 작품이 꽂힌 책장으로 사다리를 밀었다. 사다리에 올라간 조는 맨 위에 앉아 열심히 책을 고르는 척했지만 사실 위태로운 방문 목적을 어떻게 꺼내는 게 가장 좋을지 생각하고 있었다. 로런스 씨는 조에게 다른 꿍꿍이가 있다는 것을 눈치 챈 듯이 성큼성큼 걸으며 방 안을 몇 바퀴 돌더니 갑자기 화난 얼굴로 조를 쳐다보며 불쑥 말을 꺼냈다. 그 바람에 조가 들고 있던《라셀라스(Rasselas)》가 바닥에 떨어져 표지가 보였다.

"로리가 무슨 짓을 한 거지? 녀석을 감쌀 생각일랑 하지 마라! 아까 집에 돌아와서 하는 행동을 보아하니 나쁜 짓을 한 것 같던데. 녀석이 도통 말을 안 하더구나. 그래서 사실대로 말하라고 몸을 붙잡고 흔들면서 겁을 주었더니 위층으로 뛰어올라가서 방에 틀어박혔어."

"로리가 잘못하기는 했지만 저희는 다 용서했어요. 그 일을 아무에게도 말하지 않기로 다 같이 약속했고요." 조가 머뭇거리며 말했다.

"그러면 안 돼. 마음 약한 너희 자매들과 약속했다는 핑계를

내세워 숨어서는
안 돼. 잘못을 저질
렀으면 솔직하게 말하
고 용서를 구하며 벌을
받아야지. 조, 어서 얘기해
봐! 이렇게 아무것도 모르고 가만히 있을 순 없어!"

　로런스 씨가 너무 걱정스러운 표정으로 날카롭게 말해서 조
는 할 수만 있다면 당장 도망치고 싶었지만 사다리 꼭대기에
앉아 있는 데다가 아래에서는 로런스 씨가 사자처럼 길목을 가
로막고 서 있었기 때문에 그 자리에서 용기 내어 말할 수밖에
없었다.

"실은 저도 말씀드릴 수가 없어요. 어머니께서 말하지 말라고 하셨거든요. 로리는 잘못했다고 털어놓고 용서를 빌었고 충분히 벌 받았어요. 저희가 말씀드리지 않는 이유는 로리를 감싸기 위해서가 아니라 다른 사람을 지키기 위해서예요. 할아버지께서 관여하시면 상황이 더 곤란해질 거예요. 그러니 부탁인데 그러지 마세요. 제 잘못도 있지만 이제 다 괜찮아졌으니 이 일은 잊고 〈램블러(Rambler)〉*나 다른 즐거운 이야기를 해요."

"〈램블러〉 따위 집어치우고 내려와서 경솔한 손자 녀석이 배은망덕하고 무례한 짓을 저지르지나 않았는지 얘기해봐. 만약 그랬다면 너희가 아무리 친절을 베풀었더라도 내 손으로 녀석을 때려줄 거야."

무서운 협박이었지만 조는 겁나지 않았다. 로런스 씨가 화를 잘 내고 지독한 말을 하는 것과 달리 손주를 때릴 사람이 아니라는 것을 알았기 때문이다. 조는 로런스 씨 말대로 사다리에서 내려와 메그 이야기를 하거나 진실을 왜곡하지 않고 최대한 가벼운 장난으로 포장해서 말했다.

"흐음! 하! 그래, 녀석이 고집을 부리느라 그런 게 아니라 약속을 지키느라 입을 다물었던 거라면 용서해야지. 고집이 워낙센 녀석이라 다루기가 힘들어." 로런스 씨는 이렇게 말하며 돌

---

* 새뮤얼 존슨이 창간한 정기 간행물

풍을 맞고 온 사람처럼 머리카락을 헝클더니 찡그린 인상을 펴고 안심한 표정을 지었다.

"저도 고집이 센데요, 왕의 말과 기사가 총출동해도 꼼짝도 하지 않을 기세로 고집을 부리다가도 다정한 말 한마디에 마음이 움직이더라고요." 조는 친구에게 도움이 될까 해서 한마디 거들었지만 겨우 궁지에서 빠져나온 친구를 또 다시 난처하게 만든 게 아닌가 싶었다.

"내가 로리에게 다정하지 않은가보군?" 로런스 씨가 날카롭게 물었다.

"아, 이런, 할아버지, 그런 게 아니에요. 가끔은 지나칠 정도로 다정하시지만 로리가 인내심을 시험할 때면 성급하게 화를 내시잖아요. 그렇게 생각하지 않으세요?"

조는 지금 결판을 내기로 마음먹고 과감하게 말을 했다. 약간 떨렸지만 차분해 보이려고 애썼다. 다행스럽고 놀랍게도 노신사는 안경을 벗어 탁자에 탁 내려놓으며 솔직한 심정을 털어놓았다.

"그래, 네 말이 맞아. 내가 그렇지! 로리를 사랑하지만 녀석이 참을 수 없을 정도로 내 인내심을 시험하는구나. 계속 이렇게 지내다가는 어떻게 될지 나도 모르겠어."

"제가 말씀드릴게요. 로리는 도망갈 거예요." 조는 이 말을 하자마자 후회했다. 로리가 지나친 통제를 견디지 못하니 좀 더 관대하게 대해 주라는 뜻으로 한 말이었다.

로런스 씨의 불그스름한 낯빛이 갑자기 달라졌다. 그는 탁자 위에 걸린 잘생긴 남자의 초상화를 걱정스럽게 흘끔 쳐다보았다. 젊은 시절에 강압적인 로런스 씨의 뜻을 어기고 달아나 결혼한 로리의 아버지였다. 조는 로런스 씨가 과거를 떠올리며 후회한다고 생각했고 괜한 말을 한 것 같았다.

"정말 난처한 상황에 몰리지 않으면 도망치지는 않을 거예요. 가끔 공부하는 게 싫증나면 도망치겠다고 협박은 하겠지만요. 저도 그런 생각 자주 하거든요. 머리를 자른 뒤로는 부쩍 심해요. 그러니까 만약에 저희 둘이 사라지면 남자애 둘을 찾는다는 광고를 내시고 인도로 가는 배를 뒤져보시면 될 거예요."

조는 이렇게 말하며 웃었고 로런스 씨도 안심한 것 같았다. 조의 말이 모두 농담이라고 생각한 게 분명했다.

"요 왈가닥 같은 녀석. 어떻게 그런 말을 할 수 있어? 날 공경하는 마음과 예의범절은 어디 가고? 세상에나, 요 녀석들! 요 골칫덩어리들! 그래도 너희 없이는 못 살지." 로런스 씨는 이렇게 말하며 조의 볼을 장난스럽게 꼬집었다.

"가서 로리에게 점심 먹으러 내려오라고 해주렴. 이제 괜찮으니 할아버지한테 비극의 주인공 행세 좀 하지 말라고 전하고. 도저히 못 봐주겠어."

"할아버지, 로리는 안 내려올 거예요. 사정을 말씀드릴 수 없다고 했을 때 할아버지께서 믿어주지 않아서 마음이 상했거든요. 할아버지께서 붙잡고 흔든 일로 심하게 상처받은 것 같아요."

조는 측은한 표정을 지으려 했지만 로런스 씨가 웃음을 터뜨린 것으로 보아 실패한 게 분명했다. 그래도 자신이 이겼음을 알았다.

"그건 미안하군. 똑같이 날 붙잡고 흔들지 않아서 고마워해야 하나. 도대체 녀석이 원하는 게 뭐지?" 로런스 씨는 자신의 성마른 행동이 조금 부끄러운 것 같았다.

"제가 할아버지라면 로리에게 사과 편지를 쓰겠어요. 로리는 사과를 받을 때까지 내려오지 않겠다고 했어요. 워싱턴에 가겠다는 등 말도 안 되는 얘기도 했고요. 제대로 사과하시면 로리도 자기가 얼마나 어리석었는지 깨닫고 고분고분하게 내려올 거예요. 한번 써보세요. 로리는 재미있는 걸 좋아하니까 말로 하시는 것보다 편지가 나을 거예요. 제가 편지를 가지고 올라가서 손주 도리가 뭔지 잘 타이를게요."

로런스 씨는 조를 매섭게 쳐다보더니 안경을 끼고 느릿하게 말했다. "참 영리한 아이구나! 너와 베스라면 나한테 이래라저래라 해도 괜찮지. 자, 종이를 다오. 이 어이없는 상황을 마무리하자."

편지는 신사 대 신사로서 한 사람이 다른 사람에게 심한 모욕을 준 뒤에 사과하는 내용이었다. 조는 로런스 씨의 숱 없는 머리에 입 맞추고 위층으로 뛰어올라가 로리의 방문 아래로 편지를 밀어넣었다. 그러면서 열쇠 구멍을 통해 할아버지 말씀 잘 듣고 예의 바르게 행동하라고 조언하며 듣기에는 좋지만 실천이 불가능한 몇 가지 이야기도 했다. 로리가 계속 문을 열어주지 않자 조는 편지가 제 역할을 다하기를 바라며 조용히 물러났다. 그때 로리가 문을 열고 나오더니 계단 난간을 미끄럼틀처럼 타고 내려가 아래층에서 조를 기다렸다. 그러면서 아주 착하고 온순한 표정으로 웃으며 말했다. "조, 넌 정말 좋은 친구야! 할아버지가 화내셨어?"

"아니, 할아버지는 아주 현명한 분이신걸."

"아, 이제 다 해결됐구나! 너마저도 날 위층에 두고가버려서 모든 게 끝장이라는 생각이 들던 참이었어." 로리가 미안해 하며 말했다.

"그렇게 말하지 마. 새로운 마음가짐으로 시작해야지. 테디, 이 애송이."

"마음이야 늘 새롭게 먹는데 자꾸 망쳐버려. 글씨 연습책처럼 너무 자주 망치고 새롭게 시작해서 온전히 끝내질 못해." 로리가 울적하게 말했다.

"가서 점심이나 먹어. 먹고 나면 기분이 나아질 거야. 남자들은 항상 배고프면 우울해져서 툴툴대더라." 조는 이렇게 말하고 잽싸게 현관문으로 향했다.

"그건 남자 전체의 명예를 '파괴'하는 말이야." 로리는 에이미를 흉내 내며 말하고는 굴욕을 참고 할아버지에게 예의를 다하러 갔다. 할아버지는 남은 하루 동안 성인처럼 온화했고 매우 점잖게 행동했다.

모두 이 문제가 끝났고 작은 구름이 걷혔다고 생각했다. 하지만 장난은 일단락되고 다른 사람은 잊었을지 몰라도 메그의 기억에는 남아 있었다. 특정인을 언급하지는 않았지만 그 사람 생각을 많이 했고 여느 때보다 그 사람 꿈도 자주 꾸었다. 어느 날 조는 메그의 책상에서 우표를 찾다가 '존 브룩 부인'이라고 쓴 쪽지를 발견했다. 조는 괴로운 듯이 신음하더니 쪽지를 벽난로에 던져버렸다. 로리의 장난 때문에 언니를 떠나보낼 불행한 날이 앞당겨졌다는 생각이 들었다.

22. 즐거운 초원

폭풍우가 지나간 뒤에 햇살이 내리쬐듯이 그 후 몇 주 동안 평화로운 나날이 이어졌다. 환자들은 빠르게 회복했고 마치 씨는 새해 초에 집으로 돌아갈 수 있을지도 모른다고 전해왔다. 베스는 종일 서재 소파에 누워 있을 정도까지 회복했다. 처음에는 사랑하는 고양이들과 놀았고 시간이 지나자 애석하게도 미뤄둘 수밖에 없었던 인형 바느질도 할 수 있게 되었다. 활동적으로 움직이던 베스의 팔다리는 너무 뻣뻣하고 약해져서 조가 매일 튼튼한 팔로 안고 집을 돌아다니며 바람을 쏘여주었다. 메그는 사랑하는 동생을 위해 하얀 손을 기꺼이 더럽히고 데어가며 맛있는 죽을 만들었다. 에이미는 반지의 서약을 충실히 지키려고 애썼다. 집에 돌아온 기념으로 소중하게 여기던 여러 물건을 나누어주며 언니들에게 받으라고 권했다.

크리스마스가 다가오자 늘 그렇듯이 집은 설명할 수 없는 분위기에 휩싸였다. 조는 특별히 즐거운 이번 크리스마스를 기념하겠답시고 말도 안 되고 정말 터무니없는 행사를 제안해 가족들을 포복절도하게 만들기 일쑤였다. 터무니없기는 로리도 마찬가지라 마음대로 하게 놔두면 모닥불을 피우며 폭죽을 터뜨리고 개선문까지 세울 기세였다. 야심만만하던 두 사람은 여러 번 언쟁을 벌이고 무시당한 뒤에야 찍소리도 못 하게 되었다. 하지만 풀 죽은 얼굴로 다니다가도 둘이 만나면 웃음이 터져 실제로는 기가 죽지 않았음이 밝혀졌다.

 멋진 크리스마스에 걸맞게 예년보다 따뜻한 날씨가 며칠이나 이어졌다. 해나는 크리스마스에 날씨가 유난히 좋을 것 같은 예감이 든다고 했고, 그 예언은 족집게처럼 맞아떨어졌다.

모든 일이 잘 돌아갔다. 우선 마치 씨가 곧 집으로 돌아온다는 편지를 보내왔다. 그리고 그날 아침에 유독 몸 상태가 좋아진 베스는 어머니에게 선물받은 부드러운 진홍색 메리노 양모 실내복을 입고 기분 좋게 창가에 서 있다가 조와 로리가 마련한 선물을 보았다. 지칠 줄 모르는 두 장난꾸러기는 최선을 다해 명성에 어울리는 일을 벌였다. 요정이라도 된 듯이 밤사이에 재미있고 놀라운 광경을 만들어낸 것이다. 정원에는 눈사람 소녀가 위풍당당하게 서 있었다. 눈사람은 호랑가시나무 관을 쓰고 한 손에는 과일과 꽃이 담긴 바구니를, 다른 한 손에는 둘둘 말린 커다란 악보 뭉치를 들고 있었다. 차가운 어깨에는 고운

무지갯빛 담요를 둘렀고 입에는 크리스마스 캐럴이 적힌 길쭉
한 분홍색 종이가 꽂혀 있었다.

베스에게 바치는 융프라우*
사랑스러운 베스 여왕이여, 신의 축복이 함께하기를!
그 무엇도 당신에게 절망을 안기지 않을지니
이번 크리스마스에는 건강, 평화, 행복이 함께하기를.

우리 바쁜 꿀벌에게 먹을 과일과
코를 즐겁게 해줄 꽃을 드리고
피아노를 연주할 수 있는 악보와
발을 따뜻하게 해줄 담요를 바치네.

조애나의 초상화를 보라,
제2의 라파엘로가
멋진 그림을 위해 부지런히 노력했다네.

제가 드리는 붉은 리본을 받아
가르랑 마담의 꼬리에 묶으소서,

------

* Jungfrau, 스위스 알프스 산맥의 높은 산으로 '아가씨'라는 뜻이다.

아름다운 페그가 만든 아이스크림도
들통에 몽블랑산처럼 가득 담아 드리나이다.
저를 만든 이들이 눈으로 된 가슴속에
사랑을 가득 담았으니
부디 받아주소서,
로리와 조가 만든 이 알프스 소녀를.

캐럴을 읽은 베스는 웃음을 터뜨렸다. 로리는 계단을 오르내리며 선물을 가져왔고 조는 그 선물을 베스에게 전해주며 우스꽝스러운 말을 보탰다.

"정말 행복해. 아버지만 집에 계시면 더 이상 바랄 게 없어." 베스가 만족스러운 한숨을 내쉬며 말했다. 한바탕 흥분이 가라앉자 조는 베스를 안아 서재로 데려가서 쉬게 했고 베스는 융프라우가 보낸 맛있는 포도를 먹으며 원기를 회복했다.

"나도 행복해." 오랫동안 갖고 싶어 한《운디네와 신트람》이 든 주머니를 두드리며 조가 말했다.

"나도 진짜 행복해!" 에이미가 어머니께 선물받은 예쁜 액자를 골똘히 들여다보며 말했다. 성모 마리아와 아기 예수가 담긴 판화였다.

"물론 나도!" 메그가 처음 갖게 된 실크 드레스의 은색 주름을 매만지며 외쳤다. 로런스 씨가 선물하겠다고 고집부려서 받은 드레스였다.

"나도 어찌 행복하지 않을 수 있겠니?" 마치 부인이 남편에게서 온 편지를 읽다가 베스의 미소 짓는 얼굴을 보며 감사하는 마음으로 말했다. 그러면서 조금 전에 딸들이 가슴팍에 달아준 회색, 금색, 갈색, 고동색 머리카락으로 만든 브로치를 소중하게 어루만졌다.

이 무미건조한 세상을 사는 동안 가끔은 동화책에 나올 법한 즐거운 일들이 일어나고 그 덕분에 위안을 얻는다. 다들 딱 한 가지만 더하면 무척 행복할 거라고 말한 지 30분이 지났고, 바로 그 한 가지가 도착했다. 로리가 응접실 문을 열더니 아주 조용히 고개를 빼꼼 들이밀었다. 공중제비를 돌며 인디언처럼 함성이라도 내지를 듯이 잔뜩 흥분했으나 꾹 참고 있는 표정이었고 목소리에 뭔가를 감춘 듯한 기쁨이 넘쳤다. 그래서 그가 묘한 목소리로 숨 가쁘게 "마치 가족을 위한 크리스마스 선물이 하나 더 있습니다."라고만 말했는데도 모두 벌떡 일어났다.

어찌된 일인지 로리는 말을 제대로 끝내기도 전에 비켜섰다. 그러자 눈 밑까지 목도리를 감은 키 큰 남자가 또 다른 키 큰 남자의 부축을 받으며 나타났다. 부축하던 남자는 뭐라고 말하려 했지만 할 수 없었다. 당연히 모두 몰려갔지만 기묘하기 짝이 없는 일이 벌어진 탓에 어안이 벙벙해서 몇 분 동안 아무도 말을 하지 않았다. 마치 씨는 사랑하는 네 사람의 품에 파묻혀 보이지 않았다. 조는 망신스럽게도 기절할 뻔해서 로리가 도자기 찬장 쪽으로 데리고 나와 진정시켰다. 브룩 선생님은 순전히 실수로 메그에게 입 맞추고 나서 앞뒤가 안 맞는 말로 변명했다. 품위를 중요시하는 에이미는 등받이 없는 의자에서 굴러 떨어졌지만 일어나지도 않고 아버지의 장화를 끌어안고 흐느껴 우는 감동적인 모습을 보였다. 마치 부인이 가장 먼저 정신을 차리고는 손을 올리며 주의를 주었다. "쉿! 베스가 자고 있다는 걸 잊지 마!"

하지만 너무 늦었다. 서재 문이 열리더니 진홍색 실내복을 입은 베스가 문지방에 나타났다. 연약한 팔다리가 기쁜 소식에 힘을 얻었는지 베스는 아버지의 품으로 뛰어들었다. 그 후에 일어난 일은 자세히 설명할 필요가 없을 듯하다. 모두의 마음에 기쁨이 넘쳤으며 과거의 쓸쓸함은 씻겨나가고 현재의 달콤함만 남았다.

낭만적이기만 한 것은 아니었다. 모두 정신이 번쩍 들 정도로 실컷 웃기도 했다. 문 뒤에서 해나가 통통한 칠면조를 들고 눈물을 흘리고 서 있었던 것이다. 주방에서 급히 나오느라 깜빡하고 내려놓지 못한 칠면조였다. 웃음이 잦아들자 마치 부인은 남편을 성심성의껏 돌봐준 브룩 선생님에게 감사 인사를 했다. 이에 마치 씨가 쉬어야 한다는 사실을 불현듯 떠올린 브룩 선생님은 로리를 데리고 다급히 물러났다. 잠시 후 휴식을 명받은 두 환자는 큰 안락의자에 앉아 열심히 이야기를 나누었다.

마치 씨는 가족들을 놀라게 해주고 싶어서 날씨가 좋아진 틈을 타 의사의 허락을 받고 나왔다고 말하며, 브룩 선생님이 얼마나 헌신적이었으며 훌륭하고 바른 젊은이인지 이야기했다. 그 대목에서 마치 씨는 잠시 말을 멈추더니 괜히 모닥불만 들쑤시는 메그를 흘끗 본 다음 수상하게 눈썹을 찡긋거리며 아내를 바라보았다. 그 이유가 무엇인지, 왜 마치 부인이 살짝 고개를 끄덕이더니 느닷없이 남편에게 뭘 먹지 않겠느냐고 물었는지는 상상에 맡기겠다. 이 모습을 본 조는 두 사람의 표정이 무슨 의미인지 알아차렸다. 그래서 포도주와 소고기 수프를 가지러 가면서 문을 쾅 닫고 혼잣말을 중얼거렸다. "갈색 눈동자의 훌륭한 젊은이라면 끔찍하게 싫어!"

그날 같은 크리스마스 점심 식사는 처음이었다. 해나가 속을 채워 노릇노릇하게 구운 다음 장식까지 해서 식탁에 올린 통통한 칠면조는 먹음직해 보였다. 마찬가지로 먹음직스러운 자두 푸딩은 입에 넣으니 사르르 녹았다. 젤리도 입안에서 살살 녹았는데 에이미가 꿀통에 빠진 파리처럼 마구 먹어댔다. 모든 음식이 맛있었다. 해나는 다행스러워했다. "마님, 어찌나 정신이 없었는지 푸딩을 굽지 않고 칠면조에 건포도를 쑤셔넣지 않은 게 기적이에요. 칠면조를 천으로 싸서 구울 뻔했다니까요."

로런스 씨, 로리, 브룩 선생님도 함께했는데, 조는 브룩 선생

님을 험악하게 노려보았고 로리는 이런 조가 끝도 없이 웃겼
다. 식탁 상석에 놓인 안락의자에는 베스와 아버지가 앉아서
닭고기 요리와 약간의 과일을 먹었다. 모두 건강을 기원하며
건배하고 이야기하고 노래도 부르고 옛사람들이 말하는 '회상'
을 하기도 하며 정말 즐거운 시간을 보냈다. 자매들은 썰매를
탈 계획이었지만 아버지 곁을 떠나려 하지 않았다. 그래서 손
님들은 일찍 자리를 비켰고 해 질 녘이 되자 행복한 가족은 벽
난롯가에 모여 앉았다.

"1년 전만 해도 울적한 크리스마스가 될 거라고 괴로워했는
데. 기억나?" 짧은 침묵을 깨고 조가 묻자 이런저런 이야기가
길게 이어졌다.

"대체로 즐거운 한 해였어!" 메그가 벽난로를 보며 미소 지었
다. 브룩 선생님을 기품 있게 대한 자신이 자랑스러웠다.

"난 꽤 힘든 한해였는데." 에이미가 반짝이는 반지를 바라보
며 생각에 잠겨 말했다.

"한 해가 끝나서 기뻐요. 아버지가 돌아오셨잖아요." 아버지
에 무릎에 앉은 베스가 속삭였다.

"우리 작은 순례자들이 제법 험한 길을 걸은 모양이구나. 특
히 후반부가 힘들었나 보네. 그래도 씩씩하게 잘해냈으니 내
생각에는 짊어진 짐을 아주 빨리 벗어던질 수 있을 것 같은데."
마치 씨가 아버지다운 뿌듯한 표정으로 주위에 모여 앉은 네

딸들을 바라보며 말했다.

"어떻게 아세요? 어머니가 말씀하셨어요?" 조가 물었다.

"자세히 듣지는 못했어. 하지만 지푸라기를 보면 바람이 부는 방향을 알 수 있지. 오늘 직접 알게 된 것도 있고."

"그게 뭔지 말씀해주세요!" 곁에 앉아 있던 메그가 외쳤다.

"그중 하나는 이거지!" 마치 씨는 의자 팔걸이에 얹은 메그의 손을 잡고 거칠어진 집게손가락, 손등에 덴 자국, 손바닥에 박인 굳은살 두어 개를 가리켰다. "내 기억에 이 손은 하얗고 부드러웠어. 너도 손 관리를 가장 신경 썼지. 그 손도 정말 예뻤지만 내게는 지금 이 손이 훨씬 예쁘단다. 이 상처들을 보면 네가 지난날을 어떻게 보냈는지 알 수 있으니까. 불에 덴 자국은 허영을 버렸다는 뜻이고 굳은살이 박인 손바닥은 네가 물집 이상의 무언가를 얻었다는 뜻이지. 이렇게 손가락이 거칠어지도록 바느질한 물건은 분명 튼튼할 거야. 선한 마음을 담아 한 땀 한 땀 바느질했을 테니까. 사랑하는 메그, 가정을 행복하게 꾸리는 솜씨가 하얀 손이나 유행을 쫓는 것보다 더 소중하단다. 이 착하고 근면 성실한 작은 손을 잡게 되어 자랑스럽구나. 이 손을 너무 빨리 내줄 일은 없으면 좋겠어."

메그가 몇 시간씩 참을성 있게 집안일을 하면서 보상을 바라지는 않았지만, 아버지가 잡은 제 손에서 느껴지는 다정함과 아버지의 만족스러운 미소로 보상받은 기분이었다.

"조 언니는요? 언니도 칭찬해주세요. 정말 애 많이 썼고 저한
테도 진짜, 진짜 잘해줬어요." 베스가 아버지의 귓가에 속삭였다.

마치 씨는 웃음을 터뜨리더니 맞은편에 앉아 햇볕에 그을린
얼굴로 평소답지 않게 온화한 표정을 짓고 있는 키 큰 여자애
를 바라보았다.

"끝이 곱슬곱슬 말린 짧은 머리를 하고 있는데도 1년 전 내
가 떠날 때의 아들 같은 조는 찾아볼 수가 없구나." 마치 씨가
말했다. "옷깃을 빳빳하게 세우고 장화 끈을 단정하게 묶고 휘
파람을 불거나 비속어를 쓰지도 않고 늘 그러듯이 양탄자 위에
눕지도 않는 젊은 숙녀가 보이네. 야위고 창백해진 얼굴에서
경계심과 불안이 느껴지기는 하지만 더 차분해 보여서 좋구나.
목소리도 작아지고 말이야. 이리저리 뛰어다니지도 않고 조용
히 움직이면서 어머니처럼 동생을 돌봐주었다니 정말 대견해.
예전의 말괄량이 딸이 조금은 그립지만 대신 굳세고 사람들을
돕고 마음씨 고운 딸이 생겼으니 무척 뿌듯하구나. 우리 말썽
꾸러기가 머리를 잘라서 얌전해졌는지는 모르겠다만, 내 착한
딸이 보내준 25달러를 투자할 가치가 있는 아름다운 물건은 워
싱턴 어디에도 없었다는 건 분명해."

아버지에게 칭찬을 받자 조의 날카로운 눈빛이 잠시 누그러
지고 야윈 얼굴이 벽난로 불빛에 장밋빛으로 물들었다. 어느
정도 칭찬받을 자격이 있다고는 생각했다.

"이제 베스 언니 차례예요." 제 차례를 간절히 기다리며 꾹 참고 있던 에이미가 말했다.

"베스에게는 말을 아끼마. 예전보다는 수줍음을 덜 타는 것 같기는 하지만 말을 많이 했다가는 도망칠 것만 같아서." 아버지는 활기찬 목소리로 말했지만 베스를 잃을 뻔했다는 생각이 떠오르자 딸을 꼭 끌어안고 뺨을 부비며 다정하게 말했다. "베스, 네가 무사해서 다행이구나. 이대로 쭉 건강하기를 기도하마."

잠시 침묵이 흐른 뒤에 아버지는 발치에 낮은 의자를 놓고 앉아 있는 에이미를 내려다보더니 반들거리는 머리카락을 쓰다듬으며 말했다.

"점심 식사 때 보니 에이미가 칠면조 다리를 나르더구나. 오후 내내 어머니를 도와 심부름을 하고 저녁에는 메그에게 자리를 양보하기도 하고. 참을성 있고 기분 좋은 태도로 모든 사람들을 시중드는 모습도 보았단다. 투덜대지도 않고 거울을 보며 치장하는 데에만 열중하지도 않았어. 예쁜 반지를 끼고 있으면서도 자랑 한마디 하지 않았고. 그래서 에이미가 다른 사람을 더 배려하고 자기 자신은 덜 생각하는 법을 배웠다는 걸 알게 되었지. 찰흙으로 자그마한 작품을 빚을 때처럼 성격도 신중하게 모양을 빚어 나가기로 결심한 것 같더구나. 그 모습을 보고 정말 기뻤단다. 에이미가 만드는 아름다운 조각상도 무척 자랑스럽지만 자신과 남을 위해 삶을 아름답게 만드는 재주가 있는 사랑스러운 딸이 훨씬 자랑스러워."

"베스, 무슨 생각해?" 에이미가 아버지에게 고맙다고 하고 반지 이야기를 하고 나자 조가 물었다.

"오늘《천로역정》을 읽었어. 수많은 고난을 헤치고 크리스천과 '소망'이 즐거운 푸른 초원에 도착하는 대목이었어. 1년 내내 백합이 활짝 피어 있는 그곳에서 두 사람은 마지막 여정을 앞두고 지금 우리처럼 행복하게 쉬었어." 베스는 이렇게 대답하고는 아버지 품에서 나와 피아노로 느릿느릿 다가갔다. "이제 노래 부를 시간이에요. 원래 제 자리에 있고 싶어요. 순례자가 들은 목동의 노래를 불러볼게요. 아버지께서 그 노래 가사를 좋아하시니까 한번 해보려고요."

소중한 피아노 앞에 앉은 베스는 가만히 건반을 두드리며 다시는 듣지 못할 줄 알았던 감미로운 목소리로 노래했다. 직접 반주하며 부르는 고풍스러운 찬송가가 베스와 무척 잘 어울렸다.

낮은 곳에 있는 자는 떨어질 걱정을 할 필요가 없고
비천한 자에게는 교만이 없네,
겸손한 자는 언제나
하나님을 따르네.

많든 적든
가진 것에 만족하지만
주여! 주님의 구원만은
아직도 갈망하나이다.

순례에 오른 이들에게
풍요로움은 짐이요
작은 짐과 하늘에서 얻는 기쁨이
영원히 최고인 것을!

23. 문제를 해결한 마치 작은할머니

다음 날에도 어머니와 딸들은 무리지어 여왕벌을 쫓아다니는 꿀벌처럼 마치 씨 주위를 맴돌았다. 다들 열일 제쳐두고 새로운 환자를 시중들고 그의 말에 귀 기울였는데, 이들의 다정함은 마치 씨가 부담을 느낄 정도였다. 그는 베스가 누워 있는 소파 옆 안락의자에서 세 딸에게 둘러싸여 있었고 이따금 해나가 고개를 들이밀고 주인님이 괜찮은지 엿보았다. 이들은 조금도 부족함이 없이 완벽하게 행복한 것 같았다. 하지만 뭔가 부족함이 있기는 있었다. 어른들은 이를 느끼고 있었지만 아무도 입 밖으로 내지 않았다. 마치 부부는 메그를 계속 살피며 걱정스러운 표정으로 서로 쳐다보았다. 조는 갑자기 진지해지더니 브룩 선생님이 복도에 두고 간 우산을 향해 주먹을 휘둘렀다. 메그는 멍한 상태로 아무 말도 없이 괜히 부끄러워했으며 초인

종이 울리면 깜짝 놀랐고 누군가가 존의 이름을 말하면 얼굴이 빨개졌다. 에이미는 이렇게 말했다. "다들 뭔가를 기다리는 것처럼 안절부절못하는 것 같아. 아버지도 집에 무사히 돌아오셨는데 정말 이상하네." 베스는 천진난만하게도 옆집에서 평소처럼 놀러오지 않는 이유가 뭘까 궁금해했다.

오후에 집 앞을 지나가던 로리가 창가에 있던 메그를 보더니 멜로드라마 속 등장인물이라도 된 듯이 뜬금없이 눈 위에 한쪽 무릎을 꿇고 앉아 가슴을 두드리고 머리카락을 쥐어뜯으며 뭔가를 간절히 애원하는 듯이 두 손을 모아 쥐었다. 메그가 행동 조심하라고 말하고 가버리자 로리는 눈물로 흠뻑 젖은 손수건을 짜는 시늉을 하고는 엄청난 절망에 빠진 사람처럼 비틀대며 모퉁이를 돌아갔다.

"저 바보 같은 녀석이 왜 저럴까?" 메그는 웃음을 터트리며 모르는 척했다.

"언니의 존이 조만간 뭘 할지 알려준 거잖아. 감동적이지 않아?" 조가 냉소적으로 대답했다.

"'나의 존'이라고 하지 마. 예의에도 어긋나고 사실도 아니야." 하지만 메그는 '나의 존'이라는 말이 듣기 좋은 듯이 음미하며 천천히 말했다. "조, 날 괴롭히지 좀 마. 그 사람한테 관심 없다고 했잖아. 더 할 말도 없지만 우린 친구야. 앞으로도 계속."

"그럴 순 없을걸. 이미 들은 말이 있잖아. 게다가 로리가 장난친 뒤로 언니는 이상해졌어. 나도 어머니도 느끼고 있다고. 언니는 예전과 완전히 달라졌어. 내게서 너무 멀어진 것 같아. 언니를 괴롭힐 생각은 아니야. 난 이 일을 어른스럽게 견딜 거야. 하지만 어서 모든 것이 해결되기를 바라. 기다리기 정말 싫다고. 그러니까 언니가 뭔가 마음을 먹었다면 서둘러서 담판을 지어." 조가 심통 맞게 말했다.

"그 사람이 먼저 말을 꺼내기 전에는 아무 말도, 아무것도 할 수 없어. 그리고 그 사람은 먼저 말을 꺼내지 않을 거야. 아버지께서 내가 너무 어리다고 말씀하셨으니까." 메그는 이렇게 말하고는 야릇한 미소를 희미하게 지으며 고개를 숙이고 하던 일을 했다. 아버지의 의견에 동의하지 않는 듯한 미소였다.

"선생님이 먼저 말을 한대도 언니는 아무 말도 못하고 울거나 얼굴만 붉히겠지. 아니면 선생님이 마음대로 하게 놔두거나. 안 된다고 단호하게 옳은 대답을 하지 못하고 말이야."

"난 네 생각처럼 그렇게 어리석고 나약하지 않아. 무슨 말을 할지 다 생각해두었으니 할 말을 할 거야. 나도 모르게 끌려가지 않을 거라고. 무슨 일이 일어날지 모르니까 준비해두고 싶었어."

조는 자신도 모르게 진지해진 메그를 보며 웃지 않을 수 없었다. 메그의 태도는 예쁘게 발그레해진 뺨과 잘 어울렸다.

"뭐라고 말할 생각인지 알려주면 안 돼?" 조가 조심스럽게 물었다.

"그럴까? 너도 이제 열여섯 살이니 내가 비밀을 털어놓을 정도의 나이가 되기는 했지. 그리고 내 경험이 머지않아 네게 닥칠지 모를 연애 문제에 도움이 될 거야."

"그런 거 할 생각 없어. 남들 연애를 구경하는 게 재밌지 직접 하면 바보 같은 기분이 들 거야." 조는 생각만 해도 끔찍하다는 듯이 말했다.

"네가 누군가를 정말 좋아하고 그 사람도 널 좋아하게 되면 달라질 거야." 메그는 자신에게 하는 듯한 말을 하더니 여름철 해 질 녘에 산책하는 연인들이 종종 보이는 큰길을 내다보았다.

"언니가 그 남자에게 딱 부러지게 할 말을 할 거라고 생각했어." 조의 말에 메그의 짧은 공상이 갑자기 끝나버렸다.

"아, 난 그저 차분하고 단호하게 이렇게 말하려고. '고마워요, 브룩 선생님. 정말 친절한 분이시지만 난 아버지와 뜻이 같아요. 당장 누군가와 약혼하기에 아직 너무 어려요. 그러니 더 이상 아무 말씀도 말아주시고 지금까지처럼 친구로 지내요.'"

"음! 충분히 단호하고 차분해. 그런데 언니가 실제로 그렇게 말할 수 있을지는 모르겠네. 말한다고 해도 선생님이 납득하지 않고 책에 나오는 거절당한 연인들처럼 계속 밀어붙이면 결국 언니는 상처 주지 않으려고 뜻을 굽히고 말겠지."

"아니, 안 그래! 마음을 굳게 먹었다고 말하고 기품 있게 방에서 나갈 거야."

메그가 이렇게 말하며 벌떡 일어나 기품 있게 나가는 연습을 해보려는 찰나 복도에서 발소리가 들렸다. 그러자 그녀는 얼른 의자로 돌아가 주어진 시간 안에 솔기를 다 바느질하지 않으면 목숨을 잃기라도 하는 듯이 열심히 바느질하기 시작했다. 이렇게 갑자기 달라진 메그를 본 조는 웃음을 꾹 참았고, 점잖게 문을 두드리는 소리가 나자 문을 열었다. 문을 연 그녀는 하나도 반갑지 않은 통명스러운 표정으로 손님을 맞이했다.

"안녕하세요. 우산을 찾으러 왔습니다. 그러니까 오늘은 아버님이 어떠신지 살펴보기도 하고요." 브룩 선생님은 조의 노골적인 표정을 보고 약간 당황해서 메그를 바라보았다.

"우산은 아주 편안하시고 아버지는 우산걸이에 있어요. 제가 아버지를 가져오고 우산에게 선생님이 오셨다고 말씀드릴게요." 조는 아버지와 우산을 뒤죽박죽 섞어서 대답하더니 메그가 준비한 말을 기품 있게 할 수 있도록 방에서 나갔다. 하지만 조가 나가기가 무섭게 메그는 문으로 쭈뼛쭈뼛 다가가며 중얼거렸다. "어머니께서 선생님을 보고 싶어 하실 거예요. 앉아 계시면 어머니를 모셔 올게요."

"가지 말아요. 마거릿, 내가 무서운가요?" 메그는 브룩 선생님의 상처받은 표정을 보고 자신이 무례한 짓을 했다고 생각했다. 그녀는 곱슬한 머리가 약간 흘러내린 이마 끝까지 얼굴이 빨개졌다. 브룩 선생님이 마거릿이라고 부른 것은 처음이었기 때문이다. 메그는 그렇게 부르는 것이 너무 자연스럽고 다정하게 들려서 깜짝 놀랐다. 그녀는 친근하고 편안해 보이고 싶어서 신뢰를 담아 한 손을 내밀며 고맙다는 인사를 전했다.

"아버지께 그토록 친절을 베풀어주신 분인데 무섭다니요? 어떻게 하면 고마운 마음을 전할 수 있을까 하는 생각뿐인걸요."

"어떻게 고마움을 전하면 되는지 말씀드려도 될까요?" 브룩 선생님은 커다란 두 손으로 메그의 작은 손을 꼭 잡고 사랑이 가득한 갈색 눈동자로 바라보았다. 메그의 심장은 요동치기 시작했다. 도망치고 싶은 생각이 드는 한편 계속 서서 이야기를 듣고 싶기도 했다.

"아, 안 돼요, 그러지 마세요. 안 들을래요." 메그가 손을 빼려 하며 말했다. 무섭지 않다고 말했지만 얼굴에는 두려움이 가득했다.

"메그, 당신을 불편하게 하려는 게 아니에요. 그저 당신이 내게 조금이라도 마음이 있는지 알고 싶은 것뿐이에요. 당신을 정말 사랑합니다." 브룩 선생님이 다정하게 말했다.

차분하게 거절의 말을 전해야 할 순간이 왔지만 메그는 준비한 말을 몽땅 잊어버린 채 부끄러워서 고개를 푹 숙이고 대답했다. "모르겠어요." 목소리가 너무 작아서 존은 바보 같은 짧은 대답을 들으려고 몸을 숙여야 했다.

그는 노력해볼 가치가 있다고 생각했는지 만족스러운 미소를 지으며 잡고 있던 메그의 통통한 손에 고마운 마음을 담아 힘을 주었다. 그리고 아주 설득력 있는 말투로 말했다. "그럼 답을 찾아볼래요? 난 그 답을 꼭 알고 싶어요. 당신의 마음을 얻을 수 있을지 없을지 알기 전에는 일도 제대로 할 수 없어요."

"난 너무 어려요." 메그가 떨리는 목소리로 말했다. 왜 이렇게 가슴이 두근거리는지 알 수 없었지만 그 느낌이 싫지 않았다.

"기다릴게요. 그동안 날 좋아하는 법을 배울 수도 있잖아요. 너무 어려운 일인가요?"

"배우려고 마음먹으면 어렵지 않겠지만 혹시라도……."

"메그, 부탁이니 한번 배워 봐요. 내가 기꺼이 방법을 가르쳐 줄게요. 독일어보다 쉬워요." 존은 메그의 말에 끼어들며 나머지 한 손도 잡았다. 그래서 메그는 그가 고개를 숙여 얼굴을 들여다보는데도 얼굴을 가릴 방도가 없었다.

브룩 선생님은 애원하는 말투였지만 수줍어하는 기색은 전혀 없었다. 메그는 즐거움과 다정함이 담긴 그의 눈동자와 자신의 바람이 이루어지리라고 굳게 믿고 만족스럽게 미소 지은 얼굴을 바라보았다. 그리고 그 모습에 약간 짜증이 났다. 애니 모패트가 남자의 애를 태우는 법이랍시고 알려준 바보 같은 조언이 떠오르기도 했고, 어엿한 숙녀의 가슴속에 잠들어 있던 사랑의 힘이 별안간 깨어나 그녀를 사로잡았기 때문이기도 했다. 메그는 흥분되고 낯선 감정에 어찌할 바를 몰라서 변덕스러운 충동이 이끄는 대로 손을 빼며 화를 냈다. "배우고 싶지 않아요. 그러니 날 내버려두고 그만 가세요!"

가여운 브룩 선생님은 하늘의 아름다운 성이 와르르 무너진 듯한 표정이었다. 메그가 이렇게 화내는 모습을 처음 보았기에 약간 당황하기도 했다.

"진심이에요?" 그가 나가려는 메그를 쫓아가며 초조하게 물었다.

"네. 그런 일로 걱정하고 싶지 않아요. 아버지께서도 그럴 필요 없다고 하셨고요. 그런 걱정을 하기에는 너무 일러요."

"머지않아 마음이 바뀔 거라는 희망을 가져도 될까요? 기다릴게요. 당신이 시간을 충분히 가질 때까지 아무 말도 하지 않을게요. 메그, 날 애태우지 말아요. 당신이 그러리라고는 생각하지 않아요."

"내 생각은 아예 하지도 마세요. 그러시는 편이 좋을 거예요." 메그는 연인의 인내심과 자신이 가진 사랑의 권력을 시험하고 못된 만족감을 느꼈다.

브룩 선생님의 얼굴이 우울하고 창백해졌다. 그러자 메그가 좋아하는 소설 속 주인공들과 더욱 닮아 보였다. 하지만 그는 이마를 찰싹 치지도 않았고 방 안을 성큼성큼 돌아다니지도 않았다. 그저 아쉬움 가득하면서도 다정한 표정으로 메그를 바라보고 서 있을 뿐이었다. 그 모습에 메그는 자신도 모르게 마음이 약해졌다. 이 흥미진진한 순간에 마치 작은할머니가 다리를 절뚝거리며 끼어들지 않았다면 무슨 일이 벌어졌을지 알 수 없다.

마치 작은할머니는 바람 쐬러 나갔다가 만난 로리에게서 마치 씨가 집에 왔다는 소식을 듣자 조카가 너무 보고 싶어서 곧장 만나러 왔다. 다른 가족들은 집 뒤편에서 일하느라 바빴기에 작은할머니는 그들을 놀라게 해주려고 조용히 집 안으로 들어왔다. 물론 메그와 브룩 선생님을 깜짝 놀라게 하기는 했다. 메그는 유령이라도 본 것처럼 화들짝 놀랐고 브룩 선생님은 서재로 몸을 숨겼다.

"세상에, 대체 이게 무슨 일이냐?" 작은할머니는 하얗게 질려 서재로 사라진 젊은 신사와 얼굴이 빨개진 젊은 숙녀를 보고 지팡이로 바닥을 쳤다.

"아버지가 아시는 분이세요. 갑자기 나타나셔서 정말 놀랐어요!" 메그가 더듬거리며 말했다. 잔소리가 시작될 것 같은 예감이 들었다.

"그렇단 말이지." 마치 작은할머니가 자리에 앉으며 대답했다. "그런데 아버지 지인이라는 사람이 뭐라고 했기에 네 얼굴이 작약처럼 붉어진 게야? 뭔가 일이 있었던 모양인데 그게 뭔지 알아야겠구나!" 작은할머니는 지팡이로 또 한 번 바닥을 두드렸다.

"그냥 이야기 나누던 중이었어요. 브룩 선생님께서 우산을 찾으러 오셨거든요." 메그는 브룩 선생님이 우산을 가지고 무사히 집에서 나가기를 바랐다.

"브룩? 로리의 가정 교사 말이냐? 아, 이제 이해가 되는군. 전부 다 알겠어. 조가 네 아버지의 편지를 읽어 주려다가 실수로 엉뚱한 편지를 읽어준 적이 있었지. 그래서 솔직하게 얘기하라고 캐물었어. 그 남자의 마음을 받아들인 건 아니겠지?" 작은할머니가 놀란 표정으로 물었다.

"쉿! 그 사람에게 들리겠어요. 어머니 오시라고 할까요?" 난처해진 메그가 말했다.

"아니다. 그렇지 않아도 네게 할 말이 있었는데 이참에 하고 마음에서 털어야겠다. 대답해보거라. 저 쿡인가 뭔가 하는 사람과 결혼할 생각이냐? 그랬다가는 내 돈을 한 푼도 안 물려줄 줄 알아라. 내 말 명심하고 현명하게 처신해." 작은할머니가 강하게 말했다.

마치 작은할머니는 제아무리 온화한 사람일지라도 반발심을 갖게 만드는 재주가 뛰어났고 그렇게 성질 돋우는 일을 즐겼다. 아무리 착한 사람이라도 삐딱한 마음이 조금은 있기 마련인데 젊을 때와 사랑에 빠졌을 때는 더욱 그렇다. 마치 작은할머니가 존 브룩의 마음을 받아주라고 했다면 메그는 그럴 생각이 없다고 딱 잘라 말했을지도 모른다. 하지만 작은할머니가 그를 좋아하지 말라고 위압적으로 명령하자, 메그는 그 즉시 좋아하고야 말겠다고 마음먹었다. 이렇게 마음이 기울어진 데다가 삐딱함까지 더해져 쉽게 결정을 내린 메그는 이미 꽤 흥분한지라 평소와 달리 작은할머니에게 대들었다.

"작은할머니, 저는 제가 좋아하는 사람과 결혼할 거예요. 그리고 할머니 재산은 주고 싶은 사람에게 주세요." 메그는 고개를 단호하게 끄덕이며 말했다.

"이렇게 건방질 데가! 내 충고를 그런 식으로 받아들이겠다? 조만간 코딱지만 한 집에서 사랑 타령하다가 실패했다는 걸 깨닫고 후회할 게다."

"큰 집에서 후회하며 사는 사람들도 있는데 그보다 더 나쁠 건 없죠." 메그가 쏘아 붙였다.

마치 작은할머니는 안경을 쓰고 메그를 자세히 살펴보았다. 메그에게 이렇게 새로운 면이 있는지 미처 몰랐다. 메그도 자신에게 이런 면이 있는지 몰랐다. 자신이 무척 용감하고 독립적으로 느껴졌고, 존을 옹호하고 원한다면 그를 사랑할 권리가 있다고 주장할 수 있어서 뿌듯했다. 마치 작은할머니는 말을 잘못 꺼냈나 싶어서 잠시 한숨 돌리더니 새로 시작해보기로 한 듯이 최대한 온화하게 말했다. "자, 메그, 이성적으로 생각해서 내 조언을 받아들이렴. 좋은 뜻에서 한 말이란다. 시작부터 실수를 해서 네가 인생을 망가뜨리는 걸 원치 않아서 한 얘기야. 결혼 잘해서 가족들에게 도움이 되어야지. 돈 많은 짝과 결혼하는 게 네 도리야. 그걸 명심해야 해."

"아버지와 어머니는 그렇게 생각하지 않으세요. 존은 가난하지만 두 분은 그 사람을 좋아하세요."

"네 부모는 갓난아기만큼이나 세상 물정을 몰라서 그래."

"차라리 다행이네요." 메그가 퉁명스럽게 말했다.

마치 작은할머니는 눈치도 없이 잔소리를 이어갔다. "룩인가 뭔가 하는 청년은 가난하고 돈 많은 친척도 없지?"

"없어요. 하지만 마음씨 따뜻한 친구들은 많죠."

"친구가 밥 먹여준다니? 친구들한테 아쉬운 소리 한번 해봐. 얼마나 싸늘해지는지 볼 수 있을 테니까. 제대로 된 직장은 있어?"

"아직이요. 하지만 로런스 씨께서 도와주실 거예요."

"그 도움이 오래가지는 못할 거다. 제임스 로런스는 괴팍한 늙은이라 믿을 수가 없어. 그러니까 넌 돈도, 지위도, 변변한 직업도 없는 남자와 결혼해서 지금보다 더 힘들게 일하면서 살 생각이로구나. 내 말을 들으면 평생 편안하게 더 잘 살 수 있는데도 말이야. 메그, 난 네가 분별 있는 아이인 줄 알았다."

"반평생을 기다린대도 더 나은 선택을 할 수 없을 거예요! 존은 착하고 현명한 사람이에요. 재주도 아주 많다고요. 일하기를 마다하지 않으니 반드시 성공할 거예요. 게다가 활기차고 용감해요. 다들 그 사람을 좋아하고 존경해요. 그런 사람이 이렇게 가난하고 어리고 바보 같은 저를 좋아한다니 무척 뿌듯한걸요." 이렇게 진심 어린 말을 토해내는 메그는 그 어느 때보다 예뻤다.

"그는 네게 돈 많은 친척이 있다는 걸 아는 게야. 그래서 널 좋아하는 게 아닐까 싶다만."

"할머니, 어떻게 그런 말씀을 하실 수 있어요? 존은 그렇게 비열하지 않아요. 계속 그렇게 말씀하신다면 더 듣고 있을 수가 없군요." 메그는 화가 나서 외쳤다. 작은할머니의 의심이 부당하다는 생각 말고 다른 것은 모두 잊어버렸다. "나의 존은 돈 때문에 결혼할 사람이 아니에요. 저도 그렇고요. 저희는 얼마든지 열심히 일할 거고 기다릴 거예요. 지금까지 저는 가난하지만 행복했기에 가난이 두렵지 않아요. 저는 반드시 존과 함께할 거예요. 그 사람은 절 사랑하고 저도……."

메그는 아직 결심하지 못했다는 사실이 문득 떠올라 말을 하다 말았다. '나의 존'에게 가라고 말했던 것도 떠올랐다. 그리고 어쩌면 그가 이 앞뒤가 맞지 않는 말을 엿듣고 있을지도 모른다는 생각이 들었다.

마치 작은할머니는 머리끝까지 화가 났다. 조카의 예쁜 딸에게 좋은 짝을 찾아주겠노라 마음먹었기 때문이기도 했고 행복해하는 젊은 메그의 얼굴에서 느껴진 무언가 때문에 슬프고 씁쓸한 기분이 들었기 때문이기도 했다.

"난 이 문제에서 손 떼야겠다! 이렇게 고집을 부리니 원. 이 어리석은 결정으로 생각보다 많은 걸 잃게 될 게다. 아니, 할 말은 계속 해야겠다. 너한테 너무 실망해서 네 아버지를 만나고 싶은 마음도 사라졌구나. 결혼하더라도 나한테 아무것도 바라지 마라. 너의 북 씨인가 뭔가 하는 사람의 친구들이 잘 챙겨주겠지. 이제 너와는 영원히 끝이야."

마치 작은할머니는 잔뜩 화가 나서 메그의 면전에서 문을 쾅 닫고 가버렸다. 메그의 용기까지 다 가져가버린 듯했다. 혼자 남은 메그는 웃어야 할지 울어야 할지 몰라서 잠시 멍하니 서 있었다. 마음을 추스르기도 전에 서재에서 브룩 선생님이 나와서 그녀를 붙잡고 단숨에 말했다. "들을 수밖에 없었어요. 메그, 날 옹호해줘서, 마치 작은할머님께 날 조금이라도 생각하고 있다는 걸 보여줘서 고마워요."

"작은할머니가 당신을 모욕하고 나서야 내 마음이 어느 정도인지 알았어요." 메그가 말문을 열었다.

"그럼 나는 물러가지 않고 곁에 머물며 행복해 해도 되나요?"

모진 말을 쏟아내고 기품 있게 자리를 박차고 나갈 좋은 기회가 또 다시 찾아왔지만 메그는 그렇게 하고 싶지 않았다. 대신 브룩 선생님의 조끼에 얼굴을 묻고 "그래요, 존."이라고 속삭였다. 조가 이 모습을 보았다면 죽을 때까지 망신을 주었을 것이다.

마치 작은할머니가 떠나고 15분 뒤에 조가 조용히 아래층으로 내려왔다. 응접실 문 앞에서 잠시 걸음을 멈추고 안에서 아무 소리가 들리지 않는다는 것을 확인하자 만족스러운 표정으로 고개를 끄덕이며 미소 짓더니 이렇게 중얼거렸다. "언니가 계획대로 브룩 선생님을 돌려보냈구나. 이제 그 문제는 해결되었어. 들어가서 그 재미있는 이야기를 듣고 마음껏 웃어줘야지."

하지만 가여운 조는 웃지 못했다. 응접실에서 벌어진 광경을 보고 놀라서 입이 벌어지고 눈이 휘둥그레진 채 문지방에 그대로 얼어붙었다.

적을 무찌른 일을 의기양양하게 환호하고 무례한 연인을 쫓아낸 굳센 언니를 칭찬하러 간 조에게 바로 그 적이 소파에 앉아 있고 굳센 줄 알았던 언니가 비굴하기 짝이 없는 표정으로 그의 무릎에 앉아 있는 광경은 충격 그 자체였다. 조는 놀라서 헉 소리를 냈다. 갑자기 찬물을 뒤집어쓴 기분이었다. 뜻밖에 상황이 급변하여 숨도 쉬기 힘들었다. 조가 낸 이상한 소리에 연인들은 고개를 돌렸다. 메그는 만족스러운 동시에 민망한 표정을 지으며 벌떡 일어났지만, 조가 '그 남자'라고 부르는 브룩 선생님은 웃음을 터뜨리며 다가와 놀란 조에게 입 맞추며 아무렇지 않게 말했다. "이제 처제라고 불러야 하나요? 조 양, 우리를 축하해줘요!"

상처에 모욕을 끼얹는 말이었다! 조는 감당하기가 힘들어서 양손을 거칠게 흔들며 말없이 사라졌다. 황급히 위층으로 올라간 조가 방으로 뛰어들어가 비통하게 외치는 바람에 환자 두 사람이 놀랐다. "아, 누가 아래층으로 빨리 내려가 봐요! 존 브룩이 이상한 짓을 하는데 언니가 좋아하고 있어요!"

마치 부부가 재빨리 방에서 나가자 조는 침대에 몸을 던지고 베스와 에이미에게 이 끔찍한 소식을 전하며 울고불고 욕을 했다. 하지만 두 동생들은 이 사건을 마음에 들어 하며 관심을 보였고 조는 조금도 위로받지 못했다. 그래서 안식처인 다락방으로 올라가 쥐들에게 근심을 털어놓았다.

그날 오후에 응접실에서 무슨 일이 있었는지는 아무도 몰랐다. 많은 이야기가 오고 갔고 과묵하던 브룩 선생님은 구혼을 허락해달라고 간청하고, 계획을 설명하고, 자신이 바라는 대로 따라와 달라고 설득하며 유려한 말솜씨와 기개로 친구들을 놀라게 했다.

그가 메그를 위해 마련하려고 하는 천국에 대한 설명을 하던 중에 식사 시간을 알리는 종이 울렸다. 브룩 선생님은 당당하게 메그를 데리고 저녁을 먹으러 갔고 둘 다 너무 행복해 보여서 조는 질투하거나 우울해할 마음이 생기지 않았다. 에이미는 존의 헌신적인 사랑과 메그의 기품에 깊은 인상을 받았다. 베스는 멀리에서 두 사람을 바라보며 환하게 미소 지었고 마치 부부는 젊은 연인을 애정 어린 표정으로 뿌듯하게 바라보았다. "갓난아기만큼이나 세상 물정을 모른다."는 마치 작은할머니의 말이 맞았다는 것을 잘 보여주는 표정이었다. 다들 많이 먹지는 않았지만 매우 행복해 보였다. 자매들의 첫연애가 시작된 낡은 방도 무척 환해진 것 같았다.

"이젠 '지금껏 즐거운 일은 하나도 없었어.'라는 말 못 하겠네, 메그 언니?" 에이미는 이렇게 물으며 구상 중인 스케치에 두 연인을 어떻게 담아야 할지 고심했다.

"그래, 못 하지. 그 말을 한 뒤로 얼마나 많은 일이 있었는지! 1년 전이었던 것 같은데." 행복한 꿈에 젖어 빵과 버터 같은 일상적인 일에서 훌쩍 떠나 있는 메그가 대답했다.

"이번에는 슬픈 일이 있고 나서 곧바로 기쁜 일이 생겼어. 이제 우리 가족에게 변화가 시작된 것 같구나." 마치 부인이 말했다. "대부분의 가정에도 가끔 사건이 끊이지 않는 해가 있지. 우리에겐 올해가 그런 해인 것 같아. 하지만 결국에는 좋게 마무리되었어."

"내년은 더 좋게 마무리되면 좋겠어요." 조가 중얼거렸다. 낯선 사람에게 푹 빠진 메그를 눈앞에서 지켜보기가 정말 힘들었다. 조는 몇 안 되는 사람들을 아주 깊이 사랑하기 때문에 어떤 식으로든 그들의 사랑을 잃거나 그 사랑이 줄어드는 것이 두려웠다.

"3년 뒤에는 좋은 일이 더 많을 겁니다. 제 계획대로 일이 풀리면 그렇게 될 겁니다." 브룩 선생님이 메그를 향해 미소 지으며 말했다. 지금 그에게 불가능한 일은 없어 보였다.

"3년은 기다리기에 너무 길지 않아요?" 결혼식을 빨리 보고 싶은 에이미가 물었다.

"준비하려면 배울 게 너무 많아서 나한테는 3년도 짧은 걸." 메그가 한 번도 본 적 없는 다정하면서도 진지한 표정으로 말했다.

"당신은 기다리기만 하면 돼요. 일은 내가 다 할게요." 존은 이렇게 말하며 메그의 냅킨을 주워 주는 것으로 그 일을 시작했다. 그 표정에 조는 고개를 절레절레 흔들었고 잠시 후 현관문이 쿵 닫히는 소리가 나자 안도하며 혼잣말을 중얼거렸다. "로리가 온 모양이군. 이제야 분별 있는 대화가 가능하겠어."

하지만 그건 조의 착각이었다. 로리는 '존 브룩 부인'에게 선물할 신부 부케처럼 생긴 커다란 꽃다발을 들고 기운차게 껑충거리며 나타났다. 이 모든 일이 자신의 뛰어난 술책 덕분이라고 착각하고 있는 게 분명했다.

"다 브룩 선생님 뜻대로 될 줄 알았어요. 선생님은 늘 그러시니까요. 뭔가를 이루겠다고 다짐하면 하늘이 무너져도 해내고야 마시죠." 로리가 꽃다발을 건네고 축하하며 말했다.

"칭찬 정말 고맙구나. 앞날을 축복하는 말로 받아들일게. 지금 이 자리에서 널 우리 결혼식에 초대할게." 브룩이 대답했다. 장난기 심한 제자는 물론이고 온 인류를 너그럽게 대할 기세였다.

"제가 지구 끝에 있더라도 참석할게요. 결혼식 날 조의 표정을 보는 것만으로도 긴 여행을 할 가치가 있을 거예요. 그런데 조, 표정이 즐거워 보이질 않네. 무슨 일 있어?" 응접실 한쪽 구석으로 가는 조를 쫓아가며 로리가 물었다. 다른 사람들은 자리를 옮겨 로런스 씨를 맞이했다.

"저 둘이 연인이 된 게 마음에 안 들지만 참기로 했어. 싫은 소리는 한마디도 안 하려고." 조가 침울하게 말했다. "언니를 보내는 게 나한테 얼마나 힘든 일인지 넌 모를 거야." 조는 약간 떨리는 목소리로 말을 이었다.

"보내는 게 아니라 반씩 나누는 거야." 로리가 위로했다.

"다시는 예전으로 돌아갈 수 없어. 난 가장 친한 친구를 잃었어." 조는 한숨을 쉬었다.

"그래도 내가 있잖아. 내가 누나만 못하다는 거 알아. 하지만 평생 네 옆에 있을게, 조. 약속해!" 로리는 진심이었다.

"알아. 그래서 정말 고마워. 테디, 넌 언제나 나한테 큰 위로가 돼." 조는 이렇게 대답하며 고마운 마음에 악수를 했다.

"그러니까 이제 우울해하지 마. 좋은 친구가 있잖아. 다 잘된 일이라고. 메그 누나는 행복하고 브룩 선생님은 바쁘게 일해서 빨리 자리 잡을 거야. 할아버지가 살펴 주실 거고. 메그 누나가 아담한 집에서 가정을 꾸린 모습을 보면 정말 기쁠 거야. 누나가 떠나고 나면 우린 중요한 시기를 맞이하겠지. 난 머지않아 대학을 졸업할 테고. 그럼 우리 같이 해외로 나가거나 근사한 여행을 떠나자. 그럼 위안이 되지 않겠어?"

"그럴 것 같아. 하지만 3년 사이에 무슨 일이 생길지 모르잖아." 조는 생각에 잠겼다.

"그건 그래! 미래를 내다볼 수 있어서 그때 우리 모두 어디에 있을지 알 수 있으면 좋겠다. 넌 안 그래?" 로리가 말했다.

"난 알고 싶지 않아. 슬픈 일을 보게 될지도 모르잖아. 지금 다들 너무 행복해 보여서 이보다 더 행복해질 수 있을 것 같지 않아." 하지만 천천히 방 안을 둘러보던 조는 즐거운 미래가 기다릴지도 모른다는 생각에 표정이 밝아졌다.

아버지와 어머니는 말없이 나란히 앉아 20여 년 전 두 사람이 연애를 시작했을 때를 떠올리고 있었다. 에이미는 그들만의 아름다운 세상에 앉아 있는 연인을 그리고 있었다. 두 사람의 얼굴을 아름답게 비추는 빛은 꼬마 화가가 옮겨 담을 수 없는 것이었다. 베스는 소파에 누워 오랜 친구인 로런스 씨와 쾌활하게 이야기를 나누었다. 로런스 씨는 베스의 작은 손을 꼭 잡고 있었다. 베스의 손에 평화의 길로 그를 이끌어줄 힘이 담겼다고 생각하는 것 같았다. 조는 이제 무척 잘 어울리는 진지하고 평온한 표정으로 즐겨 앉는 낮은 의자에 편히 앉아 있었다. 로리는 조가 앉은 의자 뒤에 기대 몸을 숙이고 조의 곱슬한 머리와 나란히 턱을 괴었다. 그러더니 다정하기 이를 데 없는 표정으로 미소 지으며 긴 유리창에 비친 조를 향해 고개를 끄덕였다.

이렇게 모두 모여 메그, 조, 베스, 에이미 이야기는 막을 내렸다. 막이 다시 올라갈지는 이 가족드라마《작은 아씨들》1막에 보이는 반응을 보고 결정하겠다.

LITTLE WOMEN

OR,

MEG, JO, BETH AND AMY

BY LOUISA M. ALCOTT

ILLUSTRATED BY MAY ALCOTT

BOSTON
ROBERTS BROTHERS
1869

"They all drew to the fire, mother in the big chair, with Beth at her feet"

24. 마치가의 이야기

우리가 새롭게 시작하고 편안한 마음으로 메그의 결혼식에 가려면 마치가 소식을 조금 전하고 넘어가는 것이 좋겠다. 나이든 독자들이 '연애사가 너무 많다'고 생각할 거라는 우려가 들지만(젊은 독자들의 이의 제기는 두렵지 않다.) 그런 이들에게는 마치 부인의 말을 그대로 들려줄 수 있겠다.

"집에 말괄량이 딸이 넷이나 있고 멋진 젊은이가 이웃에 사는데 어쩌겠어요?"

3년이 흐르는 동안 조용한 가족의 일상에는 약간의 변화가

있었다. 종전으로 마치 씨가 무사히 집으로 돌아와 하나님의
은총으로 자연스럽게 작은 교구에서 목사직을 수행하며 책을
집필하는 등 바쁘게 지냈다. 조용하고 학구적인 그는 배움으로
얻은 지식보다 지혜가 풍부했고, 모든 이를 '형제'라고 부르는
너그러움과 독실한 성격을 지녀 위엄 있으면서도 친절했다.

　가난과 청렴함 때문에 세속적으로 크게 성공하지는 못했지
만 특유의 성격 덕분에 괜찮은 사람들이 그의 주위로 많이 모
여들었다. 달콤한 허브가 꿀벌을 부르듯 그도 그들에게 50년간
단련된 경험에서 우러나와 쓴맛이 전혀 나지 않는 달콤한 지혜
를 건넸다. 성실한 청년들은 머리가 희끗희끗한 이 학자가 자
신들만큼 생각이 젊고 진솔하다는 점을 알게 되었다. 생각이
많거나 고민이 있는 여성들은 본능적으로 그 의구심과 슬픔을
그에게 털어놓으며 온화한 연민을 받고 가장 현명한 조언을 얻
었다. 죄를 지은 이들은 마음이 깨끗한 그에게 죄를 고백하여
질책과 함께 구원을 받았다. 재능을 가진 사람들은 그의 좋은
친구가 되었다. 야심만만한 자들은 자신들의 그것보다 더 고결
한 야망을 그에게서 보았다. 속물들조차 비록 '돈이 되지 않겠
지만' 그의 신념이 아름답고 진실하다고 인정했다.

　남들 눈에는 활력 넘치는 다섯 여성이 집안을 움직이는 것으
로 보였다. 많은 부분에서 그렇기도 했다. 그러나 조용히 책 속
에 파묻혀 있는 목사가 집안의 가장이자 가정의 양심이고 닻이

자 위안을 주는 존재였다. 바쁘고 불안한 아내와 딸들은 힘든 시기마다 참으로 신성한 남편이자 아버지인 그를 찾았다.

딸들은 성심껏 어머니를 도왔고 정신적으로는 아버지에게 의지했다. 자녀를 위해 열심히 살아온 부모는 아이들이 자라는 동안 많은 사랑을 주었고 그렇게 이어진 가족의 끈끈한 결속력은 삶과 죽음을 넘어서는 축복이었다.

마치 부인은 활달하고 쾌활한 성격인데, 우리가 마지막으로 봤을 때는 꽤 우울했다. 그리고 지금은 메그의 결혼 문제에 몰두하느라 부상당한 소년들과 군인 미망인이 병원과 가정에 여전히 넘쳐나는데도 어머니로서 선교 방문을 거르고 있었다.

존 브룩은 남자답게 1년을 복무했으며 그 와중에 부상을 입고 의병 제대했다. 그는 훈장도 계급도 받지 못했지만, 사실은 받아야 마땅했다. 자신의 전부를 걸고 용감하게 싸웠으니까. 게다가 삶도 사랑도 완전히 피었을 때 매우 소중하지 않은가. 제대하면서 그는 회복에 집중하며 사업을 준비하고 돈을 벌며 메그와 함께 살 집을 구했다. 분별력 있고 강인한 독립심을 지닌 그는 로런스 씨의 아주 후한 제안을 거절하고 하급 회계직을 택했다. 빌린 돈으로 위험을 무릅쓰는 것보다 처음부터 성실하게 일하고 봉급을 받는 데서 더 만족을 느꼈다.

메그는 일을 하고 브룩과의 결혼을 기다리면서 시간을 보냈다. 성품은 더욱 여성스러워지고 가정주부의 현명한 역할에 눈을 떴으며 더 아름다워졌다. 역시 사랑이 최고의 묘약인가 보다. 결혼에 대한 소녀다운 환상과 꿈이 있었기에 그녀는 새롭게 시작될 인생에 살짝 실망도 느꼈다. 불과 얼마 전에 네드 모패트가 샐리 가디너와 결혼해서 메그는 어쩔 수 없이 그들의 근사한 집과 마차, 무수한 결혼 선물들, 호화로운 의상을 자신과 비교할 수밖에 없었고 자신도 그렇게 결혼할 수 있으면 좋겠다고 속으로 몰래 바랐다. 그러나 그녀를 위한 작은 집을 마련하고자 존이 들인 노력과 오랜 사랑을 생각하니 이내 부러움과 불만은 사라졌다. 그리고 땅거미가 질 무렵 나란히 앉아 소박한 결혼 계획에 관해 이야기를 나눌 때면 둘의 미래가 항상 너무 아름답고 밝아서, 메그는 샐리의 화려한 결혼식은 잊어버리고 자신이 전 세계 기독교도 중에서 가장 부유하고 행복한 여성이라고 느꼈다.

조는 마치 작은할머니에게 돌아가지 않았다. 노부인이 에이미를 아주 예뻐해서, 에이미에게 최고의 그림 선생님을 붙여준 것이다. 그 대가로 에이미는 한층 까다로운 노부인의 시중을 들어야 했지만, 오전에 본분을 다하고 오후에 그림에 열중하면서 잘 지냈다. 그래서 조는 글 쓰기와 베스 돌보기에 몰두했다. 베스는 열병을 앓은 뒤로 계속 병약한 상태였다. 병자라고 단정 지을 수는 없지만, 예전의 발그레하고 생기 넘치던 모습을 되찾지 못했다. 그래도 늘 희망차고 행복하고 차분하며 자신이 좋아하는 일을 조용히 하면서 모두의 친구가 되고 집안을 지키는 천사의 역할을 한다는 걸 그녀를 아끼는 사람들은 늘 알고 있었다.

조는 〈스프레드 이글스〉가 그녀 스스로 '쓰레기'라고 부르는 자기 소설에 1달러씩 지급해주는 한 자신이 쓸모 있는 여성이 된 것 같았고 부지런히 자신의 작은 로맨스를 이어나갔다. 그러나 그녀의 비상한 머리와 야심만만한 마음속에서는 원대한 계획이 한층 커갔고 다락방의 낡은 주석 조리대 위에는 언젠가 '마치'라는 이름을 유명하게 해줄, 잉크 얼룩이 묻은 원고들이 쌓여갔다.

할아버지를 기쁘게 해드리려고 어쩔 수 없이 대학에 간 로리는 최대한 스스로 즐길 수 있는 가장 쉬운 방법들로 난관을 헤쳐 나가고 있었다. 돈, 매너, 재능에 친절한 성품까지 갖춘 덕분에 로리는 두루두루 인기가 많아서 자칫 버릇없이 행동할 염려도 있었다. 만약 그를 성공으로 이끌어준 친절한 노인과의 추억, 그를 아들처럼 챙겨주는 엄마 같은 이웃, 그리고 진심으로 그를 사랑하고 존경하고 믿는 순진한 네 자매, 이러한 '악을 쫓는 부적들'이 없었더라면 벌써 망가졌을 것이다.

'전도유망한 청년'으로서 그도 물론 여느 대학생들처럼 의기양양하고 여자들을 희롱하고 멋을 부렸다. 한껏 감상적이기도 했고 수영과 체육도 즐겼다. 술에 취하고 비속어를 쓰고 정학과 퇴학의 위기에 놓인 적도 여러 번이었다. 하지만 혈기 왕성하고 장난을 좋아해서 벌어진 일이었기에, 그는 항상 솔직히 고백하거나 명예롭게 참회했고, 혹은 거부할 수 없는 특유의 설득력을 발휘해서 일을 완벽하게 무마했다. 사실 그는 가까스로 위기를 모면한 자신을 꽤 자랑스럽게 여겼다. 몹시 분노한 강사, 위엄 있는 교수들을 이긴 생생한 무용담으로 자매들에게 스릴을 안겨주는 게 좋았기 때문이었다. '나와 같은 부류의 청년'이 자매들의 눈에는 영웅으로 보였고 '우리 친구'의 무용담은 결코 질리지 않았기에 이야깃거리를 가득 안고 로리가 집으로 돌아올 때면 자매들은 함박 미소로 그를 맞이했다.

유명한 친구를 둔 명예를 특히나 즐기는 에이미는 상당한 미인으로 성장했다. 그녀는 일찍이 자신의 매력을 발휘하는 법을 깨달았다. 메그는 자기 일에 지나치게 몰두해서 존을 끔찍이 챙기기에 바빴다. 베스는 지나치게 수줍음이 많아서 슬쩍 훔쳐보는 것 말고는 아무것도 못했고, 그저 에이미가 어떻게 그들에게 이래라저래라 말을 꺼낼 용기가 있는지 궁금해했다. 조는 자기만의 세상이 있어서, 남자다운 태도나 말투 및 특징들을 따라 하고 싶은 것을 참느라 힘들었다. 숙녀들의 예절을 따르는 것보다 그 편이 조에게는 더 자연스러웠다. 그래서 다들 조를 엄청 좋아했지만 그녀와 사랑에 빠지는 사람은 없었는데, 반면 에이미를 보고 감탄하지 않는 사람은 극히 드물었다. 연애 이야기가 나온 김에 자연스럽게 연인의 보금자리인 '도브코트(Dovecote)' 이야기를 해보자.

도브코트는 브룩이 메그의 신혼집으로 준비한 작은 갈색 집의 이름이다. 로리가 "한 쌍의 멧비둘기처럼 사랑을 속삭이는" 차분한 연인에게 아주 잘 어울린다고 말하며 축복해주었다. 뒤편에 작은 정원이 있고 앞으로 손바닥만 한 잔디밭이 깔린 작은 집이다. 메그는 이곳을 분수와 덤불, 사랑스러운 꽃들로 가득 장식하려고 했다. 그러나 지금 분수는 풍파를 겪어서 다 낡은 차 찌꺼기통 같아 보였다. 덤불은 여러 종의 어린 낙엽송으로 만들었는데 말라 죽을지 살지 결정하지 못한 모습이었다. 풍성한 꽃은 간데없고 씨앗이 어디 심어졌는지 알려주는 작대기들만 가득했다.

하지만 집 안은 잘 꾸며졌고 행복한 신부는 집 구석구석 어디서도 거슬리는 부분을 찾지 못했다. 당연히 복도는 아주 좁아서 그들에게 피아노가 없는 게 다행이었고 평생 피아노를 가져본 적도 없었다. 식당도 아주 작아서 여섯 명이 들어서면 꽉 찼고 주방 계단은 하인이건 접시건 얼른 설거지통에 집어넣으려는 목적으로 만든 것처럼 가팔랐다. 하지만 이런 작은 흠들에 적응하고 나면 더할 나위 없이 완벽했다. 좋은 취향과 감각으로 가구를 들여놓아서 상당히 만족스러운 결과를 냈기 때문이다. 대리석 식탁, 전신 거울, 작은 응접실용 레이스 커튼은 없지만 단출한 가구와 많은 책, 괜찮은 그림 한두 점, 돌출 창에 세워둔 꽃 한 송이, 그리고 친한 사람들이 준 선물과 애정어린 메시지가 넘쳐났다.

로리가 선물한 대리석 프시케가 아름다움을 잃지 않은 건 브룩이 프시케가 서 있을 버팀대를 놔준 덕분이다. 어떤 천갈이 전문가가 와도 에이미의 예술적인 손짓보다 더 우아하게 평범한 모슬린 커튼에 주름을 잡을 수는 없었다. 어떤 저장실도 조와 어머니가 메그의 몇 안 되는 상자와 통과 짐 꾸러미에 넣은 것만큼 행복을 비는 마음과 기뻐하는 말들, 아름다운 희망을 담을 수 없을 거다. 그리고 완전히 새로 지은 주방은 결코 이들의 주방처럼 안락하고 정갈해 보일 수 없을 거라 도의적으로 확신하는데, 해나가 모든 솥과 팬을 열두 번도 넘게 다시 배치하고 '브룩 부인이 집에 올 때'에 맞춰 불을 켤 모든 준비를 해두었기 때문이다. 또한 새댁이 먼지떨이, 각종 홀더, 쓰레기봉투와 같은 것을 충분히 가지고 신혼살림을 시작하는 건 드문데 베스가 은혼식 때까지 충분히 쓰고 남을 정도로 만들어 두었고 결혼 식기용으로 다른 세 종류의 행주까지 특별히 준비했다.

신혼부부를 위한 준비들에 사람을 고용해서 쓰는 이들은 자신들이 무엇을 놓치고 있는지 모른다. 애정 어린 손길로 하면 아주 평범한 집안일도 아름다워진다는 점을 말이다. 메그는 이를 뒷받침할 많은 증거를 발견했다. 주방 롤러부터 응접실 테이블 위의 은 화병까지, 모든 것이 이 작은 둥지가 사랑과 배려를 담아 꾸며졌음을 말해주었다.

그들이 함께 계획을 세웠던 모든 순간이 얼마나 행복했던가. 진지하게 쇼핑을 다니고 우스운 실수를 저지르고 로리가 터무니없이 흥정하는 통에 얼마나 많이 웃었던가! 농담을 좋아하는 이 젊은 신사는 대학을 거의 졸업했지만 여느 때보다 더 소년 같았다. 그가 매주 방문할 때면 막판에 변덕을 부려 새댁을 위해 새롭고 유용하고 기발한 물건을 가져왔다. 처음에는 놀라운 옷핀 한 봉지였다. 그다음에는 근사한 육두구 강판을 챙겨왔는데 처음 써보다가 곧바로 떨어뜨려서 깨졌다. 로리가 가져온 칼갈이는 칼을 모조리 망가뜨렸다. 빗자루는 카펫의 털을 쓸어가고 먼지는 남겼다. 노동을 줄여준다는 비누는 누군가의 손 피부를 벗겨버렸고, 초강력 품질이라던 시멘트는 손가락에 견고하게 들러붙었다. 그리고 양철 제품들은 동전을 모으는 장난감 저금통부터 자체 증기로 먼지를 씻어주는 근사한 보일러에 이르기까지 모조리 언제든 폭발할 가능성이 있었다.

메그는 부질없지만 로리에게 그만 사오라고 사정했다. 존은 놀렸고 조는 '사고뭉치'라고 혀를 찼다. 로리는 미국인의 독창적 개발품을 사용하는 일에 광적으로 집착했고 친구들도 제대로 그렇게 하길 바랐다. 그래서 매주 새로운 터무니없는 발명품이 등장했다.

에이미가 방마다 색이 다른 비누를 놓고 베스가 새집에서의 첫 식사용 테이블을 세팅하는 일까지 마침내 모든 준비가 끝났다.

"만족하니? 네 집처럼 느껴지고 이곳에서 행복하게 살 수 있을 것 같은 기분이 들어?" 마치 부인이 딸과 팔짱을 끼고 새로운 왕국을 둘러보며 물었다. 두 사람은 그 어느 때보다 더 다정하게 붙어 있었다.

"네, 어머니. 정말로 만족해요. 모두에게 고맙고 너무 행복해서 말로 다 표현하지 못하겠어요." 메그는 말보다 더 분명한 표정으로 대답했다.

"하인이 한두 명 있으면 더할 나위가 없을 텐데." 에이미가 응접실에서 나오면서 말했다. 그녀는 벽난로 위 선반에 청동 헤르메스 상을 놓는 것이 최선일지 고심하고 있었다.

"어머니와 의논했는데 우선은 어머니 말씀대로 해보려고 해. 로티가 이곳저곳 조금 도와주면 하인이 있어도 별로 할 일이 없을 테고 나도 너무 게을러지거나 집이 그립지 않도록 적당히 일을 해야지." 메그가 침착하게 말했다.

"그렇지만 샐리 모패트는 하인이 넷이나 있잖아."

에이미가 투덜대자, 커다란 파란색 앞치마를 걸치고 문손잡이에 마지막으로 광을 내고 있던 조가 끼어들었다.

"메그 언니한테 하인이 넷이면 이 집에 다 두지도 못해. 그들은 정원에 텐트를 치고 자야 할걸."

"샐리는 가난한 남자의 아내가 아니고 많은 하인이 근사한 저택을 관리해주고 있단다. 메그와 존은 소박하게 시작하지만 난 큰 저택만큼이나 이 작은 집이 행복으로 가득할 거라는 느낌이 드는구나. 메그처럼 젊은 여성이 화려한 드레스에 안달하고 하인을 부리고 남 험담이나 하며 사는 건 큰 실수란다. 내가 처음 결혼했을 때 새 옷이 닳거나 해질 때까지 입었고 그런 다음 그것들을 수선하는 기쁨을 누렸어. 난 한가롭게 자수를 놓거나 손수건 관리하는 일이 진짜 지겨웠단다."

"어머니는 어떻게 주방을 엉망으로 만든 적이 없으셨어요? 샐리가 재미 삼아 요리를 했는데 한 번도 제대로 음식이 완성된 적이 없어서 하인들이 비웃는다고 했거든요."

"나도 한때는 그랬었단다, 메그. 물론 엉망으로 만들지는 않았고, 이후에 하인들이 날 비웃지 않도록 해나한테 어떻게 하는지 배웠어. 그땐 재밌었지. 그러다가 요리를 잘하고 싶다는 막연한 소망만이 아니라, 우리 딸들에게 제대로 된 음식을 해주는 것이 얼마나 훌륭한 일인지 깨닫고 더는 하인을 고용할 형편이 되지 않자 스스로 하게 되었지. 메그, 네 시작은 다르겠지만 머지않아 얻을 교훈이 네게 유용할 거고 존이 부유해지면 집의 안주인으로서 아주 훌륭하게 요리를 하고 제대로 대접받을 수 있을 거란다."

"네, 어머니. 저도 잘 알고 있어요." 메그는 어머니의 말씀을 주의 깊게 들었다. 훌륭한 여성은 가정의 모든 일을 제대로 해나갈 수 있어야 한다.

잠시 뒤 메그는 어머니와 함께 윗층으로 올라갔다. 베스가 한 방에서 새하얀 린넨 더미를 차분하게 선반에 올리고 제대로 정리된 모습을 의기양양하게 쳐다보고 있었다.

"소박한 집에서 이 방이 가장 마음에 든다는 거 알아?"

메그의 말에 세 사람이 모두 웃었다. 린넨 장은 농담하기 딱 좋은 대상이다. 알다시피 메그에게 '그 브룩'과 결혼한다면 한 푼도 주지 않겠다고 말했던 마치 작은할머니는 시간이 좀 지나 분노가 사그라지자 자신의 맹세를 후회했다. 하지만 그녀는 한 번 뱉은 말을 번복한 적이 없어서 어찌할 바를 모르다가, 마침내 스스로 만족할 만한 계획을 생각해냈다. 플로런스의 어머니 캐럴 작은할머니가 주문을 받아서 집과 테이블 린넨을 넉넉히 만들어 자신의 이름으로 선물했던 것이다. 모든 일이 은밀히 이루어졌지만 비밀이 누설되었고 가족들은 아주 기뻤다. 마치 작은할머니는 시치미를 떼며 "난 아무것도 줄 수 없고 오래전에 말한 대로 처음 결혼하는 신부에게 낡은 진주 목걸이만 넘겨주마"라고 말했다.

"주부의 취향이라 보기 좋구나. 시트 여섯 개로 살림을 꾸리는 새색시가 있었는데 그나마 핑거볼이라도 있어서 위안을 삼았단다." 마치 부인이 정말 아름답고 고급인 다마스크 테이블 보를 만지며 말했다.

"전 핑거볼은 없지만 이걸로 하루 종일 '한 상'을 꾸릴 수 있다고 해나가 말했어요." 메그는 꽤 만족한 듯 보였다.

"사고뭉치가 오고 있어."

조가 아래층에서 소리치자 모두가 그들의 조용한 삶에서 중요한 부분인 로리의 주말 방문을 기대하며 내려갔다. 키가 크고 어깨가 떡 벌어진 로리가 짧은 머리에 펠트 모자와 가벼운 소재의 코트 차림으로 빠른 속도로 걸어오고 있었는데, 멈춰서 문을 열지도 않고 낮은 울타리를 뛰어넘더니 곧바로 마치 부인에게 두 팔을 벌리며 다가갔다.

"어머니, 제가 왔어요! 네, 다 좋아요."

마지막 말은 마치 부인의 눈빛에 대한 대답이었다. 살갑고 궁금해하는 눈빛과 마주하자, 멋진 눈동자의 청년은 언제나처럼 애정이 담긴 입맞춤으로 이 작은 세리머니를 마무리했다.

"존 브룩 부인에겐 하나님의 축하와 칭찬을 전할게. 몸 잘 챙겨, 베스! 조, 오랜만에 보니 반가운걸! 에이미, 넌 혼자서 너무 예뻐지는구나."

로리가 그 말을 하면서 메그에게 갈색 종이로 싼 꾸러미를 건네고, 베스의 머리 리본을 당기고, 조가 걸친 커다란 앞치마를 쳐다보고는 에이미 앞에서 과장되게 황홀한 표정을 지어보이며 모두와 악수를 했고 이야기를 나누기 시작했다.

"존은 어디 있어?" 메그가 안달하며 물었다.

"내일을 위해 라이선스를 받으러 갔어, 부인."

"지난 시합에서 어느 쪽이 이겼어, 테디?" 열아홉 살임에도 여태껏 스포츠가 주요 관심사인 조가 물었다.

"당연히 우리 쪽이지. 너도 봤으면 좋았을 텐데."

"사랑스런 랜들 양은 잘 지내?" 에이미가 환한 미소를 지으며 물었다.

"전보다 더 무자비해졌어. 내가 이렇게 야위어가는 거 보면 모르겠어?" 로리가 가슴을 손바닥으로 두드리며 과장되게 한숨을 쉬었다.

"뭐 그런 농담을 해? 어서 꾸러미를 풀어봐, 메그 언니." 베스가 궁금하다는 표정으로 매듭이 묶인 꾸러미를 쳐다보았다.

"불이 나거나 도둑이 들었을 때 가정에서 유용하게 쓸 물건이야."

그 말과 함께 방범용 종이 나오자 소녀들은 웃음이 터졌다.

"메그 부인, 존이 없어서 무서울 때는 언제나 이걸 앞 창문 밖에 달아두면 당장 이웃들을 깨울 수 있을 거야. 좋은 물건이지, 안 그래?"

로리가 시범 삼아 종소리를 들려주자 모두가 귀를 막았다.

"지금 나한테 감사해야지, 다들! 감사 이야기가 나와서 말인

데, 메그, 네 웨딩케이크를 지켜준 해나에게 고마워해야 해. 이
리로 오는 길에 들렀다가 너무 근사해 보여서 그녀가 단호하게
막아서지 않았더라면 내가 한 입 먹을 뻔했어."

"원, 넌 언제 철이 들려는지." 메그가 보호자 같은 목소리로
말했다.

"난 최선을 다하고 있어요, 부인. 다만 아쉽게도 잘 자라지 않
는군요. 요즘 같은 퇴폐한 시절에는 모든 남자가 180센티미터
정도밖에는 안 되니 말이죠."

작은 샹들리에에 거의 머리가 닿을 것 같은 젊은 신사가 이
렇게 말하더니, 곧바로 덧붙였다.

"이 새집에서는 뭐라도 먹으면 신성모독인 것 같고 난 지금 엄청나게 배가 고픈 관계로 잠시 휴정을 제안하는 바야."

"어머니와 난 존을 기다리고 있어. 마지막으로 점검할 부분이 있거든." 메그가 부산하게 움직이며 말했다.

"베스와 난 키티 브라이언트네에 가서 내일 쓸 꽃을 더 가져와야 해." 에이미가 풍성한 곱슬머리 위로 근사한 모자를 쓰며 말했다.

"조, 친구를 내팽개치지 마. 난 너무 기력이 딸려서 혼자서는 집까지 못가. 네가 뭘 하고 있던 앞치마는 벗지 마. 아주 유별나게 보이거든."

조는 커다란 주머니에 대한 로리의 혐오감을 순순히 받아들이며 그를 부축했다. 함께 걸어갈 때 조가 입을 열었다.

"자, 테디, 내일 결혼식에 대해 진지하게 이야기를 좀 할게. 얌전히 굴고, 장난치거나 해서 우리 계획을 망치지 않겠다고 약속해."

"장난 안 칠게."

"우리가 진지해야 할 순간에 우스운 말도 하지 마."

"절대 안 해. 그건 내가 아니라 네 특기잖아."

"그리고 부탁인데 식이 진행되는 동안 날 쳐다보지 말아줘. 네가 쳐다보면 난 분명 웃음을 터트릴 거야."

"넌 날 못 볼 거야. 넌 너무 많이 울어서 눈앞이 뿌옇게 흐려

사물을 제대로 분간 못 할 거야."

"엄청난 고통이 아니면 난 절대 울지 않아."

"오랜 친구가 대학에 가는 일처럼?" 로리가 의미심장한 웃음을 지었다.

"잘난 척하지 마. 다들 울어서 그냥 좀 휩쓸렸던 것뿐이야."

"내 말이. 조, 이번 주에 할아버지는 어떠셨어? 평온하시니?"

"응, 무척. 네가 사고라도 쳐서 할아버지가 어떻게 반응하실지 궁금한 거야?" 조가 날카로운 목소리로 물었다.

"있잖아, 조. 내가 너희 어머니를 쳐다보며 '네, 다 좋아요.'라고 없는 말을 했을 것 같아?" 로리가 걸음을 멈추고 기분이 상한 듯 말했다.

"아니, 그렇게 생각하진 않아."

"그렇다면 의심은 거둬줘. 난 그저 용돈만 좀 얻어갔으면 하는 거야." 조의 진심 어린 목소리에 누그러진 로리가 이렇게 말하며 다시 걸었다.

"너 돈을 엄청나게 썼구나, 테디."

"거참, 내가 돈을 쓴 게 아니야. 돈이 돈을 썼고 어쩌다 보니 나도 모르는 사이에 다 나가고 없었어."

"넌 너무 잘 베풀고 친절해서 사람들에게 빌려주고 누구한테도 '싫다'고 거절을 못 하지. 우린 헨쇼 소식을 들었고 네가 그를 위해 어떻게 해줬는지도 알아. 네가 항상 그런 식으로 돈을 쓴다면 아무도 널 비난하지 않을 거야." 조가 따뜻하게 말했다.

"그가 과장한 거야. 조금만 도우면 우리 같은 게으른 놈 열두 명의 가치가 있는 그를 살릴 수 있는데 너라면 안 돕겠어?"

"당연히 도왔겠지. 하지만 난 네가 열일곱 벌이나 되는 조끼에 수없이 많은 넥타이를 사고 집에 올 때마다 새 모자를 쓰는 이유를 모르겠어. 멋 부리는 시절은 지났다고 생각했는데 이따금씩 새로운 곳에서 드러나더라. 지금 네 꼴은 보기 흉해. 머리는 덥수룩한 덤불 같고 구속복 같은 걸 입고 주황색 장갑에다 투박하고 앞코가 네모난 부츠까지. 싸구려라서 그런 거라면 아무 말 않겠어. 하지만 다른 것들만큼 비싸다면 난 정말 별로인 것 같아."

로리는 고개를 뒤로 젖히고 아주 심하게 웃음을 터트렸다. 그 바람에 펠트 모자가 떨어져 조의 발에 밟혀 그 같은 모욕이 급조한 의상에 관해 설명할 기회를 주었다. 그는 학대를 당한 모자를 털어 주머니에 집어넣으며 말했다.

"잔소리는 그만해줘. 이번 주 내내 아주 힘들었고 집에 와서는 좀 즐기고 싶단 말이야. 내일은 비용에 상관없이 제대로 차려입고 친구들을 만족시킬게."

"네가 머리를 기른다면 잔소리를 하지 않을게. 난 귀족은 아니지만 네가 젊은 프로 권투선수처럼 보이는 건 싫어."

조가 진지하게 말했다. 로리는 분명 허영심이라고 비난을 받지 않을 텐데도 스스로 근사한 곱슬머리를 짧은 그루터기같이 0.6센티미터 정도로 잘라버렸기 때문이다.

"이 겸손한 스타일이 공부를 잘하게 해줘. 그래서 우리가 이 머리를 하는 거야."

로리는 잠시 침묵했다가 조용히 큰오빠 같은 목소리로 덧붙였다.

"그건 그렇고 조, 파커가 에이미한테 점점 안달하는 것 같아. 쉬지 않고 에이미 이야기를 하고 시를 쓰고 너무 의심스럽게 멍하게 굴어. 그 불꽃을 미연에 방지해야 하지 않을까?"

"당연히 그래야겠지. 앞으로 수년간은 이 집에서 누가 결혼하길 원하지 않아. 맙소사 원, 어린 애들이 대체 무슨 생각을 하는지!" 조는 에이미와 파커가 아직 십 대가 되지 않은 것처럼 당황스러운 표정을 지었다.

"요즘 세대는 빠르니까, 난 우리가 어떻게 될지 모르겠어. 넌 아직 아기지만 네가 다음 타자가 될 거야, 조. 그러면 우리는 애통해하겠지." 로리가 이렇게 말하고는 덧없는 시간의 흐름을 생각하며 고개를 저었다.

"다음 타자가 나라고! 겁주지 마. 난 그렇게 호락호락한 쪽은 아니니까. 아무도 날 원하지 않을 거고 다행인 건 항상 집집마다 노처녀가 한 명씩은 있잖아."

"넌 누구에게도 기회를 안 주겠지." 로리가 슬쩍 곁눈질로 조를 쳐다보았고 햇살에 그슬린 얼굴이 살짝 더 붉어졌다. "네 연약한 부분을 보여주지 않을 거잖아. 그리고 우연히 누가 그걸 보게 되면 그 사람은 분명 널 좋아할 텐데, 넌 그를 검미지 부인이 남편을 대하듯 하겠지. 그에게 찬물을 끼얹고 아주 가시를 세워서 아무도 감히 널 만지거나 쳐다보지 못하게."

"난 그런 걸 좋아하지 않아. 너무 바빠서 터무니없는 것까지 걱정할 시간이 없고 가족들과 헤어지는 것도 마음이 너무 아플 것 같아. 그 이야기는 그만하자. 메그 언니 결혼식 때문에 연인이니 뭐 그런 터무니없는 이야기만 쭉 했었거든. 난 신경질을 내고 싶지 않으니 그만 다른 이야기로 넘어가." 조는 조금만 더 신경을 건드리면 즉각 찬물을 끼얹겠다는 듯이 말했다.

로리는 낮고 길게 휘파람을 불며 그 기분을 날려버렸고 문 앞에서 헤어질 때 두려운 예감에 사로잡혔다.

"내 말을 명심해, 조. 네가 다음 차례야."

25. 마치 가문의 첫 결혼식

6월의 첫날이 마치네 현관 위로 솟아올랐다. 구름 한 점 없는 화창한 하늘이 친절한 이웃처럼 경사스러운 날을 축복했다. 이웃들은 신이 나서 꽤 상기된 얼굴로 분주하게 움직이며 자신들이 본 것을 서로에게 속삭였다. 일부는 연회가 열리는 다이닝룸 창문을 슬쩍 엿보았고 다른 이들은 위층으로 가 신부를 치장하는 자매들에게 와서 고개를 끄덕이며 미소를 지었고 또 다른 이들은 정원, 현관, 복도로 들어오는 사람들에게 손을 흔들며 맞이했다. 가장 탐스럽게 핀 꽃부터 연한 봉오리에 이르기까지 모두가 그 아름다움과 향기를 내뿜으며 자신들을 오랫동안 잘 가꾸고 사랑해준 점잖은 안주인에게 보답했다.

메그는 장미꽃 같았다. 따뜻한 마음씨와 다정한 성품이 그날 그녀의 얼굴로 만개한 듯이 그 어떤 미인보다 아름답고 매력

적이었다. 실크, 레이스, 오렌지 꽃이 와도 전혀 대적할 수 없을 정도였다.

"오늘만큼은 너무 어색하거나 과하게 꾸미고 싶지 않아. 근사한 결혼식을 바라는 건 아니지만 내가 사랑하는 사람들과 함께하고 싶고 그들에게 내 원래 모습을 보여주고 싶어."

그래서 그녀는 소녀의 감성으로 순수한 낭만과 섬세한 희망을 담아 직접 바느질해 웨딩드레스를 지었다. 자매들은 메그의 아름다운 머리를 예쁘게 땋아주고 '그녀의 존'이 가장 좋아하는 은방울꽃 장식만 더했다.

"언니는 우리가 사랑하는 메그의 모습 그대로야. 그저 아주 달콤하고 더 사랑스러워졌지. 드레스가 구겨질까 봐 안아주지 못하겠어." 모든 준비가 끝나자 에이미가 기뻐하며 외쳤다.

"그렇다면 난 만족해. 하지만 모두 나와 포옹하고 입을 맞춰
줘. 드레스는 신경 쓰지 말고. 그런 이유로 오늘 결혼식에 근사
한 주름 자국이 생기는 건 좋으니까."

메그가 두 팔을 벌렸고 자매들은 한동안 봄처럼 온화하게 서
로 포옹하며 새로운 사랑이 기존의 사랑을 바꾸지 못한다고 느
꼈다.

"이제 난 가서 존의 넥타이를 매주고 서재에서 조용히 아버
지랑 이야기를 나누고 올게."

메그가 이 작은 의식을 행하러 아래층으로 내려갔고, 그런
다음에는 둥지에서 처음 새끼를 떠나보내는 슬픔을 온화한 미
소 속에 숨기고 있는 어머니가 걱정이 되어 계속 어머니 뒤를
따라다녔다.

다른 자매들이 나란히 서서 마지막으로 가볍게 몸단장을 하
고 있는 김에 지난 3년간 그들의 외모에 생긴 몇 가지 변화를
살펴보자. 모두가 지금이 가장 아름다워 보인다.

조의 까칠한 성격은 한결 부드러워졌다. 그녀는 우아하게 혹
은 편안하게 자신을 드러내는 법을 배웠다. 짧은 곱슬머리가
길어 풍성해져서 큰 키에 작은 머리가 두드러졌다. 갈색 뺨에
생기가 돌고 눈동자는 부드럽게 반짝이고 날카로운 혀에서 오
늘은 부드러운 말들만 나왔다.

베스는 자라면서 더 마르고 창백해졌고 말수가 줄었다. 아름
답고 친절한 눈망울이 더 커졌는데, 그 속에 슬픔이 담겼지만
그 자체로 슬픈 눈은 아니었다. 애처로운 인내심이 어린 얼굴
을 스치며 생긴 고통의 그림자다. 그러나 베스는 좀처럼 불평
하지 않았고 항상 희망을 담아 "곧 나을 거야."라고 말했다.

에이미는 과연 '집안의 꽃'이라 할 만큼 미모가 뛰어났다. 열
여섯이 되자 완전한 여인의 분위기를 풍겼고 아름다울 뿐 아니
라 설명할 수 없는 우아한 매력이 더해졌다. 몸매와 손짓, 옷자
락의 움직임, 찰랑거리는 머리카락을 보다 보면 자신도 모르게
그 조화로움과 아름다움에 매료되었다. 다만 결코 고대 그리
스 조각상 같은 코를 가질 수 없는 점이 여전히 에이미의 고민
거리였다. 입도 너무 커졌고 아랫입술이 아주 단호해졌다. 이런
두드러진 특징이 얼굴 전체에 영향을 주었지만 에이미는 결코
인정하지 않고 뽀얀 피부와 열정적인 푸른 눈동자, 전보다 더
황금빛으로 빛나는 풍성한 곱슬머리로 위안을 삼았다.

세 자매 모두 얇은 은회색 드레스(그들이 가진 가장 좋은 여름
옷)를 입고 머리와 가슴을 장미꽃으로 장식했다. 셋 다 평소 모
습처럼 생기 가득한 얼굴에 착한 심성을 가진 소녀처럼 보였고
바쁜 일상 와중에 여성의 로맨스에서 가장 달콤한 순간을 동경
하는 눈망울로 감상했다.

공식적인 결혼 행사는 없었다. 모든 것을 최대한 자연스럽고

평소처럼 연출했다. 그래서 마치 작은할머니는 도착했을 때 신부가 뛰어나와 자신을 맞아들이고 신랑이 떨어지는 가랜드를 다시 고정하는 모습과 성직자 아버지가 엄숙한 얼굴로 양팔에 와인 병을 끼고 위층으로 올라가는 장면을 보고 경악했다.

"세상에, 난리구나! 마지막까지 이런 모습을 보여주다니."

작은할머니가 소리치며 그녀를 위해 준비된 상석에 앉아 호들갑스럽게 라벤더 비단 손수건을 펄럭였다.

"전 일부러 이러는 게 아니에요, 작은할머니. 그리고 아무도 절 노려보며 제 드레스나 제가 준비한 오찬이 부족하다고 흉보지 않아요. 다른 사람들의 말이나 생각에 관심을 두기엔 지금 너무 행복하고 제 소박한 결혼식을 제가 좋아하는 방식대로 치르고 있어요. 존, 여보, 자기 망치가 여기 있어요."

이렇게 말하며 메그는 상당히 부적절한 장소에 있는 '그 남성'을 도우러 갔다. 브룩은 '고마워, 여보'라고 말하지는 않았지만 낭만과는 거리가 먼 도구를 받아들면서 폴딩도어 뒤에서 자신의 어린 신부에게 입을 맞췄다. 그 모습을 보고 마치 작은할머니는 주머니에서 손수건을 꺼내 그녀의 늙었지만 날카로운 눈가에 갑자기 맺힌 이슬을 닦았다.

요란한 소리와 비명, 웃음이 터져 나오며 로리가 말했다.

"우라질! 조가 또 케이크 때문에 화가 났어!"

그 순간 잠시 동요가 있었지만 사촌들이 도착하면서 소동은

마무리되었고 베스가 어릴 때 쓰던 말처럼 '무리가 등장했다.'

"저 멀대 같은 청년을 내 근처에 못 오게 해. 모기 떼보다 더 질색이니까." 집 안이 사람들로 북적이는 동안 로리의 검은 머리가 유독 높이 솟아 있자 노부인이 에이미에게 속삭였다.

"그는 오늘 아주 얌전히 있겠다고 약속했고 원한다면 완벽하게 우아할 수 있어요."

에이미가 이렇게 대꾸하며 헤라클레스에게 가서 용을 조심하라고 알려주었다. 그 경고로 로리가 헌신을 다해 노부인을 따라다니게 되자 그녀는 아주 정신이 사나웠다.

신부 행진은 없었지만 갑자기 주변이 조용해지자 마치 씨와 신랑 신부가 녹색 아치 아래에 섰다. 어머니와 자매들은 메그를 놔주기 싫은 사람들처럼 가까이 모였다. 자애로운 목소리가 한 번 이상 울려 퍼졌고 예식은 아름답고 경건했다. 신랑의 손이 떨렸고 누구도 그가 대답하는 목소리를 듣지 못했다. 그러나 메그는 남편의 눈을 똑바로 쳐다보며 맹세했다. "네!" 그녀의 얼굴과 목소리에는 진심이 담겼고 어머니는 흐뭇해했고 작은할머니는 크게 코를 훌쩍였다.

조도 눈물을 흘릴 뻔했지만 로리가 사악한 검은 눈동자에 특유의 유쾌함과 장난기를 담아 자신을 맹렬히 쳐다보았던 덕분에 울지 않을 수 있었다. 베스는 계속 어머니의 어깨 뒤로 얼굴을 숨긴 반면 에이미는 머리에 꽂은 꽃과 이마로 햇살을 잔뜩 받으며 우아한 동상처럼 서 있었다.

이게 다는 아니지만 아무튼 공식적으로 결혼이 성사되었다.

"첫 입맞춤은 어머니에게!"

메그가 이렇게 소리치며 몸을 돌려 진심을 담아 입을 맞췄다. 이후 15분 동안 그녀는 전에 없이 한 떨기 장미꽃 같았고 로런스 씨부터 해나까지 모두가 자신들의 특권을 제대로 누렸다. 메그의 머리 장식을 세심하고 근사하게 만들어준 해나는 복도에서 메그를 끌어안고 흐느끼고 웃음을 터트렸다. "우리 예쁜 메그, 하나님의 축복을 가득 받아! 벌레가 케이크를 먹지 않았고 모든 것이 다 잘됐어."

그 이후 모두가 정리를 하고 뭔가 근사한 말을 하고 나서 마음이 가벼워지자 웃음이 흘러나왔다. 선물은 이미 작은 집에 가 있기에 따로 가져온 것이 없었고 공들인 정찬도 아니었지만 과일과 케이크, 꽃으로 둘러싸인 풍성한 점심이었다. 로런스 씨와 마치 작은할머니는 세 웨이트리스가 돌아다니며 제공하는 음료가 물, 레모네이드, 커피뿐임을 발견하고는 뭐 어쩌겠냐는 듯 어깨를 으쓱이고 서로를 향해 미소를 지었다. 아무도 말을 하지 않다가 로리가 신부에게 서빙을 하겠다고 주장하며 손에 쟁반을 들고 당혹한 표정으로 다가가서 물었다.

"조가 실수로 모든 술병을 깨트린 거야? 아니면 내가 오늘 아침에 본 몇 병은 착각인 거야?"

"아니야. 너희 할아버지가 우리에게 최고로 친절을 베푸셨고 마치 작은할머니도 보내주셨는데 아버지가 베스를 위해서 좀 숨겨뒀고 나머지는 군인 원조협회에 보냈어. 아버지는 와인을 치료용으로만 써야 한다고 생각하시는 거 알잖아. 그리고 어머니도 자신이나 딸들 어느 누구도 이 집에서 젊은이에게 술을 내주면 안 된다고 말씀하셨어."

메그는 진지하게 말하며 로리가 인상을 쓰거나 웃을 거라고 예상했다. 그러나 그는 어느 쪽도 아니었고 그녀를 재빨리 쳐다본 뒤에 충동적으로 말했다. "난 마음에 들어, 술 때문에 사달이 난 걸 충분히 봤고 다른 여성들도 너처럼 생각했으면 좋겠어!"

"네 경험담은 아니지?" 메그가 불안함이 묻어나는 목소리로 물었다.

"아니야. 내 말 믿어. 날 너무 그렇게 생각하지 말고. 난 술에 끌리는 쪽이 아니야. 와인을 물과 동급으로 취급하는 곳에서 자라서 위험하지도 않고 신경도 안 써. 물론 아름다운 여성이 와인을 권한다면 거절하기 어렵겠지만."

"네 자신을 위해서, 그게 힘들면 남을 위해서라도 넌 술을 조심해야 해. 자, 로리, 약속해. 그래야 오늘을 내 인생에서 가장 행복한 날로 부를 수 있는 이유가 한 가지 더 생겨."

갑작스러운 요구가 너무 진지해서 청년은 잠시 머뭇거렸다. 빈정거리거나 부정할 수가 없었다. 메그는 그가 약속을 하면 어떻게 해서든 지킬 것을 알았다. 그래서 오늘 자신의 영향력을 친구의 안녕을 위해 사용했다. 그녀는 말 없이 고개를 들어 그를 향해 아주 행복한 미소를 지었다. 마치 이렇게 말하듯이.

"누구도 오늘 내가 하는 요구를 거절할 수 없어."

로리는 확실히 그랬다. 그는 대답하듯 미소를 지으며 메그의 손을 잡고 진심으로 말했다.

"약속할게요, 브룩 부인!"

"정말 고마워."

"그리고 난 '네 결심이 오래가길 기원하며' 마실게, 테디."

조가 레모네이드가 든 잔을 흔들어 세례를 하듯 그에게 조금 끼얹고는 승낙한다는 눈길로 쳐다보았다. 그렇게 건배와 맹세가 이루어졌다. 이후 로리는 많은 유혹이 있었지만 약속을 충실히 지켰다. 자매들은 본능적인 지혜로 행복한 순간을 친구에게 도움이 되도록 활용했고, 그는 그 점을 평생 감사히 여겼다.

점심 식사를 마친 뒤 사람들이 두세 명씩 집과 정원을 거닐며 햇빛을 쬐거나 그늘에서 쉬었다. 메그와 존은 어쩌다 보니 잔디밭 한가운데 섰는데, 로리가 이 소박한 결혼식의 대미를 장식할 좋은 생각을 떠올렸다.

"독일에서 하듯이 기혼자들이 손을 잡고 새신랑과 새신부 주변으로 춤을 추세요. 그러면 미혼의 남성과 여성들은 짝을 지어 밖을 뛰어다닐게요!"

로리가 이렇게 외치며 에이미와 함께 길을 따라 뛰자, 참으로 전염성이 넘치는 열정과 말솜씨에 모두가 군소리 없이 따랐다. 마치 부부와 캐럴 작은할아버지 내외가 제일 먼저 움직였다. 다른 사람들도 재빨리 합류했다. 샐리 모패트조차 잠시 머뭇거리다 옷자락을 던져버리고 네드를 데리고 원으로 들어갔다. 그러나 가장 우스꽝스러운 건 로런스 씨와 마치 작은할머니였다. 위엄 있는 노신사가 홀로 노숙녀에게 다가갔고 그녀는 지팡이를 팔 아래로 당기고 다른 사람들과 손을 잡고 신혼부부와 춤을 추려고 힘차게 뛰었다. 그러는 동안 젊은이들은 한여름 날 나비들처럼 정원 사방으로 흩어졌다. 숨이 거칠어지며 즉흥적인 무도회가 마무리되자 사람들이 돌아가기 시작했다.

"잘 지내길 바라. 진심으로 그래. 하지만 넌 애석해할 거야." 마치 작은할머니가 메그에게 말했고 신랑이 그녀를 마차로 배웅할 때 이렇게 덧붙였다. "자넨 보물을 얻었어, 젊은이. 자네가 그럴 자격이 있는지 지켜볼 거야."

"요 근래 이렇게 아름다운 결혼식은 처음이었어요, 네드. 격식이라고는 전혀 찾아볼 수 없었는데도 말이에요." 모패트 부인이 집으로 가는 길에 남편에게 말했다.

"내 손자 로리야, 결혼이 하고 싶거든 저 자매 중 한 사람을 고르렴. 그럼 할아비는 아주 만족할 거야." 로런스 씨가 여흥을 즐긴 뒤 안락의자에 몸을 기대며 말했다.

"할아버지를 기쁘게 해드리고자 최선을 다할게요." 로리는 조가 자신의 단춧구멍에 꽂아준 작은 꽃다발을 조심스럽게 떼어내면서 전에 없이 충실하게 대답했다.

부부의 작은 집은 그리 멀지 않았다. 메그의 신혼여행은 정든 집에서 새집으로 조용히 존과 함께 걸어가는 것이었다. 그녀가 아름다운 퀘이커 교도처럼 비둘기색 정장을 입고 흰 리본이 묶인 밀짚모자를 쓰고 내려오자, 모두가 주변에 모여 마치 먼 길을 떠나는 사람처럼 '잘 가'라고 배웅했다.

"제가 어머니한테서 떨어져 나간다고 생각하거나 존을 사랑하는 것보다 어머니에 대한 사랑이 적다고도 여기지 마세요." 메그는 잠시 어머니에게 들러붙어 그윽한 눈길로 말했다. "날마다 들를게요, 아버지. 그리고 제가 결혼했어도 제 방은 그대로 두셨으면 좋겠어요. 베스가 자주 저와 있을 거고 다른 자매들도 제가 살림을 꾸려나가느라 진땀을 빼는 모습을 비웃어 주러 간간이 들를 테죠. 행복한 결혼식을 만들어줘서 모두 고마워요. 잘 있어요, 잘 있어요!"

가족들은 사랑과 애정, 부드러운 자부심이 가득 담긴 얼굴을 한 메그가 양손 가득 꽃을 들고 남편의 팔에 기대 걸어가는 모습을 지켜보았다. 6월의 햇살이 그녀의 행복한 얼굴을 가득 밝히며 그렇게 메그의 결혼 생활이 시작되었다.

26. 에이미의 고군분투

사람은 재능과 천재성의 차이를 배우는 데 시간이 오래 걸린다. 특히나 야심찬 젊은이들은 더욱 그렇다. 에이미는 엄청난 고난을 겪은 뒤에야 그 차이를 알게 되었다. 잘못된 열정에 영감을 받은 그녀는 청춘의 대담함을 앞세워 모든 예술을 시도했다. 한동안 '진흙 파이' 만들기가 잠잠하더니 펜과 잉크 드로잉 분야 최고가 되고자 헌신해 감각과 기교를 보였고 우아한 작품이 즐거움과 이윤을 가져다주었다. 그러나 눈을 너무 많이 써서 피곤해지자 이내 펜과 잉크를 내려놓고 낙화 스케치로 돌아섰다. 이 시도가 이루어지는 동안 가족들은 큰 불이 날까 봐 내내 두려움에 떨어야 했다. 종일 집 안에 나무 타는 냄새가 진동했다. 다락에서 연기가 나 자주 걱정했고 붉은 낙화가 난잡하게 놓여 있는 상태에서 해나는 불이 날 경우를 대비해 늘 자러

갈 때면 물이 담긴 들통 하나를 챙기고 식사 종을 비상용으로 방문에 걸어두었다. 빵용 도마 아래쪽에 라파엘의 얼굴이 과감하게 새겨졌고 맥주통 꼭대기에는 바쿠스가 찍혔다. 설탕통 덮개는 노래를 부르는 천사로 장식되었고 간간이 불쏘시개에 '로미오와 줄리엣'의 초상이 담기기도 했다.

에이미는 손가락에 화상을 입자 자연스럽게 낙화에서 유화로 넘어갔다. 그림에 대한 에이미의 열정은 조금도 줄어들지 않았다. 화가인 친구가 헌 팔레트, 붓, 물감을 챙겨주자 에이미는 그것들을 치덕치덕 발라 육지나 바다에서 전혀 본 적이 없는 목초지와 바다 경관을 만들어냈다. 그녀가 그린 흉물스러운 소 떼는 농업 박람회에 출품했다면 상을 받았을 거다. 위태로워 보이는 배 그림은 선박 건조와 삭구의 기본 규칙을 완전히 무시하고 그래서 훌륭한 항해사가 첫눈에 보고 어처구니가 없어 웃음을 터트리거나 아니면 뱃멀미를 일으킬 정도였다. 거무스름한 소년과 어두운 눈동자의 마돈나가 작업실 한 귀퉁이에서 노려보는 그림은 결코 거장 무리요(Murillo)를 떠올리게 하지 않았다. 렘브란트 흉내를 낸답시고 기름지고 어두운 갈색 얼굴들과 끔찍한 줄무늬를 이상하게 배치하지 않나, 가슴이 풍만한 숙녀와 수종이 걸린 아기로 루벤스를 모방했다. 그리고 터너처럼 푸른 천둥, 주황빛, 갈색 비, 보라색 구름, 여기에 태양이나 부표를 의미하는 중앙의 토마토색 물체, 뱃사람의 셔츠나 왕의 예복 등을 마구 집어넣어 보는 사람을 웃게 만들었다.

뒤이어 목탄 초상화가 등장했고 온 가족의 얼굴이 일렬로 걸렸는데 막 광산에서 나온 사람들처럼 거칠고 늙어 보였다. 크레용 스케치는 조금 부드러워져 그들의 모습이 한결 나았다. 에이미의 머리카락, 조의 코, 메그의 입, 로리의 눈은 '아주 괜찮게' 닮았다고 말할 수 있었다. 그러다 다시 찰흙과 점토로 돌아가고 지인들의 모습을 유령처럼 본뜬 상들이 집 모퉁이에 자리 잡거나 옷장 선반에서 사람들의 머리 위로 떨어졌다. 아이들은 모델을 서주는 일에 매력을 느꼈지만 에이미의 불가사의한 행동과 모순적인 말 때문에 그녀를 젊은 괴물이라 불렀다.

화가가 되고자 하는 에이미의 열정은 뜻밖의 사건으로 갑자기 식어 버렸다.

한동안 다른 모델이 나타나지 않아서 그녀는 자신의 아름다운 발에 직접 본을 떴다. 어느 날 가족들은 쿵쾅거리는 이상한 소리와 비명을 들었다. 달려가 보니 열정에 넘치는 예술가 지망생이 그릇 한가득 담긴 회반죽에 담근 발이 예상보다 빨리 단단해져 버려 한 발로 미친 듯이 뛰며 떼어내려 하고 있었다. 그녀는 발을 빼려고 아주 힘들고 게다가 위험하게 애썼다. 칼로 회반죽을 파내는데 칼날이 너무 깊이 들어가 가여운 발을 베었다. 조는 그 광경을 보고 적어도 한 가지 예술적 시도를 기억할 수 있도록 흔적을 남긴 동생의 모습에 배를 잡고 웃었다.

에이미는 좀 진정된 뒤에도 여전히 자연을 화폭에 담는 열정이 남아서 강, 들, 나무를 살피고 꼼꼼히 연구하고 폐허를 그대로 그려보려고 애쓰며 한숨을 쉬었다. 그녀는 돌 하나, 그루터기 하나, 버섯 하나, 부러진 현삽과 식물 줄기 하나로 이루어진 '아주 괜찮은 장면'을 묘사하느라 축축한 잔디에 앉아 있어서 감기를 달고 살았다. 어떨 땐 '천상의 구름'을 그렸고 완성하고 보니 깃털 침대처럼 보였다. 에이미는 피부가 상하는 것을 기꺼이 감수하고 한여름 태양 아래 강가에서 시간을 보내며 명암에 대해 공부했고 시점 혹은 실눈을 뜨고 줄을 대는 그 무엇을 한 뒤에 코에 주름이 생겼다.

'천재는 끝없는 인내심의 산물이다.'라는 미켈란젤로의 말처럼 에이미는 모든 고난, 실패, 좌절에도 굴하지 않고 장차 자신이 '순수 예술'이라 부를 수 있는 작품을 창출해낼 거라고 굳건히 믿고 있는 것을 보면 확실히 타고난 자질이 있는 것 같다.

그녀는 새로운 것을 배우고 시도하고 즐겼고 그러는 동안 비록 위대한 예술가는 될 수 없었지만 매력적이고 재주가 많은 여성으로 성장했다. 이 부분에서 그녀는 더 크게 성공했다. 별다른 노력 없이도 즐거워하는 행복한 성격을 지녔고 사방에서 친구를 사귀고 인생을 아주 우아하고 편안하게 즐겼기에 행운이 덜한 영혼들은 그녀가 복을 타고났다고 믿었다. 훌륭한 재능이 전략이 되어 모두가 그녀를 좋아했다. 무엇이 즐겁고 적절한지 본능적으로 감지했고 항상 제대로 된 시기와 장소에서 적임자에게 적절한 말을 하고 또한 아주 침착해서 자매들은 이렇게 말하곤 했다. "에이미는 리허설 없이 법정에 세워도 자기가 뭘 해야 할지 단박에 알 거야."

다만 한 가지 약점은 무엇이 진짜 최고인지 확실히 모르고 그저 '최고 사교계'에 들어가려는 욕망에 사로잡혀 있는 것이었다. 돈, 지위, 근사한 업적들, 우아한 몸가짐이 그녀의 눈에는 가장 좋아 보였고 그걸 가진 사람들과 어울리려고 애썼다. 종종 거짓을 진실로 잘못 받아들여 존경하지 않아야 할 것을 존경했다. 자신이 태어나면서부터 교양 있는 여성임을 절대 잊지 않고 예술적인 취향과 감정을 키웠고 지금은 가난해서 얻지 못하는 지위를 기회가 찾아왔을 때 곧바로 꿰찰 준비를 했다.

"아가씨."

친구들이 그녀를 이렇게 부르면 정말 간절히 귀부인이 되고 싶었다. 하지만 돈으로 타고난 품위를 살 수 없고 지위가 항상 고결함을 대변하지 않는다는 점과 외형적 결점이 있어도 진정한 혈통은 드러나게 되어 있다는 진리는 아직 배우지 못했다.

"어머니, 부탁이 있어요." 어느 날 에이미가 어딘가 중요한 분위기를 풍기며 들어와 말했다.

"그래, 우리 아기, 무슨 일이니?" 어머니의 눈에는 완연한 처녀가 아직 '아기'로 보였다.

"다음 주면 드로잉 수업이 끝나요. 그래서 친구들과 헤어지기 전에 여름 방학 중 하루 집으로 초대하고 싶어요. 친구들은 강을 구경하고 부서진 다리를 그리고, 제 드로잉 북에 담긴 자연의 모습을 실제로 보고 싶어 해요. 여러모로 제게 잘 대해준 그 애들이 고마워요. 친구들은 모두 부자고 전 가난하지만 한 번도 차별한 적이 없었어요."

"뭐 하러 그러겠니!" 마치 부인이 딸들이 소위 말하는 '테레사 수녀 분위기'를 풍기며 말했다.

"어머니와 제가 알다시피 모든 사람은 다 다르니 영리한 새에게 쪼아 먹힌 병아리를 본 암탉처럼 화내지 마세요. 미운 오리 새끼가 백조로 변하는 거 아시잖아요." 에이미는 늘 긍정적이고 희망차 있는 성격이라 전혀 씁쓸해하지 않고 미소를 지었다.

마치 부인이 웃음을 터트렸고 엄마로서 자부심을 느끼며 이렇게 물었다.

"그래, 우리 백조. 어쩔 생각이니?"

"다음 주에 야외에서 점심을 먹자고 말할 거고 친구들이 보고 싶어 하는 곳으로 데려갈까 해요. 아마도 강가겠죠. 그리고 그 애들을 위해 조그마하게 근사한 야유회를 하려고요."

"그 정도는 할 수 있겠구나. 점심으로 뭘 준비해줄까? 케이크와 샌드위치, 과일과 커피 정도면 되겠지?"

"어머, 세상에, 아니에요! 차가운 소 혓바닥 요리와 닭, 프랑스 초콜릿과 아이스크림도 곁들여야 해요. 친구들은 그런 것에 익숙해요. 제 형편이 어렵지만 그래도 점심을 제대로 우아하게 준비하고 싶어요."

"몇 명이나 오니?" 어머니가 진지한 표정으로 물었다.

"수업은 열두 명 혹은 열네 명이 듣는데 모두가 오지는 않을 거예요."

"세상에, 얘야, 그 애들을 다 데려오려면 마차를 빌려야 해."

"아니, 어머니, 어쩜 그렇게 생각하실 수 있어요. 여섯, 많아도 여덟 명 정도만 올 거고 전 우마차를 고용하고 로런스 씨의 체리 바운스(cherry bounce)*를 빌리면 돼요.

"그 모든 일에 비용이 많이 든단다, 에이미."

"그렇게 많이 들지 않아요. 직접 계산해 보았고 제가 다 낼 수 있어요."

"친구들이 그런 호사스러운 데 익숙하다면 우리가 최선을 다해도 새로울 것이 없을 거야. 좀 더 소박한 계획을 세우면 그 애들에게는 색다르니 더 즐겁지 않을까? 우리에게 필요 없는 물건을 사거나 빌리고 형편에 맞지 않는 방식을 따르려고 애쓰는 것보다 훨씬 나을 것 같구나."

"제 생각대로 할 수 없다면 아예 하고 싶지 않아요. 전 제 계획대로 완벽하게 할 수 있고 어머니와 언니들이 조금만 도와주면 돼요. 그리고 제가 기꺼이 돈을 낼 수 있는데 왜 할 수 없다는지 모르겠어요." 에이미는 어머니가 반대하면 완강히 고집을

---

* 해나가 유랑버스인 차라뱅(char-a-banc)을 발음한 것을 잘못 듣고 하는 소리다.

부릴 생각이었다.

마치 부인은 이번 경험이 훌륭한 가르침이 될 것을 알았다. 자식이 순순히 조언을 받아들이지 않는다면 직접 얻을 수 있도록 하는 편이 수월하기에 기꺼이 그렇게 되도록 놔두었다.

"잘 알겠구나, 에이미. 네 마음이 그렇다면 비용, 시간, 열정이 너무 많이 들지 않도록 해서 진행해보렴. 더 이상 말하지 않으마. 언니들과 상의해보고 네 결정이 어느 쪽이든 최선을 다해서 도와줄게."

"고마워요, 어머니. 어머니는 항상 너무 자상하세요."

에이미는 언니들에게 가서 자신의 계획을 말했다. 메그는 곧바로 동의하면서 기꺼이 자기 집에서 가장 좋은 소금 숟가락부터 시작해 뭐든 필요한 것을 주겠다고 말했다. 하지만 조는 인상을 찌푸렸고 아무것도 하지 않을 거라고 못 박았다.

"대체 왜 넌 돈을 쓰고 가족들을 걱정시키고 집 안을 들쑤셔놓으면서까지 너를 6펜스 은화만큼도 여기지 않는 애들을 대접하겠다는 거야? 넌 프랑스산 장화를 신고 쿠페 마차를 탄다는 이유로 아무한테나 굽실거리려는 마음이 너무 강한 것 같아."

조의 의견은 이랬고, 지금 소설의 비극적인 절정 부분을 쓰고 있는 중이라 사교 행사를 도울 기분도 아니었다. 에이미는 분개하며 응수했다. 둘은 이 주제가 나올 때면 늘 날을 세웠다.

"난 굽실거리지 않고 언니만큼이나 남의 도움을 받는 게 싫어! 하지만 그 애들은 날 신경 써주고 나도 그렇게 해. 언니가 부유층의 허세라고 비난하겠지만 그 애들은 친절하고 사려 깊고 재능이 넘쳐. 언니는 사람들이 자길 좋아하게 만드는 일이나 제대로 된 사교계에 진출해 품위와 취향을 키우는 일에 관심이 없지만, 난 관심이 있어. 그래서 모든 기회를 최대한 활용할 거야. 언니는 팔을 들고 턱을 세우며 세상을 헤쳐 나가는 걸 독립이라고 부르겠지. 하지만 그건 내 방식이 아니야."

에이미는 마음을 먹으면 화려한 언변을 자랑하고 자신의 상식에서 좀처럼 벗어나는 법이 없는 반면 조는 자유에 대한 사랑과 관습에 대한 증오를 무차별적으로 드러내 논쟁을 벌일 때 스스로 오류에 빠졌다. 조의 독립심에 대한 생각을 에이미가 정의한 건 허를 찌른 것과 같아서 둘은 웃음을 터트렸고 논쟁은 한층 쾌활하게 변했다. 자신의 의지와 다르게 조는 마침내 평판에 신경 쓰는 동생에게 하루를 내주는 데 동의하고 '무의미한 일'이라 여기지만 돕기로 했다.

초대장이 발송되고 대부분이 승낙했다. 다음 주 월요일에 이 화려한 이벤트를 벌이기로 했다. 해나는 일주일의 일이 흐트러져서 성이 났고 이렇게 예언했다. "세탁과 다림질이 예정대로 되지 않으면 일이 다 틀어질 거야." 집안일의 주요 부분에 악영향을 미치는 것이 그녀의 가장 큰 걱정이었다. 그러나 에이미의 좌우명은 '결코 절망하지 마라!'여서 어떻게 할지 마음을 정하고 각종 난관에도 불구하고 계획대로 진행해 나갔다. 여기서 난관이란 우선, 해나의 요리가 제대로 나오지 않았다. 닭이 질 겼고 혓바닥 요리는 너무 짰고 초콜릿은 제대로 거품이 생기지 않았다. 둘째, 케이크와 아이스크림은 에이미의 예상보다 비쌌 고 마차도 마찬가지였다. 셋째, 여러 부대비용은 사소할 줄 알 았는데 나중에 보니 꽤 큰 금액을 차지했다. 넷째, 베스는 감기 에 걸려서 침대에 누웠고 메그는 예상치 못한 많은 방문객 때 문에 자기 집에 발이 묶였으며 조는 깨트리고 사고를 치고 유 독 큰 실수를 많이 해서 만회하려고 노력 중이었다.

"어머니가 안 계셨다면 절대 해내지 못했을 거야."

나중에 에이미가 '그 계절 최고의 실수'가 모두에게 완전히 잊혔을 때 고마웠던 그때를 떠올리며 말했다. 월요일이 적당 한 날이 아니라서 어린 숙녀들을 초대하는 일이 화요일로 미뤄 지자 조와 해나는 극도로 짜증이 났다. 월요일 아침 예상치 못 한 날씨는 쭉 비가 퍼붓는 것보다 더 엉망이었다. 잠시 비가 흩 뿌리다가 해가 살짝 나왔다가 다시 바람이 불었고 변덕이 끝날 무렵에는 너무 늦어 누구도 마음을 정하지 못했다. 에이미는 새벽에 일어나 사람들을 깨우고 아침을 먹이며 집 안을 정리했 다. 응접실은 대단히 낡았지만 가지지 못한 것을 두고 한숨을 쉬기보다 그녀는 솜씨 좋게 자신이 가진 것을 최대한 활용해 카펫의 가장 닳은 부분 위에 의자를 배치하고 벽의 얼룩을 아이비 그림 액자로 가리고 휑한 모퉁이마다 집에서 만든 조각상을 배치해 예술적인 분위기를 높였는데 조가 놔둔 아름다운 꽃병도 그 역할을 톡톡히 했다.

점심은 근사해 보였다. 그녀는 준비한 만큼 맛이 좋기를 바랐다. 빌려온 잔, 그릇, 은 식기도 무사히 되돌려주길 바랐다. 마차가 준비되었고 메그와 어머니는 손님을 맞을 채비를 끝냈다. 베스는 보이지 않는 곳에서 해나를 도왔고, 조는 정신이 멍하고 머리가 쑤시고 모든 것을 못마땅하게 생각하고 있었지만 생기 있고 호의적으로 참여했다. 에이미는 녹초가 된 상태로 옷을 입으며 무사히 점심 식사를 마치고 즐거운 오후를 친구들과 보낼 행복한 순간을 기대하며 기운을 냈다. 그녀에게는 '체리 바운스'와 무너진 다리라는 비장의 무기가 있으니까.

두 시간 동안 긴장감이 흘렀다. 에이미의 떨리는 마음이 응접실에서 현관까지 퍼졌고 여론은 풍향계처럼 다양했다. 11시에 일찍 샤워를 하며 12시에 도착할 친구들에 대한 갈망을 조금 식혔는데 아무도 도착하지 않았다. 2시가 되자 지친 가족들이 햇살 아래 앉아서 아무것도 낭비할 수 없기에 준비한 음식 중 상하기 쉬운 것부터 먹어 치웠다.

"오늘 날씨는 괜찮아. 그들은 분명 올 거니 우리는 분주히 움직이며 준비를 해야 해."

다음 날 아침 해가 뜨자 에이미가 말했다. 그녀는 씩씩하게 말했지만 속으로는 아무도 어제에 대해 말하지 않길 바랐다. 그녀의 흥미도 케이크만큼이나 조금씩 상하고 있었다.

"랍스터를 구하지 못했으니 오늘 샐러드를 빼야겠구나." 마치 씨가 30분 뒤에 들어오며 차분하게 아쉬움을 표현했다.

"닭을 쓰렴. 샐러드에는 닭고기가 질겨도 상관없으니까." 마치 부인이 말했다.

"해나가 닭을 주방 테이블에 놔뒀는데 고양이들이 가져갔어. 정말 미안해, 에이미." 여전히 고양이를 돌보는 베스가 말했다.

"그렇다면 꼭 랍스터를 써야겠어. 혀 요리만으로는 안 돼." 에이미가 단호하게 말했다.

"내가 얼른 시내로 나가서 하나 구해볼까?" 조가 순교자처럼 아량을 베풀며 물었다.

"언니는 랍스터를 싸지도 않고 팔에 끼고 집에 올 거잖아. 안 봐도 뻔해. 내가 직접 갈 거야." 에이미가 슬슬 안달이 난 목소리로 대답했다.

그녀는 두꺼운 베일을 두르고 고상한 장바구니를 들고 길을 나섰다. 에이미는 서늘한 공기를 마시면 걱정스러운 마음이 가라앉아 조금 차분해질 거라고 생각했다. 약간 지연되긴 했지만 그녀는 바라는 걸 얻었고 집에서 더는 시간 손실을 내지 않으려고 드레싱도 한 병 챙긴 다음 자신의 선견지명에 아주 기뻐하며 다시 길을 나섰다.

버스에 다른 승객이라고는 잠든 노부인뿐이었다. 에이미는 베일을 걷고 돈이 다 어디로 가버렸는지 알아보고 싶은 열망에 이끌렸다. 알 수 없는 숫자들이 가득 찍힌 영수증을 보느라 분주한 나머지 차가 멈추기도 전에 올라탄 사람을 보지 못했다. 남성의 목소리가 들려서야 고개를 들었다.

"안녕하세요, 마치 양."

로리의 가장 우아한 대학 친구 중 한 사람이었다. 그가 자기보다 먼저 내리길 열렬히 바라며 에이미는 발아래 내려놓은 바구니를 무시하고 새 외출복을 입고 나온 것을 다행이라고 생각하면서 특유의 상냥함으로 청년의 인사에 답했다.

그들은 즐겁게 이야기를 나누었다. 이 청년이 자기보다 먼저 내린다는 것을 알고 에이미의 걱정은 곧 사그라졌고 그녀는 특별히 더 우아하게 이야기를 나누는데 노부인이 자리에서 일어났다. 버스 문이 흔들리면서 부인이 바구니를 건드렸다. 이를 어째! 저속한 크기와 현란한 색상의 랍스터가 튜더 가문의 고귀한 인물의 눈앞에 모습을 드러내고 말았다!

"어이쿠, 저녁 식사 거리를 잊으셨나 보네요!" 청년은 자줏빛 괴물을 자기 지팡이로 집어 바구니에 넣고는 무심코 노부인에게 건네려고 했다.

"부탁이니 그러지 말아요. 그건, 그건 제 거예요." 에이미가 얼굴이 빨개진 채 웅얼거렸다.

"아, 그렇군요. 정말 실례했습니다. 보기 드물게 괜찮은 놈이
던걸요?" 튜더가 넓은 아량으로 말했다. 점잖게 흥미를 풍기는
목소리는 그의 고귀한 혈통을 다시금 알려주었다.

에이미는 호흡을 가다듬으며 바구니를 대담하게 자리 위에
올리고 웃으며 말했다.

"랍스터로 만든 샐러드와 그걸 먹는 매력적인 숙녀들을 보고
싶지 않나요?"

그 재치 있는 말에 청년이 마음에 걸렸던 두 가지 점이 해소
되었다. 랍스터는 곧바로 즐거운 추억담의 후광에 둘러싸였고
'매력적인 숙녀들'에 대한 흥미는 자신의 우스운 오해를 잊게

해주었다.

'그는 이 이야기를 하며 로리와 한바탕 웃겠지만 내 눈에는 보이지 않을 테니 위안이 돼.'

튜더가 인사를 하고 자리를 뜨자 에이미가 생각했다.

그녀는 이 만남을 집에다 이야기하지 않았지만(대신 새 외출복 스커트 자락으로 드레싱이 개울처럼 줄줄 흘러내린 것을 발견했다.) 손님 맞을 준비 과정이 전보다 더 짜증나게 느껴졌다. 그리고 12시가 되자 다시 모든 준비가 끝났다. 이웃들이 그녀의 움직임에 관심을 보이는 것을 느끼며 그녀는 어제의 실패가 오늘의 근사한 성공으로 지워지길 바랐다. 그녀는 '체리 바운스'를 불렀고 연회에 올 손님을 태우러 길을 떠났다.

"덜커덩거리는 소리가 나, 그들이 오나 봐! 내가 현관으로 나가서 맞을게. 그래야 환대하는 듯 보이고 우리 가여운 에이미가 모든 어려움 끝에 즐거운 시간을 보내길 바라."

마치 부인이 이렇게 말하며 나섰다. 그런데 한 번 슬쩍 보더니 부인이 알 수 없는 표정을 지으며 도로 들어왔다. 커다란 마차에 에이미와 한 젊은 숙녀만 덩그러니 앉아 있었다.

"베스, 어서 가서 해나를 도와 테이블에 놓인 것의 절반을 치워. 한 명이 오는데 12인분을 준비한 건 너무 터무니 없잖아."

조는 이렇게 외치며 서둘러 아래층으로 내려갔다. 그녀는 너무 신나서 웃을 틈조차 없었다.

에이미는 꽤 침착한 태도로 약속을 지켜준 손님에게 진심으로 감사하며 들어왔다. 나머지 가족들은 극적인 반전 속에서 각자의 역할을 잘했고 엘리엇 양은 그들이 아주 유쾌한 사람들이라고 생각했다. 가족들 특유의 쾌활함을 완전히 통제하기는 불가능했다. 다시 차린 점심을 마음껏 먹고 작업실과 정원을 둘러보고 열정적으로 예술에 대해 논의하면서 에이미는 마차를 불러(아, 우아한 체리 바운스!) 친구를 데리고 조용히 주변 구경을 나섰다. 해 질 무렵이 되어서야 파티가 끝났다.

아주 지쳤지만 언제나처럼 흐트러지지 않은 모습으로 집으로 들어왔을 때 에이미는 불운한 축제의 모든 흔적이 사라진 것을 보았다. 오로지 조의 입꼬리에 남은 의심스러운 잔주름만 발견했다.

"네 뜻대로 근사한 점심을 보냈구나, 얘야." 어머니는 마치 열두 명이 다 온 것처럼 예의를 차리며 말했다.

"엘리엇 양은 아주 친절하고 즐거워하는 것 같았어." 베스가 흔치 않게 따뜻한 말로 위로했다.

"네 케이크를 좀 나누어 줄래? 나한테 정말 필요하거든. 손님이 너무 많이 찾아와서 네 케이크처럼 맛있는 걸 만들 수가 없어." 메그가 진지하게 부탁했다.

"전부 다 가져가. 이 집에서 단 걸 좋아하는 사람은 나뿐이고 내가 다 먹어치우기 전에 곰팡이가 필 거야." 에이미는 이런 결말을 맞은 것이 속상해 속으로 한숨을 내쉬며 대답했다.

"로리가 이 자리에 없는 것이 아쉬워." 이틀 동안 네 번째로 아이스크림과 샐러드를 먹을 때 조가 말했다.

어머니의 경고하는 듯한 표정이 많은 것을 말해주어서 온 가족은 아주 조용히 식사를 하는데, 아버지가 온화하게 말했다.

"고대인들은 가장 선호하는 요리로 샐러드를 꼽았고 성서에서 에벨린은……." 여기서 웃음이 터져서 '샐릿*의 역사' 강의가 중단되자 지식이 많은 신사는 아주 놀랐다.

"다 바구니에 챙겨서 형편이 어려운 독일 가족인 험멜네로 보내요. 이 음식들을 보는 게 지긋지긋하고 '제가 어리석었다는' 이유로 모두가 과식으로 죽을 이유는 없잖아요." 에이미가 눈물을 닦으며 말했다.

"난 너희 둘이 커다란 껍질 속 작은 낱알 두 개처럼 마차에 타고 있고 마중 나간 어머니가 너희를 기다리는 모습을 봤을 때 웃겨서 죽는 줄 알았어." 조가 한참 웃고 난 뒤 숨을 돌리며 말했다.

"네가 실망했다니 정말 유감이구나, 애야. 하지만 우리 모두가 널 위해서 최선을 다했단다." 마치 부인이 어머니로서 아쉬움이 담긴 목소리로 말했다.

---

* 15세기에 쓰던 가벼운 투구. 여기서는 '샐러드'와 발음이 비슷한 말을 농담조로 쓴 것이다.

"전 만족했어요. 제가 해야 하는 일을 끝냈고 실패한 건 제 잘못이 아니에요. 전 그 부분에 있어서 마음이 편해요."

여기서 에이미의 목소리가 살짝 떨렸다.

"도와줘서 모두 고마워. 그리고 적어도 한 달 동안 이 이야기를 꺼내지 않아 주면 더 고마울 거야."

아무도 몇 달간 그 이야기를 하지 않았다. 하지만 '야유회'라는 단어가 나오면 다들 항상 미소를 지었다. 로리는 회중시계 끈에 다는 산호로 만든 작은 랍스터 장식을 에이미의 생일 선물로 주었다.

27. 소설 투고가 가져다준 교훈

행운의 여신이 갑자기 조에게 미소를 짓더니 그녀의 여정에 행운의 동전을 떨어뜨렸다. 금화는 아니지만 조에게는 50만 달러를 받은 것보다 더 큰 행운이었다.

몇 주에 한 번 그녀는 방에 틀어박혀 작업용 의상을 걸치고 그녀의 말대로 '소용돌이 속으로' 들어가 온 마음과 정신을 다해서 집필에 몰두하고 더 이상 평화를 찾을 수 없을 때 그만두었다. 그녀의 '작업용 의상'은 그녀가 펜을 마음대로 지울 수 있는 검은 긴 앞치마와 유쾌한 빨간 리본이 달린 같은 소재의 모자였다. 머리카락을 전부 모자 속에 밀어 넣으면 모든 준비가 끝났다. 이 모자는 가족들에게 신호등과 같아서 조가 모자를 쓰고 있으면 그녀에게서 거리를 유지하고 아주 가끔 머리를 들이밀고 "천재성을 불태우고 있어, 조?" 하고 물었다. 항상 이 질문을 하는 위험을 감수하는 것은 아니고 모자를 잘 살피고 때에 따라 판단했다. 모자가 이마 아래로 내려와 있으면 힘겨운 작업 중이라는 신호다. 신이 났을 때 모자는 삐딱하게 젖혀 있고, 작가가 절망에 사로잡혀 있을 때는 완전히 벗겨져 바닥에 떨어져 있었다. 그런 때 방문객은 조용히 물러났다. 붉은 리본이 아름다운 이마 위에 화사하게 다시 서 있지 않는 한 아무도 감히 조에게 말을 붙이지 못했다.

그녀는 처음부터 아예 스스로를 천재라고 여기지 않았다. 그저 글을 쓸 때면 완전히 자신을 내던져 더없는 행복에 빠져 필요와 보살핌, 날씨 등은 상관하지 않고 상상의 세계 속에서 안심하고 행복을 찾으며 실제만큼 생생하고 소중한 친구들에게 둘러싸였다. 잠을 포기하고 식사는 손도 대지 않고 이 시기에는 낮과 밤이 자신을 축복하는 행복을 즐기기에 너무 짧으며 아무 결실이 없다고 해도 살아갈 가치를 느꼈다. 신성한 영감은 항상 한두 주 정도 지속되고 그런 다음 그녀는 '소용돌이' 속에서 나와 배고프고 졸리고 언짢거나 허탈해졌다.

그녀가 이런 상태에서 회복되는 건 독신녀 크로커 씨와 함께 강연장에 갔다가 새로운 아이디어를 얻어올 수 있을 거라고 확신할 때뿐이다. 일반인을 대상으로 한 강좌로 피라미드에 관한 수업인데 조는 굳이 왜 그런 주제를 평범한 사람을 위해 선택했는지 꽤 궁금했지만 어떤 엄청난 사회악이 구제된다든가

스핑크스가 내는 수수께끼보다 더 풀기 힘든 삶을 살고 석탄과 밀가루의 가격을 계산하느라 바쁜 청중에게 파라오의 영광을 알리고 싶은 원대한 열망 때문일 거라고 짐작했다.

그들은 일찍 도착했다. 크로커 씨가 스타킹 뒤꿈치를 만지작거릴 때 조는 함께 앉아 있는 사람들의 면면을 즐겁게 살폈다. 그녀의 왼쪽에는 이마가 넓은 두 부인이 딱 어울리는 모자를 쓰고 여성의 권리에 대해 이야기를 나누며 레이스를 뜨고 있었다. 그 너머로 초라한 연인 한 쌍이 서로의 손을 잡고 있었다. 피부가 가무잡잡한 한 독신녀가 종이봉투에서 페퍼민트를 꺼내 먹고 있었고, 노신사는 노란 두건을 쓰고 미리 낮잠을 청하고 있었다.

조의 오른쪽에는 한 사람밖에 없었는데 학구적으로 보이는 남성이 신문을 읽고 있었다. 삽화가 보였다. 조는 가까이에 있는 예술작품을 살피며 어떤 불운한 상황의 연속으로 이 인디언이 멜로드라마 주인공 같은 모습인지 궁금했다. 그는 전투 복장을 하고 비틀거리며 절벽 끝에서 자신의 목을 노리는 늑대와 함께 서 있었다. 부자연스럽게 작은 발에 눈이 큰 두 젊은 신사가 극도로 흥분한 채 서로를 찔렀고, 배경에는 매무새가 흐트러진 여성이 입을 크게 벌린 채 도망치고 있었다. 신문을 넘기다 말고 남성은 조가 쳐다보는 것을 알고 신사답게 그녀에게 자기 신문의 절반을 내밀며 말했다.

"읽어 보겠어요? 일급 스토리예요."

조는 남자에 전혀 관심이 없어서 그저 미소로 수락하고 이내 사랑, 미스터리, 살인의 미궁 속으로 빠져들었다. 이야기는 가벼운 통속 문학으로 열정은 간데없고 작가의 의도는 실패한 채 엄청난 재앙이 등장인물들의 장면 절반을 차지하고 나머지 절반은 그들의 몰락을 기뻐하는 내용이었다.

"훌륭하지 않나요?" 조의 눈길이 마지막 문단으로 내려가자 젊은 남성이 물었다.

"노력한다면 당신이나 나나 이 정도는 쓸 수 있을 것 같은데요." 조는 쓰레기 같은 글에 찬사를 보내는 그를 놀라워하면서 신문을 돌려주었다.

"그럴 수 있다면 난 참으로 행운아겠죠. 그녀는 이런 이야기로 꽤 벌이가 좋다고 해요."

남성이 제목인 《노스버리(Northbury)》 아래 적힌 '슬.랭. 부인(Mrs. S.L.A.N.G)'을 가리켰다. 조는 갑자기 호기심이 동했다.

"그녀를 아세요?"

"아뇨. 하지만 그녀의 작품을 다 읽었고 이 신문이 인쇄된 사무실에서 일하는 친구가 있어요."

"그녀가 이런 이야기를 써서 벌이가 좋다고 했나요?" 그 질문과 함께 조는 페이지 속 동요하는 무리와 사방에 뿌려진 느낌표를 좀 더 공손하게 살폈다.

"그렇다더군요! 그녀는 사람들이 좋아하는 것이 뭔지 알고 그걸 써서 두둑하게 돈을 챙겨요."

이때 강의가 시작되었으나 조는 전혀 귀에 들어오지 않았다. 샌즈 교수는 벨조니(Belzoni), 케오프스(Cheops), 풍뎅이, 상형문자에 대한 평범한 이야기를 지루하게 해나갔다. 조는 몰래 신문의 주소를 적고 100달러 상금이 걸린 선정적인 이야기 칼럼 부분에 도전하려고 용감하게 분석하기 시작했다. 강의가 끝났을 무렵 그리고 관객들이 깨어났을 때 그녀는 굉장한 행운을 스스로 쌓아 올렸고(신문사가 제일 먼저 발견한 게 아니라) 이미 자신의 이야기를 이것저것 섞는 데 몰두하느라 결투가 야반도주 전에 올지 살인 이후에 올지 고심하고 있었다.

집으로 돌아간 뒤 조는 자신의 계획에 대해 아무 말도 하지 않았지만 다음 날부터 작업에 들어갔다. 딸의 '천재성이 불타오를' 때면 어머니는 늘 살짝 걱정했다. 조는 한 번도 이런 부류의 글을 써본 적이 없었으나 〈스프레드 이글스〉에 보낼 아주 가벼운 로맨스 소설을 완성하자 뿌듯했다. 연극 경험과 잡다한 독서가 도움이 되었는지 극적 효과를 줄 장치를 비롯해 줄거리와 언어, 의상까지 술술 풀렸다. 소설은 절박함과 절망으로 가득 찼는데 그녀는 이런 불편한 감정과 그리 친하지 않아서 더 잘 쓸 수 있었다. 작품의 배경은 리스본이었고 지진이라는 설정으로 아주 제대로 대단원을 맺었다. 그녀는 은밀히 원고를 보내면서 (분명 그렇지 않을 거라 장담했지만) 혹시라도 이 소설이 당선되지 못하면 그 가치에 합당한 고료를 받으면 좋겠다는 내용을 에둘러 쓴 메모를 첨부했다.

6주는 기다리기엔 참으로 지루한 시간이었다. 젊은 여성이 비밀을 지키기에는 더더욱 길었다. 그래도 조는 잘 참았다. 하지만 자신의 원고를 다시 볼 수 있을 거라는 희망을 포기하기 시작할 무렵 한 통의 편지가 날아들었다. 편지를 열자 100달러 수표가 무릎 위로 툭 떨어졌다. 잠시 무릎에 뱀이라도 떨어진 것처럼 경직되어서 수표를 노려보던 조는 편지를 읽고 울기 시작했다. 친절한 편지를 쓴 인자한 신사가 자신이 얼마나 큰 행복을 누군가에게 선사했는지 알게 되었다면 그는 아마 한가한 시간을 전부 바쳐서 편지를 쓸 거다. 편지가 용기를 북돋아 주고 수년간의 노력 끝에 비록 선정적인 이야기를 쓰는 일일 뿐이라 해도 자신이 무언가를 할 수 있다는 점을 알게 해주었기에 조는 너무 기뻤고 그래서 상금보다 더 값지게 느껴졌다.

그녀는 누구보다 의기양양한 숙녀의 모습으로 몸을 곧게 세우고 한 손에 편지를, 다른 손에는 수표를 들고 가족 앞으로 가서 자신이 상금을 탔다고 발표했다. 가족들을 깜짝 놀랐고 당연히 다들 크게 환호했다. 소설이 신문에 실리자 모두가 읽고 칭찬
했다. 그러나 조의 아버지는 딸에게 글 솜씨가 좋고 로맨스가 신선하고 진정성이 있고 비극도 꽤 스릴이 넘친다고 말한 뒤 고개를 저으며 특유의 고고한 방식으로 말했다.

"넌 이보다 더 잘 쓸 수 있잖니, 조. 목표를 더 높게 잡고 돈은 신경 쓰지 않도록 하렴."

"난 돈이 제일 중요하다고 봐. 그 큰돈을 어디에 쓸 거야?"

에이미가 숭배하는 눈길로 수표를 바라보며 물었다. 조가 즉각 대답했다.

"베스와 어머니를 한두 달 바닷가로 요양 보낼 거야."

"세상에, 얼마나 좋을까! 아니, 난 그럴 수 없어, 언니. 그건 너무 이기적이야." 베스가 가녀린 손으로 박수를 치고는 신선한 바다의 향기를 들이마시는 것처럼 길게 숨을 들이켜고는 자기 눈앞에서 수표를 흔드는 언니에게 치우라는 시늉을 했다.

"아니, 넌 가야 해. 내가 최선을 다해 보낼 거니까. 난 그 생각으로 글을 썼고 그래서 상금을 탄 거야. 나만 생각했으면 결코 하지 못했을 거고 널 돕는 게 날 돕는 거라는 걸 모르겠니. 게다가 어머니도 기분 전환이 필요하신데 너 없이는 가지 않으실 거잖아. 네가 다시 살이 오르고 혈색이 돌아 집에 오는 걸 보면 즐겁지 않을까? 난 항상 환자를 완치시키는 조 박사라고!"

한참의 논의 끝에 그들은 해변으로 갔다. 비록 베스는 기대만큼 살이 오르고 혈색이 좋아져서 돌아오진 못했지만 한결 몸이 나아졌다. 마치 부인은 십 년은 젊어진 것 같다고 말했다. 그래서 조는 자신이 탄 상금을 투자한 보람을 느꼈고 쾌활한 기분으로 그 값진 돈을 더 얻기 위해 작업에 몰두했다. 그해 그녀는 수차례 상금을 탔고 자신이 집에서 권력을 가졌다고 느끼기 시작했다. 펜으로 부린 마법으로 그녀의 '쓰레기'가 모두의 위안이 되었기 때문이다. 《공작의 딸》은 정육점에 밀린 고깃값을 내주었고 《유령의 손》은 집에 새 카펫을 깔아주었으며 《코번트리가의 저주》는 식료품과 옷으로 마치 가문에 축복을 주었다.

부유함은 가장 갖고 싶은 덕목이 확실하지만, 빈곤에도 장점은 있다. 역경을 잘 활용할 수 있는 방법 중 하나는 머리나 손으로 열심히 한 일에서 진정한 만족을 느끼는 것이다. 그리고 세상의 현명하고 아름답고 유용한 축복에 우리는 '필요'라는 영감을 얻는 데 반쯤 신세를 지고 있다. 조는 이런 만족감을 즐겼다. 부유한 소녀들을 질투하는 일 따윈 그만두고 자신이 원하는 것을 구입하고 누구에게도 돈을 빌리지 않아도 된다는 점에서 큰 위안을 얻었다.

그녀의 이야기는 크게 주목받지는 못했지만 책으로 출판되었다. 조는 이 점에 용기를 얻어서 명성과 부를 향한 대담한 여정에 나섰다. 자신의 소설을 네 번이나 고쳐쓰고 비밀 친구들에게 전부 읽어준 다음 두려움과 떨리는 마음으로 원고를 출판사 세 곳에 보낸 것이다. 마침내 답변이 왔는데 한 가지 조건이 있었다. 분량의 3분의 1을 줄이고 그녀가 특히나 마음에 들어하는 부분들을 전부 삭제하라는 것이었다.

"소설을 들고 다시 다락 주석 조리대로 가서 직접 금형을 파고 내 손으로 인쇄를 하거나 구매자의 입맛에 맞게 줄여서 뭐라도 얻어내든지 선택해야 해. 명예는 우리 집에서는 아주 좋은 덕목이지만 더 편리한 쪽은 돈이잖아. 그래서 난 이 중요한 문제를 의논하고 싶어." 조가 가족회의를 소집하며 말했다.

"조, 네 작품을 망치지 마라. 그 속에는 많은 것이 담겨 있고 생각도 잘 표현되었어. 기다리면서 시기를 더 보자꾸나."

아버지의 조언은 이랬다. 아버지는 참을성 있게 30년을 기다려 자신이 숙성하길 기다렸고 지금도 그 달콤하고 부드러운 결실을 수확하려고 서두르지 않았다.

"난 조가 기다리는 것보다 시도를 더 해보는 쪽이 좋을 것 같아요. 이런 분야에선 비평이 제일 좋은 시험대가 되니 예상치 못한 장점과 단점을 알려주어 다음번에 더 잘 할 수 있게 도와주겠죠. 우리는 너무 편파적이잖아요. 돈을 적게 받더라도 외부의 칭찬과 비난은 유용할 거예요." 마치 부인이 말했다.

"맞아요. 저도 그렇게 생각해요. 정말 오랫동안 노력해와서, 이제는 글이 좋은지 나쁜지 그저 그런지 헷갈려요. 냉철하고 공정한 사람들이 내 글을 읽고 생각을 말해주면 크게 도움이 될 것 같아요." 조가 눈썹을 찡그리며 말했다.

"나도 한마디 안 할 수가 없네. 네가 그렇게 하면 다 망치게 될 거야. 이야기가 중심이 되어야 하는데, 사람들의 반응에 신경써서 죄다 설명하려고 들면 모든 게 뒤죽박죽이 될 거야." 이 책이 역대 가장 훌륭한 소설이라고 굳게 믿는 메그가 말했다.

"하지만 앨런 씨는 '구구절절한 설명은 빼고 간단하고 극적이게 등장인물들이 이야기를 하게 하세요.'라고 적었어." 조가 출판사의 노트를 보며 말했다.

"그 사람이 하라는 대로 해. 그는 어떤 책이 팔릴지 알고 우리는 모르니까. 근사하고 인기 있는 책을 내서 최대한 돈을 벌어. 조금씩 그렇게 이름이 알려지고 나면 언니가 그 주제에서 벗어날 수 있을 거고 소설에 철학적이고 형이상학적인 인물들을 넣을 수 있을 거야." 전적으로 실용적인 관점에서 본 에이미가 말했다.

"그게…… 내 등장인물들이 '철학적이고 형이상학적'이라면 그건 내 잘못이 아니야. 난 가끔 아버지한테 들은 것 말고는 그런 쪽으로는 전혀 알지 못하거든. 아버지의 현명한 생각들을 내 로맨스에 접목할 수 있다면 더 좋겠지. 베스, 네 생각은 어때?" 조가 웃으며 말했다.

"난 얼른 출간된 걸 보고 싶어."

베스는 그 말만 하고 미소를 지었다. 그러나 마지막 말에 무의식적으로 강조를 했고 늘 어린아이 같은 솔직함이 담긴 눈동자 속의 애석함이 조의 마음을 잠시 서늘하게 해 두려운 예감이 들었다. 그녀는 이 모험을 빨리 시도해야겠다고 마음먹었다.

그래서 스파르타인의 완고함으로 여류 작가는 자신의 처녀작을 테이블에 놓고 가차 없이 내용을 잘라냈다. 모두를 기쁘게 하려고 조언을 전부 받아들였다. 그래서 우화에 나오는 노인과 당나귀처럼 누구에게도 맞지 않게 되었다.

아버지는 무심결에 들어간 형이상학적인 문맥을 좋아해서 그대로 놔두라고 했다. 그녀는 의구심이 들었지만 그렇게 했다. 어머니는 사소한 설명이 너무 많다고 했다. 그래서 그것들을 거의 다 잘라냈는데, 그러자 스토리의 중요한 연결 고리도 같이 잘려나갔다. 메그는 비극을 좋아했다. 그래서 조는 언니를 위해 고통을 쌓아두었고 에이미는 재미를 추구하기에 최선을 다해 이야기의 칙칙한 인물들이 한숨을 돌리는 활기 넘치는 장면을 끌어냈다. 조는 그렇게 이야기의 3분의 1을 잘라내고 탄생한 형편없는 로맨스를 최고로 뽑힌 울새의 운명을 시험하듯 드넓고 복잡한 세상으로 내보냈다.

책은 출간되었고 그녀는 300달러를 받았다. 수많은 칭찬과 비난이 쏟아졌다. 양쪽 다 예상보다 훨씬 많아서 조는 어리둥절해져 회복되기까지 시간이 걸렸다.

"어머니는 비평이 제게 도움이 될 거라고 하셨잖아요. 하지만 서로 너무 모순적이라 전 제가 괜찮은 책을 썼는지 십계를 모두 어긴 저속한 글을 썼는지 모르겠으니 어떡하면 좋죠?"

가여운 조가 이렇게 울부짖으며 수많은 감상평을 넘겨보았다. 한순간은 자부심과 즐거움으로 가득 차 정독하다가 그다음에는 분노와 엄청난 실망으로 가득 찼다.

"이 남자는 이렇게 말해요. '진실, 미학, 진지함으로 가득 찬 매우 훌륭한 책. 모든 것이 다정하고 순수하고 건전하다.' 하지만 이런 것도 있어요. '사상이 엉망이다. 과도한 꾸밈, 심령주의적인 생각, 부자연스러운 등장인물이 많다.' 저는 어떤 사상도 가지고 있지 않고 심령주의도 믿지 않고 살면서 주위에서 본 사람들을 등장인물로 썼는데 이런 비평이 옳다고 볼 수 있는지 모르겠어요. 또 다른 이는 이렇게 썼어요. '최근 몇 년간 등장한 최고의 영미 소설이다.'(내가 감상평을 썼다면 이보다는 잘 썼겠다). 그리고 다른 주장으로 '참신하고 엄청난 흡입력과 감성을 담았지만 위험한 책이다.'도 있어요. 이건 아니에요! 누군가는 책을 비웃고 누군가는 과도하게 칭찬하고…… 거의 모두가 제가 어떤 사상을 심도 있게 설명하려고 한다는데 전 그냥 재미와 돈을 위해 썼을 뿐이에요. 오해받는 일이 너무 진저리나서 전체를 다 출간하거나 아예 하지 않았으면 좋았겠다 싶어요."

가족과 친구들은 진심으로 그녀를 위로하고 칭찬했다. 그렇지만 예민하고 자존심이 센 조에게는 힘든 시간이었다. 너무 잘하려고 했지만 분명 너무 못했기 때문이다. 그러나 조를 위해서는 매우 잘된 일이었다. 진짜 가치 있는 사람들의 의견이 그녀가 작가가 되는 데 최고의 교육이 되어 주었기 때문이다.

첫 번째 아픔이 서서히 가시면서 조는 자신의 형편없는 책을 보고 웃을 수 있었다. 자신이 받은 큰 시련을 통해 더 현명하고 강해진 스스로를 느끼고 믿게 되었다. 그녀는 확신에 차서 이렇게 말했다.

"키츠처럼 천재가 될 필요는 없어. 그러면 난 죽고 말 거야. 그리고 결국 내 스스로도 농담을 할 여유가 생겼어. 실제 삶에서 곧장 가져온 부분들은 불가능하고 터무니없다고 비난을 받았고 내가 공상 속에서 만들어낸 장면들은 '엄청나게 현실적이고 세심하고 진실되다'는 말을 들었지. 그러니 이제 난 비평 같은 건 불편하지 않아. 준비가 되면 다시 글을 쓸 거야."

28. 가정주부의 삶

　다른 젊은 귀부인처럼 메그도 전형적인 가정주부가 되려는 마음가짐으로 결혼 생활을 시작했다. 존에게 집은 천국이었다. 항상 웃는 얼굴로 날마다 제대로 호사를 누려서 배가 튀어나와 셔츠 단추가 떨어지는 것도 몰랐다. 메그는 엄청난 사랑, 에너지, 쾌활함으로 집안을 돌봤다. 쉽지 않았지만 성공하려고 노력했다. 그녀의 천국은 고요한 장소가 아니었다. 작은 아씨는 분주하게 움직이며 남편을 기쁘게 하려고 지나치게 신경을 쓰고 진정한 현모양처가 되고자 전전긍긍했다. 가끔 메그는 너무 지쳐 미소를 짓는 일조차 힘들었다. 존은 매일 산해진미를 맛보더니 슬슬 지루해했고 오히려 소박한 식사를 요구했다. 이내 메그는 단추가 어쩌다 떨어졌는지 깨달았고 남편의 부주의함에 고개를 저으며 그에게 직접 꿰매라고 잔소리를 하며 서투른 자기보다 그의 솜씨가 나은지 보려고 했다.

그들은 사랑만으로는 살 수 없다는 사실을 알았지만 행복했다. 존은 계속 메그가 예뻐 보였고 그녀도 익숙한 커피포트 뒤에서 그에게 눈길을 보냈다. 존은 그녀에게 키스하며 "저녁에 송아지 고기나 양고기를 먹을까, 여보?" 하고 물었고, 둘은 일상 속 짧은 헤어짐 속에서도 로맨스를 놓치지 않았다. 하지만 행복이 넘치는 작은 집도 어쩔 수 없이 현실적인 가정으로 변해갔다. 신혼부부는 처음에 집을 돌보고 어린아이들처럼 집에서 놀았다. 그러다가 존이 점차 일에 착수하고 가장으로서의 무게를 느끼기 시작했다. 메그는 케임브릭* 포장지를 챙기고 커다란 앞치마를 두르고 앞서 말했듯 신중함을 넘어 더 많은 에너지로 집안일에 열중했다.

요리 마니아로서 그녀는 《코르넬리우스 부인의 요리책(Mrs. Cornelius's Recipe Book)》을 교과서처럼 면밀히 익혔고 인내와 세심함으로 문제를 풀어갔다. 가끔 가족들을 초대해 너무 푸짐하게 준비한 음식들을 먹어치우는 일을 돕게 하거나 로티가 실패한 음식을 싸서 은밀히 어린 험멜들의 배를 채워주었다. 존과 저녁에 가계부를 살필 때면 요리의 열정이 일시적으로 식어서 소박하게 차렸으니 가여운 남편은 브레드푸딩, 다진 고기 요리,

---

* 면이나 마로 아주 얇고 부드럽게 만든 흰색 천

다시 데운 커피로 배를 채우며 영혼을 시험당했다. 하지만 칭찬할 만한 인내심으로 견뎠다. 그러나 중도를 찾기 전에 메그는 젊은 부부가 자주 그러하듯 집안에 한 가지를 더했다. 바로 부부싸움이다.

식료품 저장실을 직접 만든 절임으로 가득 채우겠다는 주부의 열성에 빠져 메그는 직접 커런트 젤리를 만들기로 했고, 남편에게 열두 병 정도의 작은 용기와 넉넉한 설탕을 사오라고 부탁했다. 키우는 커런트가 익으면 즉시 작업에 착수할 거였다. 존은 '내 아내'가 무엇이든 할 수 있다고 굳게 믿었고 그녀의 솜씨에 자부심을 느꼈으며 이내 자신들이 수확한 유일한 과일이 가장 보기 좋은 형태로 겨울 동안 일용할 양식이 되리라 생각했다.

주방에 마흔여덟 개의 작고 아름다운 용기가 놓였고 반 배럴의 설탕과 커런트를 수확해줄 소년이 왔다. 젊은 아내는 아름다운 머리를 작은 모자 속으로 밀어 넣고 팔꿈치까지 소매를 걷어붙이고 가슴받이 때문에 한층 요염해 보이는 체크 앞치마를 두르고는 작업에 들어갔다. 성공을 조금도 의심하지 않았다. 해나가 하는 모습을 수백 번도 넘게 보지 않았던가. 메그는 처음에 용기들이 놓인 모습에 꽤 놀랐지만 존이 젤리를 아주 좋아하고 작은 병은 맨 위 선반에 올리면 보기 좋을 것 같아 병들을 전부 다 채우기로 결심했다. 하루 종일 커런트를 따고, 끓이고, 거르며 젤리를 만들었다. 그녀는 최선을 다했다. 코르넬리우스 부인에게도 조언을 구했다. 그런데 도저히 굳지 않았다. 해나가 남은 것들을 어떻게 처리했는지 기억하려고 애쓰며 다시 끓이고 설탕을 더 넣고 또 걸러냈는데도, 그 끔찍한 것들은 도무지 굳지 않았다.

메그는 곧장 집으로 달려가 어머니에게 도와달라고 하고 싶었지만 존과 그녀는 개인적인 걱정, 실험, 언쟁으로 누구도 불편하게 만들지 말자고 합의했다. '언쟁'을 언급할 때는 그런 가당찮은 일이 벌어지지 않을 듯이 웃었다. 하지만 이처럼 해결할 일이 생겼는데, 메그는 누구의 도움도 없이 스스로 문제를 풀어야 했다. 그래서 그 더운 여름날 메그는 홀로 설탕 절임과

씨름했고, 오후 5시가 될 무렵 엉망진창인 주방에 주저앉아 덩어리가 더덕더덕 붙은 손을 비틀며 목놓아 흐느꼈다.

신혼 초기에 그녀는 자주 이런 말을 했다.

"우리 남편은 항상 언제고 자기가 좋을 때 집에 친구를 데려와도 괜찮아. 난 항상 준비되어 있거든. 소동도, 고함도, 불편함도 없고 그저 정갈한 집에 쾌활한 부인과 근사한 저녁만 있을뿐이지. 존, 내 허락을 구하지 말고 당신이 좋아하는 사람을 초대해요. 내가 늘 환영해줄게요."

얼마나 매력적인 말인가! 존은 그녀가 이런 말을 할 때마다 아주 즐겁고 뿌듯했고 훌륭한 부인을 둔 자신은 정말 큰 축복을 받았다고 생각했다. 그들에게 가끔 손님이 찾아왔지만 예고 없이 방문한 적이 없어서 메그는 지금까지 눈총을 받을 기회가 없었다. 하지만 불상사는 늘 벌어질 수 있으니 눈물의 작별을 고할 수밖에. 피할 수 없는 일이고 그저 놀라고 슬퍼하고 최대한 참아내는 것밖에 도리가 없다.

존이 젤리에 대해서 잊은 게 아니라면 1년 중 하필 그날을 골라 불쑥 친구를 데리고 저녁을 먹으러 집에 온 그를 용서할 수 없다. 그날 아침 주문해둔 근사한 요리가 이내 완성될 거라 확신하고 아름다운 아내가 뛰어나와 자신을 맞이해주는 특별한 효과와 더불어 그가 집 안으로 친구를 데리고 들어가며 젊은 안주인과 남편으로서 억누를 수 없는 만족을 느낄 기대에 한껏 부풀었다.

도브코트에 도착했을 때 존의 기대는 산산조각이 났다. 이 집의 현관문은 언제나 열려 있는데 지금 그 문은 닫혀 있을 뿐 아니라 잠겨 있고 어제 묻은 진흙이 아직도 계단에 남았다. 커튼이 내려진 응접실 창문은 굳게 닫혀 있고 머리에 작은 리본을 달고 흰옷을 입고 앉아 바느질을 하는 아름다운 아내도, 초롱초롱한 눈망울로 손님에게 미소를 지으며 수줍게 맞이해주는 안주인도 없었다. 아무도 나타나지 않으니 전혀 그런 분위기가 아니었고 피가 묻은 것 같은 소년만 커런트 덤불 아래 잠들어 있었다.

"무슨 일이 생긴 것 같아. 정원에 가 있어요, 스콧. 난 브룩 부인을 찾아볼 테니." 존은 침묵과 적막에 휩싸인 집에 경각심을 느끼고 말했다.

그는 서둘러 집을 돌다 탄 설탕의 톡 쏘는 냄새를 맡았고 스콧 씨도 그를 따라 재빨리 걸으며 기묘한 표정을 지었다. 존이 사라지자 손님은 사려 깊게 거리를 두고 멈춰 섰다. 그러나 그는 보고 들을 수 있었고 독신이기에 그 상황을 편하게 즐겼다.

주방은 혼란과 절망으로 가득했다. 젤리 한 판이 용기 이곳저곳에 흘렀고 다른 한 판은 바닥에 내동댕이쳐졌으며 또 다른 한 판은 난로 위에서 마구 타고 있었다. 로티는 게르만 특유의 침착함으로 조용히 빵을 먹고 커런트 와인을 마셨다. 젤리는 여전히 손쓸 수 없는 액체 상태였다. 브룩 부인은 앞치마를 머리 위로 뒤집어쓴 채 우울하게 흐느끼며 앉아 있었다.

"내 사랑, 무슨 일이야?"

존은 끔찍하게 벗겨진 아내의 손을 보고 허둥지둥 들어왔고 고통의 원인이 된 당혹스러운 상황을 보고 정원에 있는 손님을 생각하며 속으로 경악했다.

"세상에, 존, 전 너무 지쳤어요. 덥고 속이 상하고 걱정이 돼요! 녹초가 될 때까지 노력했어요. 와서 절 도와줘요, 안 그럼 죽을지도 몰라요."

지친 아내는 그의 가슴에 안기며 모든 미사여구를 동원해 다정하게 맞이하며 동시에 긴 앞치마를 바닥으로 내팽개쳤다.

"무슨 걱정인데 그래, 여보? 끔찍한 일이라도 벌어졌어?" 존이 삐뚤어진 작은 모자 위로 가볍게 입을 맞추며 불안하게 물었다.

"맞아요." 메그가 절망에 빠져 흐느꼈다.

"얼른 말해봐. 울지 말고. 그것만은 못 참겠어. 어서 말해요, 내 사랑."

"그게, 젤리가 굳지 않는데 어떻게 해야 할지 모르겠어요!"

존 브룩은 웃음을 터트렸지만 이내 다시 웃을 엄두를 내지 못했다. 스콧은 진심이 담긴 큰 목소리를 듣고 자기도 모르게 실소했다. 그게 가여운 메그의 고통에 최후의 한방이 되었다.

"그게 다야? 젤리 따윈 창밖으로 집어 던지고 더는 걱정하지마. 당신이 원한다면 대용량으로 사줄 테니. 그래도 세상에, 히스테리는 부리지 말아줘. 난 저녁을 같이 먹으려고 잭 스콧을 데려왔는데……."

존이 말을 멈췄다. 메그는 존에게서 몸을 떼고 의자에 앉으며 비극적인 제스처로 손바닥을 치며 분노와 책망, 경악이 담긴 목소리로 외쳤다.

"손님을 저녁 식사에 데려오다니, 지금 모든 게 다 엉망인데! 존 브룩, 당신이 어떻게 그럴 수 있어요?"

"목소리 좀 낮춰, 여보. 그가 지금 정원에 있어. 젤리 일을 깜박 잊었는데, 이제 와선 아무 소용이 없잖아." 존은 불안한 눈빛으로 전전긍긍했다.

"전갈을 보내거나 아침에 말해줬어야죠. 그리고 내가 오늘 얼마나 바쁠지 기억했어야 해요." 메그가 화를 냈다. 힘들 때면 멧비둘기도 서로를 쪼는 거다.

"아침에는 몰랐어. 퇴근길에 그를 만나서 전갈을 보낼 시간이 없었고, 당신은 늘 내가 원하는 대로 하라고 했으니 허락을 받을 생각도 못했어. 이런 실수는 처음이고 다시 그렇게 하면 내 손으로 직접 목을 맬게!" 존이 억울한 목소리로 덧붙였다.

"나도 그러지 않길 바라요! 당장 그를 데리고 나가요. 난 그를 볼 수 없고 저녁 식사도 준비된 것이 없으니까요."

"세상에, 말도 안 돼! 내가 집으로 보낸 소고기와 채소는 어디 있고, 당신이 약속한 푸딩은?" 존이 식품 저장실로 뛰어가며 소리쳤다.

"요리할 시간이 없어서 어머니 집에 가서 저녁을 먹을 생각이었어요. 미안하지만 너무 바빴어요." 메그가 다시 눈물을 흘리기 시작했다.

존은 순한 사람이지만 그도 인간이었다. 긴 하루 일과를 마치고 허기져서 집에 왔는데 집이 엉망이고 식탁에는 아무것도 없고 아내는 언짢아하고 있으니 심성이나 태도에 따라 대응할 수 있는 상황이 아니다. 그러나 그는 화를 억눌렀고 안 좋은 소리가 한 마디라도 더 나오면 완전히 폭발해버릴지도 몰랐다.

"아무것도 없는 줄은 알겠어. 하지만 당신이 도와주면 우리는 해결할 수 있고 아직 시간이 있어. 울지 마, 여보. 조금만 노력해서 우리가 먹을 것을 좀 만들어줘, 우리 둘 다 뭐라고 설명할 수 없을 만큼 허기가 졌어. 차가운 고기와 빵과 치즈면 돼. 젤리는 달라고 하지 않을게."

그는 좋은 뜻으로 농담을 했지만 그 말이 그의 운명을 갈랐다. 메그는 그 말이 자신의 불행한 실패를 들추는 너무 잔인한 언사라고 생각했고 마지막 남은 인내가 사라지며 폭발했다.

"당신이 능력껏 직접 만들어봐요. 난 누군가를 위해 스스로 노력하기에는 너무 지쳤어요. 하여튼 남자들이란. 뼈와 빵 쪼가리와 치즈를 친구를 위해 차려달라니. 우리 집에 그런 건 아무 것도 없어요. 스콧을 데리고 어머니 집으로 가고 그에게는 내가 집에 없다고 해요. 아프다거나 죽었다고 하던지. 난 그를 만나지 않을 거고 당신들 둘이서 나와 내 젤리를 마음껏 비웃어요. 여기엔 먹을 거라곤 다른 무엇도 없으니까."

메그는 그 모든 말을 한 번에 쏟아내고는 앞치마를 벗어던지고 자기 방에서 홀로 신세를 한탄하려고 황급히 자리를 떴다.

이후에 두 남자가 어떻게 했는지 그녀는 모른다. 어쨌든 스콧은 어머니네로 가지 않았다. 두 사람이 함께 나간 뒤에 메그가 내려와 보니 난잡한 음식 흔적이 남아 있었다. 그녀는 공포에 질렸다. 로티는 이렇게 알려주었다.

"두 분이 엄청나게 크게 웃으셨어요. 주인님이 모든 재료를 버리고 작은 용기는 숨기라고 지시하셨고요."

메그는 어머니에게 가서 말하고 싶었다. 그러나 자신이 발끈해서 한 행동이 부끄럽고 존을 아낀 나머지 그가 '잔인하게 굴었을 수도 있지만 그 점을 아무도 알아서는 안 돼.'라고 생각해서 갈 수가 없었다. 대충 정리한 다음 그녀는 아름답게 차려입고 앉아 존이 돌아와 자신을 용서해주길 기다렸다.

불행히도 존은 곧바로 돌아오지 않았고 문제를 그런 식으로 보지 않았다. 그는 스콧과 재미난 농담을 주고받았고 자신만큼 미숙한 어린 아내에 대해 변명하고 아주 열심히 집주인 역할을 했다. 그래서 스콧은 즉흥적인 식사를 즐길 수 있었고 다시 오겠다고 약속했다. 존은 겉으로 드러내지 않았지만 사실 화가 났다. 그는 메그가 자신을 궁지에 빠뜨렸고 정말 필요할 때 그를 내팽개쳤다고 느꼈다.

'언제고 자유롭게 집으로 친구를 데려와도 좋다고 남편에게 말해놓고 그 말을 믿었다고 벌컥 화를 내고 남편을 탓하고 곤경에 빠트리고 비웃음이나 동정을 받게 하다니. 아니, 이건 정말 잘못된 일이야! 메그는 그 점을 반드시 알아야 해.'

그는 식사하면서 속으로 이렇게 토로했지만 한바탕 소동이 끝난 뒤에 스콧을 보내고 집으로 돌아오는 길에 다시 온순한 상태로 돌아왔다.

'가여운 사람! 날 기쁘게 해주려고 그렇게 힘들게 노력하다니. 물론 그녀가 잘못했지만 아직 어리잖아. 난 인내심을 가지고 그녀를 타일러야 해.'

그는 말이 퍼지고 다른 사람이 참견하는 것이 너무 싫어서 아내가 친정으로 가버리지 않길 바랐다. 그 생각을 하니 화가 다시 치밀어 오르는 것 같았다. 그러다가 메그가 혼자 슬프게 울고 있을 거라는 두려움에 마음이 약해졌고 좀 더 빠른 걸음으로 돌아가며 차분하고 다정하게 그러나 꽤 단호하게 아내로서의 역할에 실패했다는 사실을 그녀에게 알려주기로 했다.

메그도 마찬가지로 '침착하고 다정하지만 단호하게' 굴기로 마음먹었고 그에게 남편의 의무가 무엇인지 보여주기로 했다. 그녀는 평소처럼 달려가 그를 맞이하고 용서를 구하고 입을 맞추고 위안을 받고 싶었다. 그러나 당연히 그 어떤 행동도 하지 않았고 존이 집에 오는 것을 보고 꽤 자연스럽게 콧노래를 부르며 제일 좋아하는 응접실에서 여가생활을 하는 숙녀처럼 흔들의자에 앉아 바느질을 했다.

존은 연약한 니오베를 보지 못한 데 살짝 실망했지만 자존심상 먼저 사과를 하고 싶지 않았다. 그래서 그냥 편하게 들어와서 소파에 앉으며 평소처럼 말했다.

"초승달이 떴어, 여보."

"그런 것 같군요." 메그도 똑같이 부드럽게 말했다.

브룩은 몇 가지 공통 관심사에 대해 말했지만 아내가 흥을 깨트리자 대화의 맥이 빠졌다. 존은 창가 한쪽으로 가서 신문을 펼치고 그 속에 자신을 파묻었다. 메그는 다른 쪽 창문으로 가서 자기 슬리퍼에 새로운 장미 모양을 수놓는 것이 인생에서 제일 중요하다는 듯 열중했다. 두 사람 다 말을 하지 않았고 둘 다 꽤 침착하고 단호해 보였으나 둘 다 절박하게 불편했다.

'세상에. 어머니 말처럼 결혼생활은 사랑뿐 아니라 정말 노력이 필요하고 끝없는 인내가 있어야 해.'

메그는 '어머니'라는 말에 오래전 어머니가 해준 다른 조언이 생각났다. 그녀는 아주 완강하게 그 말들에 반대했었다.

"존은 착한 사람이지만 그에게도 결점은 있어. 넌 반드시 그 점을 보고 견뎌야 하고 네 자신의 결점도 기억해야 한단다. 그는 아주 단호하지만 네가 친절하게 이유를 설명하면 결코 고집을 부리거나 성급하게 반대하지 않을 거야. 그는 아주 정확한 사람이고 특히나 진실에 있어서 그렇지. 그건 좋은 성품이지만 넌 그를 '약해 빠졌다'고 하지. 보이는 행동이나 말로 그를 속이려고 하면 안 돼, 메그. 그리고 그는 네게 충분한 자신감을 심어줄 거고 힘이 되어줄 거야. 그는 성질이 있지만 우리 같지 않단다. 한번 크게 타오르고 다 꺼지는 그런 성향이 아니야. 오히려 좀처럼 잘 일어나지 않지만 한번 일어나면 끄기 힘든 화지. 그 화가 네게 오지 않도록 조심하고 또 조심하렴. 그를 존중하면 평화와 행복이 있을 거야. 스스로 조심하고 둘 다 실수를 저질렀을 때 네가 먼저 용서를 구하거라. 작은 불쾌함과 오해와 성급한 언행은 비참한 슬픔과 후회를 가져오니 조심하렴."

해 질 무렵 바느질을 하는 동안 그 말들이 메그에게 떠올랐다. 특히나 마지막 부분이 와닿았다. 심하게 다툰 건 이번이 처음이다. 그녀의 성급한 말은 어리석고 불쾌했다. 메그는 자신의 화가 유치했다는 것을 깨달았다. 가여운 존이 집으로 혼자 돌아오는 장면을 떠올리니 마음이 스르르 녹았다. 그녀는 눈물이 고인 채로 남편을 슬쩍 쳐다보았지만 그는 그녀의 눈물을 보지 못했다. 메그는 바느질거리를 내려놓고 일어나며 조용히 중얼거렸다.

"내가 먼저 '용서해주세요.'라고 말해야 해."

하지만 그는 그녀의 말을 들은 것 같지 않았다. 그녀는 자존심을 억누르기 너무 힘들어 아주 천천히 방을 가로질러 그 옆에 섰지만 그는 고개를 돌리지 않았다. 잠시 동안 그녀는 자신이 할 수 없을 거라고 느꼈다. 그러다 이런 생각이 들었다.

'이제 시작일 뿐이야. 난 내 역할을 하고 스스로에게 어떤 비난도 하지 않을 거야.'

메그는 몸을 구부려 남편의 이마에 가볍게 입을 맞췄다. 당연히 그것으로 정리가 되었다. 참회의 입맞춤은 수많은 말보다 나왔다. 존은 이내 무릎에 아내를 앉히고 부드럽게 말했다.

"가여운 젤리 용기들을 보고 비웃은 건 너무했어. 용서해줘, 여보. 다시는 안 그럴게!"

하지만 그는 그랬고, 세상에, 수백 번도 넘게 그랬고 메그도 마찬가지로 둘 다 그것이 그들이 만든 가장 달콤한 젤리라고 말했다. 작은 부부싸움으로 가정의 평화가 유지된 것이다.

이후 메그는 특별히 스콧을 초대해 그에게 처음으로 녹초가 되지 않은 모습을 보이며 만찬을 차려주었다. 그때 메그는 아주 우아하고 품위가 넘쳤고 사소한 것 하나까지 신경을 써서 스콧은 존에게 복 받은 친구라고 칭찬하며 집으로 돌아오는 길에 독신으로 사는 어려움에 대해 생각하며 고개를 저었다.

가을이 되자 메그에게 새로운 시도와 경험이 찾아왔다. 샐리 모패트가 메그와 우정을 이어나갔다. 그녀는 항상 메그의 작은 집으로 새로운 화젯거리를 들고 뛰어오거나 가여운 메그를 초대해 자신의 대저택에서 함께 하루를 보내곤 했다. 무료한 날씨에 종종 외로움을 느끼던 터라 메그에게는 즐거운 일이었다. 친정집에서는 모두가 바쁘고 존은 저녁때까지 들어오지 않으니 바느질이나 독서 혹은 빈둥거리는 일 말고는 할 것이 없었다. 그래서 자연스럽게 메그는 친구와 놀며 수다 떠는 일에 빠져들었다. 그런데 샐리의 아름다운 물건들을 보니 자신은 그런 것이 없어서 엄청 불행하고 애석하게 느껴졌다. 샐리는 매우 친절하고 종종 그녀가 탐내는 자잘한 액세서리들을 선물로 주었지만 메그는 존이 싫어할 것을 알아서 거절했다. 그러다 이 어리석은 작은 아씨는 존이 끔찍이 싫어할 실수를 저질렀다.

그녀는 남편의 소득을 잘 알았고 남편의 행복을 통해서뿐 아니라 일부 남자들이 더 가치를 두는 돈에 관한 부분에서까지 자신이 신임을 받고 있다는 점을 느껴서 좋았다. 그녀는 돈이 어디 있는지 알고 자신이 원할 때면 자유롭게 가져갈 수 있었다. 남편은 매달 나가는 공과금을 비롯해 동전 하나까지도 씀씀이를 기록하게 해서 그녀가 가난한 남자의 아내라는 점을 기억하게 했지만, 지금까지 메그는 잘 해왔다. 분별 있고 꼼꼼하게 소비하고 작은 가계부에 제대로 정리해서 매달 그에게 거리낌 없이 보여주었다. 그러나 그 여름 뱀이 메그의 천국으로 들어와 그녀를 유혹했다. 현대의 많은 이브들처럼 그녀는 사과가 아니라 드레스에 홀렸다.

메그는 동정을 받거나 스스로 가난하다고 느끼는 것이 싫었다. 그래서 안달이 났지만 솔직히 인정하기는 너무 수치스러워 친구인 샐리가 그녀의 형편이 궁하다고 생각하지 않도록 이따금씩 아름다운 물건을 사면서 스스로를 달랬다. 항상 사고 나면 자신이 뭐에 홀렸었다고 느끼는데 그런 물건들은 거의 실용품이 아니었기 때문이다. 가격이 그리 비싸지 않다면 걱정할 필요가 없었겠지만, 모르는 사이에 자잘한 구매가 늘었다. 쇼핑

을 가면 그녀는 더 이상 소극적으로 구경만 하지 않았다.

그런데 자잘한 물건들의 가격은 상상보다 더 많이 나갔다. 그달 말에 가계부를 정리할 때 총액을 보고 그녀는 상당히 놀랐다. 존은 그달에 바빠서 그녀에게 공과금 정리를 맡겼다. 다음 달에는 그가 없었지만 그다음 달에는 그가 분기 정산을 했고 메그는 그 점을 결코 잊지 않았다. 끔찍한 짓을 저지르기 며칠 전 그녀는 양심의 가책을 느꼈다. 샐리가 실크옷을 사자 메그도 새 옷이 사고 싶어 몸이 근질근질했다. 그저 파티에 입고 갈 근사한 한 벌이 필요했다. 그녀의 검정 실크 드레스는 너무 흔했고 소녀들한테나 적합한 이브닝웨어인데다 너무 얇았다. 마치 작은할머니는 항상 자매들에게 새해 선물로 25달러를 보냈다. 그때까지 한 달만 기다리면 되는데, 지금 이곳에 사랑스런 보라색 실크가 세일에 들어갔고 그녀 수중에 돈이 있었다. 감히 가져다 쓸 용기가 있다면. 존은 항상 자신의 것이 그녀의 것이라고 말했다. 그러나 곧 25달러를 쓰는 것뿐 아니라 생활비에서 25달러를 더 빼 쓰는 것을 알면 옳다고 생각할까? 그것이 문제였다. 그때 샐리가 돈을 빌려줄 테니 얼른 사라고 재촉하자 메그는 그 호의에 그만 넘어가고 말았다. 그 사악한 순간에 점원이 사랑스럽게 반짝이는 실크를 들고 말했다. "정말 잘 사시는 거예요. 제가 보증할게요, 부인." 그리고 메그는 이렇게 대답했다. "제가 사겠어요." 그렇게 실크가 재단되고 돈을 지불했다. 샐리는 아주 좋아했다. 메그도 태연히 웃었지만, 무언가를 훔쳐서 경찰에 쫓기는 사람처럼 자리를 떴다.

집에 돌아오자 메그는 아름다운 실크를 펼쳐 놓고 밀려드는 후회를 누그러뜨리려고 애썼다. 실크는 이제 덜 빛나 보였고 자신의 것처럼 느껴지지 않았다. 매번 숨을 쉴 때마다 '50달러'라는 말이 도장처럼 찍혀 나왔다. 그녀는 실크 옷감을 치워버렸다. 그러나 옷감이 아름다운 새 드레스 감으로서가 아니라 쉽게 가라앉지 않는 어리석은 유령처럼 끔찍하게 그녀에게 따라붙었다. 그날 밤 존이 가계부를 살필 때 메그는 심장이 내려앉았다. 그리고 결혼생활에서 처음으로 남편이 두려웠다. 그의 친절한 갈색 눈동자는 단호해 보였다. 그가 이상하리만치 밝아서 그녀는 남편이 이 일을 알아차렸지만 자신에게는 모른 척 하길 바랐다. 공과금은 전부 납부했고 가계부도 잘 정리해두었다. 존은 그녀를 칭찬했고 그들이 '은행'이라고 부르는 낡은 공책을 펼칠 때 메그는 그 속이 꽤 비어 있다는 것을 알아서 그의 손을 멈추고 불안하게 입을 열었다.

"당신은 아직 내 개인적인 소비용 가계부를 보지 않았잖아요."

존은 한 번도 보여 달라고 요구한 적이 없었다. 그렇지만 그녀는 항상 봐야 한다고 주장했고 여자들이 바라는 특이한 물건을 남성인 그가 보고 놀라는 모습을 즐겼다. 그에게 '파이핑 장식'이 무엇인지 궁리하게 만들고 '날 꼭 안아줘요.'라고 하게 만드는 수단을 맹렬하게 요구하거나 장미꽃 봉오리 세 개, 벨벳 조금과 끈 한 짝과 같은 사소한 것들이 모자 만드는 데 들어가 5~6달러가 된다는 것 등을 알려주었다. 그날 저녁 그는 아내의 숫자 퀴즈에 즐거워하는 듯 보였고 자주 그런 것처럼 그녀의 사치에 놀란 척하고 살뜰한 아내를 특히 자랑스러워했다.

작은 공책이 천천히 나와 그 앞에 놓였다. 메그는 그의 지친 이마의 주름을 펴주려는 듯 의자 뒤로 가서 섰다. 그녀는 당황해서 목소리가 점점 커졌다.

"존, 내가 요즘 정말로 심하게 사치를 부려서 가계부를 보여주기 부끄러워요. 내가 물건에 너무 많이 집착했고 알다시피 샐리가 옆에서 거들어서 나도 모르게 그랬어요. 새해 용돈이 나오면 그걸로 일부 갚을게요. 그렇지만 일을 벌인 건 미안하게 생각해요. 당신이 내가 잘못했다고 생각할 걸 알아요."

존은 웃음을 터트리더니 아내를 자기 옆으로 데려왔다.

"숨지 말아요. 당신이 굽 높은 부츠를 샀다고 해도 화내지 않을 테니까. 난 내 아내의 발이 사랑스러우니까 예쁜 부츠에 8~9달러를 썼어도 괜찮아요."

그것이 그녀가 산 마지막 '사소한 물건'이었고 존의 눈길이 말을 하면서 그쪽으로 쏠렸다. 메그는 떨면서 생각했다.

'맙소사, 그가 50달러를 쓴 걸 보면 뭐라고 말할까!'

"부츠보다 더 심한 거예요, 실크 드레스거든요." 그녀는 절박한 상태에서도 가장 끔찍한 부분을 끝내려고 침착하게 말했다.

"그래. 여보, 만탈리니 씨가 '총계'가 뭐라고 했지?"

그 목소리는 존 같지 않았다. 남편이 고개를 들어 자신을 똑바로 보고 있었다. 메그는 지금 그 표정을 마주하고 솔직히 대답할 준비가 되었다. 그녀는 페이지를 넘기며 동시에 고개도 넘기며 50달러가 없어도 충분히 끔찍한 소비 총액을 가렸지만 그 행동이 더 끔찍했다. 잠시 방 안에 정적이 흘렀다. 그리고 존이 천천히 말했다. 메그는 그가 화를 드러내지 않으려고 엄청나게 노력하는 것을 느꼈다.

"글쎄, 드레스가 50달러면 그리 큰 금액은 아니지. 요즘 당신의 옷치장에 들어가는 지나치게 화려한 장식이나 달랑거리는 것들을 생각하면 말이야."

"아직 만들거나 다듬은 게 아니에요." 메그는 갑자기 그 가격이 여전히 극복할 수 없는 큰돈이라는 점이 떠올라 조용히 한숨을 쉬었다.

"25야드의 실크는 왜소한 여성 한 명을 감싸는 데 충분해 보이지만 내 아내가 그걸 걸치면 실크로 휘감은 네드 모패트의 부인만큼 근사할 거라 확신해." 존이 무미건조하게 말했다.

"당신이 화가 난 거 알아요, 존. 하지만 어쩔 수 없었어요. 당신 돈을 허투루 쓸 생각이 없고 자잘한 물건들에 그렇게 큰돈이 들어갔는지 몰랐어요. 샐리가 원하는 것을 다 사는 걸 봤고 그러지 못하는 나를 동정하는 모습을 봤을 때 어쩔 수가 없었어요. 나도 만족하며 살고 싶지만 힘들고 가난이 지겨워요."

마지막 말이 너무 조용히 나와서 그녀는 남편이 못 들었을 거라 여겼다. 하지만 그는 들었다. 메그를 위해 스스로 많은 즐거움을 포기한 그에게 그 말은 큰 상처가 되었다. 그녀는 그 말을 내뱉은 즉시 자기 혀를 깨물고 싶었다. 존은 가계부를 치우고 자리에서 일어나 살짝 떨리는 목소리로 말했다.

"이렇게 말해서 안타깝지만 나도 최선을 다하고 있어, 메그."

그가 그녀를 혼내거나 잡고 흔들기라도 했다면 그 몇 마디 말로 그녀의 가슴이 무너져 내리는 일은 없었을 것이다. 그녀는 그에게 달려가 그를 꽉 붙잡고 후회하면서 눈물을 흘렸다.

"오, 존! 날 위해 열심히 일하는 당신. 난 그런 뜻이 아니에요! 너무 나쁜 말이고 절대 진심이 아니에요. 은혜도 모르는 말을 내가 내뱉다니! 세상에, 내가 어찌 그런 말을!"

존은 아주 자상해서 차츰 그녀를 용서했고 다시는 그 이야기를 입에 올리지 않았다. 그러나 메그는 자신이 무슨 짓을 했는지 알았고 비록 남편이 다시는 언급하지 않겠지만 그 말이 쉽게 잊힐 거라 여기지 않았다. 그녀는 무슨 일이 있어도 그를 사랑하기로 맹세해 놓고서 아내로서 남편이 번 돈을 무모하게 써 버리고 그의 가난함을 들추었다. 정말 끔찍한 행동이었다. 최악은 존이 마치 아무 일도 없었다는 것처럼 조용히 있다가 나중에 시내로 나가 밤에도 일했다는 것이다. 그녀는 혼자 눈물을 흘리며 잠들어야 했다. 메그는 일주일간 자책해서 몸이 상했다. 존이 새 외투 주문을 취소해 그녀의 절망을 줄여주려고 한 것을 알고 나니 더욱 자신이 한심하게 느껴졌다. 메그가 놀라서 왜 취소했는지 묻자 그는 그냥 이렇게 말했다.

"살 여력이 안 돼서 그랬어, 여보."

메그는 더 이상 말하지 않았지만 몇 분 뒤 존은 그녀가 복도에서 그의 낡은 외투에 얼굴을 파묻은 채 애처롭게 울고 있는 광경을 목격했다.

그날 밤, 둘은 오랫동안 대화를 나누었고 메그는 남편이 가난해도 그를 더 사랑해야 한다는 점을 배웠다. 그래야 그가 힘과 용기를 얻어 자신만의 방식으로 세상을 헤쳐 나갈 수 있고 원하는 것들에 대한 갈망과 실패를 받아들일 것 같았다. 또, 편안하게 느낄 수 있는 부드러운 인내심도 배울 것 같았다.

다음 날 그녀는 자존심 따윈 버리고 샐리를 찾아가 솔직히 이야기하고 실크를 사줄 호의를 베풀 수 없는지 물었다. 심성이 착한 모패트 부인은 기꺼이 그렇게 했고 그 직후 곧바로 그걸로 옷을 지어 입고 나오지 않는 사려 깊은 모습을 보였다. 메그는 집으로 돌아와 외투를 주문했고 존이 퇴근했을 때 그걸 걸치고 자신의 새 실크 드레스가 마음에 드는지 물었다. 그가 뭐라고 대답하면서 선물을 받았는지, 얼마나 아름다운 광경이 펼쳐졌는지는 상상에 맡긴다. 이후로 존은 일찍 집에 들어왔고 메그는 더 이상 밖으로 쏘다니지 않았다. 그리고 그 외투는 아주 행복한 남편이 아침에 걸치고 나갔다가 저녁에 집에 오면 가장 헌신적인 어린 아내가 벗겨 주었다.

그렇게 1년이 지났고 한여름이 되자 메그에게 여성의 일생에서 가장 중요하고 연약한 순간이 찾아왔다.

어느 토요일, 로리가 신이 난 얼굴로 도브코트의 주방으로 몰래 들어가자 심벌즈를 치듯 우당탕하는 소리가 났다. 해나가 한 손에 소스 팬을, 다른 손에는 뚜껑을 들고 있다가 화들짝 놀라 떨어뜨렸다.

"우리 어머니 어떻게 지냈어? 다들 어디 간 거야? 내가 집에 오기 전에 왜 미리 말 안 했어?" 로리가 큰 소리로 물었다.

"여왕이 된 것처럼 행복해! 모두가 위층에서 그들을 보고 있어. 우리는 야단법석을 떨고 싶지 않았거든. 넌 응접실로 가 있어. 내가 그들을 그리 보낼게." 어쩌다 보니 그 말에 해나가 기분 좋게 웃으면서 사라졌다.

조가 작은 플란넬 보따리 같은 것을 안고 자랑스럽게 내려와서는 커다란 베개 위에 놓았다. 표정은 아주 진지했지만 눈동자는 반짝였고 무언가 감정을 억누르는 듯 목소리가 이상했다.

"눈을 감고 팔을 펼쳐봐." 그녀가 솔깃하게 제안했다.

로리는 다급하게 모퉁이로 물러나 자신의 손을 뒤로 숨기며 애원하는 제스처를 취했다. "아니, 난 괜찮아. 안 그러는 편이 좋겠어. 떨어뜨리거나 밟을 게 확실해."

"넌 배짱이라고는 조금도 없구나." 조가 단호하게 말하고는 그만 나가보려는 것처럼 몸을 돌렸다.

"아니, 해볼게! 혹시 잘못되면 네가 책임져야 해."

로리가 지시에 따라 용감하게 눈을 감자, 무언가 그의 품으로 들어왔다. 조, 에이미, 마치 부인, 해나와 존의 웃음소리에 그는 눈을 떴다. 자신의 팔에 두 명의 아기가 안겨 있었다.

가족들이 웃음을 터트린 건 당연했다! 그의 표정이 경련을 일으킨 퀘이커 교도처럼 우스꽝스러웠으니까. 로리가 가만히 서서 아무것도 모르는 아기들을 뚫어지게 바라보는 모습이 보는 이들을 웃게 했다. 그의 당황한 모습에 조는 바닥에 앉아 포복절도했다.

"세상에, 쌍둥이잖아!"

그가 한 말은 그것이 전부였다. 그는 우스우면서도 애처롭게 자신을 바라보고 있는 여자들을 향해 몸을 돌리고 덧붙였다.

"누가, 아기들을 얼른 데려가줘! 난 웃음이 나올 거고 그럼 애들을 떨어뜨릴지 몰라."

존이 자기 자식을 구하러 나섰다. 마치 처음부터 아기 보는 일에 능숙했던 사람처럼 한 명씩 팔에 안아 드는 동안 로리는 눈물이 뺨을 타고 흘러내릴 때까지 웃었다.

"올해 최고로 기쁜 일이지? 널 놀라게 해주려고 일부러 말 안 했어. 아주 잘한 거 같네." 조가 한숨 고른 뒤에 말했다.

"평생 이렇게 충격을 받은 적은 처음이야. 그게 재밌어? 쌍둥이들은 남자아이야? 이름은 뭐라고 지었어? 다시 한 번 보자. 날 좀 잡아줘, 조. 내 평생 이런 벅찬 기분을 느껴볼 줄이야."

로리가 새끼 고양이 한 쌍을 바라보는 크고 자애로운 뉴펀들랜드종 강아지 같은 눈길로 쌍둥이를 살폈다.

"한 명은 남자애고 한 명은 여자애야. 너무 예쁘지?"

자부심이 넘치는 아이 아빠가 아직 날개가 돋지 않은 천사 같은 작고 붉은 조무래기들을 바라보며 말했다.

"내가 본 아기 중 최고예요. 어느 쪽이 남자고 여자애죠?" 로리가 신동을 살피듯 몸을 구부리고 물었다.

"에이미가 프랑스식으로 남자애한테는 파란 리본을, 여자애한테는 분홍 리본을 묶어주었어. 게다가 한쪽은 파란 눈을, 다른 쪽은 갈색 눈을 가졌어. 아기들한테 입을 맞춰줘, 테디 삼촌." 조가 짓궂게 말했다.

"아기들이 싫어할까 봐 두려워." 이런 일에 있어서 보기 드물게 소심한 로리가 대답했다.

"당연히 좋아할 거야. 이제 입맞춤에 익숙해졌거든. 지금 당장 해."

조는 그가 대신해 달라고 말할까 봐 얼른 명령조로 말했다. 로리는 당혹한 얼굴로 작은 뺨에 각각 조심조심 입을 쪽 맞췄다. 그 모습에 또다시 웃음이 터졌고 아기들이 으앙 하고 울음을 터트렸다.

　"봐, 내가 싫어할 거라고 했잖아! 이쪽이 남자애구나. 발을 차는 것 좀 봐! 제대로 주먹을 꽉 쥐었어. 자, 어린 브룩, 네 크기와 어울리는 상대와 싸워주지 않을래?" 로리가 작은 주먹이 이리저리 바동거리는 것을 보고 기쁜 얼굴로 소리쳤다.

　"남자아이는 존 로런스가 될 거야. 여자아이는 엄마와 할머니의 이름을 따 마거릿이라고 부르겠지만, 메그가 두 명이 되지 않도록 아이는 데이지라고 부를 거야. 더 나은 이름을 찾지 않는 한 남자애는 잭이 될 거고." 에이미가 이모로서 흥미를 가지고 말했다.

　"남자애를 데미존으로 짓고 줄여서 '데미'라고 부르면 좋잖아." 로리가 제안했다.

　"데이지와 데미, 딱 어울리네! 테디가 좋은 생각을 해낼 줄 알았어." 조가 박수를 치며 기뻐했다.

　테디는 확실히 제대로 된 아이디어를 냈다. 아기들은 '데이지'와 '데미'로 불리게 되었다.

29. 방문

"서둘러, 조 언니. 시간이 됐어."

"무슨 시간 말이야?"

"오늘 나랑 여섯 집을 방문하기로 한 걸 기억 못 한다고 말하는 거 아니지?"

"내 평생 많은 경솔한 행동과 어리석은 짓을 저질렀지만 한 번의 방문으로도 일주일간 속상한 나한테 하루에 여섯 곳을 가라는 말처럼 화가 나는 소리는 또 처음 듣네."

"언니가 약속했잖아. 내가 베스 언니에게 크레용을 주면 그대가로 나랑 같이 이웃집들을 돌기로 말이야."

"공평해야 합의가 성립되지. 난 내 입장을 고수하겠어. 넌 냉혹한 고리대금업자 같아. 동쪽에서 엄청난 구름이 밀려오고 있어. 이건 공평하지 않아. 그러니 난 가지 않겠어."

"그건 회피야. 오늘은 화창해서 비가 올 가능성이 없어. 약속을 지켜서 언니 자존심을 세워야지. 명예로워지라구. 어서 언니의 의무를 다해. 그런 다음 6개월 동안 평온하게 있으라고."

그 순간 조는 특히나 드레스 만들기에 흠뻑 빠져 있었다. 그녀는 가족들에게 양재사로 통했고 바늘을 펜처럼 잘 쓸 수 있어 특히나 신용이 높았다. 더운 7월에 첫 가봉에 붙들리는 것도 모자라 잘 차려입고 남의 집을 방문하는 건 아주 짜증 나는 일이었다. 그녀는 공식적인 형식의 초대를 받는 것을 싫어했고 에이미가 구슬리고 매수하거나 혹은 장담을 하기 전까지 결코 어디에도 응하지 않았다. 현재 상황에서는 도망칠 방법이 없었다. 가위를 반항적으로 짤랑거리며 비가 올 것 같다고 버티다가 결국 굴복하고 모자와 장갑을 걸쳤다. 조가 체념하고 준비가 되었다고 말했다.

"조 마치, 언니는 성자를 짜증 나게 할 만큼 삐뚤어졌어! 설마 그런 몰골로 나가려는 건 아니겠지?"

"뭐 어때서? 난 단정하고 차분하고 편안한 상태야. 더운 날 먼지를 뒤집어쓰며 걸을 준비가 되었다고. 사람들이 내 행동보다 내 옷에 더 관심을 둔다면 그들을 보고 싶지 않아. 넌 네가 좋을 대로 우아하게 입어. 그러면 넌 좋아 보일 테니까. 난 상관없고 옷단 주름만 걱정될 뿐이거든."

에이미가 한숨을 쉬었다.

"맙소사! 지금 언니는 모순되게 굴고 있고 내가 제대로 옷을 입기도 전에 정신을 산만하게 만들고 있어. 오늘 외출이 나한테는 아무 재미도 없을 걸 확신하지만 이건 우리가 사람들에게 진 빚이고 다른 누구도 아닌 언니와 내가 갚아야 해. 언니가 제대로 옷을 입고 사람답게 날 도와준다면 언니를 위해 무엇이든 할 수 있어. 제일 좋은 옷을 입으면 말도 잘하고 아주 귀부인처럼 보여. 게다가 숙녀답게 행동해준다면 언니가 참 자랑스러울 거야. 난 혼자 가기 두려워. 같이 가서 날 보살펴 줘."

"넌 속상한 언니를 구슬리는 데 아주 타고났구나. 내가 귀족적이고 잘 자란 여성처럼 보이도록 하는 것과 너 혼자 어디에도 가기 두렵다는 그 아이디어가 대단해! 어느 쪽이 더 터무니없는지 난 모르겠어. 아무튼 꼭 가야 한다면 난 갈 거고 최선을 다할 거야. 넌 이 원정의 사령관이 되어 지휘하고 난 시키는 대로 군말 없이 따를게. 그러면 만족하겠니?" 조가 심술궂은 상태에서 순한 양처럼 갑자기 굴복하면서 말했다.

"언니는 완벽한 천사야! 자 이제 제일 좋은 옷을 입어. 난 장소별로 어떻게 행동해야 하는지 말해줄 테니. 그러면 언니는 좋은 인상을 남길 수 있을 거야. 사람들이 언니를 좋아하게 만들고 싶고 언니가 조금만 기분 좋게 군다면 그렇게 될 거야. 머리도 예쁘게 다듬고 보닛에 분홍색 장미도 꽂으면 어울릴 거야. 그냥 평범한 옷차림엔 언니는 너무 진지해 보이니까. 염소

가죽 장갑이랑 자수가 놓인 손수건도 챙겨. 메그 언니네에 들러 흰 양산을 빌릴 거고 언니는 내 비둘기색 양산을 쓰면 돼."

에이미가 옷을 입으면서 지시했고 조는 그대로 따랐다. 반발은 하지 않았지만 새 오건디* 의상을 걸칠 때 한숨을 쉬고 보닛 끈을 흠잡을 데 없이 묶으려고 애쓰며 인상을 찌푸렸다. 또, 칼라를 달 때는 핀을 가지고 씨름하고 몸을 살짝 구부리고 손수건을 털 때는 자수가 코에 거슬려 지금 기분만큼이나 짜증이 났다. 마지막으로, 우아함을 더해줄 두 개의 단추와 타슬 장식이 달린 딱 붙는 장갑 안으로 손을 밀어 넣을 때 그녀는 에이미 쪽으로 돌아서 얼간이 같은 표정으로 고분고분하게 말했다.

"난 완전히 비참해. 하지만 네가 보기 괜찮다고 말해주면 행복하게 죽을 수 있어."

"언니는 엄청나게 근사해. 천천히 돌아봐. 내가 자세히 보게." 조가 몸을 돌렸고 에이미는 이곳저곳에 손을 댄 다음 뒤로 물러나서 고개를 갸우뚱한 상태로 상냥하게 살폈다. "좋아, 아주 좋아. 머리만 조금 손보면 될 것 같아. 흰 보닛과 장미는 꽤 잘 어울리거든. 어깨를 쭉 펴고 장갑이 따끔거려도 손은 계속 편안하게 놔둬. 언니가 아주 잘할 수 있는 한 가지가 있는데 그건 바로 숄을 걸치는 거야. 난 그럴 수 없잖아. 언니가 걸친 것을

---

* 아주 얇아서 반투명한 모직물. 여성용 여름 옷감이나 장식용으로 쓰였다.

보면 아주 좋을 것 같고 노턴 양이 언니한테 괜찮은 숄을 줘서 정말 기뻐. 소박하지만 아름답고 팔 위로 접히는 부분이 정말로 예술이야. 내 망토가 가운데 와 있고, 드레스를 골고루 감쌌어? 내 발은 예쁘니까 부츠를 보여주고 싶지만 내 코는 그렇지 못해."

"넌 아름다움과 기쁨 그 자체야, 영원히." 조가 손 사이로 금발 머리를 덮은 푸른 깃털을 전문가처럼 살폈다. "내가 가장 아끼는 옷이 먼지에 끌리게 놔둘까, 아니면 들어 올릴까요, 부인?"

"걸을 때는 들고, 집 안에서는 내려. 끌리는 스타일이 언니한테 제일 잘 어울리고 스커트 자락을 아름답게 끄는 법을 배워야 해. 커프에 단추를 반도 안 채웠잖아. 당장 해. 사소한 부분까지 세심하게 신경 쓰지 않으면 완성된 모습으로 보이지 않아. 작은 것들이 모여 제대로 된 하나를 이루니까."

조는 한숨을 쉬고 장갑의 버튼을 잠그면서 커프 단추도 잠갔다. 마침내 양쪽 다 끝내고 출발할 때 해나가 위층 창문에서 그들을 바라보며 '그림처럼 아름답다.'고 소리쳤다.

그들이 첫 번째 방문 장소에 다다랐을 때 에이미가 말했다.

"저기, 조 언니, 체스터네는 아주 우아한 사람들이니 몸가짐을 제대로 해야 할 거야. 실없는 소리나 이상한 행동은 하지 마, 알겠지? 그저 침착하고 냉정하고 조용히 있어. 그러면 괜찮고 숙녀 같을 거야. 15분쯤은 그럴 수 있잖아."

둘은 양손에 아기를 안고 있는 메그에게 한 번 더 검사를 받고 흰 양산을 빌려 이곳에 온 참이었다.

"어디 보자, 침착하고 냉정하고 조용히! 그래, 그럴 수 있을 것 같아. 무대에서 단정한 처녀 역을 한 적이 있으니 그렇게 해볼게. 너도 알겠지만 난 아주 강한 힘을 가졌잖아. 그러니 마음 편하게 가져, 동생."

에이미는 안심했고 장난꾸러기 조는 그 말을 그대로 지켰다. 첫 방문 동안 그녀는 아주 우아하게 자세를 잡고 앉아 모든 옷자락을 제대로 펴고 여름 바다처럼 침착하고 눈밭처럼 서늘하게 그리고 스핑크스처럼 조용히 있었다. 체스터 부인이 넌지시 조의 매력적인 소설을 언급했고 체스터 양은 파티와 피크닉, 오페라와 패션에 대해 이야기를 꺼냈다. 조는 미소를 짓고 고개를 까닥이며 얌전하게 "네." 혹은 "아니오."라고 대답했다. 에이미가 '말 좀 해'라는 눈빛을 보내며 몰래 발로 그녀를 툭툭 쳤다. 그러나 조는 아무것도 모르는 듯 가만히 앉아서 냉담하게 굴고 굉장히 멍하게 있었다.

"마치의 딸은 참으로 오만하고 재미없는 사람이야!"

손님들이 조와 에이미를 내보내며 문을 닫을 때 숙녀들 사이에서 누군가 들리도록 이런 말을 했다. 조는 복도를 걷는 내내 소리 내지 않고 웃었지만 에이미는 자신이 주도한 일을 실패한 데 혐오감을 느꼈고 아주 당연하게 조를 탓했다.

"어떻게 나한테 이럴 수 있어? 난 그저 제대로 품위를 갖추고 침착하게 있어 달라고만 부탁했잖아. 언니는 흠잡을 데 없이 차려입었고 말이야. 램네에서는 붙임성 있게 굴고 다른 여자애들처럼 이야기도 하고 드레스와 말장난, 어떤 허튼소리가 나와도 흥미 있다는 듯 굴어야 해. 그들은 최고의 사교계에 속하고 우리가 알아두면 아주 좋을 사람들이니 무슨 일이 있어도 꼭 좋은 인상을 남겨야 해."

"가서 쾌활하게 굴게. 잡담도 하고 여자애들처럼 웃고 네가 좋아하는 시시한 농담에도 무서워하거나 좋게 반응할게. 나도 꽤 즐기고 있고 이제 난 매력적인 여성의 모습을 모방할 거야. 할 수 있어. 메이 체스터를 모델로 삼아 그녀처럼 나아질 거야. 램가에서 이렇게 말하는지 두고 보자고. '조 마치는 정말로 생기 있고 상냥한 숙녀군요!'"

에이미는 조가 변덕을 보이면 어디서 멈출지 모르는 일이라 계속 불안했다. 조가 다음 응접실로 들어가 감정을 담아 모든 젊은 숙녀들에게 입을 맞추고 청년들에게 우아하게 눈길을 주고 구경꾼들이 놀랄 정도로 제대로 대화에 참여하는 것을 보고 에이미의 얼굴이 진지해졌다. 에이미는 그녀를 가장 좋아하는 램 부인에게 붙잡혀 '루크레티아(Lucretia)의 최후의 공격'에 대해 아주 길고 지루한 이야기를 들어야 했고 그러자 근사한 세 청년이 근처로 다가와 그녀를 구해줄 기회를 엿보고 있었다. 그렇게 에이미가 살필 수 없는 상황이 되자 조는 장난기가 발동해 노부인처럼 말이 많아졌다. 조 주위로 한 무리의 사람들이 모였고 에이미는 무슨 일인지 알아보려고 귀를 쫑긋 세웠다. 격식에 맞지 않는 문장들이 위태롭게 오갔고 휘둥그레진 눈과 들어올린 손이 그녀의 호기심을 자극했으며 자주 터져 나오는 웃음소리에 자신도 함께 즐겁고 싶었다. 이런 식으로 대화를 띄엄띄엄 엿듣는 일이 얼마나 힘든지 상상이 갈 거다.

"그녀는 말을 참 잘 타더군요. 누구한테 배웠나요?"

"배운 게 아니랍니다. 통나무 위에 낡은 안장을 올려서 그 위에 올라타고, 고삐를 잡고, 똑바로 앉는 연습을 했어요. 이제 무엇이든 잘 타고 겁도 없어서 마구간지기도 말을 싸게 주었어요. 에이미가 말들이 숙녀를 잘 태울 수 있도록 훈련시켰거든요. 에이미는 그 일에 열성을 가졌고 저도 종종 모두가 실패해도 그 애는 아름다운 조마사가 될 수 있을 거라고 말했어요."

에이미는 자신이 특히나 싫어하는 성급한 소녀 같은 인상을 남기는 그 끔찍한 말을 듣고 너무 힘들었다. 하지만 어쩌겠는가? 노부인이 이야기를 하는 중이고 다 끝나려면 한참 남았는데. 조가 다시 발동이 걸려 더 많은 농담을 던지며 더욱 두려운 실수를 저지르고 있었다.

"네, 에이미는 그날 모든 괜찮은 녀석들이 다 나가버려서 절망에 빠졌어요. 달랑 세 마리가 있었는데 한 마리는 절름발이고 한 마리는 눈이 멀었고 다른 한 마리는 너무 말을 안 들어서 움직이게 하려면 입에 흙을 집어넣어야 했죠. 괜찮은 동물은 참 유쾌한 친구가 돼주는데 말이에요."

"그래서 그녀는 어느 쪽을 골랐나요?" 그 주제를 즐기며 웃고 있던 신사 한 명이 물었다.

"셋 다 고르지 않았어요. 강 건너 농장에 어린 말이 있다는 소리를 들었고 여성이 한 번도 그 말을 타본 적이 없었지만 그 애가 시도해 보기로 했지요. 참 잘생기고 기백이 넘치는 말이었어요. 그 애가 애쓰는 게 보기 딱했죠. 말에게 올릴 안장도 에이미가 직접 들고 갔어요. 세상에, 그렇게 안장을 머리에 이고 강을 건너서 헛간으로 가니까 마구간지기 노인이 완전히 놀랐어요!"

"그녀가 말을 탔나요?"

"당연하죠! 정말 근사했어요. 전 그 애가 부상을 당해 집에 올 줄 알았는데 말을 완전히 길들여서 모두의 주목을 받았어요."

"전 그런 것을 용기라고 부르고 싶군요!"

램 군이 에이미를 향해 인정한다는 듯 눈길을 보내며 자신의 어머니가 무슨 말을 하기에 숙녀를 저렇게 상기시키고 불편하게 만들었는지 궁금해했다.

에이미는 얼굴이 달아올랐고 그 순간 이후로 한층 더 불편해져 있는데 갑자기 대화의 주제가 드레스로 바뀌었다. 어린 숙녀 한 명이 조에게 에이미가 피크닉에서 썼던 아름답고 단정한 모자가 어디서 났냐고 물었다. 조는 어리석게도 2년 전 모자를 산 곳에 대해 대답하지 않고 지나치게 솔직하게 말했다.

"아, 에이미가 칠해준 거예요. 그런 부드러운 색은 찾을 수 없어서 우리는 좋아하는 색을 직접 칠해요. 예술 쪽으로 재능이 풍부한 동생을 두면 참 편하답니다."

"참 기발하네요!" 조가 정말 재미있다고 생각한 램 양이 말했다.

"그 애의 뛰어난 작품은 어디에도 비할 수 없죠. 심지어 아이조차도요. 샐리의 파티 때 푸른색 부츠가 필요해서 때문은 흰 부츠를 칠해 세상에서 가장 아름다운 하늘색으로 만들었는데 완전 새틴 부츠처럼 보였어요."

조가 이렇게 떠벌리자 몹시 화가 난 에이미는 자신이 들고 있는 카드 케이스를 언니에게 집어 던지면 속이 좀 풀릴 거라고 생각했다.

"일전에 당신이 쓴 이야기를 읽었고 아주 재미있게 봤어요."

지켜보던 램가의 맏딸이 칭찬으로 들리길 바라며 그때까지 성격을 드러내 보이지 않은 문학 숙녀에게 고백하듯 말했다. 그러나 작품 이야기는 항상 조에게 나쁜 영향을 미쳐서 고집불통이 되거나 상처받은 듯 발끈하거나 혹은 지금처럼 퉁명스러운 말을 던져 주제를 바꿔버렸다.

"그보다 더 좋은 읽을거리가 많을 텐데 유감이네요. 제가 그런 형편없는 글을 쓴 건 그래야 책이 팔리고 평범한 사람들이 좋아해서예요. 이번 겨울에 뉴욕에 가시나요?"

'재미있게 봤다'는 램 양의 언사에 정확한 감사나 답례의 표현은 아니었다. 그 순간 조는 자신의 실수를 알아차렸다. 그러나 상황을 더 나쁘게 만들기 두려웠고 벗어나려고 움직인 쪽도 자신이라는 점이 갑자기 기억났다. 그렇게 세 사람은 반밖에 끝내지 못한 말을 입 안에 담은 채로 멈췄다.

"에이미, 우린 그만 가야 할 것 같아. 잘 있어요. 또 우리를 보러 오세요. 오시길 고대할게요. 감히 오시라고는 말씀 못 드리겠지만. 램 씨가 오시겠다면 막진 않을 거예요."

조는 이 말을 메이 체스터처럼 속사포로 쏟아냈다. 에이미는 최대한 빨리 응접실을 빠져나오며 웃고 싶은 마음과 울고 싶은 마음이 동시에 강하게 생겼다.

"나 잘하지 않았어?"

걸어 나오면서 조가 만족한 듯 물었다. 하지만 에이미는 딱 잘라 말했다.

"이보다 더 끔찍할 수는 없어. 대체 뭐가 씌었기에 내 안장과 모자과 부츠 그리고 나머지 이야기들을 주절주절 떠든 거야?"

"뭐 어때서, 재미있는 이야기고 사람들을 즐겁게 해줬는데. 그들은 우리가 가난한 줄 이미 아니까 마부가 있는 척하거나 한 계절에 모자를 서너 개씩 사는 척할 필요가 없고 그냥 편하고 즐겁게 이야기하면 되잖아."

"언니는 우리의 사소한 변화를 그들에게 밝히거나 전적으로 불필요한 방식으로 가난함을 드러낼 것까진 없었어. 언니는 제대로 자부심을 가져본 적이 없고 언제 입을 다물고 언제 말해야 할지 결코 배우지 못할 거야."

에이미가 절망적으로 말했다. 조는 겸연쩍어서 자신의 잘못을 속죄하듯 성긴 손수건으로 조용히 코끝을 비볐다.

세 번째로 튜더가의 대저택에 도착했을 때 조가 물었다.

"여기서는 어떻게 처신하면 될까?"

"언니 마음대로 해. 난 이제 손뗄 거야."

"알았어. 집에 아이들이 있으니 좀 수월할 거야. 하나님의 뜻처럼 난 조금도 바뀔 필요가 없고 우아함은 내 사전에 악영향만 끼쳐." 조가 자신이 제대로 하지 못한 것이 마음에 걸리는 듯 무뚝뚝하게 말했다.

덩치 큰 세 청년과 여러 귀여운 꼬마들에게 열렬한 환대를 받자 조의 헝클어진 기분이 재빨리 나아졌다. 어쩌다 보니 에이미가 튜더 내외에게 붙잡혀 있는 동안 조는 젊은 무리와 어울렸는데, 그러면서 다시 생기를 되찾았다. 그녀는 대학 이야기를 유심히 듣고 입발림 소리와 아첨을 천연덕스럽게 하고 "톰 브라운은 든든한 놈."이라는 다소 과격한 언어를 쓰며 열정적으로 동의했다. 한 청년이 자신의 거북이가 든 수조를 보러 가

자고 했을 때 그녀는 민첩하게 움직여 안주인을 미소 짓게 했다. 안주인은 곰처럼 거칠지만 애정을 담아 자식들과 포옹하면서 모자가 구겨졌는데 그녀는 창의적인 프랑스 여성의 손길로 탄생한 흠잡을 데 없는 헤어스타일보다 모자가 더 소중했는지 얼른 다시 고쳐 썼다.

에이미도 나름대로 자신의 만족을 즐겼다. 튜더 씨의 삼촌이 현재 귀족의 팔촌인 영국 여성과 결혼했기 때문에 그녀는 이 집안을 엄청나게 존중했다. 미국 태생과 혈통에도 불구하고 직위를 열렬히 숭배하고 하늘 아래 가장 민주적인 국가에서 초창기 왕정 시대에 보여주던 무조건적인 충성심을 가졌다. 또한 몇 년 전부터 신생 국가로서 기존 국가에 대한 동경을 쭉 품어왔다. 마치 오만한 어머니의 큰아들로 있다가 반역을 저질러 혼쭐이 나 쫓겨난 그런 형국이다. 그러나 영국 귀족과 먼 연관이 있는 사람과의 대화가 만족스러워도 에이미는 시간을 생각하지 않을 수 없었다. 어쩔 수 없이 이 귀족적 모임에서 자신을 떼어내 조를 찾으러 가며 구제불능인 언니가 마치 가문의 이름에 먹칠을 할 어떤 상황에도 처해있지 않기를 간절히 바랐다.

어쩌면 더 끔찍한 상황이 벌어졌을 수도 있다. 그러나 에이미는 남자아이들에게 둘러싸여 풀밭에 앉아 있는 조를 보고 그냥 안 좋은 정도라고 여겼다. 발이 더러운 개 한 마리가 조의 무도회용 드레스 위에서 자고 있었고 그녀는 자신을 추종하는 아이들에게 로리의 이야기들을 들려주었다. 한 아이가 에이미가 아끼는 파라솔로 거북이를 쿡쿡 쑤셨고 다른 아이는 조가 제일 아끼는 보닛 위로 진저브레드를 흘렸고 또 다른 아이는 그녀의 장갑으로 공 던지기를 했다. 그러나 모두 각자 즐기고 있었다. 조가 집에 가려고 훼손된 자기 소지품을 챙겼을 때 그녀의 호위단이 따라오며 한 번만 더 이야기를 해달라고 사정했다. "로리의 장난 이야기를 듣는 게 너무 재미있어요."

"참 훌륭한 아이들이야, 안 그래? 아이들과 놀고 나니 내가 다시 젊어진 것 같고 기분도 상쾌해졌어." 조가 습관처럼 뒷짐을 지고 흙탕물을 뒤집어쓴 양산으로 얼굴을 가린 채 걸으며 말했다.

"왜 항상 튜더를 피하는 거야?" 현명한 에이미는 조의 헝클어진 외모에 대해 아무 말도 하지 않으면서 물었다.

"그 사람이 마음에 들지 않아. 잘난 척하고 여자 형제들을 무시하고 자기 아버지 걱정을 하면서 자기 어머니에 대한 존중은 보이지 않거든. 로리가 그 사람은 성급하다고 했고 난 그를 괜찮은 지인으로 여기지 않아. 그래서 그냥 혼자 놔뒀지."

"적어도 예의 바르게 대접했어야지. 그에게 차갑게 고개만 까닥여 놓고선 아버지가 식료품점을 하는 토미 챔벌레인한테는 공손하게 몸을 숙여 인사하고 미소도 지었잖아. 그 둘을 바꿔서 대했다면 좋았을 거야."

에이미의 비난조 말투에 조가 심술궂게 대꾸했다.

"아니, 그렇지 않아. 난 튜더의 할아버지의 삼촌의 사촌의 조카가 귀족의 팔촌이라고 해서 그를 좋아하지도, 존중하지도, 우러러보지도 않아. 토미는 가난하고 숫기가 없지만 심성이 착하고 아주 똑똑해. 난 그 점을 잘 알고 비록 하찮은 집안 출신이라고 해도 그가 신사라는 점을 보여주고 싶었어."

"언니랑 말다툼을 해봐야 아무 소용이 없지."

"당연하지. 이제 더 쓸 패도 없으니 그 이야기는 그만두고 우리 다시 냉정을 찾자. 그러면 난 참 고맙겠어."

가족의 카드 케이스는 의무를 다했다. 소녀들은 걸었고 조는 다섯 번째 저택에 도착할 때 또 다른 감사를 내뱉으며 어린 숙녀들과 어울리라는 당부를 받았다.

"오늘은 마치 작은할머니에 대해 잊어버리고 이제 그만 집에 가면 안 될까? 우린 시간이 모자라고 가장 아끼는 가슴받이와 깃 장식에 먼지가 낀 채로 피곤하고 언짢은 상태로 방문하는 건 정말 끔찍하잖아."

"세상에, 난 그렇지 않아. 마치 작은할머니는 할머니의 호의에 우리가 보답하는 것을 좋아하고 공식적으로 우리를 초대했어. 사소한 일이지만 할머니에게 기쁨을 주는 일이고 언니가 더러운 개와 한 무리의 남자애들에게 시달리는 것의 절반도 힘들지 않을 거라고 장담해. 몸을 좀 숙여봐. 내가 언니 모자에 묻은 부스러기를 떼어줄 테니까."

"넌 참 착한 애야, 에이미."

조는 자신의 망가진 의상을 보고 후회하는 눈길로 동생의 깨끗하고 흠 없는 드레스를 쳐다보았다.

"너처럼 사람들을 즐겁게 만드는 일이 내게도 쉬웠으면 좋겠어. 나도 그러려고 노력해봤지만 시간이 너무 많이 걸려. 그래서 난 엄청난 호의를 줄 기회를 기다리고 자잘한 것들은 그냥 넘겨. 하지만 사람들은 결국 그게 제일 좋았다고 말하지."

에이미가 미소를 지었고 곧바로 화가 누그러진 상태로 어른스럽게 말했다.

"숙녀는 반드시 성격이 명랑해야 해. 특히나 가난한 경우에는. 다른 방식으로 자신들이 받은 호의를 보답할 수 없거든. 그 점을 기억하고 인내하면 언니가 나보다 더 잘 할 수 있을 거야. 언니가 나보다 더 낫잖아."

"난 짜증스러운 늙은이고 항상 그럴 거야. 하지만 네 말이 맞는다고 생각해. 기분이 내키지 않을 때 사람들을 즐겁게 하는 것보다 그 사람에게 내 인생을 거는 것이 나한테는 더 쉽게 느껴지는 거만 빼면. 이렇게 호불호가 뚜렷한 건 참 안 좋은 거 아닌가?"

"그 점을 숨기는 것보다는 훨씬 좋지. 내가 언니보다 더 튜더를 좋아하는 건 아니라는 점을 알아둬. 그저 그에게 대놓고 말하지 않는 거지. 언니도 그러지 마. 그 사람이 별로라는 이유로 언니를 성격 안 좋은 인물로 보이게 해봐야 아무 소용이 없어."

"하지만 난 여성이 상대가 마음에 들지 않을 때 티를 내야 한다고 생각해. 그리고 매너가 아닌 다른 방법으로 그럴 수가 있어? 설교해 봐야 소용이 없어. 내가 테디를 가르치려고 해봐서 잘 아니까. 하지만 말이 아닌 다른 사소한 방식으로 영향을 미칠 수 있고 그래서 우리가 웬만하면 다른 이들에게 그렇게 해야 한다고 말하는 거야."

"테디는 훌륭한 청년이고 다른 남자애들과 비교할 수 없어." 에이미가 근엄하게 확신하는 목소리로 말해서 만약에 들었다면 그 훌륭한 청년은 놀라 자빠졌을 거다. "만일 우리가 미인이 거나 부유하고 지위가 높은 집 자식이라면 어떻게든 할 수 있었겠지. 그러나 지금 상대가 마음에 들지 않는다고 그들에게 인상을 찌푸리고 마음에 드는 다른 이들에게 미소를 짓는다고 해도 아무런 효과가 없어. 그저 이상한 청교도로 여겨질 뿐일 테니까."

"그러니까 우리가 미인이나 백만장자가 아니라서 싫어하는 사람에게 그저 동조해주는 역할을 해야 한다고? 그것 참 대단한 도덕성이네."

"그 부분은 왈가왈부하고 싶지 않고, 내가 아는 건 그게 세상 돌아가는 이치라는 거야. 그리고 사람을 적대시하면 그저 고통과 비웃음을 얻을 뿐이야. 난 개혁주의자들이 싫고 언니가 결코 그런 사람이 되려고 하지 않았으면 좋겠어."

"난 개혁주의자들이 좋고 가능하면 그렇게 되고 싶어. 비웃음을 받아도 그들 없인 결코 세상이 돌아가지 않아. 넌 기존의 관습에 매여 있고 난 그렇지 않으니 우리는 서로를 이해할 수 없어. 난 최선을 다해서 가장 의욕적인 시간을 보낼 거야. 모욕과 고함을 꽤 즐겨야 할 테지만."

"일단 지금은 옷매무새를 다듬고 언니의 새로운 사상으로 작은할머니를 걱정시키지 마."

"안 그러려고 노력하겠지만 난 항상 할머니 앞에서 불쑥 말

이 나오거나 무슨 혁신적인 발언을 하게 돼. 그게 내 운명이고
어쩔 수 없어."

　둘은 마치 작은할머니와 캐럴 작은할머니가 아주 흥미로운
주제에 푹 빠져 대화를 나누고 있는 광경을 보았다. 노부인들
은 자매가 들어오자 말을 멈추고 어색한 표정을 지어 마치 딸
들에 대해 이야기하던 중이었음을 알려주었다. 조의 유머 감각
이 삐딱하게 꿈틀댔다. 그러나 에이미는 마음속으로 천사 모드
로 변신해 정숙하게 자신의 의무를 다하고 계속 쾌활한 모습
으로 모두를 만족시켰다. 그녀의 싹싹함이 단번에 느껴지자 두
할머니 모두 애정을 담아 "우리 예쁜이!"라고 불렀고 나중에 서

로를 쳐다보며 단호하게 말했다. "저 애는 하루가 다르게 좋아져."

"박람회 준비를 도와줄 거니, 얘야?" 늙은이들이 젊은이에게서 보고 싶어 하는 성숙한 분위기를 풍기는 에이미에게 캐럴 작은할머니가 물었다.

"네, 캐럴 할머니. 체스터 부인이 제게 부탁하셨고 저도 가판을 운영해보려고요. 전 가진 게 시간밖에 없으니까요."

"난 아니야." 조가 단호하게 말했다. "누군가에게 이래라저래라 지시를 받는 것이 싫어. 체스터 일가는 그들의 고상한 축제에 우리를 끼워주는 게 엄청난 호의라고 생각하겠지. 에이미, 너도 동의할 텐데 그들은 그저 네 노동력을 원하는 것뿐이라는 점을 말이야."

"난 기꺼이 일할 준비가 되었어. 체스터네뿐 아니라 프리드먼네를 위한 일이기도 하고 그들이 나에게 노동과 재미를 함께할 기회를 줘서 너무 고맙게 생각해. 좋은 의미라면 도움을 주는 일에 난 아무 문제가 없어."

"정말 올바르고 제대로 된 생각이구나. 감사할 줄 아는 네 마음가짐이 마음에 든단다. 우리의 노력에 감사하는 사람을 돕는 일은 즐거운 거야. 누군가는 그러지 않을 거고. 그건 노력해야 하는 부분이지." 마치 작은할머니가 뚱한 표정으로 살짝 떨어진 흔들의자에 앉아 있는 조를 안경 너머로 쳐다보았다.

만약 조가 그런 덕목 사이에서 흔들리며 균형을 잡는 것이 엄청난 행복이라는 점을 알았다면 곧바로 온화한 숙녀로 변했을 텐데. 불행히도 사람의 가슴에는 창문이 없어서 다른 이의 마음속에서 무슨 일이 벌어지는지 들여다볼 수가 없다. 평범한 사람으로서 그럴 수 없는 편이 더 좋지만 간간이 그럴 수 있다면 시간도 아끼고 성질을 죽일 수 있으니 위안이 될 것이다. 다음번에 입을 열 때 조는 수년간 즐겁게 떠벌리던 행동을 자제하고 입을 다무는 미덕을 제대로 배웠다.

"난 호의가 싫어. 그들은 압박을 가하며 날 노예처럼 느끼게 해. 차라리 모든 걸 내 스스로 하고 완벽하게 독립할 거야."

"에헴!" 캐럴 작은할머니가 가볍게 기침을 하며 마치 작은할머니를 쳐다보았다.

"내가 말했잖아요." 마치 작은할머니가 캐럴 작은할머니에게 단호하게 고개를 끄덕이며 대답했다.

다행히 자신이 무슨 짓을 했는지 알지 못한 상태로 조는 고개를 치켜든 채로 혁명가 같은 느낌을 풍기며 앉아 있었다.

"넌 프랑스어를 할 수 있니?" 캐럴 작은할머니가 에이미의 손을 잡으며 물었다.

"마치 작은할머니 덕분에 꽤 해요. 할머니께서 에스더와 최대한 자주 이야기할 수 있게 해주셨거든요." 에이미가 감사한 표정으로 말하자 노부인은 절로 온화한 미소를 지었다. 그러더니 조에게도 똑같이 물었다.

"넌 어떠니, 조?"

"한 단어도 몰라요. 전 뭘 공부하는 데 있어서는 아주 부족해요. 프랑스어처럼 느글거리고 우스꽝스러운 언어는 참을 수도 없고요."

조의 퉁명스러운 대답에 노부인 사이에 다시 눈길이 오갔다. 마치 작은할머니가 에이미에게 말했다.

"넌 아주 튼튼하게 잘 컸구나, 안 그러니? 더 이상 눈도 안 아프지?"

"전혀 아프지 않아요. 걱정해주셔서 감사해요. 전 아주 건강하고 내년 겨울에는 더 좋아져서 언제고 로마에 가서 즐길 준비가 되어 있어요."

"착하구나! 넌 갈 자격이 충분해. 언젠가 분명 가게 될 거다."

에이미가 자신의 의지를 제대로 보여주자 마치 작은할머니가 머리를 쓰다듬어 주었다.

"패치를 잇고 빗장을 걸고
벽난로 옆에 앉아 돌아라."

의자 뒤편에 놓인 횃대에서 폴리가 동요를 부르며 조의 얼굴을 살폈고 생뚱맞은 소리가 너무 우스운 분위기라 당연히 웃음이 터져 나왔다.

"참으로 훌륭한 새야." 노부인이 말했다.

"나가서 같이 걸을까?" 폴리가 이렇게 소리치며 각설탕을 달라는 듯한 표정으로 그릇장 쪽으로 날았다.

"고마워. 그렇게 할게. 에이미, 가자."

조는 자신의 체질에 이처럼 안 좋은 영향을 끼친 적이 없었다는 점을 강하게 느끼며 방문을 마무리했다. 그녀는 신사처럼 악수를 했지만 에이미는 두 작은 할머니에게 입을 맞췄고 소녀들은 명암을 남긴 채 길을 나섰다. 자매가 시야에서 사라지자 마치 작은할머니가 이렇게 말했다.

"그렇게 해, 메리. 내가 돈을 댈게."

그러자 캐럴 작은할머니가 결심한 듯 대답했다.

"그 애 부모가 동의한다면 나도 확실히 그렇게 할 거야."

30. 행동이 초래한 결과

체스터 부인이 주최하는 박람회는 아주 우아하고 선택받은 이들에게만 기회가 주어지기에 초대를 받아 가판을 얻는 일은 어린 숙녀들에게 아주 큰 명예로 여겨졌고 모두가 그렇게 되고자 열망했다. 에이미는 초대를 받았지만 조는 그렇지 못해서 모든 이들에게 다행이었다. 이 시기 조는 근처에 아무도 못 오게 철벽을 치던 상태라 다른 사람과 쉽게 어울리는 법을 가르치려면 아주 힘든 일격을 많이 받아야 할 정도였다. 그 '오만하고 재미없는 사람'은 혹독하게 혼자 남겨졌지만 에이미의 재능과 취향은 예술 가판을 맡을 만큼 칭찬을 받았고 그녀는 제대로 공헌하고자 착실하게 준비해나갔다.

박람회 전날까지는 모든 것이 순조로웠다. 그런데 나이와 상관없이 스물다섯 명이나 되는 여성들이 각자 개인적인 불쾌감

과 편견을 가지고 있는 상태에서 함께 일하다 하니 피할 수 없는 사소한 충돌이 발생했다.

메이 체스터는 에이미가 자기보다 더 예쁨을 받아서 질투심을 느꼈다. 때마침 여러 사소한 상황이 생겨 그 감정이 더욱 커졌다. 일단 펜과 잉크로 그린 에이미의 앙증맞은 작품이 메이가 그린 꽃병 유화를 완전히 가려버렸다. 나중에 열린 파티에서 모든 것을 정복한 튜더가 에이미와 네 번 춤추고 메이와는 한 번밖에 추지 않은 일이 두 번째 거슬리는 점이었다. 그러나 그녀가 쌀쌀맞은 처신을 하도록 핑계가 되어준 결정적인 요인은 바로 마치가 자매들이 램 일가에게 자신을 웃음거리로 만들었다는 친절한 가십이 퍼져서였다. 이 모든 책임은 조에게 가야 했다. 그녀가 장난스럽게 메이를 흉내 낸 말투가 너무 똑같아서 모두가 알게 되었고 쾌활한 램 일가가 그 농담이 퍼지도록 그냥 두었기 때문이다. 그러나 이 사건의 장본인은 전혀 모르고 있었다. 그래서 박람회 하루 전날 밤 자신의 아름다운 가판을 마지막으로 다듬고 있을 때 딸을 욕보인 것에 화가 난 체스터 부인이 와서 단조롭지만 차가운 표정으로 말을 했을 때 에이미가 얼마나 경악했을지 상상이 갈 거다.

"젊은 아가씨들이 이 가판은 내 딸들이 맡아야 한다고 이야기한다더군요. 여기가 가장 눈에 잘 띄고 제일 매력적이니까, 당연히 박람회의 주체인 그들이 맡는 게 좋겠어요. 유감이지만 아주 정직한 마치 양은 개인적인 실망을 마음에 깊이 담아두지 않을 테니 원한다면 다른 가판을 담당해도 좋아요."

체스터 부인은 앞서 이 말을 잘 전달할 수 있을 거라고 생각했다. 그러나 에이미의 정직한 눈동자가 놀람과 걱정을 가득 담아 그녀를 똑바로 쳐다보자 자연스럽게 말을 내뱉기가 무척 어렵다고 느꼈다. 에이미는 속사정이 있는 걸 직감했지만 그게 무엇인지 파악할 수 없었고 상처를 받은 상태로 조용히 자신의 기분을 표현했다.

"제가 가판을 전혀 맡지 않는 편이 더 좋겠죠?"

"마치 양, 부탁인데 어떤 반감도 가지지 않았으면 해요. 알다시피 이건 순전히 편의의 문제니까요. 내 딸들이 자연스럽게 주도할 건데 여기가 주요 장소잖아요. 이 가판을 마치 양이 매우 아름답게 꾸며준 걸 고맙게 여겨요. 다만 우리는 개인적인 소망을 포기해야 할 때도 있어요. 당연히 마치 양을 위한 다른 좋은 장소를 찾아볼 거예요. 꽃 가판은 어때요? 아이들이 맡고 있지만 자신 없어 하고 있는데. 마치 양은 그 가판을 매력적으로 만들 수 있고 꽃은 늘 이목을 끄니까."

"특히나 신사들에게 말이야."

메이가 환한 표정으로 이렇게 덧붙였다. 에이미는 화가 나서 얼굴이 빨개졌지만 여자애들 특유의 비난을 무시하고 예상 밖의 다정한 목소리로 대답했다.

"원하시는 대로 할게요, 체스터 부인. 전 여기 제 자리를 포기하고 꽃 가판으로 가겠어요."

"네가 원한다면 너만의 가판에 네 작품들을 전시해도 돼."

메이는 아름다운 선반과 예쁘게 칠해진 조개껍데기들, 에이미가 아주 정성 들여 만들고 우아하게 배치한 기품 있는 조명을 보니 살짝 양심의 가책을 느꼈다. 그래서 호의적으로 말했지만 에이미는 그 의미를 오해하고 재빨리 이렇게 대꾸했다.

"아, 그게 네 방식이라면 당연히 그래야지."

에이미는 자신과 그녀의 작품이 용서할 수 없을 만큼 모욕받았다고 느끼며 앞치마에 다 쓸어 담아 재빨리 자리를 떴다.

"저 애는 화가 났어요, 맙소사. 어머니에게 말해달라고 부탁하지 말 걸 그랬나 봐요." 메이가 자신의 텅 빈 가판을 암담하게 내려다보며 말했다.

"여자애들끼리의 언쟁은 곧 끝날 거야." 그녀의 어머니는 자신이 이 일에 가담한 것에 부끄러움을 느꼈다.

꽃 가판의 아이들이 에이미가 자신의 보물을 싸들고 오자 기뻐서 환성을 질렀다. 진심어린 환영에 동요했던 마음이 어느 정도 진정되자, 에이미는 예술작품으로 성공할 수 없다면 꽃으로 승부를 보겠다고 마음먹고 작업에 몰두했다. 그러나 모든 것이 그녀를 막아서는 듯했다. 이미 늦은 시간이어서 그녀는 지쳤다. 모두가 각자의 준비로 너무 바빠 그녀를 도와줄 수 없었고 아이들은 한 무리의 까치 떼처럼 와자지껄 떠들고 야단법석을 부려 완벽하게 정리하는 일에 엄청난 혼란을 주는 방해꾼일 뿐이었다. 상록수 아치는 에이미가 세운 뒤에도 견고하게 고정되지 않았고 바구니를 공중에 걸고 채우자 머리 위로 흔들리며 넘어지려고 했다. 그녀가 아끼는 타일에는 물이 튀어 큐피드의 뺨에 적갈색 눈물 자국이 생겼다. 게다가 망치질을 하다가 손에 멍이 들었고 찬 바람을 맞으며 일하니 감기가 들어 다음 날에 대한 걱정과 더불어 그녀에게 고통을 주었다. 이런 어려움을 겪어본 소녀 독자라면 가엾은 에이미를 동정할 거고 그녀가 이 일을 잘 헤쳐 나가길 바랄 거다.

그날 밤 에이미가 집에 가서 이야기를 하자 가족들이 모조리 화를 냈다. 어머니는 참 안타까운 일이지만 잘 처신했다고 말했다. 베스는 절대 박람회에 가지 않겠다고 선언했고 조는 애써 꾸민 것을 다 가져와서 그 못된 사람들이 덕을 보지 못하게 하지 그랬냐고 반문했다.

"그들이 못되게 굴었다고 나까지 그래야 할 이유는 없어. 난 그런 거 싫어. 물론 내가 상처받았다는 걸 드러낼 권리가 있다고 생각하지만 그러고 싶지 않아. 화내며 말을 하거나 발끈한 행동을 보이는 것보다 그러지 않는 편이 상대에게 훨씬 더 잘 전달될 거라고 생각해. 안 그래요, 어머니?"

"그래, 네 생각이 옳단다. 가끔은 정말 쉽지 않지만 시비에는 냉정하게 구는 법이 최선이야." 어머니가 가르침과 실천의 차이에 대해 알려주었다.

분노하고 보복하려는 아주 자연스러운 유혹이 있었지만 에이미는 다음 날 내내 자신의 방식을 고수했고 친절함으로 적을 굴복시켰다. 예상치 못했지만 가장 시기적절하게 마음속에서 상기된 덕분에 하루를 잘 시작했다. 그날 아침 가판을 꾸밀 때 아이들은 대기실에서 바구니를 채웠고 에이미는 아버지가 가진 보물 중에서 찾은 앤티크 커버를 씌운 애정어린 작품인 작은 책을 꺼냈다. 모조 양피지 위로 아름답게 꾸민 글귀가 나타났다. 각 장을 넘길 때마다 앙증맞은 부분들이 가득했는데, 아주 대단한 자부심을 지닌 그녀의 눈길이 어느 구절에서 멈췄다. 보라, 파랑, 금빛이 화려한 두루마리 테두리 속에 선의를 지닌 작은 정령들이 서로 도우며 가시와 꽃 사이를 오가는 와중에 이런 글귀가 적혔다. "이웃을 자신처럼 사랑하라."

'그래야 하는 걸 알지만 그럴 수 없어.'

에이미가 밝은 글귀에서 눈을 들자 커다란 꽃병 뒤에 서 있는 메이의 불만족스러운 얼굴이 보였다. 아무리 큰 꽃병도 한때 에이미가 예쁘게 꾸몄던 가판의 공백을 감추지 못했다. 에이미는 잠시 서 있다가 손으로 페이지를 넘기며 불타는 심장과 야박한 마음씨를 다정하게 질책하는 문구들을 읽었다. 진정 현명한 가르침의 상당수가 길거리, 학교, 사무실, 가정의 무명의 목자들에게서 나온다. 시대를 초월하는 훌륭하고 도움이 되는 말들을 전할 수 있다면 심지어 박람회장 가판조차 설교단이 될 수 있다. 에이미의 양심이 그 글을 보고 대뜸 그녀에게 조금 설교를 해주었다. 그리고 그녀는 평범한 많은 사람이 하지 않는 일을 했다. 글귀를 마음에 담고 곧장 실행에 옮긴 것이다.

한 무리의 소녀들이 메이의 테이블에 서서 아름다운 물건들에 감탄하고 판매자가 바뀐 것을 두고 수군거렸다. 그들은 목소리를 낮추었지만 에이미는 자기 이야기를 한다는 점과 한쪽의 말만 듣고 그대로 비난하는 중인 것도 알았다. 그리 유쾌하지 않은 일이지만 그녀는 더 강인한 정신력을 지닌 숙녀고 지금 그 점을 증명할 기회가 왔다. 메이가 슬픈 목소리로 이렇게 푸념했다.

"다른 걸 만들 시간이 없어서 너무 안타깝고 잡동사니로 채우고 싶지 않아. 그땐 테이블이 완벽했는데 지금은 다 망쳤어."

"그 애한테 도로 가져다 놓으라고 하면 될 것 같아." 누군가가 이렇게 제안했다.

"이 난리를 다 겪고 어떻게 그럴 수……." 메이가 입을 열었지만 에이미의 다정한 목소리가 복도에서 들리자 말을 끝맺지 못했다.

"가져가도 좋아, 네가 원한다면 묻지 않아도 환영이야. 난 막 그것들을 도로 가져다 놓을 생각을 하고 있었어. 내 가판이 아닌 네 쪽에 있던 것이니까. 여기 있어. 부디 가져가고 어젯밤 내가 성급하게 챙겨간 걸 용서해줘."

에이미는 말을 하면서 고갯짓과 미소로 자신의 작품을 되돌려 놓고 서둘러 자리를 뜨면서 가만히 서서 인사를 기다리는 것보다 우호적으로 나서는 편이 더 수월하다고 느꼈다.

"그녀는 참 마음씨가 좋지 않아?"

한 소녀가 말했다. 메이의 대답은 들리지 않았다. 그러나 레모네이드를 만들며 성질까지 살짝 시큰둥해진 것이 분명한 다른 소녀가 찬성 못한다는 듯 비웃으며 덧붙였다.

"참으로 마음씨가 좋네. 저 애는 자기 가판에서 이것들을 팔지 못하는 걸 알아서 그런 거야."

이런 점이 힘들다. 우리가 작은 희생을 할 때는 적어도 상대가 고마워하길 바란다. 잠시 에이미는 씁쓸함을 느꼈고 미덕은 항상 보상을 받는 것이 아님을 곱씹었다. 그러나 이내 그렇지 않다는 걸 에이미는 알게 되었다. 기분이 다시 좋아졌고 그녀의 가판은 능숙한 손길 아래서 화려하게 피어올랐다. 아이들은 아주 상냥했고 그 작은 행동 하나가 분위기를 근사하게 바꿔주었다.

아이들은 쉽사리 자리를 떠서 혼자 가판에 있는 경우가 많은 에이미에게는 아주 길고 힘든 하루였다. 여름에는 꽃을 사려는 사람이 적어서 그녀가 만든 꽃다발은 밤이 오기 한참 전에 시들기 시작했다.

예술품 가판은 박람회장에서 가장 인기를 끌었다. 하루 종일 사람이 모였고 중요해 보이는 인물들이 금화를 짤랑거리며 찾아와 끊임없이 입찰이 오갔다. 에이미는 종종 아쉬움에 가득 차 언짢은 얼굴로 바라보며 한 모퉁이에서 아무것도 하지 못하고 있는 것보다 자기 자리이자 행복한 저 가판에 서고 싶다는 마음이 들었다. 그냥 가만히 있어도 힘들지 않는 사람도 있다. 하지만 아름답고 쾌활한 소녀에게 그건 따분하고 아주 노력을 해야 하는 일이었다. 그리고 저녁에 가족들과 로리와 그의 친구들이 이 광경을 볼 생각을 하니 정말로 힘겹게 느껴졌다.

에이미는 점심 시간에도 집에 가지 않았다. 불평하고 싶지 않기 때문이었다. 하지만 가족들은 이미 아침에 그녀의 창백한 얼굴을 보며 '에이미가 힘든 하루를 보내겠구나!' 하고 짐작했다. 어머니는 딸에게 코디얼을 한 잔 더 타주었고 베스는 옷 손질을 돕고 에이미가 쓸 작고 아름다운 화관을 만들었다. 조는 속으로 박람회 가판들이 다 뒤집어졌으면 좋겠다고 빌었다.

"무례한 짓은 아무것도 하지 말아줘, 조 언니. 난 어떤 소동도 일으키고 싶지 않고 그저 모든 것이 지나가게 놔둘 거니 행동을 조심해줘." 에이미가 자신의 열악한 가판에 꽃이 더 많이 보충되기를 바라면서 아침 일찍 출발할 때 이렇게 부탁했다.

"내가 아는 모두가 넋을 잃을 만큼 착하게 굴 생각이고 가능한 네가 있는 곳에 가게 할 거야. 테디와 친구들이 도와줄 거고 우리 같이 좋은 시간을 보내자."

조는 로리가 오는지 보려고 문에 기대고 있었다. 곧장 익숙한 발자국 소리가 어두컴컴한 곳에서 들려 그녀는 그를 만나러 뛰어갔다.

"로리니?"

"딱 들어도 조가 맞네!" 로리가 모든 소망을 다 이룬 남자처럼 의기양양하게 조의 손을 자기 쪽으로 잡아끌며 말했다.

"좀, 테디. 장난치지 마!" 조는 에이미의 억울함에 대해 열성적으로 로리에게 말했다.

"내 친구들이 하나씩 들를 거고 그 애들이 에이미가 파는 꽃을 사고 가판 앞에 죽치지 않으면 가만 안 둘 거야." 로리가 따뜻하게 조의 걱정을 감싸주었다.

"에이미 말이 꽃들이 전혀 좋지 않고 신선한 꽃은 제때 도착하지 않을 거래. 내가 부당하다고 여기거나 의심하는 건 아니지만 꽃이 아예 안 올지도 모르잖아. 사람이 한 번 나쁜 짓을 하면 두 번 하기는 더 쉬워." 조가 혐오스러운 목소리로 말했다.

"헤이즈가 정원에서 가장 상태가 좋은 꽃들을 가져다주지 않았어? 내가 그러라고 했는데."

"난 몰랐어. 아마 그가 잊어버렸나 봐. 그리고 네 할아버지께까지 걱정 끼치고 싶지 않아."

"조, 어떻게 부탁이라고 생각할 수 있어! 네 일이 곧 내 일이
야. 우리는 항상 뭐든 나누며 살았잖아?" 조를 늘 가시 돋게 만
드는 목소리로 로리가 입을 열었다.

"참 고맙기도 하지! 난 그러고 싶지 않아! 네 것의 절반은 나
한테 전혀 맞지 않아. 그렇지만 우리가 지금 여기서 노닥거리
고 있을 때가 아니야. 난 에이미를 도울 거니 넌 가서 근사하게
치장을 해. 그리고 네가 헤이즈에게 가서 괜찮은 꽃을 조금 박
람회장으로 보내 달라고 해준다면 난 영원히 널 축복할 거야."

"지금 해줄 순 없어?" 로리가 아주 도발적으로 반문하자 조는
매몰차게 그의 면전에서 대문을 닫고 그 틈 사이로 소리를 질
렀다. "썩 꺼져, 테디. 난 바빠."

공모자들 덕분에 가판은 그날 밤 확 바뀌었다. 헤이즈가 센
터피스로 쓰라고 예쁜 바구니에 최선을 다해 배치한 꽃을 보내
주었다. 그리고 마치 가족들이 단체로 나타났고 조는 사람들이
그냥 찾아오는 것이 아니라 머물며 그녀의 농담에 웃고 에이미
의 취향을 칭찬하게 만들려고 최선을 다했다. 분명 그들도 아주
많이 즐거워했다. 로리와 그의 친구들이 용감하게 파고들어 꽃
다발을 사고 가판 앞에 진을 쳐서 구석진 모퉁이의 가판을 박람
회장에서 가장 생기 넘치는 곳으로 만들었다. 에이미는 이제 자
기 위치에서 은혜에 보답하려고 최대한 활기 넘치고 상냥하게

굴었고 결론적으로 그때쯤 그녀의 미덕은 결국 보상을 받았다.

조는 모범적인 예절을 실천해 보였다. 에이미가 자신의 호위대에 행복하게 둘러싸이자 조는 복도를 한 바퀴 돌면서 여러 가지 이야기를 듣고 체스터가 가판 자리를 바꾼 일에 대해서도 들었다. 그녀는 자기 일처럼 치욕을 느끼고 가능한 빨리 에이미의 누명을 벗겨 주려고 애썼다. 그리고 에이미가 아침에 한 일에 대해 알았을 때 동생을 관대함의 표본이라 생각했다. 조가 예술품 가판을 지나칠 때 슬쩍 동생이 해둔 장식이 있나 살폈지만 아무것도 보이지 않았다. '내 눈에 띄지 않게 치워두는 것이 좋을 거야.' 조가 속으로 생각했다. 그녀는 자신을 모독한 건 용서해도 가족에 대한 모욕에는 치를 떨었다.

"안녕하세요, 조. 에이미는 어쩌고 있나요?"

메이가 화해하고픈 목소리로 물었고 그녀는 자신도 아량이 넓다는 점을 보여 주고 싶어 했다.

"그 애는 팔 수 있는 물건은 전부 다 팔았고 지금은 즐기고 있어요. 꽃 가판은 항상 인기가 많잖아요. 알다시피 특히나 신사들에게 말이죠."

조는 그 한 방을 날려주고 싶은 마음을 결국 접지 못했지만 메이가 너무 고분고분하게 받아들여 곧바로 후회했고 여전히 팔리지 않고 남아 있는 커다란 꽃병들을 칭찬했다.

"에이미의 장식용 전등이 여기 어디에 있나요? 아버지에게 사드리고 싶은데." 조가 불안해하며 동생 작품의 숙명에 대해 물었다.

"에이미의 작품은 모두 한참 전에 팔렸어요. 전 살 만한 사람들에게만 그걸 보여주었고 그들이 값을 잘 쳐줬어요."

에이미가 그날 그랬던 것처럼 메이도 잡다한 작은 유혹을 이겨내며 말했다. 조는 상당히 만족한 상태로 좋은 소식을 알리러 서둘러 돌아왔다. 에이미는 메이의 말과 태도를 듣고 감동하고 놀란 눈치였다.

"자, 신사 여러분, 제 가판에서 보여준 호의를 다른 가판에 가서도 보여주세요. 특히나 예술품 가판에서요." 에이미가 자매들이 로리의 대학 친구들을 부르는 명칭인 '테디의 수하들'에게 부탁했다.

"'돈을 더 불러요, 체스터!'가 그 가판의 좌우명이에요. 남자답게 본분을 다하면 제대로 돈의 값어치를 하는 예술품을 얻게 될 거예요." 활력이 넘치는 조가 그 자리를 장악할 준비를 하며 밀집한 무리에게 말했다.

"시키는 대로 할게. 하지만 마치가 메이보다 훨씬 좋은걸." 파커가 위트와 자상함을 모두 보여주려고 애쓰며 말했고 로리가 곧바로 "잘 알겠어. 자식, 참 어리기도 하지!" 하며 그 말을 묵살하고는 아빠처럼 그의 머리를 쓰다듬으며 내보냈다.

"꽃병을 사줘." 적을 마지막으로 부끄럽게 할 목적으로 에이미가 로리에게 속삭였다.

로런스가 화병을 사서 양팔에 각각 끼고 복도를 돌아다니자 메이는 대단히 기뻐했다. 다른 신사들도 그런 작은 일에 괜히 승부욕이 발동해 밀랍을 입힌 꽃, 그림이 그려진 부채, 금줄을 넣은 작품집과 다른 유용하고 적합한 구매물품을 들고선 돌아다녔다.

캐럴 작은할머니도 그 자리에 있었는데 에이미에 관한 이야기를 듣고 기뻐하며 모퉁이에 있던 마치 부인에게 뭐라고 했다. 마치 부인은 만족스런 눈빛을 반짝이며 자신감과 불안함이 뒤섞인 딸의 얼굴을 살폈고 며칠 후까지도 그녀는 즐거운 기분을 계속 유지했다.

박람회는 성공적으로 마무리되었다. 그리고 메이가 에이미에게 "잘 가." 하고 인사할 때 평소처럼 '쏘아대는' 것이 아니라 다정하게 입맞춤을 하고 "용서하고 다 잊어버려."라고 말하는 것 같은 표정을 지었다. 그걸로 에이미는 만족했다. 그리고 집에 돌아왔을 때 응접실 벽난로 선반 위에 아름다운 꽃다발이 꽂힌 화병 여러 개가 놓여 있는 것을 보았다. "넓은 아량을 지닌 에이미에게 주는 선물이야." 로리가 호들갑스럽게 말했다.

"넌 원칙적이고 공정하게 거래를 했고 내가 믿는 것보다 더 많이 고귀함을 보여주었어, 에이미. 정말 다정하게 행동했고 난 그런 널 진심으로 존경해." 조가 따스하게 말을 건넸고 둘은 그날 밤늦게까지 서로의 머리를 빗겨주었다.

"그래, 우리 모두 그렇게 생각해. 용서를 할 준비가 잘 되어 있는 그 애를 사랑할 거야. 그렇게 오래 일하면서 온 마음을 다해 자신의 아름다운 물건을 파는 건 분명 지독하게 힘들겠지. 나도 너처럼 그렇게 상냥하게 할 수 있을 거라고 생각하지 않아." 베스가 베개에 기댄 채 덧붙였다.

"다들 날 그렇게 칭찬해줄 필요는 없어. 난 내가 해야 할 일을 했을 뿐인걸. 숙녀가 되고 싶다고 했을 때 다들 날 비웃었지만 난 마음과 태도에서 진정 우아한 숙녀를 의미했고 내가 아는 방법대로 노력했어. 정확하게 설명하지 못하겠지만 많은 여성을 망치는 자잘한 나쁜 행동과 어리석음, 잘못을 넘어서고 싶어. 아직 멀었지만 최선을 다할 거고 언젠가 근사한 어머니가될 거야."

에이미가 솔직하게 말하자 조가 진심을 담아 안아주었다.

"이제 네 말뜻을 이해하겠어. 그리고 앞으로 다시는 널 비웃지 않을게. 넌 생각보다 빨리 그렇게 되어가고 있고 난 너한테서 진정한 예의에 대해 배울 거야. 넌 그 비밀을 깨우친 것 같거든. 계속 노력하면 넌 언젠가 보상을 받을 거고 그때 누구보다도 기뻐할 사람이 바로 나야."

일주일 뒤 에이미는 보상을 받았고 가여운 조는 마냥 기뻐해주기 힘들었다. 캐럴 작은할머니에게서 편지가 왔고 마치 부인은 글을 읽으면서 얼굴이 환해졌다. 조와 베스는 같이 있다가 어머니가 무엇 때문에 그렇게 기뻐하는지 물었다.

"캐럴 작은할머니가 다음 달에 해외여행을 가시는데 바라길……."

"절 데려가고 싶어 하는 거죠!" 조가 주체할 수 없는 황홀함에 빠져 의자에서 벌떡 일어나 외쳤다.

"아니, 네가 아니란다. 에이미야."

"세상에, 어머니! 그 애는 너무 어리잖아요. 제 차례가 먼저예요. 전 아주 오래 기다렸고 저한테 엄청난 도움이 될 거고 그 모든 일이 굉장하겠죠. 반드시 제가 가야 해요."

"안타깝지만 그건 안 될 것 같구나, 조. 작은할머니가 확고하게 에이미를 데리고 간다고 말씀하셨고 그렇게 큰 호의를 베푸시는데 우리가 이러쿵저러쿵 할 수 없어."

"항상 이런 식이에요. 에이미는 온갖 호사를 다 누리고 전 그저 일만 하죠. 이건 불공평해요, 정말! 이건 불공평하다고요!" 조가 씩씩거렸다.

"아쉽지만 네 잘못도 있단다. 일전에 작은할머니가 너와 이야기를 나눌 때 너의 퉁명스러운 태도와 너무 독불장군 같은 마음가짐이 안타깝다고 하셨어. 그리고 지금 네가 한 말처럼 할머니가 언급하신 게 '난 처음에는 조를 생각했어. 하지만 호의가 그 애한테는 짐이고, 게다가 프랑스어가 정말 싫다고 하니, 난 조를 초대하는 모험을 하지 않기로 했단다. 에이미가 한층 고분고분하니 플로런스의 좋은 친구가 될 거고 여행으로 얻은 모든 것을 감사하게 받아들일 것 같아.'라고 적혀 있어."

"세상에, 방정맞은 입, 이 밉살스럽고 방정맞은 입이! 왜 전 입을 다무는 법을 배우지 못하는 걸까요?" 조가 자신이 했던 말들을 기억하며 한탄했다. 편지에 적힌 문구에 대한 설명을 듣고 마치 부인이 애석하게 말했다.

"네가 갔으면 좋겠지만 이번에는 가망이 없구나. 그러니 씩씩하게 견디고 책망이나 후회로 에이미의 즐거움을 슬픔으로 바꾸지 말아주렴."

"노력할게요." 조가 눈을 심하게 깜빡이며 대답하고는 자신이 신이 나서 뒤엎어 놓은 바구니를 집어 들려고 무릎을 굽혔다. "에이미의 행동을 본받고 기뻐하는 것처럼 보이도록 하고 실제로 그렇게 되려 할 거고 단 한순간도 그 애의 행복을 억울해하지 않을게요. 그렇지만 정말로 실망이 커서 그러기가 쉽지 않을 거예요." 가여운 조는 말을 마치고는 들고 있던 작은 바늘방석 위로 아주 쌉쌀한 눈물을 흘렸다.

"조 언니, 난 아주 이기적이어서 언니하고는 비교할 수 없고 언니가 금방 진정하지 않아서 기뻐." 조는 자신의 귀싸대기를 날리고 캐럴 작은할머니에게 자신에게 기회를 주고 얼마나 감사히 받아들이는지 지켜보라고 말하고 싶은 깊은 후회가 찾아왔지만 베스가 사랑스러운 얼굴로 바구니와 함께 그녀를 꼭 안아주자 다정한 포옹이 위로가 되었다.

에이미가 왔을 때 조는 기뻐하는 가족으로서 자기 역할을 할 수 있었다. 평소처럼 진심을 다할 수는 없었지만 에이미의 행운에 대해 불평하지 않았다. 에이미는 엄청나게 기뻐하며 그 소식을 받아들이고 진지하게 황홀에 젖어 그날 밤 예술과는 거리가 먼 옷, 돈, 여권과 같은 사소한 것은 놔두고 자신의 물감과 연필을 골라 챙겼다. 그녀가 제일 좋은 팔레트를 씻으며 감격에 젖어 말했다.

"이건 내게 단순히 즐거운 여행이 아니야. 내 직업을 결정하게 될 거라고. 만일 나한테 어떤 천재성이 있다면 난 로마에서 그걸 찾을 거고 그 점을 증명할 거야."

"찾지 못하면 어쩌려고?" 조가 충혈된 눈으로 에이미에게 건네줄 새 칼라를 바느질하며 물었다.

"그렇다면 집으로 돌아와 미술 교사 일을 시작할 거야." 명성을 열망하는 에이미가 철학자처럼 침착하게 대답했다. 그러나 그녀는 얼굴을 찌푸렸고 자신의 희망을 포기하기 전에는 굴복할 수 없다는 듯 힘차게 팔레트를 씻었다.

"아니 넌 그렇지 않을 거야. 넌 힘든 일을 싫어하니까 부자와 결혼해서 대저택에서 갖은 호사를 누리겠지." 조가 말했다.

"언니의 예상은 가끔 실현되기도 하지만 이번 것은 믿지 않

아. 분명 그러길 바라지만 스스로 예술가가 되지 못하면 예술가를 돕는 그런 사람이 되어야겠어."

가난한 미술 교사보다는 바운티풀 부인처럼 여성 자산가가 되는 편이 자기에게 더 맞다는 듯 에이미가 미소 짓자, 조가 한숨을 쉬었다.

"음! 네가 바란다면 그렇게 될 거야. 네 소원은 항상 이루어졌고 내 것은 늘 틀어졌지."

"가고 싶어?" 조심스럽게 코를 납작하게 눌러보며 에이미가 물었다.

"당연하지!"

"1~2년 안에 내가 언니를 보내줄게. 고대 로마의 광장에서 유물을 발굴하고 우리가 수십 번도 넘게 세워둔 계획을 실현하는 거야."

"고마워. 그 기쁜 날이 찾아오면 네가 한 약속을 다시 상기시켜줄게." 조가 추상적이지만 굉장한 제안을 최대한 감사히 받아들이며 대답했다.

준비할 시간이 그리 많지 않아서 에이미가 출발할 때까지 집 안이 어수선했다. 조는 팔랑거리는 파란 리본이 사라질 때까지 쭉 바라보았고 자신의 피난처인 다락방으로 돌아와서는 더는 눈물이 나지 않을 때까지 실컷 울었다. 에이미도 마찬가지로 증기선이 떠날 때까지 자리를 지키고 섰다. 그런 다음 육지로 내린 사다리가 걷어 올라가자 갑자기 넓은 바다가 이내 그녀와 사랑하는 가족들을 멀어지게 할 것을 알아차리고는 마지막으로 남아 있던 로리를 잡고 흐느끼며 말했다.

"나 대신 우리 가족들을 돌봐줘. 그리고 만일 무슨 일이 생기면……."

"내가 돌볼게, 그럴 거야. 무슨 일이 생기면 내가 가서 걱정하지 않게 해줄게." 로리가 이렇게 속삭이며 자신이 한 말을 지키게 되는 상황이 오면 얼마나 슬플지 살짝 생각했다.

그렇게 에이미는 젊은이의 눈에는 늘 새롭고 아름다운 옛 세상을 찾아 떠났다. 그동안 그녀의 아버지와 친구들은 여름 햇살이 바다를 눈부시게 비추는 것 말고는 아무것도 보이지 않을 때까지 자신들을 향해 손을 흔드는 행복한 소녀의 앞날에 행운만이 가득하길 간절히 빌었다.

31. 우리의 해외특파원

런던에서

사랑하는 가족들에게

난 피커딜리의 베스 호텔 창가에 앉아 있어. 멋진 곳은 아니지만 몇 년 전에 작은할아버지가 이곳에 들렀고 다른 곳에는 가지 않으셔. 그렇지만 우린 오래 머물 예정이 아니라서 별문제는 아니야. 아, 내가 얼마나 잘 지내고 있는지 말하는 걸 깜빡했네! 정말 좋아. 그저 몇 자 적어서 보내줄 수밖에 없는 게 안타까워. 여행을 시작한 이후로 스케치와 습작을 많이 했어.

기분이 너무 울적해서 핼리팩스에서 몇 줄 적어 보냈는데 그 이후 기분이 좋아졌고 좀처럼 아프지도 않아서 날마다 갑판에 나가 날 즐겁게 해주는 유쾌한 사람들과 어울려.

모두가 아주 친절한데 특히 장교들이 그래. 비웃지 마, 조 언니. 장교들은 꼭 승선해야 하는 사람들이고 배에서 근무하거나 근무지 발령을 기다리고 있어. 그들이 한가하니 유용하게 쓰는 편이 좋고 안 그러면 그들은 줄담배나 피우다 죽고 말 거야.

작은할머니와 플로는 계속 몸이 좋지 않고 혼자 있고 싶어 해서 난 두 사람을 위해 할 일을 마친 다음에는 밖으로 나가 놀아. 갑판을 산책하는 일이나 일몰을 감상하고 상쾌한 공기를 마시고 파도를 보는 게 좋아! 빨리 달리는 말을 타고 아주 당당하게 누비는 것 같은 기분이 들거든. 베스 언니가 왔으면 건강에 아주 좋았을 텐데. 조 언니가 왔다면 뱃머리 꼭대기 지브(jib)나 뭐든 높은 곳에 올라가 앉고 기술자들과 친구가 되고 선장의 확성기를 빵하고 울리며 엄청 기뻐했을 거야.

다 너무 근사한데 그중에서도 아일랜드 해안을 본 것이 너무 좋았어. 정말 멋지고 너무 푸르고 환한 데다 갈색 오두막이 이곳저곳에 있고 언덕에는 폐허 유적이 있고 골짜기에는 신사들의 대저택이 보이고 공원에는 사슴을 풀어 놓았어. 아주 이른 아침이었는데 그곳을 구경하려고 일찍 일어난 걸 후회하지 않아. 만에는 작은 보트들이 가득 정박해 있고 해변은 그림처럼 아름답고 그 위로 하늘이 발그레하게 빛났어.

그 광경을 평생 못 잊을 거야.

퀸스타운에서 내가 새로 사귄 지인 중 한 명이 내렸는데 그의 이름은 레녹스고 내가 킬라니호(Lakes of Killarney)에 대해 이야기했더니 그가 한숨을 쉬며 날 쳐다보고 이런 노래를 불러줬어.

"오, 케이트 키어니에 대해 들어본 적이 있나요?
그녀는 킬라니 강둑에 살죠.

번뜩이는 그녀의 눈빛을 보면
위험을 피해 날 수 있고
그것이 바로 케이트 키어니의 치명적인 눈빛이랍니다."

정말 터무니없는 노래지 않아?

우린 리버풀에는 겨우 몇 시간만 정박해 있었어. 더럽고 시끄러운 도시여서 난 빨리 떠나는 게 기뻤어. 작은할아버지는 서둘러 외출을 해 개가죽 장갑 한 벌과 투박한 신발 한 켤레와 우산 하나를 샀고 제일 먼저 넓게 기른 구레나룻을 잘랐어. 자신이 진짜 영국 사람처럼 보이는 줄 착각하고 계셔. 하지만 할아버지가 신발에 묻은 진흙을 정리하려고 갔을 때 어린 구두닦이가 미국 사람인 줄 알고 씩 웃으면서 이렇게 말했어. "다 됐습니다, 선생님. 최신 유행하는 양키 스타일로 닦아드렸어요." 그 말에 삼촌은 엄청나게 기뻐했어. 아, 그 터무니없는 레녹스가 한 짓을 까먹을 뻔했네! 그에게는 우리와 함께 배를 타고 있는 워드라는 친구가 있는데 그 친구를 시켜 나한테 꽃다발을 전해주라고 했어. 처음으로 난 내 방에서 아름다운 꽃다발을 받았고 카드에는 '로버트 레녹스의 찬사'라고 적혀 있었어. 정말 우습지 않아, 언니들? 난 여행이 좋아.

서둘지 않으면 런던에 간 이야기를 못할 뻔했네. 런던 여정은 아름다운 풍경화가 잔뜩 걸린 미술관 복도를 지나다니는 것 같았어. 농가들이 정말로 예뻤어. 엮은 지붕과 처마까지 자란 담쟁이덩굴, 격자 창문, 다부진 여성들과 문 앞에서 노는 발그레한 아이들. 소들은 우리네 소보다 더 고요해 보였고 무릎 높이까지 자란 클로버 들판에 가만히 서 있었어. 암탉은 양키 암탉과 달리 한 번도 불안해 본 적이 없는 듯 만족하게 꼬꼬댁거렸어. 내 평생 처음 본 완벽하게 푸른 초원에 하늘은 아주 파랗고 곡식은 황금빛이고 나무들은 짙은 색을 띠어 그 모든 것이 너무 완벽했어. 플로도 반했어. 그래서 우리는 시속 96킬로미터로 달리는 배 위에서 모든 것을 다 보려고 한쪽에서 반대쪽으로 계속 왔다 갔다 했어. 작은할머니는 지쳐서 잠들었지만 작은 할아버지는 가이드북을 읽었고 뭘 봐도 놀라지 않으셨어. 그저 계속 이런 식이었지. 내가 저리로 뛰어가서 '아, 저기 나무 사이에 회색으로 보이는 곳이 분명 케닐워스(Kenilworth)일 거야!' 그러면 플로가 내 창문으로 와서 '너무 근사해. 우리 저길 꼭 가봐요, 네 아빠?'라고 말하지. 그 말에 작은할아버지는 침착하게 부츠를 쳐다보며 말했어. '아니, 얘야. 네가 맥주를 마시고 싶어 하지 않는 한 갈 수 없는 곳이란다. 저건 양조장이야.'

그리고 잠시 정적이 있고 플로가 소리쳐. '어머나, 저기 교수대가 있고 사람 한 명이 매달려 있어.' '어디, 어디에!' 내가 이렇게 소리치고는 도리가 있고 쇠사슬이 매어 있는 높은 기둥 두 개를 쳐다봐. 그러면 작은할아버지가 눈을 반짝이며 말해. '저긴, 탄광이란다.' '귀여운 양들이 죄다 누워 있어.' 내가 말해. '보세요. 아빠, 너무 귀엽지 않아요?' 플로가 감상적으로 이렇게 덧붙여. '맙소사, 여자애들이란.' 작은할아버지가 이렇게 대꾸하면 그 소리에 우리는 조용해졌다가 플로는 앉아서 《캐번디시 선장의 연애사(The Flirtations of Capt. Cavendish)》를 읽고 난 혼자서 풍광을 즐겨.

런던에 도착했을 때 당연히 비가 내렸고 안개와 우산 말곤 보이는 게 없었어. 우리는 쉬고 짐을 풀고 비가 오는 사이 간간이 쇼핑도 했어. 내가 서둘러 여행에 합류하느라 반도 준비를 못했기에 메리 작은할머니가 새것들을 좀 사주셨어. 예

뻔 흰 모자와 파란 깃털, 거기에 어울리게 기분 전환이 되는
모슬린과 세상에서 제일 아름다운 망토까지. 리젠트 스트리
트(Regent Street)에서의 쇼핑은 근사했어. 물건들이 꽤 싼 것
같았어. 괜찮은 리본이 1야드에 6펜스밖에 하지 않는 거 있
지. 난 여분이 있지만 파리에서 장갑을 살 거야. 이렇게 말하
니 참 우아하고 부유한 숙녀처럼 들리지 않아?

　할아버지 내외분이 외출하셨을 때 플로와 나는 재미 삼아
2륜 마차를 불러서 드라이브를 갔는데 우리는 젊은 숙녀들
만 타기에는 적당하지 않다는 점을 배웠어. 너무 우스꽝스
러웠어! 우리는 나무로 된 객차 안에 있었고 마부가 너무 빨
리 몰아서 플로가 겁을 먹었고 나더러 그에게 멈추게 해달라

고 말하라는 거야. 하지만 그는 바깥 뒤쪽 위 어딘가에 있고 난 그에게 닿을 수 없었어. 내가 부르는 소리도 못 듣고 양산을 앞으로 휘저어도 못 보기에 우리는 어쩌지 못하고 덜커덩거리는 마차에서 안절부절못했어. 마차가 모퉁이를 돌 때에는 빠른 속도로 몸이 한쪽으로 쏠렸지. 난 절망에 빠져 있다가 마침내 지붕에 달린 작은 문을 보았고 그것을 밀치니 붉은 눈동자가 나타나 맥주 냄새를 풍기는 목소리로 '무슨 일이죠?'라고 말했어.

난 최대한 냉정하게 내 요구를 말하고 문을 닫았어. 마부는 '네, 네, 분부대로 하죠.'라고 말하더니 장례식에 갈 때처럼 천천히 말을 걷게 했어. 난 다시 천창을 치며 말했어. '좀 더 빨리 달려요.' 그러자 그가 전처럼 헐레벌떡 몰아서 우리는 그냥 포기하고 말았지.

오늘 박람회가 열렸고 우린 보이는 모습보다 한층 귀족적인 사람들이라 근처에 있는 하이드 파크(Hyde Park)로 갔어. 데번셔의 공작이 근처에 살아. 그의 하인이 뒷문에서 느긋하게 서 있는 걸 자주 봐. 웰링턴 공작의 저택도 그리 멀지 않아. 세상에 내가 그런 광경들을 볼 줄이야! 뚱뚱한 미망인들이 근사한 실크 스타킹에 벨벳 코트를 걸친 채 붉고 노란 마차를 타고 그 뒤로 분을 바른 마부들이 서 있어. 내가 본 가장 생기 넘치는 아이들을 데리고 있는 말쑥한 하녀들, 반쯤 졸려 보이는 아리따운 소녀들도 봤어. 괴상한 영국 모자를 쓴 멋 부린 신사들과 연보랏빛 옷을 입은 아이들이 느긋하게 즐기고, 키 큰 군인들이 짧은 빨강 재킷과 머핀처럼 생긴 모자를 한쪽으로 걸쳐 쓴 모습이 아주 웃겨서 난 그들을 모두 그림으로 담고 싶었어.

로튼 로우(Rotten Row)는 '루트 드 로이(Route de Roi)' 혹은 '왕의 길'이라는 뜻이야. 그렇지만 지금은 그저 승마 학교에 지나지 않아. 집들은 근사하고 남자들 특히 마부들이 말을 아주 잘 타. 하지만 여자들은 우리 방식과는 달리 뻣뻣하고 깡충거리면서 말을 몰았어. 난 그들에게 맹렬하게 달리는 미국 말을 보여주고 싶어. 그들은 특색이 없고 높은 모자를 쓴 상태로 그냥 까딱거리며 위아래로 움직여서 노아의 방주 장난감 속 여성들 같아. 노인, 다부진 여성, 어린아이, 젊은이 할 것 없이 모두가 말을 타고 희롱도 해. 연인 한 쌍이 상의 단춧구멍에 꽂을 장미를 교환하는 걸 봤는데 꽤 멋진 아이디어라고 생각했어.

오후에는 웨스트민스터 사원에 갔어. 내가 설명해줄 거라 기대하진 마. 그건 불가능해. 그저 장엄하다고만 말할게! 오늘 저녁에는 펜싱 경기를 보러 가는데 인생에서 가장 행복한 날을 제대로 마무리하기에 손색없는 일정이라고 생각해.

지금은 자정. 시간이 많이 늦었지만 지난 밤 있었던 일을 말하지 않고 아침까지 기다릴 수가 없어서 글을 써. 우리가 차를 마시는데 누가 왔는지 알아? 로리의 영국 친구인 프레드와 프랭크 본이었어! 난 그들을 잘 모르고 카드를 통해 얘기만 들었으니까 너무 놀랐어. 둘 다 구레나룻을 기른 키가 큰 청년들로 프레드는 영국식으로 잘생겼고 프랭크는 살짝 다리를 절지만 목발을 짚지 않아 훨씬 나았어. 형제는 로리한테서 우리가 어디에 있는지 듣고 그들 집으로 초대하러 왔어. 하지만 작은할아버지는 가지 않을 테니 우리는 방문을 거절해야 할 거고 가능할 때 그들을 봐야지. 그들은 우리와 같이 극장에 갔고 정말로 재미있는 시간을 보냈어. 프랭크는 플로와 이야기를 나누고 프레드와 나는 평생 알고 지낸 친구처럼 과거, 현재, 미래에 대해 재미있게 대화를 주고받았어. 베스 언니에게 프랭크가 안부와 함께 건강이 좋지 않다는 소식을 들어 유감이라고 했다는 걸 전해줘. 프레드는 내가 조언니 이야기를 하니 웃었고 '큰 모자에 경의를 표한다'고 했어. 둘 다 로런스 캠프와 우리가 거기서 즐거웠던 일을 잊지 않았어. 진짜 오래전 일인 것 같지 않아?

작은할머니가 벌써 세 번이나 벽을 두드려서 이제 그만 써야 할 것 같아. 이렇게 늦은 시간에 편지를 쓰고 아름다운 것들로 꾸며진 방에 있고, 머릿속에는 공원, 극장, 새로운 드레스, '아!' 하며 금발 콧수염을 만지작거리는 진정한 영국 귀족에 대한 생각이 가득 찬 걸 보니 내가 정말 방탕한 런던의 숙녀가 된 것 같아. 모두 보고 싶어. 난 지금 실없는 상태긴 하지만 그 어느 때보다 더 많은 사랑을 전할게.

에이미가

파리에서

언니들에게

마지막 편지에서 런던 여행에 대해 말했지. 본 형제가 얼마나 친절했는지, 그리고 우리에게 얼마나 유쾌한 친구가 되어주었는지 말이야. 난 햄프턴 코트(Hampton Court)와 켄싱턴 박물관(Kensington Museum)에 갔던 게 무엇보다도 좋았어. 햄프턴에서 라파엘의 그림을 보았고 박물관에는 터너, 로렌스, 레이놀즈, 호가스와 다른 유명 작가들의 작품이 가득 있었어. 리치먼드 공원(Richmond Park)에서 보낸 날도 근사했지. 우리는 정기적으로 영국식 피크닉을 즐겼어. 난 그릴 수 있는 많은 오크 나무들과 사슴 떼를 보았어. 또 나이팅게일의 노랫소리를 듣고 종달새가 날아오르는 모습도 봤어. 프레드와 프랭크 덕분에 우리는 가슴속에 런던을 만족스럽게 담았고 떠나려니 아쉬웠어. 런던 사람들은 쉽게 곁을 내주지 않지만 한번 마음을 열면 정말 최선을 다해 호의를 보여주는 것 같아. 본 가족들이 내년 겨울에 로마에서 다시 만나길 바란다고 했고 그레이스와 나는 친한 친구가 되었고 형제들도 좋은 친구들인데 특히나 프레드랑 가까워서 우리가 못 보게 된다면 아주 크게 실망할 것 같아.

우리가 이곳에서 지내는 데 어려움을 겪고 있는데 프레드가 다시 나타나 휴가차 왔다고 말했고 그런 다음 스위스로 간다고 했어. 작은할머니는 처음에는 그에게 냉랭해 보였지만 그가 전혀 아무렇지 않아 해서 한 마디도 못했어. 이제 우리는 잘 적응하고 있고 그가 와줘서 너무 기뻐. 프레드는 현지 사람처럼 프랑스어를 유창하게 구사해. 난 그가 가고 나면 우리가 어떡할지 막막해. 작은할아버지는 열 단어도 채 알지 못하고 아주 큰 소리로 영어로 말하는데 그렇게 하면 이곳 사람들이 알아들을 거라고 생각하는 것 같아. 작은할머니의 발음은 구식이고 플로와 나는 많이 안다고 생각하지만 사실 아는 게 없고 할아버지 말대로 프레드가 '프랑스어를 해줘서' 아주 고마웠어.

우리는 정말 즐거운 시간을 보냈어! 아침부터 밤까지 관광했어! 잠시 근사한 카페에 들러 점심을 먹고 재미있는 모험을 두루 경험했어. 비가 오는 날에 난 루브르에서 그림을 보며 느긋한 시간을 보내. 조 언니는 미술에 대해서는 문외한이라 근사한 작품을 봐도 콧방귀를 뀌겠지. 하지만 난 예술에 대한 조예가 있으니 최대한 빨리 내 보는 눈과 취향을 높이는 중이야. 언니는 위대한 인물의 유적을 보는 데 더 관심이 많겠지. 난 나폴레옹이 쓰던 삼각모와 회색 코트, 그가 아기 때 쓰던 요람과 낡은 칫솔을 구경했어. 그리고 마리 앙투아네트의 작은 구두와 생 드니의 귀걸이, 샤를마뉴 대제의 검과 여러 흥미로운 전시품도 봤어. 집에 돌아가면 몇 시간이고 그 이야기를 해줄 수 있지만 지금은 다 쓸 수가 없네.

팔레 루아얄(Palais Royale)은 천국과 같아. 보석과 예쁜 것들로 가득 차 있지만 살 수 없어서 정말 슬펐어. 프레드가 내게 사주려고 했지만 당연히 허락하지 않았어. 그리고 숲과 샹젤리제(Champs Elysees)는 꽤 웅장해. 난 황실을 여러 번 봤어. 황제는 못생기고 단호한 얼굴이었고 황후는 창백하고 예뻤지만 옷 고르는 취향이 엉망이더라. 보라색 드레스에 녹색모자, 노란 장갑이라니. 어린 나폴레옹은 귀여운 아이였어. 붉은 새틴 재킷을 입은 선두 기수들과 호위병에 둘러싸인 사륜마차를 타고 지나가면서 가정교사의 무릎에 앉아서 수다를 떨고 사람들에게 손 인사를 해주었어.

우리는 자주 아름다운 튈르리 정원(Tuileries Gardens)을 산책하지만 난 고전적인 뤽상부르 공원(Luxembourg Gardens)이 더 좋아. 파리의 공동묘지는 신기하게 무덤이 작은 방처럼

생겼고 그 안을 들여다보면 죽은 사람의 사진이나 초상화가
놓인 테이블이 있고 애통해하는 방문객들이 앉을 수 있게 의
자도 있어. 참 프랑스적이지, 안 그래?

우리가 머무는 곳은 리볼 리가(Rue de Rivoli)에 있고 우린
발코니에 앉아서 길고 근사한 거리를 쭉 내려다봐. 밖에 나
갔다 와서 너무 피곤한 날에는 발코니에서 저녁마다 이야기
를 나눌 수 있어서 좋아. 프레드는 참 재미있는 사람이고 내
가 본 가장 유쾌한 청년이야. 물론 더 매력적인 매너를 지닌
로리를 빼곤 말이지. 난 금발 남자는 별로라서 프레드가 갈
색 머리면 좋겠다고 생각해. 그렇지만 본 가문은 아주 부자
고 훌륭한 일가라서 금발은 전혀 흠이 되지 않아. 내 머리카

락이 더 금발인걸.

다음 주에 우리는 독일과 스위스로 떠나. 그리고 우리가 빠르게 여행을 하는 관계로 짤막한 편지만 보낼 수 있을 것 같아. 일기는 쭉 쓰고 있고 아버지의 조언대로 '내가 보고 감탄한 모든 것을 제대로 기억하고 똑바로 설명할' 수 있도록 노력 중이야. 나한테는 좋은 경험이고 스케치북이 있으니 그걸로 나중에 편지보다 더 잘 내 여정을 설명해줄게.

아듀(안녕). 모두에게 부드러운 포옹을 건네며.

에이미가

하이델베르크

친애하는 어머니께

베른(Berne)을 떠나기 전 잠시 시간이 있어 그간 일어난 일에 대해 말씀드리려고 해요. 편지를 보면 아시겠지만 아주 중요한 일도 있었어요.

라인강 유람은 정말 완벽했고 전 가만히 앉아서 가능한 모든 걸 즐겼어요. 아버지의 낡은 여행 가이드북을 가져와서 이 강에 대해 읽었어요. 너무 아름다워서 어떤 말로도 담아낼 수가 없어요. 코블렌츠(Coblenz)에서 우리는 즐거웠어요. 배에서 프레드와 친분을 쌓은 본 출신 학생들이 우리에게 세레나데를 불러줬어요. 달이 뜬 밤이었고 대략 1시쯤 플로와 전 창문 아래서 들리는 달콤한 음악 소리에 홀려 잠에서 깼어요. 그리고 재빨리 일어나 커튼 뒤로 숨었어요. 하지만 민첩한 장난꾼들이 우리에게 프레드와 학생들이 아래에서 노래를 부르는 모습을 보여주었어요. 평생 가장 낭만적인 순간이었어요. 그 강과 배다리 반대쪽의 거대한 요새, 달빛이 사방에서 빛났고 음악은 돌덩이 같은 가슴도 녹일 수 있을 만큼 아름다웠어요.

그들이 노래를 마쳤을 때 우리가 꽃을 던져주었고 그들이 꽃을 주워서 보이지 않는 숙녀들을 향해 손바닥 입술 세례를 보낸 뒤 웃으며 떠났어요. 가서 담배도 피우고 술도 마셨겠죠. 다음 날 아침 프레드가 제게 그의 조끼 주머니에 든 부스러진 꽃 한 송이를 보여주었는데 참 낭만적이었어요. 전 그를 비웃으며 제가 던진 게 아니라 플로가 던졌다고 말했고 그 말에 프레드가 속이 상했는지 꽃을 창문 밖으로 던져버리고 다시 제정신으로 돌아왔어요. 전 그와 문제가 생길까 봐 걱정인데 이미 그런 것 같아요.

나사우(Nassau)의 목욕탕은 아주 근사했고 바덴바덴(Baden-Baden)도 마찬가지였어요. 프레드는 그곳에서 돈을 좀 잃어버려 제가 야단을 쳤어요. 프랭크가 없으면 그는 돌봐줄 누군가가 있어야 해요. 한번은 케이트가 프레드가 빨리 결혼했으면 좋겠다고 말했고 저도 그게 그를 위해서 좋을 것 같아서 찬성하는 입장이에요. 프랑크푸르트는 근사했어요. 괴테의 집, 실러의 동상, 다네커의 유명한 〈아리아드네의 군상(Ariadne)〉도 봤어요. 아주 멋졌지만 그 이야기를 더 잘 알았다면 감상을 더 잘했을 것 같아요. 모두가 그 이야기를 알거나 혹은 아는 척해서 물어보기 싫었어요. 조 언니가 있어서 제게 다 말해주면 좋겠다고 생각했어요. 제가 아는 것이 전혀 없어서 굴욕감을 느꼈고 앞으로 책을 더 읽어야겠어요.

이제부터 진지한 이야기예요. 일이 벌어졌고 프레드가 갔어요. 그는 아주 친절하고 유쾌해서 우리 모두가 그를 꽤 좋아했어요. 전 세레나데가 울리던 날까지 그저 같이 여행하는 친구 사이일 뿐이라고 생각했어요. 그러나 그날 뒤로 달빛 아래 산책을 하고 발코니에서 이야기를 나누고 날마다 새로운 모험을 하는 것이 그에게 재미 이상의 무언가가 있다고 느끼기 시작했어요. 어머니, 전 진심으로 그에게 추파를 던지지 않았고 어머니가 하신 말씀을 새겨듣고 최선을 다했어요. 사람들이 절 좋아하게 되는 건 어쩔 수 없어요. 그렇게 하지 못하도록 만들 수가 없고 조 언니는 제가 인정머리가 없다고 말하지만 전 그들을 무신경하게 대한다고 느낄까 봐 걱정이 돼요. 어머니는 지금 아니라고 고개를 저으실 거고 언니들은 '오, 돈이 목적인 앙큼한 것!'이라고 말하겠지만 전 마음을 정했고 프레드가 제게 청혼하면 아직 그를 미친 듯이 사랑하지 않지만 받아들일 거예요. 전 그를 좋아하고 함께 있으면 편해요. 그는 젊고 잘생겼고 충분히 똑똑하고 아주 부자인데 로런스네보다 훨씬 더 많이 부자예요. 그의 가족들이 반대할 것 같진 않아요. 그들 모두 친절하고 좋은 교육을 받고 자라 관대한 사람들이고 절 좋아하니까 저도 분명 행복할 거예요. 프레드는 쌍둥이 중 형이라 사유지를 소유하게 될 것 같아요. 아주 엄청난 곳이에요! 근사한 도로에 현대적인 집이 있고 우리의 대저택처럼 과시적이진 않지만 두 배로 편안하고 영국 사람들의 방식대로 완전 호화롭게 치장되어 있어요. 전부 귀한 것들이라 정말 마음에 들어요. 명판, 가족의 보석, 오래된 하인들, 공원과 대저택, 근사한 정원과 멋진 말들이 있는 시골 사진도 봤어요. 아, 그 모든 것이 다 제가 바라는 거예요!

그리고 얼른 낚아챘는데 알고 보니 실속이 없었다는 소리를 듣는 것보다는 훨씬 낫잖아요. 제게 돈이 우선일 수도 있지만 전 가난이 싫고 가능한 빨리 벗어나고 싶어요. 우리 중 누군가는 반드시 결혼을 잘해야 해요. 메그 언니는 그러지 못했고, 조 언니는 결혼하지 않을 거고, 베스 언니는 아직은 결혼을 할 수 없으니 제가 그렇게 해서 모든 것을 편안하게 만들어야 해요. 전 제가 싫어하거나 혐오하는 남자와 결혼하지 않을 거예요. 어머닌 그걸 아시리라 믿어요. 프레드가 제 이상형은 아니지만 그는 아주 잘하고 있고 얼마 안 가서 그에게 빠질 정도로 절 아주 좋아해 주면 저도 그렇게 해보려고요. 그래서 지난주에 곰곰이 생각해보았어요. 프레드가 절 좋아하는 모습을 드러내도록 제가 돕는 건 불가능해요. 그는 아무 말도 하지 않았지만 행동으로 살짝 보여주었어요. 그는 절대 플로와 어울리지 않고 마차, 테이블, 혹은 산책로에서 항상 제 옆에 있고 우리끼리만 있을 땐 낭만적으로 굴었고 누가 저한테 말이라도 걸려고 하면 인상을 찌푸렸어요. 어제 저녁을 먹으면서 한 오스트리아 장교가 저희를 빤히 쳐다보더니 난봉꾼처럼 생긴 남작 친구에게 '매력적인 금발'이라는 소리를 했어요. 그 소리에 프레드는 화가 나서 사자처럼 무서운 표정을 짓고 접시 밖으로 날아갈 듯 미친 듯이 고기를 썰어댔어요. 그는 냉정하고 침착한 영국남자가 아니고 꽤 성질을 잘 내는데 그의 아름다운 푸른 눈동자를 보면 알 수 있듯 스코틀랜드 혈통이라 그런 것 같아요.

어제 해가 질 무렵 우리는 성으로 올라갔어요. 다 같이 갔고 프레드는 우편물 유치 일을 보러 간 뒤 성에서 우리를 만나기로 했어요. 유적지 이곳저곳을 둘러보고 지하실에 놓인 커다란 술통도 보고 오래전에 프레드릭 윌리엄이 영국인 아내를 위해 꾸민 아름다운 정원에도 가면서 행복한 시간을 보

냈어요. 전 넓은 테라스와 멋진 전망이 정말 마음에 들었어요. 그래서 다들 실내로 들어가 있는 동안 전 거기 앉아서 주홍색 인동덩굴이 사방으로 자라 있는 벽에 달린 회색 돌 사자 머리 조각상을 스케치북으로 옮겼어요. 그곳에 앉아 계곡으로 흐르는 물을 바라보고 저 아래서 오스트리아 밴드가 연주하는 음악을 들으며 사랑하는 사람을 기다리니 동화 속 소녀처럼 사랑에 빠질 것 같은 기분이었어요. 무슨 일이 벌어질 걸 예감했고 마음의 준비를 했어요. 부끄럽거나 전율을 느끼진 않았지만 아주 침착했고 살짝 흥분했을 뿐이에요.

얼마 못 가 프레드의 목소리가 들렸고 그가 절 찾아서 서둘러 커다란 아치를 지나왔어요. 그에게 무슨 큰 문제가 있는 듯 보여서 전 제 마음은 다 잊어버리고 무슨 일인지 물었어요. 그는 프랭크가 아주 많이 아프니 집으로 급히 돌아오라는 편지를 방금 막 받았다고 했어요. 그래서 그날 밤 기차로 떠나야 해서 작별인사를 할 시간만 겨우 낸 거였어요. 전 너무 안쓰러웠고 그가 악수를 청하며 제가 오해하지 않도록 '곧 돌아올게. 날 잊지 않을 거지, 에이미?'라고 말했기에 아주 잠시 동안이지만 실망했어요.

전 약속을 하지 않았지만 그를 쳐다보았고 그는 만족한 듯 보였어요. 작별인사를 할 시간밖에 없었던 그는 한 시간 안에 떠나서 모두가 그를 아주 그리워하고 있어요. 그가 말하고 싶어 했다는 걸 전 알지만 한동안은 결혼을 하지 않을 거라고 아버지와 약속했다는 말을 넌지시 한 적이 있고 그는 아직 성질이 급한 젊은이고 그의 아버지는 외국인 며느리를 받아들이고 싶어 하지 않는 것 같아요. 우리는 로마에서 곧 만날 거예요. 그때 제 마음이 바뀌지 않는다면 그가 '나와 결혼해 줄래요?'라고 물으면 '네, 그럴게요.'라고 대답할 거예요.

물론 이건 모두 아주 사적인 부분이지만 전 이 사태에 대해 어머니가 아시길 바랐어요. 제 걱정은 하지 마세요. 전 어머니의 '분별력 있는 딸, 에이미'라는 걸 기억하시고 성급하게 행동하지 않을 거예요. 제게 많은 조언을 해주세요. 최대한 어머니의 말을 들을게요. 어머니를 직접 보고 이야기를 나눌 수 있다면 참 좋으련만. 사랑해요, 그리고 절 믿어주세요.

어머니의 영원한 딸 에이미가

32. 연애 문제

"조, 베스가 걱정되는구나."

"왜 그러세요, 어머니. 메그 언니의 쌍둥이가 태어난 뒤로 이상하리만치 잘 지내는데요."

"내가 걱정하는 건 그 애의 건강이 아니란다. 정신 문제지. 마음속에 무슨 걱정이 있는 것 같은데 그게 뭔지 네가 한번 알아보렴."

"왜 베스한테 고민이 있다고 생각하시는 거예요?"

"오랫동안 혼자 앉아 있고 전처럼 아버지와 이야기를 하지 않는단다. 일전에는 쌍둥이를 보면서 우는 것도 봤고. 노래를 부를 때면 늘 슬픈 곡을 부르고 간간이 이해할 수 없는 표정을 짓거든. 그건 베스가 아니잖니, 그래서 걱정이란다."

"베스한테 직접 물어보셨어요?"

"한두 번 그랬었지. 그런데도 내 질문을 피하거나 너무 힘들어해서 내가 말을 멈췄단다. 난 결코 자녀들한테 비밀을 털어놓으라고 강요한 적이 없고 이렇게 오랫동안 기다려 본 적도 없단다."

마치 부인이 말을 하면서 슬쩍 조를 살폈는데 그녀의 얼굴은 베스처럼 어떤 비밀도 담겨 있지 않은 듯했다. 조가 잠시 바느질에 몰두하다가 말했다.

"베스가 한창 자랄 나이니 꿈을 꾸고 희망을 품고 알 수 없는 혹은 설명할 수 없는 두려움과 초조함도 생겼을 거예요. 어머니, 베스는 열여덟 살이잖아요. 우리는 그 점을 깨닫지 못하고 그 애가 어엿한 숙녀라는 점을 잊어버리고 아이처럼 대하고 있어요."

"그렇구나, 조. 너흰 정말 빨리 자라." 어머니가 이렇게 말하며 한숨을 짓고 미소를 보였다.

"어쩔 수 없는 일이잖아요, 어머니. 그러니 근심하지 마시고 어머니의 자식들을 한 명씩 둥지 밖으로 보내주세요. 어머니에게 위안이 된다면 전 결코 멀리 가지 않겠다고 약속해요."

"그래, 아주 큰 위안이 되는구나, 조. 메그가 시집을 가고 난 뒤 항상 집에 네가 있으면 든든하단다. 베스는 너무 허약하고 에이미는 의지하긴 너무 어리지. 그렇지만 힘든 일이 찾아와도 넌 언제나 준비가 되어 있잖니."

"전 힘든 일도 그리 두려워하지 않는다는 거 아시잖아요. 그리고 누군가는 가족을 돌봐야죠. 에이미는 미술에 재능이 있고 전 아니에요. 하지만 집 안의 모든 카펫을 떼어낼 때나 가족 절반이 한꺼번에 아플 때 제 역할이 무엇인지 잘 알아요. 에이미는 해외에서 자신을 돋보이게 하고 있어요. 집에서 무언가 잘못된다면 그건 제 담당이죠."

"그렇다면 베스를 네 손에 맡길게. 그 애는 가녀린 작은 가슴을 누구보다 더 빨리 너에게 열어 보일 거야. 아주 상냥하게 대하고 누군가 자기를 감시한다거나 이야기를 한다고 생각하지 않게 해주렴. 그 애가 다시 강하고 쾌활해질 수 있다면 더 이상 바랄 것이 없겠구나."

"어머닌 참 소박하시군요! 전 바라는 게 아주 많은데."

"그게 뭐니, 조?"

"베스의 일을 해결하고 난 다음에 제 문제에 대해 말씀드릴게요. 몹시 지치는 그런 문제는 아니라서 속에 담고 있었어요." 조는 고개를 끄덕이며 바느질을 이어나갔고 어머니가 적어도 지금은 자신을 걱정하지 않도록 배려했다.

자신의 문제에 몰두한 상태로 조는 베스를 쳐다보았다. 그리고 여러 가지 추측을 한 다음 마침내 동생이 변한 이유를 설명할 수 있는 한 가지 대답을 찾았다. 작은 사건이 조에게 이 미스터리의 단서를 주었고 풍부한 상상력과 애정이 많은 가슴이 나머지 부분을 해결했다. 베스랑 둘만 있던 어느 토요일 오후 조는 열정적으로 글쓰기에 몰두했다. 사실 그녀는 아무렇게나 끄적이면서 이상하리만치 조용한 동생을 주시하고 있었다. 베스는 창가에서 자주 바느질거리를 무릎에 내려놓고 맥없이 한 손으로 이마를 짚었고 눈은 멍하게 가을 풍경을 응시했다. 갑자기 그 아래로 누군가 지나가며 찌르레기 같은 휘파람 소리를 내더니 목소리가 흘러나왔다.

"아주 평화롭구나! 오늘 저녁에 갈게."

베스가 깜짝 놀라더니 몸을 앞으로 구부리고 미소를 지으며

고개를 끄덕였다. 그리고 재빠른 발걸음이 사라질 때까지 그 사람을 지켜보았다. 그리고 자신에게 속삭이듯 조용히 말했다.

"그는 참 강하고 편하고 행복해 보여."

"흐으응!" 조는 콧노래를 흥얼거리는 척하며 계속 동생의 얼굴을 살폈다. 혈색이 빠르게

창백해지고 미소가 사라지고 창틀로 눈물이 떨어져 반짝였다. 베스는 얼른 눈물을 닦아내고 언니에게 들켰을까 봐 걱정하며 조를 흘끗 쳐다보았다. 그러나 조는 빛의 속도로 재빨리 고개를 돌려서 '올림피아의 선서'에 몰두했다. 베스가 고개를 돌리자마자 조는 다시 동생을 살폈고 베스는 한 번 이상 조용히 눈으로 손을 가져갔고 반쯤 얼굴을 가린 상태로 있어서 그 슬픔이 느껴지자 조의 눈에도 눈물이 고였다. 자신의 원칙을 져버릴까 두려워 조는 종이가 더 필요하다고 웅얼거리며 자리를 떴다.

"이 일을 어쩐담. 베스가 로리를 사랑해!" 조는 자기 방에서 충격을 받아 창백해진 얼굴로 자리에 앉아서 그 점이 분명하다고 믿었다. "한 번도 이런 일이 벌어질 거라고 상상도 못했어. 어머니가 뭐라고 하실까? 만일 로리가…….' 조는 갑자기 떠오른 생각에 말을 멈추고 얼굴이 달아올랐다. "그가 베스를 사랑하지 않는다면 이 얼마나 끔찍한 일이야. 로리는 당연히 그렇겠지. 내가 그 애가 베스를 사랑하게 만들어야 해!" 그녀는 벽에서 자신을 향해 웃고 있는 말썽꾸러기 같은 로리의 사진을 보며 고개를 절레절레 흔들었다. "맙소사, 우리는 맹렬하게 성장하고 있어. 메그 언니가 결혼을 해서 엄마가 되었고 에이미는 파리에서 잘 지내고 베스는 사랑에 빠졌어. 철없이 구는 사람은 이 집에 나 하나뿐이야." 조는 사진을 뚫어지게 쳐다보며 잠시 골똘히 생각에 잠겼다. 그리고 찡그린 미간을 펴고 반대편에 있는 얼굴을 향해 단호하게 고개를 끄덕이며 말했다. "아니, 사양할게요! 당신은 아주 매력적이지만 어디로 튈지 모르니까요. 그러니 감동적인 메모를 보내거나 넌지시 미소를 지을 필요도 없어요. 그래 봐야 전혀 소용이 없고 난 안 받을 테니까요."

그리고 그녀는 한숨을 쉰 다음 그때부터 땅거미가 질 때까지 몽상에 빠져 있다가 자신의 의구심을 확실하게 해소해 줄 새로운 단서를 찾으러 아래층으로 내려갔다. 로리가 에이미와 장난을 치며 놀고 조와 농담을 주고받긴 했지만 베스에 대한 그의 태도는 늘 이상하게 친절하고 신사적이었다. 그런데 로리는 모두에게 다 그랬다. 따라서 아무도 로리가 다른 사람보다 베스에게 더 관심을 보인다고 생각하지 못했다. 정말로 가족들은 전반적으로 요즘 들어 '우리의 청년'이 어느 때보다 더 조를 좋아한다고 여겼지만 당사자는 그 주제에 대한 말을 한마디도 듣지 못했고 누군가 감히 그 말을 꺼내면 폭력적으로 반발할 거였다. 가족들이 지난 한 해 동안 벌어진 여러 가지 애정어린 일들에 대해 알았다면 비록 그 싹이 무참히 잘려나가긴 했어도 다들 만족하면서 이렇게 말했을 거다. "봐, 내가 뭐랬어." 그렇지만 조는 연애를 싫어했고 허락하지 않을 거라서 언제고 닥칠 위험의 최소한의 징조라도 보이면 농담이나 미소로 넘겼다.

처음 대학에 갔을 때 로리는 한 달에 한 번 사랑에 빠졌다. 그러나 이 작은 불꽃은 아주 잠깐 타오르는 강렬한 열망 같은 것으로 어떤 화도 입히지 않았고 희망, 절망, 체념이 번갈아 나타나는 모습이 조에게는 아주 흥미로운 구경거리여서 매주 그녀에게 털어놓는 연애담을 기다렸다.

그러나 시간이 흐르면서 로리가 여러 여신을 숭배하는 일을 멈추고 한 사람에게 모든 열정을 쏟아 부으며 넌지시 암시를 주고 간간이 바이런처럼 신사의 모습을 보였다. 그런 다음 그는 사소한 이야기는 그만두며 조에게 철학적인 편지를 써 보내며 학구적으로 변했고 영예롭게 졸업할 생각으로 열심히 파고들 거라고 했다. 이런 모습은 숙녀에게 당장의 자신감이나 부드러운 압박, 무언의 눈빛보다 더 효과적이었다. 조의 경우 마음보다 머리가 먼저 발달했고 그녀는 실제 남성보다 상상 속 남성을 더 좋아했는데 그건 그들이 지루해지면 다락방 주석 조리대에 가둬두면 그만이지만 실제의 경우 관리하기가 쉽지 않기 때문이다.

엄청난 사실을 알게 되었을 때 상황은 이랬고 조는 그날 밤 난생 처음으로 다른 눈길로 로리를 지켜보았다. 머릿속에 새로운 생각을 가지고 있지 않았다면 평소와 다를 것 없이 베스는 조용하고 로리는 그 애한테 아주 친절하게 굴었다고 느꼈을 것이다. 그 대신 그녀의 풍부한 상상력이 날개를 활짝 펼치기 시작했고 오랫동안 로맨스 소설을 써서 현실감이 떨어진 건 어쩔 도리가 없었다. 언제나처럼 베스는 소파에 누웠고 로리가 근처에 있는 낮은 의자에 앉아 모든 가십거리를 털어놓으며 그 애를 즐겁게 해주었다. 베스는 주말마다 찾아오는 이 기분 전환의 기회를 즐겼고 로리는 한 번도 그녀를 실망시키지 않았다.

그런데 그날 저녁 조는 베스의 눈동자가 자기 옆에 앉은 생기 넘치고 거무스름한 얼굴을 특별히 즐겁게 바라보는 것을 알아차렸다. 베스가 크리켓 시합 이야기를 열중해서 들으며 '타이스를 노려', '오프 스텀프를 만들어버려,' '다리에 맞은 건 3점이야'와 같은 표현을 구사하며 산스크리트어를 잘하는 것만큼이나 지적인 면모를 뽐내는 걸 알게 되었다. 조는 감정이입을 하며 지켜보았고 로리의 태도에서 어딘가 신사다움이 더 커졌고 그는 이따금씩 목소리를 착 깔면서 평소보다 덜 웃고 살짝 멍한 상태로 베스의 발에 아프간 담요를 세심하게 덮어주었다.

'누가 알아! 이상한 일이 일어날지. 만일 두 사람이 서로 사랑한다면 베스가 그를 착하게 만들 거고 그가 베스의 삶을 아주 편하고 즐겁게 만들어줄 텐데. 로리가 그럴 수 있을 것 같진 않지만 가족들이 나서준다면 그렇게 될 수 있을 거라 믿어.'

조가 속으로 생각하며 거실을 호들갑스럽게 돌아다녔다.

모두가 물러서 있는 와중에 오직 조만 전속력으로 뛰어들어야겠다고 느꼈다. 하지만 어디서부터 시작해야 할까? 자매간의 헌신이라는 사원 앞에 자신을 제물로 바치려고 조는 자리를 잡고 앉았다. 지금 낡은 소파는 원로의 자리다. 길고 넓고, 쿠션이 잘 들어 있고 낮은 소파다. 보이는 것만큼 좀 낡았지만 자매들은 어릴 때부터 그 위에서 잠을 자고 기어 다니고 등을 비비고 팔로 매달리고 그 아래 동물원을 꾸리기도 했고 지친 머리를 누이고 꿈을 꿨고 자라서는 그 위에 앉아 다정한 이야기를 나누었다. 모두 소파를 가족의 유산으로 좋아했고 한 모서리는 항상 조가 제일 좋아하는 장소다. 공경할 만한 소파를 장식한 많은 쿠션 중에서 둥글고 딱딱하고 꺼끌꺼끌한 말털로 덮이고 양 끝에 둥근 단추가 달린 쿠션 하나가 있다. 이 혐오스러운 쿠션은 조의 특별한 자산으로 방어 무기, 바리케이드로 활용되거나 혹은 너무 많이 자는 것을 방지해주는 용도로 사용된다.

로리는 이 쿠션에 대해 잘 알았고 아주 싫어했다. 뛰어놀던 시절에는 이 쿠션으로 무자비하게 얻어맞았고 지금은 그가 가장 앉고 싶어 하는 소파 모퉁이의 바로 옆자리를 이 쿠션에게 빼앗기는 경우가 많다. 이 '소시지' 쿠션이 한쪽으로 서 있으면 그가 다가가 앉아도 된다는 뜻이고 소파 위에 평평하게 놓여 있으면 감히 그걸 건드리는 남자, 여자, 혹은 아이에게 화가 미칠 거라는 의미다. 그날 저녁 조는 자신의 모퉁이를 막아두는 걸 잊었고 자리에 앉은 지 5분이 채 되지 않았는데 거대한 형태가 그녀 옆으로 와서 소파 등 쪽으로 양팔을 쭉 펴고 긴 다리를 앞으로 내밀며 만족한 듯 숨을 내쉬며 말했다.

"이건 대가를 치를 만한걸."

"말 좀 곱게 써." 조가 땍땍거리며 쿠션을 쾅 내려놓았다. 하지만 너무 늦어 쿠션을 놓을 자리가 없었고 자연스럽게 바닥으로 떨어져 미스터리하게 종적을 감췄다.

"왜 그래, 조. 너무 까칠하게 굴지 마. 일주일 내내 해골 공부를 한 녀석은 예쁨을 받을 자격이 있고 그래야 해."

"베스가 널 토닥여 줄 거야. 난 바빠."

"아니, 베스는 그래 주지 않을 거야. 하지만 넌 갑자기 싫증난게 아닌 이상 그런 걸 좋아하잖아. 안 그래? 네 친구가 싫어서 쿠션으로 두들겨 패주고 싶어?"

이처럼 마음에 호소하는 말은 좀처럼 듣기 어렵지만 조는

'네 친구'라는 말에 움찔하고 몸을 돌려 단호하게 물었다.

"이번 주엔 랜들 양에게 꽃다발을 몇 번이나 보냈어?"

"한 번도 안 보냈어. 내 명예를 걸고 맹세코! 그녀는 이미 약혼했어."

"그 소식을 들으니 다행이네. 널 털끝만큼도 신경 쓰지 않는 여자들한테 꽃이나 선물을 보내는 건 어리석은 사치야." 조가 꾸짖듯이 말을 이었다.

"내가 엄청나게 신경 쓰는 분별력 있는 여자는 '꽃이나 선물'을 보내도록 허락하지 않는데 어떻게 해야 할까? 내 감정은 반드시 전해져야 해."

"어머니는 희롱을 허락하지 않아. 재미로라도 말이야. 그리고 넌 절박하게 희롱을 하고 있잖아, 테디."

"'너도 그렇잖아.'라고 대답할 수 있다면 뭐라도 줄 수 있어. 내가 그럴 수 없으니 그 즐겁고 사소한 장난이 아무 해가 되지 않는다고 말할 수밖에. 당사자들이 그저 장난일 뿐이라는 것을 이해할 때 말이야."

"보기에는 그럴싸해도 그런 장난에서 배울 수 있는 건 없어. 모두가 그러는데 안 하면 상대가 어색할까 봐 시도해 본 적이 있어. 하지만 난 그럴 수 없었어." 조가 멘토 역할을 해야 한다는 사실을 잊은 채 말했다.

"에이미를 본받아. 그 부분에서는 그 애가 재능을 타고났잖아."

"맞아, 에이미는 아주 잘하고 과도하게 선을 넘은 적은 결코 없어. 누군가는 별다른 노력을 하지 않아도 자연스럽게 다른 사람을 즐겁게 할 수 있고 다른 누군가는 항상 엉뚱한 장소에서 잘못된 말을 하지."

"네가 시시덕거리지 않아서 난 좋아. 바보처럼 굴지 않으면서 즐겁고 친절한 그런 분별력 있고 솔직한 여성을 보면 정말로 기분이 좋아지거든. 우리끼리라서 하는 말인데 조, 내가 아는 여자들 일부는 정말 심하게 그런 모습을 보여 내가 다 부끄러울 지경이야. 당연히 그렇다고 해가 되는 건 아니야. 하지만 그들은 나중에 우리 친구들이 수군거릴 걸 알지. 난 그들이 방식을 바꿨으면 좋겠어."

"그들도 똑같이 할 거야. 그들의 혀가 가장 날카롭다면 네 친구들은 최악의 혀를 가졌고 너도 그들만큼 모든 부분에서 어리석어. 네가 제대로 행동하면 그들도 그러겠지. 하지만 네가 그들의 비정상적인 태도를 좋아한다는 것을 알면 그들은 계속 그렇게 할 거고 넌 그들을 비난할 거야."

"그쪽으로 아는 게 많군요, 부인!" 로리가 거만한 목소리로 말했다. "우리는 마치 가끔 그랬던 것처럼 유희적인 관계도, 희롱도 싫어하고 있어. 가장 아름답고 겸손한 여성은 신사들 사이에서 존중의 의미가 아니고서야 절대 이야깃거리가 되지 않

아. 네 순수한 영혼을 축복해. 네가 내 집에 한 달만 머문다면 사소한 것이 널 놀라게 하는 경험을 하게 될 거야. 맹세코 내가 그 무모한 여성들 중 한 명을 보면 우리의 친구 수컷 울새와 이야기를 하고 싶을 테지."

"이 고약한 녀석, 네가 미워, 뻔뻔한 자식!"

로리가 예의 바르게 여성의 나쁜 점에 관해 이야기하는 것과 부유층 사회가 그에게 보여주는 많은 표본 속 여성적이지 않은 행동에 대한 그의 자연스러운 혐오가 모순이라 웃음이 튀어나왔다. 조는 '청년 로런스'가 세속적인 부인들 사이에서 최고의 신랑감으로 손꼽히는 것을 알고 그 딸들이 그에게 미소를 흘리고 나이에 상관없이 여성들이 그의 시선을 끌기 위해 많이들 희롱한다는 것도 알았다. 그래서 조는 꽤 질투를 느끼며 그를 바라보았고 그가 변할까 봐 두려웠고 그가 여전히 겸손한 여성을 신임하고 있다는 점을 알게 되어 생각보다 더 기뻤다. 갑자기 훈계하는 어조로 조가 목소리를 낮추며 말했다. "네가 꼭 감정을 드러내야 한다면, 테디! 네가 존경할 수 있는 '아름답고 겸손한 여성들' 중 한 명에게 헌신하고 어리석은 부류에게 시간 낭비를 하지 마."

"네가 정말로 충고하는 거야?" 로리가 불안과 유쾌함이 이상하게 뒤섞인 표정으로 조를 쳐다보았다.

"그래, 맞아. 하지만 전반적으로 봤을 때 넌 대학을 졸업할 때까지 기다리는 것이 좋을 거고 그러는 동안 제대로 된 사람이 되도록 노력해. 누가 그 겸손한 여성일지 모르겠지만 지금 넌 절반도 거기에 못 미치잖아." 그러다 조는 이름을 입 밖으로 꺼낼 뻔해서 살짝 어색한 표정을 지었다.

"그래 그렇지!" 로리는 순순히 인정했고 그가 겸손한 표정을 짓는 건 꽤 낯선 모습인데 눈을 아래로 내리깔고 멍하니 조의 앞치마에 달린 술 장식을 손가락으로 만지작거렸다.

'우리에게 자비를 베푸소서. 이 일은 결코 잘되지 않을 거야.' 조가 이렇게 생각하고 입 밖으로 덧붙였다. "가서 날 위해 노래를 불러줘. 난 음악이 너무 듣고 싶어. 그리고 항상 네 노래가 좋았어."

"난 그냥 여기 있을래."

"아니, 안 돼. 여긴 비좁아. 장식용으로 놔두기에 넌 너무 커버렸으니 가서 기특하게 좀 굴어봐. 여자의 앞치마 술 장식에 매달려 있는 걸 넌 싫어한다고 생각하는데?" 그가 했던 특정한 반항적인 단어들을 인용하며 조가 쏘아붙였다.

"아, 그건 누가 앞치마를 입었느냐에 따라 달렸어!" 그리고 로리가 술 장식을 대담하게 잡아당겼다.

"안 가?" 조가 쿠션을 주우려고 몸을 숙이며 물었다.

그는 곧바로 자리에서 벗어났고 그 순간 제대로 '던디 아가씨의 보닛이 튀어 올랐고' 그녀는 자리를 빠져나가 로리가 화를 내며 집을 나설 때까지 돌아오지 않았다.

　조는 그날 밤늦게까지 잠이 들지 못했고 막 잠에 빠졌을 때 억눌린 울음소리를 듣고 재빨리 베스의 침대 옆으로 가서 불안해하며 물었다. "왜 그래, 베스?"

　"언니가 자는 줄 알았어." 베스가 흐느꼈다.

　"또 몸이 아파서 그러니?"

　"아니, 그런 건 아니야. 하지만 참을 수가 없어." 베스가 눈물을 멈추려고 애썼다.

　"나한테 다 털어놔. 그러면 내가 다른 사람들에게 종종 해준 것처럼 널 치료해줄게."

"언니가 도와줄 수 없어. 이건 치료제가 없거든." 베스가 말을 멈추고 조에게 들러붙어 너무 절박하게 울자 그녀는 겁이 났다. "대체 뭔데? 어머니를 불러줄까?"

베스는 첫 번째 질문에는 대답하지 않았다. 하지만 어둠 속에서 마치 고통이 거기 있다는 듯 한 손이 자기도 모르게 가슴으로 갔다. 다른 손은 조를 재빨리 잡고 간절히 속삭였다. "아니, 안 돼. 어머니를 부르지 마. 어머니한테 말하지 마! 난 곧 좋아질 거야. 여기 누워서 가여운 내 머리를 쓰다듬어 줘. 곧 조용히 하고 잠을 잘게. 정말로 그렇게 할 거야."

조는 그렇게 해주었다. 하지만 부드럽게 베스의 뜨거운 이마와 젖은 눈두덩을 쓸어주자 그녀의 가슴이 가득 차올라 말을 하고 싶었다. 그러나 자신도 경험을 한 터라 조는 마음은 꽃처럼 강제로 피게 하는 것이 아니라 자연스럽게 열려야 한다는 점을 배웠다. 그래서 베스의 새로운 고통의 원인이 무엇인지 안다고 믿지만 아주 다정한 목소리로 말했다.

"고민이라도 있는 거야, 베스?"

"맞아, 조 언니!" 한참 뒤에 베스가 말했다.

"그게 뭔지 나한테 말하면 네 속이 좀 편해지지 않겠니?"

"아직은 아니야."

"그러면 묻지 않을게. 하지만 기억해둬 베스. 어머니와 난 언제고 기꺼이 이야기를 듣고 도와줄 준비가 되어 있다는 점을 말이야."

"나도 알아. 머지않아 언니에게 말해줄게."

"고통은 좀 나아졌니?"

"응, 훨씬 좋아졌어. 언니가 너무 편해!"

"그럼 이만 자렴. 내가 옆에 있을게."

그렇게 둘은 뺨을 맞대고 잠이 들었고 다음 날 베스는 다시 회복된 듯 보였다. 열여덟 청춘에겐 머리도 가슴도 그리 오래 앓지 않고 애정어린 말이 대부분의 병에 가장 잘 드는 치료제다.

조는 마음을 정하고 며칠 동안 곰곰이 계획을 세운 다음 어머니에게 털어놓았다.

"일전에 제 소원이 무엇인지 물으셨죠. 그중 하나를 말씀드릴게요, 어머니." 두 사람만 따로 함께 있을 때 그녀가 입을 열었다. "기분 전환을 위해 이번 겨울에 어디로 가고 싶어요."

"왜 그러니, 조?" 어머니는 그 말 속에 두 가지 의미가 담긴 것처럼 서둘러 고개를 들어 물었다.

조는 자신이 하는 일에서 눈을 떼지 않으며 조용히 대답했다. "전 새로운 것을 원해요. 새로운 것을 보고 더 많이 배우고 싶어서 몸이 근질거리고 안달이 나요. 사소한 문제만 너무 곱씹고 있는 터라 정신을 딴 곳으로 돌릴 필요가 있어서 이번 겨울에 새로운 경험을 해보고 싶어요."

"어디로 갈 거니?"

"뉴욕이요. 어제 좋은 생각이 떠올랐고 지금 말씀드릴게요. 커크 부인이 어머니에게 자녀들을 가르치고 바느질을 해줄 점잖은 젊은이를 찾는다는 편지를 썼잖아요. 완벽하게 바라는 일을 찾기란 꽤 어렵지만 제 생각엔 제가 노력하면 그 일을 할 수 있을 것 같아요."

"세상에, 그 커다란 하숙집에 고용살이를 하러 가다니!" 마치 부인이 놀란 듯 말했지만 싫어하는 기색은 아니었다.

"완전한 고용살이는 아니에요. 커크 부인은 어머니의 친구고 아주 친절하신 분이니 절 잘 대해 주실 거라는 걸 알아요. 부인네는 다른 지인들과는 떨어져 있으니 그곳에는 절 아는 사람이 아무도 없어요. 사람들이 안다고 해도 상관없어요. 정당한 일거리고 전 부끄럽지 않으니까요."

"나도 부끄럽지 않단다. 하지만 글 쓰는 건 어쩌고?"

"변화가 있으면 더 좋을 거예요. 새로운 것을 보고 듣고 좋은 아이디어를 얻을 거고 별로 시간이 많이 나지 않는다고 해도 제가 쓸 만한 꽤 많은 소재를 가지고 집으로 돌아오게 될 거예요."

"그 부분은 전혀 의심의 여지가 없구나. 하지만 이 갑작스러운 계획에 그것이 유일한 이유니?"

"아니에요, 어머니."

"내가 알아야 할 다른 이유가 있니?"

조는 고개를 들었다가 내리고는 갑자기 뺨이 붉어지더니 천천히 말했다. "이런 말을 하는 것이 헛되고 잘못일지도 모르지만 로리가 절 너무 좋아하게 될까 봐 두려워요."

"그 애가 네게 보이는 관심에 넌 전혀 신경이 쓰이지 않니?" 마치 부인이 불안해하며 질문했다.

"세상에, 아니에요! 전 언제나처럼 그 애를 좋아하고 자랑스럽게 생각하지만 그 이상이냐고 물으신다면 절대 아니에요."

"그 소리를 들으니 다행이구나, 조!"

"왜 다행이라고 생각하세요?"

"왜냐면, 너희가 서로 맞는다고 생각하지 않는단다. 친구로서 너희 둘은 아주 행복하고 자주 다투고 투닥거리지만 인생의 동반자라면 둘이 너무 부딪히는 일이 많을 것 같아 두렵구나. 너희 둘은 성격이 아주 똑같고 자유를 너무 좋아하고 발끈하는 성질과 강한 의지는 말할 것도 없어서 잘 어울리지만 남녀 관계에서는 사랑뿐 아니라 끊임없는 인내와 관용이 필요한 법이란다."

"제 스스로 설명할 수 없었지만 저도 그렇게 느끼고 있었어요. 그 애가 이제 막 저를 챙기기 시작했다고 생각하신다니 기뻐요. 그 애를 불행하게 만들면 전 아주 슬플 거예요. 고맙다는 이유로 오랜 친구와 사랑에 빠질 수는 없잖아요?"

"너에 대한 로리의 감정을 확신하니?"

조의 뺨이 더욱 붉어졌고 그녀는 소녀가 첫 사랑에 대해 이야기를 할 때의 기쁨, 자부심, 고통이 뒤섞인 표정으로 대답했다.

"그런 것 같아요, 어머니. 로리는 아무 말도 하지 않았지만 표정에서 많이 드러났어요. 그 표정이 어떤 결과를 가져오기 전에 제가 떠나는 쪽이 나을 거라고 생각해요."

"동감한단다. 그래서 해결될 수 있다면 네가 떠나렴."

조는 안심한 표정을 짓더니 잠시 뒤 미소를 지으며 입을 열었다. "모패트 부인이 알게 되면 어머니가 어떻게 절 보낼 수 있는지 궁금해하겠네요. 그리고 애니에게 여전히 희망이 있다는 점을 알고 기뻐하겠죠."

"조, 어머니들은 자식을 다루는 방식에 있어서 다를 수 있지만 목표는 모두 같단다. 자식이 행복한 모습을 보고 싶어 하지. 메그도 그랬고 그래서 난 그 아이의 성공에 만족하고 있단다. 네 경우 네가 지칠 때까지 자유를 누릴 수 있게 놔둘 거야. 그런 다음에야 더 좋은 것이 있다는 사실을 네가 깨닫게 되겠지. 지금은 에이미가 제일 걱정스럽다만 그 아이는 분별력이 있으니 잘 헤쳐 나갈 거야. 베스의 경우 건강이 좋아지는 것 말고는 아무런 바람이 없단다. 그건 그렇고 지난 이틀간 베스가 좀 밝아진 것 같던데. 그 애와 이야기를 해봤니?"

"네. 베스가 자신한테 고민이 있고 머지않아 제게 털어놓을 거라고 말했어요. 전 그 문제가 무엇인지 알 것 같아서 더는 추궁하지 않았어요." 그리고 조는 자신이 파악한 상황에 대해 밝했다.

마치 부인은 문제를 그리 낭만적으로 받아들이지 않고 고개를 저으며 진지한 표정으로 로리의 안녕을 위해 조가 한동안 떠나 있어야 한다는 의견만 되풀이했다.

"계획이 확정되기 전까지 그 애한테 아무 말도 하지 않기로 해요. 그런 다음 그가 마음을 정하고 비극이 일어나기 전에 제가 떠날 거예요. 베스는 반드시 제가 스스로를 위해 떠나는 걸로 생각해야 해요. 전 로리에 대해서 베스한테 말할 수 없어요. 하지만 제가 가고 난 뒤 베스가 로리를 위로해줄 거고 이 낭만적인 생각을 치료해주겠죠. 그는 이런 종류의 자잘한 일을 많이 겪어서 익숙하니 곧 애틋한 마음을 접을 거예요."

조는 희망에 차서 말했지만 이번 '자잘한 일'은 다른 때보다 더 힘들 거라는 생각과 예전처럼 쉽게 '애틋한 마음'을 극복하지 못할 거라는 예감에 두려움이 드는 건 어쩔 수가 없었다.

가족회의에서 이 계획에 대한 이야기를 했고 다들 동의했다. 커크 부인은 기쁘게 조를 받아들였고 그녀가 편안히 머물 수 있게 해주겠다고 약속했다. 가정교사 일이 그녀의 독립성을 키워줄 거고 새로운 배경과 사회가 이롭고 좋을 것이기에 글 쓰는 일에도 도움이 될 터였다. 조는 그 전망이 마음에 들었고 지치지 않는 성품과 모험심으로 집이라는 둥지가 점차 좁아지고 있는 상황에서 빨리 떠나고 싶었다. 모든 준비가 끝나자 두려움과 떨림으로 조는 로리에게 말했다. 그런데 놀랍게도 반응이 아주 조용했다. 로리는 최근 들어 진지해졌지만 아주 기뻐했다. 그리고 새로운 장을 여는 그녀에게 장난식으로 조용히 이렇게 말했다. "동감이야. 이 계획대로 하는 것이 좋을 것 같아."

그의 미덕이 때마침 나와 줘서 참으로 다행이었고 베스가 한층 활기차진 것 같아서 조는 한층 가벼운 마음으로 준비를 할 수 있었고 자신이 이번 일에 최선을 다할 수 있길 바랐다.

"내가 없는 동안 네가 특별히 돌봐줄 것이 하나 있어." 떠나기 전날 밤에 조가 베스에게 말했다.

"언니의 글 말이야?" 베스가 물었다.

"아니, 내 친구. 그 애를 잘 돌봐줘, 그럴 수 있지?"

"당연히 그렇게 해야지. 하지만 내가 언니의 자리를 대신할 수 없고 그는 언니를 아주 많이 그리워할 거야."

"그런다고 그가 상처를 받진 않아. 그리고 기억해, 네가 그 애를 너에게 맡길 테니 귀찮게 굴고, 쓰다듬어 줘. 그 순서대로 하면 돼."

"언니를 위해 최선을 다할게." 베스는 왜 조가 그렇게 이상한 표정으로 자신을 바라보는지 궁금해하면서 약속했다.

로리는 작별인사를 하며 혼잣말로 중얼거렸다. "이런다고 달라질 건 없어, 조. 내 눈길은 네게 가 있어. 그러니 행동 조심해. 안 그러면 내가 가서 널 집으로 데려올 거야."

33. 조의 편지

11월, 뉴욕

어머니와 베스에게

언제나처럼 편지를 써요. 대륙을 여행하는 근사한 숙녀는 아니지만 할 말이 많아서요. 아버지의 다정한 얼굴이 보이지 않으니 우울해져서 한두 번 눈물을 흘렸어요. 아일랜드인 부인과 네 아이들이 하루 종일 울고 법석을 떨지 않았다면 전 계속 우울증에 빠져 허우적거렸을 거예요. 아이들이 입을 벌리고 울어댈 때마다 생강 비스킷을 던져주는 낙으로 지내요.

곧 해가 나오고 그건 좋은 징조라 전 언제나처럼 청소를 하고 최선을 다해 제 일상을 즐겨요.

커크 부인이 아주 다정하게 절 환영해주셔서 그 큰 저택에 모르는 사람들 천지였지만 곧바로 집에 있는 것처럼 편해졌

어요. 부인이 제게 작은 다락방을 내주었어요. 난로가 있고 해가 잘 드는 창가에 근사한 테이블이 놓여 있어 전 그 앞에 앉아 좋아하는 글을 써요. 전망이 좋고 맞은편에 속죄용 계단이 쭉 늘어선 교회 탑이 보여 제 방이 마음에 들어요. 아이들을 가르치고 바느질을 하는 아기방은 커크 부인의 개인 응접실 바로 옆에 붙어 있는 근사한 곳으로 두 어린 소녀는 아주 귀여워요. 좀 버릇이 없긴 하지만 아이들에게 《말썽쟁이 일곱 돼지 형제(The Seven Bad Pigs)》 이야기를 해주고 나니 절 따르기 시작했어요. 전 분명 훌륭한 가정교사가 될 거라 장담해요.

전 두 아이와 함께 밥을 먹어요. 큰 테이블에서 다 같이 식사를 해도 되는데 다들 못 믿겠지만 제가 지금은 수줍음을 타서 그냥 이러고 있어요.

'집처럼 편하게 지내요.' 커크 부인이 어머니처럼 다정하게 말했어요. '우린 대가족이라 아침부터 밤까지 난 정신이 없어요. 그렇지만 아이들이 조 양과 함께 있어서 안전하다는 걸 알면 마음이 아주 편할 거예요. 내 방들은 항상 열려 있으니 편하게 이용해도 좋아요. 집에는 늘 유쾌한 사람들이 있고 누군가와 어울리고 싶다면 저녁에 자유롭게 나가도 괜찮아요. 문제가 생기면 날 찾아오고 최대한 즐겁게 지내요. 차를 내오라는 종이 울렸네요. 난 그만 가서 모자를 바꿔 써야겠어요.' 그리고 부인은 제가 새 둥지에 직접 적응하도록 놔두고 분주하게 사라졌어요.

그 직후 계단을 내려가다 제가 좋아하는 것을 찾았어요. 큰 저택이라 계단을 내려가는데 시간이 아주 많이 걸려요. 제가 3층의 맨 위 계단에서 우왕좌왕하는 어린 하녀 때문에 잠시 서서 기다리는데 신기한 표정을 한 남자가 뒤에서 나와 하녀가 들고 있던 무거운 석탄통을 잡아서 아래로 내려가더니 근처 문 옆에 놔주었어요. 그러고는 친절하게 고개를 까닥이고 외국 억양으로 이렇게 말하고는 사라졌어요.

'이제 한결 나을 거야. 이런 무거운 걸 들기엔 넌 너무 가

녀려.'

　너무 괜찮은 사람 아니에요? 전 이런 일이 좋아요. 아버지가 하신 말씀처럼 사소한 부분이 그 사람의 성품을 보여주는 거잖아요. 그날 밤 제가 그 일을 커크 부인에게 말씀드렸더니 부인이 웃으며 이렇게 말했어요.

　'분명 베어 교수일 거예요. 그는 항상 그런 일을 잘하거든.'

　커크 부인이 그분이 베를린에서 왔다고 알려줬어요. 아주 많이 배웠고 훌륭한 성품이지만 찢어지게 가난해서 강의로 돈을 벌어 자신을 비롯해 미국인과 결혼한 동생의 소원에 따라 이곳에서 고아가 된 두 어린 조카를 돌본다고요. 별로 낭만적인 이야기는 아니지만 전 흥미가 생겼어요. 그리고 커크 부인이 그분이 학생을 응접실에서 가르치는 걸 허락했다는 이야기를 듣고 기뻤어요. 그 응접실과 아기방 사이에 유리문이 있어서 전 그를 몰래 살필 수 있으니 어떻게 생겼는지 알려드릴게요. 그는 거의 마흔이 다 되어서 전혀 위험하지 않아요, 어머니.

　차를 마시고 소녀들을 재운 뒤 전 엄청난 바느질거리가 남아서 이 새 친구와 함께 조용한 저녁을 보낼 거예요. 날마다 편지를 써서 일주일에 한 번씩 보낼게요. 안녕히 주무시고 내일 또 쓸게요.

화요일 저녁

오늘 아침 아이들이 산초처럼 날뛰어서 전 수업하는 데 애를 먹었어요. 한번은 저 애들을 정말로 혼내야 하나 생각하기도 했어요. 하지만 아주 훌륭한 천사가 제게 체조를 시키라고 귀뜸해줘서 전 아이들이 스스로 자리에 앉아 조용해질 때까지 운동을 시켰어요. 브런치를 먹고 소녀들을 데리고 산책을 갔다 왔고 전 어린 메이블처럼 '적극적인 마음으로' 바느질을 했어요. 근사한 단춧구멍을 만들 수 있게 가르쳐준 별들에게 감사하고 있는데 응접실 문이 열리고 닫히더니 누군가 노래를 흥얼거렸어요.

"그대는 그 나라를 아는가."

커다란 호박벌이 윙윙거리며 부르는 것 같은 소리였어요. 끔찍한 행동이라는 것을 알면서도 전 유혹을 이길 수가 없었어요. 그래서 유리문 앞에 쳐진 커튼 한쪽 끝자락을 살짝 올리고 들여다보았어요. 베어 교수가 있었고 그가 책을 정리하는 동안 전 그를 자세히 살폈어요. 평범한 독일 사람으로 꽤 다부진 체격에 갈색 머리카락이 사방으로 뻗쳤고 덥수룩한 수염과 우스꽝스러운 코, 제가 지금까지 본 사람 중에서 가장 친절한 눈동자와 날카롭거나 엉성한 미국인식 수다에 익숙한 누군가의 귀에는 엄청나게 좋게 들리는 우렁찬 목소리를 가졌어요. 입은 옷은 낡았고 손은 크고 얼굴이 진짜 미남은 아니지만 고르고 아름다운 치열이 돋보였어요. 전 박식한 두뇌를 가진 그 사람이 좋아요. 그의 리넨은 굉장히 멋지고 신사처럼 보였지만 코트 단추 두 개가 떨어지고 구두 한쪽에 기운 자국이 있었어요. 그는 콧노래를 흥얼거리고 있어도 진지해 보였고 창가로 가서 히아신스 구근을 볕이 잘 드는 쪽으로 돌려놓고 자신을 오랜 친구처럼 맞이하는 고양이를 쓰다듬어 주었어요. 그리고 미소를 짓고는 누가 문을 두드리자 상쾌한 목소리로 크게 말했어요.

'들어오세요!'

'지나가던 길에 어린아이가 큰 책을 들고 가는 모습이 보이기에 무슨 일인지 알아보려고 들렀어요.'

'난 베어 선생님이 있어야 해,' 어린아이가 탁 하고 책을 내려놓고는 그를 향해 뛰어갔어요.

'넌 베어 선생님을 가지렴. 자, 어서 그의 포옹을 받아 줘야지, 우리 티나.' 교수가 웃으면서 말하고 아이를 붙잡아 머리 위로 높이 들어올렸고 아이는 그에게 입을 맞추기 위해 그 작은 얼굴을 아래로 굽혀야 했어요.

'이제 난 공부를 할 거야.' 어린아이가 말했어요. 그래서 그는 아이를 테이블 앞에 앉히고 그 애가 가져온 커다란 사전

을 펼치고는 종이와 연필을 쥐
어주었어요. 그러자 아이가 낙
서했고 간간이 페이지를 넘기
다가 통통한 손가락으로 글자
를 찾듯 페이지를 따라 내려
가는 모습이 너무 진지해 전
그만 웃음이 터져 나올 뻔했
어요. 그러는 동안 베어 교수
는 아버지 같은 표정으로 소녀
의 예쁜 머리를 쓰다듬어 주었
고 그 모습에 전 그 애가 독일
인이라기보다는 프랑스인처럼
생겼지만 그의 자식이 아닐까 생각했어요.

다시 노크 소리가 나고 두 젊은 숙녀가 등장해서 전 제 일
로 돌아왔고 그곳에서 들리는 모든 소리와 수다를 통해서 옆
방에서 진행되는 일을 계속 알 수 있었어요. 숙녀 중 한 사람
이 애정을 담아 간드러진 목소리로 '지금이요, 교수님.' 하고
말했고 다른 숙녀는 독일어로 말했는데 교수가 계속 진지함
을 유지하기 어렵게 만드는 억양이었어요.

두 사람 다 그의 인내를 몹시 시험하는 듯했어요. 전 그가
한 번 이상 강조하며 이렇게 말하는 걸 들었어요. '아니, 아

니, 그런 게 아니야. 내가 하는 말에 집중하고 있지 않잖아.'
그리고 책으로 테이블을 내리치는 것 같은 쾅 하는 소리가
나고 절망이 담긴 목소리가 들렸어요. '아무짝에도 쓸모없는
것들! 오늘은 전부 다 엉망이야.'

　가여운 사람, 전 그에게 동정심이 생겼어요. 젊은 숙녀들
이 가고 난 뒤 그가 살아 있는지 확인해보려고 한 번 더 슬쩍
살폈어요. 그는 지쳐 의자에 몸을 완전히 누인 채 눈을 감고
있다가 시계가 2시를 가르키자 자리에서 일어나 다른 수업
이 있는 사람처럼 책을 주머니에 넣고는 소파에서 자고 있던
어린 티나를 품에 안고 조용히 나갔어요. 그가 힘든 삶을 사
는 점에 전 이끌렸어요.

　커크 부인이 제게 5시 정찬에 함께하지 않겠냐고 물어서
저는 집이 좀 그립기도 하고 어떤 사람들이 저와 같은 지붕
아래 살고 있는지 봐야겠다고 생각해서 가겠다고 했어요. 그
래서 점잖게 차려입고 커크 부인 뒤를 슬며시 따라갔어요.
부인은 키가 아담하고 전 커서 숨어가려는 시도는 실패하고
말았지만요. 부인이 자기 옆에 제 자리를 내주었고 좀 진정
한 다음 전 용기를 내어 주변을 살폈어요. 긴 테이블에 음식
이 가득 차려져 있고 모두가 저녁을 먹는 데 집중하고 있었
어요. 특히나 신사들은 제 시간에 다 먹는데 몰두해서 입에
빗장을 걸고 식사를 마치자마자 사라졌어요. 항상 자기들끼

리 모여 있는 청년들도 있었어요. 젊은 연인은 서로에게 몰두했고 결혼한 부인들은 아이를 살피고 나이든 신사들은 정치 이야기에 열을 올렸어요. 전 어딘가 공통점이 있을 것 같은 다정한 얼굴을 한 처녀만 제외하면 누구와도 엮일 일이 없을 거라고 생각해요.

교수는 테이블 맨 아래쪽에 앉아서 바로 옆에 앉은 아주 호기심이 많고 귀가 먼 노신사의 질문에 큰 소리로 대답해주었고 반대편에 앉은 프랑스 남자와는 철학 이야기를 하고 있었어요. 에이미가 이 자리에 있었다면 엄청난 식욕으로 게걸스럽게 음식을 먹어치워 '고상한 에이미'를 겁먹게 하는 그를 보고 영원히 등을 돌렸을 거예요. 전 해나의 말처럼 '사람들이 즐겁게 먹는 것을 보는 것'이 좋아서 상관없고, 가여운 그는 종일 멍청이들을 가르친 뒤라 분명 허기가 졌을 거예요.

저녁을 먹은 뒤 전 위층으로 올라갔고 청년 두 사람이 복도 거울 앞에서 비버 털목도리를 다듬고 있다가 한 사람이 다른 사람에게 낮은 목소리로 수군거리는 소리를 들었어요. '저 새 인물은 누구야?'
'가정교사나 뭐 그런 류의 일을 하는 사람이야.'
'그런데 대체 왜 우리 식사 자리에 참석한 거야?'
'노부인의 친구라나 봐.'
'머리는 똑똑한 모양인데 우아함이 없어.'

'전혀 없지. 눈요깃감도 안 되고 참 안타까워.'

전 처음에는 화가 났지만 그 뒤로는 신경 쓰지 않았어요. 가정교사는 점원과도 같은 자리고 제가 우아함이 없다면 누군가보다는 더 많이 분별력이 있다는 말인데 그건 굴뚝처럼 담배연기를 내뿜으며 사라진 우아한 두 사람의 견해니까요. 이래서 전 평범한 사람들이 싫어요!

목요일

어제는 조용한 하루여서 아이들을 가르치고 바느질을 하고 빛이 들어오는 따뜻하고 아주 안락한 제 작은 방에서 글을 쓰며 보냈어요. 몇 가지 새로운 소식이 있는데 우선 교수와 인사를 하게 되었어요. 티나는 이곳 세탁실에서 다림질을 하는 프랑스 여성의 아이인 것 같아요. 그 아이는 베어 씨에게 빠졌고 그가 집에 있을 때는 강아지처럼 졸졸 따라다녀 그를 기쁘게 해요. 그는 아이들을 아주 좋아하지만 '독신'이에요. 키티와 미니 커크도 마찬가지로 그를 좋아하고 그가 고안한 게임, 가져온 선물, 들려준 재미있는 이야기를 빠짐없이 제게 말해주었어요. 청년들은 그에게 질문을 하고 프리드리히 2세, 라거 비어(Larger Beer), 큰곰자리 등 이름과 관련해서 여러 가지 별명을 지어 불러요. 하지만 그는 소년처럼 그걸 즐기고 아주 좋게 받아들여 좀 특이한 사람이지만 모두가 그를 좋아한다고 커크 부인이 알려주셨어요.

식사 때 만난 처녀는 노튼 양인데 부유하고 교양 있고 친절한 사람이에요. 그녀가 오늘 저녁을 먹으며 제게 말을 건넸고(사람 구경하는 것이 재미있어서 그 자리에 또 참석했어요.) 자기 방에 놀러 오라고 초대해줬어요. 그녀는 근사한 책과 사진이 많고 흥미로운 사람들을 알고 있고 상냥했어요. 그래서 저도 기분 좋은 사람이 되어야겠다고 생각했어요. 저도 좋은 사교계에 속하고 싶어요. 거긴 당연히 에이미가 좋아하는 그런 부류는 아니에요.

어제 저녁에는 응접실에 있었는데 베어 교수가 커크 부인에게 줄 신문을 가지고 들어왔어요. 부인은 자리에 없었지만 꼬마 숙녀 미니가 아주 귀엽게 절 소개시켜 주었어요. '이쪽은 엄마의 친구, 마치 양이에요.'

'맞아요. 그녀는 유쾌해서 우리가 아주 좋아해요.' 키티는 범상치 않은 아이라 이렇게 덧붙였어요.

우리 둘 다 인사를 하고 웃었는데 고지식한 소개와 대담한 덧붙임이 꽤 우스꽝스러운 대조를 이루었거든요.

'아, 네. 이 장난꾸러기들이 당신을 성가시게 한다는 이야기를 들었습니다, 마치 양. 또 그러면 절 부르세요. 제가 달려올 테니까요.' 그가 이렇게 말하고 무서운 표정을 짓는 척하자 두 소녀가 아주 즐거워했어요.

전 그렇게 하겠다고 약속했고 그는 자리를 떴어요. 하지만 오늘 제가 그를 여러 번 볼 운명이었는지 나가는 길에 그의 문 앞을 지나다가 실수로 제 우산이 그의 방문을 두드리고 말았어요. 그러자 문이 활짝 열렸고 그가 가운을 걸치고 한 손에는 커다란 파란색 양말을 들고 다른 손에는 짜깁기 바늘을 들고 서 있는 게 아니겠어요. 그는 전혀 부끄러워하지 않았고 제가 상황을 설명하고 서둘러 나서자 그가 손과 양말을 같이 흔들면서 크고 쾌활한 목소리로 말했어요.

'산책 잘 하고 오세요.'

전 계단을 내려오는 내내 웃었어요. 그런데 가난한 남자가 자기 옷을 직접 수선한다는 생각을 하니 좀 가엾기도 했어요. 바느질하는 독일 신사라, 하지만 짜깁기한 양말은 또 다른 문제고 그리 근사하지 않아요.

토요일

편지에 적을 별다른 일은 없지만 좋은 것들로 가득 찬 방에 사는 매력적인 노튼 양이 절 불렀고 자신의 모든 보물을 보여주며 강연이나 콘서트를 좋아한다면 가끔 같이 가지 않겠냐고 물었어요. 그녀는 호의에서 그런 말을 했겠지만 분명 커크 부인이 우리에 대해 말했을 거고 그래서 제게 친절을 베푸는 거라 확신해요. 전 오만한 사람이지만 이처럼 착한 사람들에게 받은 호의는 전혀 부담스럽지 않아서 기쁘게 받아들였어요.

아이들 방으로 돌아왔는데 응접실에서 큰 소리가 나 들여다보니 베어 교수가 손과 무릎을 꿇은 자세로 등에 티나를 태우고 키티가 줄넘기로 그를 끌어당기고 미니는 의자로 만든 우리에 갇혀 소리를 지르는 두 작은 소년에게 씨앗이 박힌 과자를 먹이고 있었어요.

'우리는 왕 놀이를 하고 있어요.' 키티가 말해줬어요.

'이게 내 말이에요!' 티나가 교수의 머리를 잡은 채로 말했어요.

'엄마가 프란츠와 에밀이 오면 토요일 오후에는 마음대로 놀아도 된다고 항상 허락해줬어요. 안 그래요, 베어 아저씨?' 미니가 말했어요.

그 '말'은 자리에 앉아 아이들처럼 진지한 얼굴로 제게 말했어요. '그 말이 맞는다는 걸 내가 보증할게요. 우리가 너무 큰 소리를 내면 당신이 우리한테 '목소리를 낮춰요!'라고 해요. 그러면 좀 조용히 할게요.'

전 그렇게 하겠다고 약속했지만 응접실 문을 열어두고 그들만큼 저도 즐겼어요. 그렇게 신이 나서 뛰어노는 모습을 한 번도 본 적이 없었거든요. 술래잡기를 하고 군인 놀이도 하고 춤을 추고 노래를 불렀고 날이 저물기 시작하자 모두 소파에 올라가 교수 주변으로 몰려들었고 그는 아기를 물어다 주는 황새와 눈송이를 타고 내려오는 작은 '땅의 요정' 이야기를 들려주었어요. 전 미국인들이 독일인처럼 소박하고 자연스러웠으면 좋겠다고 생각했어요. 어떻게 생각하세요?

전 글 쓰는 일이 너무 좋아서 경제적인 상황이 조금이라도 괜찮다면 계속 그렇게 하고 싶어요. 비록 얇은 종이를 쓰지만 문제가 없고 이렇게 긴 편지를 부칠 때 들어갈 우푯값을 생각하면 몸이 떨려요. 에이미의 편지를 받는 대로 제게도 전해주세요. 에이미의 호화로운 이야기에 비하면 제 작은 소식은 너무 평범하겠지만 어머니가 좋아하실 걸 전 알아요. 테디는 공부 삼매경에 빠져서 친구에게 편지를 쓸 시간이 없나요? 베스, 나 대신 그를 잘 보살펴주고 메그 언니의 아이들에 대한 이야기를 들려주고 모두에게 사랑한다고 전해줘.

당신의 충실한 조

추신. 제 편지를 읽어보니 베어 교수 이야기가 많은 것 같군요. 하지만 전 항상 특이한 사람들에게 관심이 많고 다른 이야기는 정말로 없어요. 그럼 이만 줄일게요.

12월

내 소중한 베스에게

아무렇게나 휘갈겨 쓰는 편지지만 이건 너에게만 보내는 거고 이 편지가 널 기쁘게 하고 내가 어떻게 지내는지 알려줄 거라고 생각해. 조용하지만 꽤 즐겁고 아, 아주 기뻐! 에이미가 헤르쿨라네움(Herculaneum) 같은 부질없는 노력이라고 부를지도 모르지만 난 조금이나마 정신과 도덕성을 키우고 있고 내 작은 가지가 바라는 방향으로 커가고 있어. 티나와 남자아이들은 별로 흥미가 생기진 않지만 그 애들을 보는 것도 내 일이고 그들이 날 좋아해. 프란츠와 에밀은 유쾌한 녀석들이고 독일과 미국의 정신을 잘 섞은 것 같은 그들은 기운이 넘쳐나서 내 혼을 쏙 빼놓았어. 토요일 오후는 소란을 피우는 시간이고 집 안에 있거나 밖에 나가거나 마찬가지야. 날이 좋을 때는 모두 산책을 가서 교수와 내가 지시를 내리는데 아주 재미있어!

우리는 이제 좋은 친구가 되었고 나도 수업을 듣기 시작했어. 정말 재미있는 방식이라는 걸 너한테 꼭 말해주고 싶어. 첫 시작은 어느 날 커크 부인이 내가 베어 교수의 방 앞을 지나가는데 그 방에서 뭘 뒤적거리다 날 부른 거야.

'이런 소굴을 본 적이 있어요? 들어와서 이 책들을 제대로 꽂는 걸 도와줘요. 얼마 전에 내가 그에게 준 새 손수건 여섯 개를 어떻게 했는지 알아보려고 다 헤집어 뒀거든요.'

난 안으로 들어갔고 방을 정리하는 동안 확실히 '소굴' 같은 주변을 살폈어. 책과 공책이 사방에 놓여 있고 해포석 담배 파이프는 부서졌고 낡은 플롯이 벽난로 위 선반에 끝장난 상태로 놓여 있었어. 꼬리가 없는 누더기 같은 새 한 마리가 창가에 앉아서 울었고 흰 쥐가 든 상자도 봤지. 반쯤 만들다 만 보트 모형과 끈 몇 개가 원고들 사이에 놓였어. 난롯불 앞에는 더러운 작은 부츠를 말리는 중이었고 사랑스러운 소년들이 왔다 간 흔적이 보였는데 그가 그 애들의 노예가 되어 잘 놀아준 것 같아. 엄청 뒤진 뒤에야 잃어버린 손수건 중 세 개를 찾았어. 하나는 새장 위에, 하나는 잉크를 덮고 있고 다른 하나는 홀더로 써서 갈색으로 타버렸어.

'남자들이란!' 성격 좋은 커크 부인이 그것들을 잡동사니 통에 집어넣으며 웃었어. '나머지 손수건은 배 장식으로 찢어 썼거나 손이 베였을 때 붕대 대용이 되었거나 아니면 연 꼬리로 썼을 거예요. 끔찍하지만 그에게 뭐라고 할 수 없어요. 그는 건망증이 아주 심하지만 성품은 좋고 포악한 소년들과 놀아주기도 하니까요. 내가 그의 빨래와 옷 수선을 해주려고 했는데 그는 자기 물건을 내놓는 일을 잊어버리고 나도 깜박해서 가끔 그가 슬퍼하며 지나가죠.'

'제가 그것들을 손볼게요.' 난 이렇게 말했어. '전 괜찮으니 그가 알 필요는 없을 것 같아요. 그가 제 편지들을 가져다주고 책도 빌려주며 친절하게 대해줘서 보답하고 싶어요.'

그래서 난 그의 세탁물을 받았고 그가 이상하게 기워서 형태가 다 틀어진 니트를 가지고 양말 두 켤레를 만들었어. 난 아무 말도 하지 않았고 그가 눈치채지 못하길 바랐지만 지난주 어느 날 그가 알게 되었어. 그가 다른 사람들에게 해주는 수업은 나한테 아주 흥미롭고 즐거워서 배우는 것이 좋아. 티나가 들락날락 뛰어다니며 문을 열어놓아서 난 들을 수 있었지. 난 문 근처에 앉아서 마지막 양말을 꿰매는 일을 마무리하면서 나처럼 멍청한 새 학생에게 하는 말이 무엇인지 이해하려고 노력 중이었어. 그 소녀가 나가고 난 그도 나갔다고 생각했어. 아주 조용하기에 난 혼자 바보처럼 몸을 앞뒤로 까닥거리며 그날 배운 동사를 소리 내서 연습해보았어. 그런데 어린 까마귀 소리가 나서 고개를 들어보니 베어 교수가 날 쳐다보며 조용히 웃었고 같이 공모한 티나에게도 신호를 보냈어.

'그러니까!' 그가 입을 열었고 난 말을 멈추고 거위처럼 멍하게 그를 쳐다봤어. '당신이 몰래 날 살폈고 나도 몰래 당신을 살폈으니 이건 나쁜 일이 아니군요. 상냥하게 말하지 못하는 성격이라 그런데, 독일어가 배우고 싶나요?'

'네, 하지만 당신은 바쁘잖아요. 그리고 전 배우는 쪽으로는 머리가 나빠요.' 입 밖으로 불쑥 그런 말이 튀어나와서 난 당황한 나머지 얼굴이 빨개졌어.

'바보 같긴! 우리는 시간을 내면 되고 감을 익히면 돼요. 저녁에 내가 기쁜 마음으로 수업을 해줄게요. 당신의 경우, 마치 양, 내가 진 빚이 있잖아요.' 그는 내가 하던 바느질거리를 가리켰어. '맞아요! 아주 친절한 숙녀들이 서로에게 이렇게 말해요. "그는 멍청한 늙은이야. 자신이 무슨 일을 하는지도 몰라. 자기 양말 뒤축에 구멍이 난 것도 절대 살피지 않아. 단추가 떨어지면 알아서 자라는 줄 알고 구두끈도 알아

691

서 생기는 줄 알고 있지." 아! 하지만 나도 눈이 있고 잘 보여
요. 가슴이 있고 감사할 줄 안다고요. 자, 그럼 수업을 하기로
해요. 안 그러면 나와 내 양말에 더 이상의 근사한 일은 벌어
지지 않을 테니.'

　당연히 난 그 이후 아무 말도 하지 않았고 이건 정말로 굉
장한 기회라 타협하기로 하고 수업을 받았어. 수업을 네 번
듣고 난 뒤 곧바로 문법의 수렁에 빠졌지. 교수는 내게 아주
큰 인내심을 보여주었지만 분명 그에게는 고문일 테고 가끔
그는 살짝 절망한 얼굴로 날 쳐다봐서 웃어야 할지 울어야
할지 난 모르겠어. 두 가지 다 시도해 보았고 완전 창피하고
슬퍼서 눈물을 훌쩍였는데 문법을 가르치다 말고 밖으로 나
갔어. 난 굴욕감을 느꼈고 영원히 버려진 학생이 된 기분이
들었지만 그에 대한 원망은 조금도 들지 않았어. 난 필기한
것들을 모두 주워서 서둘러 위층에 올라가 실컷 울려고 했는
데 그가 유쾌하고 반짝이는 모습으로 들어와 내 명예가 되살
아났어.

　'지금부터 우리 새로운 방식으로 해봐요. 지루한 문법책은
그만두고 당신과 내가 이 재미있고 작은 이야기를 함께 읽는
겁니다. 우리에게 문제만 일으키는 그 책은 구석으로 던져야
겠어요.'

　그가 아주 친절하게 말하고는 한스 안데르센의 동화책을

매력적으로 내 눈앞에 펼쳤고 난 너무 부끄러워 목숨을 걸고 수업에 집중했어. 그런 내 모습에 그는 매우 즐거워 보였어. 난 수줌음 따윈 벗어던지고 온 힘을 다해서 끈질기게 물고 늘어졌고(다른 말로 설명할 수가 없어.) 긴 단어를 그때그때 영감에 따라 더듬거리며 발음하고 최선을 다했어. 첫 장을 다 읽고 잠시 숨을 쉬려고 멈췄는데 그가 박수를 치며 크게 기뻐했어.

'잘했어요! 이제 우린 잘 할 수 있어요! 내 차례군요. 내가 독일어로 읽을게요. 잘 들어 봐요.' 그리고 그가 멋진 목소리로 단어를 읽었고 즐거운 기색이라 듣기도 좋았어. 다행히 '콘스탄티누스 대제'의 이야기라 알다시피 재미있어서 나도 웃을 수 있었지. 물론 그가 읽은 내용의 절반도 이해하지 못했지만 그건 어쩔 수 없어. 그는 진지했고 나는 신났고 모든 상황이 너무 웃겼거든.

시간이 좀 지난 뒤 난 수업에서 꽤 잘 읽게 되었어. 이 공부 방식이 나한테 잘 맞고 문법이 이야기와 시 속에 젤리처럼 살짝 끼워져 있어서 아주 마음에 들고 그도 아직 날 가르치는 일에 지친 것 같지 않아. 참 좋은 사람이지, 안 그래? 그에게 돈을 줄 생각은 꿈도 못 꾸니 크리스마스에 선물을 할 거야. 어머니, 제게 지혜를 빌려주세요.

로리가 아주 잘 지내고 바쁘다니 기뻐. 담배도 끊고 머리

도 기르고 말이야. 봐, 베스 네가 그를 더 잘 돌보잖아. 난 질
투가 나지 않아. 최선을 다해주고 그를 성자로만 만들지 말
아 줘. 장난기 없는 로리를 보면 충격을 받을 것 같아. 그에
게 내 편지 일부를 읽어줘. 자주 편지를 쓸 시간이 안 나고
앞으로도 그럴 거야. 고마우신 하나님, 베스가 계속 아프지
않게 해주세요.

1월

사랑하는 가족들, 모두 새해 복 많이 받기를. 물론 로런스
씨와 테디도 포함해서. 여러분이 보내준 크리스마스 선물에
얼마나 감사했는지 몰라. 저녁까지 받지 못해서 희망을 버린
상태였어. 그런데 편지가 아침에 도착했고 소포에 대한 이야
기는 일부러 뺐더라. 다들 날 잊은 것 같은 기분이 들어서 실
망했어. 마음이 좀 착잡해서 방에 앉아 차를 마셨어. 그러고
나서 진흙투성이의 커다란 덩어리 같은 꾸러미가 내게 왔고
난 그걸 껴안고 기뻐 날뛰었어. 너무 집에 온 것 같고 기분이
좋아 바닥에 앉아서 늘 하던 대로 편지를 읽고 물건을 살펴
고 먹고 웃고 눈물을 흘렸어. 나에게 꼭 필요한 것들이고 전
부 산 게 아니라 직접 만들어서 더 좋았어. 그중 베스의 새
'잉크 받이'가 최고였어. 해나의 박스에 든 단단한 진저브레
드는 내 보물이 될 거야. 어머니가 보내준 플란넬은 입으면

694

근사할 거라 확신하고 아버지가 표시를 해둔 책을 꼼꼼하게
읽을 거야. 모두에게 엄청나게 고마워!

책 이야기가 나와서 말인데 그쪽으로 난 점점 부유해지고
있어. 새해 첫날 베어 교수가 근사한 셰익스피어 책을 줬어.
그가 아주 아끼는 책이고 난 자주 그 책을 보며 감탄했는데
책은 그의 독일어 성경, 플라톤, 호메로스, 밀턴과 함께 꽂혀
있었어. 그가 책보도 싸지 않은 책을 꺼내서 내 이름과 함께
'친구 프리드리히 베어'라고 적힌 글귀를 보여주었을 때 내
기분이 어땠을지 상상해봐.

'당신은 장서가 있으면 좋겠다고 자주 말했잖아요. 내가
한 권을 줄게요. 이 껍질(표지를 말해.) 속에 많은 책이 들어
있어요. 잘 읽으면 책이 당신을 많이 도와줄 거예요. 등장인

물들을 연구하면 세상을 보고 당신의 글로 채우는 일을 도와 줄 거예요.'

난 그에게 최대한 고마움을 표시했고 이제 '내 장서들'에 대해 이야기해 줄게. 이렇게 말하니까 이미 100권 정도 보유한 것 같은 기분이야. 전에는 셰익스피어가 몇 권이나 있는지 몰랐어. 베어 교수가 내게 설명해주지 않았다면. 그의 괴상한 이름을 비웃지 말아줘. 사람들은 '베어'나 '비어'로 발음하겠지만 그 둘의 중간 어디쯤인데 독일 사람만이 제대로 발음할 수 있어. 내가 하는 그의 이야기를 잘 들어줘서 고맙고 언젠가 그를 소개시켜주길 바라. 어머니는 그의 따뜻한 가슴에, 아버지는 그의 현명함에 감탄할 거야. 난 두 가지 다 좋아하고 새 '친구 프리드리히 베어'가 있어서 아주 부자가 된 느낌이 들어.

내가 돈이 많은 것도 아니고 그가 좋아하는 것이 무엇인지도 모르지만 몇 가지 작은 선물을 준비해서 그의 방에서 예상치 못하게 발견할 수 있는 곳에 놔뒀어. 유용하고, 예쁘거나 재미있는 건데 책상에 새로 새워둘 접시 장식이랑 그가 항상 정신을 상쾌하게 하려고 유리잔에 풀이나 꽃을 꽂아둔다고 해서 작은 화병을 샀고 에이미가 '손수건'이라고 부르는 걸 태울 필요가 없게 송풍기 홀더도 준비했어. 난 베스가 고안해 낸 것처럼 예쁘게 만들었어. 커다란 나비인데 통통한 몸체와 검정과 노란 날개를 달고 털실 더듬이와 구슬 눈까지 달았지. 그건 곧바로 그의 마음에 들어 그가 벽난로 선반 위에 애호품으로 올려놓았어. 그러니 결국 용도로선 실패한 셈이야. 그는 가난하지만 집에 사는 하인이나 아이를 챙겨. 그리고 빨래를 하는 프랑스 여성부터 노튼 양까지 모두가 그를 잊지 않았어. 난 그 점이 기뻤어.

이곳에 사는 사람들이 가장무도회를 열었고 새해 전야에 즐거운 시간을 보냈어. 난 드레스가 없어서 내려갈 생각은 없었는데 막판에 커크 부인이 낡은 양단이 있다는 것을 기억해냈고 노튼 양이 레이스와 깃털을 빌려줬어. 그래서 말라프로프 부인(Mrs. Malaprop)*으로 급히 변신하고 가면을 썼어. 목소리까지 위장해서 누구도 조용하고 오만한 마치 양이 (그들 대부분은 내가 아주 딱딱하고 차갑다고 생각하고 또한 난 건방진 애송이니까.) 옷을 차려입고 나와 춤을 추고 '흐르는 나일강물처럼 근사하게 정신 착란'을 보일 거라 생각하지 않았지. 난 무도회를 실컷 즐겼어. 그리고 모두가 가면을 벗었을 때 그들이 날 빤히 쳐다보는 모습이 웃겼어. 청년 한 명이 다른 청년에게 내가 배우인 줄 진작 알았다고 말하는 걸 들었어. 사실 그는 날 어느 소극장에서 봤다고 생각했어. 메그

* 아일랜드의 극작가 쉐리던(Sheridan)의 희곡 작품에 등장하는 험한 말을 쓰는 노부인

언니가 이 농담을 들으면 좋아하겠지. 베어 교수는 닉 바텀 (Nick Bottom)*으로 분장했고 티나는 그의 품에서 완벽한 작은 요정 티타니아(Titania)가 되었어. 그들이 춤을 추는 광경은 테디의 말을 빌자면 '굉장한 볼거리'였어.

그래서 아주 행복한 새해를 보냈어. 새해맞이가 끝났을 무렵 방으로 돌아왔는데 비록 많이 실패했지만 한 걸음 앞으로 나아간 것 같은 기분이 들더라. 요새 난 항상 유쾌하고 의욕적으로 일하고 전보다 다른 사람들에게 관심을 보이며 만족스럽게 지내고 있어. 가족 모두에게 축복이 있기를. 사랑을 담아서.

조

---

* 셰익스피어의 《한 여름밤의 꿈》에서 연극을 펼치는 등장인물

34. 조의 진정한 친구

주변 사람들의 호의와 행복하고 바쁜 일상으로 돈을 벌며 노력의 결실을 얻으면서도 조는 짬짬이 글을 썼다. 가난하고 야심이 넘치는 여성에게 조가 지금 가지고 있는 집념은 자연스러운 것이다. 그러나 그녀가 목적을 이룰 수단으로 선택한 것은 최선이 아니었다. 그녀는 돈이 권력을 가져다주는 것을 목격했고 따라서 돈과 권력을 가지기로 마음먹었다. 자기만을 위해서가 아니라 더 사랑하는 가족들을 위해서 말이다. 집 안을 안락하게 채우고 베스가 원하는 거라면 한겨울의 딸기부터 침실에 놓을 오르간까지 전부 사주고 자신은 해외로 나가 자선단체에 기부하는 미덕을 보여주는 것이 수년간 조가 머릿속에서 그린 큰 염원이다.

소설을 써서 상금을 탄 경험이 있는 터라 그렇게 돈을 벌면 오랜 노력과 언덕을 오르는 고된 여정 이후에 근사한 스페인 대저택으로 데려가 줄 길이 열릴 것 같았다. 그러나 비평 사태 이후로 그녀는 한동안 용기를 내지 못했고 대중의 의견은 그녀보다 더 큰 콩 자루를 타고 오른 잭조차도 무섭게 만든 거인이 되었다. 이 불후의 영웅처럼 그녀는 첫 시도 후 한동안 휴식기를 가졌고 굴러 떨어지면서 얻은 교훈이라고는 거인의 보물 중 제일 형편없는 것이 고작이었다. 그러나 '다시 올라가 다른 보물을 가져와야지.' 하는 정신은 조도 잭만큼 강했다. 그래서 그녀는 이번에는 그늘진 곳을 찾아 기어오르고 더 많은 전리품을 챙겼지만 돈보다 훨씬 더 중요한 것을 놔두고 올 뻔했다.

그녀는 선정적인 이야기를 썼고 그 어둠의 시기에 모든 것이 완벽한 미국조차 그런 졸작을 읽었다. 그녀는 아무에게도 말하지 않고 허구의 '스릴 넘치는 이야기'를 쓰고 대담하게 그것을 〈위클리 볼케이노〉지의 편집자인 대시우드 씨에게 직접 건넸다. 그녀는 한 번도 《의상 철학(Sartor Resartus)》을 읽어본 적이 없지만 여성의 본능으로 옷차림이 성품이나 가치나 근사한 태도보다 더 효과가 크다는 점을 파악했다. 그래서 제일 좋은 옷으로 차려입고 신이 나지도 불안하지도 않다고 스스로를 다독이며 용감하게 어둡고 더러운 층계참 두 곳을 올라 어지러운 실내로 들어갔다. 그곳에서 자욱한 담배 연기와 모자보다 높이 다리를 들어올리고 앉은 세 신사를 보았는데 그녀의 옷차림은

어느 누구에게도 문제가 되지 않았다. 이런 분위기에 겁을 먹어서 조는 문지방에서 머뭇거리다 상당히 수줍어하면서 작게 웅얼거렸다.

"실례합니다. 전 〈위클리 볼케이노〉 사무실을 찾아왔는데요. 대시우드 씨를 만나고 싶습니다."

가장 발을 높게 들고 연기를 제일 자욱하게 내뿜던 신사가 발을 내리고는 조심스럽게 시거를 손가락 사이에 소중히 놓은 다음 졸리는 표정으로 고개를 끄덕였다. 이 문제를 어떻게든 해결해야겠다는 기분이 들어 조는 자신의 원고를 내밀며 상황을 대비해 준비한 말을 더듬더듬 내뱉었다. 조는 한 문장 한 문장을 말할 때마다 더욱 얼굴이 빨개졌다.

"제 친구가 이 이야기를 시범 삼아 전해달라고 부탁했어요. 읽어보시고 의견을 주시면 더 잘 쓸 수 있을 것 같다고요."

그녀가 얼굴을 붉히고 바보같이 구는 동안 대시우드 씨가 원고를 받아들고 더러운 손가락으로 넘겨보고는 빼곡한 페이지들을 날카로운 눈길로 훑었다.

"내가 보기에 처음 써본 실력이 아닌데요?" 페이지에 숫자가 매겨 있고 한 면만 표지를 입힌 것은 물론이고 확실히 초보들이 저지르는 실수인 리본으로 원고를 묶지 않은 점 덕분이었다.

"네, 맞아요. 그녀는 경험이 좀 있고 〈블라니스톤 배너(Blaney-stone Banner)〉에서 소설로 상을 탄 적이 있어요."

"오, 그래요?" 대시우드 씨가 재빨리 쳐다보았고 조는 그 눈길이 자신의 보닛 모양과 부츠에 달린 버튼에 이르기까지 입고 있는 모든 것을 다 살피는 것처럼 느껴졌다. "음, 이만 가도 좋아요. 현재 우리가 감당할 수 없을 정도로 이런 글이 많이 와 있어요. 하지만 내가 읽어보고 다음 주까지 답을 주도록 하죠."

대시우드 씨는 조와는 너무 안 맞는 상대라 그녀는 이렇게 순순히 물러나고 싶지 않았다. 그러나 상황상 그녀가 할 수 있는 건 그저 짜증이 나거나 창피할 때 그러는 것처럼 더 크고 위엄 있게 보이도록 인사를 하고 나가는 일밖에 없었다. 당시 그녀의 기분은 두 가지 다였다. 신사들끼리 오가는 알겠다는 눈길이 분명하게 그녀의 '친구'라는 설정이 거짓이라는 점을 드러냈고 편집자가 문을 닫으며 잘 안 들리게 뭐라고 하자 그들 사이에서 웃음이 터져 나왔고 그것으로 그녀의 실패가 판명 났다. 다시는 이곳에 오지 말자고 반쯤 마음먹은 상태로 조는 집으로 갔고 열성을 다해 긴 앞치마에 바느질하며 짜증을 날리려고 노력했다. 그리고 한두 시간이 지난 뒤 그 사건을 웃어넘길 정도로 안정이 되었고 다음 주를 기다렸다.

다시 갔을 때 대시우드 씨 혼자뿐이라 그녀는 아주 기뻤다. 그는 전보다 정신이 말짱한 상태라 다행이었고 그의 태도를 떠올려보니 시거에 절어 있지도 않아서 두 번째 만남은 처음보다 나았다.

"우리가 이 이야기를 채택하겠어요.(편집자들은 결코 '나'라는 말을 하지 않는다.) 몇 군데 수정하겠다는 제안에 반대하지 않는다면요. 이야기가 너무 길지만 내가 표시한 부분만 삭제하면 적당한 길이가 될 겁니다." 그는 사무적인 목소리로 말했다.

조는 자신이 쓴 작품이 또다시 구겨지고 페이지와 단락에 밑줄이 쳐질 것을 알지 못했다. 그러나 새 요람에 맞추기 위해 자식의 다리를 자르라는 요구를 받은 연약한 부모의 심정으로 표시된 부분을 살피고 더 많은 로맨스를 위해 그녀가 세심하게 깔아둔 도덕적인 훈계 부분이 다 잘려나간 것을 보고 놀랐다.

"그렇지만, 편집장님. 모든 이야기에는 어느 정도 도덕성이 있어야 한다고 생각하고 그래서 죄를 회개하는 부분을 좀 집어

넣었어요."

조가 '친구'가 아니라 작가로서만 할 수 있는 말을 하자 편집
장의 엄격한 표정이 미소로 변했다.

"사람들은 재미를 원하지 설교를 듣고 싶어 하지 않아요. 도
덕성 같은 건 요즘 팔리지 않거든요." 참고로 이 말이 정확하다
고 볼 수는 없다는 걸 알아두길 바란다.

"그래서 이렇게 수정하면 된다고 생각하시나요?"

"맞아요. 신선한 줄거리에 꽤 잘 써졌고 문체도 좋군요." 편집
장이 상냥하게 대답했다.

"어떻게 해주실지(여기서는 보상을 말한다.)……." 조가 확신이
서지 않은 상태로 입을 열었다.

"아, 그래요. 우리는 이런 소설에 25~30달러를 지급해요. 이
야기가 실리면 그때 돈을 줍니다." 대시우드 씨는 자기가 그 부
분에 대해 잊고 있었다는 듯이 말했다. 이런 사소한 부분은 종
종 편집자의 마음속에서 벗어나 있다고 말하는 것이다.

"잘 알겠습니다. 그럼 그렇게 할게요." 조가 만족한 듯 원고를
다시 건넸다. 1달러를 받고 칼럼을 쓰기도 했으니 25달러는 후
한 조건 같았다.

"제 친구에게 더 괜찮은 원고가 있으면 편집장님께서 받아주
실 거라고 말해도 될까요?" 이번 건의 성공에 간이 커져서 조는
무의식적으로 혀를 놀렸다.

"음, 살펴는 보겠어요. 받아주겠다는 보장은 못하지만. 친구한테 짧고 강렬하게 쓰고 도덕성 같은 건 신경 쓰지 말라고 전해요. 당신 친구는 어떤 이름으로 글이 나가길 원하나요?" 무관심한 목소리로 그가 물었다.

"괜찮다면 이름이 나가지 않았으면 좋겠어요. 그녀는 자신의 이름이 나오는 걸 원치 않고 필명도 없거든요." 조가 얼굴을 붉혔다.

"당연히 그렇게 할 수 있어요. 소설은 다음 주에 실릴 예정입니다. 돈을 받으러 올래요, 아니면 내가 보내줄까요?" 이 새로운 기고자가 누구인지 알고 싶어 하는 자연스러운 호기심에 그가 물었다.

"제가 올게요. 안녕히 계세요."

조가 그만 나서는데 대시우드 씨가 다리를 올리며 고상하게 구절을 읊었다. "가난하고 자존심이 세지만 그녀는 성공하리라."

그의 지시에 따라, 그리고 노스버리 부인을 모델로 삼아서 조는 성급하게 선정적인 문학의 허황된 바다로 과감히 뛰어들었다. 그러나 친구가 던져준 구명구 덕분에 그녀는 물속에 더 깊이 처박히지 않고 다시 수면 위로 떠오를 수 있었다.

대부분의 젊은 작가들처럼 그녀의 등장인물과 장면은 해외가 배경으로 노상강도, 백작, 집시, 수녀, 공작부인이 등장했고 각자의 역할을 정확하고 예상대로 해냈다. 독자들은 문법, 구두

점, 실현 가능성과 같은 사소한 부분에 그리 까다롭게 굴지 않았다. 대시우드 씨는 자비롭게도 그녀가 최저 임금으로 그의 칼럼을 채우는 걸 허락해주었다. 그리고 자신이 자선을 베푸는 진짜 이유가 그의 작가 중 한 사람이 더 높은 급료를 제안받아 떠난 터라 그 곤경을 메우는 용도라는 점을 그녀에게 알릴 필요를 못 느꼈다.

조는 이내 자신의 일에 흥미를 느꼈고 시간이 흐를수록 느리지만 확실하게 텅 빈 지갑이 차츰 채워지고 이듬해 여름 베스를 산에 데려갈 수 있도록 조금씩 저축도 했다. 다만 마음에 걸리는 부분이 한 가지가 있었고 그 이유로 조는 집에다 이 이야기를 하지 않았다. 아버지와 어머니가 승낙하지 않을 거라고 느꼈기 때문인데 자신만의 방식으로 우선 도전한 다음에 나중에 양해를 구하는 편이 더 좋아서였다. 투고한 소설에는 아무런 이름이 나오지 않아서 비밀로 하기는 쉬웠다. 대시우드 씨는 당연히 곧 알아차렸지만 모르는 척하기로 했고 궁금증을 느낀 채 약속을 지켰다.

그녀는 이렇게 하면 자신에게 아무런 해가 없다고 생각했다. 가족들에게 수입을 보여주고 그간 잘 지킨 비밀을 웃으며 말할 그 행복한 순간을 기대하면서 모든 양심의 가책을 잠재웠다.

그러나 편집장은 다른 원고는 다 거절하고 스릴러 이야기만 받았다. 그리고 스릴러는 독자들의 영혼을 빼앗지 않는 한 실릴 수 없었다. 역사와 로맨스, 육지와 바다, 과학과 예술, 범죄 사건 기록과 정신 병원까지 샅샅이 뒤지며 소재를 찾아야 했다. 조는 이내 자신의 순수한 경험이 사회 밑바닥의 비극적 세상을 엿보게 해줄 뿐이라는 점을 깨달았다. 그래서 작품이 뽑히도록 하기 위해 그녀는 부족한 부분을 등장인물의 에너지로 채웠다. 이야기의 소재를 찾고 줄거리 속에서 창의적으로 드러나게 만들려 했고 잘 풀리지 않을 때는 신문에 난 사고, 사건, 범죄 기사를 뒤졌다. 그녀는 공공도서관 사서가 독을 다룬 의혹이 있다는 기사를 보고 신이 났다. 또한 길거리에서 사람들의 얼굴을 살피고 그들을 통해 착한 사람, 나쁜 사람, 그저 그런 사람 등 등장인물을 구성했다. 고대의 까마득한 역사를 뒤지고 사실이든 허구든 오래된 것은 다 쓸 만했고 어리석음, 죄악, 미스터리를 비롯해 제약된 기회까지 전부 활용했다.

그녀는 자신이 제대로 하고 있다고 생각했다. 그러나 무의식적으로 여성 등장인물에게서 여성스러운 특성을 훼손하기 시작했다. 그녀는 나쁜 사회에 살고 있었다. 그리고 그렇다는 상상이 그녀에게 영향을 미쳐 위험하고 영양가가 없는 음식으로 가슴을 채우고 열광하게 했고 스스로가 지닌 순진함은 인생에 찾아오는 어둠 속으로 서둘러 치워버렸다.

그녀는 이 점을 보지 못하고 느끼기 시작했고 다른 사람의 열정과 감정을 설명하면서 자신을 살피고 파악했고 이 같은 병적인 즐거움은 건전한 젊은 정신력을 자발적으로 충족시키기 엔 무리였다. 잘못에는 항상 처벌이 따르기 마련이고 그래서 조에게 가장 필요한 순간에 그 처벌이 찾아왔다.

셰익스피어를 공부한 것이 그녀가 등장인물을 파악하는 데 도움이 된 것인지 솔직하고 용감하고 강한 여성의 자연스러운 본능 때문인지 모르겠다. 아무튼 그녀가 완벽한 상상 속 영웅 을 만들어내는 동안 많은 인간적인 결점에도 불구하고 그녀에 게 흥미를 보이는 살아 있는 영웅이 등장했다. 베어 교수는 대 화하는 와중에 그녀에게 단순하고, 진실하며 사랑스러운 인물 을 연구하라고 조언했고 어디서 그들을 발견하든지 작가에게 는 좋은 훈련이 될 거라고 말했다. 조는 조언을 받아들였고 침 착하게 방향을 틀어 그를 살폈다. 그가 눈치챘다면 상당히 놀 랐을 텐데 이 훌륭한 교수는 지나치게 겸손했기에 몰랐다.

처음에 조는 왜 모두가 그를 좋아하는지 궁금했다. 그는 부 자도, 근사한 사람도 아니고 젊거나 잘생기지도 않았다. 매혹 적이고 눈길을 끌거나 굉장한 것과는 거리가 멀었다. 그렇지만 그는 다정한 열정으로 사람을 끌어당겼고 자연스럽게 따뜻한 난로에 모이듯 그의 주변으로 사람들이 모여들었다. 그는 가난 하지만 항상 베풀었고 처음 보는 사람을 비롯해 모두가 그의 친구였다. 더는 어리지 않지만 마음은 소년처럼 젊고 행복했다. 평범하고 특이하지만 그의 얼굴은 많은 사람에게 아름답게 보였고 그가 가진 특이함은 자유롭게 용서되는 분위기였다.

조는 종종 그를 관찰하고 그 매력을 찾으려고 노력했고 마침내 기적을 행하는 것이 그의 자애로움이라고 판단했다. 만일 그에게 슬픔이 있다고 해도 '슬픔은 날개 아래로 고개를 숙이고 앉아' 밝은 부분만 세상에 보여주었다. 그의 이마에는 주름이 있지만 세월은 그가 다른 이들에게 얼마나 친절한지 기억하는 듯 가혹하게 굴지 않았다. 입 주변에 잡힌 유쾌한 곡선은 친근한 말들과 웃음의 흔적이다. 그의 눈동자는 한 번도 차갑거나 무섭게 변하지 않았고 커다란 손이 따뜻하고 묵직하게 잡아주면 말보다 더 의미가 잘 전달되었다.

그의 옷차림은 입은 사람의 자비로운 본성을 보여주는 듯했다. 그를 쉴 수 있게 해주고 편안하게 만들어 주었다. 큼직한 조끼는 그 속에 가려진 넓은 가슴을 알려주었고 낡은 코트는 친근한 분위기를 풍기고 배기 주머니는 어린 손들이 종종 빈손으로 들어와 양손 가득 채워 가도록 해주었다. 그의 부츠는 자애롭고 칼라는 한 번도 다른 사람들처럼 빳빳하거나 거친 적이 없었다.

"바로 그거야!" 조는 통통한 독일인 선생이 저녁을 게걸스럽게 먹고 자기 양말을 깁고 베어라는 이름을 짐으로 지고 살면서도 아름답고 존엄성 있는 사람인 이유가 타고난 심성에 있다는 사실을 오랫동안 살피고 발견한 뒤에 이렇게 말했다.

조는 선함의 가치를 높이 샀지만 다른 여성들처럼 지적인 부분에 열광했고 교수에 대한 자신의 작은 발견이 그에 대한 그녀의 생각에 큰 영향을 미쳤다. 그는 한 번도 자신에 대해 말한 적이 없고 어느 시골 남성이 그를 찾아와 노튼 양과 대화를 하면서 그 기쁜 사실을 누설하기 전까지 아무도 그가 고향에서 엄청나게 존경받는 지식인이자 완벽한 사람이라는 점을 알지 못했다. 노튼 양을 통해 들은 조는 베어 교수가 한 번도 그런 말을 한 적이 없어서 더욱 그가 좋아졌다. 비록 미국에서는 가난한 어학교사일 뿐이지만 베를린에서 인정받는 유명한 교수라는 사실도 자랑스러웠다. 그리고 그의 따뜻하고 최선을 다하는 삶은 이런 발견이 가져다준 로맨스로 더욱 풍성해졌다.

그의 지성보다 더 나은 부분이 가장 예상치 못한 방식으로 조에게 드러났다. 노튼 양은 문학계의 회원이라 조는 그녀와 친하지 않을 수 없었다. 고독한 여성은 야심찬 소녀에게 관심을 느꼈고 이런 쪽으로 여러 번 조와 교수에게 호의를 보였다. 어느 날 밤 노튼 양이 두 사람을 데리고 여러 유명인사를 초청한 고급 심포지엄에 참석했다.

조는 까마득한 젊음의 열정으로 숭배하던 대단한 위인들에게 인사하고 감탄할 준비를 했다. 그러나 천재들에 대한 존경심은 그날 밤 끔찍한 충격으로 산산이 깨졌고 위대한 인물들도 그저 남자와 여자일 뿐이라는 점을 받아들이기까지 시간

이 좀 걸렸다. '정신, 열정, 이슬'만 먹고 사는 천상의 존재에 대한 고귀한 시를 쓰는 시인을 향한 소심한 존경심이 그가 미친 듯이 음식을 먹어치우는 모습을 보고 다 사라져버렸으니 그녀가 얼마나 실망했을지 상상해보라. 추락한 우상에게서 몸을 돌려 조는 다른 발견을 했고 덕분에 급속도로 낭만적인 환상에서 깨어났다. 위대한 소설가는 추처럼 일정하게 두 디캔터 사이에서 흔들렸다. 유명한 성직자는 공개적으로 당대의 스탈 부인(Madame de Staels)*을 희롱했고 그 부인은 웃는 얼굴로 자신을 비꼬는 또 다른 여성을 경멸하듯 노려보았다. 그 여성은 부인

* 프랑스 여류 작가이자 비평가

의 허를 찌르고 존슨식으로 차를 마시고 졸린 듯 보이는 진지한 철학자에게 완전히 빠져 있었다. 여성들의 수다에 조는 할 말을 잃었다. 과학 쪽 유명인사들은 그들의 연체동물과 빙하 시대를 잊어버리고 예술에 대해 토론했고 굴과 얼음을 먹으며 특유의 에너지를 발산했다. 차세대 오르페우스(Orpheus)로 이 도시를 매료시킨 젊은 음악가는 말에 대해 이야기했고 영국 귀족의 표본은 어쩌다 이 무리에서 가장 평범한 사람이 되었다.

저녁 시간이 반도 지나지 않았는데 조는 완전히 환멸을 느껴, 모퉁이에 앉아 스스로 회복할 시간을 가졌다. 이내 꽤 적응 못 한 얼굴로 베어 교수가 합류했다. 여러 철학자들과 함께 있으니 각자가 그의 취미에 가세했고 지적인 대결을 느긋하게 해나가고자 잠시 숨을 돌리며 쉬러 온 것이었다. 대화는 조가 한참 이해할 수 없는 방향으로 나갔지만 그녀는 즐겼고 칸트와 헤겔은 모르는 신이지만 주관과 객관은 어렵지 않은 용어였다. 그리고 모든 토론이 끝났을 때 찾아온 끔찍한 두통이 '그녀의 내적 자각에서 비롯된' 유일한 것이었다. 두통이 점진적으로 커져서 세상을 조각내고 그것들을 다시 붙여 새롭고, 연사의 말을 빌자면 '영원히 전보다 더 나은 원칙'이 되었다. 그 종교는 타당한 방식으로 무에 대해 판단하고 지성인을 유일하게 신성시했다. 조는 철학이나 형이상학 같은 건 전혀 몰랐지만 인간으로서의 감각이 시간과 공간으로 표류하는 이야기를 들으면서 작은 풍선이 휴가를 나선 것처럼 호기심에 신이 나고 반쯤 즐겁고 반쯤 고통을 느꼈다.

그녀는 교수가 어떻게 하고 있는지 보려고 주위를 살폈고 그가 평생 처음 보는 엄숙한 표정으로 자신을 쳐다보는 걸 알게 되었다. 그는 고개를 저으며 그만 나가자고 했지만 그녀는 사변 철학의 자유에 막 매혹된 상태라 자리를 지키며 현명한 신사들이 기존의 모든 믿음을 전멸시킨 뒤 어떻게 대응할지 알아보려고 했다.

베어 교수는 소심한 사람이 되어 천천히 자신의 의견을 냈는데 그 의견이 확실하지 않아서가 아니라 가볍게 이야기하기에는 너무 진심이고 성실했기 때문이다. 그가 조에게서 여러 화려한 철학적 언변의 빛에 매혹된 다른 젊은이에게로 시선을 돌렸을 때였다. 그는 눈썹을 일자로 모으고 발언을 하길 갈망하며 격앙된 젊은 영혼이 길을 잃은 채 로켓을 쏘아 올리고는 발사가 끝나면 빈 작대기나 그을린 손만 남는다는 사실을 알게 될까 봐 걱정했다.

그는 최대한 인내했다. 그러나 자신의 의견을 낼 차례가 되었을 때 진심으로 분개하면서 화를 냈고 모든 진실한 웅변으로 종교를 옹호했다. 웅변은 그의 짧은 영어를 음악선율로 바꾸어놓았고 평범한 얼굴을 아름답게 빛냈다. 현명한 인물들이 논쟁에 아주 능해서 그는 힘든 싸움을 벌였다. 그러나 자신이 일격을 받아도 개의치 않고 남자답게 입장을 고수했다. 그가 논리를 펼칠 때 조의 세상이 다시 올바른 모습으로 돌아왔다. 기존의 신념은 아주 오랫동안 지속되었고 새로운 것보다 나아 보였다. 신은 눈먼 힘이 아니고 불후는 아름다운 우화가 아니라 축복받은 사실이었다. 그녀는 자신이 다시 두 발로 든든한 땅을 디디고 선 것 같은 기분이 들었다. 그리고 베어 교수가 이겨서 말을 멈췄을 때 아무도 확신하지 않았지만 조는 그에게 박수를 보내고 고맙다고 말하고 싶었다.

하지만 두 가지 다 하지 않았다. 그러나 이 장면을 기억해두고 진심을 담아 교수를 존경했다. 그때 그 자리에서 그가 말을 하려고 노력한 건 그의 양심이 잠자코 있을 수 없었기 때문이다. 조는 그의 이런 면이 돈, 지위, 지성, 아름다움보다 더 나은 자산이라는 점을 깨닫기 시작했고 위대함이란 '진실, 공경, 선의'가 있는 현자를 지칭한다면 그녀의 친구 프리드리히 베어는 선의가 있을 뿐 아니라 위대하기까지 하다고 느꼈다.

이 믿음은 날마다 더 커졌다. 그녀는 그의 자존심을 높이 샀고 그가 받는 존중을 갈망했고 그의 우정에 상응하는 사람이 되고 싶었다. 그래서 그 소원이 진지해지자 그녀는 거의 모든 것을 잃을 지경에 도달했다. 문제는 삼각 모자 아래서 튀어나왔다. 어느 날 저녁, 교수가 조에게 독일어 수업을 해주러 왔을 때 그는 티나가 종이로 만들어 준 군인 모자를 벗는 걸 까먹고 그냥 왔다.

'내려오기 전에 안경을 닦지 않은 게 분명해.' 조는 그렇게 생각하고 미소를 지었고 그때 그가 "안녕하세요." 하고 인사를 하고 진지하게 자리에 앉아 오늘 다룰 주제와 머리에 쓰고 있는 우스꽝스러운 삼각모자 사이의 극명한 온도 차를 알지 못한 채

조에게 《발렌슈타인의 죽음(Death of Wallenstein)》을 읽어주었다.

조는 그가 뭐든 재미있는 일이 벌어졌을 때 크게 진심으로 웃는 소리가 듣기 좋아서 처음에는 아무 말도 안 하고 그가 직접 알게 될 때까지 기다리다가 그 부분에 대해 잊어버렸다. 독일 사람이 실러를 읽는 소리를 듣는 건 엄청나게 빠져드는 일이기 때문이다. 읽기가 끝나고 생기 넘치는 수업이 시작되었는

데 조는 그날따라 기분이 좋았고 삼각모자는 계속 그녀의 눈앞에서 유쾌하게 춤을 추었다. 교수는 조가 왜 그러는지 몰라서 수업을 멈췄고 마침내 어쩔 수 없이 살짝 놀라며 물었다.

"마치 양, 내 얼굴이 뭐가 그리 웃기나요? 나에 대한 존중이 전혀 없어서 그렇게 나쁘게 구는 건가요?"

"선생님이 모자를 벗는 걸 깜박했는데 제가 어떻게 존중할 수 있겠어요?" 조가 반문했다.

교수는 아무 생각 없이 손을 들어 머리로 가져가 작은 삼각모자를 집어 잠깐 들여다보더니 고개를 뒤로 젖히고 콘트라베이스 같은 듣기 좋은 중저음으로 웃음을 터트렸다.

"아! 알겠어요. 악동 티나가 모자로 장난을 쳤군요. 아무것도 아니에요. 하지만 수업을 잘 따라오지 않으면 당신이 이 모자를 써야 할 거예요."

그러나 몇 분간 수업은 전혀 진행되지 않았는데 베어 교수가 모자에 그려진 그림을 뚫어지게 쳐다보았기 때문이다. 그는 모자를 펼쳐서 엄청나게 혐오하는 분위기로 말했다.

"이 종이가 집 안에서 나온 것이 아니길 바라요. 이건 아이들이 봐서는 안 되는 거고 젊은이들이 읽어서도 안 되는 글이에요. 아주 나빠요. 난 이런 해가 되는 글을 쓰는 사람에게 절대 자비를 보이지 않아요."

조가 슬쩍 쳐다보니 미치광이, 송장, 악당, 독사로 구성된 삽

화가 눈에 들어왔다. 마음에 들지 않았다. 그러나 불쾌해서가
아니라 두려움 때문에 그 종이를 뒤집어 보고 싶다는 충동이
들었고 잠시 동안 그 종이가 〈볼케이노〉일지도 모른다는 생
각을 했다. 다행히 아니었다. 사실 〈볼케이노〉라고 해도 그녀
의 소설이 그 속에 있다고 해도 자신을 배신할 이름이 적혀 있
지 않다는 점을 떠올리니 공포가 사그라들었다. 그러나 그녀는
그 종이를 보고 얼굴을 붉히며 스스로를 배신하고 말았다. 가
진 것이 없는 사람이지만 교수는 사람들이 좋아하는 것보다 훌
륭한 점이 더 많았다. 그는 조가 글을 쓴다는 사실을 알고 한
번 이상 신문사에서 그녀를 본 적이 있지만 그녀가 한 번도 이
야기하지 않았기에 그도 작품이 너무 궁금했지만 묻지 않았다.
이제 그녀가 스스로 부끄러워하는 일을 하고 있다는 점을 알게
되어 그는 마음이 괴로웠다. 하지만 자신에게 이렇게 말하지
않았다.

"내가 상관할 바가 아니야. 난 아무 말도 할 권한이 없어."

그는 조가 젊고 가난하고 어머니의 사랑과 아버지의 보살핌
에서 멀리 떨어져 이곳에 있다는 점만 기억했다. 그래서 웅덩
이에서 아기를 구하듯 재빨리 자연스러운 충동으로 그녀를 돕
기로 했다. 이 모든 생각이 머릿속에서 흐르는 동안 그의 얼굴
에는 조금도 드러나지 않았다. 종이를 접으며 조의 놀람도 진
정될 무렵 그는 조용히 자연스럽게, 하지만 아주 진지하게 말

할 준비를 마쳤다.

"맞아요, 당신은 그걸 내려놓아야 해요. 훌륭한 처녀가 그런 걸 보는 건 좋지 않다고 생각해요. 누군가를 즐겁게 해주려고 쓴 거지만 이런 쓰레기 같은 걸 주느니 내 아이에게 차라리 화약을 쥐어 줄 거예요."

"전부 다 나쁜 건 아닐지도 몰라요. 그저 실없는 내용일 수도 있고요. 수요가 있다면 공급하는 데 아무런 문제가 없다고 생각해요. 존경받는 사람들 상당수가 선정적인 이야기라고 부르는 것을 써서 정직하게 살고 있어요." 조가 자신의 주름 스커트를 너무 심하게 긁어서 자리마다 올이 나갔다.

"위스키에 대한 수요가 있지만 당신과 내가 그걸 파는 일에 신경을 쏠 필요가 없다고 생각해요. 존경할 만한 사람들이 그들이 어떤 해를 저질렀는지 안다면 그 삶은 진실한 것이 아니라고 느낄 테죠. 알사탕에 독을 넣어 어린아이에게 먹게 할 권리는 그들에게 없으니까요. 아니, 그들은 생각을 그만두고 이런 짓을 하기 전에 길거리에서 진흙이나 쓸어내는 편이 좋을 거예요!"

베어 교수가 따뜻하게 말하며 벽난로로 걸어가 종이를 구겼다. 조는 가만히 앉아서 불길이 자신에게 다가오는 것처럼 쳐다보았다. 그녀의 뺨은 삼각모자가 연기를 피우고 굴뚝을 따라 올라간 뒤에도 한참 동안 불타올랐다.

"나머지도 전부 저렇게 태워버려야 하는데." 교수가 안도한 듯 돌아오며 입을 열었다.

조는 위층에 있는 그녀의 원고 더미가 활활 타는 생각을 했고 힘들게 번 돈이 그 순간 양심에 무겁게 내려앉았다. 그녀는 스스로를 위로했다. '내 글은 이런 것들과는 달라. 그저 실없는 이야기고 해가 되지 않으니 걱정할 필요가 없어.' 그리고 그녀는 책을 들고 학구적인 얼굴로 말했다.

"계속할까요? 전 준비가 제대로 되어 있고 잘 할 수 있을 것 같아요."

"나도 그러길 바랍니다." 그는 이렇게만 말했지만 그 속에는 그녀가 상상한 것 이상의 의미가 담겼다. 그의 진지하고 자상한 얼굴에 조는 자신의 이마에 〈위클리 볼케이노〉라는 주홍글씨가 크게 박힌 것 같았다.

방으로 돌아간 즉시 조는 원고를 꺼내서 신중하게 모두 다시 읽었다. 근시가 좀 있어서 베어 교수는 가끔 안경을 쓰고 조도 한 번 써봤는데 근사한 인쇄 부분이 확대되어 보여 좋았다. 지금 그녀는 교수의 정신적 혹은 도덕적 안경까지 빌려 쓰고 있는 것 같았다. 열악한 이야기들의 단점이 고스란히 모습을 드러내 그녀를 실망으로 가득 채웠다.

"이건 쓰레기야. 그리고 계속 쓴다면 쓰레기 이상으로 끔찍해지겠지. 뒤에 나오는 것일수록 앞의 것보다 더 선정적이니까. 난 분별력을 잃고 그렇게 해왔고 돈 때문에 나와 다른 사람에게 상처를 주었어. 나도 알았던 것 같아. 엄청나게 부끄러워하지 않고는 맨 정신으로 진지하게 이런 걸 읽을 수 없으니까. 그리고 이걸 집에서 봤다면 혹은 베어 교수가 가지고 있다면 난 어떡하지?"

그 생각을 하니 조는 얼굴이 달아올라서 원고를 전부 난로에 던져 넣고 불을 붙일 준비를 마쳤다.

'그래, 이런 허튼소리를 없애버릴 최고의 장소야. 다른 사람이 내 화약으로 스스로 목숨을 끊게 하느니 내가 이 집을 태우는 편이 낫지.' 그녀는 이렇게 생각했고 《쥐라산맥의 악마》가

맹렬하게 검은 재로 사라지는 광경을 지켜보았다.

그러나 한 더미의 재와 그녀의 무릎 위에 놓인 돈 말고 석 달간의 노력이 아무것도 남지 않았을 때 조는 진지한 표정으로 바닥에 앉아 받은 원고료를 어떻게 할지 생각했다.

"아직 그렇게 많은 해를 끼친 건 아니니 내가 들인 시간에 대한 대가로 이 돈은 가져도 될 것 같아." 오랫동안 생각한 뒤에 조가 말하고는 곧바로 이렇게 덧붙였다. "난 아무런 양심의 가책도 느끼지 않길 바랐어. 양심은 너무 불편하니까. 그렇지만 올바른 일을 하는 데 신경을 쓰지 않고 잘못했을 때 불편하지 않으면 계속 돈의 노예가 됐을 거야. 가끔 아버지와 어머니가 너무 양심적으로 유별나지 않았기를 바라는 건 어쩔 수 없지만."

아, 조는 하나님에게 '부모님이 특별히 양심적인 것'을 고마워하지 않았다. 참을성 없는 젊은이에게 감옥과도 같은 그런 원칙을 지켜주는 보호자 없이도 여성으로서 제대로 자랄 수 있다는 점을 입증해줄 것이다.

조는 더 이상 선정적인 이야기를 쓰지 않았고 돈이 그녀의 선정성을 나눈 대가라고 여기지 않기로 마음을 정했다. 그리고 지금까지와는 정반대로 우표에 찍힌 위인들의 방식처럼 셔우드 부인(Mrs. Sherwood), 에지워스 양, 해나 모어(Hannah More)의 수업을 듣고 수필 혹은 설교라고 부르기 더 적절한 아주 강한 도덕성을 지닌 글을 썼다. 그녀는 처음부터 의구심이 들었다.

자신의 생기 있는 자신감과 소녀스러운 감성이 불편하고 성가신 지난 세기의 옷을 입고 가면무도회에 갔던 것처럼 새로운 양식에 어울리지 않을까 봐서다. 그녀는 교훈이 가득 담긴 작품을 여러 곳에 보냈지만 구매자를 찾지 못했다. 그리고 도덕성이 팔리지 않는다는 대시우드 씨의 주장 쪽으로 기울었다.

그다음 그녀는 동화를 써보았고 추악하게 돈을 쫓는 사람이 아니라고 생각할 수 있어서 좋았다. 청소년 문학을 쓰는 동안 그녀에게 작품의 가치만큼 제안을 해준 유일한 사람은 온 세상을 그의 특별한 믿음으로 개조해야 한다는 임무를 가졌다고 생각하는 훌륭한 신사 한 사람뿐이었다. 동화를 쓰는 것이 좋았지만 조는 그녀의 장난기 많은 소년들이 모두 곰에게 잡아먹히거나 광분한 황소에게 던져지는 묘사를 하고 싶지 않았다. 그런데 그들은 토요 학교에 가지 않았고 당연히 거기에 간 모든 착한 아이들이 금박을 입힌 진저브레드부터 천사의 수호를 받는 것까지 모든 종류의 축복을 누리는 것이 아니고 찬송가나 설교가 그들의 짧은 혀에 찍혀 세상에 나오는 것도 아니기 때문이다. 그래서 이 시도에서는 아무것도 얻지 못했다. 조는 잉크 스탠드를 덮고 아주 모욕감을 느끼며 중얼거렸다.

"난 아무것도 모르겠어. 다시 시작하기 전까지 기다릴 거야. 그리고 그동안 내가 더 잘할 수 없다면 '길거리에서 진흙이나 쓸어야지.' 아무튼 그건 정직한 행동이니까."

이 결정은 그녀가 두 번째로 콩자루에서 떨어지며 좋은 보물을 가져왔다는 점을 증명한 셈이다.

　이 같은 내적 혁명이 진행되는 동안 그녀의 외적 삶은 언제나처럼 바쁘고 평범했다. 가끔은 진지하거나 조금 슬퍼 보였는데 베어 교수 말고는 아무도 눈치채지 못했다. 그는 아주 조용히 그렇게 해서 조는 한 번도 그녀가 그의 조언을 받아들이고 교훈을 얻었는지 살피고 있는지 알지 못했다. 그러나 그녀는 시련을 견뎌냈고 그는 만족했다. 둘 사이에 어떤 말도 오가지 않았지만 그는 조가 글을 쓰지 않는 것을 알았다. 그녀의 오른손 집게손가락에 더 이상 잉크가 묻어 있지 않다는 사실 외에도 이제 아래층에서 저녁 시간을 보내고 신문사에서 마주치는 일도 없고 완강한 인내심으로 공부를 하는 것으로 보아 그는 조가 그녀의 마음을 즐거운 것이나 유용한 것으로 채우고 있다고 확신했다.

　베어가 여러 방면으로 도우며 자신이 진정한 친구라는 사실을 입증해 조는 행복했다. 그녀의 펜이 한가로이 놓여 있는 동안 독일어뿐 아니라 다른 수업도 들었고 자기만의 감각적인 이야기를 쓸 토대를 쌓아 나갔다.

　길고 즐거운 겨울이었고 그녀는 6월까지 커크 부인과 함께 있었다. 헤어질 때가 되자 모두가 아쉬워했고 아이들은 달랠 수가 없었고 베어 교수는 머리카락이 모두 쭈뼛하게 섰는데 마음속에 고민이 있을 때마다 늘 그렇게 머리를 헝클었다.

"집으로 돌아가는군요! 아, 돌아갈 집이 있는 당신은 행복한 사람이에요." 그녀가 떠나는 소식을 알렸을 때 그는 말없이 한 귀퉁이에서 수염을 잡아당겼고 그러는 동안 조는 마지막 날 저녁에 작은 송별회를 가졌다.

그녀는 일찍 나가야 해서 밤사이에 모두에게 작별인사를 했다. 그리고 그의 차례가 되자 그녀는 따뜻한 목소리로 말했다.

"우리 쪽으로 여행을 올 일이 있으면 절 보러 오는 걸 잊지 마세요, 알겠죠? 안 그러면 정말 용서하지 않을 거예요. 가족 모두에게 내 소중한 친구를 알리고 싶거든요."

"그래요? 내가 가도 돼요?" 그가 갈망하는 표정으로 그녀를 쳐다보며 물었지만 그녀는 그 표정을 보지 못했다.

"네, 다음 달에 오세요. 로리가 그때 졸업을 하니 졸업식을 보면서 새로운 경험을 즐길 수 있을 거예요."

"그 사람이 당신과 가장 친한 친구죠?" 그가 목소리 톤을 바꾸며 물었다.

"네, 제 친구 테디예요. 그 애가 아주 자랑스럽고 당신도 그 애를 보면 좋아할 거예요."

조는 그때 고개를 들었고 자신의 기쁨을 다른 사람에게 보여주는 것 말고 다른 건 알지 못했다. 베어의 얼굴 속 어딘가에서 갑자기 조가 로리를 '가장 친한 친구' 그 이상으로 여기게 될지도 모른다는 사실이 상기되었고 그녀가 특히나 다른 문제가 있는 것처럼 자신을 쳐다보지 않으려고 하면서 얼굴을 붉혔기 때문에 의혹은 더욱 커졌다. 조의 얼굴은 갈수록 빨개졌다. 무릎에 앉아 있는 티나가 아니었다면 그녀는 자신의 상태를 몰랐을 거다. 다행히 어린이가 일어나 그녀를 포옹해주어 곧바로 얼굴을 숨길 수 있었고 교수에게 들키지 않기를 바랐다. 그러나 그는 보았고 얼른 불안감에서 평범한 표정으로 바꾼 다음 진심으로 말했다.

"그 시간에 맞춰 못 갈 것 같지만 그 친구의 큰 성공과 당신의 모든 행복을 바라요. 하나님의 은총이 있기를!" 그 말과 함께 그는 따뜻하게 악수를 하고 티나를 어깨에 걸치고 자리를 나섰다.

그러나 남자아이들이 자리에 누운 뒤에 그는 오랫동안 난로 앞에 앉아서 지친 얼굴을 했고 가슴속에는 향수병이 무겁게 내려앉았다. 조를 떠올리고 그녀가 무릎에 어린아이를 앉히고 있는 모습과 부드러워진 얼굴을 생각하면서 그는 한동안 손에 머리를 기댄 채 있다가 찾을 수 없는 무언가를 찾으려는 듯 방을 나섰다.

"내가 아니라면 지금 난 희망을 가져서는 안 돼." 그는 자신에게 이렇게 말하며 신음에 가까운 한숨을 내쉬었다. 그런 다음 억누를 수 없는 갈망을 나무라듯이 베개 위에 놓인 두 개의 형클어진 머리에 입을 맞추고 좀처럼 사용하지 않는 해포석 담배 파이프를 챙기고 플라톤을 펼쳤다.

그는 최선을 다했고 남자답게 임했다. 하지만 그가 걷잡을 수 없는 소년 둘과 파이프나 신성한 플라톤이 아내와 자식, 가정의 아주 흡족한 대체물이라 느꼈다는 생각은 들지 않는다.

다음 날 아침 일찍, 그는 떠나는 조를 보려고 역으로 갔고 덕분에 조는 친숙한 얼굴이 미소를 지으며 작별인사를 하는 유쾌한 기억과 제비꽃 한 다발과 함께하며 고독한 여정을 달랠 수 있었다. 조는 무엇보다 이런 행복한 생각이 멈추지 않았다.

"겨울이 지나갔고 난 책을 쓰지 못했고 큰돈도 벌지 못했어. 하지만 난 충분한 가치가 있는 친구를 사귀었고 평생 그와 관계를 유지할 거야."

35. 상심

어떤 동기가 있었는지 몰라도, 그해에 로리는 학업에 몰두하여 우수한 성적으로 졸업했다. 친구들은 그가 필립스*처럼 품위 있고, 데모스테네스처럼 능란하게 라틴어 연설을 해냈다고 말했다. 다들 그 자리에 있었는데, 특히 로리의 할아버지는 얼마나 뿌듯해했는지! 함께한 마치 부부와 존, 메그, 조, 베스도 하나같이 크게 기뻐하며 진심으로 칭찬해주었다. 남자아이들은 가볍게 흘려듣곤 하지만, 이런 칭찬은 훗날 어떤 성공을 거두더라도 다시 듣기 어렵다.

"난 당황스러운 저녁 식사가 있어서 여기 남아야 돼. 하지만 내일 일찍 집에 갈 거니까, 평소처럼 날 만나러 와주겠지, 아가

---

* 웬델 필립스는 노예제도 폐지와 여성인권 신장을 주장한 미국의 사회운동가이며, 뛰어난 연설가로 명성이 높았다.

씨들?" 즐거운 졸업식이 끝난 뒤에, 로리는 자매들을 마차에 태우며 말했다. '아가씨들'이라고 말은 했지만, 실은 조를 가리키는 것이었다. 오직 그녀만이 오랜 관례를 지키고 있었으니까.

조는 이렇게 훌륭하고, 성공적인 결과를 낸 청년을 거절할 마음은 전혀 없었기에 다정하게 대답해주었다.

"그래, 테디. 비가 오든 해가 나든 꼭 갈게. 구금(입으로 부는 작은 악기)으로 '승리한 영웅을 맞이하라*'를 불면서 행진해 갈게."

로리는 고마워했다. 그의 표정을 본 조는 덜컥 겁이 나서 생

---

* 헨델의 오라토리오 〈유다스 마카베우스〉 3부에서 유대인들이 개선하는 유다스를 맞이하며 부르는 노래

각했다. '이런! 로리가 내게 뭔가 말하려는 거야. 그럼 난 어떻게 해야 하지?'

저녁에 차분히 생각해보고, 아침에 일을 하다 보니 그녀의 두려움도 누그러졌다. 조는 어떤 대답을 들을지 뻔히 알면서도 자신에게 청혼을 할 거라 생각할 정도로 자만에 빠지지는 않기로 결심했다. 약속 시간이 되자 그녀는 자신이 테디의 가엾은 감정을 다치게 하는 일이 없기를, 그가 그런 일을 만들지 않기를 바라며 출발했다. 메그 언니 집에 들러 데이지와 데미의 기분 좋은 냄새를 맡고, 로리와 단둘이 만날 것에 대비해 마음을 더 단단히 먹었다. 하지만 멀리서 나타나는 건장한 몸을 보자 돌아서서 도망가 버리고 싶은 마음이 들었다.

"구금은 어디 있는 거야, 조?"

말소리가 들릴 만큼 가까워지자마자 로리가 소리쳤다.

"잊어버렸네."

조는 다시 기운이 났다. 연인이라면 저런 식의 인사말을 하지는 않을 것이기 때문이다. 그녀는 이럴 때면 항상 로리의 팔을 잡았지만 지금은 그러지 않았다. 로리도 불평하지 않았다. 나쁜 징조였다. 대신 그는 그들이 숲을 지나 집으로 이어지는 작은 오솔길에 들어설 때까지 온갖 종류의 상관없는 이야기들을 빠르게 주워섬겼다. 그러다가 걸음을 늦추더니 갑자기 술술 흘러나오던 말도 뚝뚝 끊기면서 이따금 무서운 침묵이 흘렀다.

침묵의 구렁텅이로 점점 빠져 들어가는 대화를 살리기 위해서 조가 황급히 말했다.

"이제 긴 휴가를 맞은 거네!"

"그러려고."

로리의 단호한 어조에 조는 재빨리 고개를 들어 그를 보았다. 로리는 그 무시무시한 순간이 오고 말았다는 것을 확실히 알려주는 표정으로 그녀를 내려다보고 있었다. 조는 손을 내밀며 애원했다.

"안 돼, 테디, 제발 하지 마!"

"난 할 거고, 넌 들어야 해. 소용없어, 조. 어떻게든 결판을 내야 한단 말이야. 그리고 빠를수록 너한테도 나한테도 좋은 거야." 그는 갑자기 흥분하여 붉어진 얼굴로 대꾸했다.

"그럼 하고 싶은 말을 해봐. 들을게." 조는 필사적으로 인내심을 발휘하며 말했다.

로리는 사랑에 빠진 젊은이였지만 진지했고, 설령 죽는 한이 있더라도 툭 터놓고 말해야겠다고 작정하고 있었다. 그래서 특유의 성급한 성격대로 곧장 본론으로 들어갔다. 그는 침착하게 말하려고 노력했지만, 이따금 목이 메는 듯한 소리가 나왔다.

"널 처음 알게 된 순간부터 계속 사랑해왔어, 조. 나도 어쩔 수가 없었어. 넌 내게 정말 잘해줬잖아. 내 마음을 표현하고 싶었지만 네가 그렇게 하도록 두질 않았지. 이제는 네가 들어줘야겠어. 그리고 답을 해줘. 난 더는 이렇게 지낼 수가 없어."

"이런 일이 생기지 않게 하고 싶었어. 너도 이해한 줄 알았는데……." 말을 시작한 조는 생각보다도 훨씬 더 힘들다는 것을 알게 되었다.

"나도 알아. 하지만 여자들은 너무 묘해서 진심이 뭔지 결코 알 수가 없어. 속으로는 '예.'라고 하면서도 말로는 '아니오.'라고 하니까. 게다가 그저 재미로 남자를 쩔쩔매게 만들잖아."

로리는 부인할 수 없는 사실로 자신을 방어하며 받아쳤다.

"난 아니야, 난 한 번도 네가 날 그렇게 좋아해주기를 바란 적 없어. 그리고 할 수만 있다면 네가 그렇게 하지 않도록 피했단 말이야."

"나도 그렇게 생각했어. 너다운 일이었지. 하지만 소용없었어. 난 널 더 사랑하게 되었을 뿐이야. 그리고 널 기쁘게 해주려고 열심히 노력했어. 당구도 치지 않고, 네가 싫어하는 건 전부 그만뒀어. 불평하지 않고 널 기다렸어. 내가 너에게 많이 부족하긴 하지만, 너도 나를 사랑해주기를 바랐어."

여기까지 말한 그는 목이 메는 것을 어찌하지 못하고, 미나리아재비 꽃을 꺾으며 당황한 목을 가다듬었다.

"부족하지 않아, 오히려 나한테 과분하지. 그리고 난 너에게 정말 고맙고, 네가 정말 자랑스럽고, 널 좋아해. 네가 바라는 것처럼 내가 널 사랑하지 못하는 이유를 나도 모르겠어. 노력은 해봤지만, 감정을 바꾸지는 못하겠어. 사실은 사랑하지 않으면서, 사랑한다고 말한다면 그건 거짓말이잖아."

"조, 정말 진심이야?" 그는 조의 두 손을 잡으며 좀처럼 잊지 못할 표정으로 짧게 물었다.

"로리, 정말 진심이야."

그들은 이제 숲에 들어와 울타리 디딤대 근처에 있었다. 조의 입에서 마지막 말이 머뭇거리며 나오자 로리는 잡고 있던 그녀의 손을 떨어뜨리더니 계속 가려는 것처럼 돌아섰다. 하지만 이번만은 그에게 울타리가 너무 높게 느껴졌다. 그래서 이끼 낀 기둥에 머리를 올려놓은 채 꼼짝도 하지 않고 서 있었다.

아무런 움직임이 없어서 조는 겁이 났다.

"이런, 테디. 미안해. 정말 너무 미안해. 뭐라도 도움이 될 수만 있다면 내 목숨이라도 내놓을 거야! 네가 너무 힘들어하지 않으면 좋겠어. 나도 어쩔 수가 없어. 사랑하지 않는데 억지로 사랑하도록 만들 수는 없다는 걸 너도 잘 알잖아." 조는 세련되진 않지만, 가책을 느끼는 것 같았다. 그녀는 로리가 아주 오래전에 자신을 달래주었던 때를 떠올리며 그의 어깨를 부드럽게 두드렸다.

"가끔은 그럴 때도 있어." 기둥에서 숨죽인 목소리가 들렸다.

"그건 바람직한 사랑이 아니잖아. 그리고 난 그렇게 하고 싶진 않아." 단호한 대답이었다.

긴 침묵이 흘렀다. 강가의 버드나무에서 찌르레기가 태평하게 울었고, 높이 자란 풀이 바람에 부스럭거렸다. 이윽고 조는 울타리 디딤대 위에 앉으며 아주 침착하게 말을 꺼냈다.

"로리, 할 말이 있어."

그는 마치 머리를 관통하는 총알을 맞은 것처럼 깜짝 놀라며 거친 목소리로 부르짖었다.

"그건 말하지 마, 조. 지금은 견딜 수 없어!"

"뭘 말이야?" 그녀가 그의 격렬한 태도에 의아해하며 물었다.

"네가 그 늙은이를 사랑한다는 것 말이야."

"어떤 늙은이?" 조는 로리가 그의 할아버지를 이야기하는 것이 틀림없다고 생각하며 물었다.

"네가 편지에 늘 쓰던 그 사악한 교수 말이야. 네가 그 교수를 사랑한다고 말하면 난 분명 극단적인 일을 저지르게 될 거라고." 분노에 찬 눈을 번득이며 두 손을 꽉 쥔 로리는 그 말을 꼭 지킬 것처럼 보였다.

조는 웃음이 터질 것 같았지만 꾹 참고 다정하게 말했다. 그녀 자신도 이 모든 일에 너무 흥분하고 있었다.

"험한 말 하지 마, 테디! 교수님은 그렇게 늙지도 않았고, 나쁜 사람도 아니야. 친절하고 좋은 분이고, 가장 좋은 친구야. 너 다음으로 말이야. 제발 벌컥 화부터 내지 말고. 나도 상냥하게 대하고 싶지만, 네가 교수님을 욕하면 화가 날 거야. 난 교수님이든 다른 누구든 사랑한다는 생각은 전혀 없어."

"하지만 언젠가는 사랑하게 되겠지. 그러면 난 어떻게 될까?"

"너도 누군가를 사랑하게 될 거야. 똑똑한 남자답게 말이야. 그리고 이렇게 골치 아팠던 일은 다 잊어버리게 될 거야."

"다른 사람은 사랑할 수 없어. 조, 널 절대로 잊지 못할 거야. 절대로, 절대로 말이야!" 로리는 발까지 쿵쿵 구르며 격정적으로 힘주어 말했다.

'로리를 어떻게 해야 하지?' 조는 감정을 제어하기가 생각보다 어렵다는 것을 깨달으며 한숨을 내쉬었다. "내가 하려는 말은 아직 듣지도 않았잖아. 앉아서 들어봐. 난 정말로 옳은 일을

하고 싶고, 네가 행복해지기를 바라니까." 그녀는 조금은 이성
적인 말로 로리를 달랠 수 있기를 바라며 말했다. 하지만 그것
은 그녀가 사랑에 대해 아무것도 모른다는 사실을 증명할 뿐이
었다.

조의 마지막 말에서 한 줄기 희망을 본 로리는 그녀의 발치
에 털썩 주저앉아, 디딤대의 아래쪽 계단에 팔을 대고 기대에
찬 표정으로 그녀를 올려다보았다. 이런 상태에서는 차분하게
말하거나 명료하게 생각할 수가 없었다. 사랑과 갈망이 가득한
눈으로 자신을 바라보는 남자에게 어떻게 냉정한 말을 할 수
있겠는가? 게다가 속눈썹은 그녀의 매정한 마음 때문에 흘린
눈물 한두 방울로 여전히 촉촉이 젖어 있었다. 그녀는 로리의
구불구불한 머리카락을 쓸어주며 살며시 그의 고개를 다른 쪽
으로 돌려놓았다. 그 머리카락마저 그녀를 위해 기른 것이라니
실로 감동적인 일이 아닐 수 없었다.

"난 어머니 말이 맞는 것 같아. 너랑 나는 맞지 않아. 우리는
둘 다 성미가 급하고 고집이 세서 아주 불행해질 거야. 만일 우
리가 멍청하게도……." 조는 마지막 말을 하면서 잠시 머뭇거
렸다. 하지만 로리가 몹시 기뻐하며 그 말을 입 밖으로 꺼냈다.

"결혼하면 말이지. 아니, 그렇게 안 돼! 네가 날 사랑한다면
난 완벽한 성자가 될 거야. 난 뭐든 네가 바라는 대로 하게 될
테니 말이야!"

"아니 그럴 수는 없어. 나도 시도해봤지만 실패했어. 그런 위험한 실험에 우리 행복을 걸지는 않을 거야. 우리는 의견이 맞지 않아. 앞으로도 절대 맞지 않을 거야. 그러니까 우리는 평생 좋은 친구로 지내겠지만, 거기서 더 나아가서 어떤 무모한 짓도 하지 않을 거야."

"아니야, 기회만 있으면 할 거야." 로리는 반항적으로 중얼거렸다.

"이제 좀 이성을 찾고 사리에 맞게 생각해봐." 조는 어쩔 줄 몰라 하며 애원했다.

"난 이성을 찾지 않을 거야. 네가 사리에 맞는다고 말하는 그런 생각도 하기 싫어. 나한테는 아무런 도움이 안 되고, 너도 힘들게 만들 뿐이라고. 너한테는 도대체 마음이란 게 있는 건지 모르겠다."

"차라리 없으면 좋겠어!"

조의 목소리가 조금 떨렸다. 그것을 좋은 징조로 생각한 로리는 돌아보며 설득력을 한껏 발휘해서 전에 없이 솔깃하게 구슬리는 목소리로 말했다.

"우리를 실망시키지 마! 모두가 기대하고 있다고. 할아버지도 마음을 정하셨고, 너희 가족도 좋아하고. 그리고 난 너 없이는 안 된단 말이야. 그렇게 하겠다고 말해. 그리고 행복해지는 거야! 그렇게 해! 어서!"

조는 이후로 몇 달이 흐르는 동안에도, 자신이 어떻게 흔들리지 않고 마음먹은 대로 밀고 나갈 수 있었는지 알 수 없었다. 그녀는 로리를 사랑하지 않았고 앞으로도 결코 사랑할 수 없다고 판단했다. 차마 말하기는 어려웠지만, 나중으로 미룬다 해도 아무 소용이 없고 로리에게 잔인한 짓이라는 것을 알았기에 할 수밖에 없었다.

"난 진심으로 동의할 수가 없어. 그러니까 그렇게 말하지는 않을 거야. 머지않아 너도 내가 옳다는 걸 알게 될 거야. 그리고 나한테 고마워하게 될 거야." 그녀는 진지하게 이야기를 시작했다.

"내 목이 붙어 있는 한 절대로 그런 일은 없을 거야!"

로리는 생각만으로도 격분하여 풀밭에서 벌떡 일어났다. 하지만 조가 끈질기게 말했다.

"아니야, 그렇게 될 거야! 시간이 지나면 괜찮아질 거야. 그리고 사랑스럽고 교양 있는 여자를 만나겠지. 널 사랑하고 멋진 너희 집에 맞는 훌륭한 여주인이 될 여자 말이야. 난 아니야. 나는 매력 없고, 서투르고, 이상하고, 칙칙하잖아. 넌 나를 부끄러워하게 될 거야. 그러면 우리는 다투게 될 테고……. 봐, 심지어 지금도 다투고 있잖아. 난 우아한 사교계를 싫어하지만 넌 아니야. 넌 내가 끼적대는 걸 진저리치게 되겠지만, 난 그거 없이는 못 살아. 그럼 우리는 불행해질 거고, 후회하게 될 거야. 결국 모든 게 지긋지긋해질 거야!"

"더는 없어?" 로리가 물었다. 그는 예언처럼 터져 나오는 조의 말을 참을성 있게 듣고 있기가 힘들었다.

"없어. 다만 하나 더, 난 결혼은 절대로 하지 않을 거야. 난 이대로 행복하고, 내 자유를 너무 사랑하거든. 어떤 남자를 위해서든 자유를 섣불리 포기할 수는 없어."

"그건 내가 더 잘 알아!" 로리가 끼어들었다. "지금은 그렇게 생각하겠지만 언젠가는 누군가를 좋아하게 될 거야. 그 남자를 어마어마하게 사랑하게 될 거고, 그를 위해 살고, 그를 위해 죽겠지. 난 알아. 넌 그럴 거야. 그렇게 될 거야. 난 곁에서 그걸 지켜봐야 할 테지." 절망에 빠진 로리는 모자를 땅에 내동댕이쳤다. 그의 얼굴이 그렇게 비참하지만 않았다면, 우스꽝스러워 보일 만한 몸짓이었다.

"그래, 그 남자에게 일생을 바칠게. 그 사람이 나도 모르게 자기를 사랑하도록 만들 수 있다면 말이야. 너도 최선을 다해봐." 조는 불쌍한 테디에게 인내심을 잃고 소리쳤다. "난 최선을 다했어. 하지만 넌 도무지 이성을 찾으려고 하지 않아. 내가 줄 수 없는 걸 계속 졸라대다니 너무 이기적이잖아. 난 항상 널 좋아할 거야. 정말 많이 좋아할 거야. 친구로서 말이야. 그렇지만 너랑 결혼은 하지 않아. 네가 그 사실을 빨리 인정할수록 너나 나나 더 좋은 거라고. 그러니까 지금 받아들여."

조의 말은 화약에 불을 붙인 격이었다. 로리는 어떻게 해야 할지 모르겠다는 듯이 그녀를 잠시 바라보더니, 발악하는 듯한 목소리로 말하며 휙 돌아섰다.

"언젠가 후회하게 될 거야, 조."

"어디 가는 거야?" 그녀는 로리의 얼굴에 겁이 나서 소리쳤다.

"지옥으로 꺼져버리려고!"

로리가 소리치며 강기슭 쪽으로 내려가자 잠시 조는 심장이 멎는 것 같았다. 하지만 몹시 어리석거나, 큰 죄를 저지르거나 엄청난 불행이 있지 않는 한 젊은 남자가 그렇게 끔찍한 죽음으로 내몰리지는 않는다. 그리고 로리는 단 한 번의 실패에 무릎을 꿇는 나약한 사람이 아니다. 그는 신파극에서처럼 극단적인 선택을 할 생각는 전혀 없었다. 그렇지만 어떤 걷잡을 수 없는 본능에 이끌려 모자와 외투를 배에 던져 넣고, 있는 힘을 다해 노를 저었다. 그는 어떤 경주에서보다 더 빠르게 강을 거슬러 올라갔다. 조는 가엾은 친구가 마음에 담고 있는 괴로움에서 벗어나려고 애쓰는 모습을 지켜보았다. 그녀는 긴 숨을 내쉬며 움켜쥐었던 두 손을 폈다.

"저렇게 하면 좀 나아지겠지. 후회하면서 예민해진 상태로 집에 돌아가게 될 테니까. 난 만나지 않는 게 좋겠어."

조는 자신이 마치 죄 없는 무언가를 죽여서 낙엽 아래에 묻은 것 같은 기분을 느끼며 천천히 집으로 돌아갔다.

"로런스 씨에게 가서 불쌍한 친구에게 너그럽게 대해주시라고 해야겠어. 로리가 베스를 사랑하면 좋을 텐데. 어쩌면 언젠가는 그렇게 될지도 모르지. 하지만 베스에 대해서 내가 잘못 생각한 것 같기도 해. 맙소사! 여자들은 어떻게 애인을 갖고 싶어 하다가도 거절해버릴 수가 있는 걸까. 너무 고약한 일이야."

조는 자신만큼 잘 할 수 있는 사람은 없다고 확신하면서, 곧장 로런스 씨에게 가서 힘든 이야기를 용감하게 끝까지 털어놓았다. 그러다가 무정한 자신을 생각하며 참담하게 울음을 터뜨리는 바람에, 친절한 신사인 로런스 씨는 몹시 실망했음에도 단 한 마디도 책망의 말을 하지 않았다. 그는 누구든 어떻게 로리를 사랑하지 않을 수 있는지 이해할 수 없었고, 조가 마음을 바꾸기를 바랐다. 하지만 사랑은 억지로 이루어질 수 없다는 것을 그녀보다도 잘 알았기에, 애처롭게 고개를 젓고는 손자가 다치지 않게 해야겠다고 결심했다. 젊고 충동적인 로리가 조에게 남긴 말이 인정하기 어려울 만큼 그를 괴롭혔던 것이다.

집에 돌아온 로리는 기진맥진해 있었지만, 꽤나 차분했다. 할아버지는 짐짓 아무것도 모르는 것처럼 로리를 맞이하였고, 한두 시간 동안은 성공적으로 그 상태를 유지했다. 하지만 그들이 그렇게 즐기곤 했던 황혼 무렵이 되어 함께 앉게 되자, 할아버지는 평소처럼 장황하게 이야기를 늘어놓기가 힘들었다. 그리고 로리는 지난해의 성공에 대한 칭찬을 듣고 있기가 더욱 힘들었다. 이제 그 성공은 그에게 사랑의 헛수고*인 것 같았다. 그는 할 수 있는 한 오래 견디다가, 피아노로 가서 연주를 시작했다. 창문이 열려 있었다. 베스와 정원을 거닐던 조는 이번만큼은 동생보다 음악을 더 잘 이해할 수 있었다. 그는 '비창 소나타'를 연주했고, 연주는 전에 없이 훌륭했다.

"아주 훌륭하구나. 눈물이 날 정도로 슬프기도 하고. 좀 더 즐거운 곡을 들려다오." 로런스 씨가 말했다. 그는 안타까운 마음이 가득했지만, 어떻게 표현해야 할지를 몰랐다.

로리는 몇 분 동안 활기찬 곡을 폭풍처럼 연주했다. 그리고 잠깐 고요해진 틈에 마치 부인이 부르는 목소리가 들리지만 않았더라면, 씩씩하게 끝까지 이어갔을 것이다.

"조, 들어오렴. 네가 필요하구나."

의미는 달라도, 로리가 그토록 하고 싶어 했던 말이었다. 그 말을 들은 그는 갈피를 잃고 말았다. 음악은 분산화음으로 흩어지며 끝이 났고, 연주자는 어둠 속에 묵묵히 앉아 있었다.

"못 참겠구나." 로런스 씨가 말했다. 그는 자리에서 일어나 피아노까지 더듬더듬 가서 로리의 넓은 어깨 한쪽에 다정하게 손을 얹었다. 그리고 여인처럼 부드럽게 말했다.

---

* 윌리엄 셰익스피어의 풍속희곡 '사랑의 헛수고(Love's Labour's Lost)'를 이용한 표현이다.

"다 안다, 나도 다 알아."

잠시 아무런 대꾸도 하지 않던 로리가 날카롭게 물었다.

"누가 말했죠?"

"조가 직접 얘기해줬단다."

"그럼 그걸로 끝이에요!" 그는 참을성 없는 몸짓으로 할아버지의 손을 떼어냈다. 안타까워하는 할아버지의 마음은 고마웠지만 남자로서의 자존심은 동정을 견딜 수 없었다.

"꼭 그렇진 않지. 내가 한 가지만 말하마. 그런 다음에는 정말로 끝이다." 로런스 씨는 평소와 달리 온화하게 대꾸했다. "아마당장은 집에 있고 싶지 않겠지?"

"도망가지는 않을 거예요. 제가 조와 마주치는 건, 조도 막을수 없는 거예요. 전 내키는 만큼 오래 있을 거예요." 로리가 반항적인 목소리로 끼어들었다.

"네가 신사라면 그러면 안 되는 거지. 나도 실망스럽지만 그건 조도 어쩔 수 없는 일이잖니. 네가 할 수 있는 일은 당분간떠나 있는 거란다. 어디로 가겠니?"

"어디든 갈게요. 어떻게 되든 상관없어요." 로리는 할아버지의 귀를 거슬리게 하는 웃음소리를 내며 일어났다.

"남자답게 받아들여라. 제발 경솔한 짓은 하지 말고. 네가 계획했던 대로 다른 나라에 가보는 건 어떻겠니? 가서 다 잊어버리는 거야."

"그럴 수 없어요."

"하지만 무척 가고 싶어 했잖니. 대학을 졸업하면 보내주겠다고 내가 약속했고."

"아, 그렇지만 혼자 가려던 게 아니었어요!" 로리는 할아버지는 보지 못한 표정을 지으며 방을 빠르게 가로질러 갔다.

"혼자 가라고 하지 않았다. 세상 어디로 가든지, 너와 기꺼이 함께 갈 사람이 있단다."

"누구요?" 로리는 답을 들으려고 걸음을 멈췄다.

"나 말이다."

로리는 가던 걸음만큼이나 신속하게 되돌아와 손을 내저으며 쉰 목소리로 말했다.

"저는 이기적인 놈이에요. 아시잖아요, 할아버지."

"맙소사, 그래, 알지. 나도 젊은 시절에는 다 겪은 일이니까. 그다음은 네 아버지였고. 자, 로리, 조용히 앉아서 내 계획을 들어보렴. 다 준비가 되어 있으니까, 곧바로 실행할 수 있단다." 로런스 씨는 젊은 손자를 꽉 붙잡고 말했다. 예전에 로리의 아버지가 그랬던 것처럼 로리가 달아나기라도 할까 봐 두려운 것 같았다.

"알았어요, 계획이 뭔데요?" 자리에 앉는 로리의 얼굴이나 목소리에는 흥미로워하는 기색은 전혀 없었다.

"런던에 일이 있단다. 너를 보내려고 했는데, 내가 직접 가면 더 낫겠지. 여기 일들은 브룩이 잘 관리할 거야. 동료들이 거의 모든 일을 하니까. 난 그저 네가 내 자리를 물려받을 때까지 기다리다가 언제든지 물러날 수 있어."

"하지만 할아버지는 여행을 싫어하시잖아요. 연세도 많으신데 여행을 권할 수는 없어요." 로리는 할아버지의 희생에 감사한 마음이었지만, 굳이 가야 한다면 혼자 가는 것이 훨씬 나았다.

로런스 씨는 그 점을 잘 알았기에, 특히 손자가 혼자 떠나는 것만은 막고 싶었다. 지금 같은 기분으로는 제 뜻대로 하도록 내버려두는 것이 현명하지 않다고 확신했던 것이다. 그는 편안한 집을 두고 떠날 생각을 하면 당연히 아쉬웠지만 꾹 참고 완강하게 말했다.

"아이고, 난 아직 그렇게 늙진 않았다. 마음에 드는 계획이야. 나한테도 도움이 될 거고. 요즘에는 여행도 그냥 의자에 앉아 있는 것만큼이나 쉬우니까 힘들지도 않을 거다."

로리는 안절부절못하고 있었다. 자리가 불편하거나 계획이 마음에 들지 않는다는 뜻이었다. 그러자 로런스 씨는 황급히 덧붙였다.

"내가 사사건건 참견하거나 너한테 부담을 주고 싶은 마음은 없다. 내가 혼자 남아 있는 것보다 함께 가는 걸 좋아할 거라고 생각해서 가는 거야. 너랑 같이 돌아다니지는 않을 거야. 나는 나대로 즐겁게 지내는 동안 넌 마음껏 가고 싶은 곳에 갈 수 있게 해주마. 난 런던과 파리에 있는 친구들을 만나러 갈 거다. 그동안 넌 이탈리아나 독일이나 스위스에 가면 돼. 가서 그림도 보고 음악도 듣고 풍경도 구경하고 모험도 해보고 실컷 즐기렴."

이제야 로리는 자신이 마음의 상처를 받아 완전히 무너져 내렸다는 사실을 절감했다. 세상은 황량한 광야 같았다. 하지만 할아버지가 이야기를 마치며 솜씨 좋게 끼워 넣은 몇 마디 말들이 그의 상처받은 마음을 설레게 했고, 삭막한 광야에 갑자기 초록빛 오아시스 한두 군데가 나타나 보이는 것 같았다. 그는 한숨을 쉬더니 무기력한 목소리로 말했다.

"좋을 대로 하세요. 어디에 가서 뭘 하든 상관없으니까요."

"나한테는 상관있단다. 명심하렴. 네가 완전한 자유를 누리도록 해주마. 하지만 그 자유를 올바르게 쓰리라고 믿는다. 그 점은 내게 약속해다오, 로리."

"할아버지 말씀대로 할게요."

'좋아!' 로런스 씨는 생각했다. '지금은 신경 쓰지 않아도, 내가 틀린 게 아니라면 그 약속 덕분에 잘못된 행동을 피할 수 있을 때가 오겠지.'

활동적인 사람인 로런스 씨는 단김에 쇠뿔 빼듯 곧바로 행동했다. 실의에 빠진 로리가 다시 반항할 기운을 회복하기도 전에 그들은 떠났다. 여행을 준비하는 동안 로리는 젊은이들이 그런 경우에 으레 그러는 것처럼 행동했다. 그는 변덕스러웠고,

때때로 수심에 잠겼으며 식욕을 잃었고, 옷은 아무렇게나 입었다. 그리고 격렬하게 피아노를 치며 대부분의 시간을 보냈다. 조를 피하면서도 창문을 통해 그녀를 바라보며 자신을 달랬다. 그의 비참한 얼굴은 밤에 꿈에 나타나 그녀를 괴롭혔고, 낮에는 죄책감으로 그녀를 짓눌렀다. 실연당한 사람들은 상대가 알아주지 않는 짝사랑에 대해 떠들어대기도 하지만, 그는 결코 한 마디도 하지 않았다. 그리고 아무도, 심지어 마치 부인조차도 그를 위로하거나 동정하는 것을 허락하지 않았다.

어떤 면에서는 그의 친구들에게 이런 점은 다행스러운 일이기도 했다. 하지만 출발하기 전까지 몇 주 동안은 매우 불편한 시간이었고, 모두들 '저 가엾은 녀석이 괴로움을 잊으려고 떠났다가 좋아져서 돌아올 것'이라고 여겼다. 물론 그들의 착각에 로리는 음울하게 웃음 지었지만, 모른 척 지나쳐버렸다. 그는 조에 대한 사랑처럼, 자신의 충절은 변하지 않을 것임을 알았기에 우월감을 느끼면서도 슬펐다.

출발할 때가 다가오자, 그는 자꾸만 나타나려는 불편한 감정들을 감추려고 짐짓 쾌활한 척했다. 이런 명랑함에 아무도 속지 않았지만, 다들 그를 위해 속는 척을 해주었다. 로리도 제법 잘 해나갔다. 마치 부인이 어머니처럼 걱정하는 말을 해주며 그에게 입을 맞추기 전까지는 그랬다. 그때 로리는 자신이 아주 빠르게 움직이고 있다는 것을 느끼며, 주변을 에워싼 모

든 사람들과 서둘러 포옹을 했다. 괴로워하는 해나와도 잊지
않고 인사를 한 그는 목숨이라도 걸린 것처럼 계단을 달려 내
려갔다.

　잠시 후에 조가 뒤따라가 그가 뒤를 돌아보지 않을까 하며
손을 흔들었다. 그는 뒤돌아보았고, 다시 돌아와서 그녀를 팔로
감싸 안았다. 자신보다 한 칸 위에 서 있는 그녀를 올려다보면
서, 그는 감정이 모두 드러난 애처로운 얼굴로 짧게 간청했다.

"조, 안 되겠어?"

"이런, 테디, 나도 어쩔 수가 없어!"

그것이 전부였다. 잠깐의 정적 뒤에 로리는 몸을 바로 세우고 말했다. "괜찮아. 신경 쓰지 마."

그리고 다른 말은 하지 않고 떠나버렸다. 하지만 괜찮지가 않았고, 조는 신경이 쓰였다. 냉정한 대답 뒤에 로리의 곱슬머리가 자신의 팔에 기대어 있던 동안, 그녀는 자신이 가장 소중한 친구에게 비수를 꽂은 듯한 기분이었다. 그리고 그가 뒤도 돌아보지 않고 떠났을 때, 그녀는 알았다. 지금 보이는 저 로리는 다시는 돌아오지 않으리라는 것을.

36. 베스의 비밀

그해 봄, 집에 돌아온 조는 베스의 변화에 충격을 받았다. 아무도 거기에 대해 말하지 않았다. 심지어 아무도 깨닫지 못하고 있는 것 같았다. 서서히 찾아온 변화였기에, 베스를 매일 보는 사람들은 몰랐던 것이다. 하지만 한동안 함께 있지 않아서 예리해진 눈에는 분명하게 보이는 변화였다. 조는 가슴이 철렁 내려앉았다. 가을에 보았을 때보다 창백하진 않았지만 조금 여윈 얼굴이었고, 뭔가 낯설고 투명한 모습이었다. 마치 필멸의 운명이 천천히 빠져나가면서 연약한 살에서 영원한 빛이 형언할 수 없이 애처롭고 아름답게 반짝이는 것 같았다. 조는 그것을 분명히 보고 느꼈지만 아무 말도 하지 않았다. 그리고 이내 처음 받은 인상은 희미해졌다. 베스가 행복해 보였고, 그녀가 나아졌음을 아무도 의심하지 않았기 때문이다. 조는 한동안 두

려움을 잊었다.

하지만 로리가 떠나고 평화가 다시 찾아오자, 희미한 불안이 되돌아와 그녀를 괴롭혔다. 그녀는 죄를 회개하고 용서를 받았다. 하지만 모아놓은 돈을 보여주며 산으로 여행을 떠나자고 했을 때, 베스는 진심으로 고마워하면서도 집에서 너무 멀리 떨어진 곳으로는 가지 말자고 간청했다. 다시 한 번 해변에 잠깐 다녀오는 것이 베스에게 더 나을 것 같았다. 그리고 할머니가 아기들을 두고 떠나도록 설득할 수도 없었기에 조는 베스를 탁 트인 공기를 느낄 수 있는 조용한 곳으로 데리고 갔다. 신선한 바닷바람에 베스의 뺨에 조금이나마 화색이 돌았다.

상류층이 모이는 곳은 아니었지만 두 자매는 그곳의 상냥한 사람들 사이에서도 친구를 사귀지 않았다. 둘은 서로를 위하면서 지내기를 더 바랐다. 베스는 사교계에서 즐기기에는 너무 수줍음이 많았고, 조는 베스에게 너무 열중해 있어서 다른 사람을 신경 쓸 겨를이 없었다. 그래서 둘은 서로가 전부였고, 자신들을 바라보는 사람들을 거의 의식하지 않고 다녔다. 사람들은 강인한 언니와 연약한 동생이 늘 붙어 다니는 모습을 동정 어린 시선으로 바라보았다. 둘은 마치 긴 이별이 멀지 않았음을 본능적으로 느끼는 것 같았다.

자매도 스스로 그렇게 느꼈지만 누구도 입 밖으로 말을 꺼내지는 않았다. 종종 우리 자신과 가장 가깝고 소중한 사람들 사이에도 넘어서기 힘든 보호구역 같은 곳이 있는 것처럼. 조는 자신과 베스의 마음 사이에 장막이 드리워진 것 같았지만 그것을 걷어 올리려고 팔을 뻗자 무언가 침범할 수 없는 침묵이 있었다. 그래서 그녀는 베스가 말하기를 기다렸다. 그녀는 자신이 보는 것을 부모님이 보지 못하는 게 의아하면서도 다행스러웠다. 그 조용한 몇 주 동안, 어두운 그림자가 그녀에게 너무나 분명히 드러났을 때도 집의 가족들에게는 말하지 않았다. 베스가 호전되지 않고 돌아가면 저절로 알려지리라. 조는 베스 스스로가 그 냉혹한 진실을 짐작하고 있는지가 더 궁금했다. 바람이 머리 위로 불어가고, 바다가 발치에서 노래할 때, 그렇게 오랫동안 조의 무릎을 베고 따뜻한 바위에 누워 있는 베스의 머릿속에는 어떤 생각들이 스쳐가고 있는 걸까?

어느 날 베스가 조에게 이야기를 했다. 조는 그녀가 잠들었다고 생각했었다. 그녀는 미동도 없이 누워 있었다. 조는 책을 내려놓고 앉아서 생각에 잠긴 눈으로 베스를 바라보며, 그녀의 희미한 낯빛에서 희망의 징조를 찾으려고 애썼다. 하지만 만족할 만한 신호는 찾을 수 없었다. 뺨은 너무나 야위었고 손은 너무 연약해서 그들이 모으고 있는 장밋빛 조개껍데기조차 쥐기 힘들어 보였다. 베스가 천천히 멀어지고 있음을 그 어느 때보다 씁쓸하게 절감했다. 그녀의 팔은 본능적으로 가장 소중한 보물을 꼭 움켜쥐었다. 잠시 동안 그녀의 눈은 너무 흐릿해서 아무것도 보이지 않았다. 시야가 맑아졌을 때는 베스가 너무나 다정하게 그녀를 바라보고 있어서 아무런 말이 필요 없었다.

"언니, 언니가 알고 있어서 정말 다행이야. 나도 말하려고 했지만 할 수가 없었어."

조는 동생과 뺨을 맞대는 것 말고는 다른 답은 하지 않았다. 눈물조차 없었다. 마음 깊숙한 곳에서 아픔을 느낄 때, 더 약해진 쪽은 오히려 조였다. 베스는 팔로 그녀를 감싸고 귓가에 위로의 말을 속삭이며 달래주려 애썼다.

"난 한참 전부터 알았어. 이제는 익숙해져서 생각하거나 견디는 게 그리 힘들지도 않고. 언니도 그렇게 해봐. 나 때문에 괴로워하지 말고. 그게 최선이니까. 정말이야."

"그래서 가을에 그렇게 힘들어했니? 내색하지 않고 그렇게 오랫동안 숨기고 있었던 거야?"

조는 그게 최선이었다고 생각하거나 말하기를 거부하면서 물었다. 하지만 로리는 베스의 괴로움과 상관이 없다는 사실이 다행스러웠다.

"맞아, 그때 희망을 포기했어. 하지만 인정하고 싶지는 않았어. 그냥 상상이라고 생각하고 아무도 괴롭게 하지 않으려고 했어. 그렇지만 다들 너무 건강하게 잘 지내고 행복한 계획들을 잔뜩 세우는 걸 보면서, 난 결코 그렇게 될 수 없다고 생각하니 너무 힘들었어. 그래서 비참해진 거야."

"아, 베스, 그런데도 나한테 말하지 않았다니! 내가 위로해주고 도와주도록 했어야지. 어떻게 날 떼어놓고 혼자 견딜 수 있었어?"

책망하는 조의 목소리에는 애정이 가득했다. 베스가 건강과 사랑과 삶에 이별을 고하는 법을 배우고, 자신의 십자가를 씩씩하게 지게 되기까지 얼마나 고독한 투쟁을 거쳐 왔을지 생각하니 가슴이 저몄다.

"어쩌면 틀렸을지도 모르지만, 그래도 난 올바르게 처신하려고 노력했어. 확신할 수는 없었어. 아무도 말을 해주지 않았고. 내가 틀렸기를 바랐지만 엄마는 메그 언니 때문에 걱정이 많았고, 에이미는 멀리 떨어져 있었고, 언니는 로리랑 행복하게 지냈잖아. 그 상황에서 내가 모두를 놀라게 하는 건 너무 이기적인 짓이었을 거야. 적어도 그때 난 그렇게 생각했어."

"난 네가 로리를 사랑한다고 생각했어, 베스. 난 그럴 수가 없어서 떠났던 거야."

조가 울부짖었다. 진실을 모두 털어놓을 수 있어서 기뻤다.

베스는 너무나 놀란 표정이었다. 조는 고통스러웠지만 웃음을 지으며 조용히 덧붙였다.

"그럼 넌 로리를 사랑한 게 아니었구나? 난 네가 그동안 가엾게도 로리를 사랑하고 있는 줄 알았잖아."

"어머나, 내가 어떻게, 로리가 언니를 그렇게 좋아하는데 내가 어떻게 그럴 수가 있겠어?" 베스는 어린아이처럼 순진하게 물었다. "나도 로리를 정말 좋아해. 나한테 그렇게 잘해주니 좋아하지 않을 수가 없잖아? 하지만 나한테는 친오빠 같은 존재야. 언젠가는 로리가 진짜 가족이 되기를 바라고."

"나를 통해 가족이 될 일은 없어. 로리에겐 에이미가 남아 있지. 둘이 아주 잘 어울릴 거야. 하지만 지금은 그런 일에 신경 쓸 여력이 없어. 다른 사람이 어떻게 되든 상관없어. 난 너만 신경 쓸 거야. 베스, 꼭 나아야 해."

"나도 정말 그러고 싶어! 나도 노력해. 하지만 날마다 조금씩 기운이 빠지고, 다시는 돌이킬 수 없을 거란 걸 확신하게 돼. 파도처럼 말이야. 썰물은 천천히 빠져나가지만 멈출 수는 없잖아."

"멈춰야 해. 네 파도가 그렇게 빨리 와서는 안 돼. 열아홉은 너무 어린 나이야. 베스, 난 널 보내줄 수 없어. 내가 열심히 일하고 기도하고 싸울 거야. 내가 널 지킬게. 분명히 방법이 있을 거야. 너무 늦은 게 아니야. 내게서 널 앗아갈 정도로 하나님이 잔인할 리가 없어."

가엾은 조는 반항적으로 울부짖었다. 그녀는 베스보다 훨씬 더 신앙심이 약했다.

정말 신실한 사람들은 자신의 독실한 신앙에 대해 거의 말하지 않는다. 그것은 말보다는 행동에서 저절로 드러난다. 그리고 설교나 주장보다 훨씬 더 영향력이 크다. 베스는 자신에게 삶을 단념하고 씩씩하게 죽음을 기다릴 수 있는 용기와 인내심을 준 신앙심에 대해 논리적으로 설득하거나 설명할 수는 없었다. 모든 것을 믿고 맡기는 어린아이처럼 그녀는 아무런 질문도 하지 않았고, 모든 것을 우리 모두의 아버지와 어머니인 하나님과 자연에 맡겼다. 오직 하나님과 자연만이 이번 생과 다음 생을 위한 마음과 정신을 가르쳐주고 강건하게 해줄 수 있다고 확신했다. 베스는 성자 같은 이야기로 조를 비난하지 않았다. 그저 뜨거운 애정을 보여준 언니를 더욱 사랑하게 되었다. 그리고 그 소중한 인간적인 사랑에 더욱 애착을 갖게 되었다. 아버지 하나님은 우리에게 결코 그 사랑을 단념하지 않게 하고, 그 사랑을 통해 당신께 더 가까이 끌어당기신다. 그녀에게 삶은 무척 좋은 것이기에 차마 기쁘게 간다고는 할 수 없었다. 그녀는 조를 꼭 붙잡고 흐느끼며, 기꺼이 갈 수 있도록 노력하겠다고 말할 수밖에 없었다. 이 거대한 슬픔의 매서운 첫 파도가 그들을 덮쳤다.

곧 베스가 평정심을 되찾고 말했다.

"집에 돌아가면 식구들에게 이야기할 거야?"

"말하지 않아도 알게 될 것 같아."

조가 한숨을 쉬었다. 지금은 그녀에게 베스는 하루가 다르게 변하는 것처럼 보였다.

"아닐 수도 있어. 많이 사랑하는 사람은 그런 것들을 보지 못한다고 하는 이야기를 들었는걸. 식구들이 알아채지 못하면, 언니가 말해줘. 난 비밀은 갖고 싶지 않아. 식구들도 준비할 수 있게 해주는 게 좋아. 메그 언니에게는 형부랑 아기들이 있으니까 위로가 되겠지만 아버지와 어머니는 언니가 지켜드려야 해, 알겠지?"

"할 수 있으면 그렇게 할게, 베스. 하지만 난 아직 포기하지 않을 거야. 정말로 아프다고 상상한 거라고 믿을래. 너도 그게 사실이라고 믿지 못하게 할 거야."

조는 명랑하게 말하려고 애썼다. 베스는 잠시 생각에 잠기더니 조용히 말했다.

"나 자신을 어떻게 표현해야 할지 모르겠어. 그리고 아무에게도 드러내려고 하지 않을 거야. 언니만 빼고. 언니가 아니면 난 말을 꺼낼 수가 없거든. 난 오래 살 운명이 아닌 것 같다고만 말하고 싶거든. 난 다른 식구들이랑은 달라. 내가 자라서 뭘 할지 계획을 세운 적이 없어. 언니들처럼 결혼한다는 생각은 해본 적도 없어. 나 자신을 집이 아닌 다른 곳에서는 아무 쓸모없는 존재, 집에서만 종종거리고 다니는 어리석고 작은 베스 말고 다른 존재로 상상해본 적도 없고. 난 한 번도 떠나고 싶었던 적이 없어. 지금 가장 힘든 일은 식구들을 모두 떠나야 한다는 거야. 두렵지는 않지만 천국에 가서도 가족이 그리울 것 같아."

조는 말을 할 수가 없었다. 한참 동안 바람의 한숨 소리와 파도가 철썩이는 소리만이 들렸다. 하얀 날개가 달린 갈매기는 햇살에 은빛 가슴을 반짝이며 날아갔다. 베스는 갈매기가 사라질 때까지 지켜보았다. 그녀의 눈에는 슬픔이 가득했다. 회색 깃털이 덮인 작은 도요새가 해와 바다를 만끽하는 듯이 낮게 짹짹거리는 소리를 내며 해변을 총총 걸어왔다. 새는 베스에게 꽤 가까이 다가와서 다정한 눈으로 그녀를 보더니 따뜻한 바위에 편안히 앉아 젖은 깃털을 골랐다. 베스는 미소를 지었다. 위로를 받는 기분이었다. 작은 새가 그녀에게 소소한 호의를 보여주는 것 같았고, 여전히 좋은 세상을 즐길 수 있다는 사실을 일깨워주었다.

"깜찍한 새야! 언니, 봐, 얼마나 순한지 몰라. 난 갈매기보다는 작은 새들이 좋아. 아주 사납지도 않고 멋지지도 않지만 행복해 보이잖아. 시시콜콜한 것들을 재잘거리면서 말이야. 난 지난여름에 저 새들을 나의 새들이라고 부르곤 했어. 엄마는 저 새들을 보면 내가 생각난다고 하셨어. 분주하고 퀘이커 교도처럼 잿빛을 띤 저 생명체들은 늘 물가에서 만족스럽게 자기들만의 노래를 짹짹거리잖아. 언니는 갈매기야. 강인하고 대담하고 폭풍우와 바람을 즐기면서 바다 멀리까지 날아가는 갈매기 말이야. 혼자서도 행복하지. 메그 언니는 짝이랑 사이가 좋은 멧비둘기이고, 에이미는 자기가 쓴 것처럼 종달새 같아. 구름 사이로 날아오르려고 하지만 언제나 다시 둥지로 떨어지잖아. 귀여운 동생! 에이미는 야심찬 아이지만, 심성이 곱고 착해. 아무리 높이 날아오른다 해도 절대로 집을 잊지 않을 거야. 에이미를 다시 볼 수 있으면 좋겠는데, 너무 멀리 있는 것 같아."

"에이미는 봄에 돌아올 거야. 너도 즐겁게 맞을 준비를 해야지. 그때까지는 네가 혈색도 찾고 건강해지게 해줄 테니까." 조는 베스에게 일어난 모든 변화 중에서도 말하는 것에서 가장 큰 변화가 나타났다고 느꼈다. 베스는 힘들이지 않고 말을 했고, 수줍음이 많던 그녀답지 않게 생각을 말로 표현하고 있었기 때문이다.

"조 언니, 더 이상은 기대하지 마. 소용없다는 걸 내가 알아. 불행해지지 말고, 기다리는 동안 함께 있는 시간을 마음껏 즐기자고. 행복한 시간을 보낼 수 있을 거야. 통증도 심하지 않고, 언니가 도와주면 그 썰물도 수월하게 빠져나갈 거야."

조는 몸을 숙여 평온한 동생의 얼굴에 입을 맞추어 주었다. 말없이 입을 맞추며 그녀는 자신의 영혼과 몸을 베스에게 바치리라고 생각했다.

과연 조의 생각이 맞았다. 집에 돌아갔을 때 그들은 아무 말도 할 필요가 없었다. 아버지와 어머니는 부디 일어나지 않기를 기도했던 일을 그대로 분명하게 보고 말았던 것이다. 짧은 여행이었지만 피곤을 느낀 베스는 집에 돌아와서 기쁘다고 말하며 곧장 침대로 향했다. 조가 내려왔을 때는 베스의 비밀을 이야기하는 힘든 일을 하지 않아도 된다는 것을 깨달았다. 아버지는 벽난로 선반에 머리를 기댄 채 서서 그녀가 들어와도 돌아보지 않았지만 어머니는 도움을 청하듯 팔을 뻗었다. 조는 다가가서 말없이 어머니를 위로했다.

37. 새로운 인상

오후 3시에 니스의 영국인 산책로에는 온갖 멋진 세상이 펼쳐진다. 매력적인 이 산책로의 널찍한 보도 가장자리에는 야자나무와 꽃과 열대 관목들이 심어져 있고, 한쪽에는 바다가 다른 쪽에는 호텔과 저택들이 늘어선 대로가 경계를 이루었다. 그 너머로는 오렌지 과수원과 언덕들이 있다. 다양한 국적이 나타나고, 다양한 언어로 말하는 소리가 들리고, 다양한 의상을 입은 모습이 보였다. 화창한 날에는 축제가 열린 것처럼 화려하고 눈부신 광경이 펼쳐진다. 도도한 영국인, 활기찬 프랑스인, 진지한 독일인, 잘생긴 스페인인, 험악한 러시아인, 온순한 유태인, 자유롭고 느긋한 미국인들이 모두 마차를 타거나 앉아 있거나 어슬렁거리며 새로운 소식들에 대해 이야기를 나누고, 리스토리나 디킨스, 비토리오 에마누엘레나 샌드위치 제도*의 여왕처럼 최근에 도착한 유명 인사들에 대해 평가를 한다. 회사에 따라 가지각색인 마차들은 한껏 이목을 사로잡는다. 특히 여성들이 직접 모는 바구니 모양의 낮은 사륜마차는 조랑말 두 필이 끄는데, 풍성한 치마의 주름 장식이 소형 마차에서 흘러내리지 않도록 화려한 망이 달려 있고, 뒷자리에는 몸집이 작은 마부들이 앉는다.

크리스마스 날, 키가 큰 청년 하나가 멍한 표정으로 뒷짐을 진채 이 산책로를 따라 천천히 걷고 있었다. 그는 이탈리아인처럼 생긴 모습에, 영국 남자 같은 차림새였으며 미국인처럼 독립적인 분위기를 풍겼다. 이런 조합 덕분에 뭇 여성들의 만족스러운 시선이 그를 뒤따랐다. 그리고 검은 벨벳 정장에 장밋빛 넥타이를 매고, 담황색 가죽 장갑을 낀 채, 단춧구멍에는 주황색 꽃을 꽂은 멋쟁이 사내들은 어깨를 으쓱하면서 청년의 키를 부럽게 바라보았다. 놀랄 만큼 예쁜 얼굴들이 많았지만 청년은 거의 관심을 가지지 않았다. 다만 이따금 금발의 소녀나 푸른 옷을 입은 숙녀를 흘낏 볼 뿐이었다. 곧 청년은 산책로에서 벗어나 건널목에 잠시 서 있었다. 공원으로 가서 밴드의 연주를 들을지, 아니면 캐슬 힐로 향하는 해변을 따라 어슬렁거릴지 결정하지 못한 것 같았다. 그러다가 조랑말들이 빠른 걸음으로 다가오는 발소리에

---

* 1778년 제임스 쿡이 발견했을 당시에 붙여진 이름으로, 오늘날 하와이 제도

고개를 들었다. 조그만 마차들 중에 하나가 숙녀 한 명을 태우고
빠르게 거리를 내려오고 있었다. 젊은 숙녀는 금발에 푸른 옷을
입고 있었다. 그는 잠시 빤히 쳐다보다가 정신을 차리더니 소년
처럼 모자를 흔들었다. 그리고 그 숙녀를 만나러 서둘러 갔다.

"어머나, 로리 오빠! 정말 오빠 맞는 거야? 난 오빠가 절대로
안 올 줄 알았어!" 에이미가 고삐를 놓고 두 손을 내밀며 소리
쳤다. 이 모습에 분개한 어떤 프랑스인 여성은 '무분별한 영국
인'의 자유분방한 태도를 본 딸이 혹시 방탕해지지는 않을까
걱정하며 걸음을 재촉했다.

"좀 늦어졌어. 하지만 크리스마스를 너랑 같이 보내겠다고
약속했으니까 이렇게 왔지."

"할아버지는 어떠셔? 언제 온 거야? 어디서 묵고 있어?"

"아주 잘 지내셔. 어젯밤에 왔고. 쇼뱅에 있어. 네가 묵는 호텔에 들렀더니 없더라."

"몽 디외!(Mon Dieu! 저런!) 할 말이 너무 많아서 어디서부터 시작할지 모를 지경이야. 우선 마차를 타고 나서 느긋하게 이야기하자. 난 드라이브하려던 참이어서 동행이 있으면 좋겠다는 생각이 간절했거든. 플로는 오늘 밤에 만날 거라서 말이야."

"오늘밤에 뭐가 있는데? 무도회?"

"우리 호텔에서 크리스마스 파티를 해. 미국인들이 많은데, 크리스마스 기념으로 파티를 연대. 오빠도 당연히 같이 갈 거지? 캐럴 작은할머니가 좋아하실 거야."

"그래, 고마워! 지금은 어디로 가는 거야?" 로리가 물으며 몸을 뒤로 기댄 채 팔짱을 꼈다. 마차를 직접 몰기를 좋아하는 에이미의 마음에 딱 들어맞는 자세였다. 하얀 조랑말 등에 드리워진 양산 채찍*과 푸른 고삐가 그녀에게 한없는 만족감을 선사했던 것이다.

"편지 때문에 먼저 은행에 갈 거야. 그리고 캐슬 힐로 가야지. 거기 풍경이 아주 예뻐. 공작새 먹이 주는 것도 좋고. 오빠도 가

---

* 빅토리아 시대, 특히 1840년대에 마차를 모는 여성들 사이에 유행했던 것으로, 채찍의 막대 부분에 작은 양산이 달려 있고 실용적인 목적보다는 장식적인 요소가 강조되었다.

본 적 있어?"

"자주 갔었어. 한참 전에. 하지만 다시 가도 괜찮아."

"이제 오빠 얘기 좀 해봐. 할아버지께서 편지로 오빠가 베를린에서 오기를 기다리고 있다고 하신 게 내가 마지막으로 들은 소식이었어."

"응, 거기 한 달 있다가 파리에서 할아버지를 만났어. 겨울을 파리에서 보내고 계시거든. 친구 분들도 계시고, 재미있으신가 봐. 그래서 난 왔다 갔다 하고 있어. 우리는 꽤 잘 지내고 있지."

"그 정도면 원만하게 조정된 거네." 에이미가 말했다. 로리의 태도에서 놓치고 지나간 뭔가가 있는 것 같았지만 그것이 무엇인지는 알 수 없었다.

"아니, 너도 알잖아. 할아버지는 여행을 싫어하시고 나는 가만있는 걸 못 견디잖아. 그래서 각자 좋을 대로 하는 거고, 문제는 없어. 내가 할아버지께 자주 가고, 할아버지도 내 모험담을 재미있어 하셔. 나도 나돌아 다니다가 돌아갔을 때 누군가 반갑게 맞아주면 좋고. 그나저나 여긴 너무 낡고 지저분하네. 안 그래?" 그는 비위가 상한다는 표정으로 덧붙였다. 그들은 대로를 따라 구시가에 있는 나폴레옹 광장*으로 향하고 있었다.

---

* 지금의 '가리발디 광장'이다.

"먼지가 쌓여서 고풍스럽잖아. 난 괜찮아. 강이랑 언덕은 아주 상쾌하고 조금씩 보이는 좁은 교차로의 풍경도 마음에 들어. 이제 저 행렬이 지나갈 때까지 기다려야겠다. 성 요한 성당으로 가고 있는 거야."

차양 아래 신부들과 흰 베일을 쓴 채 촛불을 든 수녀들, 푸른 옷을 입은 수사들이 성가를 부르며 걸어갔다. 로리가 그 행렬을 무심하게 바라보는 동안, 에이미는 로리를 지켜보았다. 그녀는 새삼 수줍은 기분이 들었다. 로리는 달라져 있었다. 그녀가 떠날 때 보았던 명랑한 표정의 소년은 더 이상 찾을 수 없었고, 지금은 어딘가 쓸쓸해 보이는 사내가 곁에 있었다. 그는 그 어느 때보다 더 잘생기고 많이 성장한 것 같았다. 하지만 그녀를 만나서 끓어올랐던 반가움이 잦아들자, 지치고 무기력해 보였다. 아프거나 불행하진 않은 듯했지만 순조롭게 한두 해를 보냈다고 하기엔 더 나이 들고 진중해 보였다. 에이미는 어떻게 된 일인지 알 수 없었고, 감히 물어볼 수도 없었다. 고개를 가로저은 그녀는 조랑말을 쓰다듬었다. 행렬은 팔리오니 다리의 아치를 구불구불 지나 성당 안으로 사라졌다.

"케 펑세 부?(Que pensez vous? 뭘 생각하는 거야?)" 에이미가 프랑스어로 물었다. 떠나온 뒤로는 수준이 높아진 것은 아니더라도, 아는 말은 많아졌다.

"이 마드무아젤(mademoiselle 아가씨)이 시간을 알차게 보냈구

나. 성과가 대단해." 로리가 감탄스러운 표정으로 손을 가슴에 대며 고개를 숙였다.

에이미는 기뻐서 얼굴이 발그레해졌지만 어쩐지 고향에서 로리가 솔직하게 말해주었던 칭찬처럼 그녀의 마음을 채워주지는 못했다. 로리는 기분이 좋을 때 에이미 주위를 빙빙 돌다가, 따뜻하게 미소 지으며 그녀에게 '넌 정말 쾌활하구나!'라고 말해주고, 흡족한 듯이 머리를 쓰다듬어주었었다. 하지만 지금의 새로운 말투는 마음에 들지 않았다. 심드렁해 보이는 것까지는 아니더라도, 표정과는 달리 무심하게 들렸다.

'오빠가 이렇게 어른이 되는 거라면, 그냥 소년으로 남아주는 게 좋을 것 같아.' 에이미는 내심 궁금증이 생기면서 실망스럽고 불편해졌지만, 편안하고 즐겁게 보이려고 애썼다.

아비도르에 가서 집에서 온 소중한 편지를 찾은 에이미는 로리에게 고삐를 넘겨주었다. 월계화가 6월처럼 싱싱하게 피어 있는 초록빛 산울타리 사이로 그늘진 길을 지나는 동안 그녀는 느긋하게 편지를 읽었다.

"어머니 말씀으로는 베스가 아주 안 좋은 상태래. 내가 집에 가야 하는 거 아닌가 싶은데, 식구들은 모두 그냥 있으라고 해. 그리고 나도 이런 기회는 다시는 없을 테니까, 머무르려고 해." 에이미는 편지 한 장을 읽고 진지한 표정으로 말했다.

"그렇게 하는 게 맞는 것 같아. 집에 가도 할 수 있는 게 없잖

아. 게다가 가족들에겐 네가 행복하게 잘 지내면서 즐기고 있다는 것으로도 큰 위로가 될 거라고요, 아가씨."

로리는 조금 더 가까이 다가갔다. 그렇게 말하는 그는 예전의 로리처럼 보였다. 에이미의 마음을 무겁게 누르던 두려움도 한결 가벼워졌다. 로리의 표정과 행동, 친근하게 '아가씨'라고 불러주는 소리가 어떤 어려움이 닥치더라도 이 낯선 땅에 그녀 혼자만 있는 것은 아니라고 안심시켜주는 것 같았다. 에이미는 미소를 지으며 조를 그린 작은 스케치를 보여주었다. 글을 쓸 때 입는 옷을 입고 있는 조의 모자 위로 리본이 제멋대로 솟아 있었고, 입에서는 '재능이 타오르네!'라는 말이 나오고 있었다.

로리는 미소를 띠며 그림을 받아서 날아가지 않도록 조끼 주머니에 넣었다. 그리고 에이미가 읽어주는 생생한 편지에 흥미롭게 귀를 기울였다.

"이번 크리스마스는 완벽할 거야. 아침에는 선물을 받았고, 낮에는 오빠랑 편지가 왔고, 밤에는 파티가 있으니까."

에이미가 말했다. 둘은 폐허가 된 옛 요새에 도착해 마차에서 내렸다. 화려한 공작새들이 그들 주변을 돌아다니며 온순하게 먹이를 기다렸다. 에이미는 위쪽 둔덕에서 웃으며 멋진 새들에게 빵 부스러기를 흩뿌려 주었다. 로리는 에이미가 그를 살펴보았듯이, 떠나 있는 시간 동안 그녀가 어떻게 변했는지 자연스러운 호기심을 가지고 살펴보았다. 당혹스럽거나 실망스러운 점은 발견하지 못했다. 몇 가지 사소한 가식적인 말이나 태도만 눈감아준다면 그녀는 여느 때처럼 활기차고 우아해서 감탄스러웠다. 옷차림과 자세에도 말로 표현할 수 없는 고상함이 깃들어 있었다. 언제나 나이에 비해 어른스러웠던 그녀는 행동거지나 대화에 모두 침착한 태도가 나타나서 실제보다 더 세상 물정에 밝은 여자처럼 보였다. 하지만 이따금 예전의 발끈하는 성질이 튀어나오기도 했다. 여전히 의지도 강했고, 외국 물이 들었어도 타고난 솔직함은 변하지 않고 남아 있었다.

에이미가 공작새들에게 먹이를 주는 동안 로리가 이 모든 것을 읽어낸 것은 아니었다. 하지만 그의 마음이 흡족해지고, 흥미를 느낄 만큼은 충분히 보았다. 로리는 햇빛을 받으며 환한 얼굴로 서 있는 소녀의 귀여운 모습에 넋을 잃었다. 햇살에 에이미가 입은 옷의 부드러운 색감과 생기 넘치는 두 뺨, 금빛으로 반짝이는 머리칼이 도드라졌고, 그녀는 기분 좋은 풍경의 주인공이 되었다.

언덕 꼭대기를 덮은 편평한 바위에 다다르자, 에이미는 자신이 자주 가는 곳에 초대라도 하듯이 로리를 향해 손을 흔들었다. 그리고 여기저기를 가리키며 말했다.

"성당이랑 축제 행렬* 기억나? 만에서 그물을 끌어오는 어부

---

* 니스에서 열리는 카니발의 야간 퍼레이드

들이며 빌라 프랑카로 가는 길 바로 아래 슈베르트 탑이랑 바다 멀리 점처럼 보이는 섬도 기억해? 코르시카라고 부르는 섬 말이야. 정말 최고잖아."

"기억나. 많이 변하지 않았어." 로리는 심드렁하게 대답했다.

"그 유명한 섬을 보면 조 언니가 뭐라고 할지!" 에이미는 기분이 좋아져서, 로리 역시 그러하길 바랐다.

"응." 로리는 더 이상 대꾸하지 않았지만, 고개를 돌려서 섬을 보려고 가는눈을 떴다. 나폴레옹보다도 더 위대한 정복자가 그의 시야를 사로잡은 듯했다.

"언니를 위해서 잘 봐줘. 다 보고 나면 이리 와서 그동안 어떻게 지냈는지 다 말해줘." 에이미는 실컷 이야기를 나누려고 자리에 앉으며 말했다.

하지만 에이미의 뜻대로 되지는 않았다. 로리가 다가와서 모든 질문에 스스럼없이 대답해주긴 했지만 그녀가 알게 된 것이라고는 그가 유럽 대륙을 여기저기 돌아다녔고 그리스에 갔었다는 사실밖에 없었다. 둘은 한 시간 정도 더 뭉그적대다가 다시 집으로 마차를 몰았다. 로리는 캐럴 작은할머니에게 인사를 한 다음, 저녁에 돌아오겠다고 약속하며 떠났다.

그날 밤 에이미가 굳이 꼼꼼하게 치장을 한 것은 기억해둘 만한 일이었다. 에이미와 로리가 함께 있지 않았던 시간은 두 젊은이 모두에게 영향을 미쳤다. 에이미는 로리를 새로운 시선으로 보게 되었다. 친근한 소년이 아니라 잘생기고 호감 가는 남자로 보게 된 것이다. 그러자 자연스럽게 그의 눈에 잘 보이고 싶은 마음이 드는 것을 느꼈다. 그녀는 자신의 장점을 잘 알아서 최대한 돋보이게 만들었다. 그럴 만한 취향과 솜씨가 있다는 것은 가난하지만 예쁜 여성에게는 다행한 일이었다.

이런 경우에 에이미는 니스에서 저렴하게 구할 수 있는 얇은 모슬린과 튤을 이용해 몸을 휘감았다. 그리고 실용적인 영국식 패션을 따라서 젊은 여성에게 어울리는 단순한 드레스를 입었다. 여기에 소박하고 예쁘게 꾸민 싱싱한 꽃장식과 자잘한 장신구들, 갖가지 앙증맞은 소품들을 더했다. 모두 비싸지는 않지만 효과가 좋은 것들이었다. 사실 에이미는 이따금 예술적 감성에 사로잡혀 고풍스러운 머리 모양과 조각상 같은 자세, 고전적으로 늘어뜨린 옷에 지나치게 빠져들기도 했다. 하지만 누구나 약점은 있기 마련이므로, 어여쁜 용모로 우리 눈을 즐겁게 해주고 꾸밈없는 허영심으로 우리 마음을 즐겁게 해주는 젊은이들을 너그럽게 봐주는 것은 어렵지 않은 일이리라.

'오빠가 내가 멋져 보인다고 생각해주면 좋겠어. 집에 있는 식구들에게도 그렇게 말해주면 좋을 텐데.' 에이미는 혼잣말을 하며 플로의 낡은 흰색 실크 드레스를 입고, 새로 만든 얄팍한 망사로 드레스를 덮었다. 그녀의 하얀 어깨와 금빛 머리가 망사 밖으로 그림처럼 드러났다. 구불거리는 머리칼은 하나로 모아 그리스 신화의 헤베 여신처럼 뒤로 묶어 두기만 하고, 세련되게 아무런 장식도 하지 않았다.

'이 머리가 유행은 아니지만, 나한테는 어울려. 괜히 망측해 보이긴 싫어.'

에이미는 최신 유행처럼 머리를 곱슬곱슬하게 하거나 부풀리거나 땋아보라는 충고를 들을 때마다 이렇게 생각했다.

이번처럼 중요한 행사에 어울리는 고급 장신구가 없는 에이미는 포근포근한 치마에 분홍빛 진달래 송이를 달고, 하얀 어깨에는 여린 초록빛 덩굴을 둘렀다. 그녀는 신발에 직접 색을 칠했던 기억을 떠올리며 하얀 공단 실내화를 살피고는 천진난만하게 만족스러워했다. 그리고 귀부인 같은 자신의 발에 감탄하며 춤추듯 방 입구로 걸어갔다.

'새 부채는 꽃이랑 어울리고, 장갑도 꼭 맞고 캐럴 작은할머니가 주신 손수건에 달린 진짜 레이스 덕분에 옷차림이 살아나. 내 코랑 입이 우아하게 생겼더라면 완벽했을 텐데.'

에이미는 양손에 초를 하나씩 들고 날카로운 눈으로 스스로를 살폈다. 마음에 안 드는 점이 있긴 했지만 에이미는 몹시 즐겁고 우아해 보이는 모습으로 미끄러지듯 걸어갔다. 그녀는 좀처럼 뛰는 일이 없었다. 뛰는 것은 자신에게 어울리지 않는다고 생각했다. 키가 커서 장난스럽거나 발랄한 것보다는 우아하고 주노 여신처럼 기품 있는 것이 더 어울린다고 판단했던 것이다. 그녀는 로리를 기다리며 긴 무도회장을 이리저리 돌아다니다가 샹들리에 아래 자리를 잡았다. 샹들리에가 머리칼을 돋보이게 해주었지만 에이미는 다시 생각해보고 자리를 옮겼다. 좋은 첫인상을 주고 싶다는 순진한 마음이 부끄러워졌다. 결과적으로 그것은 아주 잘한 일이었다. 로리는 에이미가 눈치채지 못할 정도로 조용히 들어왔고, 마침 멀리 떨어진 창가에서 빨간 커튼을 배경으로 고개를 반쯤 돌린 채 한 손으로 드레스를 모아 쥐고 선 날씬하고 하얀 형체는 자리를 잘 잡은 조각상처럼 그럴 듯하게 보였기 때문이다.

"안녕, 다이애나*!" 로리의 만족스러운 눈빛이 에이미에게 머물렀다. 그녀가 바라던 대로였다.

"안녕, 아폴로**!" 에이미는 로리에게 미소로 답했다. 로리 역시 드물게 유순해 보였다. 이토록 매력적인 남자와 팔짱을 끼고 무도회장에 들어간다는 생각을 하니 에이미는 평범한 데이비스 자매들 넷이 진심으로 안쓰러워졌다.

"여기 꽃이야! 네가 시시한 꽃다발은 싫어하는 게 기억나서 내가 직접 만들어 왔어." 로리가 그녀에게 섬세한 꽃다발을 건네며 말했다. 꽃은 그녀가 매일 카디킬리아의 진열창을 지나가

---

* 로마 신화에 등장하는 사냥과 달과 출산의 여신으로 아폴로와 쌍둥이 남매이다.

** 로마 신화에서 태양과 빛, 시와 음악 등을 관장하는 신

며 가지고 싶어 했던 팔찌에 달려 있었다.

"세상에나! 오빠가 오는 줄 알았다면 나도 뭔가를 준비해뒀
을 텐데. 이것처럼 예쁜 건 아니더라도 말이야."

"고마워. 그렇게 좋은 건 아닌데, 네가 하니까 더 예뻐 보이
네." 에이미가 은팔찌를 손목에 차자 로리가 말했다.

"제발 그러지 마!"

"네가 좋아하는 줄 알았는데?"

"오빠가 그러는 건 싫어. 자연스럽지가 않잖아. 예전처럼 무
뚝뚝한 게 더 낫단 말이야."

"다행이다!" 로리는 안도하는 표정으로 대답했다. 그리고 고

향에서 함께 파티에 갔을 때처럼 에이미의 장갑 단추를 채워주고 자신의 타이가 바로 되어 있는지 물었다.

그날 밤 기다란 무도회장에 모인 손님들은 유럽 대륙이 아니면 볼 수 없는 사람들이었다. 개방적인 미국인들이 니스에서 알게 된 모든 사람을 초대했고, 작위를 가진 사람들에 대한 편견도 없었기에 크리스마스 파티를 빛내줄 몇몇 귀족들도 붙잡아 두었다.

러시아 왕자는 체면을 버리고 한 시간이나 구석에 앉아서 덩치 큰 여성과 대화를 나누었다. 햄릿의 어머니 같은 옷차림을 한 그녀는 검은 벨벳 드레스를 입고 턱 밑에는 말고삐처럼 진주목걸이를 두르고 있었다. 열여덟 살짜리 폴란드 백작은 자신을 '매력적인 분'이라고 불러주는 여성들에게 푹 빠져 있었고, 혼자 저녁을 먹으러 온 독일의 고귀하신 왕족은 마음에 드는 음식을 찾아 돌아다녔다. 로스차일드 남작의 개인 비서는 코가 큰 유태인으로 꽉 죄는 부츠를 신고 온 세상을 향해 상냥하게 웃음 지었다. 마치 남작의 이름이 그에게 금빛 후광이라도 씌워준 것 같았다. 황제의 지인이라는 통통한 프랑스 남자는 춤에 대한 열정을 채우려고 온 사람이었다. 영국 존스 가문의 귀부인은 자신의 가족 여덟 명을 데리고 와서 파티를 빛냈다. 물론 잰 발걸음에 새된 목소리를 내는 미국 소녀들과 예쁘지만 생기 없는 영국 소녀들, 평범하지만 매력적인 프랑스 아가씨들도 있었다. 또 흔히 그렇듯이 여행 중인 젊은 신사들 무리도 파티를 신나게 즐겼다. 다양한 나라에서 온 어머니들은 벽을 따라 늘어서서 젊은 신사가 딸과 춤을 출 때면 인자하게 웃음을 지어주었다.

그날 밤 에이미가 로리의 팔에 기대어 무대에 등장했을 때 어떤 마음이었을지 젊은 아가씨라면 누구라도 상상할 수 있으리라. 에이미는 자신이 예뻐 보인다는 것을 잘 알았고, 춤추는 것도 좋아했다. 그녀는 무도회장에서 고향땅을 밟은 것처럼 발이 가뿐했다. 그리고 젊은 아가씨들이 아름다움과 젊음과 여성미로 지배할 수 있는 새롭고 사랑스러운 왕국에 들어섰다는 것을 처음으로 깨달았을 때 맛보는 권력의 기쁨을 만끽했다. 에이미는 서투르고 평범한 데다, 함께 해주는 사람이라고는 엄한 아버지와 더 엄격한 독신 고모들밖에 없는 데이비스 자매들이 불쌍했다. 그들을 지나쳐 가면서 그녀는 최대한 다정하게 인사를 했다. 그 덕분에 그들은 에이미의 드레스를 보았고, 그녀 옆에 있는 눈에 띄게 멋진 친구가 누구인지 알고 싶어서 안달하게 되었던 것이다. 악단이 첫 연주를 시작하자 에이미의 얼굴이 상기되었다. 눈이 초롱초롱해지고, 발은 조바심을 치며 바닥을 두드렸다. 그녀는 춤을 잘 추었고, 로리가 그 사실을 알게 되기를 바랐다. 그러니 로리가 침착하기 짝이 없는 어조로 물었을 때, 그녀가 받은 충격은 말로 다할 수 없을 정도였다.

"춤출 거야?"

"무도회인데 당연하잖아!"

에이미가 놀란 표정으로 득달같이 대꾸하자 로리는 얼른 실수를 수습했다.

"그러니까 난 첫 번째 순서를 말한 거지. 내가 그 영광을 누려도 되겠니?"

"백작님과 추는 걸 미룰 수 있으면 그렇게 할게. 백작님은 춤을 정말 잘 춰. 하지만 오빠는 오랜 친구니까 아마 백작님도 양해해주겠지." 에이미는 백작을 들먹이면서 로리에게 자신을 하찮게 여기면 안 된다는 것을 보여주고 싶었다.

"괜찮은 청년이야. 하지만 '신들의 딸, 거룩하게 크고 거룩하게 아름다운*' 여성의 춤을 받쳐주기에는 키가 좀 작지."

하지만 에이미는 이 정도 답으로 만족해야 했다. 둘은 어쩌다가 영국인들 틈에 섞여들었다. 에이미는 할 수 없이 코티용을 품위 있게 출 수밖에 없었다. 춤추는 내내 그녀는 '타란툴라' 독거미**와도 기쁘게 춤출 수 있을 것 같았다.

로리는 괜찮은 청년에게 그녀를 양보하고 자신의 의무를 다하기 위해 플로런스와 춤을 추러 갔다. 에이미에게 다음 순서

* 알프레드 테니슨의 시 〈미녀들의 꿈(A Dream of Fair Women)〉의 87~88행을 인용한 것이다.
** 춤곡 타란텔라를 연상시키는 말이다.

를 약속해두지도 않은 채였다. 에이미는 괘씸한 로리를 제대로 혼내주려고 곧바로 저녁 식사 때까지 춤 약속을 잡아버렸다. 그가 조금이라도 뉘우치는 기색을 보이면 화를 풀 작정이었다. 로리는 서두르지도 않고 슬렁슬렁 걸어와 다음 순서인 폴카 레 도바를 같이 추자고 청했다. 에이미는 조용히 만족감을 느끼며 예약 명부를 보여주었지만, 그는 예의바르게 아쉬움을 나타낼 뿐 그녀에게 아무런 부담도 주지 않았다. 게다가 백작과 춤을 추던 에이미는 로리가 한시름 덜은 표정으로 캐럴 작은할머니 옆에 앉아 있는 것을 보았다.

도저히 용납할 수 없는 일이었다. 에이미는 한동안 로리에게 관심을 주지 않았다. 한 곡이 끝나고 다음 곡이 시작되는 사이 에 핀을 가지러 가거나 잠시 쉬러 가면서 가끔씩 한마디를 나 눌 뿐이었다. 하지만 분노는 좋은 효과를 냈다. 그녀가 웃는 얼 굴로 분노를 감추고, 여느 때보다 쾌활하고 눈부시게 빛나 보 였기 때문이다. 로리의 눈길은 즐겁게 에이미를 좇았다. 그녀는 장난스럽게 뛰지도 않았고 느릿느릿 걷지도 않았다. 다만 활기 차고 기품 있게 춤을 추면서, 기분 좋은 취미를 제대로 즐겼다. 그는 아주 자연스럽게 새로운 시선으로 그녀를 살피게 되었다. 그리고 저녁 반나절이 지나기도 전에 '어린 에이미가 무척 매 력적인 여성으로 자라고 있다.'라고 결론짓게 되었다.

무도회장은 활기가 넘쳤다. 모두 사교적인 계절의 분위기에 빠져들었다. 크리스마스의 흥에 취해 얼굴은 빛나고 마음은 즐거웠으며 발걸음은 가벼웠다. 연주자들도 즐기듯 악기를 켜고 불고 두드렸다. 춤을 출 수 있는 이들은 모두 춤을 추었고, 그렇지 못한 사람들은 훈훈하게 그들을 칭찬했다. 데이비스 가족의 분위기는 어두웠지만, 존스 가족은 어린 기린 떼처럼 여럿이 껑충껑충 뛰어다녔다. 금빛 후광을 쓴 비서는 유성처럼 획획 방을 돌아다녔다. 분홍빛 공단 옷으로 바닥을 뒤덮은 프랑스 여성이 그와 함께 돌진했다. 고귀하신 독일인은 저녁 식탁을 발견하고 메뉴에 오른 음식들을 끊임없이 먹으며 행복해 했다. 하인들은 그가 초토화시키는 음식들 때문에 경악을 금치 못했다. 하지만 황제의 친구는 알든 모르든 나오는 곡마다 빠짐없이 춤을 추면서 기쁨을 만끽했고, 동작이 아리송할 때는 즉흥적으로 회전을 하기도 했다. 통통한 남자가 소년처럼 자신을 내던지는 모습은 구경하는 재미가 쏠쏠했다. 그는 무게가 나가긴 했지만, 천연고무로 만든 공처럼 춤을 추었다. 그는 달리고 날고 껑충껑충 뛰었다. 얼굴이 발갛게 달아올랐고, 대머리는 윤이 났다. 옷 뒷자락이 세차게 펄럭였고, 구두는 정말로 허공에서 반짝거렸다. 그리고 음악이 멈췄을 때 눈썹에 맺힌 땀방울을 닦아낸 다음, 안경을 쓰지 않은 프랑스인 픽윅 씨*처럼 친구

---

* 찰스 디킨스의 소설 《픽윅 페이퍼스(Pickwick Papers)》에 등장하는 주인공, 새뮤얼 픽윅은 안경을 쓴 영국인이다.

들에게 상냥하게 웃었다.

에이미와 폴란드 백작 역시 못지않은 열정을 드러냈고, 훨씬 더 우아한 민첩성으로 돋보였다. 로리는 하얀 실내화가 오르락내리락 하는 동작에 자신도 모르게 박자를 맞추고 있었다. 그들은 날개라도 단 듯이 지칠 줄 모르고 날아다녔다. 어린 블라디미르가 마침내 '이렇게 일찍 떠나게 되어 서운하다.'라고 말하며 에이미를 놓아주었을 때, 그녀는 쉬면서 비겁한 기사님이 벌을 잘 받고 있는지 알아볼 작정이었다.

계획은 성공적이었다. 스물셋 젊은이는 친근한 곳에서 상처 입은 감정에 대한 위안을 찾았으니 말이다. 게다가 아름다움과 빛과 음악과 몸짓의 마법에 걸려들면 젊고 건강한 혈기는 흥분하고 춤추고 끓어오른다. 로리는 정신이 번쩍 든 표정으로 일어나서 에이미에게 자리를 내주고는 저녁 식사를 가져다주려고 서둘러 갔다. 에이미는 만족스럽게 미소를 지으며 속으로 말했다.

'효과가 있을 줄 알았다니까!'

"너, 발자크의 이야기에 나오는 '스스로 그려진 여인* 같아." 그는 한 손에는 그녀의 커피 컵을 든 채 다른 손으로 부채질을 해주었다.

---

* 오노레 드 발자크의 〈La femme comme il faut〉(1839)에 등장하는 치명적으로 아름다운 여주인공을 가리킨다.

"내 볼연지는 지워지지 않아."

에이미는 환하게 빛나는 뺨을 문지르더니 하얀 장갑을 보여 주었다. 로리는 있는 그대로 받아들이는 단순함에 드러내놓고 웃음을 터뜨렸다.

"이런 건 뭐라고 부르는 거야?" 그는 자신의 무릎 위로 날린 옷자락을 건드리며 물었다.

"비단 망사인데 일루전이라고 해."

"잘 어울리는 이름이네. 아주 예뻐. 새로 나온 거지?"

"아주 오래된 거야. 이걸 걸친 여자들을 수십 명은 봤을 거야. 아직까지 이게 예쁘다는 걸 몰랐다니, 멍청이!"

"네가 걸친 걸 본 적이 없잖아. 그래서 실수한 거라니까."

"그런 말 좀 하지 마. 지금은 칭찬보다 커피를 마시는 게 좋겠어. 아니, 여기서 어정거리지 말고. 신경 쓰인단 말이야."

로리는 벌떡 일어나서 그녀의 빈 접시를 고분고분 치웠다. 그는 '꼬마 에이미'에게 지시를 받는 것이 이상하게 즐거웠다. 이제 에이미는 수줍어하지 않았고 그를 제멋대로 다루고 싶어 했다. 만물의 영장인 사람이 복종의 기미를 조금이라도 보이면 여자들이 그렇게 하는 것과 마찬가지였다.

"이런 것들은 다 어디서 알게 된 거야?"

그는 재미있어 하는 눈빛으로 물었다.

"'이런 것'은 애매한 표현이잖아. 제대로 설명해줘."

에이미는 무슨 뜻인지 잘 알면서도 그가 설명하기 곤란한 것을 설명하도록 짓궂게 대꾸했다.

"그러니까 그 전체적인 분위기나 스타일이랄까, 침착한 태도도 그렇고…… 그 일루전인가 그것도……… 알잖아."

로리는 곤혹스러워서 새로 들은 단어로 궁지를 벗어나려고 하며 웃었다. 에이미는 만족스러웠지만 내색은 하지 않고 얌전한 척 대답했다.

"외국 생활을 하다 보면 저절로 알게 돼. 난 놀기도 하지만 공부도 하거든. 그리고 이건." 그녀는 몸을 조금 움직여 드레스를 가리켰다. "이 틀은 저렴해. 꽃도 거저 얻을 수 있고. 게다가 난 소소한 것들을 최대한 활용하는 데 익숙하거든."

에이미는 마지막 한 마디가 품위 없는 말이 아니었을까 걱정되고 후회스러웠다. 하지만 로리는 그 말에 에이미가 더 좋아졌다. 그리고 기회를 최대한 활용하는 용기 있는 인내심과 가난을 꽃으로 가리는 밝은 성정의 에이미에게 감탄했다. 에이미는 로리가 왜 그토록 자상하게 바라보는지, 왜 예약 명부를 그의 이름으로 채워놓았는지 이유를 알지 못했다. 남은 저녁 시간 내내 더할 나위 없이 기분 좋은 태도로 그녀 곁을 떠나지 않은 이유도 알 수 없었다. 하지만 두 사람이 무의식적으로 서로에 대한 새로운 인상을 주고받았기에, 이렇게 즐거운 변화도 일어났던 것이다.

38. 선반 위에서

프랑스에서 아가씨들은 결혼 전까지 따분한 시간을 보내다가, 결혼을 하고 나면 '비브 라 리베르테!(Vive la liverté! 자유 만세!)'를 외친다. 미국에서는 아가씨들도 일찌감치 독립 선언문에 서명을 하고 공화주의의 묘미와 함께 자유를 만끽한다. 하지만 젊은 아내들은 대개 첫 번째 상속자의 출산과 동시에 자리에서 물러나 프랑스 수도원처럼 한적한 곳에서 결코 조용하지는 않은 은둔 생활을 하게 된다. 좋아하든 아니든 그들은 결혼의 흥분이 가시자마자 선반 위에 방치되는 신세가 되는 것이다. 한때 아주 예뻤던 여성도 다를 바 없다.

"난 그때나 지금이나 예쁘지만 결혼했다는 이유로 아무도 날 거들떠보지 않아."

예쁘장하지도 않고, 유행을 따르지도 않는 여성인 메그는 아기가 한 살이 될 때까지 이런 고민을 겪지 않았다. 그녀가 속한 작은 세계에는 원시적인 관습들이 만연해 있었고, 그녀는 그 어느 때보다 더 칭송받고 사랑받았다.

여성스러운 메그는 모성 본능이 아주 강했고, 전적으로 아이들에게만 몰두했다. 다른 사람이나 일들은 전혀 눈에 들어오지 않았다. 그녀는 밤이고 낮이고 지지치 않고 애태우며 온몸을 바쳤다. 존은 부엌일을 도맡아 하는 아일랜드 여성의 자비로운 손길에 맡겨졌다. 가정적인 남자인 존은 익숙하게 받아왔던 아내의 관심이 몹시 그리웠지만, 그 역시 아기를 사랑하는 만큼 당분간은 기분 좋게 자신의 안락을 단념했다. 남자들이 으레 그렇듯이 아무것도 몰랐던 그는 곧 평화가 다시 찾아올 줄 알았다.

하지만 석 달이 지나도 평온한 시간은 오지 않았다. 메그는 지치고 불안해 보였다. 아기들은 그녀의 시간을 속속들이 빨아들였고, 집은 방치되었다. 요리를 담당하는 키티는 인생을 태평하게 생각하기 때문에 늘 제대로 된 음식을 내놓지 않았다. 아침에 나갈 때는 자리를 뜰 수 없는 엄마를 위해 사소한 일들을 부탁받았고, 밤에 즐겁게 돌아와 식구들을 껴안으려다가 핀잔을 들었다.

"쉿! 하루 종일 칭얼거리다가 방금 잠들었어요."

집에서 조금이라도 재미있는 일을 할라치면 제지당했다.

"안 돼요, 아기들이 깰 거예요."

그가 강연이나 콘서트에 가자는 의견을 넌지시 내비치면 아내는 나무라는 눈빛으로 말했다.

"아이들을 놔두고 놀러 가는 건 절대로 있을 수 없는 일이에요!"

그는 아기들의 울음소리와 밤에 아기들을 돌보느라 유령처럼 소리 없이 오가는 아내의 모습 때문에 잠을 푹 잘 수가 없었다. 식사는 걸핏하면 중단되었다. 위층에서 우는 소리가 나면 반쯤 먹다 만 아내가 그를 버리고 떠났던 것이다. 저녁에 신문을 보기도 힘들었다. 선적 목록을 살펴볼 때는 데미가 배앓이를 하고, 주식 시세 면을 읽을 때는 데이지가 쿵 떨어졌다. 메그는 오직 집안일에만 관심이 있었기에 함께 이야기를 나눌 수도 없었다.

가엾은 존은 아이들에게 아내를 빼앗겨서 몹시 불편했다. 집은 탁아소에 지나지 않았고, 끊임없이 계속되는 '쉿!' 소리 때문에 그는 아기방이라는 비밀구역에 들어갈 때마다 난폭한 침입자가 된 기분이었다.

처음 여섯 달 동안은 참을성 있게 견뎌냈지만, 전혀 나아질 기미가 보이지 않자 추방당한 다른 아버지들처럼 다른 곳에서 작은 위안을 찾았다. 결혼한 스콧이 그리 멀지 않은 곳에 살림을 차리자, 존은 거실이 텅 비고 아내가 끝 없이 자장가를 부르는 저녁 한두 시간을 스콧의 집에서 보냈다. 스콧 부인은 생기가 넘치고 예쁜 여자로 언제나 상냥했으며, 맡은 일을 훌륭하게 해냈다. 거실은 늘 환하고 근사했으며, 체스 판은 항상 준비되어 있었고, 피아노는 조율되어 있었다. 유쾌한 이야깃거리가 넘쳐나고 소박하지만 맛있는 저녁이 먹음직스럽게 차려졌다.

존은 그렇게 외롭지만 않았다면 자기 집 난롯가에 머무는 것을 더 좋아했을 것이다. 하지만 외로웠던 그는 차선책을 감사히 받아들여, 이웃과 친목을 다졌다.

처음에 메그는 이 새로운 방식을 썩 괜찮다고 생각했다. 존이 거실에서 꾸벅꾸벅 졸거나 집 안을 쿵쿵 돌아다니며 아이들을 깨우는 대신 다른 곳에서 즐거운 시간을 보낸다니 마음이 놓였다. 하지만 곧 젖니가 다 나고 아이들이 제시간에 잠들면서 엄마에게도 쉴 시간이 주어지니, 존이 그리워졌다. 낡은 가운을 입고 맞은편에 편안히 앉아 벽난로 망에 실내화를 데우는 존이 없으니 바느질도 지루했다. 남편에게 집에 있으라고 말하지는 않을 테지만, 굳이 말하지 않아도 함께 있고 싶어 하는 마음을 알아주지 않는 것이 상처가 되었다. 남편이 보람도 없이 자신을 기다려왔던 수많은 밤들은 까맣게 잊었다. 그녀는 아이들을 돌보고 걱정하느라 신경이 곤두서고 녹초가 되어 있었다. 좋은 엄마들도 가사에 시달리다 보면 때때로 비이성적인 상태가 되곤 한다. 운동 부족으로 활기를 잃고, 미국 여성들에게 우상과도 같은 존재인 아이들에게 지나치게 헌신한 나머지 날카로운 신경만 남고 근육은 모두 소진된 듯 느끼는 것이다.

그녀는 거울을 들여다보며 중얼거렸다.

"난 늙고 볼품없어지고 있어. 존은 나한테 더 이상 관심이 없겠지. 그래서 우중충한 아내를 떠나서 예쁜 이웃을 보러 가는 거야. 그 사람은 거추장스러운 어린아이도 없으니까. 뭐, 우리 아이들이 날 사랑해주잖아. 내가 말라비틀어졌든 꿩하든, 시간이 없어서 머리 손질을 못하든, 아이들은 상관하지 않아. 나에게는 아이들이 위안이야. 그리고 언젠가는 존도 내가 아이들에게 기꺼이 희생한 걸 알아주지 않겠니, 아가?"

엄마의 애처로운 질문에 데이지와 데미가 옹알옹알 소리로 대답했다. 그 소리에 메그는 비통한 마음은 잠시 접어두고, 엄마로 돌아가 기쁨을 느끼며 외로움을 달랬다.

하지만 존이 정치에 빠져서 스콧과 토론하느라 계속 이웃집으로 가버리자 고통은 차츰 커져갔다. 그는 메그가 자신을 그리워하고 있음을 깨닫지 못했다. 그녀가 한마디도 하지 않았으니까.

어느 날 마치 부인은 눈물을 흘리는 큰딸을 발견하고 무슨 일인지 끈질기게 물었다. 어머니는 메그가 축 처져 있는 것을 놓치지 않고 있었던 것이다.

"어머니에게만 말씀드릴게요. 정말 조언이 필요해요. 존이 계속 저러면 차라리 과부가 되는 편이 나을 것 같아요." 마음을 다친 메그는 데이지의 턱받이로 눈물을 닦아내며 말했다.

"어떻게 계속한다는 거니, 아가?" 어머니가 걱정스레 물었다.

"존은 하루 종일 나가 있어요. 밤에도요. 제가 보고 싶어 할 때도 존은 계속해서 스콧 씨 집에 가는 거예요. 힘든 일은 제가 다 하고 여가라고는 전혀 즐기지 못하는데…… 너무 불공평해요. 남자들은 너무 이기적이에요. 아무리 좋은 남자라도 말이에요."

"여자들도 마찬가지란다. 존을 탓하지 말고, 네가 뭘 잘못했는지 생각해보렴."

"하지만 존이 절 이렇게 팽개쳐두는 건 옳지 못해요."

"네가 존을 홀대한 건 아니고?"

"아니, 어머니, 어머니는 제 편인 줄 알았는데요!"

"마음이야 그렇지. 하지만 잘못은 네가 한 것 같구나, 메그."

"이해가 안 가요."

"자, 들어보렴. 네 말대로 존이 정말 널 팽개쳐둔 거니? 네가 저녁 시간을 꼭 함께 보냈는데도 그런 거야? 존에게도 유일한 여가시간이잖아."

"아뇨, 하지만 지금은 그럴 수가 없잖아요. 아이 둘을 돌봐야 하는데."

"아니, 할 수 있어. 그리고 그렇게 해야만 한단다. 솔직히 말해줄게. 엄마가 네 편이기도 하지만 나무라는 것도 엄마가 할 일이라는 걸 알지?"

"그럼요! 다시 꼬마 메그가 되었다고 생각하고 말씀해주세요. 이 아기들이 모든 것을 저한테 의지하니까, 그 어느 때보다 더 가르침이 필요하다고 느낄 때가 많아요."

메그는 낮은 의자를 어머니 곁으로 끌고 갔다. 모녀는 각자 무릎에서 아기들을 달래며 다정하게 이야기를 나누었다. 모성이라는 끈이 그들을 전보다 더 단단하게 하나로 묶어주었다.

"대부분의 젊은 아내들이 저지르는 실수를 너도 한 것뿐이야. 아이들에게 사랑을 주느라 남편에 대한 의무를 잊은 거지. 그건 자연스럽게 일어나는 일이고 용서받을 수 있는 실수란다.

메그, 하지만 서로 어긋나기 전에 바로잡는 게 좋아. 아이들이 너한테 점점 더 가까이 붙으려고 하고 떨어지려고 하질 않더구나. 아이들이 모두 네 차지인 것처럼 말이야. 존은 아이들을 부양하는 것 말고는 아무런 할 일이 없는 것 같았어. 내가 벌써 몇 주 동안이나 본 건데, 말은 하지 않았지. 때가 되면 바로잡힐 거라고 생각해서 말이야."

"그렇게 되지 않을 것 같아서 걱정이에요. 제가 집에 있어달라고 말하면, 질투한다고 생각할 거예요. 그렇게 모욕을 느끼게 하고 싶지도 않고요. 존은 제가 자기를 원한다는 걸 몰라요. 말로 하지 않고 어떻게 전해야 할지 모르겠어요."

"존이 나가고 싶지 않도록 만들면 되지. 아가, 존은 아늑한 집을 절실히 원하고 있는 거야. 하지만 네가 없으면 그런 집이 아니잖니. 넌 언제나 아기방에만 있고."

"그러면 안 되는 거예요?"

"항상 아기방에만 들어가 있으면 안 되지. 너무 방에 갇혀 지내면 너도 신경이 곤두서게 돼. 그러다 보면 매사에 무기력해지는 거야. 넌 아기들도 돌봐야 하지만 존에게도 해야 할 의무가 있단다. 아이들 핑계로 남편을 홀대하지 마. 아기 방에 못 들어오게 하지도 말고. 대신 어떻게 하면 도와줄 수 있는지 방법을 가르쳐주렴. 네 역할이 있는 것처럼 존에게도 역할이 있어. 아이들에게는 아빠가 필요하잖니. 존이 자기도 할 일이 있다는 걸 느끼게 해줘. 그러면 기꺼이 성실하게 해낼 거야. 너희 모두 에게 좋은 일이야."

"정말 그렇게 생각하세요, 어머니?"

"내가 해봐서 아는 거야, 메그. 내가 직접 성과를 얻어본 일이 아니면 조언하지 않아. 너랑 조가 어렸을 때 나도 너랑 똑같은 일을 겪었단다. 너희에게 전적으로 헌신하지 않으면 의무를 다하지 않는 것 같았거든. 가엾은 아버지는 도와주겠다고 했지만 내가 모두 거절해 버리니까 결국 책을 택하셨지. 그리고 나 혼자 마음대로 하게 내버려뒀어. 난 안간힘을 써봤지만 조는 내게 너무 벅찼어. 너무 하고 싶은 대로 해주는 바람에 응석받이가 될 뻔했거든. 넌 몸이 약해서 너무 걱정하느라고 내 몸이 다 아플 지경이었지. 그때 아버지가 날 구해주러 오셨어. 조용히 모든 걸 처리하고, 어찌나 잘 도와주시는지 내가 실수했다는 걸 깨닫게 됐어. 그 뒤로는 꼭 아버지와 함께 했어. 그게 바로 우리 가정이 행복한 비결이란다. 아버지는 일 때문에 우리에 대한 사소한 관심이나 의무를 소홀히 한 적이 없으셔. 난 집안 문제로 아버지를 소홀히 대하는 일이 없도록 노력하지. 우리는 각자 맡은 여러 가지 일을 혼자서 해내지만 집에서는 함께 일하는 거야. 언제나."

"정말 그래요, 어머니. 어머니가 가족들에게 하셨던 것처럼 하고 싶어요. 저도 남편이나 아이들에게 그런 존재가 되고 싶어요. 어떻게 할지 알려주세요. 어머니 말씀대로 다 할게요."

"넌 언제나 착한 딸이었단다. 글쎄, 아가, 내가 너라면 존이 더 적극적으로 데미를 돌보게 할 거야. 사내아이에겐 훈육이 필요하고, 빠를수록 좋으니까. 그리고 내가 가끔 말했듯이 해나한테 도움을 받으면 좋겠구나. 해나는 최고의 보모잖니. 네 귀한 아기들을 믿고 맡길 수 있어. 그동안 너는 집안일을 더 할 수 있고, 운동도 할 수 있어. 나머지는 해나가 기꺼이 해줄 거야. 존은 아내를 되찾게 되는 거고. 밖에도 더 자주 나가고, 바쁘고 활기차게 생활하렴. 네가 가족의 행복을 만드는 햇살 같은 존재니까, 네가 우울해지면 집안도 우중충해져. 그리고 존이 좋아하는 일에 뭐든 관심을 가져보렴. 대화를 해봐. 읽을 만한 게 있으면 읽어달라고 하고, 의견도 주고받고 서로 도와주도록 해. 네가 여자라고 해서 꽉 막힌 상자에 스스로를 가두면 안 돼. 무슨 일이 일어나고 있는지도 알아보고 세상이 돌아가는 일에 참여할 수 있도록 스스로 교육을 해야 돼. 그게 결국은 다 너와 너희 가족에게 영향을 미치는 거니까."

"존은 너무 영리해서 혹시 정치나 그런 일에 대해 질문하면 제가 멍청하다고 생각할까 봐 걱정이 돼요."

"존이 그럴 리가 없어. 사랑은 수많은 허물을 덮어준단다. 게다가 존보다 더 편하게 질문할 수 있는 사람이 어디 있겠니? 한번 시도해 봐. 그리고 존이 스콧 부인의 저녁 식사보다 너랑 함께하는 시간을 훨씬 더 즐거워하지 않는지 지켜보렴."

"그럴게요. 가엾은 존! 제가 존을 쓸쓸하게 방치한 것 같아요. 하지만 제가 옳은 줄 알았어요. 존은 아무 말도 하지 않았거든 요."

"이기적으로 굴지 않으려고 그랬겠지. 그런데 버려진 기분이었을 거야. 지금이 딱 그런 때야, 메그. 젊은 부부가 서로 멀어지려고 할 때가 있지만 그럴 때일수록 가장 함께 있어야 하는 거야. 처음 느꼈던 애정은 금방 없어져 버려. 지키려고 노력하지 않으면 말이야. 그리고 부모들에게 아기들이 태어나서 모든 것을 처음 배우는 시기만큼 아름답고 소중한 시간은 없단다. 존과 아기들이 서먹서먹해지도록 만들지 마. 그 애들이 장차 할 일들은 이렇게 시련이 많고 유혹에 시달리는 세상에서 존을 안전하고 행복하게 지켜주는 일일 테니까. 그리고 그 애들 덕분에 너는 서로를 사랑하는 법을 배우게 될 거란다. 자, 아가, 이제 가야겠구나. 잘 있으렴. 엄마가 해준 말들을 다시 잘 생각해 보고. 괜찮을 것 같으면 실행하는 거야. 너희 가족에게 주님의 축복이 함께하기를!"

메그는 어머니의 말씀을 다시 생각해 보았고, 괜찮을 것 같아서 실행에 옮겼다. 첫 시도는 정확히 계획대로 되지는 않았다. 아이들은 당연히 폭군처럼 그녀를 휘둘렀다. 발길질을 하고 악을 쓰며 울면 원하는 것을 얻을 수 있다는 사실을 알게 되자 곧 집을 점령한 지배자가 되었다. 엄마는 그들의 변덕에 맞춰 주는 비굴한 노예였다.

하지만 아빠는 그렇게 호락호락하게 정복당하지 않았다. 때로는 말 안 듣는 아들을 아버지다운 규율로 다스리려고 해서 마음 여린 아내를 괴롭게 하기도 했다. 데미는 아버지의 단호한 성격(고집이라고는 부르지 않겠다.)을 물려받아서, 일단 무언가 하기로 마음먹으면 제아무리 왕의 신하라 해도 어린아이의 완강한 결심을 바꿀 길이 없었다. 엄마는 아이의 생각을 고치도록 가르치기에는 너무 어리다고 생각했지만, 아빠는 순종하는 법을 배우는 것은 빠를수록 좋다고 믿었다. 그래서 데미 도련님은 '아빠'와 '싸움'이 붙으면 언제나 패배한다는 것을 일찌감치 깨닫게 되었다. 영국 혈통답게 아기는 자신에게 승리한 남자를 존경했다. 그리고 사랑하는 아버지가 진지하게 말하는 "안 돼, 안 돼."는 어머니가 사랑스럽게 톡톡 두드려주는 손길보다 훨씬 더 인상적이었다.

어머니와 대화를 나누고 며칠이 흐른 뒤에 메그는 존과 저녁 시간을 함께 보내기로 마음을 먹었다. 그래서 근사한 저녁 식사를 주문하고, 거실을 정리하고, 예쁘게 단장한 다음, 그녀의 시도에 방해가 되는 것이 없도록 아이들을 일찍 재웠다. 하지만 불행하게도 데미가 가장 싫어하는 것이 바로 잠자리에 드는 것이었고, 그 고집을 꺾기가 가장 어려웠다. 그날 밤 데미는 난동을 부리기로 마음먹은 모양이었다. 가엾은 메그는 노래도 불러주고 안아서 흔들어 주기도 하고, 이야기를 들려주기도 했다. 할 수 있는 모든 방법을 동원해서 재우려고 했지만, 다 소용 없었다. 데미는 커다란 눈을 감으려고 하지 않았다. 순하고 토실토실한 데이지가 잠든 지 한참 뒤에도 개구쟁이 데미는 더할 나위 없이 말똥말똥한 얼굴로 불빛을 빤히 쳐다보며 엄마를 좌절시켰다.

"엄마는 불쌍한 아빠한테 차를 좀 갖다드려야겠어. 그동안 우리 데미 착하게 가만히 누워 있을래?"

현관문이 조용히 닫히고 발끝을 세우고 식당으로 들어가는 익숙한 소리가 들리자 메그가 물었다.

"차 내꺼!" 데미가 같이 놀고 싶은 듯 말했다.

"아니야. 대신 아침에 케이크를 줄게. 데이지처럼 지금 꿈나라에 가면 말이야. 그럴래?"

"응!"

데미는 눈을 꼭 감았다. 어서 잠들어 기다리는 내일이 빨리 오기를 바라는 것 같았다.

메그는 때마침 찾아온 좋은 기회를 이용해서 살그머니 빠져나왔다. 그리고 웃는 얼굴로 남편을 맞으러 내려갔다. 머리에는 남편이 유난히 좋아하는 앙증맞은 파란 리본을 했다. 존은 리본을 곧바로 알아보고 얼떨떨하면서도 좋은 기분으로 말했다.

"아니, 우리 아기 어머니께서 웬일이에요? 오늘 밤은 아주 즐거운 분위기인걸! 손님이라도 오시나요?"

"당신밖에 없어요."

"오늘이 생일인가? 기념일인가? 아니면 뭐 다른 날이에요?"

"아뇨. 초라하게 지내는 것도 지겨워서요. 기분 전환할 겸 차려입어 봤어요. 당신은 아무리 피곤해도 식사할 때는 단정하게 오잖아요. 시간도 있는데 나라고 못할 것 없겠다는 생각이 들었죠."

"난 당신을 존중하는 마음에서 그런 것뿐이에요." 구식 남자인 존이 말했다.

"이하 동문이랍니다, 브룩 씨."

메그가 웃으며 찻주전자 너머로 그를 향해 고개를 까딱해 보였다. 그녀는 예전처럼 젊고 예뻐 보였다.

"음, 옛날처럼 정말 즐겁군요. 이거 아주 맛이 좋아요. 당신의 건강을 위하여!"

존은 평온한 황홀감에 젖어들며 차를 한 모금 마셨다. 하지만 그 분위기는 오래가지 못했다. 존이 찻잔을 내려놓자마자 문손잡이가 드르륵 소리를 내더니, 다급하게 말하는 어린 목소리가 들렸다.

"문 열어줘, 나 들어갈 거야!"

"우리 개구쟁이예요. 혼자 자라고 말했더니 계단을 내려와서 여기까지 왔어요. 감기 걸리려고." 메그가 부르는 소리에 대답하며 말했다.

"이제 아침."

데미가 방에 들어오며 즐거운 목소리로 말했다. 팔에는 긴 잠옷이 우아하게 걸려 있고, 곱슬곱슬한 머리는 가닥가닥 제멋대로 흔들렸다. 그는 사랑스러운 눈빛으로 케이크를 보면서 식탁으로 의기양양하게 걸어왔다.

"아니, 아직 아침이 아니야. 잠자리로 돌아가야지. 불쌍한 엄마를 괴롭히지 말고. 그렇게 하면 설탕이 뿌려진 케이크를 줄게."

"나 아빠 사랑해."

데미는 꾀바른 목소리로 말하며 아버지의 무릎에 기어올라 금지된 기쁨을 누리려고 했다. 하지만 존은 고개를 저으며 메그에게 말했다.

"아이에게 방에서 혼자 자라고 말했으면 그렇게 하도록 만들어야 돼요. 안 그러면 절대로 당신 말을 듣지 않을 거예요."

"네, 그래야죠. 가자, 데미!"

메그는 아들을 데리고 가면서, 옆에서 깡충깡충 뛰는 이 꼬마 훼방꾼의 엉덩이를 때려주고 싶은 마음이 굴뚝같았다. 데미는 방으로 돌아가자마자 엄마가 뇌물을 줄 거라는 생각을 하고 있었다.

역시 데미는 실망하지 않았다. 당장 닥친 일만 생각한 메그가 그에게 설탕 한 덩어리를 주었던 것이다. 그녀는 데미를 침대에 눕히면서 아침까지 돌아다니면 안 된다고 말했다.

"응!"

데미는 행복하게 설탕을 빨면서 거짓말을 했다. 그는 첫 번째 시도가 아주 성공적이라고 생각했다.

메그는 다시 자리로 돌아갔고, 저녁 식사는 즐겁게 계속됐다. 꼬마 유령이 다시 내려와서 대담한 요구를 하며 엄마의 범행을 탄로 내기 전까지는 그랬다.

"설탕 더, 엄마."

"이제 안 되겠어." 존은 어린 죄인을 상대로 마음을 단단히 먹으며 말했다. "이 아이가 제대로 잠자리에 드는 법을 배우기 전까지는 우리한테도 평화라는 건 없겠어요. 당신이 너무 오랫동안 제멋대로 하게 맞춰 줬어요. 한 번만 따끔하게 가르치면 끝날 거예요. 침대에 데려다주고 오도록 해요, 메그."

"내가 옆에 있지 않으면 계속 돌아다닐 거라고요."

"나한테 맡겨요. 데미, 올라가거라. 가서 엄마 말씀대로 침대에 눕도록 해."

"싫어!"

어린 반항아가 간절히 원했던 케이크를 배짱 좋게 먹기 시작하며 대답했다.

"아빠한테 그런 말은 하면 안 되는 거야. 스스로 가지 않으면 아빠가 데려갈 거야."

"저리 가. 나 아빠 안 사랑해."

데미는 엄마의 치맛자락으로 숨어들었다. 하지만 피난처도 소용없었다. 엄마는 "살살 해요, 존."이라고 말하며 데미를 적에게 넘겨주었다. 꼬마 범인은 크게 당황했다. 엄마가 그를 버렸으니 심판의 날이 닥친 것이다. 케이크를 잃고, 재미있는 놀이도 빼앗긴 데미는 힘센 손에 이끌려 끔찍하게 싫어하는 침대로 쫓겨 갔다. 가엾은 데미는 분노를 참을 수 없었다. 계단을 올라가는 내내 아빠에게 대놓고 반항하며 발길질을 하고 앵앵 소리를 질러댔다. 아빠가 침대 한쪽으로 눕히자마자, 데구루루 굴러서 다른 쪽으로 빠져나와 문으로 갔다. 하지만 창피하게도 잠옷 끝자락을 잡혀 다시 침대에 눕혀졌다. 사내아이의 힘이 빠질 때까지 이런 격렬한 몸부림이 계속되었다.

결국 데미는 온 힘을 다해 목소리를 높여 울부짖었다. 이런 발성 연습은 대개 메그를 항복시켰지만 존은 우체통처럼 꼼짝하지 않고 앉아 있었다. 우체통은 보통 소리를 들을 수 없다고 하지 않던가? 달래는 소리도 설탕도 자장가도 이야기도 없었다. 심지어 불도 꺼졌고 빨갛게 빛나는 불꽃만이 커다란 어둠을 생생하게 만들었다.

데미는 두려움보다는 호기심을 가지고 어둠을 보았다. 그는 이 새로운 질서가 너무 싫었다. 격렬한 분노를 가라앉히면서, 폭군 곁으로 돌아간 상냥한 여자 노예를 다시 떠올린 그는 우울하게 '엄마'를 불렀다. 애처롭게 우는 소리는 메그의 마음을 건드리는 데 성공했다. 계단을 달려 올라온 그녀가 애원하다시피 말했다.

"내가 같이 있을게요. 이제 말 잘 들을 거예요, 존."

"아니에요. 당신 말대로 자야 한다고 했으니, 그렇게 해야 되는 거예요. 내가 밤새도록 여기 있더라도 말이에요."

"그러다가 토할 때까지 울 거예요." 메그는 아들을 떠난 자신을 원망하며 간청했다.

"아니, 그럴 일 없어요. 너무 지쳐서 곧 곯아떨어질 거예요. 그러면 다 해결되는 거예요. 꼭 말을 들어야 한다는 걸 알게 될 테니까요. 방해하지 말아요. 내가 알아서 할게요."

"내 자식이잖아요. 이렇게 심하게 대해서 기를 죽일 수는 없다고요."

"내 자식이기도 해요. 난 이 아이가 응석받이로 자라서 버릇이 없어지게 두지는 않을 거예요. 내려가요. 아이는 나한테 맡겨줘요."

존이 그렇게 진지하게 말할 때면 메그는 언제나 그대로 따랐고, 그의 뜻대로 한 것을 후회한 적은 없었다.

"그럼 뽀뽀는 해도 되죠, 존?"

"그럼요. 데미, 엄마한테 '안녕히 주무세요.'라고 인사하고 가서 쉴 수 있게 해드려. 하루 종일 널 돌보느라 무척 피곤하실 거야."

메그는 언제나 입맞춤이 승리를 가져온다고 믿었다. 엄마가 뽀뽀를 해주니, 훌쩍이는 소리가 한결 잦아들었다. 침대 아래쪽에서 괴로워하며 꿈틀거리던 움직임도 멈추고, 데미는 가만히 누워 있었다.

'불쌍한 녀석! 잠도 오는데 우느라고 지쳤군. 이불을 덮어주고 가서 메그를 안심시켜야지.'

존은 이렇게 생각하고, 반항기 넘치는 아들이 잠들었기를 바라며 침대 옆으로 살그머니 다가갔다. 하지만 데미는 자고 있지 않았다. 아버지가 들여다본 순간, 데미의 눈이 떠지더니 조그만 턱이 파르르 떨렸다. 그는 잘못을 뉘우치는 듯 딸꾹질을 하며 두 팔을 뻗고 말했다.

"나 착해, 이제."

문밖 계단에 앉아 있던 메그는 울음소리 끝에 이어지는 긴 침묵에 궁금증이 일었다. 일어날 수 없는 온갖 사고들을 상상하다가 결국 그녀는 두려움을 진정시키려고 방으로 슬며시 들어가 보았다. 데미는 곤히 잠들어 있었다. 평소처럼 팔을 활짝 편 자세가 아니라 아빠의 품에 꼭 안겨 웅크린 채 아빠의 손가락을 쥐고 있었다. 아이는 마치 정의의 심판을 받고 자비를 얻은 기분인 듯 슬픔을 겪은 끝에 좀 더 현명해진 모습으로 잠든 것 같았다. 손가락을 붙잡힌 존은 작은 손아귀가 느슨해질 때까지 참을성 있게 기다려야 했다. 그리고 기다리는 동안 잠이 들고 말았다. 하루 종일 했던 업무보다 어린 아들을 상대하는 것이 더 피곤했던 것이다.

메그는 베개에 누운 두 얼굴을 보면서 빙그레 웃고는 방에서 나오며 흐뭇하게 중얼거렸다.

"존이 아이들에게 너무 심하게 대할까 봐 걱정하지 않아도 되겠어. 애들을 어떻게 다루는지 잘 아니까. 데미는 내가 감당하기엔 점점 벅찼는데, 존이 많이 도와줄 수 있겠어."

마침내 존이 아래층으로 내려왔다. 그는 아내가 수심에 잠겨 있거나 원망스러워 하고 있을 거라 생각했다. 하지만 차분히 모자에 장식을 달고 있는 메그를 보니 뜻밖이면서도 기분이 좋았다. 메그는 그를 맞이하며 피곤하지 않으면 선거에 관한 기사를 읽어달라고 부탁했다. 존은 일종의 혁명이 일어나고 있다는 것을 바로 알아챘지만, 현명하게도 아무것도 묻지 않았다. 메그는 목숨이 달린 일이라 해도 비밀을 지킬 수 없을 만큼 속

이 훤히 보이는 사람이란 것을 잘 알았기 때문이다. 그러니 곧 실마리가 보일 것이다.

그는 더할 나위 없이 다정하고 기꺼운 자세로 긴 논쟁을 읽어준 뒤에 더할 나위 없이 명료하게 설명해 주었다. 메그도 깊은 관심을 보이고, 똑똑한 질문을 하려고 애쓰면서, 나라의 상황에서 모자의 상태로 생각이 옮겨가지 않도록 노력했다. 하지만 마음 깊숙한 곳에서는 정치란 수학만큼이나 나쁜 것이고, 정치인들의 임무란 서로에 대해 험담을 늘어놓는 것이라고 결론지었다. 그래도 이런 생각은 속으로만 담아두었다. 존이 말을 멈추자 그녀는 고개를 흔들고 나서, 나름대로 이해한 '외교적

모호성'을 유지하며 애매하게 말했다.

"글쎄, 나도 우리가 어디로 가고 있는 건지 정말 모르겠네요."

존은 웃음을 지으며 그녀를 잠시 바라보았다. 메그는 레이스와 꽃을 손에 놓고 진정으로 관심어린 눈으로 살펴보고 있었다. 그의 장광설로는 일깨우지 못했던 관심이었다.

'나를 위해서 정치를 좋아해 보려는 거로군. 나도 메그를 위해서 모자를 좋아하려고 노력해 봐야지. 그래야 공평하니까.'

공정이라면 빠지지 않는 존은 이렇게 생각하고, 소리 내어 물었다.

"그거 아주 예쁘네요. 그게 브렉퍼스트 캡이라고 하는 건가?"

"아휴, 여보. 이건 보닛이에요. 공연장이나 극장에 갈 때 가장 많이 쓰는 보닛이요."

"미안해요. 너무 작아서 당신이 가끔씩 쓰는 그 휙휙 날아가 버리는 모자라고 착각했어요. 그럼 어떻게 고정하는 거예요?"

"이 레이스를 턱 아래에 묶는 거예요. 장미꽃 봉오리도 같이, 이렇게요." 메그는 보닛을 써 보이며, 평온하고 만족스럽게 그를 바라보았고, 그 모습은 참을 수 없이 매력적이었다.

"정말 예쁜 보닛이군요. 하지만 난 그 안에 있는 얼굴이 더 마음에 들어요. 다시 젊고 행복해 보이니까요." 존은 웃고 있는 그녀의 얼굴에 입을 맞추었다. 그들은 턱 아래 달린 장미꽃 봉오리가 망가질 때까지 입을 맞추었다.

"좋아해줘서 기뻐요. 새로 하는 공연에 좀 데려가주면 좋겠 거든요. 정말이지 음악이 듣고 싶어요. 그렇게 해줄래요?"

"물론이죠. 어디든 당신이 가고 싶은 곳이면 다 갈게요. 너무 오랫동안 집에만 있었으니, 당신한테 아주 좋을 거예요. 나도 어쩌면 일보다 더 즐거울 거예요. 그런데 어떻게 그런 생각을 하 게 된 거예요?"

"지난번에 어머니랑 이야기를 했어요. 얼마나 불안하고, 짜증 스럽고, 불편한 기분인지 털어놓았죠. 어머니는 내게 변화가 필 요하다고 했어요. 일은 좀 줄이라고요. 그래서 해나가 아이들 돌보는 일을 도와주기로 했고, 난 집안일에 더 신경을 쓰기로 했어요. 가끔씩 즐기기도 하면서요. 안 그러면 나이 들기도 전 에 안절부절못하면서 몸도 망가져 버린 할머니가 될 것 같아서 요. 그냥 한번 해보는 거예요, 존. 날 위한 것도 있지만 당신을 위해서도 노력해보고 싶어요. 요즘 들어서 당신에게 너무 무관 심했었잖아요. 할 수 있다면 집을 예전 모습처럼 돌려놓고 싶 어요. 반대하지는 않겠죠?"

존이 뭐라고 대답했는지, 작은 보닛이 얼마나 아슬아슬하게 완전히 망가지는 불상사만은 피할 수 있었는지 신경 쓰지 말 자. 우리가 알아야 할 것은 존은 반대하지 않는 듯했다는 사실 이다. 그 집과 식구들에게 서서히 일어난 변화로 가늠해보면 알 수 있다. 항상 완벽한 천국 같지는 않지만 일을 분담하면서 모두가 나아졌다. 아이들은 아버지의 규칙에 따라 쑥쑥 자라났다. 정확히 말하자면 꾸준히 변함없는 존이 아기 왕국에 질서와 순종을 가져왔고, 그사이에 메그는 다시 기운을 차리고 차분해졌다. 건강에 좋은 운동을 충분히 하고, 가끔씩 즐기면서 똑똑한 남편과 훨씬 더 자신감 넘치는 대화도 나누었다. 집은 다시 집다워졌고, 존은 메그와 함께하는 것이 아니라면 떠나고 싶어 하지 않았다.

이제는 스콧 부부가 브룩 집을 찾아왔고, 모두들 아담한 집을 행복과 가족의 사랑이 가득하고 활기가 넘치며 만족을 느끼게 해주는 장소라고 생각했다. 심지어 화려한 삶을 누리는 샐리 모패트조차 그 집에 가기를 즐겼다. "여긴 늘 조용하고 쾌적해. 여기 오면 기분이 좋아, 메그." 그녀는 부러운 눈으로 둘러보며 이렇게 말하곤 했다. 자신의 화려하지만 외로운 저택에서도 쓸 수 있게 그 마법의 주문을 찾으려는 것 같았다. 그녀의 집에는 시끌벅적하게 소란을 피우지만 햇살처럼 환한 얼굴을 가진 아기들도 없었으며, 남편 네드는 자신만의 세계에 살고 있었다. 게다가 네드의 세계에는 그녀를 위한 자리는 없었던 것이다.

이 가족의 행복은 단번에 찾아온 것이 아니다. 하지만 존과 메그는 행복으로 통하는 열쇠를 찾았고, 결혼 생활을 해나갈수록 그 열쇠를 사용하는 방법을 알아나가고 있었다. 그들은 진정한 가정과 사랑, 서로를 돕는 성숙한 마음이라는 보물 상자를 열었다. 가난한 사람도 가질 수 있지만, 부자가 돈으로 살 수는 없는 보물 상자였다. 어떤 선반 위에 놓일지 생각해본다면, 이런 곳이야말로 젊은 아내들과 어머니들이 있고 싶어 하는 자리일 것이다. 이 자리는 끊임없이 안달복달하며 흥분하는 세상으로부터 안전한 곳. 자신들에게 매달리는 아들딸에게서 신실한 사랑을 발견하는 곳. 슬픔이나 가난이 닥쳐도 나이가 들어도 흔들리지 않고 의연하게 지내는 곳. 믿음직한 친구가 되어주는 진정한 의미의 남편과 나란히 걸어가며 맑은 날도 궂은 날도 헤쳐 나가는 곳. 그리고 메그가 배웠듯이 여성에게 가장 행복한 왕국은 가정이며, 여왕으로서가 아니라 현명한 아내이자 어머니로서 그 가정을 다스리는 것이 가장 고귀한 영광임을 배워나가는 곳이다.

39. 게으른 로런스

  로리는 한 주만 머무를 작정으로 니스에 갔지만, 한 달 동안이나 남아 있었다. 혼자 떠도는 것에 신물이 나 있던 참에, 에이미라는 익숙한 존재가 있는 이곳이 고향 같은 기분이 들었던 것이다. 그는 예전에 받았던 대우가 그리웠고, 다시 그것을 맛보게 되어 좋았다. 낯선 사람들이 얼마나 많이 입에 발린 말을 해준다 해도 고향에서 자매들이 보여준 애정에 비하면 절반도 즐거움을 주지 못했다. 에이미는 다른 자매들과는 달리 그에게 애정을 드러낸 적은 없지만 지금은 그를 매우 반가워했고 꽤나 가까이 지냈다. 그녀가 표현할 수 없을 만큼 그리워하는 소중한 가족들을 로리가 대신해주는 것 같았다. 그들은 자연스럽게 서로 함께하며 위안을 얻었고 말을 타고, 산책하고, 춤추고, 빈둥거리며 많은 것을 함께했다. 니스에서는 이렇게 날씨가 좋은 때에는 아무도 일을 하려 들지 않았다. 하지만 둘이 더없이 편안하게 서로에게 즐거움을 주면서도, 어느 정도 의식적으로 서로에 대해 새로운 점을 발견하고 각자의 견해를 만들어가고 있었다. 에이미에 대한 평가는 날이 갈수록 높아졌지만, 그녀는 로리에게 점점 실망하고 있었다. 그리고 둘 다 말을 하기도 전에 진실을 느끼고 있었다.

에이미는 로리를 기쁘게 해주고 싶었다. 그가 여러 가지 기쁨을 누리게 해준 것이 고마워서, 여성스러운 정성을 발휘해 보답하고 싶었다. 그러나 로리는 아무런 노력도 하지 않고, 그저 있는 대로 편안하게 흘러가도록 내버려두었다. 어떤 한 여인이 그에게 냉정하게 대했으므로, 다른 모든 여자가 자신에게 당연히 친절하게 대해주어야 한다고 생각했다. 그는 굳이 애쓰지 않아도 너그럽게 지낼 수 있었다. 에이미가 원한다면 니스에 있는 온갖 장신구들을 다 사줄 수도 있었다. 하지만 그렇게 한다고 해서 자신에 대한 에이미의 생각이 바뀌지는 않으리라는 것도 잘 알았다. 에이미가 슬픔과 비난이 뒤섞인 채 경악하며, 날카로운 푸른 눈으로 자신을 지켜보는 것 같을 때는 두려움을 느낄 지경이었다.

"다들 오늘 모나코로 떠났어. 난 집에 남아서 편지를 쓰는 게 더 좋아서 가지 않았어. 이제 다 써서, 발로사로 그림을 그리러 가려고 하는데, 오빠도 갈래?" 에이미는 화창한 어느 날, 정오

쯤에 여느 때처럼 뒹굴고 있는 로
리에게 와서 말했다.

"음, 그래, 하지만 그렇게 오래 걷
기엔 좀 덥지 않을까?" 그가 느릿느릿
대꾸했다. 그늘 한 점 없는 밖을 한 번 보고
나니, 그늘진 거실이 쾌적하게 여겨졌던 것이다.

"마차를 가져갈 거야. 바티스트가 마차를 몰
거니까 양산만 들고 가면 돼. 장갑도 더럽히지 않
아도 되고." 에이미는 비꼬는 듯한 눈빛으로 티
한 점 없이 말끔한 염소 가죽을 보면서 말했다.

"그럼 기꺼이 갈게." 로리는 에이미의 스케치북을
향해 손을 뻗었다. 하지만 그녀는 스케치북을 팔 아래 끼고 날
카롭게 말했다.

"괜히 고생하지 마. 나한테는 무겁지 않은데, 오빠한테는 안 그런 것 같아."

로리는 눈썹을 치켜올리고는 계단을 뛰어 내려가는 에이미를 느긋하게 뒤따라갔다. 그러나 정작 마차에 갔을 때 로리는 직접 고삐를 잡았다. 바티스트는 하릴없이 뒷좌석에 앉아 팔짱을 끼고 잠에 빠져들었다.

둘은 전혀 다투지 않았다. 다투기에는 에이미는 너무 예의바르게 자랐고, 로리는 지금 너무 게을렀다. 그래서 그가 질문을 하듯 모자챙 아래로 에이미를 슬쩍 들여다보자, 그녀는 미소로 화답했다. 둘은 더없이 즐거운 분위기로 함께 갔다.

드라이브는 아주 근사했다. 구불구불한 길에는 그림 같은 풍경들이 풍성하게 펼쳐졌고, 미를 추구하는 사람들의 눈은 즐거움을 만끽할 수 있었다. 오래된 수도원에서는 수도사들이 부르는 엄숙한 성가가 흘러나왔다. 나막신을 신고 맨다리를 드러낸 목동은 머리에 뾰족한 모자를 쓴 채 튼튼한 윗도리를 한쪽 어깨에 척 걸치고 돌 위에 앉아서 피리를 불었다. 염소들은 바위 사이로 뛰어다니거나, 목동의 발치에 누워 있었다. 옅은 쥐색의 당나귀들은 갓 베어낸 풀을 잔뜩 싣고 지나갔다. 풀이 담긴 바구니 사이로는 카플린을 쓰고 당나귀 등에 올라앉은 예쁜 소녀가 보였다. 그 옆으로 나이 많은 여인이 실패를 돌리며 지나갔다. 고풍스러운 돌집에서는 갈색의 부드러운 눈을 가진 아이들이 달려나와 작은 꽃다발과 아직 가지에서 떨어지지 않은 오렌지를 내밀었다. 옹이진 올리브나무들은 짙은 잎사귀로 언덕을 가려주었고, 과수원에는 금빛 열매들이 주렁주렁 달려 있었다. 멋들어진 다홍빛 아네모네는 길가를 장식했다. 초록빛 비탈과 험준한 산 뒤로는 바다에 접한 알프스가 희고 뾰족하게 솟아올라 푸르른 이탈리아 하늘과 대조를 이루었다.

발로사는 과연 이름값을 했다. 내내 여름이 계속되는 기후 속에서 장미들이 지천에 피어 있었던 것이다. 아치 입구에 늘어진 장미들은 커다란 출입문의 기둥들 틈으로 얼굴을 내밀고 지나가는 사람들을 사랑스럽게 반겨주었다. 그리고 장미들은 거리를 따라 이어져 있었고, 레몬나무와 야자나무들 사이를 구불구불 지나가다가 언덕 위 저택까지 끊이지 않고 계속되었다. 구석진 그늘마다 걸음을 멈추고 쉴 수 있는 자리와 무더기로 핀 꽃들이 있었다. 서늘한 작은 굴에는 꽃의 장막에서 나온 대리석 님프들이 방그레 웃고 있었다. 그리고 분수에서는 진홍색이나 흰색 혹은 흐릿한 분홍색 장미들이 하나같이 고개를 숙여 물에 비친 저마다의 아름다움에 활짝 웃었다. 장미들은 저택의 외벽을 뒤덮었고, 처마에도 드리워져 있었다. 기둥을 타고 올라간 장미들은 널찍한 테라스의 난간을 넘어 들어갔다. 테라스에서 내려다보면 햇빛이 비치는 지중해와 해변을 따라 하얀 벽으로 둘러싸인 도시가 있었다.

"여긴 신혼여행 오기 딱 좋겠어. 신혼여행 천국이야. 그렇지 않아? 이런 장미를 본 적 있어?" 에이미는 테라스에 멈춰 서서 경치와 주변에 감도는 호사스러운 향기를 즐기며 물었다.

"아니, 없어. 이런 가시도 처음이야." 로리는 엄지손가락을 입에 넣으며 말했다. 팔이 조금 못 미치는 곳에 홀로 피어 있는 다홍빛 꽃을 꺾으려다가 그렇게 된 것이었다.

"낮은 곳에서 시도해봐. 가시 없는 걸로 말이야." 에이미는 뒤쪽 벽을 수놓은 미색 장미들 중에서 세 송이를 꺾으며 말했다. 그리고 화해의 선물로 로리의 단춧구멍에 꽂아주자, 그는 잠시 동안 신기하다는 듯이 그 꽃을 내려다보았다. 그는 천성에 섞인 이탈리아인의 기질 덕분에 조금쯤은 미신을 믿었다. 때마침 달콤하면서도 씁쓸한 우울감에 사로잡혀 있기도 했다. 게다가 상상력이 풍부한 청년들은 사소한 일에서도 의미를 찾고, 도처에서 사랑을 키워줄 먹잇감을 찾으려 든다. 사실 로리는 가시 돋친 붉은 장미에 손을 뻗었을 때 조를 생각했었다. 조에게 어울리는 강렬한 꽃들이었다. 고향에서는 그녀가 종종 그런 꽃을 온실에서 가져와 옷에 달기도 했다. 에이미가 꽂아준 창백한 장미는 이탈리아인들이 죽은 사람에게 바치는 꽃으로, 신부의 화환으로는 쓰이는 법이 없었다. 순간 로리는 이 꽃의 불길한 예언이 조를 향한 것인지 아니면 자신을 향한 것인지 궁금했다. 그러나 다음 순간 바로 미국인다운 상식이 발동하여 감상적인 생각을 밀어냈고, 로리는 한바탕 크게 웃어 젖혔다. 에이미는 로리가 이곳에 온 후로 그렇게 웃는 소리는 처음 들어 보았다.

"쓸모 있는 충고란 말이야. 잘 들어두고 손가락이나 다치지 말라고." 에이미는 로리가 자신의 말에 웃은 거라 여기며 대꾸했다.

"고마워, 그렇게!" 로리는 농담조로 대답했다. 그리고 몇 달 후에는 같은 말을 진지하게 하게 될 것이었다.

"오빠는 할아버지한테 언제 갈 셈이야?" 곧이어 에이미가 투박한 의자에 자리를 잡고 앉으며 물었다.

"금방."

"지난 3주 동안 그 말은 열 번도 넘게 했잖아."

"굳이 말하자면, 답이 짧아야 문제도 안 생기거든."

"할아버지가 기다리시잖아. 가야 돼, 오빠."

"친절하시네! 나도 알아."

"그런데 왜 안 가?"

"천성이 나쁜 놈인가 보지."

"천성이 게을러서겠지. 정말 고약하잖아." 에이미는 진지해 보였다.

"그렇게까지 나쁜 건 아니야. 내가 가도 할아버지를 성가시게 할 뿐이야. 차라리 여기서 지내면서 널 좀 더 오래 괴롭히는 게 낫지. 네가 더 잘 참잖아. 실은 그게 너한테도 아주 딱 들어 맞을 것 같은데!" 로리는 널찍한 테라스 난간에 기대어 마음을 가라앉혔다.

에이미는 체념한 듯 고개를 가로젓고는 스케치북을 폈다. 하지만 어린애처럼 구는 저 소년에게 입바른 소리를 해야겠다고 작정하고 다시 말을 시작했다.

"지금은 뭘 하고 있는데?"

"도마뱀 구경하기."

"아니, 아니! 이제 어떻게 할 생각이고, 뭘 하고 싶은 거냐는 뜻이잖아."

"담배 한 대 피우고 싶은데? 네가 허락해준다면."

"오빠는 정말이지 너무 얄미워! 담배는 안 돼. 단, 내가 오빠를 그릴 수 있게 해준다는 조건이라면 허락해줄게. 모델이 필요하거든."

"일생일대의 영광이군. 어떻게 그릴 거야? 전신 아니면 사분의 삼 정도? 물고나무를 셀까? 아니면 똑바로 셀까? 난 이렇게 비스듬히 드러누운 자세를 정중히 제안하지. 그런 다음에 너도 똑같이 그려 넣고 제목은 '달콤한 나태'라고 하면 되잖아."

"그대로 있어. 졸리면 자고. 난 열심히 하고 싶으니까." 에이미는 한껏 활기찬 목소리로 대답했다.

"정말이지 마음에 드는 열정이로군!" 로리는 아주 흡족하다는 듯이 키가 큰 항아리에 몸을 기댔다.

"조 언니가 지금 오빠를 보면 뭐라고 하겠어?" 조바심이 난 에이미는 자극받기를 바라며 자신보다 훨씬 더 활기찬 언니의 이름을 꺼냈다.

"늘 하던 대로 '저리 가, 테디. 바빠!'라고 할 테지." 로리는 말하면서 웃음을 터뜨렸다. 그러나 웃음소리는 자연스럽지가 않았고, 얼굴에는 그늘이 스쳤다. 입 밖으로 나온 익숙한 그 이름은 아직 낫지 않은 상처를 건드렸다. 로리의 웃음소리와 그늘진 표정은 에이미의 주의를 끌었다. 전에도 듣고 본 적이 있었기 때문이었다. 그리고 때마침 고개를 든 에이미는 그의 얼굴에 나타난 새로운 표정을 놓치지 않았다. 고통과 불만과 후회로 가득 찬 힘겹고 씁쓸한 표정이었다. 하지만 에이미가 자세히 살펴보기도 전에 그 표정은 사라졌고, 다시 무심한 얼굴로 돌아와 있었다. 에이미는 잠시 동안 그를 관찰하며 예술적인 기쁨을 맛보았다. 몽환적인 분위기를 물씬 풍기는 눈빛으로 머리를 드러내고 햇볕을 쬐는 로리는 두말할 것 없는 이탈리아인의 모습이었다. 그는 에이미를 잊은 채 몽상에 빠진 듯했다.

"오빠는 꼭 조각상 같아, 무덤 안에 잠든 젊은 기사를 새긴 조각상." 에이미는 어두운 돌을 배경으로 드러나는 조각 같은 옆모습을 신중하게 따라 그리며 말했다.

"정말 그랬다면 좋겠다!"

"바보 같은 소리! 인생을 망친 것도 아닌데. 오빠가 너무 변해버려서 나는 가끔씩……." 에이미는 거기서 말을 멈췄다. 하지만 망설이며 생각에 잠긴 그녀의 표정은 마치지 못한 말보다 더 의미심장했다.

로리는 에이미가 차마 드러내지 못한 애정어린 염려를 알아차리고 이해했다. 그리고 그녀의 어머니에게 말하곤 했던 것처럼, 에이미의 눈을 똑바로 바라보며 말했다.

"괜찮아요!"

에이미는 그 말로 충분했다. 요즘 들어 부쩍 걱정스러웠던 마음도 진정이 되었다. 그녀는 감동받았다는 것을 보여주려고 다정하게 말했다.

"괜찮다니 다행이야! 오빠가 그렇게 나쁜 짓을 했을 거라고 생각하지는 않았어. 하지만 혹시 그 위험한 바덴바덴에서 돈을 탕진했거나, 남편이 있는 프랑스 여자에게 마음을 빼앗겼던지, 아니면 젊은 남자들이 외국 여행에서 꼭 해봐야 한다고 생각하는 말썽거리에 휘말렸을지도 모른다고 생각했거든. 거기 땡볕에 계속 있지 말고 이리 와서 풀밭에 누워. 어디 한 번 '친해져 보자'고. 소파 구석에 처박혀서 비밀 이야기를 할 때면 조 언니가 늘 이렇게 말했거든."

로리는 순순히 풀밭에 눕더니, 거기 놓여 있던 에이미의 모자 리본에 데이지꽃을 꽂으며 장난을 쳤다.

"난 준비됐어. 비밀 이야기." 그는 흥미진진한 눈빛을 분명하
게 드러내며 흘깃 올려다보았다.

　"난 말할 게 없는걸. 오빠가 먼저 시작해."

　"나도 없어. 네가 집에서 무슨 새로운 소식이라도 들은 줄 알
았지."

　"요즘에 온 소식은 오빠도 다 들었잖아. 오빠는 자주 소식을
듣는 거 아니었어? 조 언니가 오빠한테는 편지 많이 보낼 거라
고 생각했는데."

　"조는 바쁘잖아. 난 여기저기 돌아다니고. 그러니까 꼬박꼬박

편지하는 건 불가능하지. 그런데 네 위대한 예술 작업은 언제 시작하는 거야, 라파엘라?" 잠깐 대화가 끊긴 뒤에 로리가 급히 화제를 바꾸며 물었다. 혹시 에이미가 그의 비밀을 알고, 이야기하고 싶어 하는 건 아닐까 하는 생각이 들었던 것이다.

"그럴 일 없어!" 에이미는 낙담한 듯했지만 단호한 목소리로 대답했다. "로마에서 내 모든 허영심이 사라졌어. 거기서 놀라운 작품들을 보고 나니까 내 자신이 너무 하찮게 느껴졌거든. 그래서 자포자기하고, 어리석은 희망은 단념하기로 했어."

"재능도 있고 열정도 넘치는데 왜?"

"바로 그것 때문이야. 천재적인 재능이 아니라서 말이야. 열정만 가지고는 그렇게 될 수가 없어. 위대해지고 싶거든. 그게 아니면 아무것도 아니야. 시시한 화가가 되진 않을 거야. 그래서 더 이상 애쓰지 않으려고."

"그럼 너야말로 이제 어떻게 할 생각인지 물어봐도 될까?"

"다른 재능을 연마해야지. 그리고 사교계의 간판이 될 거야. 기회를 잡는다면 말이야."

과연 에이미답고, 무척이나 대담하게 들리는 대답이었다. 하지만 무릇 대담성이란 젊은이들에게 어울리는 것이고, 에이미의 야심에는 탄탄한 토대가 있었으니 문제는 없었다. 로리는 빙긋이 웃었다. 오랫동안 간직했던 목표가 사라졌는데도 슬퍼하며 시간을 보내지 않고, 새로운 목표를 세우는 그녀의 기백이 좋았다.

"좋아! 내 생각에는 말이야. 이쯤에서 프레드 본이 등장해야 될 것 같은데."

에이미는 신중하게 침묵을 지키고 있었지만, 고개를 숙인 얼굴에는 수줍어하는 듯한 기색이 어렸다. 그 모습에 로리는 일어나 앉아서 근엄하게 말했다.

"자, 지금부터 내가 친오빠라고 치고, 질문을 해볼게. 괜찮지?"

"꼭 대답하겠다고는 못하겠어."

"말은 안 해도 표정이 다 말해줄 거야. 넌 아직 감정을 숨길 수 있을 만큼 세상사에 밝지가 않잖아. 작년에 너랑 프레드에 관한 소문을 들었어. 순전히 내 생각이긴 한데, 프레드가 갑자기 집에 불려가지 않았다면, 거기 그렇게 오래 붙들려 있지만 않았더라도, 무슨 일이 생길 수도 있었던 거지?"

"내가 말할 게 아니야." 에이미는 새침하게 대답했다. 하지만 입가에는 미소가 비어져 나왔고, 반짝이는 눈에는 믿기 어려운 구석이 있었다. 그 표정은 곧 에이미가 자신에게 힘이 있다는 것을 알고 있고, 그 사실을 즐기고 있음을 보여주었다.

"설마 약혼한 건 아니겠지? 아닐 거야." 별안간 로리는 정말 오빠 같은 얼굴로 진지한 표정을 지었다.

"안 했어."

"하지만 프레드가 돌아와서 정중히 무릎을 꿇고 청혼하면 허락할 거구나? 그렇지?"

"그렇겠지."

"그럼 프레드를 좋아하는 거야?"

"좋아할 수 있을 거야. 노력하면 말이야."

"그럼 그 순간이 오기 전까지는 노력할 생각도 없는 거네? 어이쿠! 지독하게 신중하구나! 프레드는 좋은 녀석이야, 에이미. 하지만 내가 보기엔 네가 좋아할 만한 남자는 아닌 것 같아."

"돈도 많고 신사잖아. 성격도 쾌활하고." 에이미는 짐짓 아무렇지도 않은 척하면서 체면을 지키려고 했다. 하지만 의도의 진정성에도 불구하고, 자신이 조금 부끄러워지는 기분이었다.

"알겠다. 사교계의 여왕은 돈이 없으면 안 되니까, 짝을 잘 고른 다음에 그런 식으로 시작하겠다는 거구나? 아주 지당하신 말씀이야. 세상 돌아가는 이치에 딱 맞네. 하지만 마치 부인의 딸인 네 입에서 그런 말이 나오다니 너무 안 어울리는걸."

"그렇지만 사실이잖아!"

짧지만 단호한 결심이 깃든 대답이었다. 그리고 그 짧은 말이 어린 에이미와 극명하게 대조를 이루었다. 이것을 본능적으로 감지한 로리는 뭐라 설명할 수 없는 실망감에 휩싸여 다시 누워버렸다. 에이미도 속으로는 그런 자신을 인정하기가 어려웠다. 거기에 로리의 표정과 침묵이 더해져 에이미의 마음을 어지럽혔다. 결국 그녀는 로리에게 당장 싫은 소리를 해주기로 마음먹었다.

"오빠가 스스로 알아서 정신을 차리면 참 좋을 텐데." 그녀가 날카롭게 말했다.

"그럼 네가 정신 좀 차리게 해주든가!"

"하려면 할 수도 있지." 그녀는 당장 끝을 보겠다는 표정이었다.

"그럼 해봐, 허락해주지." 로리는 오랜만에 누군가 놀려줄 사람이 생긴 것이 마냥 즐거웠다.

"5분 만에 화를 내게 될 걸."

"난 너한테 한 번도 화낸 적 없는데. 부싯돌도 두 개가 부딪쳐야 불이 붙는 거야. 넌 눈처럼 차갑고 부드럽잖아."

"오빠 내가 어떻게 될지 모르잖아. 눈도 제대로만 쓰면 빛을 낼 수 있거든. 화끈거리게 하고. 무심한 척하지만 반은 가식이잖아. 한 번 휘저어 보면 알 수 있겠지."

"해봐. 난 끄떡없으니까. 넌 재미있을 수도 있겠다. 조그만 아내가 때릴 때 덩치 큰 남편이 그렇게 말하잖아. 날 남편이라고 생각하라고. 아니면 카펫이나. 지칠 때까지 때려봐. 그런 운동이 너한테 맞는다면 말이야."

머리끝까지 화가 난 에이미는 로리의 냉담한 무관심을 어떻게든 없애버리고, 그를 변하게 만들고 싶다는 생각이 간절했다. 그녀는 공격을 준비하고, 마침내 개시했다.

"플로랑 내가 오빠한테 새 별명을 붙였어. '게으른 로런스'라고 말이야. 마음에 들어?"

에이미는 로리가 약 올라 할 줄 알았지만, 그는 그저 양팔을 맞접어 머리 밑에 괸 채 차분하게 말했다. "나쁘지 않은데! 고마워, 아가씨들."

"내가 오빠를 정말 어떻게 생각하는지 알려 줄까?"

"알고 싶어 미치겠어."

"난 오빠를 경멸해."

에이미가 차라리 심술을 부리거나 아양을 떨면서 "난 오빠를 싫어해."라고 말했다면, 그는 웃음을 터뜨렸을 것이다. 오히려 좋아했을지도 모른다. 또, 진지하다 못해 발끈해서 삐친 어투로 "정말 싫어."라고 했다면 로리는 그저 웃어넘겼을 것이다. 아니, 재미있어 했을지도 몰랐다. 그러나 진지하다 못해 애처로운 목소리를 들은 그는 눈이 휘둥그레져서 황급히 물었다.

"왜? 이유를 말해줄 수 있겠어?"

"왜냐하면 얼마든지 선하고, 쓸모 있고, 행복한 사람이 될 수 있는데도 불구하고, 오빠는 그릇되고 게으르고 비참하잖아."

"말이 거칠군, 마드무아젤."

"원한다면, 계속할게."

"부디 해줘, 흥미진진하네."

"그럴 줄 알았어. 이기적인 사람들은 언제나 자신에 대해 말하는 걸 좋아하더라고."

"내가 이기적이야?" 로리는 자신도 모르게 깜짝 놀란 목소리로 물었다. 그가 자부심을 느끼는 단 하나의 덕목이 바로 관대함이었기 때문이다.

"응, 아주 이기적이야." 에이미는 차분하고 냉정한 목소리로 말을 이었다. 그 순간에는 오히려 화난 목소리보다 두 배는 효과적인 목소리였다.

"내가 이유를 알려주지. 우리가 같이 어울려 다니는 동안 오빠를 찬찬히 살펴봤거든. 난 오빠가 정말 마음에 들지 않아. 여섯 달이 다되도록 외국에 나와 있는데, 아무것도 한 게 없잖아. 그저 시간과 돈을 허비하고 친구들을 실망시키기나 할 뿐이지."

"4년 동안이나 힘들게 지냈는데, 좀 재미있게 놀지도 못해?"

"그렇게 재미있었던 것처럼 보이지도 않아. 어쨌든 내가 보기에는 오빠는 논다고 해서 좋아지지도 않았어. 처음 만났을 때 오빠가 성숙했다고 한 말, 이제 취소할래. 내가 고향에서 떠났을 때 봤던 오빠에 비하면 절반에도 못 미쳐. 지독하게 게을러지고, 소문이나 즐기고, 시시한 일에 시간을 낭비하잖아. 멍청한 사람들이 대접해주고 칭찬해주는 데 만족하고 있잖아. 현명한 사람들에게 사랑받고 존경받는 게 아니라. 돈에 재능에 지위에 건강, 미모까지 다 갖췄으면서 말이야! 그건 사실이니까! 그런데도 빈둥거리기만 하고 아무것도 하지 않잖아. 얼마든지 훌륭한 남자가 될 수 있고, 되어야 하는데, 지금 오빠는 그저……." 에이미는 고통과 연민이 어린 얼굴로 거기서 말을 멈췄다.

"석쇠 위의 성자 로런스*지." 로리가 덤덤하게 에이미의 말을 끝맺었다. 하지만 에이미의 쓴소리는 효과를 내기 시작했다. 이제 그의 눈에는 크게 깨달은 듯 총기가 어려 있었고, 무심한 얼굴 대신 화나고 상처받은 표정이 드러났다.

"오빠가 그렇게 받아들일 줄 알았어. 남자들은 우리한테 천사라고 하면서 우리가 남자들을 원하는 대로 쥐락펴락할 수 있다고 하지만 진심으로 도움이 되는 말을 할라치면 곧바로 비웃어버리고 들으려고 하질 않잖아. 결국 남자들이 하는 입에 발린 소리는 아무런 가치도 없는 셈이지." 에이미는 매섭게 말하고는 발치에 있는 짜증스러운 순교자에게서 등을 돌렸다.

잠시 후 에이미의 스케치북 위로 손이 내려와 그림을 그릴 수 없게 만들더니, 로리의 목소리가 들렸다. 잘못을 뉘우치는 어린이를 흉내 내는 익살맞은 소리였다.

"잘 할게요! 정말 착하게 지낼게요!"

하지만 에이미는 진심이었기에 웃지 않았다. 그녀는 쫙 편 손을 연필로 툭툭 치며 냉정하게 말했다.

"이런 손이 부끄럽지도 않아? 여자처럼 부드럽고 하얗기만

---

* 성 로런스는 가난하고 병든 사람들에게 교회의 재물을 나누어주다 체포되어 뜨거운 석쇠에 구워지는 고문을 받고 순교했다.

한 손이야. 멋진 장갑을 끼고 숙녀에게 꽃을 꺾어주는 일밖에 하지 않은 듯 보여. 다행히 멋은 안 부리니까, 다이아몬드나 큼지막한 인장이 새겨진 반지는 끼지 않았네. 조 언니가 아주 오래전에 준 작은 반지만 있어. 정말이지 언니가 여기 있었어야 하는 건데."

"나도 그렇게 생각해!"

손은 나타났을 때처럼 갑자기 사라졌다. 로리의 대답은 에이미도 만족할 정도로 박력이 있었다. 에이미는 마음을 풀고 로리를 내려다보았다. 하지만 그는 햇빛을 피하려는 듯 모자로 얼굴을 반쯤 가린 채 누워 있었고, 입은 수염에 가려져 있었다. 그녀에게 보이는 것은 긴 호흡에 따라 오르락내리락 하는 가슴밖에 없었다. 한숨을 내뱉고 있는 것이리라. 그리고 반지 낀 손은 풀잎 사이에 놓여 있었다. 마치 너무 소중하고 여려서 차마 말할 수 없는 무언가를 숨기고 있는 것 같았다. 문득 여러 가지 암시와 사소한 사실들이 에이미의 머릿속에서 형태를 갖추고 의미를 드러내며, 언니가 결코 털어놓지 않았던 것이 무엇인지 알려주었다. 에이미는 로리가 조 언니 이야기를 먼저 입에 올린 적이 없다는 사실을 떠올렸다. 그리고 조금 전에 그의 얼굴에 드리워졌던 그늘, 변해 버린 성격, 잘생긴 손에 어울리지 않는 작고 낡은 반지를 상기해 보았다. 여자들은 이런 신호를 재빨리 읽어내고 그 신호들이 호소하는 이야기를 느낀다. 에이미는 로리가 변한 것이 아마도 사랑의 괴로움 때문일 거라고 짐작했었는데, 이제는 확실히 알게 되었다. 그녀는 눈물이 그렁그렁해져서 부드럽고 다정한 목소리로 다시 말을 꺼냈다.

"내가 그런 말을 할 자격이 없다는 건 잘 알아. 오빠가 세상에서 가장 다정한 사람이 아니었다면 나한테 몹시 화를 냈을 거야. 하지만 우리 모두 오빠를 정말 좋아하고 자랑스러워하고 있어. 고향에 있는 식구들이 나처럼 오빠에게 실망할 거라고 생각하니 참을 수가 없었어. 어쩌면 식구들이라면 오빠의 변화를 나보다 더 잘 이해했겠지만 말이야."

"그럴 거야." 모자 아래에서 음울한 목소리가 들렸다. 비통한 목소리만큼이나 가슴을 울리는 소리였다.

"식구들이 나한테 말을 해줬더라면. 그러면 내가 오빠를 비난하고 오빠한테 실수하고 그러지 않았을 텐데. 그 어느 때보다도 다정하게 대해주고 기다려줬어야 하는 거였는데 말이야. 난 그랜들 양을 좋아한 적도 없지만, 지금은 정말 싫어!" 에이미는 자신이 알고 있는 사실이 맞는지 확인해보려고 교묘하게 말했다.

"랜들 양은 신경 쓰지 마!" 로리가 얼굴에서 모자를 홱 치우면서 말했다. 그 얼굴을 보니 랜들 양에게는 아무런 감정이 없는 것이 분명했다.

"미안해. 난……." 그녀는 일부러 말끝을 흐렸다.

"아니, 너도 알잖아. 내가 조 말고는 아무에게도 관심이 없었다는 걸 너도 잘 알고 있었잖아." 로리는 예전처럼 성마른 목소리로 말하며 고개를 돌렸다.

"나도 그렇게 생각했지. 하지만 식구들이 아무 이야기도 하지 않았고, 오빠는 떠났잖아. 그런데 조 언니가 다정하지 않았어? 아니, 난 언니가 오빠를 정말 사랑한다고 믿었는데."

"조는 다정했어. 하지만 그런 방식이 아니었어. 게다가 날 사랑하지 않은 게 조한테는 다행인 거잖아. 네가 생각하는 것처럼 내가 그렇게 쓸모없는 놈이라면. 하지만 그건 조가 잘못한 거야. 조한테도 그렇게 전해 줘."

로리는 그렇게 말하면서 다시 씁쓸하게 굳은 표정이 되었다. 에이미는 로리의 상처를 어떻게 치유해주어야 좋을지 몰라서 괴로웠다.

"내가 잘못했어. 몰랐어. 그렇게 짜증내서 정말 미안해. 하지만 좀 더 잘 견뎌내길 바라, 테디 오빠."

"하지 마! 그건 조가 날 부르던 이름이잖아!" 로리는 재빨리 손을 들어 조의 다정하면서도 나무라는 듯한 목소리로 들려오는 말들을 막는 시늉을 했다. "너도 직접 겪어봐야 알아." 그는 풀을 한 움큼 뽑으면서 낮게 덧붙였다.

"나라면 남자답게 받아들이겠어. 사랑받을 수 없다면 존경이라도 받을 거야." 에이미는 이런 일에 대해서는 아무것도 모르는 사람으로서 단호하게 말했다.

로리는 자신이 놀랍도록 잘 견뎌냈다고 자부했다. 불평한 적도, 동정을 구한 적도 없었다. 자신의 괴로움은 멀찌감치 밀어 놓고 내버려두었다. 하지만 에이미의 말이 문제를 새롭게 조명해 주었다. 첫 번째 실패에서 낙담하고, 침울한 무관심 속에 스스로를 가둬 둔 모습이 처음으로 약하고 이기적으로 보였다. 문득 로리는 우울한 꿈에서 번쩍 깨어난 기분이었다. 그리고 다시는 잠들 수 없을 것 같았다. 그는 이내 일어나 앉아서 천천히 물었다.

　　"조도 너처럼 날 경멸할까?"

　　"응, 지금 오빠를 본다면 그럴 거야. 언니는 게으른 사람을 싫어하잖아. 뭔가 근사한 일을 해내서 언니가 오빠를 사랑하게 만드는 건 어때?"

　　"나도 최선을 다했다고. 하지만 소용없었어."

　　"우등으로 졸업한 거? 그건 오빠가 꼭 해야 했던 일에 불과해. 할아버지를 위해서라도 말이야. 시간과 돈을 그렇게 들이고도 실패하면 창피했을 거야. 오빠가 잘 할 수 있다는 걸 모두가 아는데 말이야."

　　"네가 뭐라고 말해든 난 실패한 거야. 조가 날 사랑하지 않으니까." 로리는 낙담한 듯 손에 고개를 기댔다.

　　"아니야, 실패하지 않았어. 오빠도 결국 인정할 거야. 오빠한테는 잘된 일이잖아. 노력하면 해낼 수 있다는 걸 입증했고. 이제 다른 목표를 세우기만 하면, 다시 유쾌하고 행복한 모습으로 돌아갈 수 있을 거야. 괴로움은 잊고 말이야."

"불가능해!"

"일단 해보면 알 거 아냐. 어깨를 으쓱하면서 '알면 얼마나 안다고!'라고 생각할 필요 없어. 난 현명한 척하려는 게 아니라 지켜보는 거야. 그래서 오빠가 상상하는 것보다 훨씬 더 많은 걸 알 수 있거든. 난 다른 사람들의 경험이나 모순적인 면에 관심이 있어. 설명할 수는 없어도, 그걸 잘 기억해뒀다가 나를 위해 활용하거든. 평생 조 언니를 사랑하고 싶다면 그렇게 해. 하지만 그것 때문에 오빠 자신을 망치지는 마. 원하는 것 하나를 가질 수 없다고 해서, 수많은 좋은 선물들을 내던지는 건 나쁜 짓이야. 입바른 소리는 이제 그만할게. 오빠도 떨치고 일어날 테니까. 그리고 그 냉정한 여자는 잊고 남자답게 지낼 테니까."

한동안 둘 다 아무 말도 하지 않았다. 로리는 작은 반지를 빙빙 돌리며 앉아 있었다. 에이미는 이야기를 하는 동안 급하게 그린 스케치를 마무리하고 있었다. 곧 그녀가 로리의 무릎에 그림을 놓으며 말했다.

"어때?"

그림을 본 로리는 저절로 미소가 머금어졌다. 멋지게 완성된 그림이었다. 풀밭에 길게 누운 나태한 형체에 얼굴은 무기력했고, 눈은 반쯤 감긴 채 한 손에는 담배를 쥐고 있었다. 담배에서 피어나온 연기는 몽상가의 머리 주변을 동그랗게 감쌌다.

"정말 잘 그렸다!" 로리는 에이미의 실력에 진심으로 기뻐하며 말했다. 그리고 반쯤 웃으며 덧붙였다.

"그래, 이게 나구나."

"지금 오빠 모습대로……. 그리고 이건 예전의 오빠야." 에이미는 로리가 들고 있는 그림 옆에 다른 그림 한 장을 댔다.

지금 그림처럼 잘 그리진 못했지만, 생기가 넘치고 활력이 있어서 다른 많은 결점들은 용서되었다. 그림을 보고 있자니 과거가 너무나 생생하게 떠올라서, 로리의 표정도 급격히 변했다. 그 그림은 말을 길들이는 로리의 모습을 대강 스케치한 것이었다. 모자와 외투를 벗은 활동적인 형체를 이루는 모든 선과 단호한 얼굴, 명령하는 자세에 기운이 느껴졌고, 의미가 담겨 있었다. 이제 막 흥분을 가라앉힌 잘생긴 말은 단단하게 당겨진 고삐 아래로 목을 활처럼 구부리고 서 있었다. 한 발은 조바심을 치는 듯 바닥을 찼고, 쫑긋 세운 귀는 주인의 명령을 듣고 있는 것 같았다. 헝클어진 말갈기 사이로 바람에 흩날리는 로리의 머리칼과 꼿꼿한 자세가 보였다. 순간적으로 정지된 동작을 포착한 이 그림에는 힘과 용기, 젊고 쾌활한 분위기가 보였다. '달콤한 나태'의 무기력한 우아함과는 극명하게 대조를 이루는 그림이었다. 로리는 잠자코 두 그림을 번갈아 보았다. 에이미는 로리가 얼굴을 붉히며 입술을 꽉 다무는 것을 보았다. 그녀가 준 작은 교훈을 읽어내고 받아들이는 것 같았다. 에이미는 그 모습에 만족해서 로리가 말을 꺼내기를 기다리지 않고 유쾌하게 말했다.

"퍽이랑 '레어리'를 탔던 날 기억나? 우리 모두 구경하고 있었잖아. 메그 언니랑 베스 언니는 겁에 질렸는데, 조 언니는 박수를 치면서 날뛰었잖아. 난 울타리에 앉아서 오빠를 그렸어. 저번에 그 스케치를 발견해서 손을 좀 보고, 오빠한테 보여주려고 가지고 있었어."

"정말 고마워! 그때보다 실력이 엄청나게 좋아졌네. 축하해. 그나저나 이제 이 신혼여행 천국에서 떠나야 한다고 말할 수밖에 없겠어. 너희 호텔 저녁 식사 시간이 5시였지?"

로리는 자리에서 일어나 그림을 돌려주면서 웃음기 가득한 얼굴로 고개 숙여 인사를 했다. 그리고 에이미에게 아무리 도덕적인 훈계라도 끝이 있어야 한다는 것을 상기시켜주는 듯 시계를 보았다. 로리는 이전의 느긋하고 무심한 태도로 다시 돌아가려 했지만 이제 그것은 가식일 뿐이었다. 에이미가 준 자극은 생각보다 효과적이었던 것 같았다. 에이미는 그의 태도에서 냉랭한 기색을 느꼈고, 속으로 생각했다.

'내가 기분을 상하게 했나봐. 그래도 오빠한테 도움이 된다면, 난 괜찮아. 오빠가 날 싫어하게 된다면 유감이지만, 사실을 이야기한 건데 뭐. 한 마디도 취소할 수 없어.'

그들은 집으로 돌아가며 내내 함께 웃고 떠들었다. 마차 뒷자리에 앉은 바티스트는 무슈와 마드무아젤이 기분이 좋은 모양이라고 생각했다. 하지만 두 사람 다 속으로는 불편해하고 있었다. 다정하고 솔직하던 관계는 금이 갔고, 햇빛에는 그늘이 드리웠다. 겉으로는 유쾌하게 보였지만 마음속에는 내색하지 못하는 불만이 있었다.

"저녁에 올 거야, 몽 프레?(mon frére? 오빠?)" 에이미는 캐럴 작은할머니의 방문 앞을 떠나면서 물었다.

"안타깝게도 선약이 있어. 오 르브아, 마드무아젤.(Au revoir, mademoiselle 안녕, 아가씨.)" 로리는 외국식 인사로 손에 입맞춤을 하려는 듯 고개를 숙였다. 다른 남자들에 비하면 로리에게는 이런 모습이 썩 잘 어울렸다. 그의 얼굴에서 뭔가를 느낀 에이미는 재빨리 따뜻하게 말했다.

"아니, 나랑 있을 때는 편하게 해. 옛날에 하던 것처럼 인사하자. 난 감상적인 프랑스 인사보다는 묵직한 영국식 악수가 좋더라."

"잘 있어, 에이미." 로리는 에이미가 좋아하는 말투로 인사를 하고, 아플 정도로 진심어린 악수를 나눈 뒤에 떠났다.

다음 날 아침, 에이미는 평소처럼 로리가 부르는 소리 대신에 쪽지 한 장을 받았다. 미소를 지으며 쪽지를 읽기 시작한 에이미는 다 읽은 후에는 한숨을 지었다.

친애하는 멘토에게

'게으른 로런스'가 착한 소년처럼 할아버지께 가니, 캐럴 작은할머니께 인사를 전해 드려줘. 너에게는 기쁜 소식이겠지. 겨우내 즐겁게 지내고, 주님의 은총을 받아 발로사로 축복받은 신혼여행을 떠나게 되기를 바랄게. 내 생각엔 프레드도 입바른 소리 덕을 볼 수 있을 것 같으니, 그렇게 말해줘. 축하한다고도 전해줘.

고마움을 담아, 텔레마코스*

"잘 했네! 떠났다니 다행이야." 에이미는 만족스럽게 웃으며 중얼거렸다. 하지만 텅 빈 방을 보는 순간, 자신도 모르게 한숨이 흘러나오면서 이렇게 덧붙였다.

"맞아, 다행이야. 하지만 많이 보고 싶을 거야!"

---

* 그리스 신화에 등장하는 영웅으로 오디세우스와 페넬로페의 아들이다. 오디세우스는 트로이 원정을 떠나면서 친구인 멘토르에게 아들의 교육을 부탁한다. 또한 아테나 여신은 이 멘토르의 모습으로 나타나 텔레마코스와 함께 여행하며 가르침을 준다.

40. 어둠의 골짜기

맨 처음 찾아든 비통함이 잦아들자 가족들은 필연적인 운명을 받아들이고, 서로를 더욱 사랑하고 도우면서 씩씩하게 견뎌내려고 애썼다. 힘든 시기에는 사랑이 가족들을 따뜻하게 이어주었다. 그 마지막 해를 행복하게 보내기 위해, 가족들은 슬픔을 밀어내고 각자 맡은 역할을 다했다.

베스를 위해서 집에서 가장 쾌적한 방에 그녀가 사랑하는 것들을 모아두었다. 꽃과 그림, 피아노와 작은 작업대, 사랑스러운 고양이까지 모든 것이 있었다. 아버지가 가장 좋아하는 책과 어머니의 안락의자, 조의 책상, 에이미의 아름다운 그림들도 모두 이 방에 자리 잡았다. 메그는 하루도 빠짐없이 아기들을 데리고 와서 베스 이모에게 환한 웃음을 주었다. 존은 조금 떨어진 곳에 조용히 앉아서 환자가 좋아하는 과일을 채워주는 일을 기꺼이 맡았다. 나이든 해나는 눈물을 뚝뚝 흘리면서도 지치지 않고 까다로워진 베스의 식욕을 돋우기 위해서 음식을 이것저것 장만했다. 바다 건너에서 온 작은 선물들과 격려 편지들은 겨울 없는 땅에 온기와 향기를 불어넣어 주는 것 같았다.

베스는 가족의 성전에 모셔진 성녀처럼 소중하게 보살펴졌고, 여느 때와 마찬가지로 조용하고 바쁘게 지냈다. 다정하고 사려 깊은 성품도 변하지 않았다. 삶을 떠날 준비를 하는 와중에도 그녀는 뒤에 남겨질 사람들을 행복하게 해주려 애썼다. 가느다란 손가락은 놀고 있을 때가 없었고, 매일 지나다니는 어린 학생들에게 작은 소품들을 만들어주는 것을 기쁘게 여겼다. 빨갛게 언 손에는 장갑을, 인형이 많은 어린 엄마에게는 바늘겨레를, 꼬불꼬불한 획을 따라 글씨 연습을 하는 어린 문필가에게는 펜 닦는 천을, 그림을 좋아하는 아이에게는 스크랩북을 창밖으로 떨어뜨려 주었다. 온갖 종류의 소품들을 주다 보면 마지못해 배움의 사다리를 오르는 아이들이 꽃이 흩뿌려진 자신들의 길을 발견했다. 그리고 길을 따라온 아이들은 저 위에 앉아 있는 친절한 요정이 자신들의 취향과 필요에 꼭 맞는 선물들을 기적처럼 내려준다고 생각했다. 베스는 창문을 올려다보는 어린이들의 작고 환한 얼굴과 미소, 끄덕이는 고갯짓, 그리고 감사의 마음이 가득 담긴 얼룩덜룩하고 서툰 편지에서 자기가 바라던 보답을 얻을 수 있었다.

처음 몇 달은 아주 행복한 시간이었다. 햇살이 비치는 베스의 방에 가족들이 모두 모여 앉으면 베스는 종종 주위를 둘러보다가 "정말 아름다워."라고 말하곤 했다. 아기들은 바닥에서 발을 차며 까르르 웃었고, 어머니와 자매들은 곁에서 일을 했으며, 아버지는 기분 좋은 목소리로 지혜가 담긴 옛 책들을 읽어주었다. 훌륭한 글과 위안이 되는 말들이 가득한 이런 책들은 책이 쓰였던 수 세기 전과 마찬가지로 지금도 유용했다. 베스의 방은 작은 예배당이 되었다. 사제인 아버지가 가족들에게 힘들지만 누구나 배워야 하는 교훈을 가르쳤다. 이것은 아버지가 가족들에게 베푸는 작은 예배와도 같았다. 아버지는 희망이 사랑하는 마음을 달랠 수 있고, 믿음은 순응하고 물러날 수 있게 해준다는 것을 알려주고자 했다. 사제의 신앙 안에 아버지로서의 진심이 자리하고 있었기에, 아버지의 간결한 설교는 듣는 이들의 영혼에 곧장 가 닿았다. 아버지의 말소리는 자주 떨렸고, 책을 읽어주는 소리도 더듬더듬 흔들렸지만 그 내용은 오히려 더 감동적으로 전해졌다.

이렇게 평화로운 시간이 주어져서 앞으로 닥칠 슬픈 시간을 준비할 수 있었던 것은 모두에게 다행스러운 일이었다. 머지않아 베스는 바늘이 '너무 무겁다'며 내려놓았다가 다시는 들지 못하게 되었다. 대화를 나누는 것도 사람들을 만나는 것도 그녀를 지치고 힘들게 했다. 통증이 그녀를 사로잡았다. 평온했던 영혼은 그녀의 여린 육신을 괴롭히는 병증에 애처롭게 휘청거렸다. 아아! 그토록 둔중한 낮과 그토록 기나긴 밤이 지나갔고, 그토록 쓰라린 마음과 간절한 기도가 이어졌다. 그동안 베스를 가장 사랑하는 가족들은 자신들을 향해 애원하듯 뻗는 앙상한 손을 보고도, '도와줘, 도와줘!'라고 비통하게 외치는 소리를 듣고도, 아무런 도움을 줄 수 없었다. 고요한 영혼은 안타깝게 빛을 잃어갔고, 젊은 생명은 죽음과 격렬하게 투쟁했다.

다행히 그 시간은 짧게 지나갔고, 자연스러운 저항도 끝났다. 다시 찾아온 평화는 그 어느 때보다 아름다웠다. 베스의 연약한 몸은 만신창이가 되었지만, 그녀의 영혼은 더욱더 강해졌다. 베스가 말은 하지 않았지만, 곁에 있는 이들은 그녀가 준비되었다는 것을 느꼈고, 천국에 가장 어울리는 순례자가 가장 먼저 부름을 받는다는 것을 깨달았다. 가족들은 물가에서 베스가 강을 건넜을 때 그녀를 받아줄 빛나는 이들이 오기를 기다렸다.

조는 베스에게 "언니가 여기 있으면 더 힘이 나는 것 같아."라는 말을 들은 뒤로 한시도 곁을 비우지 않았다. 조는 방에 있는 소파에서 잠을 잤고, 자주 깨어나서 난롯불을 돋우거나 베스를 먹이고, 일으켜 주었다. 그리고 좀처럼 도움을 청하는 일이 없이, '폐를 끼치지 않으려' 애쓰는 환자인 베스의 곁을 지키며 기다렸다. 조는 하루 종일 방에 붙어 있었다. 다른 가족들이 간호하는 것을 질투할 정도로, 베스에게 선택받은 것을 평생 최고의 영광으로 여기고 자부심을 느꼈다. 그 시간은 조에게 필요했던 가르침을 준 소중하고 유익한 시간이었다. 그녀는 인내를 통해 여러 가지 교훈을 얻었다. 모두에게 베푸는 자선, 불친절한 일을 당해도 용서하고 진정으로 잊을 수 있는 따뜻한 정신, 가장 힘든 일도 쉽게 할 수 있도록 책임을 다하는 충직함, 무엇도 두려워하지 않으며 의심하지 않고 따르는 믿음을 자연스럽게 알아가게 되었던 것이다.

가끔 잠에서 깨어난 조는 베스가 좀처럼 잠을 이루지 못하는 모습을 발견하곤 했다. 베스는 낡은 책을 읽거나, 조용히 노래를 읊조리며 밤을 보냈다. 또 두 손에 얼굴을 묻고 창백한 손가락 사이로 천천히 눈물을 흘린 적도 있었다. 그럴 때면 조는 누운 채로 베스를 지켜보며 눈물도 흘릴 수 없을 만큼 깊은 생각에 빠져들었다. 베스는 성스러운 말씀의 위안과 조용한 기도와 너무나 사랑했던 음악에 의지해 그녀답게 간소하고 이타적인 방식으로 소중한 과거의 생을 떠나 다가올 생을 맞으려는 것 같았다.

조는 베스의 이런 모습을 지켜보면서, 그 어떤 목소리로 들려주는 지혜로운 설교와 성스러운 찬송가와 열렬한 기도보다도 더 많은 영향을 받았다. 수없이 흘린 눈물로 맑아진 눈과 예민한 슬픔으로 유연해진 마음을 통해 조는 동생의 삶이 이루어낸 아름다움을 인식할 수 있었다. 그것은 평탄하고 야망도 없었지만 '달콤한 향기가 나고 흙 속에 피는 꽃'처럼 참된 미덕으로 가득 찬 삶이었다. 사사로운 욕심 없이 세상에서 가장 겸손하게 살았기에 천국에서 가장 먼저 기억된 베스의 삶이야말로 진정한 성공이리라. 그리고 이 성공은 모두에게 가능성이 열려 있는 것이다.

어느 날 밤, 베스는 탁자에 놓인 책들을 살피고 있었다. 통증 못지않게 견디기 힘든 극심한 피로를 잊게 해줄 무언가를 찾으려는 것이었다. 오래전부터 가장 좋아했던 《천로역정》의 책장을 넘기던 그녀는 조의 글씨가 써진 작은 종이 한 장을 발견했다. 종이에 적힌 이름이 베스의 눈길을 끌었고 얼룩진 선들은 눈물이 떨어진 흔적인 게 분명해 보였다.

'가엾은 조 언니! 곤히 잠들었네. 이것 때문에 깨울 수는 없어. 언니는 내게 뭐든 다 보여주니까 이걸 읽어도 괜찮겠지.' 베스는 언니를 슬쩍 보면서 생각했다. 러그에 누운 조는 장작이 무너져 내리면 곧바로 일어날 작정으로 부지깽이를 옆에 둔 채 자고 있었다.

나의 베스

축복받은 빛이 올 때까지
어둠 속에서 인내하는

고요하고 거룩한 존재여,
고통 받는 우리 가정을 씻겨주는구나.

세속의 기쁨과 희망과 슬픔은
그녀가 기꺼이 딛고 선
깊고 장중한 강물의
잔물결처럼 부서지네.

아, 인간의 근심과 갈등에서 벗어나
내게서 떠나는 동생아,
네 삶을 아름답게 밝힌
그 미덕들을 나에게 선물로 남겨주렴.
감옥 같은 고통 속에서도
활기차고, 불평하지 않는 그 영혼을
지켜주는 힘,
그 위대한 인내심을 나에게 물려주렴.

본분을 따르며 가는 길,
네가 기꺼이 발 딛는 곳마다 초록으로 물들이는
그 용기와 지혜와 상냥한 마음이
간절하게 필요하니, 나에게 주렴.

사랑으로 잘못을 용서해주는
숭고한 자애로움과 함께
그 이타적인 천성을 나에게 주렴.
온화한 마음으로 내 잘못을 용서해주렴.

그리하여 우리의 이별은 날마다
쓰디쓴 고통을 조금씩 잃어가니
이 혹독한 교훈을 배우는 동안
크나큰 상실은 곧 나의 자산이 되고

슬픔이 어루만지니
내 거친 천성은 고요해지고
삶에는 새로운 열망이
보이지 않는 것에는 새 믿음이 주어지네.

이제부터 강 건너에서 평안하게
나는 영원히 볼 수 있겠네.
사랑하는 가족의 영혼이
물가에서 나를 기다리고 있으니
나의 슬픔에서 잉태된 희망과 믿음이
수호천사가 되어

나보다 앞서간 동생과

나를 집으로 데려갈 때까지.

흐릿하고 얼룩이 번진 글씨들을 보는 베스의 얼굴에 말로 다할 수 없는 안도감이 나타났다. 베스는 살면서 이룬 것이 너무 없다는 생각에 아쉬워하고 있었던 것이다. 그런데 이 시는 그녀의 삶이 쓸모없는 것이 아니었다는 것을 확신시켜 주었다. 그리고 그녀가 걱정했던 것처럼 자신의 죽음이 절망을 가져오지는 않으리라는 믿음도 얻을 수 있었다. 베스는 접은 종이를 두 손으로 쥔 채 가만히 앉아 있었다. 그때 이 시로 인해 자신의 삶이 헛된 것만은 아니었으며, 자신의 죽음이 절망을 가져오진 않을 거라는 사실을 확신할 수 있게 된 것이다. 베스는 종이를 접어 손에 꼭 쥐었다. 그때 새까맣게 탄 장작이 무너지며 산산이 흩어졌다. 깜짝 놀라 벌떡 일어난 조는 불꽃을 살린 뒤에 베스가 자고 있기를 바라며 침대 곁으로 살그머니 다가갔다.

"안 자고 있어. 하지만 정말 행복해, 언니. 봐, 내가 찾아서 읽었어. 언니가 개의치 않을 것 같아서 말이야. 그런데 내가 언니한테 정말 이런 사람이었어?" 베스는 곰곰이 생각하면서 겸손하고 진지하게 물었다.

"아, 베스, 정말이지, 정말이야!" 그리고 조는 베스의 머리맡에 놓인 베개에 머리를 누이며 말했다.

"그럼 내가 인생을 낭비한 건 아닌 것 같아. 언니가 생각해주는 것처럼 훌륭하지는 않지만, 나도 옳은 일을 하려고 노력했거든. 이제는 더 잘하려고 해도 너무 늦었는데, 누군가 나를 그렇게 사랑해주고 내가 도움이 되었다고 느낀다니, 정말 위안이 돼."

"이 세상 그 누구보다도 더 사랑하지, 베스. 너를 보낼 수 없을 것 같았는데, 이제는 너를 잃는 게 아니라는 걸 알 수 있을 것 같아. 넌 그 어느 때보다도 내게 의미 있는 존재야. 죽음이 우리를 갈라놓지 못해. 그렇게 보인다고 해도 말이야."

"나도 알아. 죽음은 이제 두렵지 않아. 난 언제나 언니의 베스일 테니까. 전보다 더 언니를 사랑하고 도울 거야. 언니는 내 자리를 맡아줘야 해. 내가 없을 때 아버지와 어머니 곁에 있어줘. 언니한테 의지하실 거야. 두 분을 실망시켜드리지 마. 혼자서 하기 힘들면 내가 언니를 잊지 않고 있다는 걸 기억해. 그리고 굉장한 책을 쓰거나 온 세상을 구경할 때보다도 부모님을 도울 때 더 행복할 거라는 것도 잊지 마. 우리가 떠날 때 가져갈 수 있는 건 오직 사랑밖에 없으니까. 그리고 사랑이 있으면 마지막도 힘들지 않으니까."

"노력할게, 베스." 바로 그때 그곳에서 조는 오랫동안 품어온 야망을 버리고, 새로운 것, 더 나은 것을 지키기로 맹세했다. 그녀는 다른 욕망들이 보잘것없음을 인정하고, 영원한 사랑을 믿

으면서 축복과 같은 위안을 느낄 수 있었다.

그렇게 봄이 왔다가 떠나갔다. 하늘은 더 청명해졌고 땅은 더 푸르러졌다. 아직 이르지만 꽃들도 제법 많이 피었다. 새들도 베스에게 작별인사를 하려고 때맞춰 돌아왔다. 베스는 지쳤지만 믿음직한 아이처럼 일생 동안 그녀를 이끌어주었던 손에 매달렸다. 아버지와 어머니는 다정하게 그녀의 손을 잡고 어둠의 골짜기를 지나 하나님께 인도했다.

죽어가는 사람이 기억에 남을 만한 말을 한다거나 환영을 본다거나, 또는 기쁨이 넘치는 표정으로 떠나는 일은 책에서나 일어나는 일이다. 떠나는 영혼들을 여러 번 보내본 사람들은 마지막은 대부분 잠이 드는 것처럼 자연스럽고 단순하게 찾아온다는 사실을 알고 있다. 베스가 바랐던 대로 '썰물은 수월하게 빠져나갔다.' 새벽이 되기 전 캄캄한 시간에 베스는 첫 숨을 쉬었던 그 품에 안겨 조용히 마지막 숨을 거두었다. 사랑스러운 표정과 작은 한숨만 남긴 채 작별인사도 없었다.

어머니와 자매들은 눈물과 기도와 다정한 손길로 베스가 고통 없는 긴 잠에 들 수 있도록 해주었다. 그토록 오랫동안 가족들의 가슴을 아프게 했던 애처로운 환자의 얼굴에는 곧 아름다운 평온이 찾아들었다. 가족들은 감사한 눈빛으로 지켜보며 사랑하는 베스에게 무시무시한 유령이 아닌 온화한 천사로 찾아온 죽음을 느끼고, 경건하게 기뻐했다.

아침이 밝자, 몇 달 만에 처음으로 난롯불이 꺼졌다. 조의 자리는 텅 비었고, 방은 고요했다. 그러나 싹이 오른 가지에서 새한 마리가 즐겁게 노래했고, 그 곁 창가에는 눈풀꽃이 새로 꽃을 피웠다. 봄 햇살이 흘러들어와 축복을 내리듯 베개에 놓인 차분한 얼굴을 비췄다. 그 얼굴을 사랑했던 사람들은 이제는 고통 없는 평화로 가득 찬 얼굴을 보며 흐르는 눈물 사이로 미소를 지었다. 그리고 마침내 베스에게 안식을 주신 하나님께 감사했다.

41. 잊는 방법을 배우기

　에이미의 입바른 소리는 로리에게 도움이 되었다. 물론 로리는 시간이 한참 흐를 때까지 그 사실을 인정하지 않았다. 남자들은 대개 그렇다. 여자들이 조언을 해주어도 그 만물의 영장이란 인간들은 받아들이지 않고 있다가, 실은 원래 그렇게 하려고 했었다고 스스로를 설득한 뒤에야 실천한다. 그리고 성공하면 연약한 여자들에게는 반쯤만 공을 돌리고, 실패하면 전적으로 여자들 탓으로 돌리는 것이다. 로리는 할아버지에게 돌아가서 몇 주 동안 헌신적으로 지냈다. 어찌나 책임감 있게 행동했던지 할아버지는 니스의 기후가 로리를 놀랍도록 성장시켰다고 생각하고 다시 한 번 니스로 가는 것을 권할 정도였다. 로리도 정말 가고 싶었다. 하지만 에이미에게 그렇게 심하게 힐난을 받았으니 코끼리들이 온다 해도 그를 끌어낼 수는 없을 것이었다. 그것은 자존심이 허락지 않는 일이었다. 가고 싶은 마음이 커질 때마다 그는 가슴속에 가장 깊숙이 박힌 말들을 곱씹으며 마음을 다잡았다. 이를테면 '난 오빠를 경멸해.'라거나 '뭔가 근사한 일을 해내서 언니가 오빠를 사랑하게 만드는 건 어때?'와 같은 말이었다.

로리는 그 일을 머릿속에서 몇 번이고 돌이켜보다가, 어느새 자신이 정말로 이기적이고 게을렀다는 사실을 인정하기에 이르렀다. 하지만 남자가 엄청난 슬픔을 겪게 되면, 그것을 극복하기 전까지는 온갖 엉뚱한 짓을 할 수밖에 없었다. 로리는 거절당한 사랑의 감정은 이제 사그라졌다고 느꼈다. 비록 마음의 상처는 계속 남아 있겠지만, 겉으로 드러내는 일은 없었다. 조는 그를 사랑하지 않을 것이다. 하지만 그녀가 자신을 존경하고 우러러보게 할 수는 있을 터였다. 그러려면 여자에게 거절한 번 당했다고 해서 인생을 망치지는 않았다는 것을 보여주어야 했다. 그는 언제나 무언가를 할 뜻은 있었으니 에이미의 충고는 불필요했다. 다만 그 거절당한 사랑의 감정이 어느 정도 묻히기를 기다렸을 뿐이다. 그러니 이제는 '슬픔에 젖은 가슴은 숨긴 채 힘겹게 나아갈' 준비가 된 것이다.

로리는 괴테가 즐거움도 슬픔도 노래로 표현했듯이, 자신도 사랑의 슬픔을 음악으로 남겨보기로 마음먹었다. 그는 조의 영혼을 빼앗고 청중의 가슴을 녹이는 진혼곡을 작곡하기로 했다. 그래서 로리가 초조해하고 우울해하는 것을 본 할아버지의 분부가 떨어지자, 그는 빈으로 갔다. 거기에는 음악을 하는 친구들이 있었고, 그는 이름을 떨치겠다는 결연한 각오로 작업에 착수했다. 하지만 음악에 담기에는 슬픔이 너무 컸는지, 아니면 인간의 비애를 달래기에는 음악이 너무 우아했는지, 그는 얼마 지나지 않아 당장 진혼곡을 작곡하기에는 역부족이라는 것을 깨달았다. 아직 머리가 제대로 돌아가지 않는 것이 분명했고, 아이디어도 구체화할 필요가 있었다. 그는 처량한 선율을 한창 이어나가다가도 니스의 크리스마스 파티를 생생하게 떠오르게 하는 춤곡을 불쑥불쑥 흥얼거릴 때가 많았다. 특히 그 통통한 프랑스 남자가 생각나서 비극적 작품에 종지부를 찍곤 했다.

로리는 그 뒤로 오페라에 도전해 보았다. 처음에는 불가능이란 없어 보였지만 그는 다시 예상치 못한 어려움에 부딪혔다. 그는 조를 여주인공으로 삼고 싶었다. 그래서 기억을 돌이키며 사랑의 소중한 추억과 낭만적인 장면을 떠올려 보려 했다. 그러나 기억은 그를 배신했다. 마치 조의 비딱한 태도에 사로잡히기라도 한 것처럼 오직 조의 이상한 행동이나 잘못한 일, 별난 점만 생각나고, 감성적인 것과는 가장 거리가 먼 장면만 떠올랐다. 두건을 질끈 묶은 머리로 깔개를 치던 모습이나 소파 쿠션으로 방벽을 만들었던 모습, 거미지 부인*처럼 그의 열정에

---

* 찰스 디킨스의 소설 《데이비드 코퍼필드》에 등장하는 인물로, 자신에게 청혼을 한 요리사의 머리에 물을 붓는다.

찬물을 끼얹던 모습이 떠오르다가 결국 참을 수 없는 웃음이 터져 나와 애초에 그리고 싶었던 우수에 젖은 분위기의 그림을 망쳐버렸다. 어떻게 해도 조는 오페라에 등장시킬 수가 없었다. 그는 "세상에! 정말 성가신 아가씨야!"라고 말하고, 그녀를 포기할 수밖에 없었다. 그리고 정신이 산만해진 작곡가처럼 머리카락을 쥐어뜯었다.

로리는 음악의 선율 안에 영원히 살아가게 할 다른 여성을 찾아 주변을 살펴보았다. 조보다 덜 고집스러운 사람을 찾던 그는 금방 기억을 떠올릴 수 있었다. 이 상상의 여성에게는 여러 얼굴이 있었지만, 머리만은 언제나 금발이었다. 그녀는 속이 비치는 얇은 스카프 같은 것을 몸에 두른 채 그의 머릿속에서 둥실둥실 떠다녔다. 주변에는 장미와 공작새와 하얀 조랑말과 푸른 리본이 기분 좋게 뒤섞여 있었다. 로리는 이 만족스러운 환영에 이름을 붙여주지는 않았지만, 여주인공으로 정했고 점점 더 좋아하게 되었다. 그리고 그녀에게 모든 재능과 우아함을 선사해주고, 살아있는 여성이라면 완전히 파멸했을 시련에도 상처입지 않도록 보호했다.

영감을 얻은 덕분에 그는 한동안 순조롭게 작업을 진행했다. 하지만 차츰차츰 일은 시들해졌고, 펜을 들고 앉아 생각에 잠겨 있는 동안 작곡은 잊어버리기 일쑤였다. 아니면 새로운 아이디어를 얻고 기분 전환을 하기 위해 화려한 도시를 돌아다녔다. 그해 겨울에는 좀처럼 마음이 안정되지 않았다. 일은 별로 하지 않았지만 생각은 무척 많아졌다. 그는 의도하지 않은 어떤 변화가 일어나고 있다는 것을 의식하고 있었다. "천재성이 폭발하려나 봐. 계속 이렇게 끓어오르게 두고 어떻게 되는지 봐야겠어." 그는 이렇게 말하면서도 속으로는 계속 천재성이 아니라 훨씬 더 평범한 것일지도 모른다고 미심쩍어했다. 뭐가 됐든 끓어오르는 데는 이유가 있으리라. 그는 지리멸렬한 자신의 삶이 점점 더 불만족스러워졌고, 몸과 마음을 모두 바칠 수 있는 현실적이고 진지한 일을 하고 싶다는 생각이 들었다. 마침내 그는 음악을 사랑한다고 해서 모두가 작곡가가 되는 것은 아니라는 현명한 결론에 다다랐다. 왕립 극장에서 근사하게 펼쳐진 모차르트의 그랜드 오페라 공연에 다녀온 그는 자신의 작품을 훑어보고, 가장 좋은 부분 몇 군데를 연주했다.

그리고 자리에 앉은 채 멘델스존과 베토벤과 바흐의 흉상을 올려다보았다. 흉상들도 부드럽게 그를 내려다보는 것 같았다. 별안간 로리는 악보들을 한 장씩 찢어버리고는 마지막 장이 손에서 흩어져 나가자 진지하게 중얼거렸다.

"에이미가 옳았어! 재능은 천재성이 아니야. 천재성은 노력으로 안 되는 거야. 에이미에게 로마가 그런 것처럼 모차르트의 음악이 내 허영심을 다 가져가버렸어. 허풍은 그만 떨 거야. 그럼 이제 뭘 해야 하지?"

답하기 어려운 문제 같았다. 로리는 차라리 밥벌이를 위해 일을 해야 하는 거라면 좋겠다고 생각했다. 돈은 많은데 할 일이 없다니! 언젠가 그가 말했던 것처럼 '지옥으로 꺼져버려'야 할 때가 있다면 바로 지금일 것 같았다. 게다가 사탄은 게으른 손에 일거리를 제공해주기를 좋아한다는 말도 있지 않은가?* 가엾은 로리는 안팎으로 유혹이 많았지만, 제법 잘 견뎌냈다. 그에게는 자유도 중요했지만 정직과 신뢰가 더 중요했기 때문이다. 그래서 할아버지와 한 약속과 자신을 사랑해준 마치 집

---

* '게으른 사람이 나쁜 짓을 한다(Devil finds work for idle hands.).'라는 속담을 가리키는 것이다.

안 여성들의 눈을 정직하게 들여다보면서 '다 괜찮아요.'라고 말하고 싶다는 바람이 그를 흔들림 없이 안전하게 지켜주었다.

　그런디 부인이라면 이렇게 말했을 것이다. "난 못 믿겠어요. 사내아이는 사내아이답게 내버려둬야죠. 젊은 남자는 방탕하게 지낼 수밖에 없다고요. 여자들이 기적을 바라면 안 되는 거예요." 그런디 부인은 아마 못 믿을 것이다. 그렇지만 사실은 사실이니까! 여성들은 여러 가지 기적을 만들어낸다. 그리고 나는 여자들이 그런디 부인처럼 하는 말들을 그대로 되풀이하지 않는 것만으로도 남자들의 수준을 높일 수 있다고 확신한다. 사내아이는 사내아이답게 내버려둬라. 더 오래 내버려둘수록 좋다. 젊은 남자들은 방탕하게 지낼 수밖에 없다고 한다면, 그렇게 하도록 내버려둬라. 하지만 어머니나 누이나 친구들이 나서서 그들이 후회의 씨앗을 뿌리지 않도록, 잡초 때문에 추수를 망치는 일이 없도록 도울 수 있으리라. 많은 여자들의 눈에는 미덕을 지키는 남자가 가장 남자답게 보인다. 남자들이 미덕을 지킬 수 있다는 것을 믿고, 그 믿음을 보여주는 것으로 그들을 도울 수 있다. 이것이 여자들의 착각이라 해도, 그냥 즐기도록 내버려두기 바란다. 착각이 없으면 인생의 묘미와 사랑이 반은 사라진다. 게다가 슬픈 예감은 여전히 어머니를 자신보다 더 사랑하고, 그 사실을 창피해하지도 않는 청년들, 그 용감하고 다정한 청년들에 대한 우리의 희망조차도 쓴맛을 보게 할 것이다.

　로리는 조에 대한 사랑을 잊으려면 앞으로 몇 년 동안 진을
빼야 할 거라 생각했다. 하지만 매우 놀랍게도 하루하루 지날
수록 잊는 것은 점점 더 쉬워졌다. 처음에는 이 사실을 믿고 싶
지가 않았다. 스스로에게 화가 나고, 이해할 수가 없었다. 그렇
지만 우리의 마음이란 묘하고 모순적인 것이고, 시간과 자연
은 우리도 모르게 섭리를 따라 흐른다. 이제 로리는 마음이 아
프지 않았다. 상처는 놀라울 정도로 빠르게 아물었다. 그는 잊
으려고 하는 대신 오히려 기억하려고 애쓰는 자신을 발견했
다. 예상하지 못했던 변화라 미처 준비가 되어 있지 않았다. 스
스로가 역겨웠고, 자신의 변덕스러움이 놀라웠다. 그리고 그토
록 엄청난 정신적 충격에서 이렇게 빨리 벗어났다는 사실에 안
도와 실망이 뒤섞인 미묘한 감정을 느꼈다. 그는 잃어버린 사
랑의 잉걸불을 조심스럽게 쑤석거려 보았지만 불꽃이 타오르
지는 않았다. 로리를 흥분시키는 열기는 없었고, 그저 편안하
게 달아오른 불빛만이 남아 그의 몸을 데워주었다. 그는 소년
의 열정이 천천히 가라앉아 보다 차분한 감정으로 변하고 있다
는 것을 인정할 수밖에 없었다. 조금은 슬프고 아직 분노가 남
은 아주 부드러운 감정이었지만 시간이 지나면 이마저 사라지
고 남매 같은 우애가 남아 끝까지 깨지지 않고 지속될 것이다.

　상념에 잠겨 있던 로리는 '남매'라는 단어가 머릿속을 스치

자, 미소를 지으며 앞에 있는 모차르트의 초상화를 흘깃 올려다보았다.*

'대단한 남자였네. 언니랑 이루어지지 못하니, 동생을 잡았잖아. 그리고 행복했지.'

로리는 속으로 생각하다가, 갑자기 손에 낀 낡은 반지에 입을 맞추며 혼잣말을 했다.

"아니! 잊지 않고 있어. 절대로 잊을 수 없어. 다시 해볼 거야. 그래도 실패하면 그때는……." 로리는 말끝을 흐린 채, 펜과 종이를 움켜잡고는 조에게 편지를 썼다. 그는 조가 마음을 바꿀지도 모른다는 희망이 조금이라도 남아 있는 한 어떤 것도 받아들일 수 없다고 알렸다. 마음을 바꿀 수 있지 않을까? 바꾸려고 하지 않을까? 그를 고향으로 불러 행복하게 해주지 않을까? 그는 아무것도 하지 않으며 답장만을 기다렸다. 조급함에 몸이 달아 혈기왕성한 상태로 기다리고 있었다. 마침내 도착한 답장은 로리의 마음을 한순간에 효과적으로 가라앉혀주었다. 조는 단호하게 마음을 바꿀 수도 없고 바꾸지도 않을 것이라고 했다. 그녀는 베스에게 전념하고 있었으며 '사랑'이란 말은 다시 듣고 싶지 않다고 했다. 그리고 부디 다른 누군가와 행복하게

---

* 볼프강 아마데우스 모차르트는 만하임 여행 중에 만난 베버 가문의 둘째 딸 알로이지아를 사랑하게 되었지만 집안의 반대 등으로 결혼에 이르지는 못했다. 하지만 그 후 셋째인 콘스탄체 베버와 결혼했다.

지내달라고 간청했다. 다만 언제나 마음 한구석에 사랑스런 누이 조를 위한 작은 자리는 남겨달라고 했다. 에이미에게 베스의 상태가 악화되었다는 소식은 전하지는 않았으면 좋겠다는 추신도 덧붙어 있었다. 에이미는 봄이면 집에 돌아올 테니 괜히 남은 기간을 울적하게 보낼 필요가 없다는 것이었다. 그때까지는 시간이 있기를 기도하고, 대신 로리에게 에이미가 외롭거나 고향을 그리워하거나 걱정하지 않도록 편지를 자주 써달라고 했다.

"바로 편지를 써야지. 가엾은 에이미, 집에 가는 게 슬프겠어." 로리는 마치 에이미에게 편지를 쓰는 것이 몇 주 전에 끝내지 못한 말의 결론이었다는 듯이 책상 서랍을 열었다.

하지만 로리는 그날 편지를 쓰지 않았다. 가장 좋은 종이를 찾겠다고 책상을 뒤적이다가 그만 무언가를 발견하고 마음이 바뀌었기 때문이었다. 책상 한쪽에서 굴러다니던 청구서와 여권, 이런저런 업무 관련 서류들 사이로 보인 것은 조가 보낸 편지들이었다. 다른 칸에는 에이미에게 받은 편지 세 통이 파란 리본에 세심하게 묶여 있었다. 안에는 말린 장미가 들어 있는 듯 좋은 향기가 묻어났다.

로리는 아쉽기도 하고 재미있기도 하다는 표정으로 조의 편지를 모두 모아 가지런히 놓고 접은 후에 작은 서랍 속에 깔끔하게 넣었다. 그는 잠시 생각에 잠긴 표정으로 반지를 빙빙 돌

리며 서 있더니, 손가락에서 천천히 빼서 편지와 함께 넣고 서
랍을 잠갔다. 그리고 밖으로 나간 로리는 성 슈테판 성당으로
가서 장엄미사에 참석했다. 마치 장례식이라도 치른 기분이었
다. 못 견디게 괴로운 것은 아니었지만 남은 하루는 매력적인
여성들에게 편지를 쓰기보다는 이렇게 보내는 편이 적절할 것
같았다.

얼마 지나지 않아 로리의 편지가 에이미에게 갔고, 답장도
곧바로 도착했다. 마침 고향을 그리워하던 에이미는 더없이 반
가운 기분으로 마음을 털어놓았다. 편지 교환은 점점 활발해져
서 빠짐없이 정기적으로 오고 가며 초봄까지 이어졌다. 로리는
흉상들을 팔고, 오페라 악보는 불쏘시개로 만들어버리고 나서,

조만간 누구라도 오기를 바라며 파리로 돌아갔다. 마음 같아서
는 곧장 니스로 가고 싶었지만 부르기 전까지는 가지 않을 작
정이었다. 당시로서는 에이미도 로리를 초대할 생각이 없었다.
그녀 나름대로 자신만의 경험을 겪고 있는 중이라 '로런스 오
빠'의 짓궂은 시선은 피하고 싶었다.

　그것은 프레드 본이 돌아와 청혼을 했기 때문이었다. 그녀
는 한때 '예, 고마워요.'라고 대답하기로 결심했었지만 이번에
는 '고맙지만 안 되겠어요.'라고 친절하면서도 단호하게 대답
했다. 실은 막상 대답할 순간이 되자 용기가 나지 않았고, 새롭
게 품게 된 갈망을 채우려면 돈과 지위보다 더 중요한 무언가
가 필요하다는 생각이 들었다. 에이미의 마음에는 여린 희망과
두려움이 가득했다. "프레드는 좋은 녀석이야. 하지만 에이미,
네가 좋아할 만한 남자는 아니라고." 이 말과 이 말을 할 때 로
리의 표정이 에이미의 머릿속에 계속 떠올랐다. 그녀는 입 밖
으로 꺼내지는 않았어도 표정으로 '난 돈을 보고 결혼할 거야.'
라고 말했던 일이 끈질기게 생각나서 괴로웠고, 너무 여성답지
않은 그 말을 주워 담고 싶었다. 에이미는 로리가 자신을 매정
하고 속물적이라 여기지 않기를 바랐다. 이제 사교계의 여왕은
중요하지 않았다. 그녀는 사랑스러운 여성이 되고 싶었다. 다행
히 로리는 에이미가 그렇게 지독한 말을 했는데도 그녀를 싫어
하지 않았고, 오히려 전에 없이 더 다정하게 대했다. 로리가 보

내는 편지는 에이미에게 정말 큰 위안이었다. 집에서 오는 편지는 들쑥날쑥했고, 로리의 편지에 비해 내용도 만족스럽지 못했다. 답장을 쓰는 것은 즐겁기는 했지만 의무이기도 했다. 조 언니는 계속 냉랭하게 굴었기 때문에 가엾고 외로운 로리를 토닥여줘야 했다. 에이미는 조 언니가 로리를 사랑하려고 노력해봐야 한다고 생각했다. 그렇게 어려운 일은 아닐 것이다. 다른 사람들이라면 그렇게 사랑스러운 남자의 관심을 반겼을 것이다. 하지만 조 언니는 다른 여성들처럼 행동할 리가 없으니, 아주 다정하게 남매처럼 대해주는 것이 최선이었다.

　세상 모든 남자들이 지금 로리와 같은 대우를 받았다면, 그들은 훨씬 더 행복한 존재들이 되었을지도 모른다. 에이미는 이제 입바른 소리를 하는 법이 없었고, 모든 주제에 대해 로리의 의견을 물었다. 그가 하는 모든 일에 관심을 가졌고, 소소하지만 예쁜 선물을 만들어 주었고, 한 주에 두 번씩 편지를 보냈다. 편지에는 생생한 소문과 누이다운 속이야기, 주변의 매혹적인 풍경을 담은 스케치를 담아 보냈다.

　오빠가 보내준 편지를 주머니에 넣어 다니며 읽고 또 읽었다. 분량이 짧으면 눈물을 흘리고 길면 종이에 입을 맞추었다. 편지를 이렇게 소중하게 간직하는 누이는 거의 없을 것이다. 그러니 에이미가 이런 바보 같고 어리석은 짓을 했다는 암시를 주지는 않겠다. 하지만 그해 봄에 에이미의 안색이 창백해지고 수심에 잠긴 것은 사실이었다. 사교 모임에도 거의 흥미가 없어졌다. 혼자 그림을 그리러 나가는 일이 잦았지만 정작 돌아왔을 때는 보여줄 만한 그림이 많지 않았다. 굳이 말하자면 발로사의 테라스에 팔짱을 낀 채 몇 시간이고 앉아 있는 동안 자연을 관찰했다고 할까? 혹은 머릿속에 떠오르는 생각을 멍하니 그리곤 했다. 이를테면 무덤 위에 새겨진 건장한 기사나 풀밭에 누워 모자로 눈을 가린 채 잠든 청년, 곱슬머리 소녀가 키 큰 신사의 팔을 끼고 화려한 길을 지나 무도회장으로 들어서는 모습 같은 것이었다. 그림 속 두 사람의 얼굴은 요즘 미술계의 유행에 맞춰 흐릿하게 남겼지만 전체적으로 만족스럽지는 않았다.

캐럴 작은할머니는 에이미가 프레드에게 한 대답을 후회하고 있다고 생각했다. 에이미는 아니라고 해봤자 소용없을 테고, 설명하기도 불가능한 일이라 숙모가 좋을 대로 생각하게 두었다. 대신 프레드가 이집트로 갔다는 사실을 로리가 꼭 알 수 있게 편지를 썼다. 소식은 그게 전부였지만 로리는 이해하고 한시름 놓은 얼굴로 혼자 중얼거렸다.

"에이미가 다시 생각할 줄 알았다니까. 불쌍한 사람. 나도 다 겪어봤지. 공감이 가는군."

로리는 크게 한숨을 토해내고는 과거의 책임에서 풀려난 듯 소파에 발을 올리고 느긋하게 에이미의 편지를 즐겼다.

해외에서 이런 변화들이 일어나는 사이, 고향에는 시련이 닥쳤다. 그러나 에이미에게는 베스가 나빠지고 있다는 소식이 결코 전해지지 않았고, 에이미가 그 사실을 알았을 때에는 베스의 무덤에 푸르른 풀이 덮여 있었다. 에이미는 브베에서 그 슬픈 소식을 접했다. 에이미 일행은 5월의 열기에 쫓겨 니스에서 제노바와 이탈리아 호수들을 거쳐 스위스로 천천히 이동하고 있었다. 에이미는 슬픔을 아주 잘 견뎠고, 가족들의 결정에 고분고분 따랐다. 어차피 베스에게 작별인사를 하기에는 너무 늦었으니 여행 일정을 당기지 말라는 것이었다. 계속 여행을 하며 집에 있지 않는 편이 슬픔을 누그러뜨려줄 거라는 생각이었다. 하지만 에이미는 마음이 무거웠고, 집에 가고 싶은 마음이 간절했다. 그녀는 매일같이 애절하게 호수 건너편을 바라보면서 로리가 와서 위로해 주기를 기다렸다.

곧 로리가 정말 와주었다. 로리에게도 에이미와 똑같은 편지가 보내졌지만, 독일에 있었던 바람에 며칠이 더 걸려서 도착했던 것이다. 로리는 편지를 읽자마자 짐을 싸서 동료 여행자들에게 인사를 했다. 그리고 기쁨과 슬픔, 희망과 걱정이 모두 뒤섞인 마음을 안고 약속을 지키기 위해 떠났다.

로리는 브베를 아주 잘 알았다. 보트가 작은 부두에 닿자마자 그는 황급히 물가를 따라 캐럴 가족이 있는 라 투르로 향했다. 호텔의 급사는 온 가족이 호숫가로 산책을 나갔다고 했지만 금발의 마드무아젤은 저택의 정원에 있을지도 모른다고 했다. 무슈가 잠깐만 앉아 기다리면 순식간에 데려오겠다고 말했다. 하지만 로리는 순식간도 기다릴 수 없었다. 그는 급사가 한창 말을 하는 중에 아가씨를 찾으러 정원으로 향했다.

오래된 정원은 아름다운 호숫가에 자리하고 있었다. 머리 위에서 밤나무가 바람에 흔들리는 소리를 냈고, 담쟁이덩굴이 사방으로 뻗어 있었다. 탑의 검은 그림자는 햇빛이 반짝이는 물 위를 길게 가로지르고 있었다. 널찍하고 낮은 성벽 한쪽 구석에는 앉을 자리가 하나 있었다. 에이미는 그곳에 앉아 종종 책을 읽거나 바느질을 했고, 아름다운 풍경을 보며 마음을 달랬다. 그날도 에이미는 그 자리에 앉아 손에 고개를 고인 채 베스를 생각했다. 가슴이 아프고 눈이 무거웠다. 로리는 왜 오지 않는 것인지 궁금했다. 그녀는 로리가 뜰을 가로지르는 소리를 듣지 못했고, 지하 통로에서 정원으로 향하는 아치문에 잠시 멈춰선 모습도 보지 못했다. 로리는 거기 서서 새로운 눈으로 에이미를 바라보며, 이제껏 아무도 보지 못한 에이미의 여린 면을 포착했다. 에이미를 둘러싼 모든 것이 사랑과 슬픔을 암시했다. 무릎에 놓인 얼룩진 편지와 머리에 묶인 검정 리본, 얼굴에 드러난 고통과 인내까지. 로리의 눈에는 그녀의 목에 걸린 작은 흑단 십자가조차 애처로웠다. 로리가 준 그 목걸이가 에이미가 하고 있는 유일한 장신구였다. 에이미가 어떻게 맞아줄지 불안했지만 그녀가 고개를 들어 로리를 발견하는 순간 그

불안은 가라앉아버렸다. 벌떡 일어난 그녀가 물건들을 모두 떨어뜨리면서 로리에게 달려왔던 것이다. 그리고 사랑과 그리움이 명징한 어조로 소리쳤다.

"아, 로리 오빠! 오빠가 와줄 줄 알았어!"

바로 그 순간 모든 것이 분명히 정해졌다. 잠시 그들은 잠자코 서 있었다. 짙은색 머리가 밝은색 머리 쪽으로 보호하듯 숙여졌다. 에이미는 누구도 로리만큼 자신을 위로해주고 지탱해주는 사람은 없을 것 같았다. 로리는 조의 자리를 채워주고 그를 행복하게 해줄 수 있는 여자는 오직 에이미밖에 없다고 결론지었다. 하지만 에이미에게 굳이 말하진 않았고, 에이미도 실망하지 않았다. 두 사람은 모두 진실을 느꼈던 것이다. 그리고 거기에 만족했고, 나머지는 기꺼이 침묵에 맡겼다.

　잠시 후 에이미는 다시 자리로 돌아갔다. 그녀가 눈물을 닦는 사이, 로리는 흩어진 종이를 모았다. 그는 햇빛에 색이 바라고 너덜너덜해진 편지들과 의미심장한 스케치들을 발견하고 미래에 대한 좋은 징조라고 생각했다. 로리가 옆에 앉는 순간, 에이미는 얼떨결에 달려가 그를 맞이한 것을 떠올리며 새삼 수줍어져서 얼굴을 붉혔다.

　"어쩔 수 없었어. 너무 외롭고 슬펐거든. 오빠를 보니까 정말 반가웠어. 고개를 들었는데 오빠가 있으니까 얼마나 놀랐는지. 오빠가 오지 않을까 봐 걱정하던 중이었거든."

　에이미는 짐짓 자연스럽게 말하려고 했지만 소용이 없었다.

　"소식을 듣자마자 달려왔어. 베스를 잃은 일을 무슨 말로 위로해야 할지, 난 그저……."

　로리는 더 이상 말을 잇지 못했다. 그 역시 일순간 부끄러워져 무슨 말을 해야 할지 알 수 없었다. 그는 에이미에게 어깨를 내주고 실컷 울라고 말해주고 싶었다. 하지만 감히 그럴 수가 없었다. 대신 그는 마음을 담아 에이미의 손을 꽉 쥐어주었고, 에이미에게는 그것이 백 마디 말보다 나았다.

　"아무 말 안 해도 돼. 이거면 돼." 에이미가 나직하게 속삭였다. "베스 언니는 행복하게 잘 있을 거야. 그러니 다시 돌아오길 바라면 안 되잖아. 하지만 집에 돌아가기가 무서워. 가족들이 정말 보고 싶지만. 지금은 이 얘기 하지 말자. 울 것 같으니까. 오빠가 있는 동안은 즐겁게 보내고 싶어. 바로 돌아가는 건 아니지?"

"네가 원한다면 안 갈게."

"안 가면 좋겠어! 정말! 캐럴 작은할머니도 플로도 잘 대해주시지만. 오빠는 우리 식구 같잖아. 한동안 오빠랑 지낼 거라니 마음이 편해져."

마치 향수병에 걸린 어린아이처럼 말하는 에이미의 모습에 로리는 수줍음도 잊고 에이미가 원하는 대로 토닥여주고, 필요한 대로 기운을 북돋아주는 이야기도 나누었다.

"가엾은 에이미! 너무 슬퍼서 병이 난 것 같아. 내가 보살펴줄게. 이제 울지 말고. 이리 와서 같이 걷자. 가만히 앉아 있기엔 바람이 너무 차."

로리는 반쯤 달래듯이, 반쯤 명령하듯 말했다. 에이미가 좋아하는 말투였다. 그는 에이미에게 모자를 씌우고 그녀의 팔을 끌어 팔짱을 끼었다. 그리고 새잎이 난 밤나무 아래로 해가 비치는 산책로를 여기저기 거닐었다. 로리는 걸어 다니는 편이 한결 편안했다. 로리의 튼튼한 팔에 기댄 에이미도 자신을 향해 미소 짓는 친숙한 얼굴을 바라보고, 다정한 목소리를 들으면서 기분 좋게 산책을 했다.

고풍스러운 정원은 수많은 연인들의 은신처가 되어 왔다. 그들을 위해 만들어진 것처럼 보이기도 했다. 햇살이 잘 들고 고즈넉해서 그들을 지켜보는 것은 오직 우뚝 솟은 탑뿐이었다. 넓은 호수는 그들의 속삭임을 감춰주었다. 새로 연인이 된 두 사람은 한 시간 동안 거닐며 이야기를 나누다가, 벽에 기대어 시간과 장소가 이루는 달콤한 매력을 즐겼다. 문득 저녁 식사 종이 울리자 정신을 차린 두 사람은 정원을 나섰다. 에이미는 외로움과 슬픔의 짐을 오래된 정원에 벗어두고 가는 기분이었다.

캐럴 작은할머니는 달라진 에이미의 표정을 보자마자, 상황을 알아채고 혼자 중얼거렸다.

"이제야 알겠어. 저 아이는 손자 로런스를 기다렸던 거로군. 세상에! 꿈에도 몰랐네!"

남달리 신중한 캐럴 작은할머니는 아무 말도 하지 않았고, 알고 있다는 내색도 하지 않았다. 그저 로리에게 여기서 함께 지내자고 진심으로 권했고, 에이미에게도 혼자 있지 말고 로리와 함께 즐겁게 지내는 게 좋겠다고 말해주었다. 에이미는 캐럴 작은할머니의 말에 따랐다. 캐럴 작은할머니와 플로와 함께하는 동안 에이미는 로리를 즐겁게 해주었고, 평소보다 더 정성껏 대했다.

니스에서 로리는 빈둥거렸고 에이미는 잔소리를 했다. 그러나 브베에서 로리는 결코 게으름을 피우지 않았다. 언제나 산책을 하거나 승마를 하거나 보트를 타거나 공부에 열중하고 있었다. 에이미는 로리가 하는 모든 일에 감탄했고, 최선을 다해 그가 본 보이는 대로 따라했다. 로리는 이 변화가 날씨 덕분이라고 했고, 에이미도 반박하지 않고 자신도 날씨 덕에 건강과 활기를 찾았다며 같은 핑계를 댔다.

확실히 상쾌한 공기는 그들에게 도움이 되었다. 운동을 한 덕분에 몸과 마음이 한결 가뿐했다. 두 사람은 끝없이 펼쳐진 언덕들 사이에서 인생과 책임에 대해 더 뚜렷하게 조망할 수 있었다. 신선한 바람은 절망적인 의심과 기만적인 망상, 우울한 안개를 모두 날려 주었고, 따뜻한 봄 햇살은 갖가지 열망과 희망, 행복한 생각을 불러왔다. 호수는 과거의 근심을 모두 씻어주는 듯했고, 유구한 산들은 그들을 너그럽게 내려다보면서 "아이 같은 이들이여, 서로 사랑하라."라고 말하는 듯했다.

새롭게 닥친 슬픔에도 불구하고 아주 행복한 시간이었다. 너무 행복해서 한 마디 말로도 이 행복이 깨질까 봐 조심스러웠다. 로리는 첫사랑이 곧 마지막 사랑이라고 믿었지만, 그 사랑의 상처가 너무 빨리 치유되어서 놀라웠다. 오히려 그 놀라움에서 회복되는 데 시간이 필요했다. 그는 조의 자매는 곧 조나 거의 같고, 에이미가 아닌 다른 누군가였다면 이렇게 빨리 이렇게 많이 사랑하지 못했을 거라고 생각했다. 그리고 그 생각을 통해서 첫사랑을 너무 빨리 잊은 자신을 위로했다. 로리의 첫 구애는 폭풍처럼 격렬하게 왔다 사라졌다. 로리는 연민과 회한이 섞인 감정으로 그때를 돌아보았다. 부끄럽지는 않았지만 그 고통이 다했을 때 감사할 수 있었기에 달콤하고 씁쓸한 인생의 경험으로 받아들이고, 이제는 한쪽에 밀어두었다. 그래서 두 번째 구혼은 최대한 차분하고 간소해야 한다고 생각했다. 수선을 떨거나 에이미에게 사랑한다 말할 필요도 없었다. 에이미는 말하지 않아도 알고 있었고, 이미 오래전에 그에게 답을 주었다. 이 모든 일들은 너무나 자연스럽게 일어났다. 아무도 불평할 수 없었고, 모두가 기뻐할 터였다. 심지어 조마저도. 하지만 첫 번째 열정이 좌절하면, 두 번째는 조심스럽게 천천히 시도하게 된다. 로리는 에이미와 매 순간을 즐기면서 시간이 지나가게 두었다. 그리고 첫 번째 사랑에 마침표를 찍고 새로운 사랑의 가장 달콤한 시기를 선언할 기회를 남겨두고 있었던 것이다.

로리는 달빛이 비치는 정원에서 더할 나위 없이 우아하고 품위 있게 대단원의 무대가 열릴 것이라 상상했다. 하지만 상황은 정반대가 되어 버렸다. 정오의 호숫가에서 불쑥 튀어나온 몇 마디 말로 정해져버렸다. 그들은 아침 내내 브베의 골짜기를 따라 칙칙한 성 장골프에서 화창한 몽트뢰까지 보트를 타고 떠다녔다. 한쪽에는 사보이 알프스 산맥이, 맞은편에는 성 베르나르 산과 당 뒤 미디가 지나갔다. 아름다운 브베는 계곡 안쪽에 있었고, 언덕 너머에는 로잔이 보였다. 머리 위로는 구름 한 점 없는 푸른 하늘이, 그 아래로는 더 푸른 호수가 펼쳐졌다. 그림 같은 풍경 속에서 마치 하얀 갈매기들처럼 보트들이 점점이 흩어져 있었다.

그들은 시용 성을 지나며 보니바르를, 루소가 《엘로이즈》를 집필한 클라랑스를 올려다보며 루소를 이야기했다. 두 사람 모두 읽지는 않았지만 사랑 이야기라는 것만은 알았다. 그리고 각자 속으로 책 속의 이야기가 자신들의 사랑 절반만큼이라도 흥미로울지 궁금해했다. 둘 사이에 내려앉은 짧은 침묵의 시간 동안 에이미가 물속에 손을 넣어 장난을 쳤다. 문득 고개를 드니 로리는 노에 기댄 채 그녀를 보고 있었다. 에이미는 로리의 눈빛을 읽고 그저 무슨 말이라도 해야겠다는 생각으로 황급히 말했다.

"피곤한가 봐. 좀 쉬어. 노는 내가 저을게. 나한테도 좋을 거야. 오빠가 온 뒤로는 내가 계속 빈둥거리고 여유만 부렸잖아."

"나 안 피곤해. 하지만 노를 젓고 싶으면 한쪽만 맡아. 공간은 충분해. 내가 거의 가운데 앉아야 되긴 하지만. 안 그러면 배가 흔들릴 거야." 로리는 자리 배치가 마음에 드는 듯했다.

에이미는 자리를 옮겨 앉으며 상황이 별로 나아지지 않은 것 같다고 느꼈다. 그리고 얼굴의 머리카락을 흔들어 떼어낸 다음 노를 건네받았다. 두 손으로 노를 잡아야 했지만, 다른 여러 가

870

지 일을 잘해내듯이 노도 잘 저었다. 로리는 한 손, 에이미는 두 손으로 박자에 맞추어 노를 젓자, 보트가 부드럽게 물살을 가르며 나아갔다.

"우리가 정말 잘하는 것 같지 않아?" 에이미가 침묵을 깨려고 말했다.

"아주 잘하네, 이렇게 항상 둘이 한 배를 같이 저으면 좋겠어. 그렇게 할래, 에이미?" 로리가 아주 다정한 목소리로 물었다.

"좋아, 로리 오빠!" 에이미는 나지막한 목소리로 답했다.

둘은 노 젓기를 멈추었다. 그리고 뜻하지 않게 두 사람의 사랑과 행복이 담긴 작고 예쁜 그림을 호수의 흔들리는 수면에 더했다.

42. 혼자 외로이

자기를 희생하기로 약속하는 것은 어렵지 않다. 나 자신과 다름없는 누군가에게 의지할 수 있고, 마음과 영혼을 좋은 본보기를 통해 정화할 수 있을 때는 쉬운 일이었다. 하지만 이제 도움을 주는 목소리도 사라지고, 매일의 가르침도 끝났으며, 사랑스러운 존재는 떠났고, 남은 것은 고독과 슬픔밖에 없었다. 조는 그 약속을 지키기가 너무 힘들었다. 베스에 대한 그리움으로 가슴이 찢어지는데, 어떻게 부모님에게 의지가 될 수 있을까? 베스가 새로운 세상으로 떠나고, 집 안에 빛과 온기와 아름다움이 사라졌는데 어떻게 활기찬 집을 만들 수 있을까? 게다가 이미 베스를 통해서 사랑의 봉사를 실천하고 보답을 받았는데, 도대체 어디에서 쓸모 있고 행복한 일을 다시 찾을 수 있을까? 조는 책임을 다하면서도 막막하고 희망을 찾을 수 없었다. 속으로는 비밀스러운 반발심이 생겼다. 그나마 얼마 안 되는 즐거움도 줄어들고, 짐은 무거워졌으며, 날이 갈수록 삶은 힘겨워졌다. 어떤 사람들은 늘 햇살을 받고, 어떤 이들에게는 늘 그늘만 드리운다. 불공평한 일이었다. 조는 에이미보다 더 노력했지만 어떤 보상도 받지 못했다. 돌아오는 것은 오직 실망과 괴로움과 고된 일밖에 없었다.

가엾은 조! 암울한 나날들이었다. 평생 이 조용한 집에서 지루한 일만 하면서 살아갈 생각을 하니 절망감이 덮쳐왔다. 즐거움은 없고 의무는 가벼워지는 법이 없었다.

"난 못 하겠어. 이렇게 살려던 게 아니었어. 누군가 와서 도와주지 않으면 도망쳐서 극단적인 일을 벌일 것 같아."

조가 스스로에게 말했다. 약속을 지키려는 노력이 첫 번째로 실패하고 우울한 기분에 빠졌을 때였다. 아무리 강한 의지라도 필연적으로 꺾일 수밖에 없을 때는 비참한 상태가 된다.

그러나 실은 누군가 나타나 그녀를 도왔다. 비록 조는 선한 천사들을 단번에 알아보지 못했지만 그것은 그들이 친숙한 모습을 하고 단순한 마법의 주문으로 가여운 인간들을 가장 적절하게 도와주기 때문이다. 조는 밤에 자다가도 이따금 베스가 부른다는 착각에 벌떡 일어났다. 눈을 뜨면 보이는 작고 텅 빈 침대에 슬픔이 파도처럼 밀려들고 그녀는 울부짖었다. "아, 베스! 돌아와! 돌아와!" 동생을 그리며 팔을 뻗어 봐도 소용없었

다. 하지만 조가 베스의 가장 희미한 속삭임에 바로 달려갔던 것처럼, 조의 흐느낌에 어머니가 달려와 주었다. 어머니는 따뜻한 말과 다정한 손길로, 더 큰 슬픔을 다독이는 조용한 눈물로 조를 위로했다. 어머니의 눈물 섞인 속삭임은 어떤 기도보다도 위로가 되었다. 희망이 깃든 체념은 자연스러운 슬픔과 손을 맞잡았다. 밤의 침묵 속에서 마음과 마음이 대화하고, 슬픔은 사랑으로 채워지고, 고통은 축복으로 바뀌었다. 신성한 순간이어라! 어머니의 안전한 품 안에서 조의 짐은 한결 가볍게, 의무는 한결 아름답게, 삶은 한결 참을 만하게 느껴졌다.

　조는 아픈 마음이 조금 달래졌을 때, 어지러운 마음에 대한 도움을 구할 수 있었다. 어느 날, 조는 서재로 가서 조용한 미소로 자신을 맞아주는 잿빛 머리의 신사에게 몸을 숙이며 겸손하게 말했다.

"아버지, 제게도 베스에게 해주신 것처럼 말씀해주세요. 그때보다 더 절실해요. 전 지금 아주 엉망이거든요."

"얘야, 네가 이렇게 말해주는 것보다 더 큰 위안이 없구나."

아버지는 떨리는 목소리로 대답하고, 두 팔로 조를 감싸 안았다. 아버지 역시 도움이 필요했던 듯했고, 조에게 도움받기를 두려워하지 않았다.

조는 아버지 곁에서 베스의 작은 의자에 앉아 자신의 괴로움에 대해 이야기했다. 베스를 잃은 분노 섞인 슬픔, 결실 없는 노력에서 오는 낙담, 인생을 암울하게 만드는 불완전한 믿음, 우리가 절망이라고 부르는 슬프고 혼란스런 상태 등에 대해 털어놓았다. 조는 아버지를 온전히 신뢰했고, 아버지는 조에게 필요한 말을 해주었다. 두 사람은 이 시간을 통해 서로에게 위로가 되었다. 아버지와 딸이자 남자와 여자로 대화를 했고, 서로이해하고 사랑을 확인했다. 조가 '한 사람을 위한 교회'라고 부르는 이렇게 행복하고 사려 깊은 시간을 통해서 그녀는 새로운 용기를 내고 활력을 회복하며 더욱 순종하는 마음을 얻었다. 한 아이에게 두려움 없이 죽음을 맞이하라는 가르침을 준 부모님은 이제 다른 아이에게 실망하지 말고 불신하지 않은 채 삶을 받아들이고, 삶의 아름다운 기회들을 감사히 여기며 힘차게 사용하도록 가르친 것이다.

조에게 찾아든 도움은 또 있었다. 조는 하찮아 보이지만 꼭 필요한 집안일을 했다. 거기에서 차츰차츰 가치와 기쁨을 알아갔다. 베스가 쓰던 조그만 빗자루와 낡은 행주에 베스의 정신이 배어 있는 것 같았다. 조도 베스처럼 노래를 하며 청소를 했고, 여기저기 돌아다니며 집 전체를 쾌적하고 깔끔하게 청소했다. 이것이 행복한 집을 향한 첫걸음이라는 것을 조는 몰랐다. 해나가 손을 지그시 잡으며 말해주었다.

"이렇게 생각이 깊을 수가! 우리가 베스를 그리워하지 못하게 하려고 작정했군요. 말하지 않아도 다 알아요. 주님께서 은총을 내리실 거예요."

메그와 함께 바느질을 하던 조는 언니가 부쩍 달라진 것을 알아챘다. 말을 얼마나 잘하는지, 얼마나 아는 것이 많은지, 여성스러운 감성과 생각과 감정도 어찌나 풍부해졌는지, 남편과 아이들과 함께 얼마나 행복해졌는지, 그리고 가족들이 서로 잘 대해 주는지 알 수 있었다.

"결혼이 정말 대단한 거구나. 난 언니 반도 못 따라갔을 거야." 조는 온통 뒤죽박죽인 아기방에서 데미에게 줄 연을 만들며 말했다.

"네 안의 부드럽고 여성적인 본성을 꺼내야지. 조, 넌 가시가 돋친 껍질에 속은 비단결 같잖아. 그 열매는 아는 사람에게만 보이겠지. 언젠가 너도 사랑을 하면 가시도 떨어지겠지."

"밤송이야 서리를 맞아도 벌어지는걸. 흔들어서 떨어지면 주워도 되고. 남자들이 밤 주우러 가잖아. 날 주워 가도 괜찮은데." 조는 연에 풀칠을 하며 대답했다. 데이지가 몸에 실을 감고 있는 바람에 어떤 바람에도 날아가지 못하는 연이 되었다.

메그가 활짝 웃었다. 조의 예전 모습이 언뜻언뜻 보이는 것 같았다. 그러나 메그는 언니로서 동생을 잘 이끌어야 할 의무가 있었다. 이럴 때는 자매간의 대화가 한몫했다. 특히 쌍둥이들은 조의 마음을 움직이는 데 효과가 좋았다. 슬픔으로 여려진 조의 밤송이 같은 마음이 이제 열릴 준비가 되어 있었다. 열매가 잘 여물도록 햇볕만 쬐어주면 되리라. 그런 다음에는 철없이 나무를 흔드는 아이들이 아니라, 부드러운 손길을 가진 성숙한 남자가 나타나 밤송이를 들고, 잘 여문 열매를 얻을 수 있을 것이다. 조가 눈치챘다면 가시를 더 뾰족하게 세웠을지도 모른다. 다행히 그녀는 자신에 대해서 그렇게 생각하지 못했기에 때가 되면 아래로 떨어질 수 있을 것이다.

만일 조가 도덕적인 이야기책의 주인공이라면 어떨까? 베스가 죽은 뒤로 성녀처럼 살았으리라. 아무 욕심 없이 성서를 가지고 다니며 자선하는 삶을 살았을지도 모른다. 하지만 조는 이야기의 주인공이 아니라 힘겹게 이 세상을 사는 평범한 사람이다. 조는 본성대로 행동하고, 감정을 겪으며 기분에 따라 반응하며 사는 사람이다. 착하게 살겠다는 건 훌륭한 일이지만 쉬운 일은 아니다. 제대로 된 길로 갈 때까지 시간과 노력이 든다. 조는 이미 많이 노력해 왔고, 책임을 다하지 않으면 우울해했다. 하지만 의무를 기쁘게 행하는 것은 또 다른 차원의 일이다. 전에 조는 아무리 힘들어도 대단한 일을 이루고 싶다고 말하곤 했다. 하지만 이제는 달라졌다. 부모님을 위해 헌신하고 싶어졌다. 부모님이 해주신 만큼 자신도 부모님의 행복을 위해 애쓰면서 사는 것은 무엇보다 아름다운 일이 아닐까? 더구나 어려움이 큰 만큼 노력의 대가도 크면, 현재에 안주하지 못하는 야심찬 소녀가 자신이 품었던 희망과 계획, 욕심을 모두 버리고 남을 위해 기꺼이 사는 것은 쉽지 않은 일이었다.

쉽지 않지만 꼭 해야 하는 일이었다. 조는 이것을 신의 섭리로 받아들이고 일단 시도해보기로 했다. 앞에서 이야기했던 도움을 받을 수도 있다. 남아 있는 도움의 손길을 조는 보상이 아닌 위안으로 받아들였다. 마치 고난의 언덕을 오르는 그리스도인에게 작은 나무가 주는 휴식과 같은 것이었다.

"다시 글을 써보면 어떻겠니? 글을 쓰면 늘 행복해 보이던데." 상심한 조에게 어머니가 말을 꺼냈다.

"글 쓰고 싶은 마음이 없어요. 써도 아무도 관심 없을 거고요."

"우리가 있잖아. 다른 사람들은 상관하지 말고. 우리를 위해서 써봐. 한 번 도전해봐. 너한테도 도움이 될 거야. 우리도 무척 즐거울 거고."

"제가 할 수 있을지 모르겠어요."

하지만 조는 책상으로 가서 반쯤 쓰다 만 원고를 끌어당겼다. 한 시간 뒤에 어머니가 슬쩍 들여다보았다. 조는 검정색 앞치마를 입은 채 집중한 얼굴로 글을 쓰고 있었다. 마치 부인은 빙그레 미소를 짓고, 제대로 된 제안을 했다는 생각에 기분이 좋아져서 슬며시 자리를 떠났다. 조 자신도 어떻게 일어난 일인지 몰랐지만, 글을 읽는 사람들의 마음을 사로잡는 무언가가 이야기 속에 있는 것 같았다. 가족들이 그렇게 웃고 우는 걸 보면 말이다.

아버지는 조의 반대에도 이 글을 유명 잡지사 중 한 곳으로 보냈다. 그런데 놀랍게도 원고료를 받았을 뿐만 아니라 다른 작품 의뢰까지 받게 되었다. 여러 사람들이 편지를 보내 칭찬을 해주었고, 신문에 글이 실리자 친구들과 낯선 사람들까지 칭찬을 해주었다. 작은 노력치고는 대단한 성공이었다. 조는 자신의 소설이 호평과 악평을 동시에 들었을 때보다 더 크게 놀랐다.

"이해가 안 돼. 이런 작은 이야기에 그렇게 칭찬할 게 뭐가 있겠어요?" 꽤나 당황한 조가 말했다.

"거긴 진실이 있잖아, 조. 그게 비밀이야. 유머와 감동이 있어서 글이 생생하고. 드디어 네가 너한테 맞는 방식을 찾은 거야. 명예나 돈을 생각하고 쓴 게 아니었잖아. 진심을 담았고. 우리 딸, 고생한 시절이 있었으니 이제는 열매를 딸 때구나. 최선을 다해보렴. 우리도 네 성공 덕분에 행복해질 테니까 말이야."

"제 글에 훌륭한 점이나 진실 된 점이 있다면, 그건 제 것이 아니고 아버지와 어머니, 그리고 베스에게 빚진 거예요." 조는 다른 그 어떤 칭찬보다 아버지의 말씀에 감동했다.

사랑과 슬픔에서 가르침을 얻은 조는 그녀만의 작은 이야기들을 썼다. 그리고 그 글들이 친구를 만들도록 세상으로 내보냈다. 그 글들은 스스로 친구를 만들고, 어디에 가든 환영받았다. 그리고 작가 어머니에게 돈을 벌어다 주었다.

에이미와 로리의 약혼을 알리는 편지가 도착했다. 마치 부인은 조가 이 소식을 듣고 우울해할까 봐 걱정스러웠다. 하지만 곧 걱정은 사라졌다. 처음에는 울적해 보이던 조도 덤덤하게 받아들이고, '에이미와 로리'의 미래를 생각하며 기대감에 차서 편지도 두 번이나 읽었다. 두 사람이 함께 쓴 편지는 서로를 위한 마음이 보여서, 편지를 읽으면 기분이 좋아졌다. 누구도 반대하지 않는 결합이었다.

"어머니, 좋으세요?" 조는 편지를 내려놓고 물었다.

"그래. 에이미가 프레드의 청혼을 거절했다는 편지를 받은 뒤부터, 계속 이렇게 되기를 바랐거든. 에이미가 그때 확실히 변한 걸 느낄 수 있었지. 편지에도 여기저기에서 로리에 대한 사랑의 단서가 보였어."

"정말 예리하신데요. 저한테는 왜 귀띔도 안 해주셨어요?"

"딸이 여럿 있으면 눈은 예리하고, 입은 신중해야 하거든. 괜히 결정도 되지 않은 일에 그런 말을 했다가, 네가 참지 못하고 축하 편지라도 보낼까 봐 걱정됐단다."

"전 예전처럼 그렇게 덜렁이는 아니에요. 비밀을 말씀하셔도 될 만큼 차분하고 분별력도 있거든요."

"그래, 그런 것 같구나. 난 다만 테디가 다른 누군가를 사랑한다는 사실을 알게 되면 네가 괴로울 것 같았거든."

"아휴, 어머니. 제가 그렇게 어리석고 이기적일 거라고 생각시다니. 전 이미 거절한 거잖아요."

"네가 진심이었다는 건 나도 알아. 하지만 요즘이라면, 만약 로리가 다시 돌아와서 구혼을 한다면 네가 다르게 대답할지도 모른다고 생각했단다. 네가 너무 외로워 보이더구나. 네 허기진 눈을 보니 엄마 마음이 아플 정도였어. 그래서 로리가 다시 돌아오면 그 자리를 채울 수 있지 않을까 생각해본 거란다."

"아니에요, 엄마. 전 에이미가 로리를 사랑하게 돼서 다행스러워요. 어머니 말씀 중에 하나는 맞아요. 저는 외로우니까요. 만약 다시 물었다면 받아줬을 수도 있어요. 하지만 그건 제가 로리를 사랑하게 된 게 아니라 사랑받고 싶은 마음이 더 커서 일 거예요."

"그렇게 말하니 다행이다, 조. 널 사랑하는 사람은 많아. 네가 가장 사랑하는 사람이 나타날 때까지 당분간은 가족과 친구들로 만족하렴. 기다리면 때가 올 거야."

"이 세상에서 가장 최고의 연인은 어머니예요. 솔직히 전 온갖 종류의 사랑을 다 경험하고 싶어요. 자연스러운 사랑에만 만족하려고 하면 허전함만 늘어가요. 만족을 모르는 것 같아요. 전에는 가족들의 사랑으로 다 됐는데요. 저도 잘 모르겠어요."

"난 알 것 같구나."

마치 부인이 지혜롭게 웃었다. 조는 편지를 다시 들고 에이미가 로리에 대해 쓴 부분을 다시 읽었다.

"사랑을 받는 건 너무나 멋진 일이에요. 로리 오빠는 감상적이지도 않고 말을 많이 하는 것도 아니지만 오빠가 말하고 행동하는 모든 것에서 사랑을 느껴요. 정말 행복하고 겸손해진 나머지, 예전의 내가 아닌 것 같아요. 지금까지 오빠가 이렇게 착하고 너그럽고 다정한 사람인 줄 몰랐거든요. 오빠의 마음에는 고결한 감정과 희망과 목표들이 가득해요. 그리고 뿌듯하게도 그 마음이 제 것이죠. 오빠는 내가 인생의 동반자가 되어서 '배에 사랑을 가득 싣고 근사한 여행을 할 수 있을' 것 같다고 했어요. 내가 그 소망을 다 이뤄주려고요. 노력할 거예요. 나의 용감한 선장을 온 마음과 영혼을 다해 사랑해요. 절대로 떠나지 않을 거예요. 주님이 허락하는 한 함께할 거예요. 이 세상이 이렇게 천국 같은 건 줄 몰랐어요. 두 사람이 서로 사랑하면서 사는 세상이요!"

"냉정하고, 은밀하고, 현실적인 에이미가 어떻게 이런 말을 할까요! 진정으로 사랑은 기적을 일으키나 봐요. 정말 행복해 보여요!"

조는 한 번 읽으면 끝까지 내려놓을 수 없는 아름다운 사랑 이야기의 책장을 덮은 사람처럼 바스락거리는 편지지들을 조심스럽게 모아두었다. 다 읽고 나니 다시 평범한 일상으로 돌아가야 하는 독자처럼 혼자가 된 기분이었다.

밖에는 비가 내려서, 조는 위층에서 서성거렸다. 마음이 혼란스러웠고 오래된 감정이 다시 일었다. 전처럼 고통스럽지는 않았지만, 같은 자매인데 왜 누군가는 원하는 모든 것을 얻고 다른 누구는 아무것도 얻지 못하는지 처량한 기분이 들었다. 물론 잘못된 생각이라는 것을 알았기에 떨쳐내려 했지만 누군가에게 사랑받고 싶다는 것은 자연스러운 욕구였다. 에이미의 행복이 '주님이 허락하시는 동안 마음과 영혼을 다해 사랑하고 함께할' 사람에 대한 갈망을 일깨운 것이다.

갈피를 잡지 못하던 조는 다락방으로 들어갔다. 작은 나무 상자 네 개가 한 줄로 놓여 있었다. 상자마다 주인의 이름이 표시되어 있고 각각 어린 시절 추억의 물건들이 들어 있었다. 조는 상자를 흘긋 본 뒤에, 자신의 상자로 가서 턱을 괴고 멍하니 물건들을 보았다. 낡은 공책 뭉치가 조의 눈에 띄었다. 공책을 꺼내서 펼쳐본 조는 친절한 커크 부인 댁에서 보냈던 겨울이 떠올랐다.

조는 미소를 짓다가 이내 생각에 잠겼고, 우울해졌다가 문득 베어 교수가 쓴 작은 쪽지에 눈길이 닿았다. 조의 입술이 파르르 떨리기 시작했다. 무릎에서 공책이 떨어져 내렸다. 조는 의자에 앉아 다정한 말들을 읽어 나갔다. 전에는 몰랐던 새로운 의미가 담긴 것 같았다. 편지의 말들은 그녀의 마음속 여린 부분을 건드렸다.

"기다려줘요, 친구. 조금 늦었을지 몰라도, 꼭 갈게요."

"아, 정말로 와준다면 좋을 텐데! 정말 친절하고, 선하고, 내게 늘 인내심을 가지고 대해주셨는데. 내 친구 프리드리히. 함께 있을 때는 소중함을 몰랐어. 지금은 정말 보고 싶어. 다들 떠나버리고 나만 혼자야."

조는 마치 꼭 지켜야하는 약속인 것처럼 이 작은 종이를 꼭 쥐고는 편안한 잡동사니 더미에 머리를 기대고 누웠다. 그리고

지붕을 두드리는 빗소리에 반항하듯 눈물을 흘렸다.

　이것은 모두 자기 연민이나 외로움이나 주눅 든 마음 때문이었을까? 아니면 참을성 있게 채워질 때를 기다려온 감정이 깨어난 걸까? 아무도 모르겠지.

43. 조를 놀라게 한 일들

땅거미가 질 무렵, 조는 홀로 낡은 소파에 앉아 벽난로에 피어오른 불길을 쳐다보며 생각에 잠겼다. 그녀가 이 시간대를 보내는 가장 좋아하는 방법이다. 아무에게 방해를 받지 않은 채 베스의 작은 붉은색 쿠션을 베고 누워 단편 소설로 쓸 내용에 대해 생각하고 몽상을 하거나 결코 멀리 있지 않은 것처럼 느껴지는 자매에 대해 생각했다. 조는 지치고 심각하고 꽤 슬퍼 보였다. 내일이 그녀의 생일이라 세월이 얼마나 빠르게 지나가는지, 그녀의 나이가 이제 몇 살이 되는지 그럼에도 성취한 일이 얼마나 보잘것없는지 생각해보았다. 거의 스물다섯이 다 되었는데 자신의 가치를 증명해줄 것이 아무것도 없다고 조는 잘못 생각하고 있었다. 보여줄 건 많이 있고 머지않아 그녀는 그 점을 알게 되고 감사할 것이다.

"늙은 처녀, 그게 바로 내 미래야. 펜을 배우자로, 쓴 이야기들을 자녀로 생각하는 글 쓰는 독신녀. 그리고 20년이 지나면 조금이나마 명성을 얻을지도 모르지. 가여운 존슨처럼 나도 늙고 즐길 수 없을 거야. 고독은 나눌 수 없는 거고 난 독립적인 사람이니 그럴 필요가 없어. 뭐 굳이 심술궂은 성인군자나 이기심 많은 죄인이 될 것까진 없잖아. 그리고 장담하는데 노처녀는 그런 생활에 익숙해지면 아주 편하겠지. 그래도……." 조는 그렇게 매력적인 전망이 아니라는 듯 한숨을 쉬었다.

처음에는 전혀 매력적이지 않고 여자 나이 서른이란 곧 스물다섯에 즐기는 모든 일이 끝나는 것처럼 생각되었다. 그러나 생각만큼 그렇게 나쁘지 않았고 의지할 무언가가 있다면 꽤 행복하게 살 수 있다. 스물다섯에 처녀들은 노처녀가 될까 봐 쑥덕거리기 시작하지만 속으로는 자신은 절대 그런 처지가 안 될 거라고 다짐한다. 서른이 되면 그들은 노처녀와 관련된 이야기는 결코 하지 않고 조용히 현실을 직시하고 분별력이 있는 사람이라면 우아하게 늙는 법을 배워 행복하고 유용한 20년이 더 남았다는 점을 기억하며 위안을 삼는다. 책을 읽는 어린 소녀들, 부디 노처녀를 비웃지 않길 바란다. 아주 연약하고 비극적인 로맨스는 마음속에 숨어 수수한 드레스 아래에서 조용히 고동치고 있는 경우가 많고 청춘, 건강, 야망, 사랑을 조용히 수차례 희생하면 하나님이 주신 아름다운 얼굴이 상하기 때문이다. 슬프고 히스테리가 많은 자매라고 할지라도 친절하게 대해야 하는 이유는 인생의 가장 달콤한 부분을 놓친 것이 가엾기 때문이다. 그리고 멸시가 아닌 연민으로 그들을 대하면 침울해하는 노처녀들이 그들 역시 전성기를 놓쳤다는 것을 기억한다. 발그레한 뺨은 영원히 지속되는 것이 아니고 아가씨의 아름다운 갈색 머리에도 새치가 내려앉고 그렇게 머지않아 다정함과 존중이 사랑과 존경과 마찬가지로 달콤하게 될 것이다.

청년 신사들은 노처녀가 아무리 불쌍하고 평범하고 고지식하다고 해도 예의 바르게 행동해야 하는데 지위, 나이나 인종에 상관없이 노인을 보호하고 약자를 지키며 여성을 존중하는 것이 유일하게 지닐 가치가 있는 기사도 정신이기 때문이다. 잔소리를 하고 야단을 떨지만 보호해주고 쓰다듬어주는 작은 할머니들에게 감사하다는 말도 잘하지 않지만 당신을 위해 인내심 많은 낡은 손가락과 늙은 발을 기꺼이 움직인다는 사실을 기억하고 그들에게 조금이라도 관심을 주면 그 여성들은 사랑을 받은 만큼 오래 살 수 있다. 눈치 빠른 소녀들은 그런 특성을 재빨리 파악하고 스스로를 위해 그렇게 할 것이며 어머니와 자식을 떼어놓은 유일한 힘인 죽음이 찾아온다고 해도 '세계 최고의 조카'를 위해 자신의 외롭고 늙은 가슴 한 귀퉁이에 따뜻한 마음을 남겨둔 프리실라 작은할머니의 부드럽고 호의적이고 어머니 같은 소중함을 얻게 될 거다.

조는 분명 잠이 들었고(내가 독자들에게 좀 설교를 하는 동안) 갑자기 로리의 유령이 그녀의 앞에 서 있는 것 같았다. 상당히 크고 실제 존재하는 것 같은 그 유령은 로리가 기분이 아주 좋지만 드러내고 싶지 않았을 때 보이는 표정으로 그녀를 내려다보았다. 하지만 제니의 발라드 가사처럼 그녀는 그 유령이 그라고 생각하지 않았다.

　놀라서 침묵한 상태로 가만히 쳐다보고 누워 있으니 그가 몸을 숙여 그녀에게 키스했다. 그리고 그녀는 로리라는 것을 알고 벌떡 일어나 기뻐하며 소리쳤다.

　"어머, 우리 테디! 어머, 우리 테디야!"

"안녕 조, 날 보니 반가워?"

"당연히 반갑지! 내 축복받은 친구, 말로 다 표현 못하게 반가워. 에이미는 어디 있어?"

"메그네 집에서 어머니와 이야기를 하고 있어. 오는 길에 그 집에 들렀고 그들에게서 내 아내를 빼내 올 도리가 없었어."

"네 누구라고?" 로리가 자기 마음과는 달리 그 두 마디 말을 무의식적으로 자랑스러워하고 만족스럽게 말하는 통해 조가 되물었다.

"이런! 내가 말하고야 말았구나." 그리고 그는 아주 죄책감을 느끼는 표정이라 조가 재빨리 그에게 다가갔다.

"넌 나가서 결혼을 한 거야?"

"그래, 맞아. 하지만 다시는 그러지 않을 거야." 그는 무릎을 꿇고 참회하듯 두 손을 모았고 얼굴에는 장난기와 즐거움, 승리의 환희가 가득했다.

"진짜로 결혼을 한 거야?"

"그래 맞아."

"맙소사. 네가 다음으로 벌일 끔찍한 일은 뭐야?" 조는 헉하고 숨을 내쉬며 소파에 주저앉았다.

"개성적이지만 정확히 칭찬이라고 볼 수 없는 축하네." 로리가 여전히 절망적인 자세를 한 상태로 대답했지만 그의 눈동자에서는 만족감이 뿜어져 나왔다.

"강도처럼 몰래 집에 들어와 사람을 놀라게 하고 뜬금없는 소리를 내뱉고서는 뭘 기대하는 거야? 어서 일어나, 이 얼토당토않은 인간아. 그리고 전부 다 말해줘."

"내 원래 자리에 앉게 해주고 방어벽을 치지 않겠다고 약속하면 말할게."

조는 오랫동안 그렇게 하지 않았기에 웃음을 터트리고는 친절하게 소파를 툭툭 치며 진심어린 목소리로 말했다.

"낡은 쿠션은 다락방에 있고 지금 우리에겐 필요가 없어. 그러니 와서 고백해, 테디."

"네가 '테디'라고 부르는 소리가 듣기 좋아. 너 말곤 아무도 날 그렇게 부르지 않아." 로리가 엄청 만족한 분위기를 풍기며 소파에 앉았다.

"에이미는 널 뭐라고 부르는데?"

"제 주인님."

"참 그 애답네, 네 모습 좀 봐." 조는 자기 친구가 전에 없이 얼굴이 핀 걸 분명히 보았다.

쿠션이 사라졌지만 그럼에도 불구하고 장벽은 있었다. 시간과 부재, 마음의 변화가 세운 자연스러운 것이었다. 둘 다 그 점을 느꼈고 잠시 보이지 않는 벽이 그들에게 그림자를 드리운 것처럼 서로를 쳐다보았다. 그러나 로리가 위엄 있는 척 이렇게 말하는 통에 이내 사라졌다.

"내가 결혼한 남자이자 한 가정의 가장으로 보이지 않아?"

"전혀. 그리고 넌 앞으로도 절대 그렇지 않을 거야. 넌 더 크고 아름다워졌지만 언제나 똑같은 말썽꾸러기인걸."

"있잖아, 조, 진짜로 이제 넌 날 좀 더 존중해서 대해야 해." 로리가 그 모든 걸 엄청나게 즐기면서 말문을 열었다.

"네가 결혼을 해서 정착했다는 생각을 하면 너무 웃음이 나서 진지해질 수 없는데 나더러 어쩌라고." 조가 함박 미소로 이렇게 대답했고 그 미소는 아주 전염성이 커서 둘은 다시 한바탕 웃고 난 뒤 예전처럼 즐겁게 조용히 이야기를 나누었다.

"얼마 못 가 다들 이리로 올 테니까 추운데 네가 에이미를 데리러 가봐야 소용이 없어. 난 기다릴 수가 없었어. 이 대단한 뉴스를 너한테 알려주고 우리가 크림을 두고 옥신각신할 때 하던 말처럼 '맨 먼저 훑기'를 하고 싶었어."

"당연히 그렇겠지. 그리고 네 이야기를 잘못된 끄트머리부터 시작해서 다 망쳤어. 자, 이제 제대로 시작해서 일어났던 일을 나에게 말해줘. 난 너무 알고 싶거든."

"에이미를 기쁘게 해주려고 그랬어." 로리가 눈을 반짝이며 말해서 조는 이렇게 항의했다.

"그게 첫 번째 거짓말이야. 에이미가 널 기쁘게 해주려고 결혼한 거지. 계속해. 가능하면 진실을 말해줘."

"이제 그 애가 부인이 되었으니 정말 듣기 좋은 소리지 않아?" 로리가 벽난로를 향해 말했고 난로 불길이 동의한다는 듯 번뜩이고 빛났다. "알다시피 전과 같고 그녀와 내가 단지 하나가 된 거야. 우리는 한두 달 전에 캐럴 작은할아버지 내외분과 함께 집으로 돌아올 계획이었는데 그분들이 갑자기 마음을 바꿔서 파리에서 겨울을 한 번 더 보내기로 하셨어. 하지만 할아버지는 내가 집에 오길 바라시고 날 보러 오셨기에 난 할아버지를 혼자 둘 수 없었고 에이미를 떠날 수도 없었어. 그리고 캐럴 작은할머니는 여성 보호자로서 영국식 사상을 지니고 계셔서 그런 덕에 에이미가 우리와 함께 가도록 허락하지 않으셨어. 그래서 난 어려움을 극복하고자 이렇게 말했지. "결혼을 하자. 그러면 우리가 원하는 대로 할 수 있어."

"당연히 넌 그랬겠지. 넌 항상 네게 알맞은 방법을 찾으니까."

"늘 그런 것은 아니야." 그렇게 말하는 로리의 목소리에 무언가 담겨 있어 조는 성급하게 입을 열었다.

"어떻게 작은할머니의 승낙을 받았어?"

"그 일은 힘들었어. 하지만 우리끼리 하는 말인데 우리는 작은할머니와 이야기를 나누었고 우리 쪽에서 아주 좋은 이유가 많았지. 글로 써서 양해를 구할 시간이 없었지만 너희 모두 좋아했고 곧 동의를 해주었어. 내 아내의 말을 빌자면 그저 '호기를 잡은' 것이었어."

"내 아내라는 그 두 마디가 정말 자랑스럽고 좋지 않아?" 조가 끼어들며 불길을 바라보았고 좀 전까지는 비극적으로 우울해 보였던 불길이 눈동자 속에서 기쁘고 행복하게 타오르는 것을 지켜보았다.

"사소한 것일지도 모르지만 그녀는 참으로 매력적인 여성이라 난 너무 자랑스럽기만 해. 그리고 작은할아버지 내외가 적절하게 행동해주셨어. 우리는 서로에게 너무 빠져서 떨어져 봐야 아무 소용이 없었기에 그런 매력적인 방식이 모든 것을 쉽게 해주었어. 그래서 우리는 결혼을 했지."

"언제, 어디서, 어떻게 한 거야?" 조는 자기가 그런 부분이 있었다는 것을 깨닫지 못한 채 여성으로서의 흥미와 호기심을 가지고 물었다.

"6주 전에 파리에 있는 미국 영사관에서. 당연히 예식은 아주 조용히 치렀어. 우린 행복했지만 사랑하는 베스에 대해 잊지 않았거든."

그 말에 조가 그에게 손을 올렸고 로리는 여전히 잘 기억하고 있는 작은 붉은 쿠션을 조용히 쓰다듬었다.

"왜 곧바로 우리에게 알리지 않았어?" 둘은 잠시 조용히 말없이 앉아 있다가 조가 조용히 물었다.

"우린 널 놀라게 해주고 싶었어. 우린 처음에는 곧바로 집에 오려고 했는데 결혼한 직후 우리 할아버지가 최소 한 달 안에는 살림이 준비되지 못한다는 점을 알게 되어서 우리가 원하는 곳으로 신혼여행을 보내주셨어. 한번은 에이미가 유명한 신혼여행지인 발로사에 대해 말한 적이 있어서 우리는 그곳으로 갔고 평생 한 번뿐인 신혼여행을 행복하게 보냈어. 맹세코, 사랑이 가득했어!"

로리는 조를 완전히 잊은 듯했고 잠깐 동안 조는 그 점이 기뻤다. 그가 아주 자유롭고 자연스럽게 이런 이야기를 하는 것을 봐서 그는 꽤 마음의 상처를 잊고 용서한 것이 분명했다. 그녀는 자신의 손을 빼려고 했지만 마치 로리는 그 생각을 읽기라도 한 것처럼 반쯤 무의식적인 충동으로 손을 꽉 잡고는 전에 본 적이 없는 심각한 태도로 입을 열었다.

"있잖아, 조. 할 말이 하나 있는데 듣고 난 뒤 우리 둘 다 영원히 묻어버리자. 편지에서 너한테 했던 말처럼 에이미가 내게 아주 잘해준다고 썼을 때 난 너에 대한 사랑을 멈출 수가 없었어. 그렇지만 사랑은 변하고 그러는 편이 낫다는 걸 나는 배웠어. 에이미와 너는 내 마음속에서 자리를 바꾸었고 그게 다야. 그렇게 되려는 운명이었던 것 같고 자연스럽게 흘러갔지. 내가 기다렸다면 네가 날 그렇게 만들었을 수도 있지만 난 절대 인내할 수 없어서 가슴앓이를 했어. 그때 난 어렸고 고집불통에 폭력적이었어. 내 실수를 돌아보는 건 힘든 교훈이었어. 네가 말했듯 조, 난 스스로를 멍청이로 만든 뒤에야 내 실수에 대해 알게 되었어. 맹세코 한때는 정말로 마음이 혼란스러워서 너와

에이미 중에서 누구를 제일 좋아하는지 몰라서 둘을 똑같이 사
랑하려고 했어. 그렇지만 그럴 수 없었어. 내가 스위스에서 에
이미를 봤을 때 곧바로 모든 것이 명확해졌어. 너희 둘 다 올바
른 자리를 잡았고 난 새로운 사랑이 오기 전까진 예전의 사랑
이 더 좋다고 확신했어. 그래서 난 솔직하게 내 마음을 너와 아
내인 에이미 사이에서 나누었고 둘 다 진심으로 사랑했어. 내
말을 믿어주고 우리가 처음 서로를 알았던 행복한 예전으로 돌
아갈 수 없을까?"

"진심으로 그 말을 믿을 거야. 그렇지만 테디, 우리는 결코 다
시 예전의 소년 소녀로 돌아갈 수 없어. 행복한 옛 시절은 돌아
오지 않고 그걸 바라서도 안 돼. 우리는 이제 어엿한 남성과 여
성으로 진지하게 살아야 하고 놀던 시절은 지났어. 서로 장난
으로 희롱하는 건 그만두어야 해. 너도 그렇게 느낄 거라 확신
해. 네가 바뀐 게 보이고 너도 내게서 같은 걸 찾을 거야. 난 내
친구 테디가 그리울 거야. 하지만 난 내가 바라던 모습대로 성
인인 그를 사랑하고 더욱 존중할 거야. 우리는 더 이상 어린 소
꿉친구가 아니지만 가족이 되어 평생 동안 서로 사랑하고 돕고
살 수 있어, 안 그래, 로리?"

그는 한 마디도 하지 않았지만 그녀가 내민 손을 잡고 그 위
로 잠시 얼굴을 갖다 대며 소년의 열정의 마지막을 느꼈고 두
사람 사이에 아름답고 강한 우정이 자라났다. 이내 조는 기운

차게 말했다.

"너희 꼬맹이 둘이 진짜 결혼을 하고 가정을 꾸리게 될 거라는 점이 믿기지가 않아. 에이미의 피나포레의 단추를 잠가주고 네가 날 놀릴 때 머리를 잡아당기던 게 엊그제 같은데. 맙소사, 시간이 정말 빨리 지나가!"

"마치 자매들 중 너보다 나이가 많은 사람이 있으니 할머니 같이 말할 필요는 없어.《데이비드 카퍼필드(David Copperfield)》에 나오는 페고티(Peggotty) 유모의 말처럼 내가 '신사로 자란' 것에 대해 내가 자랑스럽고 네가 에이미를 보면 그녀가 꽤 조숙하다는 걸 알게 될 거야." 조의 어머니 같은 말에 로리가 즐거운 듯 말했다.

"시간이 지나면 넌 좀 늙겠지만 난 한 번도 늙었다는 생각이 들지 않아. 여자들은 항상 그래. 그리고 작년은 아주 힘든 한해였고 난 마흔 살이 된 것 같았어."

"가여운 조! 힘든 널 홀로 놔두고 우리만 즐겼구나. 넌 나이가 들었어. 여기 주름이 있고 저기도 있어. 네가 미소를 짓지 않는 한 네 눈은 슬퍼 보이고 지금 쿠션을 만져보니 눈물에 젖어 있네. 넌 참 잘 참았고 그걸 혼자 견뎌야 했지. 내가 얼마나 이기적인 인간이었는지 몰라!" 그러면서 로리는 깊이 후회하는 표정을 지으며 자기 머리카락을 쥐어뜯었다.

그러나 조는 자신의 눈물을 알려준 쿠션을 뒤집고는 꽤 명랑한 듯 꾸민 목소리로 대답했다.

"아니, 아버지와 어머니가 날 도와주셨고 아기들이 위로해주었어. 그리고 너와 에이미가 안전하고 행복하다고 생각하니 여기 있는 문제들이 견디기 수월했어. 가끔 난 외롭지만 단언컨대 나한테 도움이 되는 거고 또한⋯⋯."

"다시는 외롭지 않을 거야." 로리가 끼어들며 모든 인간의 아픔을 감싸려는 듯 그녀에게 팔을 둘렀다. "에이미와 나는 너 없이는 잘 할 수 없으니 네가 와서 우리에게 집 안을 꾸려나가는 것을 가르쳐주고 전처럼 모든 걸 반씩 하고 우리가 널 돌봐주게 한다면 모든 것이 더없이 행복하고 함께 즐거울 거야."

"내가 그렇게 한다면 아주 즐겁겠지. 난 벌써 꽤 젊어진 것 같은 기분이야. 어쩐지 네가 온 뒤로 내 모든 고민이 다 사라진 것 같아. 넌 항상 내게 위안이 되는 존재야, 테디." 그리고 조는 몇 년 전 베스가 아파 누워 있을 때 로리가 자신에게 의지하라고 그랬던 것처럼 그의 어깨에 머리를 기댔다.

그는 조가 그때를 기억하는지 궁금해 그녀를 내려다보았지만 조는 진짜 자기의 모든 문제가 그가 와서 사라졌다는 듯 스스로 웃고 있었다.

"넌 눈물을 흘리다가도 금세 웃는 예전의 조 그대로야. 지금은 좀 사악해 보여. 무슨 일이야, 할멈?"

"너와 에이미가 어떻게 잘 지낼지 궁금해서 그래."

"천사들처럼!"

"그래, 당연히 처음에는 그렇겠지. 하지만 누가 주도권을 잡을 거야?"

"지금 그녀가 쥐고 있다고 난 거리낌 없이 말할 수 있어. 적어도 난 그녀가 그렇게 생각하게 놔둘 거야. 그게 그녀를 즐겁게 하니까. 머지않아 우리는 돌아가며 주도권을 잡을 거고, 결혼이란 소위 사람들이 말하는 것처럼 권리를 반으로 나누고 의무는 두 배로 지키는 거잖아."

"넌 처음 하듯이 할 거고 에이미가 평생 널 좌지우지할 거야."

"그녀는 알지 못하게 그렇게 해서 난 별로 개의치 않을 것 같아. 그녀는 잘 다루는 법을 아는 그런 여자잖아. 솔직히 난 그런 편이 좋아. 그녀가 실크 실타래처럼 부드럽고 아름답게 손가락을 까닥해서 시종일관 호의를 베푸는 것처럼 느끼게 만들 수 있잖아."

"네가 공처가인 모습을 난 쭉 지켜보며 즐기고 싶어!" 조가 손을 들며 말했다.

로리가 어깨를 쭉 펴고 남성미를 풍기며 미소를 짓는 것을 보니 좋았고, 그는 거만한 분위기로 이렇게 대답했다.

"에이미는 그런 부분에서 선수고 난 거기에 항복하는 부류의 남성이 아니야. 내 아내와 난 스스로와 서로를 존중해 폭군처럼 굴거나 싸움을 벌이는 일이 없을 거야."

조는 그 부분이 마음에 들었다. 로리가 새로운 위엄이 생겨났지만 너무 빨리 남자로 변해서 그녀의 즐거운 마음속에는 후회도 자리했다.

"나도 그 점을 확신해. 에이미와 넌 절대 우리처럼 다투지 않을 거야. 우화에 나오는 것처럼 그 애는 태양이고 나는 바람이고 너도 기억하다시피 태양이 남성을 가장 잘 다루잖아."

"에이미는 햇살을 내릴 뿐 아니라 불어 날려버릴 수도 있는 여자지." 로리가 웃었다. "난 니스에서 그 점을 알게 되었어. 네가 하는 어떤 잔소리보다 더 끔찍했다는 걸 알려줄게. 주기적으로 큰소리를 냈어. 언젠가 전부 네게 말해줄게. 그녀는 절대 말하지 않을 거야. 나한테 내가 싫고 부끄럽다고 한 뒤 그녀는 비열한 놈한테 마음을 빼앗겼고 아무짝에도 쓸모없는 사람과 결혼을 했어."

"그런 비열한 일이! 그 애가 널 학대하면 나한테 와. 내가 널 보호해줄게!"

"나한테 그럴 필요가 있을 것 같지?" 로리가 자리에서 일어나며 갑자기 당당함에서 열광하는 분위기로 바뀌었는데 에이미의 목소리가 들려왔기 때문이다.

"그녀는 어디 있어? 내가 사랑하는 우리 조 언니는?"

가족들이 모두 모였고 다시 전부가 포옹하고 입을 맞추었고 수차례의 시도 뒤에 세 방랑자는 자리에 앉아 서로를 쳐다보며 기뻐했다. 여느 때보다 더 건강하고 혈기 왕성한 로런스 할아버지는 해외여행 덕분에 다른 사람들만큼 나아져 보였는데 퉁명스러움은 거의 없어지고 옛날식 품위가 더욱 빛나 전보다 친절해졌다. 그가 젊은 부부를 보고 "내 아이들."이라고 부르며 다정하게 쳐다보는 것이 좋았다. 에이미가 딸로서 의무를 하고 애정을 들인 것이 늙은이의 마음을 사로잡은 것을 보는 건 좋았다. 그리고 무엇보다 로리가 그들이 만드는 아름다운 광경을 즐기는 일이 결코 지루하지 않다는 듯 두 사람 사이를 오가는 것을 보는 것이 좋았다.

메그는 에이미를 쳐다보고서 자신의 드레스가 파리 사람 같지 않은 것이 염려되었는데 젊은 모패트 부인은 젊은 로런스 부인에게 완전히 밀릴 테고 에이미의 귀부인 같은 모습은 한층 더 우아하고 고상했기 때문이다. 조는 신혼부부를 보면서 '얼마나 잘 어울리는 한 쌍이야! 내 생각이 옳았고 로리는 어설프고 늙은 내가 아니라 아름답고 재주가 많은 여성을 배우자를 찾아 그의 가정을 더 나은 곳으로 만들 거고 그 점에 고통을 느끼는 것이 아니라 자부심을 가질 거야.'라고 생각했다. 마치 부인과 남편은 행복한 얼굴들을 보며 서로를 향해 고개를 끄덕였는데 그들의 막내딸이 세속적인 부분뿐 아니라 사랑, 자신감, 행복과 같은 더 나은 덕목에서도 잘 해냈기 때문이다.

에이미의 얼굴이 평화로운 마음에서 우러나와 부드럽게 빛났고 목소리에는 새로운 다정함이 담겼으며 냉정하고 고지식한 부분은 온화한 위엄으로 바뀌었다. 어떤 가식도 없었고 그녀의 태도에서 진심으로 우러나오는 다정함은 예전의 아름다움보다 더 매력적인데 그건 그녀가 되길 바라던 진정한 귀부인의 틀림없는 징표였기 때문이다.

"사랑이 우리 어린 딸에게 많은 것을 가져다주었구나." 어머니가 부드러운 목소리로 말했다.

"이 애는 자기 인생에 아주 좋은 표본을 남겼어." 마치 씨가 자기 옆에 앉은 늙은 얼굴과 흰머리의 아내를 애정어린 눈길로 쳐다보며 속삭였다.

데이지는 '가여운 이모'에게서 눈을 떼지 못했지만 아름답게 치장한 근사한 귀부인의 무릎 위에 찰싹 붙어 앉았다. 데미는 이 새로운 관계에 대해 생각하는 데 시간이 걸렸고 베른에서 사온 나무 곰돌이 가족 장난감이라는 뇌물을 얼른 챙기고 스스로 타협을 했다. 그러나 측면 작전으로 무조건 항복을 받아낸 건 로리가 어디를 공략해야 하는지 알았던 덕분이다.

"젊은이, 내가 처음 너와 인사를 하는 자리에서 넌 내 얼굴을 쳤지. 지금 난 신사의 만족을 요구하는 바야!" 그렇게 키가 큰 이모부가 작은 체구의 조카와 옥신각신하면서 자신의 철학적 존엄성을 훼손하고 소년 같은 영혼을 즐겁게 해주었다.

"그녀는 머리부터 발끝까지 실크로 도배한 것 같아. 저렇게 근사하게 어울리는 걸 보니 너무 좋고 어린 에이미를 사람들이 로런스 부인이라고 부르는 것도 듣기 좋지 않아?" 늙은 해나가 엄청 난잡한 상태로 테이블로 끼어들며 자주 몰래 살피는 버릇을 못 버리고 말했다.

세상에, 그들이 말하는 걸 좀 보라! 한 명이 말을 하고 그다음 다른 이가 말하고 그리고 모두가 웃음을 터트리며 3년간의 이야기를 30분 안에 끝내려 하고 있다. 가까이에 차가 있어서 잠시 진정하고 원기를 회복하게 해주어서 다행이지 그렇지 않았다면 그들은 목이 쉬고 얼마 못 가 기절하고 말았을 거다. 이런 행복한 행렬이 좁은 다이닝룸에서 이루어졌다! 마치 씨는 자랑스럽게 '로런스 부인'을 호위했다. 마치 부인은 자랑스럽게 '우리 아들'의 팔에 기댔다. 노신사는 조를 잡고 "이제 네가 날 챙겨줘야 해."라고 속삭이고는 벽난로 옆 텅 빈 모퉁이를 슬쩍 쳐다보았다. 그래서 조는 떨리는 입술로 "제가 그 애의 빈자리를 채우도록 노력할게요." 하고 대답했다.

쌍둥이는 무슨 새 천년이 찾아온 것처럼 들떠서 뒤에서 깡충거렸다. 모두가 새로 온 식구와 함께 아주 분주했고 아이들은 자기 마음대로 하게 놔둔 상태라 당연히 그 기회를 잘 활용했다. 아이들은 몰래 차를 한입씩 마시고 진저브레드를 마음대로 먹고 뜨거운 비스킷 조각을 무단으로 챙겼다. 작은 주머니에 타르트를 재빨리 집어넣다가 끈적거리고 부스러기가 잔뜩 생기는 것을 보고 인간의 본성과 페이스트리는 쉽게 부서진다는 점을 배웠다. 타르트를 망가트린 죄책감과 도도의 날카로운 눈동자가 그들의 전리품을 가린 얇은 캔브릭과 메리노를 뚫어볼 거라는 두려움에 죄를 지은 어린이들은 안경을 쓰지 않은 '할아버지'에게 들러붙었다. 다과처럼 넘겨졌던 에이미는 응접실로 돌아와 아버지 로런스의 팔짱을 꼈다. 다른 이들은 전처럼 짝을 이루었고 이렇게 하니 조만 짝이 없었다. 그녀는 당시에는 전혀 마음 쓰지 않았는데 해나가 열성적으로 하는 질문에 대답해주고 있었기 때문이다.

"에이미 양이 자기 쿠페를 타고 저기 보이는 아름다운 은식기들을 전부 사용하게 될까?"

"여섯 마리 백마를 끌고 금박을 입힌 접시에 밥을 먹고 날마다 다이아몬드와 손바늘 레이스 장식으로 치장할 게 분명해. 테디는 그녀에게 뭐든 다 해주려고 할 테니까." 조는 완전히 만족하면서 이렇게 대답했다.

"더는 없어! 아침으로 먹을 다진 고기나 어묵이 없을까?" 시와 산문을 지혜롭게 섞어서 해나가 물었다.

"난 상관 안 해." 조는 문을 닫으며 그때 음식이 마음에 들지 않는 주제라는 것을 느꼈다. 그녀는 가족들이 위층으로 사라지는 것을 쳐다보며 가만히 서 있다가 데미의 짧고 포동한 다리가 마지막 계단을 힘들게 올라가는 것을 보았다. 그때 조는 갑자기 외로움이 너무 강하게 엄습해와서 눈이 흐려졌고 무언가를 찾듯 몸을 앞으로 구부렸지만 테디조차 그녀를 내버려두었다. 생일 선물이 점점 더 가까이 오고 있다는 것을 알았다면 자신에게 이런 말을 하지 않았을 거다. "자러 가면 좀 울어야지. 지금 울적해져서는 안 돼." 그리고 그녀는 남자애처럼 손수건을 어디 두었는지 몰랐기에 손으로 대충 닦고는 다시 미소를 지으려고 하는데 현관문에서 노크 소리가 났다.

친절하게 얼른 문을 연 그녀는 또 다른 유령을 본 사람처럼 놀랐다. 그 자리에는 한밤중의 태양처럼 어둠 속에서 그녀를 향해 빛을 내뿜는 키가 크고 턱수염이 난 신사가 서 있었기 때문이다.

"어머, 베어 교수님, 당신을 봐서 전 너무 기뻐요!" 조가 소리

쳤고 어둠이 그를 집어삼킬까 봐 두려워하는 사람처럼 잽싸게 그를 낚아챘다.

"나도 마치 양이 보고 싶어서 왔는데 이미 손님이 있군요." 교수는 집 안에서 부산한 발걸음 소리와 목소리가 들리자 말을 멈추었다.

"아니, 아니에요. 가족들이에요. 제부와 여동생이 막 집에 와서 우리 모두가 기뻐하고 있어요. 어서 들어와서 같이 축하해요."

아주 친화력이 좋은 사람이지만 내 생각에 베어 교수는 점잖게 자리를 나서서 다른 날 올 거라고 짐작했다. 하지만 조가 얼른 문을 닫고 그의 모자를 챙겨갔는데 그가 어쩔 수 있을까? 아마도 그녀의 얼굴에는 무슨 표정이 깃들였을 것이고 그녀는 교수에게 자신의 기쁨을 감추는 법을 잊어버리고 솔직하게 보여주었기에 고독한 남자는 그의 대담한 희망을 한참 넘어서는 환영을 받고 거절할 수 없었을 것이다.

"내가 원치 않는 손님이 아니라면 기쁘게 그들과 만날게요. 쭉 몸이 안 좋았나요?"

조가 그의 코트를 받아 거는데 그녀의 얼굴에 빛이 비추자 그는 달라진 안색을 보아서 갑작스럽게 이렇게 물었다.

"아픈 건 아니었어요. 그냥 지치고 슬펐어요. 마지막으로 당신을 본 뒤로 우리 집에 일이 좀 있었거든요."

"아, 그래요, 나도 알아요. 그 소리를 듣고 당신이 걱정되어 마음이 아팠답니다." 그리고 그는 다시 악수를 청하고 동정어린 얼굴을 보여 조는 그의 친절한 눈동자와 그 크고 따뜻한 손길만큼 위로가 되는 것은 없다고 느꼈다.

"아버지, 어머니, 이쪽은 제 친구 베어 교수예요." 조가 자부심과 즐거움을 숨기지 못하는 얼굴과 목소리로 말했고 그래서 마치 트럼펫을 불고 과장되게 문을 활짝 열고 싶었다.

손님은 자신이 환영받는지 의구심이 들었을지 모르나 그들은 곧바로 진심으로 그를 환영해주었다. 모두가 친절하게 그를 맞이해주었는데 처음에는 조를 위해서 그렇게 했지만 이내 그들은 그를 아주 좋아하게 되었다. 그는 모두의 마음을 여는 재주가 있었기에 어쩔 수가 없었고 마치 일가처럼 단순한 사람들은 곧바로 그를 따뜻하게 대해주며 그가 가난하기에 더 친절하게 느꼈다. 가난은 그런 삶을 사는 이를 풍요롭게 하고 진심으로 친절한 정신을 배양하는 확실한 길이기 때문이다. 베어 교수는 모르는 사람의 집 앞에 문을 두드린 여행자 같은 분위기로, 그 문이 열렸을 때 집처럼 편안함을 느꼈다. 아이들은 꿀통에 몰려드는 벌떼처럼 그에게 다가와 아이 특유의 대범함으로 무릎 위에 올라가고 그의 주머니를 뒤적거리고 수염을 잡아당기고 그가 찬 시계를 살폈다. 여자들은 서로에게 괜찮다는 신호를 보냈고 마치 씨는 그에게서 동질감을 느꼈고 자신의 손님만의 특전으로 제일 좋은 창고를 열었다. 그러는 동안 존은 조용히 이야기를 듣고 즐겼지만 한마디도 하지 않았고 로런스 할아버지는 잠이 몰려들었다.

조가 개입하지 않았다면 로리의 행동이 그녀를 놀라게 했을 것이다. 질투가 아닌 살짝 찌르르한 통증 같으면서도 어딘가 의구심이 솟아 그는 처음에 경계를 했고 그런 다음에는 오빠의 입장에서 세밀하게 살폈다. 그러나 이런 경계심은 오래가지 않았다. 그는 어쩔 수 없이 흥미가 생겼고 자기도 모르는 사이에 그 무리에 합류했다. 베어 교수는 이런 다정한 상황에서 말을 잘했고 스스로 판단을 내렸다. 그는 좀처럼 로리에게 말을 걸지 않았지만 자주 그를 쳐다보았고 한창때의 청년을 지켜보면서 자신이 잃어버린 청춘을 후회하듯 그의 얼굴에 그림자가 스쳤다. 그리고 생각에 잠긴 눈동자가 조를 향했고 그녀는 확실히 자신이 본 것 같은 무언의 질문에 대답할 수 있었다. 그러나 조는 자기가 본 것만 믿고 그 눈길을 믿어서는 안 된다고 느껴서 전형적인 노처녀 이모처럼 작은 양말 뜨개질거리로 신중하게 눈길을 숨겼다.

간간이 몰래 오가는 눈길이 마치 먼지 낀 거리를 걸은 뒤에 마시는 깨끗한 물처럼 그녀에게 생기를 찾아주었고 그녀는 곁눈질로 살피면서 여러 가지 좋은 징조를 보았다. 베어 교수의 얼굴에는 멍한 표정이 사라졌고 현재의 순간에 대한 흥미가 생생하게 담겼다. 그녀는 항상 낯선 사람을 로리와 비교하는 아주 안 좋은 버릇이 있었지만 그것도 잊고 교수가 실제로 젊고 잘생겼다고 생각했다. 그리고 그는 꽤 영감을 받은 듯 보였다. 고대의 매장 풍습에서 대화가 금지되지만 몹시 나쁜 주제로는 여겨지지 않았다. 조는 테디가 논쟁에서 떨어져 나가자 아주 자랑스러웠고 아버지의 몰두한 얼굴을 보며 생각했다.

'날마다 교수와 같은 사람과 이야기를 할 수 있다면 아버지는 얼마나 좋아하실까!'

게다가 베어 교수는 굉장히 멋진 새 검정 양복을 입어서 전에 없이 신사처럼 보였다. 덥수룩한 머리카락을 깔끔하게 다듬고 잘 빗질했지만 그런 모습은 그리 오래가지 않았다. 그는 신이 나면 늘 하던 대로 우스꽝스럽게 머리를 헝클였고 조는 단정한 모습보다 그렇게 삐죽삐죽 솟은 머리가 더 보기 좋았다. 그 모습이 그의 멋진 이마를 주피터처럼 보이게 했기 때문이다.

가여운 조! 저 평범한 남자를 그렇게 찬양하다니, 그녀는 조용히 앉아서 뜨개질을 하지만 아무것도 놓치지 않고 있었고 베어 교수가 그의 깔끔한 손목밴드에 금색 소매 단추를 단 것까지 다 파악했다.

"오랜 친구들에게! 그가 저렇게 잘 차려입은 것을 보니 청혼을 하려나 봐."

조는 갑작스러운 생각이 말로 나오자 완전히 얼굴이 붉어져서, 털실을 떨어뜨리고 그걸 줍는 척하며 얼굴을 숨겼다.

그런 시도는 그녀가 예상한 것처럼 성공하지 못했다. 왜냐하면 교수는 화장용 장작더미에 불을 지피고 나서 횃불을 내려놓고 비유적으로 말을 하면서 작은 푸른 털실을 주우려고 뛰어들었기 때문이다. 당연히 그들은 서로 머리를 부딪쳐 별을 보았고 둘 다 얼굴을 붉히고 웃으면서 자리에서 일어나 털실 뭉치는 줍지도 않은 채 자기 자리로 가서 그냥 가만있을 걸 후회했다.

아무도 저녁이 어떻게 흘러갔는지 몰랐다. 해나가 솜씨 좋게 아이들을 일찍 재워 붉은 양귀비 같은 두 아이에게 끄덕거려 주었고 로런스 할아버지는 쉬러 자택으로 돌아갔다. 다른 이들은 난로에 둘러앉아 이야기를 하고 시간이 흐르는 걸 상관하지 않았다. 그러다 어머니인 메그가 데이지가 침대에서 나오려고 하고 데미가 성냥으로 잠옷에 불을 붙이려고 하는 것을 보고는 이제 가야겠다고 마음을 굳혔다.

"우리가 다시 모두 모였으니 예전 방식대로 노래를 해야 해." 조가 자신의 영혼에 남은 의기양양한 감정을 안전하고 즐겁게 날려버리는 데 노래가 좋을 거라고 생각해서 말했다.

모두가 모인 것은 아니지만 아무도 그 말이 경솔하다거나 진실이 아니라고 생각하지 않았다. 베스가 여전히 평화로운 존재로 보이지는 않지만 어느 때보다 더 사랑스럽게 그 자리에 있는 것 같았다. 죽음은 갈라놓을 수 없는 사랑으로 이루어진 가정을 깨트리지 못하기 때문이다. 작은 의자는 원래의 자리에 놓였다. 작은 바구니와 바늘이 너무 무거워서 그녀가 끝내지 못하고 남겨둔 바느질감 역시 그 선반 위에 놓여 있다. 사랑받던 악기는 이제 좀처럼 손길을 타지 않고 그 자리를 지켰다. 그리고 그 위에는 차분하게 미소를 짓는 어린 시절의 베스의 얼굴이 그들을 내려다보고 "행복해야 해! 난 여기 있어" 하고 말하는 듯 보였다.

"에이미, 연주를 해봐. 당신이 얼마나 실력이 늘었는지 가족들에게 보여주라고." 로리가 자신의 전도유망한 제자에 대한 자부심을 어쩌지 못하고 말했다.

그러나 에이미는 눈을 동그랗게 뜨고 빛바랜 스툴에서 몸을 돌리고 말했다.

"오늘 밤은 안 돼요, 여보. 오늘 밤은 잘난 척을 하고 싶지 않아요."

그러나 그녀는 재능이나 기교보다 더 나은 것을 보여주었는데 그것은 베스의 노래를 부르는 것이었고 그녀의 목소리에서 흐르는 음악은 최고의 스승도 가르쳐줄 수 없는 것이었다. 그녀가 받은 어떤 영감보다 더 강력한 힘으로 듣는 이들의 마음을 홀렸다. 방 안은 아주 조용했고 깔끔한 목소리가 갑자기 사라지면서 베스가 제일 좋아하는 찬송가의 마지막 구절이 나왔다. 말로 표현하기 힘들었다.

"지상에는 천상에서 고칠 수 없는 슬픔이 있다."

에이미는 뒤에 서 있던 남편에게 기댔고 베스의 입맞춤이 없이는 그녀의 환영식이 완벽하지 않다고 생각했다.

"이제 우리는 미뇽의 노래를 마쳐야 해. 베어 교수가 부를 거야." 고통스러운 정적이 커지기 전에 얼른 말했다. 베어 교수는 흐뭇하게 "에헴." 하고 헛기침을 한 뒤 조가 서 있는 모퉁이로 가서 이렇게 말했다.

"나하고 같이 불러요. 우리는 함께 잘 불렀잖아요."

사실 조는 음악에 관해서는 문외한이라 그건 달콤한 거짓말이었다. 하지만 그녀는 그가 오페라 전막을 같이 부르자고 해도 동의하고 시간과 음정은 개의치 않고 노래를 불렀을 거다. 베어 교수가 진정한 독일 사람처럼 진심을 담아 잘 불러서 별문제는 없었다. 그리고 조는 이내 은은한 콧노래로 자리를 잡았고 자기만을 위해 달콤한 목소리가 들려주는 노래를 듣는 것 같았다.

"시트론이 만개한 땅을 알고 있나요."

교수가 가장 좋아하는 구절로 '땅'은 그에게 독일을 의미한다. 그러나 지금 그는 특히나 따뜻함과 멜로디를 가사에 담은 것 같았다.
"그곳, 아 그곳, 난 당신과 함께 가고파.

오, 내 사랑, 함께 가요.”

이런 달콤한 초대에서 듣던 한 사람은 아주 전율을 느꼈고 그녀는 그 땅을 안다고 말하고 싶었고 그가 좋아하는 곳이라면 어디든 그쪽으로 떠나고 싶었다.

그 노래는 큰 성공을 거두었고 부른 이는 찬사를 받으며 물러났다. 그러나 몇 분 뒤 그는 자신의 태도를 완전히 잊어버리고 보닛을 쓰는 에이미를 뚫어지도록 쳐다보았다. 그녀는 그저 '동생'이라고 소개를 받았을 뿐 교수가 온 뒤로 아무도 그녀의 새 이름을 부르지 않았다. 그는 작별할 때 로리가 아주 쾌활한 목소리로 말할 때까지 자신을 놓고 있었다.

“제 아내와 전 당신을 만나서 아주 기쁩니다. 당신이 어디를 가든 환대가 기다리고 있다는 걸 기억해주세요.”

교수는 그에게 진심으로 감사한 다음 갑자기 아주 만족한 듯 얼굴이 환해졌다. 로리는 그가 나이 들었지만 자신이 만난 가장 유쾌한 인물이라고 생각했다.

“저도 이만 가봐야겠어요. 하지만 허락해주시면 기꺼이 다시 오겠습니다, 부인. 도시에 일이 있어 며칠 머물 예정이랍니다.”

그는 마치 부인에게 말했지만 조를 쳐다보았다. 그리고 어머니의 목소리는 딸의 눈동자와 마찬가지로 진심으로 승낙했다. 마치 부인은 모패트 부인처럼 자녀가 어디에 흥미가 있는지 전혀 모르는 사람이 아니기 때문이다.

"그는 현명한 인물인 것 같아." 마지막 손님이 떠나고 난 뒤 난로 앞 러그에 앉아 있던 마치 씨가 차분하게 만족감을 드러내며 말했다.

"저도 그가 좋은 사람인 걸 알아요." 마치 부인이 시계태엽을 감으며 동의했다.

"전 부모님이 그를 좋아할 줄 알았어요." 조는 그 말만 하고는 자기 방으로 자러 갔다.

그녀는 무슨 일로 베어 교수가 도시에 왔는지 궁금했고 마침내 그가 어딘가에서 엄청난 명예직을 제안받았지만 너무 겸손해 그 사실을 숨긴 것이라고 결론지었다. 자신의 방에 잘 있는 그의 얼굴을 그녀가 봤다면, 그가 미래에 검게 빛날 아름다운 머리를 지닌 가혹하고 융통성 없는 처녀의 사진을 바라보는 걸 알았다면, 그가 가스등을 끄고 어둠 속에서 그 사진에 입을 맞추는 것을 보고 그 대상이 누군지 불빛을 비춰보았을 것이다.

44. 남편과 아내

"부탁이에요, 어머니, 제 아내를 30분만 빌려주세요. 짐이 도착했고 에이미가 파리에서 산 화려한 옷과 장식품을 가득 쌓아 두었는데 그 속에서 제가 원하는 걸 찾으려고 해요." 다음 날 로리가 다시 아기가 된 것처럼 자기 어머니의 무릎 위에 앉아 있는 로런스 부인을 찾으러 와서 말했다.

"그래야지, 어서 가렴, 얘야. 네게 집이 있다는 걸 깜박했구나." 마치 부인이 어머니로서 욕심을 부린 것에 용서를 구하는 듯 결혼반지를 낀 흰 손을 꼭 잡았다.

"제가 알아서 할 수 있었다면 여기 오지 않았을 거예요. 하지만 아내의 도움 없이는 더 이상 할 수 없어서……."

"마치 바람 없이 돌아가지 않는 풍향계처럼." 조가 직유법을 써서 말했다. 조는 테디가 집에 온 이후로 특유의 짓궂음이 다시 생겨났다.

"맞아. 에이미는 날 더러 주로 서쪽을 가리키라고 하고 간간이 바람이 남쪽으로 불기도 해. 난 결혼한 이래로 동쪽으로는 가본 적이 없고 북쪽에 대해 알지도 못하지만 건강에 좋고 훈훈해, 저기…… 부인?"

"지금까지는 날씨가 좋았어. 얼마나 지속될지 모르지만 난 내 배를 모는 법을 배웠으니 폭풍우가 두렵지 않아. 집으로 가요, 여보. 그리고 내가 당신의 부츠 잭을 찾아줄게요. 내 물건들 사이에서 당신이 찾던 물건이 그거지 싶어요. 남자들은 정말 혼자서는 아무것도 못해요, 어머니." 에이미가 가정주부처럼 이렇게 말해 남편을 즐겁게 했다.

"정리를 마친 뒤에는 뭘 할 생각이야?" 조가 어릴 적 피나포레 단추를 잠가주듯 에이미의 코트 단추를 여미며 말했다.

"우리에게는 계획이 있어. 아직 구체적으로 말할 단계는 아닌데 우리는 이제 막 결혼했지만 빈둥거리고 있지는 않거든. 난 할아버지를 기쁘게 할 일에 헌신할 거고 내가 버릇없는 아이가 아니라는 점을 증명할 거야. 날 안정적으로 유지해줄 무언가가 필요해. 노는 것도 이제 지겹고 남자처럼 일할 거야."

"에이미는 어쩔 셈인 거야?" 마치 부인이 로리의 열정과 에너지 넘치는 목소리에 기뻐하며 물었다.

"사방에 인사를 하고 최고의 보닛을 쓰고 우리 저택에서 훌륭하고 품격 있는 사교계를 구성하고 그 좋은 영향력으로 세상을 즐겁게 할 거예요. 안 그래, 레카미에 부인(Madame Recamier)?" 로리가 약간 놀란 듯한 표정의 에이미에게 물었다.

"시간이 알아서 보여주겠죠. 어서 가요, 건방진 양반! 그리고 가족들 앞에서 그렇게 날 불러서 충격 받게 하지 말아요." 에이미는 이렇게 대답하며 사교계의 여왕으로서 살롱을 만들기 전에 제대로 된 집과 훌륭한 아내가 있어야 한다고 생각했다.

"저 두 아이가 참 행복해 보여!" 가만히 있던 마치 씨가 신혼부부가 가고 난 뒤에 자신의 아리스토텔레스 철학에 몰두하는 일이 힘들어져서 이렇게 말했다.

"맞아요, 잘 지낼 것 같아요." 마치 부인은 배를 안전하게 항구에 몰고 온 선장처럼 안심한 표정을 지었다.

"그럴 거예요. 우리 행복한 에이미!" 조는 한숨을 쉬었고 베어 교수가 서둘러 현관문을 열고 들어오는 모습을 보고 환한 미소를 지었다.

그날 저녁 늦게 부츠 잭에 대한 마음이 가라앉았을 때 로리가 새로운 예술품을 배치하느라 분주한 아내에게 불쑥 입을 열었다.

"로런스 부인."

"네, 여보!"

"그 남자는 조와 결혼할 작정이야!"

"저도 그랬으면 좋겠어요, 당신은 아닌가요?"

"그게, 자기, 난 그를 아주 좋게 봐서 으뜸 패라고 생각하지만 그가 조금 젊고 부유했으면 좋겠어."

"로리, 너무 까다롭고 속된 생각을 하진 말아요. 두 사람이 서로를 사랑한다면 나이가 몇 살이든 가난하든 전혀 문제가 되지 않아요. 여자는 절대로 돈 때문에 결혼하지 않아요." 에이미는 그 말을 꺼내다 말을 멈추고 남편을 쳐다보았고 로리는 악의적인 엄격함으로 대답했다.

"절대 그렇지 않아. 당신은 매력적인 여성들이 가끔 의도적으로 그런다는 이야기를 들었을 거야. 내 기억이 맞는다면 당신도 한때 부자와 결혼하는 것이 목표라고 했잖아. 그 말은 어쩌면 당신이 나처럼 좋은 면은 하나도 없는 인간과 결혼했다는 뜻이 되지."

"세상에, 여보, 아니에요. 그런 말 말아요! 내가 당신의 청혼에 '좋아요.'라고 대답했을 때 전 당신이 부자라는 사실을 잊고 있었어요. 당신이 돈 한 푼 없는 사람이었다고 해도 난 결혼했을 거고 가끔은 당신이 가난해서 내가 얼마나 당신을 사랑하는지 보여주고 싶다는 생각을 하기도 하는걸요." 그리고 공공장소에서는 아주 품위 있고 사적인 자리에서는 애정이 많은 에이미는 자신의 말이 진실이라는 점을 확인시켜주었다.

"당신은 정말로 내가 한때 되고자 했던 그런 돈이 목적인 여자로 날 여기는 건 아니죠? 제 말을 믿지 못하면 제 마음이 찢어질 거고 당신이 호수에서 노를 저으며 살아야 할지라도 저도 기꺼이 그 배를 당신과 함께 저어나갈 거예요."

"내가 멍청이고 냉혹한 사람이야? 당신이 날 위해 더 부자인 남자를 거절했고 내가 지금 재산의 절반을 주려고 해도 허락하지 않는데 어떻게 그런 생각을 할 수가 있겠어? 가여운 소녀들은 날마다 그렇게 하고 그것만이 유일한 구원이라고 생각하도록 배우지. 하지만 당신은 더 나은 교훈을 얻었고 내가 비록 한때 당신에 대해 흔들렸지만 난 실망하지 않았어. 어머니의 가르침은 딸에게 고스란히 드러나는 법이니까. 어제 어머니께 말씀드렸고 마치 내가 자선단체에 기부하라고 백만 달러 수표를 드린 것만큼 기뻐하고 고맙게 생각하셨어. 당신은 나의 도덕적인 말을 듣지 않고 있군, 로런스 부인." 에이미는 그의 얼굴을 똑바로 쳐다보고 있지만 눈동자가 멍했기에 로리가 말을 멈췄다.

"아니, 난 듣고 있어요. 그리고 동시에 당신의 보조개에 감탄하고 있었고요. 당신의 노력을 허사로 만들고 싶지 않지만 난 내 남편의 재력보다 잘생긴 얼굴이 더 자랑스럽다고 솔직하게 고백할게요. 웃지 말아요. 당신의 코는 내게 참으로 위안을 줘요." 에이미가 조각처럼 오뚝한 코를 부드럽게 만졌다.

로리는 평생 많은 칭찬을 받아왔지만 이것만큼 기분 좋은 칭찬이 없어서 부인의 특이한 취향에 대해 비웃긴 했지만 그저 가만히 코를 보여주었다. 그러는 동안 아내는 천천히 입을 열었다.

"뭐 하나 물어봐도 돼요?"

"당연하지."

"조 언니가 베어 교수와 결혼하는 게 신경 쓰여요?"

"아, 그게 문제였구나? 당신에게 어울리지 않는 눈빛이 있다고 생각했어. 괜한 심술을 부리는 것은 아니야. 그는 아주 행복한 사람이고 난 조의 결혼식에서 내 마음만큼 가벼운 발걸음으로 춤을 출 수 있다고 장담할게. 그게 의심스럽나요, 여보?"

에이미가 고개를 들어 만족한 듯 그를 쳐다보았다. 그녀의 마지막 남은 질투심은 영원히 사라졌고 그녀는 남편에게 감사하면서 사랑과 자신감이 가득한 얼굴로 돌아왔다.

"우리가 그 늙은 교수를 위해 무언가를 해줄 수 있으면 좋겠어. 친절하게 독일에서 사망해 그에게 작은 유산을 남긴 그런 부유한 친척을 우리가 만들어줄 수는 없을까?" 두 사람이 샤토 정원을 회상하며 늘 좋아하는 행동인 서로 팔짱을 끼고 긴 응접실을 오가며 로리가 말했다.

"조 언니가 실상을 파악하고 다 망쳐버릴 거예요. 언니는 그 사람의 있는 모습 그대로를 자랑스러워하고 어제는 가난은 아

름다운 것이라 생각한다는 말을 했어요."

"그녀의 진실한 마음에 축복이 있기를. 글을 쓰는 남편과 지원이 필요한 수많은 교수와 강사진이 있다면 그렇게 생각하지 않을 거야. 우리가 지금은 끼어들 수 없지만 기회를 봐서 그들을 위해서 좋은 일을 하자고. 난 조에게 교육을 받은 빚이 있고 그녀는 사람들이 자신의 빚을 제대로 갚아야 한다고 믿고 있으니 내가 그런 쪽으로 설득하면 될 것 같아."

"다른 사람을 돕는다는 건 참으로 기쁜 일이죠? 자유롭게 남을 도울 수 있는 것이 항상 제 꿈이었어요. 그래서 꿈을 이루어 준 당신에게 감사해요."

"아, 우린 좋은 일을 많이 하겠는걸? 내가 특히나 도와주고 싶은 가난한 부류가 있어. 거지들은 잘 빌어먹고 살지만 가난한 신사들은 열악한 임금을 받는데 그들이 임금 인상을 요구하지 않고 사람들은 감히 자선을 베풀 엄두를 못 내서야. 그러나 누군가 아주 조심스럽게 그들이 상처받지 않도록 하는 방법을 안다면 그들을 도울 방법은 아주 많아. 난 사탕발림으로 구걸하는 거지보다 타락한 신사를 섬기는 게 더 좋아. 그건 잘못된 일이고 힘들겠지만 난 그렇게 할 거야."

"그것이 신사가 할 일이잖아요." 집 안에서 그를 존경하는 또 다른 인물이 덧붙였다.

"고마워, 여보. 난 그런 굉장한 칭찬을 들을 자격이 없는 사람인데 말이야. 그래도 내가 해외에 가 있는 동안 많은 재능 있는 젊은이들이 모든 희생을 감수해가며 진정한 어려움을 견디며 꿈을 이루어가려는 모습을 보았어. 일부는 굉장한 사람들로 영웅처럼 일하고 가난하고 친절하지만 용기와 인내심, 야망으로 가득 차 있어서 난 그들을 보며 스스로 부끄러웠고 그들에게 제대로 된 인생을 살 기회를 주고 싶었어. 그들은 도와주고 만족을 얻을 수 있는 부류의 사람이야. 그들이 천재라면 그런 사람을 돕는 건 영광이고 그 재능이 계속될 수 있도록 연료를 공급하는 일이 끊기거나 지연되어서는 안 돼. 그들에게 재능이 없다면 가난한 영혼을 편안하게 해주고 절망에 빠졌을 때 건져

주는 즐거움이 있어."

"네, 정말로 그래요. 그리고 요구하지도 않고 조용히 견디는 계층도 있잖아요. 저도 거기 속했었기에 그걸 좀 알고 당신이 날 왕자로 만들어줬어요. 마치 동화에 나오는 왕이 거지 처녀에게 해주는 것처럼 말이에요. 야심이 가득한 소녀들은 힘든 시간을 겪고 청춘, 건강, 소중한 기회를 그저 흘려보낼 수밖에 없어요. 그들에게 제때 조금만 도움을 주면 되죠. 사람들은 제게 늘 친절했고 전 우리 자매가 그랬듯 소녀들이 고통을 겪는 것을 볼 때면 제가 도움을 받았듯이 그들을 돕고 싶어져요."

"당신은 천사인 모습 그대로 그렇게 하면 돼!" 로리가 독지가의 열성으로 소리쳤고 예술적 재능이 있는 처녀들에게 혜택을 주는 기관을 찾고 기부를 해야겠다고 생각했다. "부유한 사람들은 가만히 앉아서 자신을 즐기거나 다른 사람이 돈을 낭비하도록 놔둬서는 안 돼. 누군가 죽었을 유산으로 남기는 건 그리 현명하지 못한 일이야. 살아있을 때 그 돈을 지혜롭게 쓰고 주변 사람들을 행복하게 해주는 것이 좋아. 우리는 스스로 즐거운 시간을 보낼 거고 거기에 우리 자신의 즐거움에 추가로 다른 사람에게 호의를 베풀면서 더 즐길 수 있어. 당신이 도르가 (Dorcas)*가 되어 위안을 주는 커다란 바구니를 들고 나가 비우

---

* 빈민에게 옷을 만들어 준 독실한 여성으로 사도행전에 나온다.

고 그 속에 선행을 가득 채워 오지 않겠어?"

"당신이 용감한 성 마틴이 되어 말을 몰고 세상을 다니면서 당신의 옷을 거지들에게 나누어준다면 저도 그렇게 하겠어요."

"협상은 됐고 우리는 아주 잘 할 거야!"

그래서 젊은 부부는 서로 악수를 하고 다시 행복하게 걸으면서 그들의 안락한 집이 더 따뜻해진 것처럼 느꼈다. 그들은 자신들이 다른 집들을 밝혀주길 바랐고 그들보다 꽃길을 더 똑바로 걷고 있다고 믿고 있었다. 다른 이들의 거친 앞날을 부드럽게 해주면 자신들보다 축복을 적게 받은 이들을 기억할 수 있는 사랑이 더 긴밀해지는 것을 느끼게 될 것이다.

45. 데이지와 데미

마치 일가에 대해 설명해주는 미천한 역사가의 입장에서 적어도 한 챕터는 그 가정에서 가장 소중하고 중요한 인물 두 사람에게 할애하는 것이 좋다고 생각한다. 데이지와 데미는 이제 자유재량을 가진 나이에 접어들었다. 요즘 같은 빠른 시대에 서너 살짜리 아이도 자기 권리를 요구하고 나이가 더 많은 아이보다 훨씬 더 크게 그것들을 얻는다. 예쁨을 많이 받아서 완전 버릇이 없어질 위험에 처한 쌍둥이가 있다면 그건 바로 말 많은 브룩스 쌍둥이일 것이다.

물론 그들은 이 집에 태어난 가장 훌륭한 아이들이다. 8개월 만에 걸었고 12개월 만에 유창하게 말을 했으며 두 살이 되어서는 테이블에서 자기 자리를 차지하고 제대로 행동해서 보는 이들을 모두 매혹시켰다. 세 살에 데이지는 '바느질을 하는 사람'을 불러달라고 했고 실제로 바늘땀이 네 개 들어간 가방을 만들었다. 마찬가지로 그 애는 사이드보드에 살림을 놓았고 아주 조그마한 조리용 난로를 능숙하게 써서 해나가 너무 뿌듯해하며 눈물을 흘리게 했다. 데미는 팔다리로 알파벳 모양을 만드는 방식으로 가르치는 법을 개발해 할아버지에게 글씨 쓰는 법을 배웠다. 소년은 일찍이 숫자에 능해서 아버지를 기쁘게 했다. 그리고 보는 모든 기계를 따라 만들어 아기방을 엉망으로 만들어 어머니의 혼을 빼놓았다. 줄, 의자, 옷핀, 실패로 이루어진 그의 '재봉틀'은 바퀴가 '돌고 또 도는' 신기한 기구였다. 또한 커다란 의자 뒤편에 바구니를 걸고 아주 겁 없는 여동생을 들어올리려고 했고 동생은 여성적인 헌신으로 작은 머리를 쿵쿵 찧다가 어머니에게 구출되었다. 어린 발명가는 분개하며 소리쳤다. "왜 그러세요, 엄마, 제가 만든 승강기고 전 동생을 들어 올리려고 하고 있는걸요."

성격이 전혀 다른 쌍둥이는 그대로 아주 잘 어울렸고 하루에 세 번 이상 싸우는 법이 없었다. 물론 데미가 데이지를 쥐락펴락하고 모든 다른 공격군으로부터 용감하게 동생을 지켰다. 그러는 동안 데이지는 고된 일을 하는 노예가 되어 자기 오빠를 세상에서 가장 완벽한 사람처럼 동경했다. 발그레하고 통통하며 환하게 빛나는 어린 영혼 데이지는 모두의 가슴을 밝히고 그 속에 자리하는 법을 찾았다. 가장 시선을 끄는 아이로 입맞춤과 포옹 세례를 받으며 어린 여신처럼 칭송받고 모든 기념의 순간에 큰 호의를 받았다. 그 아이가 가진 작은 미덕들이 아주 다정해서 천사 같았고 사소한 짓궂음도 평범한 아이로 보이게 하지 않았다. 그 아이의 세상은 늘 화창했고 매일 아침 그 애는 작은 잠옷으로 창문을 닦아 밖을 내다보며 날이 궂거나 화창하든 상관없이 이렇게 말했다. "와, 좋은 날이야! 와, 좋은 날이야!" 모두가 데이지의 친구였고 그녀는 아주 자신 있게 처음 보는 사람에게도 입맞춤을 해주어서 가장 고독한 독신자와 아기를 좋아하는 사람들을 자기의 충실한 숭배자로 만들었다.

"난 모두를 좋아해요." 한번은 데이지가 한 손에는 숟가락을 다른 손에는 머그잔을 든 채 온 세상을 포옹하고 번영하게 하려는 듯 두 팔을 벌리고 말했다.

그 애가 자라면서 어머니는 도브코트가 축복을 받았다고 느끼기 시작했다. 이곳에 머무는 가족들로 인해 낡은 집은 고요하고 사랑이 넘쳐 따뜻한 가정처럼 느껴지게 되었다. 그리고 자신이 이 천사와 즐겁게 지내는 날이 얼마나 남았는지 알 수 없다는 점을 최근에 배우고 나서 그 애를 잃지 않게 해달라고 기도했다. 데이지의 할아버지는 손녀를 종종 '베스'라고 불렀고 할머니는 과거의 잘못에 대해 속죄하려는 듯 손녀에게서 잠시도 눈을 떼지 않고 직접 살폈다.

진정한 양키와 같은 데미는 호기심이 많아 모든 것을 알고 싶어 해서 종종 사람을 지치게 했는데 계속해서 "왜 그런 거예요?"라고 묻는데 만족할 만한 대답을 얻을 수 없기 때문이다.

데미는 또한 철학적인 취향이 있어 할아버지를 엄청나게 기쁘게 했고 할아버지는 그와 소크라테스에 대해 대화를 나눴고 조숙한 제자는 이따금씩 스승이 집안의 여자들에게 만족감을 숨기지 않고 드러내는 순간을 주기도 했다.

"제 다리는 어디로 가나요, 할아버지?" 어린 철학자가 어느 날 밤 자러 가서 누운 뒤 명상하는 분위기를 풍기며 자신의 활달한 다리를 살피고는 물었다.

"그건 네 마음에 달렸단다, 데미." 현자는 이렇게 말하며 그의 금발을 쓰다듬어 주었다.

"제 마음이 무언가요?"

"전에 할아버지가 시계를 움직이게 하는 용수철을 보여주었잖니. 그것처럼 네 마음을 움직이게 하는 것이 마음이란다."

"절 열어봐 주세요. 전 어떻게 돌아가는지 보고 싶어요."

"시계를 열어보듯 너를 열어볼 수는 없단다. 하나님이 너를 움직이시고 하나님이 너를 멈추게 할 때까지 넌 움직일 거란다."

"그런가요?" 새로운 생각을 받아들이며 데미의 갈색 눈동자가 커지고 반짝였다. "저도 시계처럼 움직이고 있나요?"

"그럼. 다만 어떻게 움직이는지 할아버지가 보여줄 수는 없단다. 우리가 보지 못하게 만들어졌거든."

데미는 시계태엽을 찾을 것처럼 등을 이리저리 느껴보더니 진지하게 말했다.

"제가 자고 있을 때 하나님이 감아주시나 봐요."

그 뒤로 친절한 설명이 이어졌고 아이는 아주 집중해서 듣자 안달한 할머니가 끼어들었다.

"여보, 그런 걸 아이한테 이야기하는 게 현명하다고 생각하세요? 데미에게는 너무 무거운 짐이고 가장 대답하기 힘든 질문을 배우고 있잖아요."

"그런 질문을 할 정도로 충분히 나이가 찬 거라면 진정한 대답을 얻을 만큼 충분한 나이가 된 거야. 난 내 생각을 아이 머릿속에 집어넣으려는 것이 아니라 이미 그 속에 있는 것들이 펼쳐질 수 있게 도와주는 거지. 아이들은 우리보다 더 현명하고 데미는 내가 한 말을 모두 다 이해했을 거라고 믿어. 자, 데미, 네 마음을 어디에 두었는지 할아버지한테 말해주겠니?"

손자가 알키비아데스(Alcibiades)*처럼 "신과 소크라테스를 두고 맹세하건데 전 말할 수 없어요."라고 했다면 할아버지는 놀라지 않았을 것이다. 그런데 생각에 잠긴 어린 황새처럼 한 발로 잠시 서 있더니 아이가 확신이 담긴 목소리로 침착하게 이렇게 말했다. "제 작은 배 속에 있어요." 그 말에 할아버지는 할머니와 함께 웃음을 터트렸고 그렇게 형이상학 수업은 끝났다.

데미가 진정한 소년이자 어린 철학자라는 증거가 없었다면 좋았을 거라는 어머니의 불안감이 커졌다. 자주 토론을 한 뒤

---

* 소크라테스의 제자로, 장군으로 선출되어 정적들과 싸우며 아테네와 스파르타 등지에서 떠돌다가 아테네로 돌아와 전군의 총사령관이 되었으나 뒤에 암살되었다.

해나는 당연하다는 듯 고개를 끄덕이며 이렇게 예언했다. "저 아이는 이 세상에 어울리지 않아." 그러나 아이는 대단히 더럽고 짓궂은 어린 악동으로 변신해 장난을 치는 반전을 선보이며 해나의 두려움을 잠재우고 보는 부모의 마음을 기쁘게 했다.

메그는 많은 도덕적 규칙을 정하고 그것들을 지키려고 애썼다. 그러나 이길 수밖에 없는 계략, 천재적인 도피 혹은 어린이 스스로 평온하게 뻔뻔함을 드러내며 능숙하게 처신하는데 어떻게 대처할 수 있을까?

"건포도는 그만 먹으렴, 데미. 많이 먹으면 배가 아프단다." 자두 푸딩을 먹는 날 주방에서 일손을 돕는 아이에게 어머니가 말했다.

"전 아팠으면 좋겠어요."

"엄마는 널 그렇게 둘 수 없어. 그러니 가서 데이지가 파티 케이크를 만드는 것을 도우렴."

데미는 어쩔 수 없이 자리를 나섰지만 그의 잘못은 그의 정신에 영향을 끼쳤다. 보상받을 기회가 머지않아 찾아오면 그는 약삭빠르게 어머니를 속이고도 남을 것이다.

"계속 착하게 있었으니, 네가 좋아하는 놀이를 해줄게." 메그는 이렇게 말하고 푸딩이 안전하게 그릇에 담겼을 때 보조 요리사를 데리고 위층으로 올라갔다.

"진짜요, 어머니?" 데미가 잘 돌아가는 머릿속에서 근사한 아이디어를 생각해내며 물었다.

"그래, 진짜지. 네가 원하는 건 뭐든." 한 치 앞도 모르는 부모는 수차례 불러준 '새끼 고양이 세 마리' 노래를 불러주거나 바람이 불든 말든 가족들을 데리고 '1페니짜리 번을 사러 갈' 준비를 했다. 그러나 데미는 침착하게 이렇게 말해서 그녀를 궁지에 몰았다.

"그러면 우리가 가서 건포도를 전부 다 먹어요."

도도 이모는 아이들의 놀이 상대로 두 아이 모두의 친구인데 셋은 작은 집 안을 쑥대밭으로 만들었다. 에이미 이모는 그들에게 아직 이름뿐이고 베스 이모는 이내 흐릿한 기억 속으로 사라졌지만 도도 이모는 살아있는 현실로 그들은 그녀를 최대한 활용했다. 그런 점을 그녀는 아주 감사하게 여겼다. 그러나 베어 교수가 왔을 때 조는 놀이 친구들을 무시해 어린 영혼에 실망과 외로움을 남겼다. 키스 세례를 퍼붓는 것을 좋아하는 데이지는 최고의 고객을 잃어 도산하고 말았다. 데미는 어린아이 특유의 관점으로 도도 이모가 자신보다 '곰 인간'과 노는 것을 더 좋아한다는 점을 파악했다. 데미는 상처를 받았지만 화를 감추었다. 그 이유는 조끼 주머니에 초콜릿을 넣어 다니고 열성적인 구경꾼에게 시계를 꺼내서 자유롭게 흔들어 보여주는 라이벌을 모독할 생각이 없었기 때문이다.

어떤 이들은 이런 기분 좋은 자유를 뇌물이라고 생각할 수도 있을 거다. 그러나 데미는 그렇게 보지 않았고 계속 '곰 인간'에게 붙임성 있게 굴면서 후원을 받았고, 데이지는 세 번째 방문에서 그에게 자신의 작은 애정을 주며 그의 어깨가 자신의 왕좌이며 그의 팔이 그녀의 안식처이고 그가 주는 선물이 엄청난 가치를 지녔다고 생각했다.

신사는 가끔 숙녀의 어린 친척으로부터 갑작스러운 존경을 받게 되어 기쁘게 생각한다. 그러나 거짓으로 좋아하는 척을 한다면 누구도 현혹되지 못한다. 베어 교수의 헌신은 진심이었고 동시에 효과적인데 진심이 사랑에서 최고의 정책이어서이다. 그는 아이들과 집에 있는 남자이자 어린 얼굴들이 그의 남자다움과 즐겁게 어울리는 것을 보면 특히나 좋아했다. 그가 무슨 일 때문에 도시에 왔는지 모르지만 낮에는 늘 붙들려 있었고 밤이 되면 꼭 나타났다. 사실 그는 항상 마치 씨의 초청을 받았고 내가 생각하기에 그는 매혹을 느낀 것 같다. 훌륭한 아버지는 착각에 빠진 채 친절한 영혼과 긴 대화를 나누며 놀았고 그러다 좀 더 관찰력이 뛰어난 손자가 갑자기 끼어들어 그를 기쁘게 할 기회를 노렸다.

어느 오후 베어 교수는 자신의 눈앞에 펼쳐진 광경에 놀라 서재 문턱에 서 있었다. 바닥에 마치 씨가 엎드려 누워서 다리를 허공과 옆으로 펼쳤고 마찬가지로 데미도 엎드려서 보라색 양말을 신은 짧은 자기 다리로 그 모습을 따라 하고 있었는데

누운 두 사람이 너무 진지해 그들은 구경꾼이 온 줄도 몰랐다. 베어 교수가 우렁찬 웃음을 터트리고서야 조가 아연실색한 얼굴로 소리쳤다.

"아버지, 아버지! 베어 교수가 왔어요!"

검은 다리를 내리고 백발의 머리를 들고 목사는 위엄 있는 목소리로 침착하게 말했다.

"안녕하세요, 베어 씨. 잠시 실례하겠어요. 우리가 방금 수업을 끝냈어요. 자, 데미, 글자를 만들고 그 이름을 말해보렴."

"전 그를 알아요." 똑똑한 제자는 몇 차례 충동적인 노력 끝에 붉은 다리로 컴퍼스 한 쌍의 모양을 만들고는 의기양양하게 소리쳤다. "이건 '우리(We)'에요, 할아버지. 우리 말이에요."

"정말 타고난 아이야." 조가 웃음을 터트렸고 그녀의 아버지는 몸을 추슬렀다. 조카는 수업이 끝나서 만족한 감정을 표현할 길이 그것뿐인 것처럼 물구나무를 서려고 했다.

"오늘은 뭘 하며 놀았나요, 우리 꼬마 청년?" 베어 교수가 데미를 일으켜 세우며 물었다.

"메리를 보러 갔었어요."

"왜 거기 갔어요?"

"그녀에게 키스하려고요." 데미가 꾸밈없이 말했다.

"세상에! 좀 이른 것 같군요. 그래서 메리가 뭐라고 했어요?" 베어 교수는 무릎으로 서서 자신의 조끼 주머니를 뒤지는 말썽꾸러기에게 물었다.

"아, 그 애는 좋아했어요. 그리고 그 애도 제게 키스했어요. 전 좋았어요. 소년이라면 소녀를 좋아하지 않나요?" 데미가 입 안 가득 초콜릿을 베어 물고는 엄청 만족하며 말했다.

"이 엉큼한 자식! 누가 그런 생각을 네 머릿속에 넣어준 거야?" 조가 교수만큼이나 이 순진한 고백을 즐기며 물었다.

"내 머릿속에 들어 있는 것이 아니야. 그건 입술에 있는 거야." 어린 데미가 초콜릿 방울이 묻은 혀를 쏙 내밀고 대답하며 이모가 자기 말이 아닌 초콜릿에 홀리길 바랐다.

"친구를 위해 조금 남겨뒀어요. 다정한 이에게 달콤함을." 그러면서 베어 교수가 조에게도 건네주었고 그의 표정을 보고 조는 초콜릿이 신들이 마시는 음료가 아닌가 궁금증이 생겼다. 데미 역시 그 말에 감명을 받아 미소를 짓고 사심 없이 물었다.

"훌륭한 청년이 훌륭한 숙녀를 만나는 것처럼요, 교수님?"

어린 워싱턴처럼 베어 교수는 '거짓말을 할 수 없었다.' 그래서 그는 애매하다고 생각되는 대답을 했고 그 목소리에 마치씨는 옷솔을 내려놓고 조의 내성적인 얼굴을 흘끗 살피고는 자기 의자에 앉아 '엉큼한 자식'이 그의 머릿속에 넣어둔 달콤하면서 동시에 쌉싸래한 생각에 빠져들었다.

30분 뒤 도자기 찬장 안에서 조카를 찾아냈을 때 조는 아이가 거기 있었다고 흔들며 야단치는 대신 부드럽게 꼭 껴안고 아이의 숨을 막히게 했다. 커다란 빵 조각 하나와 젤리라는 예상치 못한 선물에 그녀는 이런 고귀한 행동을 했다. 데미가 자신의 작은 재치를 혼란스럽게 한 문제를 남겨두어 그걸 영원히 풀지 못하도록 했다.

46. 우산 아래에서

로리와 에이미가 집 안을 정돈하고 행복한 미래를 계획하며 같이 벨벳 카펫 위를 천천히 걷는 동안, 베어 교수와 조는 진흙 길과 흠뻑 젖은 들판을 따라 다른 방식으로 산책을 즐기고 있었다.

"늘 저녁 무렵에 산책을 하잖아. 돌아가는 길에 교수님과 우연히 마주칠 때가 많다고 해서 산책을 그만둘 이유는 없으니까." 베어 교수와 두세 번 마주친 후 조가 혼잣말을 했다. 메그의 집으로 가는 길은 두 갈래였지만, 어느 길로 가든, 가는 길이든 돌아오는 길이든, 조는 교수와 꼭 마주쳤다. 그는 언제나 빠르게 걷고 있었고 마치 눈이 나빠서 다가오는 숙녀를 알아보지 못하는 사람처럼 조가 아주 가까이 다가와서야 알아보는 척을 했다. 조가 메그의 집으로 갈 때면 교수는 아기들에게 줄 것을

늘 가지고 있었고, 조가 집으로 가는 길에 마주치면 교수는 그
저 강을 보러 가는 길이라고 했다. 그리고 그는 너무 자주 찾아
와서 불편하게 하는 것은 아니냐며 조금만 있다가 돌아갈 것이
라며 예의 바르게 말했다.

그런 그를 조가 어떻게 정중히 맞이해 집 안으로 들어오지
못하게 할 수 있겠는가? 설령 조가 그가 찾아오는 것이 정말로
피곤했다 해도 그런 마음을 완벽히 숨기는 기술이 있는 사람처
럼 감쪽같이 굴면서 "프리드리히, 아니, 베어 씨는 차를 안 좋아
하세요."라고 말하며 저녁 식사 때 커피를 내오기도 했다.

2주 정도가 지나자 일이 어떻게 되어 가고 있는지 모두가 완
벽히 알아차렸지만 조의 얼굴에 일어난 변화를 보고도 모른 척
했다. 왜 일을 하면서 노래를 부르는지, 왜 하루에 세 번 머리를

매만지는지, 왜 저녁에 산책할 때 요란스럽게 구는지, 그 누구도 조에게 묻지 않았다. 베어 교수는 아버지와는 철학 이야기를 하면서, 그 아버지의 딸에게는 사랑에 대한 강연을 하고 있다는 것을 그 누구도 의심하지 않는 듯했다.

아무리 돌려 말해도 조는 사랑에 빠진 것이 분명했지만 그 감정의 불을 끄려고 악착 같이 굴었다. 그러나 마음대로 되지 않자 하루하루를 불안하게 보냈다. 조는 그동안 독립적으로 살겠다고 여러 번 선언했기 때문에 섣불리 항복했다가는 비웃음을 살까 봐 두려워 죽을 지경이었다. 특히 로리가 두려웠다. 하지만 로리는 새로운 감독 덕분에 언제나 예의 바르게 행동했고 사람들이 있는 앞에서 베어 교수를 '훌륭한 늙은 아저씨'라 부르지도 않았다. 조가 예뻐졌다는 이야기도 하지 않았으며 거의 매일 저녁 마치 집 안의 복도 탁자에 교수의 모자가 놓인 것을 봐도 전혀 놀라는 표정을 짓지 않았다. 다만 속으로는 신이 나서 베어 교수를 떠올리게 하는 곰과 울퉁불퉁한 지팡이 그림이 있는 접시를 조에게 선물할 날이 오기를 손꼽아 기다렸다.

2주 동안 베어 교수는 연인을 만나는 사람처럼 날마다 찾아오다가 갑자기 사흘 동안 발길을 끊고 아무 연락도 하지 않았다. 이 때문에 모두 표정이 어두워졌고, 조도 처음에는 생각에 잠기다가 점점 사랑 앞에서 어쩔 줄 몰라 하며 신경질적으로 나왔다. "싫증이 난 거지. 갑자기 찾아왔을 때처럼 갑자기 돌아간 거야. 물론 상관없어. 그래도 신사라면 와서 작별인사 정도는 해야지." 조가 비참한 눈빛으로 혼잣말을 했다. 어느 날 오후, 지루해진 조가 습관처럼 산책을 하려고 옷을 입고 있었다.

"얘야, 우산 가져가거라. 비가 올 것 같구나." 어머니가 말했다. 어머니는 조가 새 모자를 쓰는 것을 봤지만 굳이 그 이야기를 하지 않았다. "그럴게요, 엄마. 시내에 갈 건데 필요한 건 없어요? 얼른 가서 종이 좀 사올게요."

조는 돌아서서 거울 앞에서 턱 밑에 묶은 모자의 리본을 풀면서 말했다. 조는 어머니를 애써 쳐다보지 않으려는 것 같았다. "그래, 그럼 능직 실레지아*, 9호 바늘 한 쌈, 가느다란 라벤더 리본 2미터 좀 사오렴. 두꺼운 부츠 신었니? 외투 안에도 따뜻하게 입었고?"

"그런 것 같아요." 조가 대충 대답했다.

"혹시 베어 교수와 마주치면 차라도 대접하게 집으로 모셔오렴. 그분 뵙고 싶네." 마치 부인이 덧붙여 말했다. 조는 이 말을 들어도 아무 대답을 하지 않았다. 그저 어머니의 뺨에 입을 맞추고 재빨리 집을 나섰다. 마음은 아팠지만 고맙다는 생각이 들었다.

'엄마는 어쩌면 내게 이렇게 잘해주실까! 엄마가 없는 여자

---

* 면이 비교적 조밀하게 짜진 능직물로 옷의 안감으로 사용된다.

들은 힘들 때 어떻게 견딜까?'

회계사무소, 은행, 도매 창고가 자리를 잡은 곳에는 옷감 파는 가게가 없었다. 이곳은 주로 신사들이 모이는 곳이었다. 하지만 조는 심부름은 하지 않고 어느새 이곳을 서성이고 있었다. 마치 누군가 기다리는 것처럼 창문을 여기저기 기웃거렸고 여자들이 관심 갖지 않을 복잡한 기계와 양털 견본을 자세히 보았으며 술통에 발이 걸려 넘어질 뻔했고 하마터면 내려오는 짐짝들 아래에 깔릴 뻔하기도 했다. 조는 바삐 움직이는 남자들에게 이리저리 떠밀렸다. 남자들은 그런 그녀를 보고 '저 여자는 여기서 뭐 하는 거지?' 하는 것처럼 어리둥절한 표정을 지었다.

빗방울 하나가 뺨에 떨어지자 조는 모자의 리본을 떠올렸다. 아무리 사랑에 빠져 정신이 없어도 조도 여자였기에 빗방울이 계속 떨어지자 모자가 걱정되었다. 마음은 어쩔 수 없다고 해도 모자만은 비에서 구해야겠다는 생각이 들었다. 그러나 집에서 서둘러 나오는 바람에 작은 우산을 두고 나왔다는 것을 알았다. 후회해봐야 소용없었다. 우산을 빌리거나 비를 쫄딱 맞을 수밖에 없었다. 조는 점점 낮게 드리운 하늘을 바라보다가 모자를 바라봤다. 모자는 이미 빨간색 리본에 검은 점이 찍혀 있었다. 조는 진흙길을 바라본 후, 뒤쪽에 있는 어느 오랜 창고를 오랫동안 바라보았다. 조는 창고 문에 적혀 있는 〈호프만, 스와 르츠 주식회사〉를 보며 자신을 호되게 나무랐다.

"꼴좋네! 한껏 멋 부리고 여기까지 오면 교수님을 만날 줄 알 았니? 조, 부끄러운 줄 알아! 아니, 저기 들어가서 우산을 빌리 거나 교수님의 친구들에게 교수님이 어디 있는지 물어봐서도 안 돼. 비 내리는 진창길을 걸어 심부름이나 해. 독감에 걸리고 모자가 엉망이 되어도 할 말 없어. 자, 어서 가자."

조는 서둘러 길을 건너다가 하마터면 지나가는 짐마차에 치 어 그대로 갈 뻔했다. 조는 짐마차를 피하다가 풍채 좋은 노신 사의 품에 뛰어들고 말았다. 노신사는 "실례했습니다, 부인."이 라고 말했지만 불쾌한 것 같았다. 조는 몸을 꼿꼿이 세우고 아 끼는 리본을 손수건으로 감싸고는 유혹을 물리치고 발걸음을 재촉했다. 물기가 발목까지 차올랐고 머리 위로는 우산들이 서 로 부딪히며 움직였다.

바로 그때, 비에 젖은 조의 모자 위로 낡은 파란색 우산 하나 가 우뚝 섰다. 조가 고개를 드니 베어 교수가 내려다보고 있었 다. "말들의 코밑을 용감히 지나가고 진흙탕 길을 재빨리 지나 가는 씩씩한 여성이 누군가 했습니다. 여기는 무슨 일이죠?"

"뭐 좀 살 것이 있어서요."

베어 교수는 한쪽의 피클 공장에서부터 맞은편의 가죽 도매 상까지 죽 훑더니 미소를 지었다. 그리고 다시 예의 바르게 말 했다.

"우산이 없군요. 제가 같이 가면서 짐을 들어드릴까요?"

"예, 고마워요."

조의 뺨은 리본 색깔만큼 빨개졌다. 조는 교수가 자신을 어떻게 생각할지 궁금했지만 상관하지 않았다. 교수와 팔짱을 긴 채 나란히 걸어가자 잠시나마 여기저기서 햇빛이 쏟아지는 것 같았고 세상이 제자리로 돌아온 기분이 들었다. 그날 조는 행복한 여인이 되어 빗길을 뚫고 갔다.

"저희는 교수님이 떠나신 줄 알았어요." 조는 자신을 바라보는 그의 눈길을 느끼며 서둘러 말했다. 모자로 얼굴을 제대로 가릴 수 없었기에 조는 좋아 어쩔 줄 모르는 자신의 얼굴 표정을 혹여 교수가 보고 얌전하지 못하다고 생각할까 봐 신경이 많이 쓰였다.

"저에게 그렇게나 친절하게 대해주신 분들께 작별인사도 하지 않고 떠날 사람으로 보입니까? 그가 섭섭한 말투로 물었다. 조는 말실수를 해서 그의 기분을 상하게 한 것 같아 서둘러 말을 받아쳤다.

"아뇨, 그건 아니에요. 교수님이 일 때문에 바쁘시다고 생각했어요. 모두 교수님을 뵙고 싶어 했어요. 특히 아버지와 어머니가요."

"당신도요?"

"저는 언제나 교수님을 뵙는 것이 즐거워요."

조는 아무렇지도 않게 말하려다가 되레 차갑고 무뚝뚝한 말투로 대답해버렸다. 교수는 조의 대답을 듣고 기운이 빠진 듯 미소를 거두고 우울하게 말했다.

"고맙군요. 그럼 떠나기 전에 한 번 가겠습니다."

"정말 떠나시나요?"

"여기에서는 더 이상 할 일이 없으니까요. 모두 끝났습니다."

"바라시던 대로 된 거죠?" 조가 말했다. 조는 교수의 짧은 대답에서 씁쓸함과 실망감을 느꼈다.

"그렇게 생각해야겠죠. 생활비를 벌고 우리 아이들을 더 많이 돌볼 수 있게 되었으니까요."

"제발 말씀해주세요! 전부 알고 싶어요. 조카들 일도." 조가 간절히 부탁했다.

"정말 친절하군요. 기쁜 마음으로 말해드리죠. 친구들 덕분에 대학에서 일자리를 찾았습니다. 고향에서 그랬던 것처럼 가르치는 일을 하면서 프란츠와 에밀을 충분히 돌볼 수 있을 만큼 돈을 벌 수 있게 되었습니다. 그러니 감사해야 할 일이겠죠?"

"정말 감사할 일이죠! 교수님은 좋아하시는 일을 하고 우리는 서로 더 자주 볼 수 있게 되었으니 정말 대단한 거죠. 조카들도……."

조는 아이들을 핑계로 내세웠으나 기쁜 마음을 숨길 수 없었다.

"아, 하지만 자주 볼 수는 없을 겁니다. 서부에서 일하게 되었거든요."

"너무 머네요!" 두 사람의 운명을 생각하다가 조는 치맛자락을 놓쳤다. 이제는 옷차림이 어떠하든 모습이 어떻게 보이든 상관없었다.

베어 교수는 몇 개 언어를 읽을 줄 알았지만 여자의 언어를 읽는 법은 아직 배우지 못했다. 그는 조를 아주 잘 알고 있다고 생각했지만, 이날 조가 빠르게 연달아 보여주는 목소리, 얼굴 표정, 태도가 도통 종잡을 수 없었다. 조의 기분은 30분 동안 여섯 번 정도 바뀌었다. 처음에 조는 우연히 마주치자 깜짝 놀라는 모습을 보였고, 여기에 온 이유도 터무니없이 믿기가 힘들었다. 그는 조가 자신이 내민 팔을 잡으며 짓는 표정을 보고 마음이 기쁨으로 가득했다. 그러나 자신을 보고 싶었냐는 질문에 조가 차갑고 형식적으로만 대답해 그의 마음은 다시 절망으로 뒤덮였다. 그리고 조는 그의 좋은 소식을 듣자 박수를 칠 정도로 기뻐했다. 단지 조카들 때문에? 그다음에 조는 그가 일하러 가게 되는 장소를 듣자 "너무 머네요!"라고 실망한 듯이 말해 그를 희망의 최고봉까지 올려놓았다. 그러다가 곧바로 조는 아무렇지도 않게 다음과 같이 말해 그를 다시 희망의 밑바닥으로 끌어내렸다.

"여기가 제가 오려고 한 곳이에요. 들어가실래요? 오래 걸리지 않을 겁니다."

조는 물건 사는 솜씨를 자신했기에 해야 할 일을 깔끔하고 신속하게 처리해 교수에게 잘 보이고 싶었다. 그러나 지나치게 자신만만한 척했는지 일이 전부 꼬였다. 조는 바늘이 담긴 쟁반을 뒤엎기도 하고 실레지아가 '능직'이라는 것을 깜빡해서 엉뚱한 천이 잘릴 때까지 그대로 있기도 하고, 잔돈까지 잘못 주었다. 뿐만 아니라 조는 무명베를 파는 가게에서 라벤더 리본을 달라고 하며 당황하기도 했다. 조가 빨개진 얼굴로 실수를 연달아 하는 동안, 베어 교수는 곁에 서서 그 모습을 바라보며 여자들은 꿈속에서처럼 가끔 앞뒤가 맞지 않는 행동을 한다는 것을 알았다. 그의 혼란스러운 마음이 누그러졌다.

두 사람은 가게를 나왔다. 그는 훨씬 유쾌해진 기분으로 꾸러미를 팔 밑에 꼈다. 그리고 마치 이 상황을 즐기는 것처럼 웅덩이를 밟으며 첨벙첨벙 걸었다.

"아가들을 위해서 뭘 좀 사야 하지 않을까요? 오늘 밤 당신의 유쾌한 집을 방문하려고 하니 송별회라도 하는 것이 어떨까요?"

그는 과일과 꽃이 가득한 가게 앞에서 걸음을 멈추고 물었다.

"무엇을 살까요?" 조는 그의 마지막 말을 못 들은 척하며 말했다. 두 사람이 가게에 들어갔다. 조는 애써 기분 좋은 척하며 여러 가지 향기를 맡았다.

"아이들이 오렌지와 무화과를 먹어도 되나요?" 베어 교수가 아빠 같은 말투로 물었다.

"있으면 얼른 먹죠."

"당신은 땅콩 좋아하나요?"

"다람쥐처럼 좋아하죠."

"함부르크 포도도 있군요. 그래요, 이것으로 내 고향을 위해 건배하면 되겠어요."

조는 너무 사치스러운 것 같아 얼굴을 찌푸렸고, 대추 한 바구니, 건포도 한 상자, 아몬드 한 봉지면 되지 않느냐고 물었다. 그 말을 듣던 베어 교수는 조의 지갑을 낚아채 자기 돈을 꺼내더니 포도 몇 파운드와 분홍색 데이지꽃 화분 하나, 데미를 위한 예쁜 꿀단지를 사며 장보기를 끝냈다. 그리고 그는 울퉁불퉁한 짐 꾸러미를 주머니 안에 쑤셔넣은 후 꽃은 조에게 건네주고 낡은 우산을 함께 쓰며 다시 걸었다.

"마치 양, 중요한 부탁이 있습니다."

진흙길을 반 정도 지났을 때 교수가 말을 꺼냈다.

"예, 교수님." 조는 가슴이 너무 세차게 뛰어 그에게 들킬까 봐 걱정되었다.

"비가 오지만 시간이 별로 없어서 염치 무릅쓰고 말씀드리고 싶습니다."

"예, 교수님." 조가 손에 힘을 너무 주는 바람에 작은 화분이 부서질 뻔했다.

"티나에게 조그만 드레스를 사주고 싶은데 아는 것이 없어 혼자 사러 가기가 그렇군요. 어떤 것이 괜찮은지 같이 봐줄 수 있나요?"

"예, 교수님." 조는 마치 냉장고 안에 들어간 것처럼 갑자기 기분이 가라앉고 차가워졌다.

"티나의 엄마에게도 숄을 선물하려고요. 티나의 엄마는 너무 가난하고 아파서 남편이 걱정을 많이 합니다. 그래요, 그래. 아이 엄마에게는 따뜻한 숄 선물이 좋겠습니다."

"기꺼이 도와드릴게요."

'할 일을 얼른 해치워야지. 매번 그가 더욱 사랑스럽게 보이

니 안 되겠어.'

　조는 그렇게 단단히 마음먹고 열심히 옷을 고르기 시작했
다. 베어 교수는 모든 것을 조에게 맡겼다. 조는 티나를 위해
예쁜 드레스를 하나 골랐고, 숄도 보여 달라고 했다. 유부남인
점원은 가족에게 줄 선물을 사는 것처럼 보이는 두 사람이 부
부라고 생각해 허물없는 관심을 보였다.

　"부인에게는 이것이 좋겠습니다. 아주 좋은 물건입니다. 색깔
도 예쁘고요. 수수하면서도 고급스럽습니다." 점원이 포근한 느
낌의 회색 숄을 흔들어 조의 어깨에 걸쳐주었다.

　"이것 마음에 드세요, 교수님?" 조는 그에게서 몸을 돌린 채

물었다. 얼굴을 숨길 수 있어 매우 다행이라고 생각했다.

"아주 좋군요. 그걸로 합시다." 교수가 미소를 지으며 대답했다. 교수가 값을 지불하는 동안 조는 마치 쇼핑 전문가처럼 계속 판매대를 뒤졌다.

"이제 집으로 갈까요?" 그가 매우 기쁜 말투로 물었다.

"그래요, 시간도 늦었고 너무 피곤하네요." 조의 목소리는 생각보다 슬퍼졌다. 태양이 나타날 때처럼 갑자기 사라진 것 같았고 세상이 다시 진흙탕처럼 된 것 같았다. 발은 차가웠고 머리가 아팠다. 하지만 조의 마음은 발보다 더 차갑고 머리보다 더 아팠다. 베어 교수는 떠날 것이다. 그는 그녀를 그저 친구처럼 좋아하고 있었다. 조는 그동안 자신이 전부 오해한 것이니 되도록 빨리 끝내는 것이 좋겠다고 생각하며 마차를 세웠다. 그런데 조가 손을 급하게 흔들어서 화분에 있던 데이지꽃들이 바람에 날려 망가졌다.

"우리가 탈 마차가 아닙니다."

교수가 손을 저어 사람들이 탄 마차를 보냈다. 그러고는 걸음을 멈춰 가련한 처지가 된 꽃들을 주웠다.

"죄송해요. 마차 이름을 잘못 봤어요. 걸어갈 수 있으니 괜찮습니다. 진흙탕 길을 잘 걷거든요." 조는 눈을 심하게 깜빡이며 대답했다. 대놓고 눈물을 닦으니 죽는 것이 나을 것 같았다.

조는 고개를 돌렸지만 베어 교수가 그녀의 뺨에 흐르는 눈물방울을 보고 말았다. 그 모습에 마음이 송두리째 흔들린 그는 갑자기 걸음을 멈추고 조를 굽어보며 의미심장한 목소리로 물었다.

"이런, 왜 우는 거죠?"

만일 조가 이런 일이 처음이 아니었다면, 우는 것이 아니라든지, 감기에 걸려 머리가 아프다든가 하는 식으로 여자들이 으레 하는 거짓말을 했을 것이다. 그러나 조는 체면이고 뭐고 관심 없이 흐느끼며 대답했다.

"당신이 떠나려 하니까요."

"이런, 하나님. 이렇게 기분 좋을 수가!" 베어 교수가 외쳤다. 그는 우산과 짐 꾸러미를 들고 있었지만 조의 두 손을 잡으려 했다.

"조, 나는 아무것도 없지만 당신에게 줄 사랑은 많습니다. 당신이 내 마음을 받아줄 수 있을지 없을지도 알고 싶어 온 겁니다. 그리고 내가 당신에게 친구 이상이 될 수 있는지 확신이 생길 때까지 기다렸어요. 당신의 가슴에 이 늙은 프리드리히를 위해 작은 자리를 만들어 줄 수 있나요?" 그는 단숨에 말을 쏟아냈다.

"아, 그럼요!" 조가 말했고 그는 매우 만족스러웠다. 두 손으로 그의 팔을 감싸고 그를 올려다보는 조의 얼굴에는 행복이 가득했다. 조는 평생 인생의 동반자로 그의 옆에서 걸을 수 있다면, 지금 그가 들고 있는 낡은 우산보다 더 나은 피난처가 없다고 해도 행복할 것이라는 표정이었다.

베어 교수는 바로 청혼하고 싶었지만 그러기에는 분명히 어려운 상황이었다. 진흙길 위에 무릎을 꿇을 수도 없었고 양손에는 짐을 가득 들고 있어서 마음과 달리 조에게 손을 내밀 수도 없었다. 마음은 간절했지만 길 한가운데서 대놓고 애정을 표현할 수도 없었다. 그는 환하게 미소 짓는 얼굴로 조를 바라볼 뿐이었다. 그의 표정이 너무나 밝아서 턱수염에 방울방울 맺힌 물방울에 작은 무지개 뜬 것처럼 보일 정도였다. 그가 진심으로 조를 사랑하지 않았다면 그 순간 그런 눈빛으로 조를 바라보지 못했을 것이다. 조의 치마는 엉망이었고 고무장화는 발목까지 진흙탕으로 범벅인데다가 모자는 망가져 있었다. 그러나 다행히 베어 교수는 그런 조가 세상에서 가장 아름다워 보였다. 베어 교수도 찌그러진 모자챙에서 어깨 위로 작은 실개천이 흐르고 있었고(우산을 조가 있는 방향으로 완전히 기울여 쓰고 있었기 때문에) 장갑은 손가락 부분 모두 수선이 필요한 상황이었으나 조의 눈에는 그런 그가 그 어떤 남자보다도 멋져 보였다.

지나가는 사람들은 두 사람을 정신이 어떻게 된 한 쌍이라고 생각했을지도 모른다. 두 사람은 마차를 부를 생각도 못했고 저녁의 어두움과 안개가 점점 짙어져가도 즐거운 표정으로 걸고 있었다. 평생 한 번 올까 말까 한 행복을 누리고 있는 두 사람이었기에 남들이 뭐라고 생각하든 신경 쓸 리가 없었다. 이 마법 같은 순간은 늙은이에게 젊음을, 평범한 사람에게는 아름다움을, 가난한 사람에게는 부를 주며 인간의 마음에게는 천국의 빛을 준다. 교수는 왕국을 정복한 사람처럼 보였고 온 세상이 그에게 환희의 손길을 내미는 것 같았다. 조는 비로소 제 자리를 찾은 기분이었고 다른 길은 선택할 생각도 하지 않는 듯 그의 옆에서 빗속을 걸었다. 물론 먼저 이성을 찾고 말을 꺼낸 것은 조였다. 충동적으로 "아! 그럼요!"라는 말을 한 후에 곧바로 나온 말이라 여전히 감정적이었고 일관성과 의미도 담기지 않았다.

"프리드리히, 당신은 어째서?"

"세상에! 누이 미나가 죽은 후에는 아무도 내 이름을 불러준 적이 없는데 당신이 드디어 내 이름을 불러주었어!"

교수가 물웅덩이 속에서 발걸음을 멈춘 채 고맙고 기쁜 마음으로 외쳤다.

"마음속으로는 늘 그렇게 불렀는데……. 무심코 입으로 나와 버렸네요. 마음에 들지 않는다면 그렇게 부르지 않을게요."

"마음에 듭니다! 기분이 참 좋아요. '그대'라고 불러도 됩니다. 당신의 언어도 나의 언어만큼 아름답군요."

"그대라는 말은 조금 감상적이지 않아요?" 조가 물었다. 그러나 속으로 조는 사랑스러운 말이라고 생각했다.

"감상적이라고요? 그렇긴 합니다만. 다행히 우리 독일인들은 감상적인 것의 힘을 믿고 이를 통해 젊음을 유지합니다. 영어의 '당신'이라는 말은 너무 차가워요. 그러니 진심을 담아 '그대'라고 말해줘요. 나에게 더 큰 의미로 다가오니까요." 베어 교수는 낭만적인 학생처럼 부탁했다.

"그러죠. 어째서 그대는 좀 더 일찍 말해주지 않았나요?" 조가 수줍어하며 물었다.

"이제 그대에게 진심을 보여주어야겠군요. 기꺼이 그러죠. 그대가 나의 진심을 어루만져 줄 테니까. 그러니 들어봐요, 조. 아, 사랑스럽고 재미있고 귀여운 이름! 사실은 그날 뉴욕에서 작별인사할 때 무엇인가 고백을 하고 싶었지만 그 잘생긴 친구와 약혼한 사이라 생각해 고백을 할 수 없었습니다. 그때 내가 고백을 했으면 그대가 날 받아주었을까요?"

"모르겠어요. 받아주지 않았을지도 모르죠. 그때는 마음이 없었으니까요."

"풋, 그 말은 못 믿겠군요. 동화 속 왕자님이 숲에 나타나 깨우기 전까지는 잠들어 있었을 겁니다. 첫사랑이 최고라고 하지만 굳이 그런 기대는 하지 않습니다."

"그래요, 첫사랑이 최고죠. 그러니 만족하셔도 돼요. 나의 첫사랑은 지금이니까요. 그때 테디는 그저 소년이었고 그 환상은 곧 끝났거든요." 조는 교수가 오해하는 부분을 바로잡고자 애썼다.

"좋아요! 그럼 마음 편히 행복해야겠군요. 그대가 내게 마음을 온전히 준 것이 확실하니까요. 너무 오래 기다린 나머지 점점 이기적이 되었나 봅니다. 그대도 곧 알게 될 겁니다, 여교수님."

"그거 좋은데요." 조는 새로운 호칭이 마음에 들어 외쳤다.

"그런데 어떻게 내가 당신을 간절히 원할 때 딱 맞춰 나타난 거죠?"

"이것 덕분에." 베어 교수가 조끼 주머니에서 낡은 신문 한 장을 꺼냈다.

조는 신문을 펼치더니 수줍은 듯 얼굴을 붉혔다. 조가 어느 신문에 기고한 시였다. 조는 가끔 시를 써서 보내기도 했다.

"이 시가 어떻게?"

"이 시를 우연히 발견했죠. 시에 나오는 이름과 머리글자들을 보고 당신이 쓴 시라는 것을 알았어요. 시의 한 구절이 와 닿았죠. 읽고 그 구절을 찾아봐요. 그동안 나는 당신이 빗물 웅덩이에 빠지지 않도록 잘 봐줄게요."

조는 그의 말대로 했다. 조는 자신이 쓴 시를 열심히 읽었다.

다락방에서

먼지가 뽀얗게 쌓이고 세월의 흔적이 묻은 채
일렬로 늘어선 나무 상자 네 개.
인생의 최고 시기를 맞은 이들이
오래전 어린 시절에 만들고 채웠다.
빛바랜 리본에 묶여 나란히 걸린
용감하고 유쾌한 작은 열쇠 네 개.
오래전, 어느 비 오던 날
아이에게 걸맞은 자부심으로 묶은 리본들,
사내아이 같은 손이
뚜껑마다 하나씩 새긴 이름 네 개.
그 뚜껑 밑에 숨겨진
행복한 아이들의 이야기.
여기 다락방에서 놀다가 잠시 멈추고
지붕을 왔다 갔다 한
감미로운 노래를 듣곤 했다.
여름비가 내리는 날에.

부드럽고 하얀 첫 뚜껑 위의 이름 '메그'.
사랑스러운 눈으로 들여다보니
차곡차곡 접히고, 꼼꼼하게 정돈된 물건은
평화로운 삶의 기록,

얌전한 여자아이가 받은 선물,
아내의 징표인 웨딩드레스,
작은 신발과 아기의 곱슬머리.
모든 장난감은 첫 번째 상자에서
다른 곳으로 옮겨져
또 다른 메그들과
다시 옛날의 놀이를 시작했다.
아, 행복한 엄마!
감미로운 빗소리 같은
부드럽고 나지막한 자장가를 듣고 있을 거야.
여름비가 내리는 날에.

나의 '베스!'
네 이름을 담은 뚜껑을 여니
여전히 먼지 하나 없다.
사랑스러운 두 눈으로 씻어내고
세심한 손길로 닦아낸 것처럼.
죽음이 남기고 간 한 사람의 성스러운 인간은
인간이라기보다는 신에 가까웠다.
우리는 여전히 구슬프게 통곡하며
가족의 이 성지 안에 유물을 남긴다.

거의 울리지 않는 은종과
끝까지 썼던 작은 모자,
그녀의 문 위에 맴돌던 천사들의 손에
매달린 예쁜 망자 캐서린.
고통의 감옥 안에서
아파하지 않고 불렀던 노래들이
여름에 내리는 빗소리와 함께
영원히 감미롭게 들린다.

반들반들 윤이 나는 마지막 뚜껑 위에 있는
아름답고 진실한 전설.
용감한 기사가 금빛과 파란빛으로
그의 방패에 새긴 이름 '에이미'.
머리카락을 감쌌던 망 안에,
기사와 마지막으로 춤을 추었던 구두 안에,
단정하게 놓인 빛바랜 꽃들.
부지런했던 부채는 과거가 되었다.
열정이 담긴 즐거운 밸런타인 카드들.
소녀의 희망과 두려움, 수줍음이 깃든 작은 물건들.
처녀의 마음은 묻어두고
더 아름답고 진실한 주문을 배우며 평화로운 노랫소리를,

신부의 은빛 총소리를 듣는다.
여름비가 내리는 날에.

일렬로 늘어선 나무상자 네 개는
먼지가 뽀얗게 쌓이고 세월의 흔적이 묻었어도
한창 때 사랑하고 일하라며
기쁨과 슬픔으로 네 여인을 가르쳤다.
한 명은 먼저 떠나 잠시 헤어졌을 뿐
네 자매는 아무도 잃지 않았다.
영원불멸한 사랑의 힘으로
더욱 가까워지고 사랑하게 되었네.
아, 우리의 비밀 상자들이
아버지의 눈앞에서 열리는 날,
황금빛 시간 속에 찬란해지기를.
선행이여, 빛보다 더욱 찬란하게 빛나기를
인생이여, 용감하게 길게 울리기를,
마음을 울리는 후렴구처럼
영혼이여, 기쁘게 솟아오르기를.
비 온 후 기나긴 햇빛 속에서.

J. M.

"형편없는 시예요. 어느 날 너무 외로워서 잡동사니 위에서 한없이 울다가 쓴 시거든요. 이 시가 저의 이야기를 들려줄 줄은 몰랐네요." 조가 말했다. 그리고 교수가 오랫동안 소중히 간직한 시를 찢어버렸다.

"이 시는 보내버리죠. 임무가 끝났으니까요. 이제는 시인의 작은 비밀을 간직한 마음의 책을 모두 읽고 새로운 시를 한 편 간직하려고 해요." 베어 교수는 미소를 지으며 말했다. 그는 바람에 날리는 종잇조각을 바라보며 진지하게 말을 덧붙였다. "그래요. 그 시를 읽고 나서 '이 여자는 슬프고 외롭구나. 진정한 사랑 안에서 위안을 찾을 거야.'라고 생각했습니다. 나의 마음은 그녀에 대한 사랑으로 가득했습니다. 그래서 그녀에게 가서 가진 것 없는 사람이지만 괜찮다면 하나님의 이름으로 받아주셨으면 합니다.'라고 말해보자고 결심한 것이죠."

"그래서 온 당신은 가진 것 없는 사람이 아니라 내게 필요한 소중한 존재였죠." 조가 속삭였다.

"당신은 내게 너무나 친절했지만 처음에는 용기가 없어 그런 생각을 못했습니다. 그러나 곧 희망이 생기기 시작했고, 노력한다면 그녀를 나의 사람으로 만들 수 있을 거야'라고 생각했습니다. 그리고 이룬 것이죠!" 베어 교수는 주위에 깔린 안개라는 벽이 과감히 넘어서거나 무너뜨려야 할 장애물인 듯 힘껏 고개를 끄덕이며 외쳤다.

조는 그 말이 멋지다고 생각했고, 그가 화려한 말을 타고 의기양양하게 온 기사는 아니어도 자신의 기사에 어울리는 사람이라고 생각했다.

　"왜 그렇게 오랫동안 마음을 애태운 것이죠?" 조가 곧바로 물었다. 조는 은밀한 질문을 물을 수 있고 흔쾌히 대답을 들을 수 있다는 사실이 너무 즐거워 가만히 입을 다물고 있을 수 없었다.

　"쉽지 않았거든요. 해결책도 없는데 행복한 가정 안에 있는 당신을 무조건 데려올 용기가 없었습니다. 오랫동안 열심히 일해야 당신에게 무엇이라도 줄 수 있을 테니까요. 얼마 안 되는 지식만 있는 늙은 가난뱅이를 위해 그 많은 것을 포기하라고 어떻게 말할 수 있었겠습니까?"

　"당신이 가난해서 오히려 다행이에요. 부자 남편은 자신 없거든요!" 조는 분명히 말했다. 그리고 부드러운 목소리로 덧붙였다. "가난을 두려워하지 말아요. 나는 오랫동안 가난을 경험해서 그런지 두렵지 않거든요. 오히려 사랑하는 사람들을 위해 일할 수 있어서 행복해요. 그리고 스스로 늙었다고 하지도 마세요. 난 한 번도 당신이 늙었다고 생각해본 적이 없어요. 당신이 70세라고 해도 당신을 사랑할 수밖에 없을 거예요!"

　교수는 그 말에 감동해 눈물이 나올 것 같아 손수건을 꺼내야 했으나 손수건을 꺼내기에는 손이 짐 꾸러미로 가득 차 있었다. 그러자 조가 대신 그의 눈물을 닦아주었다. 조는 웃으면서 그의 손에서 꾸러미를 한두 개 낚아챘다.

"나는 너무 드센 사람일지도 몰라요. 그래도 날 보고 정신이 나갔다고 비난할 사람은 아무도 없을 거예요. 눈물을 닦아주고 짐은 나눠 드는 것이 여자의 특별 임무죠. 내 몫은 내가 들 거예요, 프리드리히. 그리고 가정을 꾸려 나가는 돈도 같이 벌 거예요. 그렇게 하겠다고 해줘요. 안 그러면 한 발짝도 움직이지 않을 거예요." 그가 꾸러미를 다시 들려고 하자 조가 단호하게 말했다.

"지켜봅시다. 오래 참고 기다릴 수 있겠어요, 조? 나는 멀리 떠나 혼자 일해야 합니다. 우선은 조카들을 도와야 해서요. 당신 때문에 미나와 한 약속은 깰 수 없어요. 그러니 우리 희망을 갖고 기다려 봅시다. 그럴 수 있겠어요?"

"예, 그럴 수 있어요. 우리가 서로 사랑하니 나머지 문제는 견디기 쉬워요. 나도 해야 할 일이 있으니까요. 당신 때문에 의무와 일을 게을리 한다면 나도 즐겁지 못할 거예요. 그러니 급하거나 초조할 필요는 없어요. 당신은 서부에서 당신이 할 일을 하고 나는 여기에서 나의 일을 할 거예요. 더 나은 희망을 품고 미래는 하나님의 뜻에 맡긴다면 우리 둘 다 행복할 겁니다."

"아! 그대는 나에게 희망과 용기를 주는군요. 하지만 내가 당신에게 보답할 것이라고는 나의 진심과 빈손뿐입니다." 교수가 감격해서 소리쳤다.

조는 조신함은 평생 배우지 못할 것 같았다. 두 사람은 계단 위에 서 있었다. 그가 말을 끝내자 조가 두 손을 그의 두 손 안에 넣으며 "이제 빈손이 아니에요."라고 부드럽게 소곤거리고는 우산 속에서 고개를 숙여 프리드리히에게 입을 맞춘 것이다. 황당한 행동이었으나 산울타리 위에 엉덩이를 붙이고 앉아 있는 것들이 참새 떼가 아니라 사람들이었다고 해도 조는 똑같이 행동했을 것이다. 조는 이미 너무 멀리 와버렸으며 자신의 행복 외에는 아무것도 신경 쓰지 않았다. 그저 겉으로 보면 대단하지 않은 광경이었으나 두 사람은 인생에서 가장 감격적인 순간을 맞이하고 있었다. 그 순간, 어두운 밤, 폭풍과 외로움은 가정의 불빛, 온기와 평화로 바뀌었다. 조는 즐겁게 "집에 온 것을 환영해요."라고 말하고는 자신의 사랑을 집 안으로 들인 후 문을 닫았다.

47. 수확의 시간

1년 동안 조와 베어 교수는 일하고 기다리며 희망을 품고 사랑했다. 두 사람은 가끔 만나기도 했고, 로리가 종잇 값이 오른 것이 당연하다고 말할 정도로 엄청나게 많은 편지를 주고받았다. 그다음 해의 시작은 암울한 편이었다. 두 사람의 앞날이 그리 밝지 않았고, 마치 작은할머니도 갑자기 세상을 떠났기 때문이다. 그러나 두 사람이 첫 번째 슬픔의 고비를 넘기자(할머니는 독기 있는 말을 했지만 두 사람은 할머니를 사랑했다.) 기뻐할 일이 찾아왔다. 작은할머니가 플럼필드를 조에게 유산으로 남겨준 덕에 조가 하고 싶은 일을 할 수 있게 된 것이다.

"고풍스러운 저택이라 팔면 돈이 꽤 될 거야. 물론 팔 거지?" 몇 주 후 플럼필드에 대해 이야기하다가 로리가 물었다.

"아니. 안 팔아."

조는 돌아가신 작은할머니를 대신해 기르기로 한 토실토실한 푸들을 쓰다듬으며 딱 잘라 대답했다.

"설마 그 저택에 살려는 것은 아니지?"

"아니, 살 건데."

"이런, 그처럼 큰 저택이라면 관리하는 데 돈이 정말 많이 들 거야. 정원과 과수원만 해도 하인 두세 명은 필요할걸. 그리고 내가 보기에 농사는 베어 교수가 잘할 분야가 아닌데."

"그이는 내가 권하면 해보려고 할 거야."

"그럼, 농사를 지어 먹고 살 생각이야? 말은 쉽지만 뼈 빠지게 일해야 할 거야."

"우리는 이윤이 많이 나오는 농사를 지을 거야." 조가 웃었다.

"그 대단한 농사라는 것이 무엇입니까, 부인?"

"아이들! 아이들을 위한 학교를 열고 싶어. 집처럼 훌륭하고 행복한 학교. 나는 아이들을 보살피고 프리드리히는 아이들을 가르치는 학교."

"역시 조, 너다운 계획이야! 정말 조답지 않아요?"

로리는 자신 못지않게 깜짝 놀란 듯한 가족을 향해 물었다.

"좋은 계획이구나." 마치 부인이 분명하게 말했다.

"나도 같은 생각이다." 마치 씨도 거들었다. 그는 요즘 아이들에게 소크라테스식 교육법을 시도할 수 있는 기회라며 환영했다.

"조가 신경 쓸 일이 엄청나게 많을 거예요." 메그가 기운을 쏙 빼놓는 아들의 머리를 쓰다듬으며 말했다.

"조라면 할 수 있어. 그리고 그 일을 하면서 행복해할 거야. 아주 훌륭한 생각이다. 계획에 대해 전부 말해주렴."

로런스 씨가 외쳤다. 그는 그동안 두 연인을 돕고 싶었지만 도움을 거절할 것이 뻔해 그 마음을 계속 눌러왔다. 조가 솔직하게 말했다.

"그동안 할아버지가 제 편이었다는 것을 알고 있어요. 에이미도 마찬가지고요. 에이미가 말을 하기 전에 여러 가지 신중하게 따져서 그렇지, 눈을 보면 에이미의 마음을 알 수 있죠. 자, 존경하는 가족 여러분, 새로운 계획이 아니라 오래전부터 꿈꿔온 계획이에요. 프리드리히가 내게로 오기 전부터 나는 어떻게, 언제 돈을 벌까 생각했어요. 내가 돈을 벌고 집에서도 더 이상 나를 필요로 하는 사람이 없다면 큰 집을 빌려서 엄마 없는 가난하고 외로운 아이들을 데려와 돌봐야겠다고 생각했어요. 너무 늦기 전에 그 아이들에게 즐거운 삶을 살 수 있게 해주고 싶어요. 필요할 때 도움을 받지 못해 인생을 망치는 아이들을 많이 봤어요. 그런 아이들을 위해 꼭 무엇인가를 하고 싶어요. 아이들이 무엇을 필요로 하는지 알 것 같고 아이들이 힘들어 하는 모습이 딱해요. 그런 아이들에게 엄마가 되고 싶어요!"

마치 부인은 조에게 손을 내밀었고 조는 미소를 지으며 그 손을 잡았다. 조는 눈물을 글썽이며 오랫동안 보여주지 않던 예전의 열정적인 태도로 말을 이어갔다.

　"한 번은 나의 계획을 프리드리히에게 말했더니, 그이도 하고 싶었던 일이라며 이다음에 부자가 되면 그렇게 하자고 했어요. 정말로 마음씨 따뜻한 사람이에요. 그이는 부자가 아니지만 이미 한평생 그 일을 실천하고 있었어요. 그는 가난한 조카들을 도와주었거든요. 그러니 돈이 주머니에 머물 틈도 없이 빠져나가니 부자가 될 수 없겠죠. 그러나 이제는 내게 과분한 사랑을 주신 마치 작은할머니 덕분에 부자가 되었어요. 적어도 그렇게 느껴요. 학교가 잘되면 우리는 플럼필드에서 완벽히 잘 살아갈 수 있어요. 그 집은 그야말로 아이들을 위한 곳이에요. 집이 크고 튼튼하며 소박하죠. 방도 아주 많고 바깥에 있는 마당도 멋져요. 아이들은 정원과 과수원에서 일을 도울 수 있을 거예요. 그런 일은 건강에 좋지 않아요, 할아버지? 프리드리히는 자신의 방식대로 아이들을 가르치고 아버지도 도와주실 거예요. 나는 아이들을 먹이고 보살피고 다독여주기도 하고 나무랄 일이 있으면 혼내기도 할 거예요. 어머니도 옆에서 도울 거고요. 남자아이들과 함께하는 삶을 오랫동안 꿈꿔 왔어요. 많을수록 좋고요. 이제 그 집을 남자아이들도 가득 채워 사랑스러운 아이들과 마음껏 행복할 수 있게 되었어요. 얼마나 풍요로 울지 생각해보세요. 플럼필드가 내 것이고, 남자아이들에게 둘러싸여 즐겁게 살 수 있다니!"

조가 손을 흔들며 기쁨에 찬 한숨을 내쉬자 가족은 신나게 웃음을 터뜨렸다. 특히 로런스 씨가 쓰러질까 염려될 정도로 계속 웃어댔다.

"뭐가 재미있는지 모르겠네요. 우리 교수님이 학교를 열고 내가 내 집에서 사는 것보다 더 자연스럽고 이치에 맞는 일이 또 뭐가 있다고." 웃음이 잦아들어 목소리를 낼 수 있게 되자 조가 진지하게 말했다.

"조는 벌써 바람이 잔뜩 들어가 있네. 하지만 그 학교를 어떻게 유지할 수 있을지 궁금한데. 학생이 전부 부랑아라면 전혀 이익을 내지 못할 농사인데 말이에요, 베어 부인." 로리가 조의 계획을 겉만 번지르르한 농담이라고 생각하며 말했다.

"분위기 좀 깨지 마, 테디. 물론 부유한 학생도 받을 거야. 시작은 그렇게 하겠지. 그리고 일단 시작하면 부랑아 학생을 한두 명 받을 수 있을 거야. 부잣집 사람들의 아이들도 가난한 집 아이들만큼 보살핌과 위로가 필요할 때가 많아. 하인들의 손에 맡겨지거나 자신의 성향과는 완전히 다른 길로 떠밀리는 불행한 아이들을 봤는데 정말 잔인하더라고. 교육을 제대로 받지 못하거나 관심을 받지 못해 엇나가는 아이들도 있고, 엄마를 잃은 아이들도 있어. 뿐만 아니라 사춘기 때가 인내심과 애정을 가장 많이 필요로 해서 제일 중요해. 하지만 사람들은 아이들을 비웃고 무섭게 혼내고 눈에 띄지 않는 곳으로 밀어내려고 해. 그러면서 예쁜 아이에서 반듯한 청년으로 단번에 변신하기를 바라지. 어린 영혼들은 불평을 많이 하지 않아도 불만은 느끼고 있는데 말이야. 나도 경험한 일이라 잘 알아. 난 그런 아이들에게 특히 관심이 가. 그 아이들은 팔다리를 건들거리며 움직이고 머리 모양은 단정하지 않아도 마음은 따뜻하고 정직하고 착해. 그것을 보고 아이들에게 알려주고 싶어. 나는 그런 소년을 가문의 자랑으로 길러냈으니 이미 경험한 일이기도 해."

"네가 노력했다는 것은 인정할게." 로리가 고마운 얼굴로 말했다.

"기대 이상으로 성공을 거두었어. 네가 성실하고 마음씨 좋은 사업가로 이렇게 있으니까. 너는 돈을 쌓아두지 않고 그 돈으로 좋은 일을 많이 해서 가난한 사람들에게 축복을 주고 있어. 평범한 사업가는 아니지. 너는 훌륭하고 아름다운 것들을 사랑하고 즐기며 그 절반은 다른 사람들에게 주니까. 옛날이나 지금이나 그래. 해마다 발전하는 네가 자랑스러워, 테디. 네가 말을 못 하게 해서 그렇지 모두 너를 그렇게 생각해. 나중에 학생들이 생기면 널 가리켜. '얘들아, 이분처럼만 자라면 돼.'라고 말할 거야."

불쌍하게도 로리는 다 큰 남자지만 어린 시절로 돌아간 듯 시선을 어디에 둘지 몰라 쑥스러워했다. 갑작스러운 칭찬에 모든 사람이 같은 생각이라는 듯 그를 바라봤다.

"조, 칭찬이 지나친데." 로리가 어린 시절 때와 같은 말투로 말했다. "너야말로 내가 아무리 감사해도 모자를 정도로 많은 것을 주었어. 나는 널 실망시키고 싶지 않아 최선을 다했을 뿐이야. 요즘 네가 날 멀리하긴 해도, 조, 나는 나름대로 너에게 최대한 도움이 되려고 애썼어. 내가 조금이라도 보탬이 되었다면, 이 두 사람에게 고맙다고 하면 돼." 그리고 로리는 한 손은 할아버지의 흰머리 위에, 나머지 한 손은 에이미의 금발머리 위에 살짝 얹었다. 세 사람은 하나였다.

"가족이 세상에서 가장 아름답다고 생각해!" 조가 들뜬 목소리로 불쑥 외치더니, 좀 더 조용한 목소리로 덧붙였다. "나도 가족이 생기면 이 세 사람처럼 행복하고 서로 사랑했으면 좋겠어. 여기에 존 형부와 나의 프리드리히만 있었다면 그야말로 완벽했을 텐데."

그날 밤 조는 가족회의, 희망과 계획이 있는 즐거운 저녁 시간을 보내고 난 후에도 가슴이 행복으로 가득 차 진정되지 않았다. 그래서 옆에 나란히 놓인 베스의 빈 침대 곁에 무릎을 꿇고 베스 생각을 하며 마음을 진정시켰다.

정말로 놀라운 한 해였다. 그 후로 모든 일이 이상할 정도로 빠르고 문제없이 척척 진행되었다. 조는 결혼을 해서 플럼필드에 둥지를 틀었다. 그리고 예닐곱 명의 남자아이들이 버섯처럼 갑자기 등장해 쑥쑥 자랐다. 가난한 소년들도 있었고 부유한 소년들도 있었다. 로런스 씨가 형편이 어려운 아이들을 꾸준히 찾아내어 베어 부부에게 맡기고 얼마간의 후원금도 냈기 때문이다. 지혜로운 노신사는 이처럼 조의 자존심을 지켜주면서 조가 마음에 들어 할 아이들을 맡길 수 있었다.

물론 처음에는 힘든 오르막길이었다. 조는 황당한 실수를 저지르기도 했지만 현명한 베어 교수가 조를 더욱 잔잔한 물로 안전하게 이끌어주었고, 최고 말썽쟁이 부랑아 아이도 마침내는 얌전해졌다. 조는 남자아이들이 가득한 곳에서 기쁨을 누렸지만 마치 작은할머니가 성역처럼 깔끔하게 단장한 플럼필드에 톰, 딕, 해리 같은 아이들이 가득한 모습을 보았다면 마음 아파했을 것이다. 생전에 노부인은 주변의 남자아이들에게 매우 무서운 존재였다. 어떻게 보면 시적인 방식으로 정의가 실현된 셈이었다. 이제 아이들은 금단의 열매로 축제를 벌였고 불경한 부츠 발로 자갈길을 뛰어다녔다. 화가 난 '뿔 난 암소'가 천방지축 젊은이들을 초대해 즐기던 넓은 마당에서는 이제 크리켓 경기가 열렸다. 남자아이들의 천국과도 같았다. 로리는 이곳의 주인을 칭찬하는 의미에서 이곳을 '베어 정원'이라 부르자고 제안했다. 그야말로 딱 맞는 이름이었다.

이곳은 화려한 학교도 아니었고 교수는 큰돈을 벌지 못했으나 조가 꿈꾸었던 대로 '교육, 보살핌, 친절이 필요한 소년들에게 집처럼 행복한' 학교가 되었다. 저택의 방은 전부 얼마 안 가 가득 찼고 정원은 구역마다 주인이 생겼으며 애완동물도 키울 수 있었기 때문에 곳간과 헛간은 동물원이 되었다. 하루에 세 번씩 조는 식탁머리에 앉은 남편을 보며 미소를 지었고, 식탁 양쪽에 일렬로 앉은 행복한 얼굴들은 사랑이 담긴 눈과 신뢰가 담긴 말, 사랑으로 가득한 마음으로 '베어 엄마'를 바라보았다.

이제 조는 많은 남자아이들과 지내게 되었다. 아이들은 절대 천사가 아니었으나 조가 아이들 때문에 지치는 일은 없었다. 베어 부부에게 골칫거리와 걱정을 안겨준 아이들도 있었다. 그러나 조는 아무리 말썽을 피우고 버릇없고 속을 썩이는 부랑아라도 마음에는 착한 면이 있다고 굳게 믿었다. 그랬기에 조는 끝없이 인내하며 능숙하게 아이들을 대하고 사랑을 주었고, 마침내 성공했다. 태양처럼 자비로운 베어 아버지와 몇 번이고 용서해주는 베어 어머니에게 등을 돌릴 아이는 없었다. 조는 아이들과의 우정도 소중하게 생각했지만, 잘못을 뉘우치는 아이들의 눈물, 재미있거나 감동적인 아이들의 비밀 이야기, 아이들의 열정, 희망, 꿈도 소중했으며 아이들의 불행도 소중하게 생각했다. 조의 눈에는 운 없는 아이들이 더욱 사랑스럽게 보였다. 성장이 느린 아이, 수줍음이 심한 아이, 몸이 약한 아이, 소란 피우는 아이, 혀가 짧은 아이, 말을 더듬는 아이, 다리를 절뚝거리는 아이도 한두 명 있었다. 다른 곳에서 받기 꺼려했던 명랑한 혼혈아이도 '베어 정원'에서는 환영을 받았다. 물론 이런 아이를 받으면 학교에게 좋지 않을 것이라고 말하는 사람들도 있었다.

일은 힘들고 걱정도 많고 하루도 조용한 날이 없었지만 조는 이곳에서 매우 행복했다. 세상의 그 어떤 칭찬을 받아도 아이들의 박수소리만큼 만족스럽지 않았다. 이제 조는 자신이 지은 이야기들을 열렬히 믿고 따라주는 아이들에게만 들려주었다.

세월이 흘러 두 아들이 태어나면서 조는 더욱 행복했다. 첫 아들은 할아버지의 이름을 따서 로브, 둘째 아들은 테디라고 지었다. 두 아이는 마냥 행복해했고 아빠의 밝은 성격과 엄마의 활달한 정신을 물려받은 것 같았다. 할머니와 이모들은 남자아이들이 와글거리는 난장판 속에서 어떻게 아기들이 자랄지 궁금했지만 아기들은 봄날의 민들레처럼 잘 자랐고 거친 형들에게도 사랑과 보살핌을 잘 받았다.

플럼필드에는 휴일 행사가 매우 많았다. 가장 재미있는 행사는 일 년에 한 번 있는 사과 따기였다. 이때가 되면 마치, 로런스, 브룩, 베어 집안사람들이 전부 모여 하루 종일 사과를 땄다. 조가 결혼한 지 5년째 되는 해에도 사과 따기 축제가 열렸다. 가을이 무르익은 10월의 어느 날, 하늘을 가득 메운 신선한 공기에 힘이 솟아오르고 혈관 속에서는 피가 건강하게 춤을 추었

다. 오래된 과수원은 마치 행사를 위해 옷을 차려입은 것 같은 모습이었다. 미역취꽃과 과꽃이 이끼 긴 벽의 가장자리를 둘러 쌌으며 메뚜기는 마른 풀 위를 펄쩍펄쩍 뛰어다녔다. 귀뚜라미 소리는 마치 파티에 온 요정이 부는 피리 소리 같았다. 다람쥐 들은 작은 열매를 모으느라 바빴고 새들은 오솔길의 오리나무 에게 작별인사를 했다. 나무마다 조금만 흔들려도 빨갛고 노란 사과를 우수수 쏟아낼 것 같았다. 모두 한자리에 모여 웃고 노 래하고 나무를 오르락내리락 뛰어다녔다. 오늘처럼 완벽한 날 은 없다고, 이렇게 즐거운 무대는 없었다고 모두 입을 모아 이 야기했다. 세상의 걱정과 슬픔은 전부 날려버린 듯 가벼운 마음으로 단순한 즐거움에 몰입했다.

마치 씨는 주변을 산책하며 투서(Tusser), 카울리(Cowley), 콜루멜라(Columella)의 시를 로런스 씨에게 읊어주었다

'포도 주스처럼 부드러운 사과 주스'를 즐기면서.

베어 교수는 기다란 창 대신 막대기를 든 채 건장한 독일기사처럼 초록색 길을 왔다 갔다 행진하며 소년 부대를 이끌었다. 남자아이들은 자신들 몸을 사다리 삼아 땅과 공중에서 묘기를 보이며 감탄을 이끌어냈다. 집안의 꼬마들을 맡은 로리는 어린 딸을 곡식 바구니에 태우고 다니면서 데이지를 새 둥지 사이에 올려주었고, 로브가 탐험가 정신을 발휘하다가 목이라도 부러지지 않도록 잘 보살폈다. 마치 부인과 메그는 포모나*처럼 사과더미 속에 앉아 쏟아지는 사과들을 크기대로 분류했다. 한편, 에이미는 여러 사람들을 스케치 하며 모성애가 가득한 아름다운 얼굴로 옆에 앉아있는 창백한 소년을 돌봤다. 에이미를 따르는 그 남자아이의 옆에는 작은 목발이 놓여 있었다.

그날 조는 신나게 이리저리 뛰어다녔다. 치마는 올려 핀으로 고정했고 모자는 어디에 갔는지 안 보였다. 아기를 안고 돌아

---

* 로마 신화에 등장하는 과실을 돌보는 요정

다니는 조는 어떤 모험이 펼쳐
지든 뛰어들 태세였다. 어린 테
디는 불사신처럼 아무 일도 겪
지 않았다. 남자아이 한 명이 테
디를 번쩍 들어 나무 사이로 사
라질 때도, 또 다른 남자아이
가 테디를 업어 바람처럼 달려
갈 때도, 아버지가 혼자 테디에
게 신맛이 나는 불그스름한 사
과를 먹으라고 줄 때도, 조는 전
혀 걱정하지 않았다. 테디의 아
버지는 아기들은 양배추 절임이
든 단추든 손톱이든 작은 신발
이든 뭐든 먹어도 소화시킨다는
게르만인의 믿음을 갖고 있었기
에 아기들을 풀어 키웠다. 조는
때가 되면 어린 테디가 다시 나
타날 것을 알고 있었다. 그리고
발그레한 얼굴로 흙투성이가 되어 아무렇지도 않게 돌아온 아
들을 진심으로 반갑게 맞이했다.

오후 4시 휴식 시간이 되었다. 사과를 따던 사람들은 빈 바구

니를 옆에 두고 서로 옷에 난 구멍과 몸에 든 멍을 비교하며 살폈다. 조와 메그는 좀 더 성숙한 남자아이들을 데리고 풀밭 위에서 새참을 차렸다. 야외에서 갖는 티타임은 하루 중 가장 즐거운 순간이었다. 식탁이 아니라도 원하는 곳에서 마음껏 음식을 즐길 수 있으니 여기야말로 남자아이들에게 젖과 꿀이 흐르는 땅이었다. 자유는 유쾌한 영혼들에게 최고의 음식이었기 때문이다. 아이들은 흔치 않은 이 특권을 마음껏 즐겼다. 물구나무를 서서 우유를 마셔보는 재미있는 실험을 하거나 말뚝박기를 하며 파이를 먹기도 했다. 과자 부스러기가 온 들판에 떨어졌고 턴오버는 처음 보는 새처럼 나무 위에 올라가 있었다. 여자들은 티타임을 가졌고 테디는 먹을 것 사이를 마음대로 돌아다녔다.

모두 더 이상 먹을 수 없을 정도로 배가 부르자 베어 교수가 이런 순간에는 빠지지 않는 첫 건배사를 외쳤다. "마치 장모님, 하나님의 축복이 있기를!" 마치 부인에게 늘 고마운 마음을 품고 있던 그가 건배사를 외치자 마치 할머니를 기억하라고 배운 남자아이들도 조용히 잔 속의 음료를 마셨다.

"오늘 할머니의 예순 번째 생신이에요! 오래 사세요! 만세!"

환호와 함께 시작된 건배는 멈출 줄 몰랐다. 특별 후원자 로런스 씨부터 꼬마 주인을 찾느라 돌아다니며 당황한 기니피그까지. 모든 이의 건강을 위한 건배가 이어졌다. 맏손자 데미는

이날의 주인공인 할머니에게 여러 가지를 선물했다. 선물이 너무 많아서 파티 장소까지 손수레로 따로 날라야 할 정도였다. 웃긴 선물들도 있었다. 그러나 다른 사람들의 눈에는 우스워 보여도 아이들이 직접 만든 선물이라 할머니의 눈에는 보석처럼 보였다. 데이지가 작은 손가락으로 가장자리에 열심히 수놓은 손수건은 마치 부인에게는 자수보다 훌륭했다. 데미가 만든 신발 상자는 뚜껑이 잘 닫히지 않았지만 기계공학의 기적을 잘 보여주었다. 로브가 만든 발판은 다리 길이가 맞지 않아 흔들거렸으나 마치 부인은 아주 편하다고 했다. 에이미의 딸이 선물한 소중한 책에서 가장 감동적인 부분은 '사랑하는 할머니에게, 꼬마 베스트로부터'라고 삐뚤빼뚤한 글자로 적힌 글이었다.

축하파티가 계속되는 동안 남자아이들이 감쪽같이 사라졌다. 마치 부인은 손주들에게 고맙다는 말을 하려다가 감정에 복받쳐 눈물을 보였다. 어린 테디가 앞치마로 할머니의 눈물을 닦아주는 동안, 베어 교수가 갑자기 노래를 부르기 시작했다. 그의 머리 위로 목소리가 하나둘씩 들려오더니 보이지 않는 합창단의 노래가 나무 사이에서 울려 퍼졌다. 학생들은 조가 작사하고 로리가 작곡한 노래를 정성껏 불렀다. 베어 교수의 지도 덕에 합창은 그야말로 최고의 수준을 보여주었다. 참신한 선물은 대성공이었다. 마치 부인은 감격에 겨운 나머지 키가 큰 프란츠와 에밀에서부터 목소리가 가장 아름다운 혼혈 아이에 이르기까지 마치 깃털 없는 새와 같은 아이들에게 일일이 손을 흔들어주었다.

노래를 마친 아이들은 마지막 놀이를 하러 흩어졌고, 마치 부인과 딸들은 축제의 나무 아래에 남아 있었다. "나 자신을 '운 없는 조'라고 부르지 못하겠구나. 가장 큰 소원이 너무나 아름답게 이루어졌으니까." 베어 부인이 우유통을 신나게 젓는 테디의 작은 주먹을 꺼내며 말했다.

"하지만 오래전에 언니가 그렸던 인생과는 정말 달라. 우리가 꿈꾸던 미래의 인생, 기억나?" 에이미가 남자아이들과 크리켓 놀이를 하는 로리와 존을 바라보며 미소를 지었다.

"귀여운 녀석들! 하루 동안 일은 모두 잊고 저렇게 즐겁게 노는 모습을 보니 얼마나 기쁜지 몰라." 지금 조는 모든 사람의 어머니라도 된 것처럼 말하고 있었다. "그래, 기억나. 하지만 그때 내가 원했던 인생은 이기적이고 외롭고 차가운 삶이었던 것 같아. 좋은 책을 쓰고 싶다는 꿈은 여전히 포기하지 않았지만 기다릴 수 있어. 이런 경험과 장면이 더해져 분명히 더 좋은 글이 나올 거야."

그리고 조는 저 멀리 있는 활달한 남자아이들부터 아버지와 어머니를 차례로 가리켰다. 아버지는 베어 교수의 팔에 기댄 채 햇빛을 받으며 산책하고 대화에 집중하고 있었다. 어머니는 딸들 사이에서 여왕처럼 앉아 있었다. 딸들의 무릎과 발끝에는 자식들이 앉아 있었다. 딸들은 어머니의 얼굴에서 절대로 나이를 먹지 않는 위안과 행복을 발견했다.

"내가 꿈꾸던 인생은 거의 이루어졌어. 처음에는 화려한 삶을 꿈꿨지만 마음속으로는 작은 집, 존과 사랑스러운 아이들만 있으면 된다는 것을 알았으니까. 이 모든 것을 가졌으니 하나님께 감사하지. 그래서 나는 세상에서 가장 행복한 여자야." 메그는 온화하고 만족스러운 얼굴로 키 큰 아들의 머리 위를 쓰다듬었다.

"지금의 인생은 내가 계획한 것과는 많이 다르지만 바꿀 마음은 없어. 나도 조 언니처럼 예술가의 꿈을 완전히 접은 것은 아니야. 다른 사람들이 예술의 꿈을 이루는 것을 돕는 것으로 만족하고 싶지는 않으니까. 아기의 조각상을 만들기 시작했는데 로리가 이제까지 내가 만든 것 중 최고라고 했어. 나도 그렇게 생각해. 그래서 대리석도 도전해보려고 해. 그러면 무슨 일이 생겨도 적어도 내 꼬마 천사의 모습을 간직할 수 있으니까."

에이미는 그렇게 말하며 커다란 눈물방울을 떨어뜨렸다. 그 눈물방울은 그녀의 품안에서 잠든 아이의 금발머리 위로 떨어졌다. 에이미는 사랑하는 딸이 몸이 약해서 자기 곁을 떠날지도 모른다는 생각 때문에 밝은 마음 한편에 그늘이 드리워져 있었다. 이 같은 시련은 아이의 엄마와 아빠에게 큰 변화를 주었다. 서로 공감하는 사랑과 슬픔으로 두 사람의 사이는 더욱 단단해졌기 때문이다. 에이미는 더 상냥하고 생각이 깊고 온화해졌으며, 로리는 더욱 진지하고 강인하고 굳센 성격이 되었다. 두 사람은 아름다움, 젊음, 많은 재산, 심지어 사랑이 있어도 가장 소중한 사람에게서 걱정, 고통, 슬픔을 쫓아내지 못한다는 사실을 배우고 있었다. 다음의 시 구절이 이를 잘 보여주었다.

　"인생마다 비는 내리고,
　언젠가는 어둡고 슬프고 암울한 날이 오기 마련이다."

　"베스는 꼭 건강해질 거야. 그러니 낙심하지 말고 희망을 가지며 계속 행복한 마음을 유지하렴." 마치 부인이 말했다. 마음씨 착한 데이지가 무릎을 꿇어 자신의 발그스름한 뺨을 사촌의 뺨에 갖다 대었다. 에이미가 따뜻한 목소리로 대답했다.

　"저에게 힘을 주는 엄마와 제가 짊어진 모든 짐을 반도 넘게 들어주는 로리가 있는데 낙심할 수는 없죠. 그이는 절대로 걱정하는 모습을 보이지 않아요. 나에게 너무나 다정하고 너그러워요. 베스에게도 너무나 헌신적으로 잘해요. 기둥처럼 든든해서 언제나 위안이 되는 사람이죠. 그이를 얼마나 사랑하는지 몰라요. 아무리 시련이 있어도 메그 언니처럼 나도 '하나님께 감사합니다. 나는 정말 행복한 여자예요.'라고 말할 수 있어요."

　"나는 누가 봐도 과분한 행복을 누리고 있으니 굳이 말할 필요는 없겠죠." 조는 선량한 남편을 보다가 풀밭 위에서 뒹굴며 노는 통통한 아들을 바라봤다. "프리드리히는 흰머리가 늘어나고 있고 살도 붙었어요. 나는 그림자처럼 바짝 말라가고 있고 나이도 서른이고요. 우리는 절대 부자는 될 수 없을 거예요. 플럼필드도 어느 날 밤에 불이 나서 사라질지도 모르고요. 못 말리는 토미 뱅스 녀석이 벌써 세 번이나 불을 냈는데 아직도 정신을 못 차리고 이불을 뒤집어쓴 채 담배를 피울 테니까요. 현실이 낭만적이지 않아도 특별히 불만은 없어요. 살면서 이렇게 즐거워 죽을 것 같은 적은 없었거든요. 말투는 이해해주세요. 남자아이들 틈에 살다보니 어쩔 수 없이 그 아이들이 쓰는 표현이 그냥 나와서요."

"그대, 조, 너는 풍성한 수확을 거둘 거야." 마치 부인이 어린 테디를 노려보는 커다란 검은색 귀뚜라미를 쫓아버리며 입을 열었다.

"저는 엄마가 거둔 수확의 반도 못 거둘 거예요. 지금까지 엄마가 인내하며 씨를 뿌리고 거둔 삶에 우리는 평생 감사해도 모자라죠." 조가 외쳤다. 조의 울컥하는 모습은 나이가 들어도 사라지지 않을 것처럼 사랑스러웠다.

"매년 밀알은 많아지고 잡초는 줄었으면 좋겠어요." 에이미가 부드러운 목소리로 말했다.

"아무리 밀단이 커도 사랑하는 엄마는 넉넉한 마음으로 품을 거예요." 메그도 다정한 목소리로 말했다.

큰 감동을 받은 마치 부인은 딸들과 손주들을 다 품에 안을 것처럼 두 팔을 활짝 벌릴 뿐이었다. 그리고 그녀는 어머니로서의 사랑, 감사함, 겸손함이 가득한 얼굴과 목소리로 이렇게 말했다.

"아, 우리 딸들, 너희들은 앞으로 얼마나 살든 지금만큼만 행복하면 소원이 없겠다!"

시대와 세대를 초월한 네 자매 이야기

많은 사람들이 책, 영화, 드라마를 통해 《작은 아씨들》을 접했을 테고 적어도 제목은 들어보았을 것이다. 나 역시 어린 시절에 읽은 '동화'와 1994년작 영화로 이 작품을 접했고 이미 잘 알고 있다고 생각했다. 그래서 반가운 마음으로 한 줄 한 줄 번역했고 이 작품을 잘 알고 있다는 생각이 틀렸음을 깨닫게 되었다. 《작은 아씨들》은 단순히 네 자매의 성장소설이 아니었다.

미국 작가 루이자 메이 올콧이 1868년에 발표한 이 작품은 남북전쟁 중의 미국 매사추세츠 중산층 가정을 배경으로 하며, 약 일 년 동안의 일을 그리고 있다. 저자는 작품 속 등장인물에 자신의 가족을 투영했다. 실제로 네 자매 중 둘째인 저자는 작품 속의 '조'에게 자신의 모습을 입혔고 조의 입을 빌려 하고 싶은 말을 했다. 저자는 평생 독신으로 살았고 종군 간호사로 활약하기도 했다.

《작은 아씨들》을 이해하기 위해 먼저 이 작품이 청교도 사상을 바탕으로 하며 개신교 신자들에게 성경에 버금가게 널리 알려진 존 버니언의 《천로역정》의 영향을 받았다는 사실을 알아야 한다. 《천로역정》의 주인공 크리스천이 온갖 어려움을 극복하고 천국에 이르렀듯이 《작은 아씨들》의 네 자매도 각자 고난을 극복하고 천국에 어울리는 사람이 되고자 한다. 저자는 주로 어머니의 말을 통해 직접적으로 교훈을 전달하기도 하고 자매들의 일화를 통해 독자가 각자 깨닫게 하기도 한다. 자매들이 짊어진 짐은 시대와 인종을 초월해 모든 인간이 짊어질 수 있는 짐이기에 150여 년이 지난 현대의 독자들도 충분히 공감하고 자신을 돌아보게 된다.

네 자매의 일 년을 들여다보며 당시 여성들의 위상을 짐작해 볼 수 있다. 당시 여성들에게는 배움이나 사회 참여의 기회가 적었다. 여성들이 자기주장을 펼칠 수 있는 분위기도 아니었다. 이는 "내가 남자였으면 너랑 같이 가서 재미있게 놀았겠지만 불행히도 난 여자라서 집에 있어야 해." "얌전히 사는 게 내 운명이야. 그렇게 마음먹는 편이 낫다고." 같은 조의 말에서 직접적으로 드러나기도 한다. 하지만 자매들은 이런 환경

속에서도 누구에게 끌려가지 않고 자기 의지로 삶을 개척해 간다. 현대의 눈으로 보면 자매들의 생각이나 그들이 내린 결정이 고리타분하게 느껴질 수도 있지만 여성의 사회적인 성공이나 독신으로 사는 이야기를 언급하는 등 당시로서는 꽤 혁신적인 시각을 드러낸다. 그래서 "나이 먹고 마치 양으로 불리면서 긴 드레스를 입고 과꽃처럼 새침해 보여야 한다니 생각만 해도 끔찍해."라면서 괴로워하고 자신의 글을 써 성공을 꿈꾸는 조는 많은 여성들의 롤모델이 되었다.

작품을 읽으며 남북전쟁 당시의 시대 분위기를 짐작할 수 있으며 이웃들의 모습이나 그들과 교류하는 모습, 일상생활의 묘사를 통해 사회상과 생활상도 엿볼 수 있다. 노예를 대하는 태도나 '메그가 태어났을 때부터 가족과 함께 지낸 해나는 하인이라기보다 친구 같은 존재였다.' 같은 구절을 통해 저자가 노예제도를 어떻게 바라보는지도 알 수 있다. 또한 전쟁으로 아들을 잃은 할아버지 이야기나 전쟁터에 나간 아버지를 걱정하는 가족들의 모습을 통해 전쟁에 대한 저자의 견해도 어렴풋이 엿볼 수 있다.

작품을 읽는 또 다른 재미로 삽입된 이야기들을 빼놓을 수 없다. 자매들이 공연한 크리스마스 연극, '픽윅 작품집'에 수록 된 이야기, 소풍 가서 한 '이야기 잇기 게임' 속 이야기, 자매들이 보낸 편지 등은 저마다 개성 있고 그 자체로도 재미를 준다.

《작은 아씨들》은 출간 당시에 남녀노소에게 사랑 받았으나 비평가들에게는 해석의 여지가 없는 감상적인 소설로 평가 받았다. 비교적 최근에야 고전 작품으로 재평가 받았는데, 앞서 언급한 다양한 의미가 담긴 이야기를 누구나 읽기 쉽게, 때로는 유머를 곁들여 내놓았고 시대와 세대를 초월해 공감할 수 있기 때문이 아닐까 한다.

이상 '작품 해설'이 아닌 옮긴이의 후기와 감상을 털어놓았다. 군색하게 늘어놓은 몇 마디가 작품 감상에 누가 되지 않기를 바랄 뿐이다.

작품을 번역하는 동안 '내가 짊어진 짐은 무엇인가?'를 계속 생각하게 되었고 언젠가 높은 곳에 도달하여 그 짐을 홀가분하게 벗어버릴 수 있기를 바라게 되었다. 또 한 가지, '도대체 에이미를 굴욕의 골짜기에 빠뜨린 '라임피클'은 어떤 맛일까?'하는 생각이 머릿속에서 떠나지 않았다.

1부는 자매들의 가족과 이웃이 모두 모여 행복하게 한 해를 마무리하는 것으로 막을 내린다. 1부의 마지막에서 3년이 지난 시점에서 시작하는 2부에서는 어떤 일들이 펼쳐질지, 자매들은 또 어떻게 고난을 극복하고 성장하여 '하늘의 성'에 한 걸음 더 내디디게 될지 기대된다.

1832년 미국 펜실베이니아 주 필라델피아에서 아버지 에이
머스 브론슨 올콧과 어머니 애비게일 메이 올콧의 둘
째 딸로 태어났다.

1834년 가족 전체가 매사추세츠 주 보스턴으로 이주했다.

1840년 가족 전체가 매사추세츠 주 콩코드의 작은 오두막으
로 이주했다. 아버지와 친하게 지냈던 초월주의 사상
가 랠프 월도 에머슨, 헨리 데이비드 소로에게 교육을
받는다. 그 외에도 너새니얼 호손 등 당대 문인들 및
초월주의 지식인들과 올콧 가족 간에는 활발한 교류
가 있었다.

1843년 아버지 에이머스 올콧이 유토피아 공동체인 프루틀
랜드를 설립, 온 가족이 공동체로 이주했다. 하지만
공동체는 곧 와해되었고 이후 임대 주택에 살게 된다.

1845년 어머니의 유산과 에머슨의 원조로 구입한 콩코드
의 '오차드 하우스'로 이주했다. 훗날 이때의 경험
과 당시 일기를 바탕으로 《초월주의의 야생귀리
(Transcendental Wild Oats)》를 집필한다.

1847년 남부에서 도망친 흑인들의 탈출을 도와주는 '지하철
도(Underground Railroad)의 역이자 쉼터로 가족이 집
을 제공한다.

1848년 여성의 인권과 참정권에 관한 〈감정 선언문(Declara-
tion of Sentiments)〉을 읽고 큰 영향을 받는다. 가난 때
문에 어릴 때부터 임시 채용 교사, 바느질, 가정교사,
가사 도우미, 그리고 작가로 일을 한다.

1854년 에머슨의 딸 엘렌 에머슨을 위해 썼던 동화를 모아
《꽃의 동화(Flower Fables)》를 출간한다.

1856년 '소녀들을 위한 책'을 써달라는 출판사의 요청으로
《작은 아씨들(Little Women)》을 쓰기 시작한다.

1858년 여동생 엘리자베스가 죽고, 언니인 애나가 결혼한다.

1860년 《디 아틀란틱 먼슬리(The Atlantic Monthly)》에 작품을
쓰기 시작한다.

1862년 남북전쟁 중에 북군의 간호사로 자원입대해 워싱턴
D.C.의 조지타운에 있는 병원에서 간호사로 일한다.

1863년 건강상의 이유로 콩코드의 집으로 돌아온다. 간호사
복무 기간의 경험, 당시 가족에게 보낸 편지들을 바탕
으로 《병원 스케치(Hospital Sketches)》를 발표한다. 이
작품으로 대중의 인기와 문단의 관심을 받는다.

1864년 장편 《변덕(Moods)》을 발표한다. 인종문제, 여성문제,
계급문제를 복합적으로 다룬 단편 〈한 시간(An Hour)〉
를 발표한다.

1866년 《모던 메피스토 펠레스(A Modern Mephistopheles)》를

탈고하지만, 선정적이라는 이유로 출판을 거부당한다.

1868년 '뉴잉글랜드 여성참정권 협회'에 가입한다. 이해와 다음 해에 걸쳐 《작은 아씨들》 1, 2권을 출간한다. 작품의 대성공으로 가족이 오랜 생활고에서 벗어나게 된다. 이후에도 어린이를 위한 다수의 작품들을 출간한다.

1870년 《구식 소녀(An Old-Fashioned Girl)》를 출간한다.

1871년 《작은 아씨들》의 속편 《작은 신사들(Little Men)》을 출간한다.

1877년 어머니 애비게일 메이 올콧이 세상을 떠난다. 이후 어머니의 평생 숙원이었던 여성의 참정권 획득을 위해 각종 정치활동에 적극적으로 참여한다.

1879년 콩코드 지역 의회 선거를 위해 등록한 최초의 여성이 된다.

1880년 막내 여동생 메이가 세상을 떠난 후 열 달 된 딸을 맡게 되고, 과부가 된 언니와 언니의 아이들의 자녀까지 모두 올콧이 키우게 된다.

1886년 《작은 아씨들》 3부작의 마지막 편《조의 소년들(Jo's Boys)》을 출간한다.

1888년 3월 6일, 아버지가 죽은 뒤 이틀만에 뇌졸증으로 세상을 떠났다. 콩코드의 슬리퍼 할로우 공동묘지에 묻혔다.

옮긴이

박지선 동국대학교 영어영문학과와 성균관대학교 번역대학원에서 공부했다. 《소호의 죄》, 《마지막 패리시 부인》, 《당신은 왜 나를 괴롭히는가》, 《우리의 관계를 생각하는 시간》을 비롯해 다양한 책을 번역했다.

공민희 부산외대를 졸업하고 영국 노팅엄 트렌트대학교에서 공부했다. 번역에이전시 엔터스코리아에서 출판기획자 및 전문번역가로 활동 중이다. 옮긴 책으로 《당신이 남긴 증오》, 《기억의 제본사》, 《굿 미 배드 미》, 《어웨이크》 등이 있다.

서나연 숙명여대를 졸업하고 연세대학교에서 공부했다. 현재 번역에이전시 엔터스코리아에서 번역가로 활동 중이다. 옮긴 책으로 《어린 왕자 AR》, 《예술가로 살아남기》, 《에드워드의 특별한 동물원》 등이 있다.

초판본 작은 아씨들 : 1868년 디럭스 벨벳 에디션

1판 1쇄 펴낸 날 2020년 4월 10일

지 은 이   루이자 메이 올콧
그 린 이   프랭크 T. 메릴
옮 긴 이   박지선 공민희 서나연
펴 낸 이   장영재
펴 낸 곳   (주)미르북컴퍼니
자 회 사   더스토리
전   화   02)3141-4421
팩   스   02)3141-4428
등   록   2012년 3월 16일(제313-2012-81호)
주   소   서울시 마포구 성미산로32길 12, 2층 (우 03983)
E-mail   sanhonjinju@naver.com
카   페   cafe.naver.com/mirbookcompany